Henry Roth
Ein schwimmender Fels am Ufer des Hudson

Für Felicia Jean Steele

In dankbarer Anerkennung der aufopfernden Unterstützung durch meine Literaturagentin Roslyn Targ und den Leiter des Verlagslektorats Robert Weil, beide New York City.

HENRY ROTH

Ein schwimmender Fels am Ufer des Hudson

Aus dem Amerikanischen von Heide Sommer

BELTZQUADRIGA

Titel der Originalausgabe:
Henry Roth
Mercy of a Rude Stream. Volume II
A Diving Rock on the Hudson
© 1995 Henry Roth Estate
Erschienen bei St. Martin's Press New York

Quellen:
DeWitt Clinton High School Yearbook, 1924, Titel, Seite 9
Sara Stemen, Seite 93
City College of New York Yearbook, 1928, Seite 365
William Blake Werke, Aufbau-Verlag Berlin, 1958, »London«
aus: Lieder der Unschuld und Erfahrung, übersetzt von Walter Wilhelm

Alle Rechte, insbesondere die der Vervielfältigung und Verbreitung sowie der Übersetzung, vorbehalten. Kein Teil des Werkes darf in irgendeiner Form (durch Photokopie, Mikrofilm oder ein anderes Verfahren) ohne schriftliche Genehmigung des Verlages reproduziert oder unter Verwendung elektronischer Systeme verarbeitet, vervielfältigt oder verbreitet werden.

© 1997 Quadriga Verlag, Weinheim und Berlin
Lektorat: Claus Koch
Herstellung: Iris Walther
Umschlaggestaltung: Federico Luci, Mailand
Umschlagbild: Carlos Rosado, New York
Satz: Horst Kopietz, Hemsbach
Druck und Bindung: Druckhaus »Thomas Müntzer« GmbH, Bad Langensalza
Printed in Germany
ISBN 3-88679-709-0

Inhalt

Erster Teil
Stuyvesant 9

Zweiter Teil
DeWitt Clinton 93

Dritter Teil
CCNY 365

Jiddisches Glossar 594

In every cry of every Man,
In every Infant's cry of fear,
In every voice, in every ban,
The mind-forg'd manacles I hear.

In jedem Schrei von jedermann,
in Kindesjammern, Stimmenwirrn,
in jedem Fluch ich hören kann
vom Geist geschmiedet Fesseln klirrn.

William Blake, »London«
Songs of Experience

ERSTER TEIL

STUYVESANT

I

Im Winter des Jahres 1921 wechselten Ira Stigman und Farley Hewin auf die Stuyvesant High School, nachdem sie zuvor ein Jahr auf der damals neugegründeten »Junior High« hinter sich gebracht hatten. Die Stuyvesant lag in der Innenstadt, an der Ostseite der City, und weil der große Andrang die räumlichen Möglichkeiten der Schule weit überstieg, wurden zwei einander überlappende Stundenpläne entwickelt: zum einen der normale Vormittagsunterricht für die Oberstufe und ein späterer, nämlich mittags beginnender Unterrichtsblock für die Unterstufe.

Die neue U-Bahn-Linie Lexington Avenue IRT war kürzlich in Betrieb genommen worden, und diese benutzte Ira nun für seinen Schulweg. An der 116th Street stieg er ein, an der 86th Street stieg er um und nach zwei Express-Stationen bis zur 14th Street stieg er aus. Von dort ging er die restlichen paar Blocks in östlicher Richtung zu Fuß. Mit welch schulbübischer Freude er und Farley sich immer begrüßten, wenn sie am späten Vormittag, wie von Zauberhand geführt, obwohl aus verschiedenen Richtungen, von verschiedenen Stationen und also mit verschiedenen Zügen kommend, immer gleichzeitig an derselben Straßenecke eintrafen. Was für ein stürmisches Glücksgefühl ihn dann überkam. Doch schon bald würde Ira diese gemeinsamen Schulwege mit anderen teilen müssen: bald würde sich eine ganze Gruppe Bewunderer um Farley scharen und sich ihm anschließen. Aber ganz gleich, wie viele mitmarschierten: sobald er Ira erspähte, wartete Farley immer, bis dieser an seiner Seite war – ein klares Zeichen, wen er sich als Freund ausgesucht hatte. Ira schwelgte in dem Gefühl, sich auf diese Freundschaft verlassen zu können.

Denn es war fast, als hätte Ira es erahnt, als hätte eine Eingebung ihn das schicksalhaft Kommende erblicken lassen. Am Ende einer Gymnastikstunde, gleich in der zweiten Woche nach Schulbeginn, wurde ein kurzer Wettlauf abgehalten, ein Fünfzigmeterlauf, diagonal durch die Turnhalle. Im ersten Lauf machte ein untersetzter Junge mit muskulösen Oberschenkeln das Rennen, in einem der nächsten erreichte ein magerer farbiger Junge vor allen anderen die Ziellinie. Wer den Lauf gewann, an dem er selbst teilnahm, wußte Ira nicht, nur, daß er das Schlußlicht war wie gewöhnlich. Und dann kam der Lauf mit Farley; er gewann ihn mit Leichtigkeit. Nach den Ausscheidungsläufen kam der alles entscheidende Endlauf, in dem die Sieger der Vorläufe gegeneinander antreten sollten. Selbstgefällig grinste Ira in sich hinein, denn er allein wußte ja schon, was sich nun ereignen würde, und doch beschleunigte sich sein Puls, als er beobachtete, wie das Schicksal seinen Gang nahm. Der junge Schwarze setzte sich pfeilschnell an die Spitze des Feldes, noch vor dem Jungen mit den kräftigen Oberschenkeln, der seinerseits noch vor Farley lag. Und dann ereignete sich das Wunder, das Ira als einziger so erwartet hatte. Mit seinen erstaunlichen, hämmernden Riesenschritten zog Farley nach Zweidrittel der Strecke mit den beiden anderen gleichauf, lag im Finish an der Spitze und – war als erster im Ziel!

Es war kaum eine Übertreibung zu sagen, daß Farley es an diesem Nachmittag zu Berühmtheit brachte. Als am Abend die Schule aus war, liefen ihm seine Bewunderer bis zum U-Bahn-Kiosk hinterher, und Ira, Farleys engster Freund, wurde durch die bloße Nähe zu ihm aufgewertet.

Während der folgenden Wochen wurde Farley vom regulären Sportunterricht befreit. In seinen Freistunden absolvierte er ein Intensivtraining, um sich für den Hundertmeterlauf fit zu machen. Ende September fand dann in der Exerzierhalle am Rande von Manhattan das erste der unter den High Schools ausgetragenen Sportfeste statt. Farley wurde aufgestellt und gewann die Silbermedaille für den zweiten Platz. Ein Neuling, ein Anfänger, ein »Freshman«, einer mit einem Minimum an Vorbereitung, ohne

Erfahrung und unter harten Wettkampfbedingungen vollkommen unerprobt, wurde als Sensation bejubelt. Sein Auftritt wurde auf den Sportseiten aller Zeitungen der Stadt groß herausgestellt. Die Sportreporter feierten ihn als den neuen Stuyvesant High School »Meteor«.

Inzwischen erwachte in Ira der Ärger über die vage Erkenntnis, daß er in seiner verträumten, unsicheren Art und trotz seines Stolzes über Farleys Leistungen und auf seine Freundschaft mit ihm auf der Stuyvesant ganz und gar unglücklich war: er paßte nicht dorthin. Seine Schlampigkeit, seine Ungeschicklichkeit im Umgang mit Werkzeug, seine unüberwindliche Abneigung gegen technische Präzision, seine Aversion gegen alles Genaue, alles Mechanische – er konnte das, was ihn quälte, auch nicht besser definieren, ebensowenig beschreiben wie zum Beispiel eine Wolke. Es war eher eine Form denn ein Gedanke, ein wallendes, wogendes Bildnis, dem Gesicht seines Werklehrers ähnlich, das Iras unbeholfenen Gebrauch des Hohleisens an einem Stück Bauholz mit spöttischem Ausdruck beobachtete. Der Werklehrer sagte »Moddel«; Ira sagte »Modell«. Zu einem späteren Zeitpunkt hätte Ira vielleicht gern ein Epigramm geschrieben – darüber, wie Proteus mit Prokrustes aneinandergerät, aber das hätte ihn nur davon abgehalten, sich mit den nackten Fakten auseinanderzusetzen, was wohl mit ihm nicht stimmte.

Ohne Zweifel gründete seine Unzufriedenheit in seiner für diese Art Unterricht absolut ungeeigneten inneren Verfassung, seiner Unbegabtheit und nicht vorhandenen Vorbildung für einen technischen Unterricht, wie ihn die Stuyvesant anbot. Seine Unfähigkeit, sich anzupassen, die Langsamkeit, mit der er sich an den neuen Lebensrhythmus gewöhnte, der für seine Klassenstufe ungewohnt späte Unterrichtsbeginn – all das schien sein Gefühl zu nähren, er habe der Möglichkeit, etwas zu leisten, den Rücken gekehrt, sich von dem, was ihm einigermaßen gut lag, abgewendet. Seine Noten im ersten Monat waren miserabel, viel schlechter als Farleys, der vergleichsweise anständige Zensuren erhielt. Ira fiel in allen Fächern außer Englisch durch.

Großer Gott. Ira erkannte im achten Jahrzehnt seines Lebens, wie wenig der heranwachsende Jugendliche, den er hier porträtierte (oder bemüht war, neu zu erschaffen), einem »normalen« Burschen seines Alters zu damaliger Zeit glich. Der Unterschiede waren zu viele, als daß man allen auf den Grund gehen konnte, aber der größte Unterschied – vielleicht machte er sich auch selbst etwas vor – lag in der Art, wie er schmachtend vom anderen Geschlecht träumte, von den Frauen.

Sein Hirn war schon gebrandmarkt, sein Hirn war schon verätzt. Er brauchte nicht von Romanzen zu träumen, sich über sie auszulassen, er hatte mit all den zarten Rüschen und Bändern, die in der Phantasie seiner Altersgenossen zur Garnitur jugendlicher Verliebtheit dazugehörten, nichts zu tun. Denn er hatte keine – nun, höchstens zu Beginn jenes schicksalhaften Frühlings seines zwölften Lebensjahres, als er – für wie kurz auch immer – in sich das erste zaghafte, diffuse Kribbeln verspürte, die ersten Leiden seiner Schwärmerei für Sadie Lefkowitz durchmachte. Sie war die Schwester zweier krimineller Brüder, deren einer beim Überfall auf eine Würfelspielerrunde erschossen wurde; der andere kam knapp mit dem Leben davon, als er beim deutschen Schlachterladen an der Third Avenue, wo er hatte stehlen wollen, was er nur erwischen konnte, vom Dach auf die Markise fiel. Sadie wohnte drei Blocks weiter östlich. Sie hatte rosige Wangen und stopfte ihre langen Unterhosen in ihre hochgezogenen schwarzen Strümpfe (und war, als er sie zuletzt sah, Platzanweiserin in einem Filmtheater und – käuflich). Sadie war es, die ihm – gleichsam als Ersatz – einen Hauch von der Sehnsucht eines Heranwachsenden nach seinem Schwarm vermittelte.

»*Sweet Adeline, my Adeline*«, sangen die halbwüchsigen irischen und italienischen Burschen seines Alters abends vor Biolows erleuchtetem Drugstorefenster an der Ecke Park Avenue und intonierten über dem gedämpften Rumpeln der Züge »*each night I pray that you'll be mine*«. Ira war schon viel weiter als die meisten, viel tiefer verstrickt in gottlose Niedertracht und Sünde, unaussprechliche Sünde. Und was machte derartige Selbsterkenntnis mit ihm? Sie versperrte ihm den Zugang zu ganz normalen, alltäglichen Durchschnittserlebnissen. »Komm schon«, drängte Petey Hunt in seiner derben, stichelnden, irischen Art und ermunterte Ira, sich an die unscheinbare sommersprossige Helen heranzumachen, die eines Sommerabends im Hauseingang stand. »Komm schon, frag sie einfach. Wir haben's alle schon mit ihr gemacht. Sie macht's bestimmt auch mal mit dir.«

»Nein.« Ira schrak zurück.

Schon vorbei. Immer auf demselben bernsteinfarbenen Bildschirm würde Ira den Moment lebendig vor Augen haben, da die nie mehr rückgängig zu machende Verzerrung seines Lebens ihren Anfang nahm, jene unbeschreibliche, aufwühlende Ekstase, die ihn völlig aus der Fassung brachte, für immer. Etwa so wie in dem Experiment, das Mr. Goldblum in der achten Klasse durchgeführt hatte, um den verblüfften Schülern den Druck der Erdatmosphäre zu demonstrieren. Plötzlich schrumpfte der blanke Metallkanister in sich zusammen – für ewig außer Form geraten. Er hatte es vollbracht; es hatte sich ereignet: der glatte, ebenmäßige Behälter verformte sich.

Was er erlebt hatte, war abartig und unnatürlich, eine katastrophale Verirrung. Die Schwarzen waren es, die ihn gelehrt hatten, wie überaus merkwürdig er war, die Schwarzen, mit denen er bei Arbeitsbeschaffungsprojekten zusammenarbeiten mußte. Später würde er sich genau dasselbe sagen wie heute. Es war schließlich das Natürlichste von der Welt für einen, der in den Slums lebte und die Vitalität und Fleischeslust der Slumbewohner kannte, daß Mrs. G., Jüdin, verlassen von dem ultraorthodoxen Ehemann, den sie nicht ertragen konnte, sich bei der Hausarbeit auf ihren Schrubber lehnte, ganz bleich und verloren, und von ihrem Fenster aus zu ihm hinüberstarrte, von ihrem Fenster auf der anderen Seite der Straße, das eine Treppe hoch lag, genau wie seines.

Das war dann der Moment, wo ein schwarzer Junge von fünfzehn oder sechzehn, also seines damaligen Alters, unter irgendeinem offenkundigen Vorwand hinübergegangen wäre zu ihr, um seinen Apparat zur Anwendung zu bringen.

Aber du konntest das nicht. Ira rechtete mit sich: Du konntest nicht. Pop hätte dich so windelweich geprügelt, daß es dir dabei gekommen wäre.

Ja, aber wann hat sich denn diese katastrophale Verirrung ereignet? Nicht vor dem Umzug seiner Eltern nach Harlem, 1914, sondern danach. Warum also Pop die Schuld geben – oder Pop allein? Denk daran, was für Unheil Mom beisteuerte, das absolute Verderben.

Allen beiden die Schuld geben? Ja und nein. Schuld. Versuch mal, sie jemandem anzuhängen: sie bleibt nicht haften. Die Crux hierbei ist oder war – und da sind wir wieder beim Thema – diese Trennung von den eigenen Leuten, dieses Herausgerissenwerden aus einer Homogenität, die – ob Pop nun prügelte oder nicht – mannigfaltige Möglichkeiten der Auseinandersetzung mit den verschiedensten Lebensformen im Schutze des umgebenden Milieus gewährt hätte.

In einem primitiv getippten Manuskript aus dem Jahre 1979 hatte Ira folgendes zu Papier gebracht:

»Die bewährteste und wahrhaftigste – oder sollte man sagen: die begehrteste und wahrhaftigste Metapher bei der Beschreibung einer Handlung ist das Bild von den Grundfesten, ohne die jede Erzählung in sich zusammenfällt. Und doch sind es diese ganz speziellen und essentiellen Grundfesten, die ich lange Zeit durch einen Notbehelf zu ersetzen suchte. Mit anderen Worten: die ich mich trotzig weigerte zu verwenden, weil sie so schmachvoll den Charakter meines Freundes Ira Stigman enthüllen sollten.

Drei Tage habe ich mit mir gerungen, einen Tag war ich dafür, anderentags dagegen, am Ende wieder dafür. Mein Einlenken, so glaube ich, beruht nicht auf mangelndem Einfallsreichtum meinerseits, denn ganz sicher wären mir noch andere plausible Ausflüchte eingefallen, die den Handlungsbogen unversehrt erhalten hätten. Aber gegen eine derartige Ausflucht sprach ja leider schon die Tatsache, daß ich in meinem vorangegangenen Buch die Einführung des ursprünglichen Textes bereits vorbereitet hatte, und zwar durch die Sonderstellung, die ich meinem Busenfreund Farley Hewin darin einräumte, meiner fröhlichen, verläßlichen Zuflucht vor zerrüttetem Jüdischsein; und daß die Logik meines Vorhabens – trotz meiner Selbstanschuldigungen – keine Abweichung von der Wahrheit duldete.«

II

Was die Sache mit seinen schlechten Zensuren noch verschlimmerte und regelrecht dramatisch für ihn werden ließ, war die Tatsache, daß Ira auf seiner neuen Schule andauernd Sachen verlor, Sachen, die ihm gehörten, und zwar ausnahmslos durch Unaufmerksamkeit, Nachlässigkeit und die Unfähigkeit, sein Eigentum vor Verlust zu schützen. Sobald er sie nicht mehr bewachte, verschwanden seine Sachen; sie wechselten den Besitzer, wurden gestohlen. Seine komplette Aktentasche, wie er seine Büchertasche nannte, die nagelneue Aktentasche aus Seehundsfell, die Tante Mamie gekauft und ihm für die höhere Schule geschenkt hatte, die er aber erst einweihte, als er auf eine »richtige« High School kam, diese Aktentasche war mitsamt ihrem Inhalt, den Schulbüchern, Heften und sämtlichem technischen Zeichengerät verschwunden. In Erwartung des Donnerwetters und der Vorwürfe, die ein derartiger Verlust ihm einbringen würde, kam er heulend zu Hause an. Und ein Donnerwetter hat's gegeben. Mom und Pop feuerten Salven von Beschimpfungen ab, rechneten sich gegenseitig die Kosten einer Wiederbeschaffung vor – und ihm. Lediglich seine Turnschuhe waren noch da: die hatte er an jenem Tag nicht eingepackt, denn an jenem Tag stand Sport nicht auf dem Stundenplan. Und es ging immer so weiter, auch später, als er schon eine neue Aktentasche hatte. Einmal wurde ihm sein Winkelmesser weggenommen, einmal war es sein Kompaß, ein andres Mal sein Lineal. Und immer wieder verlor er seine Füllfederhalter, einen nach dem anderen, alle, die ihm zu seiner Bar Mizwa geschenkt worden waren, und schließlich sogar den Waterman, den Max ihm später verehrt hatte, ein fabelhaftes Schreibgerät mit einer einziehbaren Goldfeder. Alle, alle verschwanden, entwendet in der Sekunde, da er sie nur kurz aus den Augen ließ.

Sein Schulbesuch war durchsetzt mit bösen Fallen, zu Zeiten alptraumhaft. Jede Stunde, jeder Tag brachte einen neuen Anfall von Angst, hektischer Suche, erbittertem Kontrollieren und nur allzu häufig wildem Schmerz über einen Verlust. Die Sorge um seine Sachen drängte sich dumpf in seine Unaufmerksamkeit, und seine Unaufmerksamkeit schien noch mehr zur Gewohnheit zu werden, eine unüberwindliche Lücke im Bewußtsein ... du verdammter Trottel, ewiger Tagträumer, du Schäfchenzähler. Das war schon schlimm genug, aber das Phantasieren war noch viel schlimmer, sein listiges Konspirieren zur Befriedigung seiner Phantasien. Es war, als lege sich ein dunkler Schatten über seine Freude, auf derselben Schule zu sein wie Farley; ein dunkler Schatten, der die verliehene Ehre vernichtete, Farleys lustiger Kumpan zu sein. Er fing zu stehlen an.

Zuerst in rachsüchtigem Zorn, wenn er vom Unterricht in einem anderen Raum noch einmal in sein Klassenzimmer zurückrannte und feststellen mußte, daß sein Füllfederhalter aus der Mulde auf seinem Pult verschwunden war, wo er doch eine Minute zuvor noch gelegen hatte! Sein letzter und einziger Füllfederhalter! Verdammte Schweine, Scheißkerle verfluchte! Er würde es ihnen heimzahlen. Dann würde er eben von jemand anders den Füller klauen. Wichser, wen immer es traf... Was für ein Kinderspiel! Es war gar nichts dabei. Es war so einfach, daß er es gleich nochmal versuchte. Muß mir nie mehr Gedanken machen über Füllfederhalter. Einmal gemacht, den Nerv gehabt, es zu tun – ein einziges Mal, mehr brauchtest du nicht, dann hattest du den Dreh heraus. Zu Beginn des Sportunterrichts entledigten sie sich immer ihrer Jacken, zogen Turnschuhe an und gingen in die Halle, um mit den Leibesübungen zu beginnen. Ira trödelte und blieb zurück. Wie zufällig strich er dicht an einer Jacke vorbei, klappte die Vorderteile nach außen, so daß man die Innentasche und darin den Clip eines Füllfederhalters aufblitzen sah. Es dauerte nur eine Sekunde, dann hatte er ihn herausgezogen, und nach dieser Sekunde gehörte der Füller ihm – ja ihm! – und glitt sicher in seine Hosentasche.

»So wurde er zum Raubtier.« Ira las die Worte seines ersten Entwurfs auf dem gelben Durchschlag neben sich: wurde! Er fühlte das grimmige Grinsen auf seinem Gesicht, das ihm die Mundwinkel nach unten zog: Das war der Tag, an dem aus ihm ein Raubtier wurde. Ira ergänzte seinen Text: »Allerdings, so scheint mir, nicht nur in Sachen Füllfederhalter, sondern als ob deren Diebstahl symptomatisch war für die Metamorphose, die seine gesamte Psyche damals bereits durchmachte.«

Ach ja, was ich gerade noch sagen wollte, Ekklesias, und dann wieder vergessen habe, wie es dem Schriftsteller häufig ergeht, und wahrscheinlich noch häufiger, wenn er alt ist, so daß die Bemerkung, die ich machen wollte, wie ein Luxus wirkt, wie ein Sichgehenlassen. Ich habe, wie du wohl weißt, Ekklesias, als ich jung war einen Roman geschrieben.

– Ach ja?

Und der arme kleine neunjährige Bengel wurde von der Gesellschaft zum Opfer gemacht, von den Kräften in seiner Umgebung, sonst hätte ich wohl von einem guten kleinen neunjährigen Bengel schreiben können.

– War er das denn nicht?

Doch, sicher. In dem Roman schon. Aber das Bild trügt; es ist sogar ziemlich verzerrt.

– Möglich. Aber darf ich fragen, warum du das sagst?

Ich sage das, weil es mir falsch vorkommt: dem, der ich heute bin, und dem, der ich tatsächlich war.

– Damals, als du es geschrieben hast?

Damals, als ich es geschrieben habe, ja. Das genau ist der Punkt – und ich denke hier an die von Joyce geschaffene Figur Stephen Dedalus und an Joyce selbst. Kritisch versuche ich, meinen Haupteinwand zu formulieren und gegen allen Augenschein auf die Probe zu stellen: Was ich in höchstem Maße an Joyce zu beanstanden hatte, höchst abstoßend und anstößig fand, war die scharfe Trennung, die er zwischen seinem Künstlertum und Menschsein vornahm; er trieb das nicht nur auf die Spitze, sondern er brüstete sich damit, sonnte sich darin: die Ikone eines Künstlers, völlig losgelöst von seinem autonomen Werk, lehnt die moralische Verantwortung für seine Schöpfung ab, stutzt sich mit göttlicher Indifferenz die Fingernägel. Joyce hat eine Amputation vorgenommen und den Künstler vom Menschen getrennt. Was für ein Blödsinn.

Denn nach meiner Überzeugung bildete sich der Schriftsteller, der ich war, nach belanglosem Geplänkel über Details und den zeitlichen Ablauf ein, daß er sich hier wahrheitsgetreu selbst beschrieben habe, darstellte, sich wahrheitsgetreu in sein Milieu versenkte, oder sich gar selbst in ehrliche Beziehung zu seinem Milieu gesetzt hat. Kannst du mir folgen? Der Kerl hat wirklich geglaubt, er überliefere die reine Wahrheit, erkenne die Tatsachen seines Lebens.

– Leugnest du etwa, daß der Schriftsteller zum Opfer wurde?

Aber doch nicht so! Er spielte doch eine Rolle in dem Stück. Und seine Rolle dabei hat er unbewußt unterdrückt, unbewußt ausgelassen, und darum ist das Bild verzerrt. Ich kann es auch anders ausdrücken: Der Autor unterlag der Selbsttäuschung, er porträtiere die Wahrheit, aber in Wahrheit tat er das nicht.

– Und wie willst du wissen, daß er es jetzt tut?

Gar nicht – jedenfalls nicht mit absoluter Sicherheit; nur mit der relativen Sicherheit, daß ich das, was ich bisher ignoriert habe, jetzt wenigstens berücksichtige und als relevant anerkenne.

– Womöglich auf Kosten der Kunst? Könnte das sein? Du sagst ja gar nichts.

Ich weiß es nicht.

Der Diebstahl des Füllfederhalters führte dazu, daß er noch einen und dann noch einen klaute. Deren Inbesitznahme verlieh Ira ein Gefühl von Freiheit, eine neue Art von Freiheit, ein ungewohntes Freisein von innerer Unruhe: nicht nur frei von diesen Angstanfällen, ob er denn, wenn er den Klassenraum wechseln mußte, seinen Füller bei sich hätte oder ob er schon wieder für seine Nachlässigkeit würde büßen müssen (und selbst wenn: dort, wo diese herkamen, gab es ja noch mehr zu holen); sondern auch eine Freiheit, die aus Abgestumpftheit kam, die selbsterteilte Genehmigung, die aus seiner Gefühlskälte kam, einer Gefühlskälte, die den Gedanken an das Unglück verdrängte, das er über diejenigen brachte, die er beraubte, eine Herzlosigkeit, die Mitgefühl gegen Macht eintauschte, die mit der Sünde spielte.

Und dann geschah das Unvermeidliche, das zwangsläufig Unvermeidliche. Es kam der Tag, da in der Innentasche einer der Jacken, die er durchkämmte, ein besonders wertvoller Füllhalter steckte, dessen Kappe in silbernem Filigran glänzte. Silber! Donner und Doria! Er griff danach, und der Füller gehörte ihm.

Ihm!

Lange Zeit hütete er die phantastische Beute in seinem Lieblingsversteck zwischen dem staubigen Fußboden und der untersten Schublade des eingebauten Kleiderschranks im Schlafzimmer seiner Eltern, eingewickelt in ein Stück Papier von einer braunen Einkaufstüte, neben den anderen eher mittelmäßigen Stücken. Die runden Knöpfe an der schmutzigweißen Schublade, der dunkle Schlund dahinter, wenn man sie ganz herauszog, die Wollmäuse, die sich dort auf dem Fußboden, wo seine Füllfederhalter lagen, angesammelt hatten, wurden Komplizen seiner Heimlichkeit,

Gehilfen seines Vergehens. Es ging ihm nicht mehr aus dem Kopf, wie kostbar doch dieser einzigartige Fang war, dieser silberverzierte Waterman. Seine Gedanken kreisten immer wieder darum herum – wie die silberne Verzierung um die Verschlußkappe des Füllers.

An einem sonnigen Wochenende, etwa gegen Ende März, faulenzten er und Farley gemeinsam in der mit sandfarbenem Teppich ausgelegten Aufbahrungshalle, die gerade mal wieder zum Wohnzimmer der Hewins umgeräumt worden war. Sie lümmelten sich herum und unterhielten sich über den Sprintwettbewerb im nächsten Monat, für den Farley gemeldet war. Er war zuversichtlich, daß er sich plazieren würde. Durch Anleitung und Training waren die zwei Dinge sehr verbessert worden, die es am nötigsten hatten: der Start und sein Laufstil. Er hatte die einhundert Meter schon einmal in der inoffiziell gestoppten Zeit von beachtlichen 11,6 Sekunden geschafft.

Von Zeit zu Zeit zog Ira wohl den Phonographen auf, ließ »Mavoureen« erklingen, gesungen von John McCormack, schenkte Farley seine Aufmerksamkeit nur noch zum Schein und ließ sich im Banne des irischen Tenors und dessen honigsüßen Akzents in verzaubernde Träumereien entführen. In der Innentasche seiner Jacke steckte der silberverzierte Füllfederhalter. Den hatte er mitgebracht. Warum? Weil es an Wochenenden so schön ungefährlich war, damit anzugeben. Weil keine Schule war und keiner das gute Stück als sein – und nicht Iras – Eigentum reklamieren konnte. Weil der Füller Iras Gewissen so kontinuierlich marterte und er ihn bei sich tragen mußte – auch wenn er ihn nicht herumzeigte. Er mußte ihn heimlich tragen oder er mußte ihn weggeben, denn ihn heimlich zu tragen machte eh keinen Spaß!

Farley redete gerade über Hardy, den schwarzen Jungen, der beim Training immer hinter ihm zweiter wurde. »Du kannst dir nicht vorstellen, was der alles in sich hineinfrißt – so was hast du noch nicht gesehen«, lachte Farley. »Also ich sag' dir, Irey, der ißt einen Hotdog mit Sauerkraut und Senf – und noch eine dicke Eiswaffel hinterher.« Farley unterbrach sich, als Ira den Füller aus der Tasche zog. »Hey, der ist aber toll.«

»Hier, schau ihn dir mal genau an.« Ira streckte seinen Arm aus und reichte Farley den Füller.

Farley drehte die Kappe, bewunderte den zarten Silberschmuck. Er bewunderte ihn, offen und ehrlich, eben wie es typisch für ihn war; ohne Neid freute sich Farley für seinen Freund, daß dieser etwas so Hübsches und Kostspieliges besaß. »Hey, hab' noch nie so was Tolles geseh'n, Irey!« gratulierte er ihm.

Und in freundschaftlichem Überschwang, während ihm das Blut zu Kopfe stieg, verschenkte Ira den Füllfederhalter an Farley. Aber nicht doch. Farley versuchte, ihn zurückzugeben. Das könne er nicht annehmen. Der Halter wäre viel zu wertvoll, viel zu schön, um sich davon zu trennen. Aber Ira insistierte; er wollte, daß Farley ihn hätte. Darum hätte er den Füller heute überhaupt nur mitgebracht. Einer seiner reichen Onkel, ein Juwelier, fabulierte Ira, hätte ihm den Halter gegeben, und nun wollte er, daß Farley ihn besitze. Er selbst hätte einen völlig ausreichenden, einfachen Waterman – und zeigte ihn gleich vor. Er brauchte schließlich nicht alle beide. Er wünschte, daß Farley diesen besitze. Am Ende hatte Ira ihn überredet, und er akzeptierte. Vor Dankbarkeit schimmerte das Blau in Farleys Augen noch heller. Als nicht ganz ernstgemeintes Gegengeschenk überreichte er Ira einen neuen gelben Stift aus dem Vorrat seines Vaters. Für Ira war dieser Augenblick wie ein Schwindelanfall: immense Freude tanzte in seinem Kopf – doch es war immense Freude, die plötzlich an ein Gespenst namens Skrupel verpfändet wurde; es lag immenses Vergnügen darin, wie Farley mit Genuß das Geschenk empfing – doch es war gekoppelt an eine böse Vorahnung.

Von der Gymnastik und den anderen dreimal wöchentlich stattfindenden sportlichen Aktivitäten befreit, war Farley zum »Monitor« ernannt worden, einer Art Klassenordner für den Sportunterricht. Jeder Schüler nahm seinen bestimmten Platz in der Turnhalle ein, und Farley war das Privileg zuteil geworden, oder die Ehre, die Anwesenheitsliste zu führen und auf einem Plan jeden Namen auf seiner Position abzuhaken. Farley machte Ira Zeichen und zwinkerte ihm auffällig und vertraulich zu; eingedenk der Sonderstellung seines Freundes grinste dieser zurück, und während Farley die Reihen der Schüler abschritt, bellte der kleine stämmige Sportlehrer die Kommandos für das Tempo der Übungen. Iras Name war auf dem Plan abgehakt, und Farley ging weiter ... war aber nach einer Minute wieder da. Fragend zog er die Stirn in Falten, seine blauen Augen verdunkelten sich, er blickte sehr ernst.

»Hey, Irey«, sagte er gedämpft, »da vorn in der nächsten Reihe, da steht einer, der sagt, der Füller gehört ihm. Es war doch deiner, oder?«

»Sicher war das meiner. Der spinnt ja!« brauste Ira auf.

Farley kehrte wieder um. Nach einer weiteren Minute kam er wieder zurück, diesmal fast noch ernster. »Er sagt, er meldet es im Büro, wenn er ihn nicht wiederbekommt. Soll ich ihn also zurückgeben?«

Iras Welt begann zu wanken, sackte in sich zusammen wie eine amorphe Masse. Er fühlte sein ganzes Dasein schwanken und taumeln, von jeglicher Führung verlassen, seines Mittelpunkts beraubt. Dennoch blieb er dabei, klammerte sich unbeirrt an die Unwahrheit, glaubte an die Integrität seiner Lüge, eingebunden in die Integrität seiner freundschaftlichen Geste gegenüber Farley.

Allmächtiger Gott! Ein irgendwie vollkommen irrationaler, vollkommen unmöglicher, brennender Wunsch tobte in Ira, als er schrieb: Ich will tauschen. Ich gebe dir die kommenden zehn Millionen Sekunden, irgendwelche zehn Millionen Sekunden meines Lebens für nur zehn Sekunden mit einem klaren Kopf zum damaligen Zeitpunkt, zehn Sekunden Klugheit, ganz gewöhnlichen, stinknormalen Hausfrauenverstands. Wie konnte es einem Menschen nur so gottverdammt vorherbestimmt sein, das Falsche zu tun?

»Nein. Der ist wohl verrückt geworden! Es ist mein Füller.«

»Ganz sicher, Irey?« Aus Farleys Tonfall und Haltung sprach freundschaftliche, fast flehentliche Besorgnis. »Ich kann ihn ja einfach zurückgeben, und die Sache ist erledigt.«

Farley ging wieder fort. Wenige Minuten später bahnte sich der junge Turnlehrer, der auch Farleys Trainer war, eine Gasse durch die Schülerreihen. Er hatte den silberverzierten Füllfederhalter in der Hand. Hinter ihm stand ein hochaufgeschossener, zart gebauter Junge mit festem Blick und olivenfarbenem Teint.

»Würdest du bitte mal mitkommen«, sagte der junge Lehrer zu dem entgeistert dreinschauenden, wie gelähmt dastehenden Ira.

Zu dritt verließen sie die Turnhalle, gingen die Treppe nach oben ins Erdgeschoß und betraten das Büro des stellvertretenden Schulleiters Mr. Osborne. Der junge Turnlehrer erläuterte, worum es ging und legte den Füllfederhalter auf Mr. Osbornes Schreibtisch. Mr. Osborne dankte mit einem ernsten Nicken und entband den Lehrer von weiterer Anwesenheit.

Ira kannte sein Schicksal, kannte das unerbittliche, unaufhaltsame Schicksal, das über ihn gekommen war – ach nein, das er selber auf sich herabbeschworen hatte.

Den Füller, so versicherte der jugendliche Klassenkamerad ganz ruhig, habe er zum Grundschulabschluß von seinem Vater geschenkt bekommen. Selbst in der Leere, aus der alle Realität gewichen war, wurde die gute Kinderstube des Schülers deutlich erkennbar. Er könnte einfach seinen Vater in die Schule mitbringen und so die Wahrhaftigkeit seiner Aussage beweisen.

Und Ira, dem jetzt bis tief in seine Seele hinein übel war vor Schuld, der sich elend und krank fühlte wie ein gemeiner Verbrecher, bat darum, mit Mr. Osborne allein sprechen zu dürfen. Mr. Osborne war ein großer, freundlicher, unprätentiöser Mann von Mitte Fünfzig, der wegen seiner sitzenden Lebensweise zur Korpulenz neigte, aber ein feines, offenes, fahles Gesicht hatte. Er bedeutete dem anderen Schüler, das Büro zu verlassen und draußen vor der Tür zu warten.

Wenige Sekunden, und Ira war mit dem stellvertretenden Direktor allein, allein mit ihm – und den Porträts ehemaliger Schulleiter an der Wand. Ira brach völlig zusammen. Du armseliger Roboter, du armer Tropf – verhöhnte er sich selbst. Wie einfach wäre es doch, die Geschichte zu revidieren: Er brauchte nur zu versichern, er habe den Füller auf dem Fußboden des Umkleideraums, neben der Turnhalle, auf dem Flur, irgendwo dort gefunden, brauchte sich bloß etwas Plausibles auszudenken – und wäre höchstwahrscheinlich mit nicht viel mehr als einem strengen Verweis davongekommen, wegen Nichtablieferns einer Fundsache. Und weil er den besten Sprinter, den es überhaupt je an der Stuyvesant High School gegeben, mit in die Sache verwickelt hatte, wäre die ganze Angelegenheit vielleicht mit einer Demonstration von Strenge aus der Welt geschafft worden.

Aber nein, Ira brach in Tränen aus und gestand: er hätte den Füller aus der Jacke des anderen in der Sport-Umkleide gestohlen. Wieviele solcher Diebstähle er schon begangen hätte, fragte Mr. Osborne. Drei oder vier, Ira log: er wüßte es nicht. Mr. Osborne dachte intensiv nach und kam zu einem Entschluß. Der Junge, der draußen auf dem Flur wartete, wurde hereingerufen. Der Füller wurde ihm ausgehändigt, und er wurde angewiesen, sich zum Sport zurückzumelden. Ein schluchzender Ira blieb mit einem nachdenklichen Mr. Osborne allein zurück. Sachlich und geduldig lauschte dieser dem tränenreichen Lamentieren des Delinquenten, er sei selber seiner Stifte beraubt worden, seiner Aktentasche mitsamt Inhalt – ja, alles, was er auf einem der Pulte liegengelassen hatte, sei ihm gestohlen worden, sogar sein kleines Aufgabenheftchen. Den Füllfederhalter hätte er seinem besten Freund zum Geschenk gemacht.

Jammervolles Exemplar eines wehleidigen Jugendlichen, so mußte er, konnte Ira sich später vorstellen, auf Mr. Osborne gewirkt haben. Auch war es nicht schwierig gewesen zu erraten, was in des anderen Kopf vorging, nämlich wie er den Fall am besten lösen könnte, was die fairste Strafe für dieses traurige Häufchen jugendlichen Elends sein würde. Schließlich teilte Mr. Osborne Ira mit, daß er vom Sport – und vom Unterricht überhaupt – suspendiert sei und am nächsten Tag seinen Vater zur Stuyvesant, in dasselbe Büro wie jetzt, mitbringen solle, in das Büro des stellvertretenden Direktors. Dann wollte Mr. Osborne die Entscheidung bekanntgeben, zu der er in diesem Fall gekommen sein würde. Zwischenzeitlich müsse Ira alle in seinem Besitz befindlichen Schulbücher nebenan im Sekretariat abgeben und am morgigen Tag die restlichen der Schule gehörenden Lehrbücher mitbringen. Er würde Ira jetzt einen Passierschein ausstellen, der es ihm gestatte, seine Sachen einzusammeln und das Gebäude zu verlassen. Mr. Osborne äußerte diese Instruktionen besonnen und mitfühlend, aber mit fester Autorität.

Ira gehorchte. Er packte seine Sachen in der Umkleide zusammen, zog sich vor dem Büro der Schulsekretärin seine Straßenschuhe an, deponierte dann die Lehrbücher auf dem Schreibtisch, wo schon ein Passierschein für ihn bereitlag. Dann zog er seinen dünnen Mantel über, spürte, wie unnatürlich leicht seine Aktentasche nun auf einmal war, als ob ihr ganzes früheres Gewicht jetzt auf ihm laste. Dann gab er an der Türkontrolle seinen Passierschein ab und trat hinaus in den wechselhaften Märztag, spürte die frische Brise gegen sein Gesicht. Über seinem Kopf segelte vom Ende der

Straße eine Schar heller Wolken zwischen hohen Häusern auf ihn zu.

Das Jüngste Gericht. Verdammung überall. Straßen und Gebäude trugen den Mantel des Weltuntergangs, Fahrzeuge, Fußgänger, Ladenfronten, die Geräusche der City – alles klang ihm wie Totengeläut und Untergang. Jeder Schritt, jeder Atemzug und Herzschlag. Gauner. Dieb. Er war erwischt worden. Zu spät nun, seine Taten zu bereuen – begangene oder nicht begangene: den Füller versteckt gehalten zu haben, unerschütterlich; kein Geschenk für Farley daraus gemacht, ihn vielmehr an irgendwen verscherbelt zu haben, außerhalb der Schule. Was meinste – fünf Grüne? Nein? Dann eben drei. Ganz aus Silber. Und einen Dollar würde ich ihr abgeben. Okay? Waas? Okay! Wie einfach, im Vergleich zu dem hier – ach zum Teufel, vergiß es! Warum hatte er nur nicht behauptet, den Füller gefunden zu haben? Unter einer Bank in der Turnhalle – irgendwo!

Zu spät. Zu spät und nicht mehr zu ändern. Mit seiner fast leeren Aktentasche, die – welch höhnische Mahnung – an seiner Hand baumelte, ging er in westlicher Richtung. Er kannte sich dort halbwegs aus, seine Gewissensbisse zerstreuten sich beim Gehen, veränderten sich in dem Maße, wie das New Yorker Szenario sich veränderte. Wohin sollte er? Die U-Bahn von der Lexington Avenue Ecke 14th würde ihn nach Hause bringen – aber zu schnell, viel zu schnell, um sinnlos in der Küche zu trauern, um *schiwe* zu sitzen wegen dieser außerordentlich heftigen Katastrophe, die ausbrechen würde, sobald Pop von der Arbeit nach Hause käme. Ira war sich sicher, daß er von der Schule fliegen würde – warum sonst war er gebeten worden, seine Lehrbücher abzugeben und die restlichen morgen vorbeizubringen? Und was hatte Mr. Osborne noch gesagt? »Du bist ja nicht gewohnheitsmäßig schlecht, aber diese Diebstähle von Schülereigentum müssen aufhören.« Rausgeschmissen. Bei Christus, hätte er doch bloß mit seinen Kameraden von früher den Grammar School-Abschluß gemacht und hätte dann angefangen zu arbeiten, hätte sich einen Job gesucht, wäre ein *proßter arbejter* geworden, wie Mom sagte. Wenn nur ihr beharrlicher Ehrgeiz, er möge doch sein Los verbessern, nicht so unzähmbar gewesen wäre. Oder er nicht so halsstarrig, so unbelehrbar, so verdorben. Immer sofort Vergebung findend, wenn er mit dem Dollar winkte. Wie wär's, wenn er arbeiten würde, 'nen Dollar verdiente wie Sid oder Davey oder Jake, die im Block neu zugezogen waren? Wie wäre das? Oh, zu spät, zu spät. Ira war beim Stehlen erwischt worden – er hatte einen Schulkameraden auf der High School bestohlen. Er war überführt und hatte gestanden, war geständig und stand kurz vor dem Rausschmiß. Das war ganz anders, als wenn man bei der Arbeit stahl. Man würde gefeuert und würde sich einen neuen Job suchen. Hier war es etwas völlig anderes: der Federhalter gehörte nicht einer Firma, gehörte nicht einer Unperson; er gehörte jemandem, einem anderen Menschen. Und hier würde man nicht nur einfach gefeuert werden. Mom würde schreien, auf jiddisch: *Oj, a wejtik is mir!* Du hast deine Karriere zerstört, in den Sand gesetzt. Er hatte Farley angelogen, seinen besten Freund, und der hatte es nun erfahren.

Ira wandte sich nach Norden, ging den Broadway entlang, dessen pulsierendes Leben an den Wellen seines Schmerzes vorbeiströmte. Raus aus der Stadt, ohne Ziel. Du wirst also gefeuert. Pop ist auch schon mal gefeuert worden. Da ging er erst zur Arbeitsvermittlung, dann zur Gewerkschaft, der »Waiters Local AFL«, Nummer ... welche Nummer? Nummer zwei. Du besorgst dir die *New York World*, sagte sich Ira: Sieh dir die Anzeigen an »Junge gesucht«, »Junger Mann gesucht« – sofern es nicht hieße »nur christliche Bewerber« oder »nur Protestanten«. Das hier, der Ausschluß von der High School – sein ganzes weiteres Schicksal hing davon ab. Als

Farley zum zweitenmal ankam und sagte, der Junge behauptet, der Füller gehöre ihm, da konntest du schon spüren, wie alles auf der Kippe stand. Ein winzig kleines Körnchen Wahrheit hätte alles, was nun kam, verändern können, ein einziges Wörtchen: ja. Du hättest noch nicht einmal ausdrücklich sagen müssen, daß es seiner war. Nur: ja. Aber er hatte seinen besten Freund angelogen und war nun durch seine eigene Lüge festgenagelt: »Mein Onkel hat ihn mir geschenkt.« Nein, nein, nein! Es ist seiner, er gehört ihm, Farley. Gib ihn zurück. Ich werde es dir später erklären. Und weil Farley so ein sensationeller Sprintstar war, wie es in der Sportpresse hieß, hätte man darüber hinweggesehen, hätte es vergessen, wenn der Füllhalter erst einmal seinem Eigner zurückgegeben wäre. So einfach. So einfach. Aber dann hätte er auch sagen müssen, ich habe dich angelogen, Farley. Ich – ich habe den Füllhalter gefunden.

Gehen.

Durch die überfüllte, laute, unruhige Straße, vorbei an weniger markanten Orientierungspunkten wie dem Flatiron Building, vorbei an belebten Kreuzungen, dem Herald Square, dem Times Square, schleppte er sich voran: Columbus Circle, registrierte gleichgültig, wie sich der Charakter der Gegend veränderte, von Geschäftshäusern zu Apartmenthäusern, von kargen Zweckbauten zu reichverzierten Gebäuden mit vielen Stockwerken und vielen Balkons. An der 96th Street verließ er den Broadway, wandte sich nach Westen, zum Hudson, wo er den hochaufragenden Viadukt über dem Flußufer betrat. Auf den gepflasterten Wegen ganz weit unter ihm – Mütter, Kinderschwestern mit Kinderwagen, die Säuglinge darin so behaglich, so farbenfroh eingepackt gegen die wechselnden frischen Winde vom Fluß. Spaziergänger. Da war ein Mann, der zwirbelte seinen Schnurrbart, wie Mom das Ende eines Fadens drehte, ehe sie ihn durch das Nadelöhr fädelte. Wie vergnüglich doch jedes Bild, jeder Klang, als ob jeder Anblick und jedes Geräusch nicht eine Zentnerlast hinter sich her zöge. Schau dir nur mal das Wasser auf dem breiten Hudson an, kabbelig, mit weißen Schaumkronen, die der Wind dem kalten grauen Fluß aufgesetzt hatte.

Die Palisades, das Steilufer auf der gegenüberliegenden Seite des Flusses, vor einer Baumgruppe die mächtige Uhr der Domino-Zuckerfabrik, deren riesige Zeiger ihm die Zeit anzeigten: es war zwischen Viertel vor und vier Uhr nachmittags. Er dachte sich die Uhr als ein gewaltiges Brandeisen, und jede Minute, die verstrich, jede Stunde, die dahinkroch, brannte sich in sein Gedächtnis ein. Er war gegangen, bis seine Beine lahm, die bloßen Hände kalt geworden, verkrampfte Finger die nutzlose, weil fast leere Aktentasche umklammerten. Eine Weile setzte er sich auf die grüne Parkbank, ruhte sich so lange aus, daß Muskeln und Sehnen steif geworden waren, als er sich erhob, Gelenke schmerzten. Er trottete weiter. Die Sonne ging unter und machte aus den Klippen lange Schatten, welche die Brise zu schneidendem Wind verschärften. Bald würden die Laternen angezündet, würde die Dämmerung hereinbrechen.

Die gepflasterten Wege tief unter ihm wirkten schon wie ausgestorben, als liege ein kahles, tristes Netz von düsteren Betonpfaden über den abfallenden Wiesen, die den leeren stillen Fluß dort unten vom Autoverkehr auf dem Viadukt hier oben, wo er sich dahinschleppte, trennten. Als horteten sie das schwindende Licht, schimmerten die Gleise der New York Central-Güterzuglinie in ihrem stumpfen grauen Schotterbett, wie metallische Strahlen trennten sie den Fluß vom Land, den Fluß, der klatschend gegen die massiven Granitblöcke schlug, die das Bahnbett stützten, aber gelegentlich auch holterdiepolter ins Wasser stürzten.

Erst vor wenigen Jahren noch war er dort mit der irischen Bande aus seiner Straße zum Schwimmen gegangen, in aller Unschuld, in den Jahren der Zuversicht und Unschuld. Die paar anderen jüdischen Kinder aus dem Viertel durften aber nicht mitkommen.

»Wir wollen keine Judenjungs dabeihaben«, zischte Grimesy zu Davey, Izzy, Benny. Aber ihn hatten sie akzeptiert. Warum? Warum hatten sie ihm erlaubt mitzukommen?

Und später dann, als sie wieder trocken waren und ihre Sachen angezogen hatten, um nach Haus zu gehen, fuhr ein Viehtransport mit lauter Ochsen vorbei. Die Tiere kauerten hinter dem Gitter ihrer rollenden Verschläge und rollten zum Schlachthaus in der Stadt. Die Kinder warfen dicke Steine nach ihnen, ja, das taten diese irischen Kinder an jenem drückend heißen Nachmittag, an dem die verdurstenden Tiere unterwegs waren, um getötet zu werden. Da hatte Ira einen stechenden Schmerz gefühlt. Gedankenlose Grausamkeit fand er nie komisch; Schadenfreude tropfte heraus, als sei er selbst die Zielscheibe des Spotts, das Opfer. Er konnte nicht anders. Vielleicht wegen Mom, vielleicht weil er Jude war.

Dort war der Weg, dort, stromaufwärts, der Weg, den sie gewöhnlich nahmen; man konnte ihn jetzt kaum sehen, er schlängelte sich durch das tote Gras unter noch blätterlosen, doch schon knospengefiederten Bäumen. Der Weg kam wieder zum Vorschein, wirkte wie eine Schneise am steilsten Abhang und führte zu den Eisenbahngleisen hinab. Oh, diesen Weg war er ein Dutzend Mal gegangen: neun Jahre alt, zehn Jahre alt, elf Jahre alt – wann war doch gleich das Jahr der Kinderlähmung gewesen? Beim Schwimmen waren die krankheitsvorbeugenden Kampferkugeln naß geworden, die Mom ihm in einem kleinen Säckchen um den Hals gehängt hatte. Er hätte nie älter werden dürfen. Die Wörter waren zwar englisch, kamen aber von dem oft gehörten Jiddisch mit dem bösartigen Zungenschlag: »*Solßt schojn nischt elter wern.*« Und jetzt würde er – zu spät – den Viadukt verlassen, um denselben Weg noch einmal zu gehen: *Solßt schojn nischt elter wern...* Da war es wieder, genau wie damals, als er neun und zehn und elf war. Geh dem Weg nach... Folge ihm durch das Gras, den Abhang hinunter, doch nicht so steil, wie es erst aussah, quer über die blitzblanken

Gleise auf den Schwellen über dem Schotter, einfach über die blanken Gleise, nicht abgeschreckt von den bedrohlich wirkenden Schwellen auf dem arbeitenden Schotter ... knirschende Schritte bis zu den herabgestürzten Felsbrocken im Fluß, deren Umrisse vom Wasser dunkler gefärbt waren als der trockene Granit darüber. Sonne jetzt untergetaucht, wie von der Steilküste geköpft. Domino-Zucker-Uhr; wie spät es wohl war, als er seinen Weg ging? Vorbei an den schwer zugänglichen, zerklüfteten kleinen Wasserlöchern in den Spalten dieses riesig aufgetürmten Felsgesteins. Aber hier war der flache Felsen, von dem aus alle ihre Sprünge ins Wasser machten. Flachfelsen, Sprungfelsen, die Zehen an der Felskante festgekrallt und mit einem Bauchklatscher hinein in den kühlen Fluß. »Und keine Drähte unter Wasser, nix, worin man sich verheddern kann«, sagte Feeny, und alle hatten ihm zugestimmt. Was hatte er getan? Was würde jetzt mit ihm geschehen?

Er konnte nicht denken, das war sein Problem. Er würde also jetzt aus der Schule ausgeschlossen; sein guter Name würde ruiniert sein. Er würde nun als Dieb gelten, als *ganew*. Bislang wußte nur er davon; bald würden es alle wissen. Und was, wenn..., was wenn auch er es wußte und es bald allgemein bekannt würde, daß er schon einmal ertappt worden war, als er etwas Schlimmeres als Diebstahl begangen hatte, etwas ganz Abscheuliches? Das konnte durchaus passieren, schon beim kleinsten Fehltritt. Dann wirf doch deine Aktentasche jetzt ins Wasser. Löse dadurch alle Probleme: Wenn er seine Aktentasche jetzt ins Wasser warf, müßte er hinterherspringen, um sie wiederzubekommen. Und dann? Dann würde er über nichts mehr nachdenken müssen. Gewiß, das Wasser war kalt, schotterfarben kalt. Es würde stechen. Doch wenn er tief einatmen würde, einen richtig tiefen, lebensmüden Atemzug tun ... im Wasser..., dann wäre vielleicht schon alles vorbei..., ehe das Wasser seine Kleidung durchdrang..., seinen Secondhandmantel und seine Secondhandjacke. Wovor mußte er sich fürchten? Er würde es noch nicht einmal spüren. Jeder konnte schließlich von einem Felsen in den Fluß fallen, selbst von einem flachen ... wie diesem... Einfach die Mappe ins unruhige, kabbelige Wasser schleudern, so weit du kannst, in das Wasser, das sich bis hin zur düsteren Steilküste kräuselt. Komm schon. Bald wird's dunkel, dann keinen Nerv mehr. Wenn er doch nur denken könnte. *Jit gadal, wejitkadasch, schme raba*, der Trauergesang, ging der so? Was er wohl bedeutete? So hatte er sich jedenfalls angehört. Pop würde auf einer Holzkiste sitzen, wie beim Tod seines Vaters, nachdem er durch einen Brief aus Europa davon erfahren hatte: das Knopfloch seines Gewandes mit einem alten Rasiermesser aus Edelstein aufschlitzen und auf einem Kasten sitzen, *schiwe* sitzen. Und Mom, Mom, Mom! Warte noch –

Warte: jetzt wußte er es. Der Fluß hatte es ihm soeben gesagt. Er hatte nicht genug *ßejchl*, um von allein drauf zu kommen. Das war nicht schlimm. Es stimmte. Nein, es war nicht gesponnen; es war wahr. Wenn dies nicht Wahrheit war, dann wäre gar nichts Wahrheit; und wenn gar nichts wahr war, worauf käme es denn überhaupt an? Aber hier war er nun, stand mit seiner Aktentasche auf dem schwimmenden Fels am Ufer des Hudson und wollte diese Tasche ins Wasser werfen, ehe die Nacht kam. Warum würde er wohl hier stehen, wenn es nichts bedeutete? Und wenn bis jetzt nichts wahr war? Dann wäre wenigstens jetzt etwas wahr. Hier war er nun, bei Tagesausklang noch am Leben; im nächsten Augenblick bereit zu ertrinken. – Er drehte sich auf dem Schafott aus Stein, kehrte dem Fluß den Rücken zu. Nun also büße. Alles. Die Brüllereien zu Hause. Den Rausschmiß aus der Schule. Die Schande. Das war nur das Äußerliche, das äußerliche Scheitern. Was er war, was er innerlich bereits war, würde er ertragen müssen. Er wußte kaum, was er damit meinte, nur daß die Agonie noch schlimmer sein würde, und er hatte beschlossen, sie zu tragen, die Verwüstung seiner selbst, die einzige Wahrheit...

Er kletterte hinauf zu den betonierten, verlassenen, dunkel werdenden Wegen, unterquerte den Viadukt in Richtung Broadway, tauchte ein in den Verkehrslärm, ins Schaufenster- und Scheinwerferlicht, in menschliches Stimmengewirr, und wandte sich nach Süden. Es würde ein langer Weg werden bis zur 119th Street, ein langer Weg zur Park Avenue. Doch war all dies gar nichts im Vergleich zu dem, was ihm noch bevorstand. Sein Weg war nur ein langer Marsch, verglichen mit dem, was an dessen Ende auf ihn wartete ... nur ein langer Marsch – nichts, absolut gar nichts im Vergleich zu seinem Ziel... Ja, was war überhaupt alles, im Vergleich zu ihm selbst?

III

Eine Stunde später kam Ira zu Hause angeschlichen. Es war nach Einbruch der Dunkelheit, reichlich danach, und weit über die Zeit, die selbst eine verspätete Heimkehr vom Nachmittagsunterricht an der Stuyvesant vertretbar gemacht hätte. Einen Augenblick blieb er im Hausflur unter dem Oberlicht stehen und öffnete dann wie betäubt die Küchentür: erfaßte mit einem Blick das ganz heruntergezogene glatte Rollo am gegenüberliegenden Fenster; nahm die grüne Wachstuchdecke auf dem Küchentisch wahr, die alberne, lächerlich kleine rote Schürze, die vom Rand des schwarzeisernen Spülbeckens herunterhing; spürte, daß der Gasofen brannte; schaute auf den grüngestrichenen Eisschrank mit Wecker und einer Schachtel Zündhölzer obendrauf, den grünen Eisschrank in einer Ecke zwischen blasig grüngestrichenen Wänden, neben der Schlafzimmertür, wo der Stiel des Fransenbesens lehnte. Und sah Pop am Tisch sitzen, noch beim Abendbrot, die hundebraunen Augen sorgenvoll auf Ira gerichtet, als dieser eintrat. Hörte Mom in erleichterndem Jiddisch rufen und schimpfen: »Die Pest soll dich holen, Ira. Wo bist du gewesen – nach der Schule?«

Worauf sofort Pops Häme folgte: »Ooh-ho-ho! Ich seh's ihm an der Nasenspitze an, ihm ist mal wieder was schiefgegangen.«

Ira verschlug's die Sprache, die Worte blieben ihm im Halse stecken. Er durchquerte den Raum, nahm den Besenstiel aus der Ecke und reichte ihn Pop.

»Bist du verrückt?« Pop wurde blaß.

Ira mußte sich seinen Weg erkämpfen, den Weg für ein Geständnis, sein Abkommen mit dem Fluß: »Ich bin beim Stehlen erwischt worden, ich habe einen Füller geklaut, den Füller von einem anderen Jungen. Der...«, Ira wappnete sich in Erwartung der Strafe, »der Stellvertretende Direktor will, daß du morgen mit mir in die Schule kommst.«

Aber statt zu strafen, warf Pop den Besenstiel auf den Boden. Pop wirkte wie – nein, er *war* (konnte das möglich sein?) wie erschlagen und den Tränen nahe. Er schmiß den Besenstiel zu Boden und flüchtete aus der Küche in die Dunkelheit des Schlafzimmers. Wie seltsam, das feinste Stäubchen einer Offenbarung formte sich in Iras Kopf: Pop war nicht so stark wie *er*. Pop konnte nicht ermessen, was sein Sohn bereit war zu ertragen. Innerlich weich. Also das war er?

»Ich glaube, ich werde wohl von der Schule fliegen.« Ira sprach teilnahmslos und stand teilnahmslos da. »Sie haben mir schon meine Bücher weggenommen. Sie haben gesagt, ich soll den Rest morgen mitbringen.«

»*Oj, a bruch uf dir!*« Mom begleitete den Fluch mit einem grimmigen Kopfnicken, ihr breites Gesicht lief rot an. »Laß dich begraben, tu mir den Gefallen! Für all die Qualen, die du über uns bringst! Tölpel! Trottel!«

Und so schnell, wie er verschwunden war, kam Pop wieder zurück. »Ich hoffe, dich bald tot zu sehen!«

»Die haben mich doch auch bestohlen!« Ira verfiel in jammervolles Klagen. »Die haben mir meine neue Aktentasche gestohlen, alle meine Füller.«

»*Dumkop!* Bist du nicht schlau genug, selbst auf deine Sachen zu achten? Wem willst du eigentlich was vormachen?« schleuderte Mom ihm entgegen. »Andere haben auch Schultaschen, haben auch Federhalter. Und wer weiß, was sonst noch alles. Und doch schaffen sie es, ihre Sachen zu behalten! Ersticken sollst du an deinen Ausreden!«

Pop häufte Wut auf Erbitterung. »Ich hoffe, du faulst mir aus den Augen! Verrotten sollst du! Und dies Kind ernähre ich? Mögen Flammen ihn zu Asche verkohlen. Diesen Dieb habe ich gehätschelt?« Brutal und schroff wandte er sich an Mom. »Es ist alles deine Schuld. Das kommt alles durch dein Treiben. Du schickst ihn auf die High School. Ha! Ich würde ihn ganz woandershin schicken – willst du wissen wohin? Er soll in der Erde graben. Er soll Rasen legen. Dafür ist er geeignet. Und möge er bald selbst darunter liegen!«

»*Oj, wej, wej!*« Mom stöhnte, bückte sich, bückte sich und hob den Besenstiel auf. »Stümper! Hornochse! Oh, du bist nichts als Kummer für mich!«

»Zur High School schicken! Sie braucht, sie barmt nach einem studierten Sohn. Na! Hier hast du deinen Sohn: so gebildet wie ein Krebsgeschwür. Ich hab's dir gesagt!«

»Du hast es mir also gesagt. Na gut.« Mom ging gegen Pops Schuldzuweisung mit ihrer eigenen Seelenqual an. »Kannst du auch noch etwas anderes sagen als das? Möge ein schwarzes Jahr ihn befallen. Oh, mein Kummer!« Und zu Ira: »Ja, steh nur da wie eine Säule. *Got's nar.* Zieh Hut und Mantel aus und setz dich. Wie haben sie überhaupt entdeckt, daß du gestohlen hast?«

»Ich habe einen silbernen Füllfederhalter von einem reichen Jungen gestohlen, aus der Jackentasche eines reichen Jungen. Dann habe ich ihn an Farley verschenkt. Der ist damit in der Turnhalle rumgelaufen. Du weißt: da, wo wir unseren Sport machen.« Er jammerte: »In der Turnhalle. Und der Junge – der hat den Füller gesehen. Er wollte ihn zurück.«

»Und warum hast du ihn nicht gegeben?«

»Weiß nicht. Hatte zu Farley gesagt, er wäre meiner. Ich hatte ihm den Füller geschenkt.«

»Ein Narr«, sagte Pop. »Siehst du? Ein Narr sollte nie geboren sein. Ein Narr sollte zertreten werden! Du Idiot! Warum bin ich so verflucht? Mit ihr als Mutter, mit ihm als Sohn.«

Gej mir in d'rerd.

Ira schluchzte.

»Weinen! Jetzt weinst du?« sagte Mom verbittert. »Es wäre wohl besser gewesen, dir wären die Augen ausgefallen, die Hände abgefallen, bevor du den Stift gestohlen hast. Und was wollen die jetzt noch von dir? Der Füller wurde doch zurückgegeben, etwa nicht?«

»Ja doch, aber ich hab' es dir eben schon erklärt. Ich hab' dem stellvertretenden Direktor gesagt, daß ich ihn gestohlen hatte. Er will, daß Pop in die Schule kommt.«

»*Aj*, man sollte dich in Stücke reißen!« Pop fletschte die Zähne in einem neuerlichen Anfall von Wut und Pein. »Wenn man dich nur in Stücke reißen würde! *Aj, ji, ji*, mir diese Schmach zufügen! Mir sagen zu lassen, ich habe ein Stück Scheiße zum Sohn. Dafür muß ich mir nun von der Arbeit freinehmen, um gesagt zu bekommen, was für einen erbärmlichen Tölpel ich da großgezogen habe?« Er schob die Schüssel mit Kompott weit von sich. »Hier, füttere das deinem nächsten Ehemann!«

»Warum sagst du mir sowas?« Moms Hals bekam rote Flecken vor Zorn. »Habe ich ihm nicht tausendmal die Wege zur Rechtschaffenheit gezeigt? Wie viele Male habe ich ihm gezeigt, wie ein gutes jüdisches Kind sich benimmt? Wenn er von einem Dämon besessen war, was willst du dann von mir?«

»Geh weg. Mir reicht's. Rede gegen die Wand. Er ist dein und dein bleibt er auch. Etwas wird er bald lernen: wie es sich anfühlt, wenn man ein einfacher Ernährer ist. Tagein, tagaus dasselbe, zur Arbeit gehen, den Job machen, für einen Boß schuften, für einen Hungerlohn. Laß ihn mal selbst seinen Magen füllen. Er verdient es nicht besser – hat es nie. Du hast da ein dickes Faultier fett gemacht, und jetzt werdet ihr es beide zu spüren bekommen. Wer weiß, vielleicht findet er bei der ganzen Schufterei sogar noch ein Körnchen Weisheit.«

Dann folgte eine lange, schmerzhafte Stille, während der Pop versuchte, mit grimmig angespanntem Gesichtsausdruck seine jiddische Zeitung zu studieren. Er seufzte und stöhnte hörbar, ungleichmäßig, immer wieder...

»Wann hast du zuletzt gegessen?« fragte Mom.

»Ich? Weiß nicht mehr. Bevor ich zur Schule gegangen bin. Um zehn. Das weiche Brötchen, das du mir gegeben hast.«

»Ich würde ihm was kochen«, sagte Pop und klatschte die Zeitung auf den Tisch. »Gehackte Sorgen.«

»Was du tun würdest, weiß ich schon längst«, entgegnete Mom.

»Ich habe keinen Hunger«, sagte Ira.

»Nein? Ich glaube aber doch. Sogar deine Brille ist ganz schmutzig. Geh und wasch dein trauriges Gesicht. Ich habe einen Schmorbraten mit Sauce auf dem Ofen. Die Nudeln sind schon kalt.« Ihre Augen füllten sich mit Tränen. Sie schniefte, ging zum Ausguß und schneuzte sich. »*Nu?* Worauf wartest du?«

»Ich muß mal zur Toilette.« – »Dann geh.«

Er betrat das düstere Badezimmer, hielt die Tür einen Spalt offen, bis er die baumelnde Schnur für den Lichtschalter erkennen konnte. Er zog daran und hörte, noch ehe er die Tür schloß, wie Mom sagte: »So, ein Narr ist er also. Aber ein Kind der Bedürftigkeit ist er auch. Und des Kummers. Und wenn's auch ein goldener Füller wär', es macht nichts. Er ist mein Kind.«

In dem grüngestrichenen Badezimmer stand an einer der blanken, unebenen Wände eine kleine Kommode mit einem Dutzend winziger Schubladen, die Biolow schon wegwerfen wollte und Ira aus der Versenkung gerettet hatte; an der anderen Wand stand die lange grüngestrichene Badewanne in ihrem Sarg aus Spundbrettern. Ira klappte den angeschlagenen Toilettensitz hoch und war überrascht, wie wenig er zu urinieren hatte; immerhin – er kam da auf einen seltsamen Gedanken – hatte er all die Stunden seines Herumstromerns geweint... Er riß an der Spülkette, zerrte an der Lichtschnur und kehrte in die Küche zurück.

»Und wo hast du dich all die Zeit herumgetrieben?« Mom drückte den Laib schweren Roggenbrots gegen den grellgeblümten Baumwollstoff der schmuddligen Kittelschürze, die ihren tiefen Busen bedeckte, während sie das graue Schneidemesser mit der konkav gebogenen, angelaufenen Klinge ansetzte und in Richtung auf ihren Körper durch die dicke Kruste zog. »Die ganze Zeit. Wann hast du die Schule verlassen?«

»Ich weiß nicht. Die erste Stunde war Sport. Mehr habe ich nicht mitgemacht.« Er fühlte seinen Appetit zurückkehren. »Vielleicht war es ungefähr eins.«

»Und die ganze Zeit herumgebummelt. Geh zum Waschbecken.«

»Ich wollte nicht nach Hause kommen.« Ira nahm seine Brille ab, schmierte sich Seife ins Gesicht, schöpfte mit den Händen fließend kaltes Wasser aus der Leitung, trocknete sein Gesicht mit dem Handtuch, reinigte seine Brille. »Ich bin herumgelaufen, das ist alles.«

»Und wo überall?«

»Warum stellst du so dumme Fragen?« warf Pop ein. »Du wirst den Schuster für neue Sohlen bezahlen müssen. Dann wirst' es wissen.«

»Genau. Und sein Vater ist schließlich ein bemittelter Mann.« Mom setzte Ira die grobgeschnittene Scheibe Brot vor, der sich sofort gierig darüber hermachte. »Warte, ich will erst noch etwas Fleisch abschneiden.«

»Ich wußte nicht wohin, das ist alles.« Ira riß mit den Zähnen einen großen Happen heraus. »Ich bin am Fluß entlanggegangen. Am Riverside Drive.«

»Und warum am Riverside Drive?«

»Ich weiß nicht. Eben am Fluß.«

»Aha, verstehe. Du warst am Wasser.«

»Am Wasser«, äffte Pop sie nach, die braunen Augen hart und bös. »Das hat er sich doch gerade eben ausgedacht. Wie diese Frau auf seine List und Tücke reinfällt.«

»Chaim, laß mich«, sagte Mom ganz ruhig. »Ich hab' wohl noch nicht Kummer genug? Und du hast etwa keine Angst? Wem willst du eigentlich etwas vormachen?« Sie hielt Pops starrem Blick stand – bis er wegschaute. Und dann hackte sie auf dem Fleisch im Topf herum, beförderte ein dickes Stück auf den Teller, hielt den Topf schräg, um einen Löffel Sauce herauszuschöpfen, gab sie über die dicke Scheibe Fleisch, fügte Nudeln hinzu.

»Hier. Iß.« Sie stellte den Teller vor Ira auf den Tisch – und wieder wandte sie sich mutig an Pop. »Er ist mein Kind. Mag er sterben, weil er das Hirn eines *golem* hat und weil er mich so leiden läßt. Und du ganz genauso. Immerhin hat er es von dir. Wollen wir doch mal ehrlich sein«, forderte sie ihn heraus, »wie hast du dich das erste Mal aus Galizien herausgestohlen?«

Pop legte seine Zeitung aus der Hand, warf Ira einen entgeisterten, angespannten Blick zu. »Guck mal, was sie da alles aus dem Dreck kratzt! Was hat das eine mit dem anderen zu tun?«

»Das frage ich dich.«

»Gej mir in d'rerd!«

»Du hast das Geld für die Überfahrt nach Amerika geklaut. Stimmt's oder nicht?«

»Leck mich doch am Arsch.«

»Von deinem Vater. Aus seiner Geldbörse.«

»Geh und stürz dich in dein Grab.«

»Da hast du's!«

»Jetzt wirft sie mir das vor – wie ich Galizien verlassen habe. Wie sonst wäre ich denn weggekommen? Ich hatte kein Geld. Meine Brüder waren in St. Louis. Da wollte ich auch fort.«

»Na und?«

»Wessen Geld war denn das? Du Pferdeschädel! Meines Vaters doch, oder etwa nicht?«

»Aber du hast es gestohlen.«

»*Gej mir wider in d'rerd!* Wie sonst hätte ich es bekommen können?«

»*Oj, wej*«, seufzte Mom. »Und als du nach Österreich zurückkehrtest – bist du da etwa gehängt worden für deine Missetat?«

Gereizt drehte Pop ihr sein Gesicht zu. »Wollte Gott, ich wäre nie zurückgekehrt! Ein Dämon hat mich nach Galizien zurückgeschickt. Zu ihr! Zu dir! Der Teufel hat mich zurückgeschickt. Aber was – was soll man machen, wenn das Glück einen verläßt?«

Mom wirkte zu erschöpft für Streit. »Glaube mir, wenn das Glück dich verlassen hätte, hätte es mich auch verlassen.« Sie setzte sich und sprach ganz ruhig. »Was wäre denn für ein Schaden entstanden, wenn ich dir nicht gefallen hätte? Ich wäre eine alte Jungfer geworden. Ben Zion hätte seine anderen Töchter vor mir verheiratet. Als ob er überhaupt eine andere Chance gehabt hätte. Früher oder später hätte mir der Herr ein fettes, pomadiges Exemplar von einem jüdischen Witwer geschickt, mit einem ordentlichen Bart und einem dicken Wanst und einem Haus voller Kinder. Was mir da wohl entgangen wäre! Möchtest du noch ein paar Nudeln? Mein jammervoller Sohn.«

»Ich möchte noch etwas Brot.« Ira kaute geräuschvoll.

Mom stand auf. »Und um wieviel Uhr soll dein Vater morgen in der Schule sein?«

»Ich glaube, vielleicht um zehn. Dann kommt Mr. Osborne. Er ist der stellvertretende Direktor.«

»Ich werde also Zeit haben, meine Frühstücksschicht noch zu Ende zu bedienen«, sagte Pop. »Ich schleich' mich dann zwischen Frühstück und Lunch kurz weg.« Er nickte und wandte sich an Ira. »Danke für die Rücksichtnahme.«

Und Mom, die Ira noch eine Scheibe Brot brachte, fügte hinzu: »Wirf dich ihm zu Füßen. Flehe um Vergebung. Sag ihm, du bist der arme Sohn völlig verarmter Eltern. Du hast den silbernen Füller gesehen. Da hast du ihn stibitzt. Du konntest nicht dagegen an. Niemals wieder wirst du dich solcher Dummheit schuldig machen. Du kannst doch englisch sprechen. Dann rede also, mach den Mund auf. Du mußt inständig bitten.«

»Er mußte ja unbedingt einen Füllhalter besitzen.« Pop stützte die Ellenbogen auf die aufgeschlagenen Seiten der jiddischen Zeitung auf dem Tisch. »Habe ich nicht schon hundertmal *jeschiwe*-Jugend in der U-Bahn gesehen, blasse, hungerleidende Talmud-Studenten, die zur *jeschiwe* in der Nähe meiner Arbeit gehen? Und was hatten die bei sich? Einfache Tinte in einer Flasche. Eine Stahlfeder in einem Halter aus Holz. Nur dieser Wicht von einem Prinzlein hier mußte unbedingt einen Füllfederhalter haben. Ohne den konnte er ja nicht lernen, konnte er kein Wissen aufnehmen. Und nicht nur einen – nein, gleich zwei hat er gebraucht, einen zum Verschenken. Stell dir das mal vor.«

»*Schojn farfaln*«, sagte Mom. »Genug der Folter.« Und zu Ira: »Wenn sie dich nicht wieder in die Schule lassen, was machst du dann?«

»Ich weiß nicht.«

»Du wirst nach Hause kommen.«

Ira schüttelte mürrisch den Kopf.

»Du wirst nach Hause kommen«, wiederholte sie. »Niemand braucht es zu wissen. Ich möchte nicht, daß du dich in den Straßen herumtreibst.« Sie setzte sich wieder, studierte sein Gesicht mit nachdenklichem, tieftraurigem Blick. »Möge Gott dir morgen helfen bei diesem *assistant principal*« – sie versuchte das korrekte Englisch. »Möge Er dir beistehen. Wenn's aber nicht gutgeht, wenn du von der Schule fliegst – das ist nicht das Lebensende, hörst du? Du bist ein Dummerchen, und du hast eine schreckliche Lektion gelernt. Verlier nur nicht den Mut zu deiner Karriere.«

»Ha, Karriere«, tönte Pop. »Mach nur weiter so, setz ihm Flausen in den Kopf. Der braucht so nötig eine Karriere wie ich einen Abszeß. Du wirst seine Karriere erleben, aber gleichzeitig wirst du deine tote Großmutter sehen, Lea.«

»Ich kann noch hoffen«, sagte Mom. »Was kann ich anderes tun als hoffen? Du bist sein Vater. Wünschst du, ihn ganz zerstört zu sehen? Daß nichts wird aus ihm?«

»Ira hat mir schon prima Beweise geliefert, prima Anzeichen, was von ihm zu erwarten ist. Brauche ich noch mehr? Sei so gut, erspare mir deine Fragen.« Pop wandte sein Gesicht ab, wiederum innerlich aufgewühlt. »Ich kann dir versichern, er ist ein Narr.«

»Wohl wahr. Aber wer hatte denn einen silbernen Füller, und wer hatte keinen? Hätte der andere es nötig gehabt, einen zu stehlen?«

»Ihr seid ja alle so schlau. Würde der andere sich zum Trottel machen wie dieser hier? Heute abend, bei ihm zu Haus, da sei unbesorgt, da lachen sich die anderen Eltern ins Fäustchen. Und sie tun gut daran: Sie haben nicht nur ihren Schatz zurückerhalten, sondern ihr Sohn zeigte geistige Fähigkeiten, er zeigte Urteilsvermögen. Er hat die Gelegenheit beim Schopfe ergriffen, sein Eigentum zurückzuerobern. Das ist mir mal ein Sohn.«

»Dummerchen«, sagte Mom. »Möge dein Herz schmerzen wie meines. Ein wenig Kompott? Ich weiß, du liebst gedünstete Birnen.«

»Jaaa. Und noch eine Scheibe Brot.«

IV

Ira wußte, woran er gerade arbeitete. Die Flut der Erinnerungen strömte durch seinen Kopf: Ach, diese ersten Jahre im ländlichen Maine, mit seiner Familie in Montville, mit seiner wunderschönen jungen M. und den zwei Söhnen, in der zweiten Hälfte der vierziger Jahre, nach Ende des Zweiten Weltkriegs. Und der Graben, den er aushob, um die Kupferleitung von dem randvollen und, wahrlich – wie soll man es ausdrücken: waldig gelegenen, kostbaren Quellwasserteich auf dem Hügel bis hin zur Küchenspüle zu legen. Die halbe Stange Dynamit am Ende seiner Spitzhacke, die halbe Stange Dynamit, die er arglos mit der Spitze der Hacke aufgespießt hatte. Halt. Stopp. Die Entbehrungen, besonders für M., die pseudoromantische Unlebbarkeit des Ganzen. Aber sie waren schon zusammen, relativ frisch noch, obgleich er damals schon vierzig war. Aber zusammen! Der Abhang, gekrönt mit kräftigem Felsahorn, nun, da der Winter zu Ende ging, noch ohne Blätter; das Sammeln des Saftes; die Herstellung des Sirups. Warum schienen einige Dinge in der Rückschau viel schöner, als sie waren und die häßlichen viel abscheulicher? Irgendwie mußte man wohl die Schleusentore über dem Vergangenen schließen oder von der Flut der Erinnerungen fortgeschwemmt werden.

Ach, Ira hatte letzte Nacht gar nicht gut geschlafen. Seinem Freund und Rheumatologen Dr. David B. hatte er anvertraut, daß er doch häufig auf die Einnahme einer halben Tablette des Betäubungsmittels Percodan zurückgreifen mußte, um die Schmerzen und die Lethargie, hervorgerufen durch seine rheumatische Arthritis, zu überwinden. Dr. B. merkte an, daß er in dieser Hinsicht Charles Swinburne ähnlich sei. Auch Swinburne sei von Drogen abhängig gewesen, um seine Muse bei Laune zu halten. Und dann hätte es schließlich noch De Quincey und Coleridge gegeben, die beide opiumsüchtig wurden. Die Wirkung der halben Tablette, das Gefühl, »high« zu sein, die dadurch herbeigeführte Anhebung der Stimmung war zwar nur von kurzer Dauer, aber ausreichend, um seine Antriebslosigkeit zu überwinden, ausreichend, um danach weiterarbeiten zu können. Die Müdigkeit, die sich gelegentlich nach der Einnahme einstellte, konnte er mit einer oder zwei seiner rezeptfreien Koffeintabletten ausgleichen. Die hunderttausend Phantastereien, Gestalten und Konfigurationen, die ihm während dieser Phasen der Lethargie in den Sinn kamen, waren auch wertvoll, wunderte sich Ira.

Erwachen trommelte brutal gegen die gnädig einlullende Hülle aus Schlaf; mit Schlaflosigkeit geschlagen durch Erinnerungen, hart und schneidend, die dem Bewußtsein aus dem Vergessen heraus signalisierten, daß es Morgen war. Das Luftschachtfenster des Schlafzimmers umrahmte eine graue Suppe von Tageslicht. Pop war schon zu seiner Vormittagsschicht unterwegs. Er würde Ira um zehn Uhr vor der Schule treffen. Ira sollte dort auf ihn warten... Er zog sich an, sein Schweigen war nervös und ängstlich. Er aß das gebutterte Brötchen, das Mom ihm servierte, stürzte in der bedrückend vertrauten öden Küche seinen gezuckerten Milchkaffee hinunter. Das Hinterhoflicht, das oben durch das vorhanglose Fenster fiel, ließ die graue Stange erkennen, die den blauen, unheilvollen Märzhimmel mit Wäscheleinen schmückte. Grausame Vorboten, unheilträchtige Fanfaren kündigen die Angst vor der kommenden Krise an. Kaum beachtete er Moms ausdrückliche Anordnungen, die ihn in seiner dichten Angst fast nicht erreichten, und machte sich für die Schule fertig – viel zu früh. Lieber den Bürgersteig vor der Stuyvesant auf und ab marschieren, als noch länger im Haus zu bleiben, zu wissen, was Mom empfand, wenn er in ihr sorgenvolles Gesicht sah. Ein einziges Buch hatte er nur noch zurückzugeben, die englische Grammatik.

»Du sollst auf keinen Fall ziellos herumstreunen«, schärfte Mom ihm ein, ehe er ging.
»Wann?«
»Hinterher. Falls das böse Schicksal zuschlägt.«
»Nein, das hast du mir schon zehnmal gesagt.«

»Versprochen? Schwöre.«
»Ich schwöre. Jesus nochmal, laß mich in Ruhe.«
»Ich flehe dich an. Du weißt, es würde mich umbringen.«
»Ich will dich nicht umbringen. Ich werde nach Hause kommen.«
»Hab' Erbarmen mit deiner Mutter, Ira.«
»Ja-ja-ja. Wiederseh'n.« Er ging...
Unempfänglich für den Märztag bewegte er sich Richtung U-Bahn, zur Station Lexington Avenue und 116th Street. Seine Beine versagten den Dienst, er konnte kaum gehen; fast steif vor Angst bewegte er sich durch und über und in eine unwirkliche, unwirtliche, ausgehöhlte Welt, eine Welt, die nur eine einzige Fahrrinne für ihn geöffnet hielt: durch drei helle Straßen zu einem schmuddeligen U-Bahnhof, danach in muffiger Bahnatmosphäre in die Stadt. Nur Bummelzüge hielten an der 116th Street, und er nahm den ersten, der hielt. Er blieb den ganzen Weg in diesem Zug, um Zeit zu schinden, die bedrückende Zeit abzutragen, sie durch viele kleine Haltestellen zu segmentieren, durch immer wechselnde Fahrgäste die quälende Lethargie abzuschütteln. Dann kam der Fußweg von der 14th Street zur Stuyvesant und das unruhige Warten. Er war über eine halbe Stunde zu früh. Er ging auf und ab ... auf dem menschenleeren Bürgersteig vor dem Schulgebäude...

Und dort kam Pop; er trug seinen Alltagsmantel, und unter dem Rand seines grauen, verblichenen Filzhutes sah man sein strenges, angestrengtes Gesicht. Auf seiner Nase sah man feine Äderchen wie damals, als er nach St. Louis reiste. Ira versuchte zur Begrüßung ein dankbares Lächeln, wurde aber zurückgestoßen, im Ungewissen gelassen, niedergeschmettert von Pops funkelndem Blick. Ira ging voraus in die Schule, vorbei an den Ordnern am Eingang, erklärte mit stumpfer Gleichgültigkeit, die keinen Zweifel aufkommen ließ, daß Mr. Osborne angeordnet hatte, seinen Vater in die Schule mitzubringen.

Hinein in die schulische Atmosphäre, die durch Pops Anwesenheit seltsam verfremdet war, durch Korridore, die gelegentlich durch offenstehende Klassentüren erweitert schienen, durch die man einen Blick auf Wandtafeln werfen konnte, auf Hände, die ein Stück Kreide bewegten. Man sah, wie eine Hand eine Landkarte abrollte: die flache, bunte Welt wie auf einem Fensterrollo.

Die beiden stiegen die kurze Treppe zum Erdgeschoß hinauf, hörten leise Geräusche vom Sportunterricht unter ihnen. Gefolgt von Pop, der »Warte eine Sekunde« keuchte, hielt Ira vor der Tür des Sekretariats inne, verweilte kurz und trat dann ein. Er legte seine englische Grammatik auf den am nächsten stehenden Schreibtisch. Der angrenzende Raum war Mr. Osbornes Büro; Ira trat ein – er fühlte sich als Pops Vorhut – und wartete die Sekunde, bis man Notiz von ihnen nahm.

»Kommen Sie nur herein. Bitte!« Mr. Osborne erhob sich. Große Statur, nicht direkt korpulent, aber bepackt, das großflächige blasse Gesicht und die Augenpartie leicht gerötet vor Wärme und Mitgefühl. Er wirkte in seiner ganzen Art kordial, streckte Pop zur Begrüßung die Hand entgegen. »Mr. Stigman. Ich freue mich, Ihre Bekanntschaft zu machen.«

»Ja dank' schön. Bin auch froh.« Vor extremer Anspannung und Nervosität verschluckte Pop einige Wörter und gab dann Mr. Osborne die Hand.

»Ich habe das letzte Buch mitgebracht und es drüben abgegeben«, sagte Ira und deutete Richtung Sekretariat.

Mr. Osborne nickte, bot ihnen sachlich einen Stuhl an. »Möchten Sie sich nicht setzen, Mr. Stigman?« Er machte noch eine Handbewegung: »Legen Sie doch bitte Ihren Mantel ab.«

»Nein, nein. Nich' nötig. Dank' schön.« Pop saß ganz vorn auf der Stuhlkante.

Mr. Osborne nahm Platz. Seine gesamte Attitüde war moderat: Von der Art, wie seine Hände auf dem Schreibtisch lagen, bis hin zu den Falten auf seiner Stirn signalisierte alles Rücksichtnahme, Ausgewogenheit. »Ich bin sicher, Sie wissen, was passiert ist?«

»Ja. Ich weiß.« Pop nickte trübselig mit dem Kopf.

»Ich finde es sehr –«, Mr. Osborne öffnete die Hände, hob sie leicht an und ließ sie wieder sinken, »schwierig. Unangenehm – sehr, mit einem Elternteil über ein derartiges Thema zu sprechen. Ich bin sicher, Sie verstehen, was ich meine – ich bin selbst Vater. Aber es ist meine Pflicht. Ihr Sohn hat das Eigentum eines anderen Schülers gestohlen. Einen Füllfederhalter, in diesem Fall sogar einen verhältnismäßig wertvollen. Wäre dies das einzige Mal, wo er etwas gestohlen, der Versuchung nachgegeben hätte, so könnte man –«, Mr. Osborne wiegte wie suchend sein erhabenes Haupt, als stellte er gewichtige Überlegungen an, schüttelte diese aber schnell wieder ab: »– die Sache vielleicht etwas anders betrachten. Vergeben und vergessen. Sie verstehen, Mr. Stigman?« Und als Pop nicht antwortete, sondern nur seine Nase höher in die Luft reckte, wurde er noch deutlicher: »Aber das hier war nur eine von mehreren solcher Taten, die Ira begangen hat, Taten fortgesetzten und absichtlichen Diebstahls.« Mit seinen braunen Augen blickte er unverwandt und aufrichtig mitleidend auf Pop.

Pop sah Ira finster an, der zu schniefen begann.

»Und doch ist er auf gar keinen Fall kriminell. In keinster Weise. Das sagt mir sein Benehmen, seine Reue. Das erkenne ich an Ihrer Haltung, an der Haltung seiner Eltern. Er ist durchaus so erzogen, daß er zwischen Recht und Unrecht unterscheiden kann. Das steht völlig außer Frage. Er wußte offensichtlich ganz genau, daß er etwas Unrechtes tat.«

»Ich will es auch nicht wieder tun, Mr. Osborne«, weinte Ira. »Ich schwöre, daß ich es nie wiedertue.«

»Da bin ich mir auch ganz sicher.«

»Dann können Sie mir also noch eine Chance geben? Bitte?«

»Und genau das kann ich nicht.« Das reifliche Nachdenken

verlieh seiner ruhigen Ablehnung Nachdruck. »Aus diesem Grunde hatte ich dich auch gebeten, deinen Vater mit zur Schule zu bringen: um Ihnen, Mr. Stigman, zu erklären, warum es einfach im Interesse Ihres Sohnes ist – vor allem in seinem eigenen Interesse, wenn er jegliche Verbindung zur Stuyvesant High School abbricht. Wenn er woanders eine High School besucht, eine andere High School, wo nichts von alledem bekannt ist.«

»Die werd' ich ihm besorgen.« Pop nickte unheilvoll. »Dem werd' ich's zeigen. Seine High School wird er schon bekommen, Mr. Osborne.«

»Nein, was wir wollen, soll keine Strafe sein«, gab Mr. Osborne ernst zu verstehen und sprach mit sparsamen Gesten. »Gott weiß, Mr. Stigman, die hat er sich schon selbst auferlegt, und zwar nicht zu knapp. Nein, was ich Ihnen versuche zu erklären, Mr. Stigman, hat mit Bestrafung nichts zu tun. Was ich Ihnen hoffentlich klarmachen kann, ist, warum er nicht länger die Stuyvesant High School besuchen kann. Darum wollte ich auch persönlich mit Ihnen sprechen. Es sollten da keine Mißverständnisse entstehen. Nicht die Strafe ist mir hier wichtig. Ira zu schützen, seine Zukunft zu schützen ist von weit größerer Bedeutung als die Strafe. Ira hat einen anderen Schüler mit in die Diebstahlsgeschichte hineingezogen – einen außergewöhnlich guten Athleten übrigens. Der Junge, dessen Füllfederhalter Ira gestohlen hat, kennt ihn. Das wird sich ganz bestimmt herumsprechen. All die anderen, die auch etwas eingebüßt haben, was ihnen gehörte, werden nun – und ich versichere Ihnen, es waren leider nicht wenige – werden nun Ira verdächtigen, und die Konsequenzen, die das für ihn haben würde, können Sie sich vorstellen. Seine Position hier bei uns würde unmöglich werden. Er kann einfach nicht hierbleiben... Es ist also...«, Mr. Osborne richtete sich auf, feierlich und unwiderruflich war sein Urteilsspruch: »...in seinem ureigenen Interesse, wenn er nicht auf der Stuyvesant bleibt.«

»Ja«, gab Pop zu, und ein kummervoller Blick aus seinen braunen Hundeaugen kreuzte sich zuerst mit Mr. Osbornes, schwenkte dann in Iras Richtung. »*Geharget solßt du wern.*«

Angetan mit ihren merkwürdig geformten Krawatten, den Stehkragen, wie Mr. O'Reilly einen trug oder Pop getragen hatte, als er heiratete, schauten die ehemaligen Administratoren der Schule von den Wänden herab, ihre Ruhe für immer in Öl auf Leinwand gebannt, ihre schweren Uhrketten durch Iras Tränen wogend.

»Aber bitte keine Mißverständnisse über diesen Punkt«, sagte Mr. Osborne. »Wir sind dazu da, alle Schüler zu schützen. Auch, um Ira zu schützen.«

»Nein, nein, ich versteh' schon. Ich versteh' gut.«

»Dann bleibt mir nur zu wiederholen: Von dieser Stunde an ist Ira nicht mehr Schüler der Stuyvesant High School. Mit einem Wort – es ist allerdings ein sehr hartes Wort, Mr. Stigman, und es tut mir auch leid, aber: Er ist der Schule verwiesen.«

Ira schluchzte.

»Doch lassen Sie mich eins noch sagen.« Mr. Osborne rückte das Buch für die schriftlichen Tadel auf seinem Schreibtisch zurecht, betrachtete gelangweilt die grüne Unterseite. »Damit in seiner Akte von dieser Schande auch wirklich nichts zurückbleibt – wegen seiner Art, er ist ja kein schlechter Junge, und wegen des Vaters, den er hat –, habe ich darum gebeten, daß sein Tadel aus der Akte entfernt und vernichtet wird. Er wird nicht mit einem Register der Schande leben müssen. Er war ja – glücklicherweise – nur zwei Monate bei uns, und in Anbetracht der hier angestellten Studien können wir seine Weste reinwaschen – bis auf einen winzig kleinen Fleck.«

»Ja. Ja. Ich sehe, Sie sind... Sie freundlicher Mann.« Pop überschlug sich förmlich in bitterem Lob. »Dank' schön. Er sollte – ach!« verzweifelte er an Ira. »*Asa lebn af dir!*« zischte er ihm entgegen.

»Du kannst jetzt an jeder Oberschule deiner Wahl neu anfangen«, sinnierte Mr. Osborne. »Du brauchst die Stuyvesant High School gar nicht zu erwähnen.« Dann stand er auf, brachte nüchtern etwas zu Papier, riß ein Blatt von dem Block ab, reichte es Ira. »Das gibst du dem Aufseher am Tor.« Dann streckte er Pop die Hand entgegen, der ebenfalls aufgestanden war. »Ich brauche wohl nicht zu wiederholen, wie schmerzlich das war – für mich ebenso wie für Sie.«

»Ja, dank' sehr. Mehr hab' ich nicht zu – will ich nicht sagen. Tut mir leid wegen der Unannehmlichkeiten. Tut mir leid, daß ich so einen Sohn habe.« Pop nickte heftig. »Ich bin, ich bin – ja nur Kellner. Kellner in einem Restaurant. Von meinem Trinkgeld versuche ich, ihn zur Oberschule zu schicken. Sie sehen ja, was es nützt.«

»Geben Sie nur die Hoffnung nicht auf, Mr. Stigman. Wir haben es hier nicht mit einem gewohnheitsmäßigen Verbrecher zu tun. Ihr Sohn ist nicht kriminell. Fehlgeleitet, das wohl, aber nicht kriminell«, sprach Mr. Osborne, als sie alle drei zur Tür gingen. »Die Art, wie die ganze Sache ans Licht kam, beweist das. Übrigens eine höchst erstaunliche Angelegenheit.« Er blieb an der Tür stehen. »Auf Wiedersehen, junger Mann. Ich rate dir, zukünftig deine Impulse besser zu kontrollieren. Verstehst du, was ich mit ›Impulse kontrollieren‹ meine?«

»Ja, Sir.«

»Du hast deinen Eltern schon unendliches Leid zugefügt. Und dir selbst ganz genauso. Ich hoffe, du profitierst von dieser Lektion.«

»Ja, Sir.«

Sie verließen das Gebäude, gingen ohne ein Wort nach Westen, beinahe als wären sie Fremde; ihr beiderseitiges Elend, des Sohnes Blamage und Schande, des Vaters Zorn und Verachtung, verursachte Abscheu gegen das schwache Band ihrer Blutsverwandtschaft. Sie gingen, bis sie zu dem kleinen Park kamen, dem Stuyvesant Square Park an der Second Avenue, wo ihre Wege sich trennten. Pops Restaurant war weiter stadteinwärts gelegen. Iras Ziel lag nirgendwo, jedenfalls für den Augenblick.

»Dank dir, Pop«, stammelte Ira.

»Dank wäre es wahrhaftig«, antwortete Pop in eisigem Jiddisch, »könnte ich dich begraben sehen.«

Als Äußerstes, als Inbegriff der Ablehnung drehte Pop Ira den Rücken zu und ging fort: der kleine schmächtige Mann im schwarzen Mantel schritt davon, weder gnädig, noch fähig, etwas anderes zu vermitteln als völlige Entfremdung.

Als er allein war, nachdem dieses fürchterliche Strafgericht überstanden, das Resultat geregelt war, fühlte Ira seine eingeschnürten Lebensgeister wieder erwachen. Er setzte sich auf eine der Parkbänke und wollte über seinen Rausschmiß aus der Schule nachdenken, die Landschaft seiner unehrenhaften Freiheit in sich aufnehmen. Sie schien schier ohne Grenzen und gleichermaßen ohne Form. Alles, was er im Augenblick feststellen konnte, war, wie sie sich anfühlte. Die Luft war kühl, veränderlich, sonnendurchflutet, jahreszeitgerechter März. Über ihm zogen Wolkenfetzen lautlos unter leuchtend blauer Heiterkeit dahin. Und darunter Häuser und Fenster, Menschen, Fußgänger und Fahrzeuge, Figuren in Bewegung und in Ruhe.

Irgendein Abschnitt in seinem Leben war zu Ende; soviel war sicher, aber wer konnte ihn benennen? Er konnte es nicht. Zu Ende. Zum Ende gekommen, als ob sich hier ein perverses Geschick verwirklichte. Der Tag gestern war todbringend, das Gestern am Ufer des Hudson war zum Ende gekommen. Er ahnte, daß noch etwas auf ihn lauerte, ein ernstzunehmendes Produkt dieser ganzen Qualen. Aber was? Wie kam es, daß das Leben anderer, zum Beispiel Maxies oder Sids, in vorhersehbaren, vernünftigen Bahnen verlief, in eine Zukunft mit einem Namen. Seines tat das nicht, und er wußte auch nicht, wie er es anstellen sollte, daß es so verlaufen würde.

Impulse. Was hatte Mr. Osborne gesagt? Selbstdisziplin. Ira wußte nun mal nicht, wie man sein Leben beeinflußte, damit es selbstdiszipliniert und vernünftig verliefe. Und er zahlte Lehrgeld. Ursprünglich hatte er nicht auf die Junior High School gehen wollen, sondern hatte auf Mr. O'Reilly gehört und war in der P.S. 24 geblieben – und hatte dort Farley kennengelernt. Und erst hatte er auch nicht auf die Stuyvesant gehen wollen; er hätte lieber eine allgemeine Schulbildung gehabt, wie die DeWitt Clinton sie anbot – aber dann war er doch Farley nachgefolgt. Er wußte nicht, was er wollte, und das war sein Problem.

Andere wußten, was sie wollten. Die meisten wollten Geld verdienen, erfolgreich sein. Er nicht. Die anderen jüdischen Knaben im Block waren ehrgeizig. Er nicht. Hier lag das Problem: Etwas in ihm hatte einen Zickzackkurs eingeschlagen, einen irreparablen Bruch verursacht, einen *lemeschke* aus ihm gemacht, einen Stümper, eine Mißgeburt. Und nun mußte er herausfinden, wie mit solcherart Bruch umzugehen war, ihm Rechnung tragen, versuchen, sein Leben wieder passend zu machen, wenn es überhaupt wieder angepaßt werden konnte. Manchmal hatte er ein Gefühl, als stünde er in einem großen, sauberen, luftigen Raum, wo ganz wundervolle, anonyme, komplizierte Maschinen sein Schicksal ausarbeiteten – im geheimen.

Unter den Bänken ihm gegenüber lagen noch – geschützt durch die grünen Latten der Sitze – kleine, schwärzlich angehauchte Häufchen schmelzenden Schnees. Als letzte Bastion des Winters, so schien es, hatten sie sich unter die grünen Bänke verkrochen, während der Tau des Frühlings dem böse dräuenden Frost anderswo schon Einhalt gebot. Der verfilzte Rasen jenseits des Gitterzaunes hinter den Bänken glitzerte vor Nässe; die Bäume hatten sich mit Knospen gefiedert; die Brise war kühl und feucht. Überall Spuren von Fußgängern auf dem gepflasterten Weg, von naß bis trocken. Baumrinde so feucht und schwärzlich, Dachfirste dicht an dicht. Das war der Frühling. Und dies war er, Ira Stigman, der hier herumsaß, weil er von der High School geflogen war. Er verspürte den Drang, das Datum in seinem kleinen Aufgabenheftchen festzuschreiben. Er zog es zusammen mit einem Kopierstift aus seiner Brusttasche. Er hatte keinen Füller dabei. Er befeuchtete die Mine mit der Zungenspitze und schrieb in lila Lettern: 23. März 1921: »Heute hat der Teufel gelacht.«

Und jetzt sollte er wohl lieber aufstehen und den Park verlassen, dachte er bei sich, lieber gehen, ehe noch jemand früher als nötig zum späten Unterricht ging und ihn erkannte. Er hatte Mom versprochen, nachdem die Kalamität ein Ende hätte, sofort nach Hause zu kommen, und sie hatte ein Ende. Er stand auf und setzte sich Richtung U-Bahn 14th Street in Bewegung.

Für wen hatte er gelitten? Und zu welchem Ende? Jesus, das war schon merkwürdig: zu denken, man habe zu einem Ende gelitten. Er wußte, er hatte gelitten – weil er ein Einfaltspinsel war. War das kein ausreichender Grund? Nein. Es war nicht genug. Das war die Botschaft des Flusses gewesen, des grauen Flusses, der immer wieder dasselbe sagte, mit Millionen kabbeliger Zungen auf seinem langen Weg zu den Palisades unterhalb der Domino-Zucker-Uhr –, der das zu ihm sagte, was ihm das Leben rettete, auf dem Sprungfelsen am Hudson. Es war nicht Grund genug. Er litt nicht, nur weil er ein Einfaltspinsel war. Er wollte, daß das Leben in ihm lebte. Nur er konnte sich durch bummelnde Menschenmassen hindurchschlängeln, an Schaufenstern vorbeitreiben lassen, vorbei an Mänteln und Hüten auf den künstlichen Puppen; sich mitten unter lebendigen Menschen treiben lassen, die brabbelten und schwatzten, die füßescharrend, in Hut und Mantel, nichts anderes waren als Schaufensterpuppen aus Fleisch und Blut, mit wippenden Röcken, mitten im

Tuut-tuut und Bööt-bööt und Ding-dong des Autoverkehrs und Trolleybuslärms. Und ihm bedeutete das etwas. Das war die Antwort. Weil er lebendig war, eben anders.

Lebendig, anders, den ganzen Weg zur spitzen Kreuzung von Broadway und Union Square Park, wo der Schutzmann die Trillerpfeife blies und mit den Armen den Verkehr regelte; lebendig, anders, bis er den dunklen Kiosk erreichte und mit der Menge die Stufen hinunterging. Er würde nie richtig dahinterkommen, Trottel. Aber das war ja die Antwort. Gemein, verdorben und – anders. Warum nur? Man schaue sich nur einmal an, wie sich seine Gedanken in alle Richtungen ausbreiten konnten – in jede beliebige Richtung weg von ihm; und wie sie alles zurückbringen konnten, in ihm zum Leben erwecken. Wer außer ihm konnte das, wer außer ihm, der noch dazu soeben von der Stuyvesant High School geflogen war?

V

Hier sollte ursprünglich der erste Band von DIE GNADE EINES WILDEN STROMS enden, so hatte er es jedenfalls auf der Diskette angegeben, auf welcher er eine knappe Inhaltsangabe der einzelnen Abschnitte seines Werks skizziert hatte: aus Notwendigkeit, wegen der Speicherkapazität seines Computers. Vier Tage waren jetzt vergangen, seitdem er von dem chirurgischen Eingriff (man sagt heute nicht mehr Operation) nach Haus zurückgekehrt war, mit dem sein Leistenbruch repariert wurde. Er war schon fast wieder ganz in Ordnung, körperlich und seelisch, was zum großen Teil M. zu verdanken war.

Wie hatte er doch über dieses Mysterium gestaunt, über ihre, ja, ihre nicht zu erschütternde Hingabe, als er noch im Krankenhaus lag, wundgelegen, ungebührlich gereizt wegen der amorphen Persönlichkeit seines Zimmergenossen, eines ganz gewöhnlichen Durchschnittsamerikaners mit billigem Plastikgeschmack, geistlosem Hirn, einer Vorliebe für billigen Tand, für Talmi und Schund, mit einer Frau, die genauso war wie er, ebensolchen Freunden und den Fernsehprogrammen, ohne die er nicht sein konnte.

Er haßte sie alle, anstatt sie zu bemitleiden – das war der Unterschied, hier fehlte ihm das Verständnis, und M. fehlte es nicht. Er haßte diese Leute, so vermutete er, weil er nicht zu ihnen gehörte (und hatte stundenlang darüber nachgegrübelt). Er war keiner von ihnen. Er war ein ewiger Falascha, wie er in seinem Tagebuch geschrieben hatte. Nun – das Wunder war, daß M. ihn so liebte, diese Tochter derselben dominanten Gesellschaft, die er wegen ihrer Banalität verachtete, der Gesellschaft, die ihn, da war er sich ganz sicher, wegen seiner andersartigen Ansichten mit ebensolcher Intensität verachtete: wegen seiner so anders gearteten Antwort auf die von ihr massenproduzierten und leicht wieder aufzugebenden Wertvorstellungen. M. liebte ihn, kümmerte sich um ihn, versorgte ihn, pflegte ihn mit so viel Mühe – und so viel Weisheit. Sie war nicht der einzige Mensch in dieser *gojischen* Welt der westlichen Diaspora, den er respektierte, zu dem er sogar eine tiefe Bindung aufgebaut hatte – keinesfalls; es waren derer Dutzende und auch nicht nur Intellektuelle – aber sie, sie verehrte er gerade noch »diesseits des Abgöttischen«, verehrte sie so ergeben, wie eine geschundene, herumgebeutelte Seele ein anderes fehlbares menschliches Wesen nur verehren kann, seine Gefährtin über viele Jahre nur verehren konnte. Sie hatte in ihm Lebensbejahung und Leidenschaften geweckt, welche die Lethargie seines gewöhnlich zur Schau gestellten Zynismus zertreuten, die Lethargie seiner Lebensfremdheit, und ihn einer breiteren Menschheit zurückgegeben. Und wer weiß: Ihre Beständigkeit und ihre Hingabe mögen vielleicht der geistige Katalysator gewesen sein, der jene innere Wandlung in ihm bewirkt hat, die Wiederbelebung eines persönlichen Engagements nämlich, das seinerseits zur Geburt und dem Wachsen eines noch größeren persönlichen Engagements beitrug: der Parteinahme für sein eigenes Volk in Israel. Paradox mutet an, daß sie keine Jüdin war...

Band I. Fertig. Erledigt. Heute Morgen hatte er darüber nachgedacht, beim Duschen, beim Frühstück und den anderen Verrichtungen, und sich gewünscht, er könnte den Gedanken so niederlegen oder wenigstens so formulieren, wie er ihm zuerst gekommen war: mit derselben ursprünglichen, schwungvollen Ausdrucksweise. Aber er war nur selten fähig, solches zu tun, sich an die exakte Form des Gedankens bei dessen Entstehung zu erinnern, es sei denn, er hätte sein Schreibgerät zur Hand und den Impuls, etwas in dem Augenblick zu Papier zu bringen, da es sich ereignete. Und beides hatte er nicht gehabt. So war die Einsicht unnotiert geblieben (keine neue Erfahrung für Schriftsteller); jetzt würde er sich schwerfällig an eine – der originalen wenigstens annähernd ähnlichen – Formulierung herantasten müssen. Was dann dazu führte oder die beginnende Erkenntnis in sich trug, daß seine »kreativen« Tage vorüber waren – nein, so stimmte es nicht ganz; *das* nämlich hatte er schon seit langem erkannt. Der zentrale Punkt war, daß die Leute sich nicht für seine Versuche, die Erzählkunst zu erneuern, interessierten; seine Bestrebungen in dieser Richtung waren zweifellos schon längst von anderen aufgegriffen und übertroffen worden. Er war eben nicht dabei gewesen, als all dies sich ereignete. Die Leute, das lesende Publikum, waren an ihm nicht deshalb interessiert – sofern sie es überhaupt waren –, weil sie noch außergewöhnliche literarische Ergüsse von ihm erwarteten, sondern weil sie neugierig waren und etwas über die Wechselfälle seines Lebens erfahren wollten, Wechselfälle, gekennzeichnet von einem Element der Unberechenbarkeit.

Das hätte er von Anfang an wissen müssen, aber wie üblich dauerte es lange, bis er es begriff; den ganzen ersten Band hatte er für diese Erkenntnis gebraucht. Was war aus dem Autor geworden, der jenen ungewöhnlichen Klassiker über eine Kindheit auf der Lower East Side – wie manche Kritiker dazu sagten – geschrieben hatte? Das war doch sicher die Frage, die hinter den zahlreichen Interviewbitten von Journalisten und anderen, freiberuflich Schreibenden steckte. Diese vielen Anfragen reflektierten die enorme Neugier in der Öffentlichkeit, warum er eine so ungewöhnlich lange Schaffenspause eingelegt hatte, das dominierende Kennzeichen seiner Laufbahn als Schriftsteller. Man begehrte Auskunft von ihm und über ihn, um eine Basis zu haben für Vermutungen nach dem Grund. Er aber konnte nichts dazu sagen, denn er war der letzte Mensch auf der Welt, der mit dem notwendigen intellektuellen, philosophischen und sozialen Apparat ausgerüstet wäre, um das zu tun.

Und nicht zu vergessen den Brief (obgleich, er wäre besser dran, wenn er ihn vergäße): den Brief, den er gestern von David S. von der *Washington Post* erhalten hatte, einen sehr lauteren Brief mit der Bitte um ein Interview; und seine Entscheidung, es nicht zu gewähren. Schon im voraus quälte ihn immer die Angst, er könnte dabei das Ausmaß seiner Unkenntnis der modernen Literatur offenbaren, das Fehlen jeglicher Tiefsinnigkeit, die Beschränktheit seiner kritischen Fähigkeiten. Interviews entlockten ihm immer mehr als gut war, mehr als nützlich. Und übrigens hatte er sowieso die Nase voll, gestrichen voll, er hatte es, wie er gerne sagen, aber sofort wieder dementieren würde, einigermaßen satt. Höchstwahrscheinlich aber war das zwingendste Motiv für die Ablehnung dieses Interviews sein Wunsch, die Integrität jener unerwarteten Wendung zu bewahren, die sein schriftstellerisches Schaffen genommen hatte oder im Begriff war zu nehmen: das unerwartete Akzeptieren der Persönlichkeit, die er gewesen war und bleiben mußte.

»Nein, ich werde mich selbst interviewen, Ekklesias«, murmelte Ira, als er die Arbeitskopie des Textes, den er schon auf dem Schirm hatte, abspeichern wollte. Ein leiser, doch vielversprechender Gedanke war ihm dabei durch den Kopf gegangen; undeutlich und vage nur, doch in seinem Alter (und auch schon früher) mußten die leisen, wertvollen Gedanken sofort dem Vergessen entrissen, hermetisch eingeschlossen werden, oder sie verflüchtigten sich schnell wieder... War denn jener schwer faßbare, vergängliche Gedanke womöglich der, daß er bald Staub sein würde? Er wußte es nicht; der Gedanke hätte ihn ohnehin nicht zu einer Kehrtwendung veranlassen können. Wie schwerfällig er doch schon seine Schritte setzte, wie er schlurfte, als er in seiner transportablen Unterkunft den Flur entlang bis zur Küche ging. Dort stand M., die ihr Klavierüben beendet hatte, den Kopf gesenkt und angetan mit ihrer blaßrosa karierten Schürze über einem blauen Hemd und schälte das Gemüse für den orangefarben emaillierten Schmortopf aus belgischem Gußeisen – wie wunderschön doch ihre gewölbte Stirn unter dem grauen Haar. Er kam schwerfällig schlurfend näher, er, der einst genauso gewesen war wie – angewidert nannte er den Namen dieses versnobten, ewig ausweichenden Judenzwickers – TSE-TSE. Nein, dachte Ira: der alte Bert Whitehouse aus Norridgewock in Maine hatte es vor etlichen Jahren, während er, Ira, 1933 an seinem Roman arbeitete, mit seinen Worten genauso bildhaft ausgedrückt wie zum Beispiel Eliot: »Früher konnte ich mich mit einer Hand über einen Vierbretterzaun schwingen; heute stolpere ich schon über ein zwei Zentimeter dickes Brett auf dem Fußboden.«

Und warum sollte die breite Öffentlichkeit überhaupt an den Eingebungen Interesse zeigen, die er heute vielleicht anzubieten hätte? Es handelte sich eh nicht um zeitgenössische Gedankengebilde; sie stammten aus der Zeit von vor fünfzig Jahren. Jetzt schrieben wir eine andere Zeit, die neue Interpretationen, neue Beurteilungen erforderte – und notwendig machte: aus heutiger Sicht, nach fünfzigjähriger Weiterentwicklung. Es bedurfte wohl mindestens noch eines Jahrhunderts – wenn nicht sogar mehr –, um die geistige Verwandtschaft, die Beinahegleichzeitigkeit in dem zu enthüllen, was heute durch zeitlichen Abstand getrennt erschien.

Von seinem fünfzehnten Lebensjahr bis zu seinem neunzehnten, von seinem Ausschluß aus der Stuyvesant bis zu seinem Freshman-Jahr auf dem City College von New York – und vielleicht noch darüber hinaus: hier lagen die Fakten klar. Er wußte, er konnte sich mit ziemlicher Genauigkeit an viele Aspekte dieser Periode erinnern, einige mit Angst und Schrecken besetzt, einige nichts weiter als unterhaltsame Reminiszenzen. Er war der Herr Redakteur. Er war der Boß. Er mußte nur auf die geradlinige Tschu-Tschu-Bahn aufspringen und sich zur vorläufigen Endstation rollen lassen, nein, zum vorläufigen Dreh- und Angelpunkt: Knotenpunkt in der Fachsprache der Eisenbahner. Wie konnte er – das war's überhaupt – etwas löschen, kürzen, verdichten? Wie hieß es hier doch gleich?

»Es aufzuzeichnen ist genauso schwierig«, so hatte er geschrieben, »wie es schwierig ist, sich an die richtige zeitliche Abfolge im Konglomerat jener Ereignisse zu erinnern, die meinem Ausschluß aus der High School folgten. Ich kehrte zur P.S. 24 zurück –«

Und hier unterbrach sich Ira, hielt inne und schüttelte den Kopf. Diese Halbwahrheiten, diese halben Wahrheiten, unter denen er arbeiten mußte, sich zu arbeiten zwang.

– Nun denn, was also bist du? Redakteur oder Mitwirkender?

Beides und keins von beiden, Ekklesias. Ich weiß, es ist dies die Zeit meines tiefsten Verderbens; mir wird ganz dösig im Kopf, so dumpf ist der Schmerz. Dies ist die Zeit. Dies ist die Zeit. Alle anderen Dinge sind wie so viele riesige Schlagzeilen nichts als Schall und Rauch –

– Nicht ganz, nicht ganz. Es sind auch lebensentscheidende Episoden darunter.

Ja. Aber das Entscheidende ist, daß ich während jener Jahre die Ligaturen zerriß, meine psychischen Ligaturen, sie unwiderruflich durchtrennte. Die Feder wurde über den Punkt der ihr eigenen Elastizität hinaus gedehnt, ihrer Konstanten, so daß sie ihre ursprüngliche Form nie wieder annehmen sollte. Gott, wie kann man sich nur derart selbst ruinieren, ruinieren lassen; es ist unbegreiflich.

– *Alors, mon ami.*

VI

Also ging Ira wieder auf die Primary School 24. Er würde sich bemühen, kein Zweifel, eine Abschrift seiner Beurteilung von der Grammar School zu erhalten, auch und besonders von dem einen Jahr auf der Junior High School, da er diese als Leistungsnachweis benötigte, um überhaupt die High School fortsetzen zu dürfen. Ira Stigman war wegen Schlägereien von der Stuyvesant geflogen (wie seine Standarderklärung lautete, die seltsamerweise von niemandem angezweifelt wurde), und seine Noten waren vernichtet worden. Die brauchte er aber, um sich an einer anderen High School einzuschreiben. Außerdem wandte er sich an den verkrüppelten, sich bösartig gebenden Mr. Sullivan um Hilfe bei der Suche nach einem Job, weil dieser früher eine so hohe Meinung von ihm gehabt hatte, als er noch in seiner Englischklasse war (und eine so schlechte in Bezug auf Buchhaltung). Er reagierte auf Iras Bitte (besser gesagt: auf sein Ansinnen) mit Hilfsbereitschaft, ja fast ein wenig entrüstet, denn er betrachtete das, was geschehen war, als summarische Bestrafung eines ziemlich alltäglichen Vergehens und schrieb ein Empfehlungsschreiben an den Chef einer kleinen Firma, der er selbst die Bücher führte. Mit diesem Brief bewarb sich Ira am nächsten oder übernächsten Tag um die Stelle eines Büroboten – und wurde eingestellt.

Mr. Phillips, sein neuer Arbeitgeber, machte den Eindruck eines vernünftigen Mannes, ausgeglichen und besonnen, mit der Angewohnheit, die Seiten seiner langen, geraden Nase zwischen Daumen und Zeigefinger glattzustreichen. Er bat Ira, an einem Schreibtisch Platz zu nehmen und einen Brief aufzusetzen, in welchem er sich um die freie Position bewarb. Dann fand er den Brief ganz zufriedenstellend bis auf einen einzigen Fehler: Ira habe seinen Namen mit nur einem »l« geschrieben anstatt mit zwei. Er würde in Zukunft solche Details noch viel sorgfältiger beachten müssen, wenn er die Genauigkeitsanforderungen einer Anwaltskanzlei erfüllen wolle, betonte Mr. Phillips.

Doch als Bürobote einer Anwaltskanzlei war Ira ein Versager. Ohne Übertreibung: ein jämmerlicher Versager. Eine lächerliche Niete. Er konnte noch nicht einmal eine telephonische Nachricht aufnehmen: In seiner Angst und inneren Blockierung konnte er kaum richtig hören; er konnte einzelne gesprochene Wörter nicht voneinander unterscheiden. Auch war es ein seltener Glücksfall, wenn er den richtigen Saal, die richtige Sitzung im Gericht ausfindig machte, zur rechten Zeit bei der richtigen Vernehmung war. Seltener ging's kaum noch. *Schlimasl!* Pop hatte recht. Und wenn er doch einmal durch einen glücklichen Zufall seine Instruktionen korrekt befolgte, zur richtigen Zeit im richtigen Verhandlungssaal auftauchte, dann verschlief er den Aufruf des Falles, dessentwegen er überhaupt gekommen war und aus eiligem Grund um Vertagung oder Aufschub bitten sollte. Mr. Phillips rieb zwei, drei, vier Wochen lang die Seiten seiner langen Nase; sein Juniorpartner kochte, schimpfte, grummelte etwas über einen gewissen Holzkopf. Und Mr. Phillips' Sekretärin wurde von rätselhaften hysterischen Anfällen heimgesucht...

Die Firma zog um, die neuen Räume waren größer und zweckdienlicher. Die gesamte Büroausstattung wurde verändert: die stabilen alten freundlichen Aktenschränke aus Eiche und die genarbten gelblichen Eichenschreibtische wurden durch glänzend glattes, kaffeefarbenes Metall ersetzt. Im Zuge dieser Veränderung gab es auch neue Büroboten. Ein anderer nahm Iras Platz ein, ein Junge etwa in Iras Alter, aber schmal und großäugig, gescheit, ein wenig amüsiert und von oben herab. Er erinnerte Ira an den Mitschüler, dem er den silberbeschlagenen Füllfederhalter gestohlen hatte. Mr. Phillips ließ wissen, der Neuankömmling sollte von der folgenden Woche an Iras Platz einnehmen. Ira sei ein guter Junge, bekräftigte Mr. Phillips, doch nicht geeignet für die Arbeit in einer Anwaltskanzlei. Es täte ihm leid, aber er müßte ihn gehen lassen.

Um die Wahrheit zu sagen, Ira war nicht allzu traurig. Er fand die Arbeit langweilig, vermißte Farbe und Abenteuer, die bunte Welt der City, über die er so gern nachsann. Abgesehen davon, daß er nach Hause gehen und Mom gestehen mußte, die Quelle seiner neun Dollar pro Woche sei versiegt, fühlte er sich eher erleichtert denn betrübt, gefeuert zu sein. Er wußte, er war einfach viel zu stieselig, um den Job zu schaffen, der trockene Papierkram, der den größten Teil der Arbeit ausmachte, wie ihm schon aufgefallen war.

So endete seine kurze, unhaltbare, zarte Verbindung mit dem Gesetz, mit Rechtsanwälten und Gerichtsprozessen. Er nahm sich vor, niemals wieder in irgendeinem Büro zu arbeiten. Es war schon so schlimm genug, ein Versager zu sein – da brauchte er nicht noch die Erniedrigung, daß andere ihm dahinterkamen.

Wenn es nur nicht so viele Unterbrechungen gäbe, grübelte Ira, so viele Ablenkungen im Leben des Erzählers. Er könnte doch von Episode zu Episode voranschreiten in einer Geschichte, die sich wie von selbst erzählen ließe, von einem Ende bis zum anderen, in einem Rutsch. (Seine alte Klage! War sie Vorwand oder berechtigt?) Für ihn waren es der Ablenkungen zu viele oder zu verführerische, oder er, sein Wille, war zu schwach, um zu widerstehen. Einst war dieser stark genug gewesen, doch ja, als er seinen ersten und einzigen Roman schrieb.

Vier ganze Jahre lang hatte er es geschafft, Ablenkungen und Beziehungen auszuklammern, so lange, bis das Werk vollendet war. Ach Jugend – und er hatte eine Vielzahl von Ablenkungen und Beziehungen gehabt. Häufig sexuelle, jedoch nicht immer: eine Liebesaffäre, die zum Teufel ging; und dann jenen *pas de deux, de trois, de quatre*. Und auch Krankheit hatte für Unterbrechung gesorgt, doch wiederum nicht lange. Hartnäckig hatte er damals an seiner Erzählung festgehalten, was er heute nicht mehr immer konnte. Und, lieber Leser, wie Jane Eyre sagen würde, und mit ihr ein ganzer Schwarm anderer literarischer Erzählerfiguren aus der guten alten Zeit, als der geneigte Schreiber sich noch an den Leser kuschelte, lieber Leser, und wenn du damit nichts anfangen kannst, dann hast du eben Pech gehabt, was immer »Pech haben« bedeutete. Lieber Leser. Vielleicht wird es bald überhaupt keine Leser mehr geben, geneigte oder sonstwie geartete, obgleich er jede nur mögliche Anstrengung machte, sich Mittel und Wege der Kommunikation mit ihnen zu erhalten, durch die Kommunikationsmittel der Zukunft: diese Floppy Disks, auf denen er sich an Ekklesias wandte. Lieber Leser.

Aber schließlich sprechen wir nicht von damals, sondern von heute, wenn er zum Beispiel einen ganzen Tag mit seinem völlig in Aufruhr befindlichen Gedärm zubrachte – oder besser: einen ganzen Tag damit vernichtete; vielleicht sollte er überhaupt sagen: Insgesamt habe er zu viele Tage damit vertan, sich von den verschiedensten drastischen Eingriffen oder den Ausdünstungen seiner schlechten Laune und Unpäßlichkeiten zu erholen, immer oder meistens oder höchstwahrscheinlich Vergeltung oder Strafe, die Quittung für seine Exzesse von vor langer, langer Zeit. Und außerdem, und das war vielleicht sogar das schlimmste, hatte er in jener lange zurückliegenden Vergangenheit, als er seinen jugendlichen »Klassiker über eine Kindheit auf der Lower East Side« schrieb, nicht versucht herumzuwuseln und Teile des Romans feilzubieten, was er jetzt tat, immer noch hoffend, die moderne Welt zu beeindrukken (und ein paar Scheinchen abzustauben, während er noch daran schrieb); folglich hatte er damals auch nicht so viele Abfuhren erhalten – und wahrscheinlich auch nicht verdient – wie heute von diversen und im allgemeinen gutangesehenen Zeitschriften.

Sein Stoff war jetzt ein alter Hut und, soviel er wußte, klischeehaft auch. Doch die Ablehnungen konfrontierten ihn von Angesicht zu Angesicht mit der Tatsache, daß er ein alter Mann von neunundsiebzig war und seine literarischen Waren die eines neunundsiebzigjährigen alten Mannes, verblassend und nachlassend, vielleicht sogar pathetisch. Wäre besser, würdevoller, wenn er den Mund hielte, sich den Anschein vornehmer

Zurückhaltung gäbe, weil seine Unzulänglichkeiten auf diese Weise im dunkeln blieben. Gute Idee.

Nun... Wie er an seine Literaturagentin schrieb, würde er von der Einsendung weiterer Fragmente seiner Arbeit absehen. Jetzt hieß es: alles oder nichts, und wenn es alles sein sollte, dann würde es posthum sein müssen. *Eheu fugaces, Postume, Postume, labuntur anni...*

Als er sich wieder in der Nachbarschaft der 14th Street bewegte, an der Ostseite des Union Square Park, vorbei an den überladenen Fassaden und Rundbogenfenstern der Wohnungen und Bürogebäude aus damaliger Zeit, fiel sein Blick auf ein Schild JUNGE GESUCHT, das in einer Durchfahrt hing: Auskunft in der Acme Toy Company im Obergeschoß. Und wieder fand er, was er so lustlos suchte und zu finden beinahe fürchtete: ein Vorstellungsgespräch. Der rotgesichtige, zigarrenpaffende jüdische Firmeninhaber mit dem rasselnden Atem saß hinter seinem unordentlichen Schreibtisch in dem kleinen vollgestopften Büro und hieß Mr. Stein, wie er dem jungen Bewerber mitteilte. Mr. Stein schien Mitte, Ende Fünfzig. Neben ihm stand sein Sohn Mortimer, ein hochgewachsener, dunkler junger Mann Anfang Zwanzig, der Ira mit intoleranten Blicken aus schmalen braunen Augen durchbohrte.

Gemeinsam nahmen sie Ira ins Kreuzverhör und instruierten ihn gleichzeitig darüber, was sie von ihm erwarteten. Hatte er vor, wieder zur Schule zu gehen? Erfahrung hatte Ira die Antwort auf diese Frage gelehrt. Aber nein, so versicherte er Mr. Stein, er habe die Schule für immer geschmissen. Sie brauchten jemand für das ganze Jahr. Sie brauchten jemand mit einer schnellen Auffassungsgabe, jemand mit einem guten Kopf, denn sie hatten ein langes Inventarverzeichnis mit Hunderten verschiedener Artikel in unterschiedlichen Verpackungen und suchten jemand, der hellwach und ehrlich und vorsichtig war. Ira nannte Park & Tilford als Referenz und hob hervor, daß er dort gelernt hatte, wo Hunderte von

Artikeln unten im Keller lagerten. Freilich, der P&T-Laden weiter draußen war geschlossen worden, und er hatte nun keinen Job mehr. Diese halbwahre Geschichte machte Eindruck. Und außerdem wollten sie jemand, der keine Angst vor ein bißchen harter Arbeit hätte (»Hartarbeit« sprach es der Besitzer aus). Oh nein, er doch nicht.

Obgleich der Sohn düster und skeptisch blieb, stellte der Vater Ira ein: »Wier geb'n dier 'ne Chance«, entschied er. Der Lohn würde acht Dollar fünfzig pro Woche betragen, zahlbar am Samstagnachmittag.

Der erste Tag, an dem er dort arbeitete, eben jener Tag, an welchem er eingestellt wurde, war bereits ein Samstag. Da war er schon wieder auf eine Ungereimtheit gestoßen: Samstag war Zahltag; und wenn dem so war, warum war er nicht bezahlt worden? Hatte er erst zu kurz gearbeitet, oder war der Samstag doch kein Zahltag? Eine Antwort fand er nicht. Nur, daß er die paar Cents, die Mom ihm für seine Jobsuche zugesteckt hatte, jetzt, da er einen gefunden hatte, für sein Mittagessen ausgab, und das fiel reichlich karg aus. Als die Zeit kam, da er sich nach Hause begeben sollte, hatte er kein Fahrgeld – und wie üblich keinen Mut, darum zu bitten. Warum nicht? Zu tief in die Vergangenheit verstrickt, um das jetzt auszuloten. Einen Nickel. Hatte er Angst vor Ablehnung? Oder dachte das Kind, es lasse eine Art Schwäche erkennen, wenn es keine Vorsorge für seine Heimfahrt mit der U-Bahn getroffen hätte? Hätte das sein scheinbar unerschütterliches Selbstvertrauen abgewertet, seine Abhängigkeit als Schuljunge vermuten lassen? Weiß der Himmel.

Das Kind machte sich also per pedes auf den langen Weg von der 15th Street bis zur 119th. Über hundert Blocks in gerader Linie: fünf Meilen, wie man in New York kalkulierte, und das am Ende eines höchst anstrengenden Arbeitstages. Der Marsch machte ihm natürlich nichts aus, wurde er doch getragen von seinen jungen elastischen Beinen, die erst gegen Ende ermüdeten, auf den letzten paar hundert Metern Bürgersteig, auf dem er sich mit der Zielstrebigkeit einer heimfliegenden Taube vorankämpfte. Er konnte sich im Kaleidoskop seines Weges betrachten, im Schlagschatten der Gebäude in der abendlichen Sonne des Spätfrühlings; er sah sein angespanntes Gesicht inmitten anderer unzähliger Gesichter und Gestalten, für Sekunden abgebildet auf den Frontscheiben der Geschäfte, an denen er vorüberging wie an einer Gruppe schlecht reflektierender Spiegel. Und dann ging er um die Ecke, endlich, vorbei am Großhandelslager der Phoenix Cheese Company an der Lexington Avenue und bog in die vertraute 119th Street ein, seine eigene heruntergekommene Straße, seine Zuflucht, sein Zuhause.

Warum erinnerte er sich ausgerechnet an die unangenehmen, die verheerenden Vorfälle, die mit dem Job zusammenhingen, fragte Ira sich, an die allzu häufigen Pannen, deren Ursache er war? Warum gab er sich soviel Mühe zu beweisen, daß er ein Schlemihl war? Aus keinem anderen Grunde, als daß er einer war. Es war nicht so, daß er zuviel protestieren wollte; er war einfach einer. Ach ja, wunderbar: *Ses ailes de géant l'empêchent de marcher.*

Wen ging das etwas an? Seltsam genug, Iras Fehler und Mißgeschicke machten den jungen Mr. Stein weitaus wütender als den Vater. Der Senior war zwar nicht gerade erfreut über Ira, mußte aber häufig über ihn schmunzeln: was für ein Malheur würde er als nächstes fabrizieren? Mortimer war es, der Ira das Leben schwer machte, dafür sorgte, daß dieser sich fortwährend unwohl fühlte, was zwangsläufig den nächsten unerhörten Ausrutscher provozierte, der wiederum Mortimers Haß rechtfertigte und ihm neuen Zündstoff lieferte. Ira zerbrach unzerbrechliche Puppen. Er zertrat ganze Schachteln mit fragilen Christbaumkugeln. Gleich darauf belauschte Ira den alten Herrn am Schreibtisch, wie er mit abgewandtem Gesicht aufgeschreckt hervorbrachte: »Die Versich'runk wierd das bezahl'n.« Und um seinen Sohn zu beruhigen, der seinerseits, so vermutete Ira, den Tölpel am liebsten sofort an die Luft gesetzt hätte, fügte hinzu: »Meine Mädizien, die zahl'n sie nicht. Also – is' de *jold* besser *wie* Mädizien.«

Doch Mortimer war nicht zu besänftigen. Eines Nachmittags, als Ira vom Mittagessen zurück und besonders träge war, bekam er den Auftrag, Mortimer beim Auspacken einer großen Sendung Teddybären zu helfen. Während Mortimer hoch über seinem Helfer stand, einen Fuß auf der Trittleiter, den anderen auf einem erhöht stehenden Karton, warf Ira ihm einzelne Teddybären zu, die er auf dem obersten Bord des Regals verstauen sollte. Mehr als einmal zielte Ira daneben, so daß Mortimer nicht nur den Bären, sondern auch sich selbst fangen mußte. Plötzlich, als Ira sich vornüber beugte, um an die unterste Schicht Bären zu gelangen, peng!, knallte ein Teddy mit voller Wucht an seinen Kopf. Kein Teddybär konnte so einen harten Aufprall durch bloßes Herunterfallen verursachen – das war klar. Er mußte also gezielt geworfen worden sein – mutwillig und mit äußerster Kraft. Und obgleich Mortimer hoch oben unter der Decke mit einem konzilianten Lächeln diente und ein wenig überzeugendes »tut mir leid« zustande brachte, beschloß Ira zu kündigen. Was er dann am nächsten Samstag tat, fristlos.

Ach, wie wäre es wohl gewesen, Stigman – Ira ließ den Kopf zurückfallen – ohne das Krebsgeschwür, empfänglich für alle Phasen des Lebens, ohne Kenntnis – oder fast – der Armut, der Not und des Elends um dich herum? Was wußte das Kind noch außer dem, was es aufnahm, erkannte, innerhalb der Enge der Slums, seines Milieus? Fast nur Dinge, die es aus Büchern hatte, aus der allzu oft unwirklichen Bücherhallenwelt mit einem weiten Abstand zu seiner eigenen. Dennoch, gelegentlich öffnete sich der Geist den literarischen Pfaden, und einige waren sogar gangbar, belohnten den Wanderer vielleicht für seine Reise.

Wir gehen diesen Weg nur einmal, sagte Thoreau; und er, Ira, wäre diesen Weg beinahe schon bis zum Ende gegangen. Nichtsdestoweniger war es ein Privileg, die Strecke zu rekonstruieren, und noch dazu am Computer. Konnte Ira unterdrücken, was jetzt nach Verbalisierung drängte? Nein, konnte er nicht. Es war dies die Wirkung einer halben Tablette Percodan, Percodan, das ihn immer so redselig machte. Millie M., Marcellos Frau, hatte ihm *Jane Eyre* zu lesen gegeben, den ersten und einzigen Brontë-Roman, den er je gelesen hatte, und er konnte den Klang ihrer Prosa in sich pulsieren hören. Vor einhundertvierzig Jahren hat sie gelebt. Sie starb im Kindbett, aber jetzt sprach sie zu ihm, ihr Geist noch lebendig und vital; immer noch mit demselben Handwerk beschäftigt, sprach sie jetzt durch das Medium dieses Handwerks, sprach zu ihm mit einer zarten, vibrierenden Frauenstimme über eine Zeitspanne von eineinhalb Jahrhunderten hinweg und berichtete, wie es war, damals am Leben zu sein; durch all die Darstellungen verknöcherter Religiosität, gotischer Ungereimtheiten, übernatürlichen Schnickschnacks vermittelte sie ein Lebensgefühl, durchbrach sie Freud und ihr Grab, Brauchtum, Ethos und Kultur: vermittelte sie einem alten Mann wie ihm das Lebensgefühl einer jungen Frau zu ihrer Zeit. Und nun vorausschauen – dachte er, schaue 140 Jahre voraus. Bete den *kadesch* nicht nur für deine Enkel, sondern für deine Urenkel; reiße jetzt deine Kleider entzwei, sitze gebeugt durch schmerzliche Verluste, sitze *schiwe* – was du nie für die Lebenden getan hast; mit einem Wort: trauere um die Ungeborenen, um die Verstorbenen der Zukunft.

In der total veränderten Welt des Jahres 2125 mit ihrem veränderten Sittenkodex, einem veränderten Ambiente, einem veränderten Bewußtsein – wird es dort Menschen geben, die auf dich zurückblicken? Aus einer Menschheit heraus, deren Beschaffenheit du heute schwerlich abschätzen kannst, die sich vermutlich noch dramatischer von deiner unterscheidet als Jane Eyres. Dennoch, die einzige holistische Welt, auf die sie – durch all die hinkenden, grotesken Anachronismen – werden zurückblicken müssen, wird so sein wie diese, eine Mischung aus Fakten und Fiktion. Was für einen verteufelt kleinen Unterschied wohl ein einziges verunglücktes Jahr in 140 Jahren von heute ausmachen wird.

Allerdings, Ekklesias, gibt es in diesem Exkurs viel, wofür du dankbar sein mußt, damit du's nur weißt! Nicht nur, weil es das Herz erleichtert, sondern weil es die Endlichkeit im Weiterleben erhellt oder das Weiterleben in der Endlichkeit, die Seele tröstet, ja, ein ganz klein wenig die menschliche Seele mit ihrem Schicksal versöhnt. So laß dies denn ein unbestimmtes Zwischenspiel sein...

VII

Er hatte soviel verdient, daß Mom ihm seine Kleidung für das kommende Schuljahr kaufen konnte: ein paar Stück Unterwäsche – BVDs –, Socken, ein Paar billige Schuhe und genügend Secondhandsachen für draußen, die ihm reichen mußten, bis er nächsten Sommer wieder etwas Lohn mit nach Hause brächte. Wie ungeniert sie im Secondhandladen an der 114th Street feilschte, vor Entrüstung rot anlief, den Gesäßteil der angepriesenen Hose gegen das Licht hielt, um zu beweisen, wie mürbe der Stoff schon war – unbeeindruckt von des Ladeninhabers Dementis und Iras unterwürfigen Protesten. Nachdem für seine Kleidung gesorgt war, fühlte er sich von weiterer Verantwortung für sein Wohlergehen bis zum nächsten Jahr befreit. Nahrung und Obdach, ein Bett zum Schlafen – das betrachtete er als selbstverständlich; darauf hatte er Anspruch kraft der Fürsorgepflicht seiner Eltern – oder eigentlich kraft Moms Verpflichtung, da sie so hingebungsvoll dafür sorgte, daß er eine Schulbildung erhielt. Auch das Fahrgeld, den Dime, den sie ihm jeden Tag für den Schulweg zusteckte, nahm er ohne Hemmungen. Hatte er seiner gegenwärtigen Versorgungsquelle nicht schon genug zugeschustert, als er im Sommer gearbeitet hatte? Bekleidung war – so wie er es sah – das einzige, was nicht automatisch zum Haushalt gehörte, sondern Extrageld erforderte, Geld von außen, Geld, das zu verdienen seine Aufgabe war. Und er hatte genug verdient, um die Kosten einer Secondhandausstattung zu bestreiten. Er hatte seine Pflicht erfüllt. Und sobald er das getan hatte, fühlte er sich berechtigt, seinen Job zu kündigen, reinen Gewissens zu faulenzen.

So schlenderte er denn nach Westen, die Badehose in ein Handtuch gerollt, das kleine Bündel unter den Arm geklemmt, vorbei am Einkaufsmarkt an der 125th Street, der einstöckigen Ladenzeile, immer weiter nach Westen, an der Sixth Avenue unter der El hindurch, immer noch weiter westlich zur hochaufragenden dunklen U-Bahnüberführung an der 125th Street, die er unterquerte und dann den ganzen Weg zum St. George-Fähranleger am Ufer des Hudson zurücklegte. Bis hierher und nicht weiter ging's auf Schusters Rappen. Von dort mußte er die Fähre nehmen, was einen Nickel kostete, und hinüberfahren ans andere Flußufer, die New Jersey-Seite am Fuße der Steilküste. Ein Highway führte auf die Palisades hinauf, auf halber Strecke zweigte eine Straße in ein Wohngebiet ab, von wo er sich dann nach Norden wandte, oberhalb des Flusses und parallel dazu. Hier wanderte er auf einem schmalen Gehweg an komfortablen Wohnungen vorbei, die etwas zurück, inmitten von sanft gewellten Rasenflächen lagen, unter schattenspendenden Bäumen im vollen Grün des Spätsommers. Hin und wieder bemerkte er ein Haus, das in stillem Reichtum aus einer kurvig angelegten Zufahrt herauswuchs, in der viele Automobile parkten.

Amerika, blühend und wohlhabend, wo modische Frauen, mit Hüten wie Gemälde, ihre langen weißen Handschuhe hochzogen, wenn sie zu ihren Automobilen gingen. Ihm fehlten beinahe die Worte, doch als ob Gedanken Wolken voll tieferer Bedeutung wären, grübelte er über die unwägbare Kluft nach, die ihn von allem trennte, was er erblickte – und wovon er verzaubert war; die ihn, den Immigranten, von einem gebürtigen Amerikaner unterschied, den Juden vom Nichtjuden. Oh, und nicht nur das, sinnierte er manches Mal. Um von der Art zu sein wie sie, mußte man auch von der Art kommen, die sie schon lange, lange waren. Immer schon. Keine alten Juden mit Schnäuzer, keinen Shloime Farb mit seinem gespaltenen grauen Bart, der genüßlich seinen Rotz abhustete, wenn er sich über die Thorarollen beugte, oder Shloime Farb am *schabeß* mit Zylinderhut; keinen *chejder,* so karg die Erinnerung daran auch war: East-Side-Straßenhändler, jiddisches Gebrabbel, *mazeß* und Moses in der *Haggadah,* der in den Stein meißelte, daß der grausame ägyptische Aufseher erschlagen werden sollte. Diese Welt hatte keine warmen Jom-Kippur-Nachmittage, an denen man an der ebenerdigen Synagoge vorbeischlenderte, keine altersschwachen Juden, die sich in ihrem Totenhemd büßend zu Boden warfen – schaurig; nichts, was die Vollkommenheit ihrer Art befleckte, der Art, die in jenen gepflegten Wohnungen lebte, unter den Bäumen, wo er ging. Und was das schlimmste war, da war er sich sicher, ganz sicher: kein geheimes Krebsgeschwür hatte schon damit begonnen, die strotzende Gesundheit, die sie zu haben schienen, auszuhöhlen – wenn er sah, wie sie die Hecken um ihre sauber gepflegten, edlen Rasenflächen schnitten oder, in lebhafter Unterhaltung begriffen, in ihren fröhlich gestreiften Schaukelstühlen einander gegenübersaßen. Nein. Ihre Beherztheit, ihr Wohlbefinden machten sie unerreichbar für ihn.

Eine Meile ungefähr wanderte er wohl so die baumbestandene Allee entlang, bis er zu einem Schild mit aufgemaltem Pfeil kam, welches den Beginn eines Pfades den Hügel hinab markierte, der an einem künstlichen Sandstrand endete. Es war dies eine private Badestelle am Hudson mit Umkleidekabinen und Schließfächern und einem Steg zum Schwimmen und Springen, der aufs Wasser hinausragte. Die Benutzung eines Schließfachs kostete zehn Cent, ansonsten war der Zugang zum Umkleideraum frei. Dort wollte Ira sich seinen zweiteiligen Badeanzug anziehen, seine Sachen draußen an einem abgelegenen Ort verstecken, zum Strand laufen und sich in die »sauberen«, angenehm brackigen Fluten der weiten Hudsonmündung stürzen. Er war ein guter Schwimmer. Seine rundliche Figur, so häufig von Nachteil bei Sportarten auf dem Trockenen, war im Wasser ein großer Vorteil. Er würde dann zu den rostigen Kolossen, den Liberty-Schiffen hinausschwimmen, die während des Großen Krieges als Truppentransporter gedient hatten und nun mitten im Strom träge an ihren Haltetauen zerrten. Flugzeuge, Wasserflugzeuge mit Schwimmkörpern, lagen häufig auf halbem Wege zwischen den vor sich hin rostenden Schiffen und der Küste vor Anker, und Ira würde sich wohl an einer Verstrebung oder einem Spanndraht festhalten, um zu verschnaufen. Und einmal, als er gerade auf so einem Schwimmer thronte, kam ein Patrouillenboot der Navy gischtspritzend angesaust, und ein Offizier befahl ihm, sofort herunterzukommen. Das tat er auch und fiel, dem Befehl zu hastig folgend, ins Wasser – und stieß mit dem Kopf gegen etwas Hartes, war wie betäubt, konnte sich aber über Wasser halten, bis er sich genügend erholt hatte, um zum Ufer zurückzuschwimmen.

Allein, so unvorsichtig allein und häufig weit vom Ufer, von jeglicher Hilfe weit entfernt, wäre er mit Sicherheit ertrunken, hätte er einmal einen ernsthaften Unfall erlitten oder einen Krampf. In Anfällen plötzlicher Panik, wenn er gerade ein Meeresungeheuer unter sich glaubte oder gegen die Strömung des Flusses und die ablaufende Tide gleichzeitig anschwimmen mußte, wenn trockenes Land unerreichbar schien, dachte er immer an Mom: er teilte ihre untröstliche Trauer um ihn.

»Warum nur lasse ich dich gehen?« sagte sie mehr als einmal zu Ira, so oft, daß sich ihre Worte für immer in sein leichtsinniges Hirn eingruben. »Ich weiß es selber nicht. Ich lasse dich gehen, weil du über Amerika lernen mußt. Du mußt lernen allein, denn helfen kann ich dir nicht. Weder ich noch dein Vater.« Und dann lachte sie wehmütig. »Mrs. Shapiro schimpft mit mir, daß ich bin wie eine *gojte.* ›Sie haben ein Herz aus Stein‹, sagt sie zu mir. ›Ein steinernes Herz wie eine *gojische* Mutter.‹ Sie weiß gar nichts. Wenn ich dich verlöre, fiele ich tot um. Ich bin immer wie betäubt, bis du nach Hause kommst.«

Es war schon zu spät, um noch in das laufende Semester einzusteigen. Deshalb meldete sich Ira für die Sommerperiode an der Abend-High-School an, in demselben großen grauen Schulgebäude, an dem er früher – auf seinem Weg zur U-Bahnstation Lenox Avenue Ecke 116th Street – so oft vorübergegangen war und nun wieder vorbeikommen würde. Englisch im zweiten Jahr, dazu berechtigte ihn sein Zeugnis von der Junior High School, Spanisch im zweiten Jahr, aber Algebra für Anfänger. Nach der bedrückenden, schwülen Atmosphäre elektrisch beleuchteter Klassenräume schlenderte er jetzt durch die 116th Street, die Hauptverkehrsstraße mit der quer durch die Stadt führenden Trolleybuslinie und den jüdischen Geschäften, vergleichbar den nichtjüdischen in der 125th Street. Er ging seinen Weg wie andere arbeitende Jugendliche, als ob er auch schon auf eigenen Füßen stünde wie sie und nicht nur vorübergehend zu ihnen gehörte; sie neckten sich und plauderten – worüber eigentlich? Unterricht, Lehrpläne, Jobs.

An ein Gespräch konnte sich Ira noch ganz deutlich erinnern. Er wurde von einem nichtjüdischen Schüler – bereits ein junger Mann, etliche Jahre älter als er – wegen einer im Scherz gemachten, herablassenden Bemerkung über Calvin Coolidge zurechtgewiesen. Sich anbiedernd wie gewöhnlich, wenn er mit Nichtjuden zusammen war, flüchtete er sich in milde jüdische Verunglimpfung und sagte scherzhaft, daß Juden zu Coolidge »Koilitsch« sagten, das jiddische Wort für altbackenes *schalle*, einen Tag altes Sabbat-Brot, weil es so trocken und fade war. Die Retourkutsche seines Kameraden von der Abendschule kam prompt und pointiert: Von allen Menschen hätten gerade Juden kein Recht, den Mann zu verunglimpfen, der das Land in seine größte Wohlstandsperiode geführt habe. »Du siehst doch, wie gut die Geschäfte gehen«, bemerkte er keck. »Und wer hat den größten Nutzen davon? Die Juden. Und das ist das Problem. Die wissen nie, wenn es ihnen gutgeht.« Er war so emphatisch in seiner Mißbilligung, daß Ira ihm nicht antwortete.

Blühende Geschäfte. Kommerzieller, industrieller, finanzieller Wohlstand. Genau die Dinge, die für Ira die geringste Bedeutung hatten, die ihn nicht im mindesten interessierten. Aber das konnte er ihm nicht sagen. Solche Werte waren Teil der Beschaffenheit des Amerikaners, eines Büroarbeiters und Angestellten, der danach strebte voranzukommen. Er wäre tödlich beleidigt gewesen, hätte Ira ihm gesagt, daß er sich einen Teufel um Wohlstand und »Booming Business« scherte und schwungvollen Aktienhandel. Er hätte Ira einen Roten genannt, einen Bolschewiken, ihn mit einem von diesen ekligen, rabiaten, schnauzbärtigen Burschen in den Karikaturen der Hearst-Presse verglichen, die wild umherjagten und runde Bomben mit brennender Lunte schwangen. Vermutlich hätte er Ira geraten, dahin zurückzukehren, woher er gekommen war, oder zurück nach Rußland.

VIII

Seit dem Tage, da er von der Stuyvesant geflogen war, mußte Ira immerfort an Farley denken. Was dachte Farley nun von ihm? Konnte er, Ira, den Schaden wiedergutmachen? Wie konnte Ira mit ihm in Verbindung treten? Würde er es wagen, mit ihm Verbindung aufzunehmen? Hatte Farley es seinen Eltern erzählt? Ira hatte Sehnsucht, ihn zu sehen. So machte er sich denn an einem schönen klaren Samstagnachmittag gegen Ende Mai, als sein Job in dem

Lagerhaus, wo er Spielsachen in Regale gepackt hatte, bereits sein unrühmliches Ende gefunden hatte und das Schuljahr noch etwa einen Monat dauerte, auf den Weg zur Exerzierhalle am oberen Broadway, wo die Schulmeisterschaften stattfinden sollten. Der letzte sportliche Wettbewerb unter den Schulen im laufenden Jahr. Vorankündigungen für dieses Ereignis wurden auf den Sportseiten aller in der City erscheinenden Zeitungen, besonders aber in der *World* gebracht, die auch immer die meisten Stellenangebote unter der Rubrik JUNGE GESUCHT hatte. Farley wurde häufig genannt als derjenige Läufer, der als einziger dem amtierenden Star über die 100 Meter gefährlich werden könnte, dem Junior-Schüler von der Utrecht High in Brooklyn, Le Vine. Als einer unter vielen in einer der ersten Schülergruppen, die von der U-Bahn zum Broadway drängten, schaffte es Ira bis zur Exerzierhalle. Er wußte genau, wo er sitzen wollte, um den besten Blick auf das Finale zu haben, den Endlauf des einzigen Wettbewerbs, der ihn interessierte. Er saß ganz am Ende der Halle, wo man die Ziellinie des Hundertmeterlaufs von den vordersten Sitzreihen des Balkons oberhalb der Bahnen gut sehen konnte.

Er war früh gekommen, absichtlich, zahlte seinen Eintritt von fünfundzwanzig Cent, eilte nach oben und suchte sich einen Platz in der ersten Reihe, gleich hinter der Brüstung aus Messingrohr. Nach einer kleinen Weile strömte die riesige Meute herein, überschäumende, lebendige High School-Jugend. Klassenkameraden wurden lautstark begrüßt, Schulfähnchen geschwenkt. Viele kletterten rückwärts über die Lehnen der Sitzbänke, um bei Freunden zu sein – ohne Sorgen, was er nicht war; sie waren gesellig, ausgelassen, extrovertiert, alles, was er wahrlich auch nicht war. Ira tat ziemlich verstohlen, sorgte sich, daß einer seiner früheren Klassenkameraden ihn erkennen könnte, vielleicht, eventuell sogar, falls er da wäre, derjenige Junge, dessen silberverzierten Füllfederhalter er damals gestohlen hatte, gestohlen und an Farley weiterverschenkt, den

Füllhalter, der jetzt in der Jackentasche seines Besitzers sicher war. Nein. Niemand schien auch nur entfernt seine Anwesenheit zu bemerken. Er fühlte sich sicher, geschützt durch sein unauffälliges Aussehen, geborgen in seiner glanzlosen Unscheinbarkeit.

Angenehm unbeteiligt beobachtete er die ersten Disziplinen des Wettbewerbs, den dumpfen Aufprall der zehn Pfund schweren Sportkugeln auf den Hallenboden, den Hochsprung mitten in der Halle, den Weitsprung mit Anlauf, er beobachtete mit schon fast euphorischem Mangel an innerer Anteilnahme den Lauf über die niedrigen Hürden, dann den 400-Meterlauf, der übrigens von einem stattlichen schwarzen Schüler von der DeWitt Clinton gewonnen wurde mit – wie Ira bemerkte – enorm kräftig entwickelten Oberschenkeln; die Meile wurde von jemand mit griechischem Namen und auffallend lockerem Laufstil gewonnen, den Ira noch vom letzten Sportfest her in Erinnerung hatte. Und dann kamen die Vorläufe für den Hundertmetersprint. Die Startlinie war weit entfernt, von Farley keine Spur. Le Vine gewann spielend; er war der Goldmedaillengewinner, der beim letzten Mal, als sie gegeneinander liefen, noch besser gewesen war als Farley. Er hätte Jude sein können, obgleich sich sein Name französisch schrieb oder nur verändert worden war, um französisch zu wirken. Schlank, dunkel, anmutig, so trat er mit elastischem Schritt triumphierend unter dem Balkon hervor, wo er und die anderen Sprinter nach dem Passieren der Ziellinie ihren Schwung ausliefen.

Es war im vierten und vorletzten Lauf, daß Ira meinte, Farley entdeckt zu haben: dieser feste Gang, die kräftige unverkrampfte Figur, das mattblonde Haar – und das große »S« auf dem Hemd von seinem Sportzeug. Beifall brandete auf, als die weit entfernten Läufer niederkauerten und sich vorbeugten. In der Ferne knallte der Startschuß. Die Sprinter bäumten sich auf und rannten los. Wie flink sie sich näherten, aus einer Entfernung von hundert Metern plötzlich auftauchten, blitzschnell! Auf halber Strecke übernahm einer die Führung: Farley. In all dem Getöse und Geschrei rhythmischer Anfeuerungsrufe raste er dahin, beherrschte das Rennen. Seine Füße hämmerten lange Schritte auf den Boden, er hatte die kleinen knochigen Fäuste geballt, die blauen Augen brennend fixiert. Er gewann seinen Lauf – dereinst Iras bester Freund! –, gewann seinen Lauf ebenso gewandt und leicht wie Le Vine den seinen, vielleicht noch leichter. Schweigend schaute Ira ihn an, wie er unterhalb des Balkons hervortrat: hinein in eine riesige Woge begeisterten Jubels; mit einem leichten Lächeln, vom tiefen Atmen geöffneten Lippen, sich hebender Brust, ging er auf federnden Turnschuhen zur Startlinie zurück.

Der Lauf über die hohen Hürden begann und das Finale über zweihundert Meter. Ira schaute unbeteiligt zu. Bis wiederum Le Vine mit diesem auffälligen orangefarbenen »U« auf der Brust, Farley mit dem »S« auf seiner und die anderen Finalisten des Hundertmeterlaufs sich am hinteren Ende der Armory warm liefen, ein paar Probestarts machten, aus einer geduckten Haltung heraus hochschossen und ein Trommelfeuer blitzschneller Schritte lostraten. Sie wurden zur Startlinie kommandiert. Dort gingen sie in die Hocke und beugten sich vor. Es schien, daß ihr Gewicht nicht auf den Füßen ruhte und von diesen getragen wurde, sondern nur von ihren Fingerspitzen. Die Menge kam zum Schweigen, wurde zu einer Wand aus Gesichtern, Fähnchen und Figuren, zu einer gemalten Tapete auf dem langen Oval des Balkons. Der Starter hob die Pistole, aber – einer der Finalisten brach zu früh los. Er kehrte um. Und wieder stellten sich die Läufer auf, hüpften angespannt auf und nieder, ließen ihre Fußspitzen auf den Boden trommeln. Wieder hieß es: Auf die Plätze, fertig – und dann krachte der Startschuß.

Fünf Sprinter, alle bearbeiteten den Holzfußboden mit präzisem, diszipliniertem, übermenschlichem Schwung. Auf halber Strecke schienen sie gleichauf, dann zog sich das Feld auseinander. Und Le

Vine klar in Führung, mit weichen, ruhigen Schritten; er schien zu gleiten. Aber einer hatte sich unbemerkt an seine Fersen geheftet: Farley. Dann sah es plötzlich so aus, als liefen die beiden Brust an Brust, Le Vine und Farley. So war es auch. Und wie getrieben von der Dynamik seines Herzens, nicht nur durch Training oder Unterweisung, sondern mittels einem über Generationen ererbten Durchhaltevermögen, was nicht zu übersehen war, übernahm Farley die Führung. Fünf, vier, drei Schritte vor dem Ziel warf sich Le Vine ins Zeug, gab alles, aber vergeblich, kämpfte erbittert gegen diese Kolben aus Fleisch und Blut, mit denen sein Rivale eine Länge voraus stampfend den Boden bearbeitete. Vergeblich warf sich Le Vine ins Ziel, denn Farley hatte das Band schon weggefegt.

Die Halle erbebte vom Gebrüll der Menge. Ira spürte Tränen in seinen Augen aufsteigen. Farley trat unter dem Balkon hervor, schwer atmend, bescheiden lächelnd. Die anderen Läufer folgten einer nach dem anderen – Le Vine keuchend und unfähig, den Ausdruck der Bitternis über die Niederlage auf seinem Gesicht zu verbergen.

»Farley!« Ira konnte sich nicht länger beherrschen, sein Finger, gebogen wie eine Sichel, hackte nach der Träne unter seinem Brillenglas. »Hey, Farley!«

Farley drehte den Kopf, blieb stehen: »Hey, Irey!« Er machte einen Schritt zurück zum Balkon. Die Freude auf seinem Gesicht, in seiner Stimme, war echt. »Hey, wo hast du denn gesteckt?«

»Nirgends.« Plötzlich konzentrierte sich die Neugier der Umstehenden auf ihn, und Ira fühlte sich wie aus Dunkelheit ins Rampenlicht katapultiert. Farley war immerhin sein Freund, sein Kumpel, für alle sichtbar, und sein Kumpel war der schnellste Läufer aller High Schools von New York. Daß die anderen um ihn herum dies sehen konnten, schlug sich in fester Verehrung nieder.

»Komm herunter«, rief Farley.

»Ach nein.«

»Los, komm!«

»Jetzt gleich?«

»Na klar. Jetzt sofort.«

»Man darf nicht, bis es zu Ende ist.«

»Wer sagt das. Komm schon.«

Farley verschwand unter dem Balkon. Hastig und unter vielen Entschuldigungen, angestarrt von den Zuschauern neben sich, bahnte sich Ira seinen Weg die Stufen hinauf zum Ausgang in der Mitte und ging dann, unsicher und beklommen, mit gemischten Gefühlen die Treppe zur Halle hinunter. Ein uniformierter Polizist paßte auf – nicht besonders streng.

»Hey, Moran, das ist er«, sagte Farley.

Nur so von Farley angesprochen zu werden, das allein ließ den Polizisten mittleren Alters schon vor Freude erröten. Bruchstückhafte Bilder, Gedanken schossen Ira durch den Kopf: was für ein Gegensatz, die schwere blaue Uniform, die leichte knappe Sportkleidung; irische Einmütigkeit; irischer Stolz; onkelhafte Bewunderung – die Freiheit, die reine Natürlichkeit des schwer atmenden sechzehnjährigen Siegers.

»Hey, warum bist du nicht mal vorbeigekommen!« Und einen Augenblick später: »Komm, laß uns gehen. Ich muß meinen Trainingsanzug überziehen.«

»Wo denn?«

»Da drüben, am anderen Ende.«

Sie hatten sich bei den Händen gefaßt.

»Ich kann da nicht hingehen.«

»Warum nicht?«

»Ich kann nicht. Du weißt, warum.«

Farley verstand. »Hör zu.« Er trat schnelle Schritte auf der Stelle. »Sobald ich fertig bin, treffe ich dich draußen vor dieser Tür. Ganz in der Nähe vom Broadway. Okay? Ich muß mir nur eben meine Medaille abholen und komme dann sofort. Gib mir 'ne halbe

Stunde, okay?« Und schon setzte er sich zur Startlinie in Bewegung.

»Willst du zurück nach oben, oder möchtest du jetzt schon raus?« fragte der Polizist.

»Ja, ich möchte schon raus.«

Der Polizist drückte gegen die schwere Seitentür der Armory, hielt sie auf gegen das sonnenüberflutete, pulsierende Leben der Straße, sah sich draußen um, bis Ira hindurchgegangen war, ließ dann die Tür wieder zufallen. Ganz für sich allein, glühend vor Glück über seine Begnadigung, wartete Ira vor dem Gebäude. Und wartete... Trotz seiner Fröhlichkeit würde es – die Erkenntnis wuchs ihm, während die Minuten verstrichen – nie wieder die lebendige Freundschaft sein, die es einmal war. Die gehörte der Vergangenheit an, wenn auch immer noch reich an Zuneigung, immer noch voller blühender Erinnerung. Was für eine Freude, Farley gewinnen zu sehen, ihn laufen und gewinnen zu sehen, an seinem Triumph teilzuhaben.

Und hier war er wieder! Zu sehen, wie er leibhaftig aus einer Tür am anderen Ende des Gebäudes heraustrat, zu sehen und zu hören, wie er forsch näherkam, blauäugig, ohne Mütze, die helle Stimme einen vertrauten Gruß rufend, die kleine Tasche aus Segeltuch über die Schulter geworfen: so kam er angestürmt.

»Junge, hab' ich das nicht schnell geschafft? Die wollten, daß ich noch bleibe – für ein paar Bilder von mir und dem Trainer. Aber ich hab' gesagt, ich kann nicht. Ich müßte weg.«

»Ja?« Ira spürte die Glut seiner Glückseligkeit.

»Laß uns nach Hause bummeln, einverstanden?«

»Oh, sicher. Das war wunderbar. Junge, Junge. Dich zu sehen.«

»Ich hab' gewußt, daß ich ihn diesmal schlage.«

»Die haben dir schon die Medaille gegeben?« fragte Ira. »Echtes Gold?«

»Ja. Willste seh'n?«

»Kann ich?«

Im Gehen öffnete Farley seine Tasche, fand die kleine, hübsch gearbeitete Schachtel zwischen seinen Sportklamotten, öffnete sie und zeigte das farbige Band mit der prächtigen goldenen Scheibe, auf der ein aufrecht stehender Athlet die Hände nach einem Lorbeerkranz ausstreckte.

»Donnerwetter –!«

»Sauber, äh? Ich hab's in elf Komma zwei geschafft.«

»Oh Mann!«

»Wenn ich einen so guten Start hätte wie er – ich wette, dann könnte ich es auch in elf Komma null schaffen. Vielleicht schneller.«

»Elf Komma null! Wow!«

»Er geht los wie der Blitz. Wie Hardy, dieser schwarze Typ aus der Schule, der Hotdogs und Eiskrem auf einmal ißt. Erinnerst' dich? Er wetzte los wie ein Karnickel. Aber ich hab' ihn eingeholt.«

»Ja.«

»Der Coach hat mich immer gegen ihn trainieren lassen. Ich sollte versuchen, ihn noch schneller einzuholen.«

»Oh, Mann, es war wunderbar.«

Sie redeten und redeten, unermüdlich, ohne Unterlaß, verquatschten ganze Blocks in der City, an denen sie vorübergingen, bemerkten in ihrem Versunkensein die langen Blocks der Querstraßen genausowenig wie die kurzen Blocks Richtung Innenstadt. Sie redeten über alles, alles, was geschehen war, seit sie sich getrennt hatten: Schule und Anwaltskanzlei, Training und Sportfeste, Hoffnungen, Vorsätze, Erwartungen; die Neuigkeiten und Informationen zweier Monate überschlugen sich wie ein einziges Chaos und sprudelten nur so aus ihren Mündern. Farley war drauf und dran gewesen, zu Iras Haus hinüberzugehen und ihn zu besuchen. Warum er denn nie mehr vorbeigekommen sei. Nein, er habe seinen Eltern nichts erzählt. »Für wen hältst du mich eigentlich? Ich hab' ihnen gesagt, du müßtest arbeiten gehen.«

»Oh, dann wissen sie also nichts?«
»Nein. Niemand weiß etwas. O'Neil, mein Trainer, der weiß es. Und noch ein paar Leute. Die Turnlehrer. Und der Junge natürlich. Ich treffe ihn jedesmal beim Sport. Marney. Er sagt nie etwas. Warum hast du mir denn nicht gesagt, daß es nicht dein Füller war? Du hättest damit durchkommen können. Leicht.« Farley war so sachlich, lässig, verzeihend. »Du hättest nur zu sagen brauchen, du hättest ihn gefunden.«
»Ich weiß, ich weiß es doch, oder?«
»Was hat denn der alte Osborne zu dir gesagt?«
»Der hat gesagt, alle würden – alle würden es erfahren. Ich müßte die Stuyvesant verlassen – zu meinem eigenen Besten.«
»Pah! Kein Mensch weiß etwas, nicht mal in der Klasse. Keiner hat je ein Wort zu mir gesagt.«
»Er hat gesagt, da wären noch andere –«
»Was soll das heißen?«
»Da waren noch andere, die auch ihren Füller vermißt haben.«
»Noch andere? Willst du damit sagen –« Mitten im Schritt drehte Farley den Kopf, seine blauen Augen blickten verdutzt. »Was zum Teufel ist in dich gefahren, Irey?«
»Ich weiß es nicht.«

Aber er wußte es, oder er glaubte, es zu wissen, wenigstens zum Teil, doch das Ganze war jetzt viel, viel zu verworren, zu abscheulich, ja, denn es handelte sich nicht nur um die gestohlene Aktentasche, die gestohlenen Füllfederhalter, Lineale und Winkelmesser. Nein, schon zu weit fortgeschritten ... hineingestoßen in sein Innerstes, unbarmherzig, grausam und nicht wiedergutzumachen, war das Stehlen der Füllfederhalter lediglich ein Teil des Verbotenen, das er in sich fühlte, nur ein Teil der zerfressenden Sünde. Über das Stehlen kam er schnell hinweg; er würde vielleicht nie wieder stehlen, niemals einem anderen Menschen wirklich etwas wegnehmen. Für diese Entscheidung hatte er die Kraft. Das andere jedoch war untrennbar verbunden, fest verschmolzen mit körperlicher Verzückung, mit einem Namen, der nie genannt werden durfte. Das andere konnte er nicht aufgeben.

Ira und Farley bogen in die Madison Avenue ein. Da war die Kirche, und einen Block südlich davon das Bestattungsunternehmen Hewin.

»Komm mit rein. Ich habe Hunger, du nicht?« sagte Farley einladend. Er spitzte die Lippen. »Und Durst. Auf ein Sandwich und ein Glas Milch.«

Ira wollte sich drücken. »Ich wohl lieber nicht.«

»Ich habe dir gesagt, daß ich nichts erzählt habe.«

»Wirklich nicht?«

»Die wissen nichts«, betonte Farley. »Meine Mom hat oft nach dir gefragt. ›Was ist eigentlich aus deinem jüdischen Freund geworden, der immer so still und schüchtern war.‹ Sie mag dich.«

»Ach ja? Und was hat sie zu dem Stift gesagt?«

»Du meinst, warum ich ihn nicht mehr habe? Verloren! Wenn ich's dir doch sage, Irey. Komm mit rein.«

Sie gingen zusammen hinein, Ira etwas zaghaft hinter Farley, durch den Kellereingang und das Treppenhaus bis in die Küche.

»Was für ein seltener Gast.« Die nonnengleiche Mrs. Hewin, die immer so freudlos und ergeben wirkte, betrachtete Ira durch ihre Goldrandbrille. Der kräftige Flaum auf ihrer Oberlippe verzog sich mit ihrem Mund zu einem dünnen Lächeln.

»Ja, Ma'am. Ich mußte arbeiten gehen.«

»Das hat Farley mir erzählt. Aber wohl kaum die ganze Zeit. Du arbeitest doch nicht die ganze Zeit, oder? Arbeitest du jeden Tag?«

Mit derart schneller, beunruhigender irischer Neugier hatte er nicht gerechnet. »Nein, Ma'am.« Ira suchte nach einer plausiblen Antwort und grub eine recht traurige, nicht ganz astreine Ausrede aus. »Ich wollte Farley nicht – stören. Ich arbeite, und er geht immerhin zur High School.«

»Ach Quatsch! Ich habe noch nicht erlebt, daß so etwas Farley stört. Soviel ich weiß, ist das einzige, was Farley stört, daß er noch keine von den Limousinen fahren kann.«

»Kann ich wohl«, protestierte Farley.

»Natürlich kannst du. Seitdem du zehn bist.« Zu Ira gewandt: »Es tat mir so leid, als Farley sagte, du müßtest arbeiten gehen. Ich weiß noch, wie sehr du auf die High School wolltest. Gefällt dir denn deine Arbeit?«

»Mein Job? Nein. Zuerst hab' ich in einer Anwaltskanzlei gearbeitet. Aber die haben mich gleich wieder gefeuert. Und bis vor einer Woche war ich dann in einem Lagerhaus für Spielsachen.«

»Ach.« Sie schien leicht amüsiert, und der kräftige Flaum auf ihrer Oberlippe wurde noch auffälliger. »Warum hat man dich denn in dem Anwaltsbüro entlassen? Die dachten wohl, du bist zu ehrlich, um einen guten Anwalt abzugeben.«

»Nein, Ma'am. Ich – ich denke, ich war nicht gescheit genug.«

»Pah! Willst du denn überhaupt noch mal auf die High School?«

»Ich gehe jetzt zur Abendschule.«

»Ach, wirklich?« Sie musterte ihn wohlwollend. »Ich freue mich, das zu hören. Schade nur, daß es in der Abendschule so lange dauert bis zum Diplom. Du wirst schon ein erwachsener Mann sein, wenn du deinen Abschluß machst.«

»Vielleicht kann ich ja doch noch wieder zurück.«

»Auf die Stuyvesant?«

»Nein, Ma'am. Auf irgendeine andere High School.«

»Mom, können wir ein Sandwich haben?« kam Farley ihm jetzt zu Hilfe.

»Bald gibt's Abendbrot. Sobald Katy und Celia nach Hause kommen. Sie sind mit Schwester Wilma im Aquarium.«

»Ich habe aber jetzt schon Hunger. Und Irey auch.«

»Jetzt schon?«

»Ja. Und du hast mich noch nicht einmal gefragt, wie ich beim Sportfest abgeschnitten habe.«

»Oh. Natürlich gut, wie immer?«

»Ja. Aber diesmal habe ich sogar eine Goldmedaille, Mom. Ich war erster. Ich habe Le Vine geschlagen.«

»Oh, tatsächlich?« Ihre Hand ruhte auf dem Griff der Eisschranktür.

»Warte nur, bis du sie siehst.« Farley öffnete seine Sporttasche und zog die kleine Holzschachtel heraus.

Man hörte Schritte, jemand kam die Treppe herunter.

»Zeig sie auch deinem Pa.«

»Hey, Dad, wie findest du denn das hier?« fragte Farley, als der schnauzbärtige Mr. Hewin eintrat.

Mr. Hewin blieb stehen, besah sich die Medaille auf ihrem weißen Satinkissen und setzte seinen Weg zum Waschbecken fort. »Die hast du gewonnen?«

»Ganz genau, erster Platz, Dad.«

Mr. Hewin zog – der Leistung seines Sohnes Anerkennung zollend – ein wenig die Augenbrauen hoch, drehte den Wasserhahn auf und wusch sich die Hände. Wahrscheinlich balsamierte er oben gerade einen Leichnam ein, denn er drehte sich um, blieb nur so lange, bis er sich die Hände abgetrocknet hatte, betrachtete seinen Sohn mit geistesabwesender Billigung und ging wieder nach oben.

So reserviert reagierte also Mrs. Hewin, so beiläufig nur Farleys Vater. Ira überlegte, wie Mom und Pop sich wohl in ähnlicher Situation verhalten hätten, wenn er eine Goldmedaille nach Hause gebracht hätte – ganz gleich wofür. All die vielen *masel tows*, die man über ihn ausgeschüttet hätte, die Segenssprüche und Lobpreisungen Gottes. Sogar Pop würde sagen: »*ß'is take gold?*« Und sein Gesichtsausdruck würde von der gelben Scheibe freundlicher gemacht: »*Asoj? A bißl nacheß!*« Wie anders doch. Und übrigens, was taten oder sagten wohl Le Vines Eltern, um ihn in seiner Niederlage zu trösten? Gewiß, er war Jude, mit diesem Anflug von Enttäuschung, der sein Gesicht verzerrte: Jude zwar, aber aus einem anderen Stamm ganz eigener galizischer Prägung. Seine Eltern bereits eingebürgert, nicht wie Mom und Pop, sondern sie waren schon *ganz gel,* wie Mom gesagt hätte: reif, so glaubte Ira, wie die Eltern jenes Kameraden, dessen silberverzierten Füllhalter er gestohlen hatte, oder die jenes aufmüpfigen Gesellen, der sein Nachfolger in der Anwaltskanzlei geworden war. Aber durchaus anders. Mrs. Hewin trug eine Platte mit Fleisch auf – eine riesige helle Platte, auf der die Rippenknochen aus bereits eingeschnittenem roten Beef herausragten.

»Können wir etwas Milch haben, Ma? Irey hat auch einen großen Hunger mitgebracht«, stiftete Farley ihn an. »Hast du doch, Irey, nicht wahr?«

»Eigentlich nicht – oder doch. Ich meine, ein bißchen.« Das Wasser lief ihm im Mund zusammen.

»Ich hab's dir doch gesagt, Ma, daß ich Le Vine schlagen könnte«, fing Farley nochmals von vorne an und sprach ganz bedächtig. »Er war diesmal nur zweiter.«

»Es war wunderbar, Mrs. Hewin.« Ira war bemüht, seine Leidenschaft zu bremsen, in Einklang zu bringen mit den anderen. »Ich habe am Ziel gesessen. Ich – oh, Mann! Wie Farley gerannt ist.«

Mrs. Hewin unterbrach ihre Arbeit an den Sandwiches und schaute ihren Sohn an. »Vermutlich wirst du ganz groß in den Zeitungen sein.«

»Ich habe mit Reportern gesprochen.«

»Das hast du?«

»Es waren alle möglichen Reporter da. Du hast wohl diese Ballonblitze nicht explodieren sehen, Irey – mich und O'Neil auf einem Bild?«

»Nein, ich war schon draußen.«
»Wow! Danke, Ma.«
»Oh Mann, danke, Mrs. Hewin!«
»Meinst du, daß du dein Turnzeug jetzt mal waschen könntest?« Mrs. Hewin füllte zwei Gläser mit Milch. »Das und deinen Trainingsanzug. Wir können es schon riechen, wenn du kommst.«
»Du kannst doch die Sachen nicht waschen, Ma«, protestierte Farley wehleidig.
»Ich kann nicht? Da muß ich dich aber enttäuschen.«
»Ach bitte nicht. Du wäschst ja alles Glück heraus, Mom.«
»Das wäre nicht alles, was herausgewaschen würde. Und würde nicht auch alles Glück herausgelüftet, wenn die Sachen im Hof auf der Leine hängen?«
»Glück lüftet sich nicht heraus, Ma.«
»Ach, nicht? Frommer Glaube – aber was, wenn es regnet?«
»Ma, du darfst es einfach nicht waschen; das ist alles, was ich dazu sagen kann.«
»Kannst du dir denn wenigstens die Hände waschen?«
»Doch, denke schon.«
Mrs. Hewin stellte die Milchflasche zurück in den Eisschrank, ebenso die Platte mit Fleisch, während die beiden Jungen sich an der Küchenspüle die Hände wuschen. Sie befeuchtete ihre Lippen, schien lautlos ein paar Wörter zu bilden, als sie die Eisschranktür wieder schloß. »Ich möchte nicht schuld sein, daß du verlierst.«
»Ich werde nicht verlieren, Ma.«
»Nein?«
Farley nahm einen kräftigen Schluck von der Milch. »Ich weiß es. Ich muß nur immer weitertrainieren. Ich kann so eine Goldmedaille jedesmal bekommen.«
Wie wenig Gefühl sie sich genehmigte: nur eine gewisse Nachdenklichkeit, ein leichtes Anschwellen des Busens beim Betrachten ihres Sohnes. »Na gut, vielleicht könntest du ja, wenn du bei deiner

Tante Maureen in New Rochelle bist, einmal das Sportzeug anziehen und damit durchs Wasser waten.«

»Igitt, Ma!«

Später am selben Abend, als die beiden nach draußen gingen, hinüber auf die beleuchtete Straße bei der Kirche, warteten dort schon Farleys Freunde, um ihn zu treffen. Einige waren auch auf dem Sportfest gewesen und hatten Farley beim Hundertmeterlauf triumphieren sehen. Die St. Pius Academy hatte sich aber nicht plazieren können. Doch sogar der eulenhaft aussehende Malloy, der früher so feindselig gewesen war, vergaß vor aufrichtiger Bewunderung seine Ressentiments, als Farley seine neue Goldmedaille präsentierte. »Ein Hoch auf die Iren!« jubelte er beim Anblick der Trophäe.

Freigesprochen, Ira sonnte sich im Glanz von Farleys Sieg. Absolution und Sieg. Und doch sollte es die letzte so vollkommen innige Wiederherstellung ihrer Freundschaft sein. Sie kamen auch weiterhin nach Sportwettkämpfen zusammen, bei denen Farley von jetzt an regelmäßig erster wurde – außer beim Saisonauftakt jenes Jahres, nach Ende der Sommerferien, die er mit Schwimmen in New Rochelle verbracht hatte: »Hab' mir meine Muskeln aufgeweicht«, erklärte er. Aber er schlug Le Vine wieder im nächsten Rennen und wurde, solange er auf der High School war, nie mehr zweiter. »Schulwunderknabe« nannten ihn die Sportjournalisten. Er war umgeben von scharenweise neuen Freunden, aus deren Kreis er nie versäumte, Ira durch seinen fröhlichen Gruß »Hey, Irey« hervorzuheben.

Jedoch die Freundschaft wurde dünner; nicht etwa wegen Farleys wachsenden Ruhms oder der Anzahl seiner Bewunderer, sondern weil die Bande des gegenseitigen Interesses bei beiden schwächer wurden. Sie lebten sich auseinander – zwangsläufig. Ihre Zusammenkünfte wurden seltener und flüchtiger: ein Austausch von Begrüßungen, gefolgt von Glückwünschen für Farleys schon fast zur Gewohnheit gewordene Siege. Ira kam immer seltener zu den Wettkämpfen. Bald, wenn er Schüler an der DeWitt Clinton High School war, würde er keinen Grund mehr haben, sich die Auftritte eines Konkurrenten seiner eigenen Schule anzuschauen, einen Stuyvesant-Läufer, der noch dazu mit unfehlbarer Regelmäßigkeit immer erster wurde. Ira konnte das alles auf den Sportseiten der Zeitungen des nächsten Sonntags nachlesen. Und hörte auf, hinzugehen...

ZWEITER TEIL

DEWITT CLINTON

I

Ein ganzes Semester hatte er verloren, als er im September 1921 an der DeWitt Clinton anfing. Er konnte nicht länger hoffen, mit dem Februarkurs im Jahre 1924 seinen Abschluß zu machen, sondern erst mit dem Junikurs. Aber wenigstens war er überhaupt wieder auf einer High School. Es war für ihn eine freudlose Zeit, ohne enge Freunde in der Schule, ohne jegliche andere enge Freundschaften, ernüchtert durch die schicksalhafte Prüfung des Rausschmisses. Er war recht kleinmütig, denn er bemerkte zunehmend seine Unzulänglichkeiten, die fast in Dummheit gipfelten, die Langsamkeit, mit der er im Vergleich zu den meisten seiner Klassenkameraden den Unterrichtsstoff begriff, und über allem seine Unfähigkeit, mit Abstraktionen umzugehen, ob nun mündlich übermittelt im Unterricht oder schriftlich mitgeteilt auf bedrucktem Papier. Und immer im Kampf mit seinen geilen Sehnsüchten, ihnen immer erliegend, diesen Sehnsüchten, die seine geistigen Studien überlagerten, seine Konzentration verdrängten und zum Teufel jagten, Sehnsüchte, die Angst und Schrecken hinter sich herzogen, ewige Schatten, die seine jugendfrischen Lebensgeister unerbittlich verkümmern ließen sowie seine normalen Neigungen, seine Bereitschaft für Zerstreuungen, seine Fröhlichkeit.

Ein Schmier von Schmuddeligkeit, Ira lauschte zurück in freudloser Erinnerung. Schlimmeres noch stand ihm bevor, psychologisch gesehen und bald. Nun, nicht nötig, es vorwegzunehmen. Es würde kommen, ihn endgültig zerbrechen, seine Integrität in Stücke reißen, mit diesem *kleinen Riß in der Laute* ahmte er den Tennysonschen Absturz nach. Trug eine Menge Wahrheit in sich, eine sardonische Nebenbedeutung: Die Erweiterung auf fünfzig Jahre, wie bei ihm, hat die Musik schal gemacht. Nicht so hastig, nicht so hastig. Dieser kleine Riß in der Laute würde in jedem Fall aus einem zweiten Roman Schund machen. *Immobilité de* junk, wie Rimbaud nie gesagt hat. Doch wie sollte er damit umgehen? Ira fing schon an zu überlegen. Wo doch eine seiner Figuren nicht anerkannt, verleugnet, unsichtbar war. Er kam auf die Idee, er könnte aus dem Geschriebenen, welches die Zukunft behandelte, Material herausschneiden – von viel weiter hinten – und es von außen, wie eine geologische Grabung, in eine andere Schicht injizieren. Nein, das würde niemals funktionieren. Laß es sein, laß alles an seinem Platz. Wenn die Zeit dran ist, dann sieh zu, was du machen kannst. Du hast gerade genug damit zu tun, einen aufrichtigen Bericht zu erstellen und solltest nicht auch noch versuchen, alles auf den Kopf zu stellen. Dazu bist du nicht schlau genug.

Obgleich er in der Schule keine engen Freundschaften suchte, war er doch gern mit seinen alten und neuen jüdischen Bekannten aus der 119th Street zusammen. Der Charakter dieser Straße hatte sich seit dem Tag im Jahre 1914, als er und seine Eltern dorthin gezogen waren, im Laufe der Jahre verändert – so wie aus ihm, dem kämpferischen kleinen jüdischen East-Side-Bengel von damals, der wurschtige Harlem-Bewohner von heute geworden war. Die Straße war in all diesen Jahren weitgehend jüdisch geworden – mit einem jüdischen Lebensmittelladen auf halber Höhe, einem koscheren Fleischergeschäft auf der anderen Seite und einem Schneider, der auch Jude war. Mitten im Block hatte ein neuer Süßwarenladen eröffnet. Hinter diesem fanden heftige Binokelspiele statt. Und an der Ecke und um die Ecke lagen zu beiden Seiten der Park Avenue ein jüdischer Grünzeugladen, ein jüdisches Molkereigeschäft, ein jüdischer Eisenkrämer, ein Kurzwarenlädchen und andere winzige jüdische *geschefte* dieser Art. Diejenigen irischen Familien, die das Viertel nicht schon vor dem Zustrom von Juden verlassen hatten, die also lieber bleiben und in vorwiegend jüdischen Mietshäusern wohnen wollten, hatten sich in den Abschnitt nahe der Lexington Avenue mit den dreistöckigen roten Backsteinwohnblocks und den Kaltwasserwohnungen zurückgezogen. Neben den fünfstöckigen

Mietshäusern aus graubraunem Backstein mit ihrem eindrucksvollen Gesims wirkten die roten Behausungen direkt wie aus dem Zwergenland, und alt waren sie obendrein, vielleicht sogar die ältesten Häuser der Straße, nach den faszinierenden Eisensternen an den Fassaden zu urteilen und den ornamentalen Bolzen am Ende massiver Eisenstangen, die unsichtbar in den Fußböden verliefen und gegenüberliegende Wände zusammenhielten.

– O-oh, Stigman, Stigman. Vierzehn Jahre hast du dort gewohnt. Hättest du über die Veränderungen in der Straße nicht einfach eine Chronik schreiben können? Wechselfälle eines Nachbarschaftslebens. Da hätte ich gleich einen hochtrabenden Titel für dich. Vierzehn im polyglotten Harlem verbrachte Jahre gegen ein paar Jahre auf der homogenen Lower East Side – die du sowieso durch die Neutronenmasse deiner späteren Erfahrung verbogen hast. Ach! Hättest du doch die buntgemischten erbärmlichen Zustände dokumentiert, jene unbeschreibliche Armut: Hausaufgang und Eingangshalle, Dach und Keller, Straße und Hinterhof; und die Sorte Mensch, die dort lebte, und wann. Ach, was brauchtest du denn noch? Das war doch eine Fundgrube für den Literaten: die irischen Kids im Firmungsanzug mit dem weißen Bändchen am Arm – das trugen die kleinen Straßenbengels doch, oder? Sieh nur Veronica Delaney, so stolz in der Pracht einer lieblichen Prinzessin, mit ihrem trippelnden Gang und dem schwarzen Schönheitspflästerchen am Kinn. Und die Boxballspiele und die Baseballspiele und die Kids, die am Abwasserrohr hinunterkletterten, um den verlorenen Ball wiederzuholen, oder hinauf, an den über Kreuz verstrebten Pfeilern hinauf, und hinüber auf die Trasse der New York Central, auf die Überführung, wo sie an der freiliegenden Stromschiene ihr Leben riskierten für einen Gummiball im Werte von zehn Cent.

– Und die homerisch-komischen Bandenkämpfe und die Schlägereien in den Straßen und die tausend und abertausend Kümmernisse und Nöte und schwierigen Verhältnisse. Mr. Maloney, ein Zweieinhalb- oder mehr

Zenter-Mann, quälte sich mühsam die Treppen hinauf. Er war Vorarbeiter einer Straßenbaukolonne, und wenn die Mieter unter ihm zuviel Krach machten, wummerte er mit dem Vorschlaghammer auf den Fußboden. Und das arme Judenmädchen – die Kuckuck-Lulu, wie die irischen Kinder sagten, wohnte im Parterre nach hinten raus und protzte mitten im Juli mit einem räudigen rostroten Fuchspelz herum, den es um den Hals geschlungen trug. Einfach ins Bett zu kriegen, flatterhaft und leicht zu haben, sogar für dich, der nun Eroberermut aufbrachte und ihn ausnutzen wollte, und wie; nur daß ihr Vater hochgradig Melanome hatte, sein Gesicht ein grausig mißgebildeter Schlackenstein oder Lavaklumpen. Und wie du sie wolltest. Trotzdem. Nur daß Mom deine Intentionen durchschaute – und dir zum erstenmal, Schamröte im Gesicht, über die schreckliche Unreinheit der Frauen einen Vortrag hielt und über die schrecklichen Krankheiten, die sie auf arglose Männer übertragen konnten.

– Arme Mom. Hat die ganze Schuld auf sich genommen, wie Frauen das seit Eva so getan. Und du wolltest sie trotzdem immer noch verführen – die Kuckuck-Lulu. Aber ganz plötzlich zog ihre Familie fort. Und du suchtest nach Wegen, deine Tücke noch zu steigern, die Täuschung so zu verbessern, daß Mom sie nicht durchschauen konnte.

»O, Lulu hatte ein Baby
und nannte es Sunny Jim.
Sie stopft' ihn in ein' Pisspott rein
und lernt' ihm wie man schwimmt.
Er sank bis auf den Grund,
er trieb ganz steil hinauf.
Die Lulu wurde sehr erregt
und packt ihn an sei'm –
O weh, da sah er nur noch rot!
Nun ist die arme Lulu tot.«

– Wie entzückend dies Lied, von der halbgaren Katholenjugend gesungen ... Tja, und wo warst du, Stigman? Auf all diesen Treppen mit dem durchgelatschten Linoleum, den messinggefaßten Stufen der Stiegen, die du erklommen hast, dort gab es doch Geschichten und Märchen zu Hunderten. Es gab sogar eine Lokalzeitung, ein Heimatblättchen, herausgegeben von einem ältlichen Iren – die *Harlem Home News* – in welchem du nach »Stoff« stöbern konntest, wenn du nur ein Fünkchen Initiative gehabt hättest, willens gewesen wärest, ein Minimum an Forschungsarbeit zu investieren, um das Blättchen auszubeuten: Ganze Bände mit Prosa warteten darauf, von deiner Hand durchgeblättert zu werden.

Zwecklos, Ekklesias. Du weißt ganz genau, wo ich war.

– Ja, leider.

Es folgte dann eine Zeit, da Ira notgedrungen die Gesellschaft anderer jüdischer Jugendlicher seines Alters suchte, deren Familien in die nähere Umgebung gezogen waren oder schon immer im selben Block wohnten, wie zum Beispiel Davey Baer. Davey hatte zusammen mit Ira seinen Abschluß auf der P.S. 24 gemacht und danach angefangen, als Bürobote zu arbeiten und trug nun schicke enge weiße Wechselkragen, die seinen dürren Hals in Ziehharmonikafalten legten. Und Daveys jüngerer Bruder Maxie, jetzt auch schon ein Geldverdiener und seinem älteren Bruder sehr ähnlich, dunkel und schmächtig, gehörte auch dazu. Sie und andere jüdische Jugendliche, die vielleicht erst kürzlich in der Gegend oder der unmittelbaren Nachbarschaft zugezogen waren, wurden, in Ermangelung anderer, vorübergehend Iras Kumpel während dieser unfruchtbaren, dieser schmerzlichen Periode. Izzy Winchel (aus dem bald Irving wurde), mit blaßblauen Augen und Hakennase, hegte den heißen Wunsch, Pitcher in einer Basketballmannschaft zu werden. Er war vollkommen skrupellos, ein fast pathologischer Lügner, falsch wie eine Dreidollarnote; selbst abgefeimtes Abschreiben und die dreiste Verwendung von Spickzetteln hatten ihn nicht davor bewahrt, durchzurasseln und von der Stuyvesant zu fliegen. Er tat Worten seltsame Dinge an: Mayonnaise wurde zu Maysonnaie und Trigonometrie zu Trigonomogie. Maxie Dain, ziemlich klein von Statur, aber fix und aufgeweckt, vielseitig gebildet und ehrgeizig, war derjenige, von dem alle aus der Gruppe die beste Meinung hatten (vielleicht weil seine Familie aus Ohio kam). Er war Bürobote in einer Werbefirma, und Ira glaubte sicher, daß er tüchtig war. Maxie Dains Vater, leutselig und einfältig, gehörte der neue Süßwarenladen, an dessen Rückseite man sich zum Kartenspielen traf. Jakey Shapiro, klein von Statur, mutterlos; sein kleiner verwitweter Vater mit dem zimtfarbenen Schnurrbart war von Boston hierher gezogen und heiratete die liebliche Mrs. Glott, goldbezahnte Witwe und Mutter dreier verheirateter Töchter, Hausmeisterin von Nummer 112, East 119th Street.

Und dort, in ihrer Behausung, in der Hausmeisterwohnung auf der Rückseite des Erdgeschosses, dort also richtete der scheinbar so harmlose Mr. Shapiro eine heimliche Alkoholabgabestelle ein – nicht etwa eine Art Flüsterkneipe, wo in Tassen ausgeschenkt wurde, sondern einen regelrechten illegalen Großhandel, wo die irischen und anderen *shikrez* ihre mitgebrachten Flaschen auffüllen lassen konnten, und das zu einem ordentlichen Preis. Und mehrfach, wenn Ira am Wochenende bei Jake war, mit dem er sich am besten verstand und engstens verbunden fühlte, weil er künstlerisch veranlagt war, kam es dann vor, daß der eine oder andere vierschrötige Ire vorbeischaute und seine leere Flasche zum Nachfüllen hinüberreichte; nachdem dann ein paar Dollarnoten ihren Besitzer gewechselt hatten und die Transaktion beendet war, gab es als Dreingabe ein Gläschen Schnaps aufs Haus.

Und wieder einmal jene bitter ironischen Erinnerungen an verpaßte Gelegenheiten: Jakes triste Küche, wo die beiden zusammensaßen und sich über Kunst, über Jakes Lieblingsmaler unterhielten, und wo sie von einem Klopfen an der Tür unterbrochen wurden, die Mr. Shapiro sogleich öffnete: der Kunde trat ein. Mit so wenig Worten wie möglich, vielleicht nicht mehr als einer Begrüßung, wobei sich der Zweck des Besuches ja von selbst verstand, wurde der Handel wie eine Pantomime ausgeführt oder ein Ballett: ein ekstatischer *pas de deux* zwischen Mr. McNally und Mr. Shapiro – bis Mr. Shapiro mit der leeren Flasche verschwand und Mr. McNally allein auf der Bühne zurückließ, der die Vorfreude auf einen kräftigen »Druidenrausch« solistisch genießen mußte, bis Mr. Shapiro mit der Flasche voller Stoff zurückkehrte. Noch ein *pas de deux* bei der Bezahlung? Er kriegte es dann volle Pulle: Mr. Shapiro wurde mehrere Male wegen illegalen Schnapshandels festgenommen, zahlte mehrfach Bußgelder, schaffte es aber irgendwie mit Bestechung oder Schläue, in seinem Unternehmen zu überleben, bis er genügend Reichtümer angesammelt hatte, um ein gepflegtes Anwesen in Bensonhurst zu erwerben, als die »Prohibition« aufgehoben wurde. Ein *jidischer kop*, kein Zweifel.

Jake hatte von allen aus der »Clique« die kürzesten Beine, war aber nicht so schmächtig wie die mickrigen Baer-Brüder. Er hatte ein feines ovales Gesicht, kastanienbraune Locken und eine fettige Himmelfahrtsnase. Kein anderer war künstlerisch oder sportlich so geschickt wie er. Er konnte auf dem alten automatischen Klavier im Wohnraum der Shapiros Melodien nachklimpern, die er nur einmal vorher gehört hatte. Er war ein Meister des Tango und ließ Izzy Winchels reizlose Schwester bei einem ihrer terpsichorischen Schwünge rückwärts mit dem Kopf auf den Boden fallen. Ein Hai beim Poolbillard, der Beste aus der ganzen Gruppe. So überaus tüchtig, daß er in Zeiten, da er sich auf dem Wege zu einem höheren Einkommen zwischen zwei Jobs befand, sich einzig durch seine Geschicklichkeit am Billardtisch ernähren konnte. Ira war im Billardzimmer an der Fifth Avenue Ecke 112th Street gewesen, eine Treppe hoch, und hatte zugeschaut, wie Jake spielte und wie seine fettige Nase unter den grünen Lampenschirmen glänzte. Außerdem war Jake ein Künstler. Jahrelang hatte er als Lehrling bei einer Firma für Gebrauchsgraphik gearbeitet. Und jahrelang hatte Ira erzählt bekommen, wie sein Freund mit der Spritzpistole arbeitete. Nebenbei hatte sich Jake früh an der National Academy of Design eingeschrieben und häufig Arbeitsmuster mit nach Haus gebracht, bewundernswert in ihrer technischen Ausgereiftheit, dachte Ira, Kohlezeichnungen von Gipsabgüssen klassischer Skulpturen – wohlgeformte, nackte, bärtige griechische Gottheiten.

Die beiden gingen häufig zusammen ins Metropolitan Museum, zu Fuß. Jake bewunderte dann immer Können und Kunstfertigkeit der Maler – schon ein wenig wie ein Fachmann; er beurteilte die Art, wie sie Rüstungen oder andere Metallgegenstände darstellten oder die Gesamtkomposition eines Gemäldes. Nur selten, so jedenfalls empfand Ira, war es die ästhetische Qualität, die künstlerische Tiefe, die »Bedeutung« eines Gemäldes, die Eindruck auf Jake machte – nur hin und wieder und nur bei bestimmten Malern wie Robert Eakins und Winslow Homer. Es war seltsam, aber mehr als einmal mußte Ira sich eingestehen, daß was *er* sah und bewunderte, mehr war als nur das Gemälde als solches – es waren vielmehr die Dinge, die ihm bei seiner Lektüre begegnet sein mochten, wenn er etwas über die Maler las: Leonardo, del Sarto, Raffael, Tizian, Rembrandt, Rubens. Dennoch: Jake hat durchaus Rubens bewundert, hat auch Rembrandt bewundert, lenkte sogar Iras Aufmerksamkeit auf Frans Hals, auf Vermeer. Es war schon sonderbar, als Künstler hatte Jake intellektuell ein seltsames Defizit, so würde Ira später denken, sich aber korrigieren und nach einer tiefergehenden Begründung suchen: Vielleicht war Jake ein Künstler, dem das Bewußtsein selbst für primitivste Gedanken mangelte. Jake gab zu, daß er oft lange Zeit, manchmal stundenlang nur so dasaß, wenn er Muße dazu hatte, stundenlang einfach herumsaß und sich hinterher nur der einen Tatsache bewußt war, daß ihm in der ganzen Zeit kein einziger Gedanke gekommen war.

Während all jener Monate seiner Lehrzeit als Gebrauchsgraphiker – und es waren deren viele – ging Jake tagtäglich von dem Geld, das seine Stiefmutter ihm als kleinen Unterhalt oder Zuschuß für Fahrgeld und Verpflegung von seinem Lohn gewährte, im Automatenrestaurant essen. Er wählte immer das gleiche: Zum Preise von einem Dime bestand sein Lunch aus einer kleinen Schale Boston Baked Beans und einem Glas Milch.

Und Jake sagte, als Ira über die Kohlezeichnung einer Zeusbüste, die Jake soeben von der Akademie mit nach Hause gebracht hatte, nur bewundernd den Kopf schütteln konnte: »Weißt du, was wir jetzt machen müssen? Jeder aus der Klasse muß eine Originalkomposition zeichnen.«

»Was bedeutet das?«

»Aus unserer eigenen Phantasie. Nicht irgend etwas kopieren. Es muß etwas sein, das wir uns selbst ausgedacht haben.«

»Mal doch ein Binokelspiel, hinten, hinter dem Laden von Maxie Dains Vater«, meinte Ira spottend. »Oder ich weiß: das Billardzimmer.«

»Quatsch, das ist doch nicht aus der Phantasie.«

»Aber du bist so ein raffinierter Billardspieler. Guck mal, so eine Verlängerungsstütze für den Billardstock auf dem Tisch und der Billardstock selbst – bilden die nicht ein spitzes Dreieck zusammen?«

»Doch schon, aber dann heißt es wieder, die Zeichnung ist so technisch. Weißt du, was ich gedacht habe? Ich wollte so einen Penner von der Bowery zeichnen. Er soll in einem Hauseingang sitzen und von einem Krug Bier und einer Brezel träumen. Die schwebt wie eine Wolke über seinem Kopf. Genau wie diese Heiligenscheine im Metropolitan.«

Es gab noch andere, die Spuren der Erinnerung in einem nachlässigen Gedächtnis hinterlassen hatten. Sid Desfor, der im selben Haus wohnte wie Jake. Ein hochaufgeschossener, ulkiger, schrulliger Junge, großzügig auch, der Älteste von drei Geschwistern. Direkt nach dem Grundschulabschluß begann Sid eine Lehre bei einem Photographen. Das Studio des Photographen lag auf der anderen Seite des Harlem River, den Sid immer mit der El überqueren mußte. Und jedesmal, wenn der Zug über den Fluß fuhr, überkam ihn ein unmäßiger Drang zu urinieren. Sid schätzte Milt Gross, zitierte ihn häufig und war so umsichtig, die Kolumnen des Humoristen für Ira auszuschneiden, damit dieser sie lesen konnte. Seinem Vater gehörte das Schneidergeschäft auf der anderen Seite der Straße, und zweimal beschenkte Sid Ira mit einer Tabakspfeife, die in Herrenanzügen gefunden wurden, die zum Ändern gebracht worden waren.

Alle hatten an den Wochenenden Taschengeld zum Ausgeben, nur Ira höchst selten, nachdem nun die Schule wieder angefangen hatte – außer vielleicht die paar Münzen, die er bei Tante Mamie abstauben konnte. Bei der Bobe wurde die Ausbeute immer geringer, da die Onkel und Tanten allmählich heirateten und woanders wohnten, vornehmlich in Flushing. In der Realität von damals, so reflektierte Ira, war die Zeit weniger trübe gewesen als heute in der Erinnerung. Denn er wußte, daß er so manchen Nachmittag im Herbst Football in einer Mannschaft gespielt hatte, »touch football« im Mt. Morris Park, auf dem Sportplatz der West Side. Er konnte exzellente Kicks treten und war einigermaßen fähig, den in diesem Fall etwas größeren, langsamer fliegenden Football zu fangen, so daß er immer sehr gefragt war, wenn die Mannschaften gewählt wurden – ganz im Gegensatz zu seinen Leistungen beim Baseball. Also mußte es auch Erfreuliches gegeben haben während dieser ersten Monate nach seiner Zulassung zur DeWitt Clinton High School, einige freudige Augenblicke der Selbstvergessenheit beim Laufen und Hinterherrennen, beim lauten Brüllen und in dem Erlebnis, einen Versuch zu legen.

Es war aber, als müsse man ein widerstrebendes Gedächtnis

zwingen, glückliche Erinnerungen anzuerkennen. Samstagabends versammelte sich die »Gang« zur Musik des Victrola-Phonographen in Izzy Winchels Wohnzimmer, und sie fanden dort sogar Tanzpartner in Izzys älterer Schwester und ihren Freundinnen. Ira war als Tänzer nicht geschickt und wollte es auch nicht sein. Er wußte nicht warum. Versteinert vor Beklommenheit verachtete er auch die Musik, in der die anderen aufgingen, die Banalität der Melodien, die peinliche Rührseligkeit der Texte – ohne jedoch seine Abneigung in Worte fassen zu können.

Sonntagvormittags hielt sich die Gruppe gewöhnlich im Billardzimmer in der ersten Etage Ecke 19th Street und Third Avenue auf, wo man sich auf gleicher Höhe mit der El befand, der man die Schuld an einem verpatzten Stoß geben konnte, wenn ein Zug vorüberrumpelte. An eine trübere, kümmerlichere Stimmung als die in jenem Billardzimmer an jenen Sonntagvormittagen konnte Ira sich nicht erinnern. Ohne einen Penny und als hoffnungsloser Stümper beim Poolbillard, der er war, saß er dann auf einem Stuhl an der Wand und lauschte dem Knall der Billardkugeln, den Sprüchen der Spieler, die sich mit Spitznamen riefen, beobachtete seine Freunde, wie sie sich über dem grünen Billardtuch abmühten, beleuchtet von den tiefhängenden, abgedunkelten elektrischen Lampen, wie sie ihren Queue erhoben, um Punktezählmarken auf den Drähten über ihren Köpfen zu verschieben.

Grausig, nichtssagend, trist. Es kam ihm nicht in den Sinn, daß diese Lückenbüßer, als welche er seine Kumpels in Ermangelung anderer Freunde empfand, zur ersten in Amerika geborenen Generation von Juden gehörten, welche die Brücke zwischen den armen osteuropäischen Einwanderern, die hier gelandet waren, und den amerikanischen Juden bildeten, die deren Nachkommen wurden. Und sein Widerwille gegen ihre Freizeitbeschäftigungen und Hobbys zeigte schon eine vage Ablehnung des typischen Weges, den die Mehrheit von ihnen eingeschlagen hatte. Er war sich einzig und allein seines eigenen Unglücks bewußt, seines Außenseitertums, des Nichtdazugehörens, seiner schmachvollen Langeweile. Und doch, trotz seiner gelegentlichen Verdrießlichkeit, obgleich unzufrieden und teilnahmslos gegenüber anderen, bemerkte er oft, daß sie in seinem Fall Zugeständnisse machten, da er ja zur High School ging. Und obgleich er so unnahbar und intolerant war, in einer anderen Welt lebte, zu leben versuchte, waren sie großzügig zu ihm, mehr als er verdiente. Sid ganz besonders steuerte immer etwas bei, damit er mit ins Kino gehen konnte, beteiligte sich nach der Vorstellung im Delikatessenladen an einem Pastrami-Sandwich für ihn und zahlte sogar Iras Hälfte an einer Stunde Poolbillard, um ihm die Chance zu geben, einmal so zu tun, als ob er spielte.

Nein. Er war ihnen gegenüber nicht fair gewesen, wie er in seinem gelben, mit der Maschine getippten Manuskript schrieb, als er in späteren Jahren an sie dachte, und die Ungerechtigkeit seiner früheren Einstellung ihnen gegenüber wurde sogar noch deutlicher, als er alt wurde.

Ein kostbares Juwel fiel völlig aus dem Rahmen der glanzlosen Freizeitbeschäftigungen seiner Freunde: eine Schallplatte. Sie war zusammen mit dem Victrola-Grammophon aufgetaucht, das Izzys Eltern kauften: auf der einen Seite die »Humoreske« und die »Engelsserenade«, auf der anderen das »Preislied« aus *Die Meistersinger von Nürnberg*, dieses in einer Fassung für Violine, und beide Seiten gespielt von Mischa Elman. Die Musik auf der einen Plattenseite fand Ira transparent, leicht zu verfolgen und leicht zu mögen. Die andere verblüffte ihn; sie schien unangenehm undurchsichtig. Während die anderen auf Izzys Küchentisch Binokel oder auch ganz offen Poker spielten und Davey Baer beim Abwerfen einer Karte immer laut mit den Fingerknöcheln auf das Holz knallte, was er buchstäblich schon als Kind auf den Knien seines Taugenichts-Vaters gelernt hatte, spielte sich Ira mit einer Hartnäckigkeit, die nur aus blanker Anomie entstehen konnte, immer und immer wieder das »Preislied« vor – bis er es plötzlich verstand! Endlich wurde die Kakophonie zu wohldurchdachten, geordneten Klängen, nicht nur zu gewöhnlichen Harmonien, sondern zu einzigartigen Klängen und Kadenzen, die, hatte man sie erst einmal erfaßt, ganz zwangsläufig schienen, einen Einklang ganz eigener Art bildeten. Das war es also, was gemeint war, wenn er über Wagner las, wenn geschrieben wurde, daß Wagner nicht nur ein großer Komponist war, sondern ein Erneuerer. Das also verstand man unter großer Musik. Nach einer gewissen Zeit ging einem die Musik im Kopf herum. Eine ganz andere Melodieführung, vollkommen fremd zuerst, doch langsam gewöhnte man sich daran, und war sie einem erst einmal vertraut, fing die Musik zu klingen an – in ihrer ganz eigenen Art, und war doch richtig so.

Um der Erzählung auch wirklich treu zu bleiben, müßte dieser neuere Exkurs, den er wahrscheinlich gegen Ende '79 geschrieben hatte, herausgenommen werden, dachte Ira. Doch er malte darin ein intimes, ja bewegendes Bild von seinem Leben mit M., als sie noch in Paradise Acres lebten, einem Campingdorf für Wohnmobile im North Valley von Albuquerque. Er hatte das Fragment geschrieben, kurz nachdem er sein erstes »komplett neues Hüftgelenk« bekommen hatte – als die rheumatische Arthritis seinen ganzen Organismus mit geballter Wucht zum Wanken brachte:

»Keine Lust zu schreiben, keine Lust weiterzumachen... Nachdem M. den leergetrunkenen Futterspender für Kolibris abgenommen und frisches, scharlachrot gefärbtes Zuckerwasser zubereitet und hineingefüllt hatte, kehrte sie zum Klavier zurück. Ich suchte einen Vorwand für einen weiteren Aufschub (während sie im Wohnzimmer übte) und humpelte zu dem kleinen Haken unter dem Vordach am Fenster meines Arbeitszimmers hinaus, an dem ich den Futterspender befestigte.

›Wann bekomme ich einen Flügel?‹ neckte M., als ich ins Haus zurückkam.

›Du bekommst alles, was dein Herz begehrt. Wo willst du ihn hinstellen?‹

›In dein Arbeitszimmer.‹ In ihrem eigenen, mit einer Grundfläche von ungefähr vier mal viereinhalb Metern, mit Kunstledercouch, Sesseln, Plattenspieler und Kaffeetisch, ganz zu schweigen vom Steinway-Klavier, war wohl kein Platz mehr. ›Am Flügel hätte meine lädierte Hüfte auch viel mehr Bewegungsfreiheit.‹

›Na gut, warum nicht?‹ stimmte ich zu und ging in mein Zimmer zurück. Als ich erst einmal drin war und vor der Schreibmaschine saß, ertappte ich mich dabei, wie ich mir die ganze Tragweite dieser Entscheidung klarmachte. Ich blickte mich um: ein Flügel in diesem Raum, das bedeutete, mein Feldbett müßte raus. Und dieser alte, verkratzte Schreibtisch, auf dem ich schreibe und neben dem das Aktenschränkchen steht – all das müßte ebenfalls raus. Und ein kleines Bücherregal oder zwei. Und der Schreibtischsessel, auf dem ich sitze. Jetzt könnte der Raum wohl einen mittelgroßen Flügel aufnehmen. Aber natürlich müßte ich auch weg sein. Diese Schlußfolgerung pendelte innerhalb eines Zwiespalts hin und her: dem Verlangen zu gehen und dem Bedauern, M. zu verlassen.

Also ... über dem Fenster meines Arbeitszimmers hängt jetzt der rubinrote Futterspender. Und die ersten Kolibris kreisen schon begeistert drum herum, wobei ihre Flügel so schnell schwirren, daß sie ganz durchsichtig werden. Nun trinkt mal schön, drängle ich, ihr springlebendigen kleinen Wäscheklammern auf einem Zahnstocher. Nun macht schon, trinkt. Trinkt auf mein vorausschauendes Gedächtnis. Und auf *memoriam harum rerum.*«

II

Bald nachdem er in jenem Herbst an der DeWitt Clinton zugelassen war, bewarb sich Ira wieder bei Park & Tilford um einen Job. Er wurde wieder eingestellt und einer Filiale am Broadway, Ecke 103rd

Street zugeteilt. Das Geschäft war mit der U-Bahn von der Schule aus leicht zu erreichen und lag auch auf der West Side. Dennoch arbeitete Ira dort nur ein paar Monate. Der Laden und die Leute dort waren allesamt ganz anders, und ebenso seine Aufgaben. Vorbei waren die Zeiten, da man seine Arbeit frei und altmodisch und auf traditionelle Weise erledigen durfte – was zu erlernen er schließlich so lange gebraucht hatte. Keine Trucks fuhren mehr von dem Geschäft in die oberen Regionen von Manhattan und der Bronx. Ob überhaupt noch Lieferfahrten mit dem Truck gemacht wurden, fand Ira nie heraus. Vielleicht war all dies in dem sehr großen P&T-Laden in der Stadt zentralisiert, wie sein früherer Mentor Mr. Klein einst schon vermutet hatte. Aber hier gab es keinen Mr. Klein als Versandchef; tatsächlich gab es überhaupt keinen Versandchef. Statt dessen war da ein Lagermeister, der für alles unten im Keller verantwortlich war und sehr effektiv jegliches Knabbern, Kosten, Klauen und *naschn* unterband. Er war ein grobschlächtiger, vorzeitig ergrauter Tyrann, und wenn es je einen gab, auf den der Ausdruck Bestie paßte, dann war er es. Sein Name war Yeager. Zum ersten Mal in seinem Leben bekam Ira es hier mit einem Menschen zu tun, der eine grausame, pedantische Tyrannenherrschaft führte und sie zu genießen schien, herzloses Dominieren um des Dominierens willen, weit schlimmer als Iras Vater. Wann immer Ira später das Wort »Schikane« hörte, mußte er unwillkürlich an Yeager denken, Yeager, der für ihn zu deren Personifizierung wurde. Ohne Zweifel war Yeager deutscher Abstammung, und doch schien antijüdische Einstellung nur eine sehr kleine Rolle bei seinem Toben und Brüllen zu spielen, wenigstens bei dem, was man offen und eindeutig mitbekam, denn der zweite Lieferjunge, der nach der Schule dort arbeitete, war kein Jude, jünger als Ira und hatte einen verkürzten Arm. Er mußte sich dieselbe Art brutaler Beschimpfungen gefallen lassen wie Ira. Dessen erster Arbeitstag bescherte ihm die Aufgabe, Konservendosen aus einem Karton in ein Regal zu packen, und da er sich damit auskannte, sich wohl fühlte bei einer Tätigkeit, die er so gut gelernt hatte, begann er, vor sich hinzupfeifen.

»Schluß mit dem Pfeifen!« kam Yeagers drohendes Gebrüll. »Hier unten gibt es keine Hunde.«

Ach, die nutzlosen Widerworte kommen fünfundsechzig Jahre zu spät, um sie gegen einen seit zweifellos langer Zeit liegenden Staub ins Feld zu führen: »Aber ich dachte, es gäbe hier einen Hund«, hätte er zurückschnauzen können.

Und dann die Konsequenzen, die sich daraus ergeben hätten, all die Folgen, die man sich hätte vorstellen können. »Wie meinst du das?«

»Sie wissen, wie ich das meine.«

»Was bist du überhaupt, ein Klugscheißer?«

»Genauso klug wie Sie.«

»Hey, soll ich dir die Scheiße aus dem Arsch treten?«

»Versuchen Sie's doch.«

Oh, was für gewalttätige Vergeltungsdrohungen. Und die Gerichtsprozesse. Oder die sogar noch übleren Gegenmaßnahmen, mit denen sich zum Beispiel Bill Loem aus einem später geschriebenen Band in diesem Alter zur Wehr gesetzt hätte (und hat). Die Bierflasche mit beiden Händen gehalten und hinterrücks, ohne nachzudenken und mit äußerster Kraft, auf Yeagers Hinterkopf zerschmettert – und dann ganze Arbeit geleistet und die Kehle des am Boden Liegenden mit den gezackten Scherben eben dieser Flasche aufgeschlitzt. Das war eine Tat, wie Bill Loem sie begangen hätte.

Jedoch, reflektierte Ira, er für sein Teil war ein Mörder von Natur aus: er verzieh nie... Aber wie er heute nicht nur an den Gewaltakt, sondern auch an seine Reaktion darauf dachte, beleuchtete die Faszination, die Bill auf ihn ausübte, und Bills Einfluß auf ihn: daß dieser etwas wagte und auch tat, wovon Ira und wer weiß wie viele Millionen nur in ihren kühnsten Träumen träumten.

Ira sah die ungeschlachte Bestie ein paar Tage später einer der hübschen weiblichen Angestellten auflauern, die einen Artikel in den Kellergängen suchte. Er fiel über sie her, umklammerte sie und zwang sie mit Gewalt hintüber, während er ihr Küsse aufdrückte. Ihr Flehen – »Bitte, Mr. Yeager! Lassen Sie mich los! Mr. Yeager!« – fand keine Beachtung, als ob Yeager tatsächlich der furchterregende Golem aus Gips wäre, dem er so sehr glich, mit seinem großen Körper in der Hülle seines weißen Arbeitskittels. Ira starrte mit offenem Mund, ihn schauderte vor des *golems* Brunst – genau wie in dem Film. Zum Geschäftsführer zu schleichen, den Hurenbock gehörig anzuschwärzen, mehr hätte Ira nicht zu tun brauchen – wenn er den Nerv dazu gehabt hätte. Er hatte ihn nicht.

Der Job fand sein Ende, als Iras junger Arbeitskamerad versuchte, sich einen Karton mit Lebensmitteln unter den Arm zu klemmen, der schwerer war als gewöhnlich. Rückblickend erschien Ira diese Episode als die einzige mit versöhnlichem Charakter während seiner ganzen Jugend, eine echte Demonstration von Mut. Der Karton rutschte dem Jungen weg, der mit seinem verkrüppelten Arm hilflos war und den Fall nicht aufhalten konnte. Einiges fiel heraus, ehe der Junge es mit Hilfe eines Knies und des gesunden Arms fertigbrachte zu verhindern, daß die gesamte Last zu Boden fiel.

»Was zum Teufel ist los mit dir?« bellte Yeager ihn an. »Was bist du – ein Krüppel?«

»Er *ist* ein Krüppel!« platzte Ira heraus. »Er kann nichts dafür!«

Zerknirscht und schweigend hob der Junge die heruntergefallenen Konserven auf.

»Zeig mal her!« befahl Yeager barsch. »Die haben jetzt Dellen gekriegt.« Und zu Ira: »Bist du sein Aufpasser, oder was?«

»Nein.«

»Dann halt dich da raus.«

Dennoch, Ira konnte merken, wie betroffen Yeager war, sei es auch nur am veränderten Klang seiner Stimme oder der Art, wie er davonstolzierte. Ira wunderte sich über sich selbst. Und als er sich beruhigt hatte und seinem mageren, verkrüppelten Arbeitskameraden half, den Karton neu zu packen und ihn sich – ohne Erlaubnis von Yeager – sicher unter den Arm zu klemmen, da war Ira mehr als verblüfft: erschrocken. Erschrocken darüber, daß er unfreiwillig gewesen war, nur einen Moment lang gewesen war, wie er von nun an immer sein müßte, wenn Yeager auch in Zukunft so wäre, wie er sich soeben gezeigt hatte. Ira fühlte, er würde von nun an seinen Mann stehen müssen, und gerade das konnte er nicht: der bloße Gedanke daran machte ihm angst. Er hatte einen Schimmer von Yeagers Verwundbarkeit erspäht, und Yeager wußte es: seine Rüpelhaftigkeit war nichts als Fassade, eine Farce. Jetzt war Ira verwundbar. Er würde katzbuckeln müssen und kuschen, um ein gutes Verhältnis zu einem zu bewahren, von dem er wußte, daß er ein falscher Fuffziger war. Und das konnte er nicht. Und wie sollte es nun weitergehen? Er würde kündigen müssen.

Am Samstagabend, nachdem er seine Lohntüte erhalten hatte, verließ Ira den Laden und kehrte nie mehr zurück.

III

Ira konnte Veränderungen fühlen, die sich in seinem Inneren abspielten. Im Februar des Jahres 1922 war er sechzehn. Inzwischen war Einstein berühmt und ein Begriff geworden, ein Trost für Juden in aller Welt. Man sagte, daß es nur zwölf Menschen auf dem gesamten Erdball gäbe, die seinen abstrusen Theorien über das Universum folgen konnten. Ein *jidischer kop*, rühmten sich die Juden. Sir Oliver Lodge, weltberühmter Physiker und Spiritist, mag über das unfeierliche Abservieren seiner Theorie über die Rolle eines universellen Äthers verschnupft gewesen sein. Aber Mom schwelgte in Bewunderung für den überragenden jüdischen Geist: »*Asa kop!*« rief sie in reinstem Entzücken. In seiner ganz eigenen ausgelassenen, unnachahmlichen Art zollte sogar der Männergesangverein der Polizei dem großen Physiker Tribut. Als man den Chor einlud, den Schülern der DeWitt Clinton in der routinemäßigen Freitags-Versammlung ein Ständchen zu bringen, schmetterten die Polizisten mit Verve:

> »*Wie hoch ist oben?*
> *Wie tief ist unten?*
> *Wie schnell ist langsam?*
> *Und wann kriegen wir unser Geld?*
> *Wenn es Nacht wird in Sizilien,*
> *kriegst du in Massachusetts nichts mehr zu trinken.*
> *Wie hoch ist oben?*
> *Wie tief ist unten?* ...«

Dr. Paul, der Rektor der Schule, stand mit den Chorsängern zusammen auf dem Podium. Ihn konnte das schwerlich amüsiert haben. Seine steife Haltung, seine Grabesmiene, die um so furchterregender wirkte, seit ein leichter Schlaganfall seine Wange gelähmt hatte, alles zeigte an, daß er das Liedchen wenig erbaulich fand. Aber die versammelte Schülerschaft jubelte und applaudierte in lustvoller Zustimmung.

Oh, es gab also Spiralnebel im Kosmos, Sternsysteme, Lichtjahre entfernt im Weltall verstreut; ganze Universen, nicht bloß Sonnensysteme, entlegene Milchstraßen. Oh, es gab so viel, was einen von sich selbst befreien konnte oder fast, was einen zum Träumen brachte, durch riesige Weiten in Verzückung versetzte, durch Unscheinbarkeit befreite, wenn nur, ach –, wenn er nur nicht in der Falle säße. Warum saß er in der Falle? Warum mußte er in der Falle sitzen? Weit Schlimmeres würde ihm widerfahren, als was geschehen war, als er seine Aktentasche verlor, Schlimmeres als damals wegen des silberverzierten Füllfederhalters. Wenn er jetzt erwischt würde! Oh, diese unaussprechliche, diese abscheuliche Tat, welch grenzenlose Strafe würde sie verdienen. Und doch, auf welche List, welch provozierendes Drängen, welch vollendeten Opportunismus, welch fragwürdige Beeinflussung hatte er sich verlegt, wozu sich herabgelassen, bis die grünen, blasenwerfenden Küchenwände Einverständnis erklingen ließen? Unverbesserlich, gewissenlos, sardonisch und verräterisch mißbrauchte er Trost und Tränen, trickste mit beruhigenden Worten und Mitgefühl, um Abwehr zu unterminieren. Was nützte all sein nie endendes, ewig sich wiederholendes Niemals-Wieder? Wie Stahl auf Feuerstein, so schlug seine Reue Funken aus der Angst, die Begierde könnte sich aufs neue entfachen, glühende Begierde.

Oh ja, die Welt veränderte sich: eine *mélange*. Es gab den Teapot Dome-Skandal, bei dem es um Öl und Mr. Doheny ging, richtig? Und Abrüstungskonferenzen, oder nicht? Und die »Gelbe Gefahr«, vor der das hurrapatriotische Sensationsblatt *American Journal* warnte, die Hearst-Zeitung, die Ira niemals las, außer wenn Pop sie vom Restaurant mit nach Hause brachte. Oh, dann war da noch Henry Ford und sein *Dearborn Express*, die Zeitung, die den Juden vorwarf, sie seien heimtückisch und habgierig, hätten sich gegen Amerika verschworen, verbreiteten Bolschewismus und Atheismus und versuchten, ein gesundes Amerika mit ihrem gottlosen Virus zu verseuchen... Jedermann glaubte sicher, daß Lenin und Trotzki schon bald gestürzt würden – spätestens aber in einem Jahr. Es gab die Palmer-Razzien, Sträflingskolonnen, Bürgerwehren, den Ku-Klux-Klan in weißen Kapuzengewändern und Lynchkommandos, die Neger »aufknüpften«. Und es gab William Farnum, den Filmschauspieler mit den beweglichen Augenbrauen, dem blitzartige Ziehen und seinem absolut treffsicheren Schuß, den mühelos akrobatischen Douglas Fairbanks, die dahinschmelzende

Mary Pickford und Bull Montana – und den wunderwunderbaren Charlie Chaplin.

Und es wurden großgeschrieben *Normalität, hohe Lebenshaltungskosten* und natürlich *Wohlstand*. Pop hatte Arbeit. Mom sparte auf einen Persianermantel. Iras Onkel Max und Harry, die den Schulabschluß nicht geschafft hatten, verließen ihre ursprünglichen Berufe, Handschuh- und Pelzmacher, und taten es Morris und Sam gleich: sie wechselten ins Gaststättengewerbe und eröffneten eine Cafeteria in Jamaica, Queens, und waren erfolgreich über ihre kühnsten Hoffnungen hinaus.

Und Ira machte eine neue Erfahrung, eine vollkommen neuartige und letzten Endes wunderbare schulische Erfahrung, weit mehr als die bloße Genugtuung, sich mit Auszeichnungen zu brüsten oder auch nur gute Zensuren zu bekommen. Erhebend, so hätte er es genannt, wenn man ihn dafür nicht ausgelacht hätte; und doch – so fühlte er sich, in seiner eigenen Achtung gestiegen, begeistert, wenigstens in einem Bereich geistiger Vollkommenheit geduldet. Zum ersten Mal im Leben spürte er, daß er ein Unterrichtsfach nicht nur umfassend und in all seinen Aspekten verstand, sondern sogar die Grundlagen, auf denen das Fach basierte. Das Fach hieß Geometrie. Es wurde zu einer Art Rettungsinsel für ihn, einer Art Seligsprechung in seinem ziellosen, tiefbekümmerten, deprimierten, von Mißtrauen gegen sich selbst geprägten Leben. Geometrie münzte ohne Ende neue Wahrheiten aus alten, errichtete wundersamerweise ein atemberaubendes Gebäude aus Beweisen, die auf nur wenigen Gesetzen beruhen. Es war, als brenne man langweilige Gemeinplätze zu einleuchtenden Wahrheiten.

Anfänglich, ganz zu Beginn des Frühjahrstrimesters, geriet Ira noch in Panik: Warum mußte man überhaupt den Beweis für etwas erbringen, das doch so offensichtlich war? Warum sollte man beweisen, was jeder sehen konnte? Scheitelwinkel waren eben gleich! So war das nun mal. Nach welcher Methode sollte man verfahren, welches Vorgehen anwenden, um aufzuzeigen, daß das Offensichtliche auch richtig war? Jene lächerliche Handvoll Regeln, die anzuerkennen er sich früher kaum herabgelassen hätte, weil sie ihm so selbstverständlich schienen, würde man nun durchackern und zur Anwendung bringen müssen. Und so wurde es gemacht: die Ergänzungen gleich großer Winkel waren gleich ... ah, jetzt hatte er's! Bald liebte er das Fach – und vernachlässigte dafür oft andere. A-Noten für seine Ausführungen an der Tafel, A-Noten in Klassenarbeiten wurden nun die Regel.

Und jetzt mein Freund, und jetzt mein Freund – Ira klemmte die Hände zwischen die Knie – jetzt rückt die Zeit heran, die Zeit der Krise.

> – *That time of year thou mayst in me behold*
> *When yellow leaves, or none, or few, do hang...*

Ja. Aber noch nicht.
– Oder möge dieser Kelch an mir vorübergehen.
Ja. Aber es war doch später im Jahr, Ekklesias. Es war eben doch im Herbst und nicht im Frühling. Es war während der zweiten Hälfte des Schuljahrs mit den euklidischen Blicken auf den schönen Nacktarsch und all dem, nicht während der ersten. Weißt du was, Ekklesias? Ich kann dir sagen, wie Jesus selbst den Beweis geliefert hat, daß Gott nicht existierte.
– Beten sollst du, nicht denken.
Es ist aber so, eine Tatsache. Er hat gesagt: Ist's möglich, so gehe dieser Kelch von mir. Und er ist nicht von ihm gegangen. Also war es nicht möglich. Diese Schlußfolgerung ist doch wohl erlaubt, oder? Wenn es also nicht möglich war, wie kann Gott dann existieren, dem doch alles möglich ist? Sauber, was?
– Nein. Du vergißt da etwas. Jesus hat eine Einschränkung gemacht und hinzugefügt: Doch nicht, wie ich will, sondern wie du willst.
Zu dumm. Ganz schön raffiniert von ihm – von allen dreien, nicht wahr?

Vier Kolibris kämpfen piepsend um die Vorherrschaft am Futterspender. Ihre Drohgebärden und winzig kleinen Kabbeleien scheinen darin zu bestehen, daß sie gegenseitig ihre Schnäbel wie Miniaturdegen gegeneinander richten – während sie mit durchsichtigen Flügeln in der Luft stehen. Einer, anscheinend das führende Männchen, sitzt ganz dicht auf einem Stück Stacheldraht neben dem Spender, bereit, das Futter gegen alle Eindringlinge zu verteidigen. Ich werde allmählich zum Naturforscher... Was war mit Henry Thoreau? Der Mann hat nie geheiratet; warum wohl nicht? Warum er wohl in *Walden Pond* geschrieben hat: »Welcher Dämon ist in mich gefahren, daß ich mich so gut benehme?« Warum? Welcher Dämon ist denn in *mich* gefahren, daß ich mich so schlecht zu benehmen scheine?

Es war nun Frühsommer des Jahres 1922. Gegen Ende des Schuljahrs hatte Ira sich in der neuen High School gut eingelebt und – dank seiner vortrefflichen Leistungen in Geometrie und in seinem Stolz, überhaupt etwas so gut zu beherrschen – ein Gefühl der Geborgenheit entwickelt. Es gefiel ihm dort. Auf der gegenüberliegenden Straßenseite lag ein Schwimmbad, nur wenige Häuser weiter westlich, wo er gerne hinging. Und jetzt, da er an das Schwimmbad dachte, kam ihm im Zuge dieser Erinnerung auch die Umgebung der Schule wieder in den Sinn. Die Schule lag an der 59th Street Ecke Ninth Avenue, nur eine oder zwei Straßen vom Hudson River entfernt, eine oder zwei Straßen von den Anlegestegen und Frachthöfen und Fabrikgeländen, in einer Richtung, die er noch nie erkundet hatte. Diese Gegend galt als zu gefährlich. War das die Gegend, die sich im Norden, stadtauswärts, an die berüchtigte Hell's Kitchen anschloß, fragte er sich. Er kannte keinen Schüler, der in dieser Richtung nach Hause ging. Vielleicht gab es dort keine Kinder, oder wenn doch, dann nicht im High School-Alter, denn immerhin war das ganze Viertel weitgehend irisch-katholisch, und die wenigen, die sich nach der Grundschule noch weiterbilden wollten, besuchten dann wohl die Gemeindeschule. Ira konnte sich nicht erinnern, daß man sie jemals gewarnt hätte, diese Richtung einzuschlagen. Das taten sie sowieso nicht.

Ihrer aller – oder der überwältigen Mehrheit – Heimweg führte sie in östlicher Richtung durch die 59th Street. Sie mußten an einem Block schäbiger, heruntergewirtschafteter Mietskasernen vorbei, wo auf den Stufen der Hausaufgänge und vor den hohen Türen schwarze Kinder herumlungerten, die dort in einigen der Häuser wohnten. Und doch lagen dort merkwürdigerweise – als großer Kontrast – zwischen den Wohnblocks verstreut die gepflegten Gebäude einer Klinik, einer medizinischen Fakultät und eines Krankenhauses.

Dann kam die Kreuzung mit der Ninth Avenue, wo unübersehbar und alles beherrschend die Hochbahn verlief, die »El«. Unter deren ewigem Schatten, wie von einem unendlich langen Baldachin, ließen Geschäfte und Lädchen während aller Stunden des Tages die Schaufensterbeleuchtung brennen. Die meisten Schüler gingen dann noch einen Block weiter Richtung Osten zum Columbus Circle, der Südwestspitze des Central Park, wo die U-Bahnlinien Seventh Avenue und Broadway die Eighth Avenue unterqueren. Dort stand in Bronze gegossen der große Seefahrer höchstpersönlich: Columbus. Er stand dort auf seiner Marmorsäule und betrachtete nachdenklich das laute, nicht enden wollende Gewusel von Fußgängern und motorisierten Fahrzeugen unter sich. Hinter ihm, direkt an der Ecke des Central Park, trieb eine ebenfalls in Bronze gegossene Wagenlenkerin ihre starren Rösser in den Verkehr. Nach Osten hin, auf der gegenüberliegenden Straßenseite am südlichen Ende des Parks, erstreckte sich eine Kette von Luxushotels und Apartmenthäusern, wo behandschuhte und uniformierte Portiers den Fahrgästen aus Taxis und Limousinen halfen, wenn diese vor einem der vielen überdachten Eingänge hielten. Diese Bilder und der Eindruck des Getümmels von Menschen und Automobilen auf der Straße waren das letzte, was man sehen konnte, wenn man mit einem ganzen Schwarm von Mitschülern aus dem hellen Tageslicht hinunterstieg in die schummrige Bernsteinatmosphäre der Untergrundbahn.

An der 59th Street lag die Haltestelle der Vorortlinie, und Ira nahm gewöhnlich den erstbesten Zug, der hielt – gleichgültig, ob er zu seiner Zielstation an der Kreuzung Lenox Avenue und 116th Street in Harlem fuhr oder zu den U-Bahnstationen am Broadway. Ihm war das egal. Griesgrämiger Schuljunge.

Von der 116th Street Ecke Lenox, wo Ira ausstieg, hatte er immer noch drei lange Straßenabschnitte in west-östlicher Richtung – von der Lenox zur Park Avenue – zurückzulegen und dann drei kurze »normale«, sogenannte City-Blocks nach Norden. Er legte sich eine Tabelle an über all die verschiedenen Wege, nach Hause zu gelangen: es waren immerhin achtzehn. Viele Jahre später errechnete er einmal mit Pascals Hilfe, wie viele Möglichkeiten es insgesamt gegeben hatte, zur Schule zu gelangen und wieder zurück; da es bekanntlich achtzehn verschiedene Wege von der Schule nach Hause waren und entsprechend achtzehn Wege, die ihn flugs von zu Haus zur U-Bahn führten, ergab das eine Zahl von insgesamt 324 verschiedenen Hin- und Rückwegen. Vielleicht hat er ja in den drei Jahren, die er an der DeWitt Clinton war und im Zickzackkurs kreuz und quer durch die übelsten und schmuddeligsten Straßen sauste, die volle Anzahl möglicher Kombinationen erreicht.

Die Wahrheit, die Realität klopft rüttelnd an sein Gehirn: es waren im ganzen vierzehn Jahre, die er in dieser Slumstraße in Harlem lebte! Hunderte Male ist er schließlich zur U-Bahn Lexington Avenue gegangen (denn auch später noch, als er das City College von New York besuchte, nahm er manchmal die Vorortbahn von der Lenox Avenue stadteinwärts bis zur 96th Street, wo er dann in die Linie stadtauswärts zum Broadway umstieg). Worauf wollte er hinaus? Diese vielen Jahre, diese vielen, vielen Fahrten, wer hätte da vermeiden können, sich von soviel chronischer Niedergeschlagenheit eintrichtern zu lassen: daß man nicht dazugehörte, daß Gemeinschaft sich einem verweigerte, daß man nur unter Zwang existierte. Jedoch, die Psyche ist ein seltsames Ding. Ohne es zu wissen, verwandelt sie das Böse, das Verhängnisvolle und Verachtete in spiegelbildliches Frohlocken oder begründet mit denselben Komponenten unterschwellige Erbitterung.

Ich aber verliere den Boden unter den Füßen. *Le Bateau Ivre...*

IV

Er war immer noch Jugendlicher und erst sechzehn Jahre alt, in jenem Sommer 1922, gegen Ende seines ersten Jahres auf der »Clinton«, wo er gleich als Sophomore, als Zweitsemester, eingestuft wurde. Die Anzeige in der *New York World* unter der Rubrik »Stellenangebote« klang vielversprechend und verzichtete auf die üblichen Einschränkungen wie »nur christliche Bewerber«. »Schaffner gesucht«, lautete die Überschrift. »Neue Lizenz für Buslinie. Fifth Avenue – Grand Concourse. Vorkenntnisse nicht erforderlich. Ausbildung im Job.« Ira bewarb sich bei der in der Anzeige genannten Adresse, wo Büro und Werkstatt der Busgesellschaft waren, Ecke 130th Street und Madison Avenue. Dort hatte er ein kurzes Vorstellungsgespräch mit einem korpulenten Beamten, der ein rosa und blau gestreiftes Seidenhemd trug. Nach seinem Alter gefragt, reagierte Ira gewitzt und schwindelte: achtzehn. Und über welche Referenzen er verfügte? Park & Tilford, allzeit vertrauenswürdig, allzeit ehrenhaft, mußte wieder einmal herhalten: Das Geschäft am Broadway – gab Ira frei erfundene Lügen von sich – stünde Gerüchten zufolge kurz vor der Schließung, genau wie das an der Lenox Avenue Ecke 126th Street, wo er zuerst gearbeitet hatte; also hätte er sich einen freien Tag genommen, um sich einen neuen Job zu suchen. Der schwergewichtige, schwitzende Boß schien positiv beeindruckt: Ira könne den Job haben, und die Gesellschaft würde ihn auch ausbilden, aber er müsse einhundert Dollar als Sicherheit deponieren – in bar.

Einhundert Dollar! Jetzt verstand Ira, warum Busschaffner-Jobs immer noch zu haben waren, warum diese Jobs nicht schon längst weggeschnappt waren, lange bevor er jetzt auftauchte. Einhundert Dollar!

»Du wirst mit unserem Geld umgehen«, erklärte der schwergewichtige Mann und tupfte sein Gesicht ab, »und wir wollen uns absichern, daß du auch ehrlich bist, das ist alles. Du bekommst deine hundert Scheine wieder, wenn du kündigst.«

»Ich kann wohl nicht jede Woche einen Teil einzahlen, bis hundert Dollar voll sind?« Ira war selbst überrascht über seine plötzliche Anwandlung von Scharfsinn.

»Nein, so arbeiten wir nicht. Du kannst hier nicht anfangen, wenn du deine Sicherheit nicht aufbringst. Du könntest dich immerhin nach Feierabend mit dreißig, vierzig Dollar in der Tasche auf und davon machen, den ganzen Tageseinnahmen.«

»Also gut, Mr. Hulcomb, ich will's versuchen. Wenn ich das Geld auftreibe, kann ich dann auch noch morgen anfangen?«

»Aber gewiß doch. Der Job gehört dir, wenn du deine Sicherheit bringst. Wir halten dir die Stelle einen Tag frei. Länger kannst du das aber nicht von uns erwarten.«

»Nein, Sir.«

Das war das Ende des Vorstellungsgesprächs. Und zu Hause, am selben Abend, in Anwesenheit von Pop, rückte Ira mit der Sprache heraus und berichtete von dieser formidablen Auflage: »Ich kann einen Job kriegen, der vierundzwanzig Dollar die Woche einbringt, wenn ich einhundert Dollar als Sicherheit gebe. Der Boß hat gesagt, sie würden mich als Busschaffner einarbeiten, aber vorher müßte ich ihnen die Sicherheit bringen.« Und er erzählte von den anderen gewichtigen Umständen.

»Wie kommt es, daß ich im Krieg Trolleybusschaffner war, auf der Linie Fourth und Madison Avenue, und keine Sicherheit geben mußte?« erkundigte sich Pop. »Wozu brauchen die eine Sicherheit?«

»Und gleich so viel Geld«, fügte Mom hinzu. »*A ganzer hunderter.*«

»Er sagt, das ist, damit ich ehrlich bin.«

»Du könntest ihm doch versichert haben, daß du auch für viel weniger ehrlich wärst«, sagte Mom. »Was denn – du solltest dich um einen Nickel irren und büßt gleich deine hundert Dollar ein? Ein Ring von Schiebern.«

»Nein. Er hat nicht von Irrtum gesprochen, sondern von ehrlich«, ging Ira dagegen an.

»Aber ganze einhundert Dollar! *Gotinju!*«

»Es ist nur zur Sicherheit.«

»Und wo ist die Sicherheit für deine hundert Dollar? Geben sie dir eine Quittung?« fragte Pop.

»Ich glaube schon.«

»Aha, du glaubst also. Ich würde ihnen nichts geben ohne Quittung.«

»Nein.«

»Und wie schnell zahlen sie's zurück?«

»Hab' ich dir schon gesagt. Der Boß sagte, am selben Tag, wenn man aufhört. So hat er es jedenfalls gesagt.«

»Einen ganzen Sommer, und jede Woche vierundzwanzig Dollar«, überlegte Pop und zeigte sich aufgeschlossen.

Lange Zeit dauerten die Überlegungen an. Niemand konnte leugnen, daß es eine Busgesellschaft *bona fide* war. Ihre Busse fuhren stadtauswärts auf der Fifth Avenue, deutlich sichtbar für jedermann. So, sie wollten also eine Kaution. Soso... Warum wurden Busschaffner als so betrügerisch und unehrlich angesehen? Würde eine Münze an ihrer Hand fester kleben als an der einer ganz gewöhnlichen Person? *Nu.* Das Resultat ihrer Überlegungen war nach vielem Wenn und Aber, daß Pop die hundert Dollar vorschießen würde.

»Daß du mir ja keinen Nickel unterschlägst«, drohte Mom. »Du weißt ganz genau, was dir schon passiert ist.«

»Jaa.«

Und Pop, in halbwegs humoriger Stimmung, erinnerte sich an seine eigenen Probleme als Trolleybusschaffner und sagte warnend: »Brauchst bloß Durchfall zu kriegen, und du kannst der Buslinie Adieu sagen.«

»Ich werde keinen Durchfall kriegen.«

»Und halte dich fern von Säufern und Schlägern«, mahnte Mom. »Ein einlenkendes Wort vertreibt immer einen Streit.«

»Uh! Jetzt kommt sie uns mit Säufern und Schlägern.« Pop nahm Anstoß. »Bloß weil so ein verrückter betrunkener Matrose mich vor Jahren im Trolleybus völlig überraschend angegriffen hat? Die Hände sollten ihm abgehackt werden dafür.«

»Richtig«, meinte Mom und fügte beschwichtigend hinzu: »Ich meine ja nur, daß er vermeiden sollte, einem randalierenden Goi ins Gesicht zu sehen. Wenn er nun abgeschlachtet wird! Dann ruf den Fahrer zu Hilfe. Lohnt es sich etwa, für einen Nickel ermordet zu werden?«

»Ich werde schon nicht ermordet.«

Mit seinen geliehenen einhundert Dollar als Kaution wurde Ira nun mit einer Schirmmütze ausgestattet, für die er das Pfand später von seinem ersten Wochenlohn bezahlte. Ferner erhielt er eine numerierte Dienstmarke, die er an der Mütze festmachen sollte. Seine »Einweisung« dauerte nur einen einzigen Tag und wurde von einem erfahrenen Schaffner vorgenommen, einem Veteranen, der den Betrieb selbst erst seit wenigen Wochen kannte. Auf den vier Hin- und Rückfahrten, die er an jenem Tag machte, lernte er mehr oder weniger die Route kennen und die größten Kreuzungen in der Bronx, die ihm bisher unbekannt waren. Er lernte die Strecke und die Stränge, wie er später aphoristisch meinte: wie oft er nämlich am Klingelstrang ziehen mußte, um Halt, Start und Nothalt zu signalisieren.

Die Busse waren Doppeldecker – wie die elegant ausgestatteten, die auf der Fifth Avenue am Central Park entlangfuhren. Aber das Fahrgeld betrug nur einen Nickel statt eines Dime, und die Busse waren alles andere als elegant. Seine Einweisung fand während der zweiten Schicht statt, den ruhigsten Stunden des Tages, damit er sich auf das Lernen der Straßennamen und großen Kreuzungen entlang der Strecke konzentrieren und sich mit der Funktion der »Uhr« vertraut machen konnte, dem Münzzähler, den er mit der Hand halten und bedienen mußte, während er sorgfältig und gelassen Kleingeld herauszugeben hatte. Außerdem mußte er den Moment genau abpassen, wann ein Fahrgast sicher ein- oder ausgestiegen war, und dann ohne weitere Verzögerung an der Klingelschnur ziehen.

Am folgenden Tag schon war er ganz auf sich allein gestellt, als einziger Schaffner in voller Verantwortung für den ganzen Job. Er war wieder für die gleiche Zeit eingeteilt: vom Nachmittag bis zur letzten Rückkehr ins Depot gegen Mitternacht. Ganz allein regierte er auf der hinteren Plattform, in offizieller Funktion, den ganzen Nachmittag. Er gewann an Selbstvertrauen, beglückwünschte sich, daß er sich in dem Job schon eingewöhnt hätte, auch wenn er ab und zu nach vorn zum Fahrer hasten mußte, um sich zu vergewissern, wo sie waren, zum Wohle der nachfragenden Fahrgäste.

Gegen Mitternacht, als der Bus auf seiner letzten Tour war – zurück zum Depot, wo Ira über die Einnahmen dieses Tages würde Rechenschaft ablegen müssen –, da spürte er die Anstrengungen des neuen Jobs, die Angst, die schwere Verantwortung dieser ersten Stunden, und alles deutete darauf hin, daß ihm vom Stehen schwummerig wurde. Straßenlaternen und Hausbeleuchtungen zogen an ihm vorüber wie die Lichter einer fremden Stadt, weit weg und unwirklich. Er fühlte sich, als sei der Bus aus dem Nichts gekommen und würde wieder im Nichts verschwinden. Wenige Straßen vom Harlem River entfernt stieg ein Fahrgast ein, der letzte in dieser Nacht; er steckte seine Fünfcentmünze in den Automaten und erklomm die Wendeltreppe zum offenen Oberdeck. Bald würden sie sich der Brücke, der Drehbrücke über den Harlem an der Madison Avenue nähern. Iras Instruktionen lauteten, er habe hinaufzugehen und alle Fahrgäste auf dem Oberdeck aufzufordern, sich hinzusetzen, weil die Gestänge der Brücke so tief herunterreichten, daß sie fast das Oberdeck streiften. Er kletterte also hinauf und blieb dort stehen und wartete –

»Hey! Hey Sie da, Schaffner! Kopf weg!« Der aufgeregte Ruf kam von dem einzigen – und sitzenden! – Fahrgast. »Vorsicht!«

Ein Glück für Ira, daß er gerade noch rechtzeitig reagierte. Die dunkle Stahlkonstruktion sauste über seinen Kopf hinweg, nur Zentimeter von seinem kappenbedeckten Schädel entfernt.

»Meine Güte«, sagte der einzige Fahrgast. »Was ha'm Sie denn vor? Woll'n Sie sich umbringen?«

Und Ira lernte, langsam zwar wie immer, aber er lernte: daß mit wenigen Ausnahmen alle Frauen – und die dickeren und älteren mit noch größerer Wahrscheinlichkeit – zum Hinterausgang ausstiegen. Eine gut gepolsterte Matrone fiel dabei auf den Rücken, als der Bus einen leichten Ruck nach vorne machte. Ira zog dreimal blitzschnell an der Klingelschnur, sprang vom Bus ab, um ihr, überschwenglich um Entschuldigung bittend, wieder auf die Beine zu helfen. Sie war Jüdin und erkannte, daß er seinerseits Jude war und spielte das Malheur herunter. »Es ist *gornischt*. Es ist nichts und wieder nichts.« Hübsche junge Mädchen kamen anmutig die Wendeltreppe herunter, gerüschte Kleider umspielten lange, wunderschöne Lilienschenkel und trieben ihn in ekstatisches Verlangen, wenn er einmal einen Blick riskierte. Er war wie versteinert und verfiel ohnehin allzu häufig in verbittertes Brüten, bis die Stimme des ungeduldigen Fahrers plötzlich nach ihm brüllte: »Hey, Ira – ein bißchen fixer mit der Klingel!« Und bei der Ankunft am waldigen Kingsbridge-Terminal: »Jesus Christus – wie wär's mit etwas mehr Pep. Sonst tritt mir der nächste Bus gleich auf den Schwanz.«

»Ja. Okay. Ich versuch's jetzt etwas zackiger.« Und die ganze Zeit bedauerte er, daß er der anmutigen Damenwelt, die da herabgestiegen kam, nicht länger sagen konnte, daran gehindert wurde zu sagen, was andere seines Alters sicher gesagt hätten: »Vorsicht Stufe, meine Schöne.« Und dann nachzuhaken, ermutigt durch ein anerkennendes Lächeln, wie er auch andere hatte ermutigt gesehen, Casanovas, keck und launig: »Gibst du mir deine Telephonnummer, schönes Kind? Wie wär's mit uns beiden?« Er hatte nicht länger Zugang zu dieser Oberwelt, die war ihm verwehrt wie einer Moskitolarve im Graben, unter Wasser, besprüht mit Kerosin. »Für welchen gute Erd' und Luft mit Acht und Bann belegt, verboten Liebreiz war«, dachte er und dachte an Byron und fühlte sich wie der *Gefangene von Chillon*. »Okay«, sagte er und: »Ich versuch's jetzt richtig zackig.«

Die Busse waren alt, »älter als alt«, meinte einer der Fahrer. Ausrangierte Busse eines Unternehmers aus New Orleans, die Hulcomb für »ein Ei und ein Butterbrot« gekauft hatte, eigentlich zum Schrottpreis, wie ein anderer Fahrer beteuerte. Sie klapperten und wackelten, sie fauchten und qualmten. Tony Oreno, einem Fahrer, mit dem zusammen Ira häufig Dienst hatte, zierlich gebaut und leicht zu Übelkeit neigend, ist zweimal schlecht geworden von den Dämpfen aus dem Auspuff. Er zog den Bus rechts ran, stieg aus und übergab sich zwischen Bus und Kantstein. Ein anderer Fahrer namens Colby berichtete, er hätte einmal ganz fürchterlich hupen und sich gleichzeitig aus dem Fenster seines Fahrerhäuschens lehnen müssen, um dem Schutzmann, der den Verkehr in der Fordham Road regelte, zuzurufen und heftig Zeichen zu machen, er solle bloß nicht den vom Grand Concourse kommenden Verkehr stoppen – denn er konnte seinen Bus nicht anhalten. Die Bremsen waren runter! Glücklicherweise verstand der Cop die verzweifelte Botschaft – und tat ihm den Gefallen. Colby schaffte es dann irgendwie bis zu einer der Haltestellen.

Die Fahrgelder waren gezählt, sobald sie eingenommen und durch die handbetriebene »Uhr« gelaufen waren, eine Art Registriergerät, das jedem Schaffner bei Schichtbeginn ausgehändigt wurde. Man mußte den Nickel in einen Schlitz am einen Ende des Handautomaten drücken, was eine kleine Glocke in dem Gerät zum Klingen brachte; gleichzeitig erschien auf dem digitalen Zählwerk eine um eine Zahl höhere Ziffer, und der Nickel fiel wieder heraus, in des Schaffners Hand. Die Schaffner mußten auch selbst etwas Kleingeld bei sich haben, um eventuell herausgeben zu können, und zu Beginn einer Schicht mußte jeder angeben, wieviel Wechselgeld er persönlich dabeihatte. Und wenn die Schicht vorüber war, erwartete ihn dann eine höchst eigenartige Prozedur. Von jedem einzelnen wurde nämlich verlangt, daß er seine Taschen ausleere – bis auf den letzten Cent. Die Tagesquittungen wurden entsprechend der Anzahl der auf der Uhr registrierten Fahrgelder ausgestellt. Diese wurden dann von dem Berg Kleingeld abgezählt, den der Schaffner auf den Tresen gehäuft hatte, und alles, was über dem lag, was der Schaffner bei Dienstantritt angegeben hatte – also vor der Abrechnung – wurde von der Gesellschaft konfisziert: mit der simplen Begründung, daß der Überschuß ganz offensichtlich auf Nachlässigkeit seitens des Schaffners beim Durchklingeln der Fahrgelder schließen lasse; dementsprechend stünde der Überschuß selbstverständlich der Gesellschaft zu. Fehlbeträge deuteten ebenso auf Nachlässigkeit des Schaffners beim Kassieren der Fahrgelder hin, weshalb diese ihm selbstverständlich vom Lohn abgezogen wurden.

Die Lektion, die Ira gelernt hatte, als er aus der Stuyvesant ausgeschlossen worden war, vibrierte noch in seinem Bewußtsein, und Pops einhundert Dollar verstärkten zusätzlich die bangen Nachbeben seiner Unehrlichkeit. Jetzt war er sehr gewissenhaft, wenn es um Strafe ging, auch weil »Spione« auf der Pirsch waren, vor denen man Ira schon an seinem ersten Tag gewarnt hatte, als er eingearbeitet wurde. Seine Ehrlichkeit war jetzt über jeden Zweifel erhaben und zeitigte am Ende eines Tages nur kleine Fehlbeträge, Abweichungen, die er aus seinem Kleingeldbestand selbst ausgleichen mußte. Knapp eine Woche nachdem er die Arbeit aufgenommen hatte, wurde er von der zweiten in die erste Schicht versetzt, die frühe Morgenschicht, die um sechs Uhr begann und einen forschen Fußmarsch in der Frische des erwachenden Tages vom übelriechenden Wohnblock bis zur Ecke 110th Street und Fifth Avenue mit sich brachte, bis zu dem in der City gelegenen Terminal seiner Buslinie. Ein irrelevantes Detail und eine kostbare Erinnerung: die Ecke des Central Park, Baum und Gras, ein Felsvorsprung, ein See, ganz ruhig und still unter dem in der frühen Morgendämmerung sich langsam hebenden, empfindlich zarten Blau des Himmelszelts, feucht und duftend nach sattem Grün...

Als Ira in dem schmuddeligen, nach Zigaretten stinkenden, mit Kippen verunreinigten Vorzimmer mit anderen Schaffnern zusammenhockte, die wie er nach ihrer Schicht darauf warteten »abzurechnen«, wurde er von einem der älteren Männer beiseite genommen. Der war gut vierzig Jahre älter als Ira, hieß Collingway und wirkte ziemlich übelgelaunt und hartgesotten. »Hör mal, Kleiner, ich will dir mal was sag'n. Du machst uns hier ganz schön das Leben schwer, weißt du? Ganz verflucht schwer sogar.«

»Ich?« Ira blieb vor Schreck der Mund offen. »Wieso denn?«

»Du wirfst ein schlechtes Licht auf uns.«

»Auf Sie? W-waas mache ich?«

»Zum Kuckuck auch. Werd endlich mal von selber schlau. Du lieferst doch tatsächlich jedes Fahrgeld ab. Hat man dir denn nicht Bescheid gesagt? Wir kassieren hier alle ein bißchen nebenbei ab. Nur du nicht. Was glaubst du wohl, wie *wir* jetzt dastehen?«

»Jaa –. Aber die Spione...«

»Ach, die kennst du noch nicht? Foley und dieser andere Typ, der ab und zu hereinschaut? Den hast du schon mal hinten im Büro gesehen, hat mit Hulcomb gesprochen – es ist der mit dem Blumenkohlohr. Fitz, so heißt er wohl.«

»Ach – der? Den hab' ich mal im Bus gesehen. Das ist Fitz?«

»Nicht möglich!« Collingway trug seinen Sarkasmus dick auf. »Du hast ihn also mal in einem Bus gesehen? Dann mach mal schön so weiter wie bisher, und Hulcomb wird sicher Dir zuliebe für einen Tag 'n paar andere Spione anheuern, vielleicht so'n paar Privatdetektive von einer Agentur. Die brauchen dann nur einen Tag in den Bussen mitzufahren, und 'n halbes Dutzend von uns wären komplett angeschissen. Vielleicht hat er sogar schon längst welche engagiert – wegen dir. Wenn er nicht so verdammt geizig wäre, ganz bestimmt.«

»Aber kein Mensch hat mir das gesagt.«

»Na hör mal, hast du etwa gedacht, der Typ, der dich einarbeitet, würde dir das haarklein erzählen?«

»Sonst hat auch niemand was gesagt.«

»Aber *ich* sag's dir jetzt. Und mit den Fahrern hast du's auch falsch angefangen. Wir alle schenken ihnen immer eine Kleinigkeit – etwas Kaltes zum Trinken oder ein Sandwich. Hast du schon mal 'ne Schachtel Glimmstengel mitgebracht?«

»Nein. Keiner hat mich darum gebeten.«

»Ich fass' es nicht. Weißt du eigentlich, was dir passieren kann?« Vielsagend warf Collingway den Kopf in den Nacken. »Plötzlich gibt dir einer ganz fürchterlich ein paar Tritte in den Bauch. Genau wie sie's mit dem anderen Arschloch gemacht haben. Der kotzte nur noch sein Frühstück aus und hat gekündigt.« Collingway unterbrach sich und beobachtete, welchen Eindruck seine Worte auf Ira machten. »Mein Gott, es ist doch wirklich nicht so schwer. Da kriegst du morgens deinen Packen Guineas und läßt einfach mal die Uhr ein bißchen fallen – guck, so.« Er ließ die Uhr um seinen Zeigefinger kreisen und dort baumeln. »Kapiert?« Seine Hand wölbte sich rund über die Uhr. »Die meisten Fahrgäste wissen Bescheid und werden dir ihre Münzen in die Hand gleiten lassen. Oder wenn eine alte fette Schlampe einsteigt, zum Beispiel eine Judenfrau. Bei der kann nichts schiefgehen. Jesus, so allmählich solltest du's aber gefressen haben. Gerade steigt nämlich ein Nigger ein.«

Dennoch, Ira hatte Angst. Pops einhundert Dollar standen auf dem Spiel. Der bloße Gedanke, er könnte erwischt werden, belebte von neuem die schreckliche Erinnerung an die Stuyvesant-Krise, als hätte er sie gerade eben erst durchgemacht. »Und wage nicht, auch nur einen Nickel zu stehlen«, hatte Mom eindringlich gemahnt. Doch gegen ihre Mahnung rasselten nun Collingways böse letzte Worte: »Du wirst hundertprozentig mit allen Ärger kriegen. Mach nur so weiter, du wirst schon sehen.«

Zwecklos, Mom und Pop davon zu erzählen. Er wußte, was die sagen würden. Sollte er es dennoch mitteilen und dann kündigen? Pops einhundert Dollar zurückverlangen? Oder so weitermachen wie bisher: jedes Fahrgeld registrieren? Aber immer wieder würde er mehr Einnahmen haben als sie – Tag für Tag. Man würde ihn zusammenschlagen. Er konnte sich schon denken, unter welchem Vorwand einer der Fahrer ihn in den Unterleib boxen würde: wegen seiner Bummelei beim Klingeln. »Ich hab's dir schon mal gesagt, du Anfänger! Schneller klingeln.« Klingeln... Und dann klingelt's plötzlich im Gedärm; sehr heftig und dort, wo man es noch nicht mal sehen konnte. Pop hatte wenigstens ein blaues Auge gehabt.

Oh, Jesus. Warum hatte er Collingway bloß nicht gefragt, wieviel er unterschlagen sollte: einen Dollar? Oder mehr?

Zu früher Morgenstunde fuhren sie von der 110th Street los, dann ging's über die Fifth Avenue stadtauswärts bis zur 120th Street am Mount Morris Park; von dort steuerte der Fahrer den Bus einen Block nach Osten zur Madison Avenue und dann wieder nach Norden zur Brücke über den Harlem River, der »Drehbrücke«, auf der sie dann hinüberfuhren in die Bronx. Noch ein paar Blocks, und der Bus erreichte die Grand Concourse. Von da an sahen sie – am schlimmsten im wilden Getümmel der 149th Street – Massen italienischer Tagelöhner im Halbdunkel unter der Hochbahn die Jerome Avenue säumen und in hellen Scharen, leicht irritiert, in der langsam sich hebenden Dunkelheit vor Sonnenaufgang warten. Wie eine Invasionsarmee durch die Bresche in einer mittelalterlichen Stadtmauer stürmten sie den Bus. Sie drängten hinein; mit Geschrei und Gebrüll drängelten sie beim Einsteigen, mit Papiertüten bewaffnet, die einen deutlichen Hauch von Knoblauch verströmten, schwärmten die Wendeltreppe hinauf, erkletterten das Oberdeck, fröhlich, ausgelassen, Hals über Kopf, und nahmen jede Nische, jeden Stehplatz in Besitz. Sie versorgten Ira mit Münzen, drückten sie in die Uhr oder drückten sie ihm in die Hand, achtlos in ihrer Hast, einen Sitzplatz zu finden – oder wenigstens ein Plätzchen zum Stehen. Schließlich war Ira an das rückwärtige Geländer des Busses genagelt und konnte sich kaum mehr bewegen, weniger noch als sie. Die Arbeiter übernahmen seinen Job – wie ein Mann. Sie knöpften den Drückebergern auf den Stufen der Wendeltreppe das Fahrgeld ab und denen, die ganz tief innen im Bus saßen, bis wohin Ira sich niemals hätte hindurchkämpfen können. Sie zogen auch statt seiner die Klingelschnur – »Los geht's« – und skandierten im Chor Meldungen an den Fahrer: »Hey, Gas geben, Gas geben! Hey, nun drück mal auf die Tube!« Überschäumend, pausenlos schwatzend mit ihrem italienischen Zungenschlag, der mit dem

Englischen heftig kollidierte, winkten sie unter johlendem Gelächter, urwüchsig und in glänzender Stimmung ihren Arbeitskollegen zu, die an Straßenecken festsaßen und stürmisch nach dem bereits überladenen Bus winkten und wütend gestikulierten, wenn er nicht hielt.

Schließlich brachte sie der laut brummende, vollgestopfte, Fehlzündungen spuckende Bus zu ihrem Ziel – den nördlichen Ausläufern der Bronx. Bis dorthin, entlang des gesamten Grand Concourse, war ein enorm großes Neubaugebiet im Entstehen, wo sich die hochaufragenden Stahlkonstruktionen neuer Mietshäuser nah und fern am Himmel abzeichneten. Die Buslinie endete hier; schnatternd und grölend, fuchtelnd und trampelnd, verdächtig duftende Papiertüten schwingend, stiegen sie aus, eine wallende, wogende Menge, die mit ihrem Aufbruch den Bus zum Schwanken brachte; und da war Ira zum ersten Mal um etwa ein Dutzend geklauter Nickel reicher.

Er hatte jetzt den Dreh heraus und wurde zum Experten. Er machte nicht nur morgens bei dem Haufen Tagelöhner reiche Beute, sondern lernte auch, »sichere« Fahrgäste zu erkennen, die Unkundigen, die den Bus während des Tages benutzten: junge Kerle, die ihren Nickel schon abgaben, ehe sie überhaupt richtig eingestiegen waren, jüdische Mamis und komische alte Käuze mit ihrem Krückstock. Ira brachte dem Fahrer Erfrischungen und Zigaretten wie die anderen Schaffner auch, erntete brummigen Beifall vom hartgesottenen Collingway, brummig, weil er der Meinung war, daß Ira nicht genug abstaubte.

»Wovor hast du Angst? Du kannst ruhig noch etwas schärfer rangehen. Wir nehmen alle mindestens zwei Dollar.«

Dennoch, Ira fühlte, er hatte die Grenzen seiner Möglichkeiten erreicht. Ein Dollar, vielleicht auch mal ein bißchen mehr, das waren schon über zwanzig Nickel, über zwanzigmal Fahrgeld, zwanzig Fahrgäste, zwanzig Personen im Bus. Nein. Er hatte

Angst. Und dann kam ja noch das Abrechnen, vor dem er sich so fürchtete, nach der letzten Tour, wenn der Bus zum Schichtwechsel ins Depot fuhr, wo Werkstatt und Büro lagen: wenn Ira dann warten mußte, bis er mit seiner Abrechnung bei dem Aufpasser, dem Kassierer am Schalter, an der Reihe war. Ira mußte sich genau merken, wieviel Geld er für sich beanspruchen konnte, wieviel er angegeben hatte, wie viele Fahrgelder die Uhr registriert und wieviel Geld er tatsächlich in der Tasche hatte; dann mußte er die Differenz abziehen, eventuell etwas mehr angeben oder einen kleinen Betrag unterschlagen, um nicht Verdacht zu erwecken, wenn der Augenblick nahte, wo er alle seine Taschen vor dem Kassierer ausleeren mußte.

Das sollte er erst einmal alles auf die Reihe bekommen und gleichzeitig ein tüchtiger Schaffner sein – es war nämlich immer noch früher Nachmittag, wenn die erste Schicht endete, und der Bus zu dieser Tageszeit recht gut ausgelastet. Ein gehörig Maß an Manipulation war nötig, um zwischen all den Ablenkungen und der Einnahmenflut in dieser letzten Stunde den klaren Durchblick zu behalten, denn schließlich war Ira noch nie ein guter Kopfrechner gewesen, und dies war Kopfrechnen unter Streß. Es war erforderlich, die gefälschte Abrechnung immer wieder nachzuprüfen, um sicherzugehen, daß er sich auch nicht selbst betrog. Immer wieder und noch einmal von vorn – und gleichzeitig seine Arbeit tun: ein Kind vor dem zu frühen Abspringen bewahren; eine *jente* zur Vorsicht mahnen, sich doch bitte festzuhalten; oder sich beim Anblick liliengleicher Frauenbeine wie benommen abwenden, wenn solche ihm auf der Wendeltreppe entgegenschwebten; und vor allem zackig mit der Klingel sein. Er schaffte das alles gerade so eben. Und baute sehr schlau gelegentlich kleine Irrtümer in seine Abrechnung ein und verrechnete sich absichtlich um zehn oder fünfzehn Cents, zeigte sich höchst überrascht, wenn er »zuviel« hatte und ärgerlich, wenn »zuwenig«, tat wie ein begriffsstutziger

Tölpel, den die eindeutigen Beweise seiner plump zur Schau gestellten Integrität völlig aus der Fassung brachten.

Aber dann, eines Morgens, da dachte er, alles sei aus und vorbei. Er sah sich schon gefeuert. Und Pops einhundert Dollar auf und davon fliegen. Sollte er flennen? Oder lieber bluffen? Hinter welcher Ausrede sich verstecken? *Oj gewald,* und zu Hause, was dann? Pop würde ihm gehörig einheizen. Pop würde ihn in den Backofen stecken. Und Mom –!

Die erste Fahrt am Morgen, der Bus rappelvoll bis obenhin mit Spaghettifressern, die zur Arbeit wollten. So rauschten sie die Grand Concourse entlang. Und hinter ihnen eine Limousine, unbemerkt. Und darin saß niemand anderer als Mr. Hulcomb, chauffiert von einem seiner Angestellten. O mein Gott, er muß mir auf die Schliche gekommen sein! Ira geriet in Panik. Abgehärtet und geschickt hatte er heute mehr als seine übliche Quote entwendet – er konnte sich nicht genau erinnern, wieviel, konnte keine genauen Angaben machen –, aber das spielte jetzt auch keine Rolle. Wenn der Bus jetzt angehalten und die Fahrgäste durchgezählt würden, hätte er fünfzehn oder mehr Fahrpreise zuwenig auf der Uhr. Gerade heute hatte es sich nämlich so gefügt, daß der breitbrüstige, bärenstarke, alte wilde südländische Anarchist mit dem zwanzig Zentimeter breiten Fahrradlenker unter seinem Riechkolben neben Ira Aufstellung genommen und aus allen Richtungen die Fahrgelder eingesammelt hatte, übereifriger Amtsgehilfe, die Säumigen anknurrender Zerberus. »Nun macht schon. Der Junge wartet.« Und dann die ganze Handvoll Münzen Ira in die Tasche seiner Alpakajacke gesteckt. Jesses – wenn Mr. Hulcomb das nicht sah, dann mußte er blind sein! Es würde Ira auch nichts nützen, wenn er jetzt noch schnell die Nickel durch die Uhr drückte; da er wie festgenagelt an der rückwärtigen Reling stand, konnte man ihn vom Auto aus beobachten. Und wenn er es versuchte, sobald der Bus hielt, würden seine beiden Vorgesetzten hören können, wie die

Fünfcentmünzen in wahnsinnigem Tempo durchgeklingelt würden. Sie würden Bescheid wissen. Ira wäre fällig!

»Hallo, du da! Schaffner! Hey, Stigman!« Hulcomb brüllte aus dem Fenster seiner Limousine.

»Ja, Sir«, antwortete Ira mit bebender Stimme. Wenn er sich doch nur in Luft auflösen könnte. Alle anderen könnten gern auf der Plattform stehenbleiben und das nachfolgende Fahrzeug anstarren – alle außer ihm, der ihren Blicken entschwinden wollte.

»Hey, Stigman, hörst du mich?«

»Jaa – doch. Was gibt's?« Welche Qual: vielleicht ein verschärftes Verhör auf dem Polizeirevier, ein Geständnis und dann der Gerichtssaal, vielleicht ein Richter in der schwarzen Robe, vielleicht Gefängnis, vielleicht Kaution, vielleicht –

»Sag dem Fahrer mal Bescheid. Er fährt zu schnell. Weit über Höchstgeschwindigkeit. Sag ihm, er soll langsamer fahren. Sag ihm, das kommt von mir.«

»Aber ja, Sir, ja Sir, gewiß Mr. Hulcomb. Ich werde – ja, sofort! Hey, darf ich mal durch, darf ich bitte mal durch?« Ira appellierte an seine Fahrgäste: »Das ist der Boß.«

»Der kann uns mal.« Sie weigerten sich, Platz zu machen.

»Ich muß aber –« Nie würde Tony ihn hören können bei all dem lauten Gedröhn der Maschine. Und wenn er dreimal an der Klingelschnur zöge, dann würde Tony den Bus sofort anhalten. Auch nicht gut. »Ich bitte Sie, meine Herrschaften!« Ira versuchte es so laut er konnte. »Bitte! Nun kommen Sie schon. Hey, Sie da vorne – Leute, sagt ihm mal, er soll langsamer fahren. Der Boß hat mir's gerade gesagt. Hey, Tony! Oh Mann – er wird noch seinen Job verlieren!«

»Na gut«, gaben sie nach. »Hey Giovanni, hey Paul, sagt dem Fahrer mal Bescheid. Das Arschloch von Boß sitzt ihm im Nakken.« Und jemand mit einer krächzenden Stimme vorn im Bus gab die Botschaft weiter: »Hey, *paisan*, wir woll'n nich', daß du Ärger kriegst. Der Junge sagt, du sollst langsamer fahren. Dein Boß, das Arschloch, sitzt dir im Nacken... Was sagst du? Ach jaa? Hähh-hä-hä-häää-. Weißt du, was er antwortet?«

»Wer?«

»Er. Der Fahrer. Er sagt, der Boß soll ihn am Arsch lecken.«

»Waas?«

»Er sagt, der fette Hurenbock soll erst mal selber dieses alte Klappergestell fahren, ohne zu kotzen – das solls' du ihm sagen.«

»Hey-hey-hey! Hast du das gehört, Junge?«

Dennoch verlangsamte der Bus seine Fahrt und walzte schwerfällig dahin. Die nachfolgende Limousine fiel zurück und war plötzlich verschwunden. »Volle Pulle geradeaus!« Lautstarkes Lärmen erhob sich wieder im Bus, und wieder brausten sie dahin. Nie zuvor war Erleichterung so berauschend gewesen. Er war noch mal davongekommen! Er hätte tanzen und springen mögen vor Freude, hopste sowieso schon dauernd auf und ab – obwohl ihn so viele Muskelmänner gegen die hintere Reling preßten. Wow! Nein, er würde damit aufhören müssen. Selbst wenn sie wußten, daß er betrog. Das war es einfach nicht wert, so war's. Hat ihn höllisch das Fürchten gelehrt. Damals wäre er fast vor Angst gestorben. Es war ihm egal, was Collingway sagte. Einfach die Nickels, die man ihm zusteckte, nehmen und in die Uhr stopfen, das wär's. Die Uhr füttern, die Münzen durchklingeln. Den Fahrer zum Softdrink einladen, ihm seine Zigaretten, sein Sandwich bezahlen, aber von seinem eigenen Geld. Und es sogar noch schlauer anstellen. Er brauchte ja niemandem zu sagen, wieviel er eingenommen hatte, er konnte ein bißchen daran drehen: vielleicht zwei Dollar weniger angeben. Aber so, wie Collingway ihn kurz mit seitlichen Blicken streifte, während er sprach, wußte Ira, daß er ihn schon jetzt der Lüge verdächtigte. Würden sie ihn nun zusammenschlagen? Oder was? Die dritte Augustwoche ging ihrem Ende entgegen.

Es handelte sich hier um einen jener merkwürdigen Fälle, dachte Ira, um eine jener Abschweifungen, auf die in der Haupterzählung ganz gut verzichtet werden könnte, die aber nie oder nur selten den direkten Bezug zum richtigen Leben verfehlten. Dieser Eindruck drängte sich ihm auf, als er jetzt über diesen Teil seiner Vergangenheit nachdachte. Er konnte sich nämlich den Sommermorgen auf der Straße, der 119th Street, genau in Erinnerung rufen, die Strahlen frühen Sonnenlichts, die sich an den Dachfirsten der Wohnblocks brachen und herabfielen auf Gehweg und Gosse, Sonnenstrahlen, beladen mit Körnchen von Staub. Schmuddelige, verwahrloste 119th Street, feucht vom New Yorker Sommer, obgleich der Tag kaum begonnen hatte, jungfräuliche Strahlen zwischen den Mietshäusern in einer am frühen Morgen noch stillen Straße.

Dann tauchte Izzy Winchel auf, dieser ausgemachte Lausebengel und unverbesserliche pathologische Lügner. Er versuchte, Ira zu überreden, den Busschaffner-Job gegen einen aufregenden und lukrativeren einzutauschen: eine richtige Absahne – das gleiche, was er selbst auch machte: bei den Baseballveranstaltungen auf den Polo Grounds Getränke verkaufen und ein bißchen abzocken. Der bloße Gedanke daran ließ Ira erschauern. Die verschiedenen Geschmacksrichtungen von Limonaden anpreisen, vor solchen Menschenmengen, vor derartigen Zuschauermassen laut ausrufen, die Aufmerksamkeit dabei auf sich lenken, und alles unter den Blicken Tausender. Nein, das war nichts für ihn.

»Du kannst dort in zwei Tagen soviel verdienen wie auf dem Bus in einer ganzen Woche«, lockte Izzy. »Besonders am Wochenende, wenn die Verkaufsstände für Hin- und Rückspiele vollgepackt sind. Dann sind die Leute so aufgeregt – die geben dir 'ne Fünfdollarnote für eine Flasche alkoholarmes Bier, und du gibst dann auf einen Dollar raus. Bei mir hat das ganz oft geklappt.«

»Nein. Das kann ich nicht. Das bring' ich nicht.«

»Wie willst du das wissen? Wenn du erst mal dabei bist, wirst du schon merken, wie einfach das ist. Falls sich ein Kunde beschweren sollte: ›Oh, entschuldigen Sie vielmals, ich habe mich geirrt.‹ Das Problem ist nur, da ranzukommen. Und ich kann dich reinbringen. Ich kenne Benny Lass – der kommt raus und stellt sich vor dem Baseballstadion auf. Er ist derjenige, der einen auswählt.«

Es gab kein Entrinnen. Izzy hängte sich an Ira wie eine Klette, und dem war schleierhaft, warum: vielleicht weil er zur High School ging und Izzy durchgefallen war, weil er ein As in Geometrie war und Izzy versucht hatte, sich durch die Prüfung zu schummeln – so unverfroren, daß er erwischt wurde und folglich durchrasselte und die Schule an den Nagel hängte – oder vielleicht, weil sie charakterlich so verschieden waren, Ira schüchtern, Izzy dreist. Ira strebsam, Izzy ein Schaumschläger. Ira wußte es nicht. Vielleicht dachte Izzy in seiner schamlosen Perfidie, er müsse Ira in seiner zaghaften Unschuld beschützen.

»Komm schon. Ich gehe auch mit«, drängte Izzy. »Ich bring' dich da rein. Ich zeig' dir auch, was man machen muß. Hol dir die hundert Dollar für deinen Vater zurück. Wenn ich's dir doch sage – am besten jetzt gleich.«

»Meinst du?«

»Du kannst nie wissen, was mit dem Geld passiert, darum. Um Limonade zu verkaufen, braucht man keine Kaution. Die geben dir sogar ein weißes Jackett und eine Kappe – umsonst. Ich wette, die lassen dich bei der Ersten Liga verkaufen. Da verdienst du dein Geld im Schlaf. Und kannst sogar noch das Spiel sehen, vergiß das nicht. Fankie Frisch und Babe Ruth und Gehrig und Ty Cobb und Walter Johnson.«

»Ich bin nicht so verrückt nach Baseball.« Mit einem Achselzukken wehrte Ira Izzys Begeisterung ab. »Ich hab' zwei linke Hände. Du weißt das.«

»Um so mehr wirst du verkaufen«, zog Izzy gleich die Schlinge zu. »Du magst doch Football, oder? Die College-Mannschaften spielen auch auf den Polo Grounds: Notre Dame. Army. Cornell.«

»Ach ja?«

»Und es gibt Profiboxkämpfe. Wenn du bei Benny Lass gut einsteigst, kannst du im Madison Square Garden abzocken. Und die Kämpfe der Champions sehen: Benny Leonard, was für ein Fighter, und Battling Levinsky, vielleicht sogar Dempsey.«

Am selben Abend verkündete Ira zu Hause: »Ich werde die hundert Dollar Sicherheit zurückverlangen.«

»Ach ja –«, sagte Pop. »Was steckt denn dahinter? Warum denn? Du hast doch noch drei Wochen, bis die Schule wieder anfängt, richtig?«

»Alle stehlen dort – ich meine, alle Schaffner«, erklärte Ira tugendsam. »Ich fürchte mich. Ich liefere mehr Geld ab als die anderen.«

»*Nu?*«

»Die haben das nicht so gern. Einer von denen – so ein lausiger antisemitischer Bastard – hat doch tatsächlich zu mir gesagt: Wir sehen ganz schön alt aus wegen dir, du nimmst dich wohl besser in acht.«

»*Asoj?*« sagte Mom. »*Sol er gehargert wern.*«

»Ach, laß die doch reden«, schnauzte Pop. »Du kümmerst dich um deine eigenen Angelegenheiten, und nichts wird passieren. Ich kenne diese Großmäuler.«

»Für die drei Wochen, die er mir noch den Lohn nach Hause bringt, kann ich gut auf das Risiko verzichten, das er dort hat. Wenn erst mal so geredet wird, dann werden sie ihn noch mehr ärgern. Das fehlte mir gerade noch.«

»Izzy Winchel sagt, er kann mir einen Job auf den Polo Grounds besorgen.«

»Was ist das?«

»Polo Grounds? Da wird Baseball gespielt.«

»Baseball. Was hat das mit dir zu tun?« fragte Mom.

»Man verkauft dort Limonade«, antwortete Ira unwirsch. »In Flaschen abgefüllt – das kennt ihr doch. Alle möglichen Sorten.«

»Aha, du willst also Hausierer werden.«

»Nicht Hausierer! Man nennt das Ausrufer.«

»Dann eben Ausrufer«, sagte Mom. »*Abi gesunt*. Ohne Schlägereien, Gott behüte, und ohne Stehlen.«

»Dann soll es so sein. Aber bring mir meine hundert Dollar zurück«, verfügte Pop. »Denk dran und mach es sofort.«

»Ja. An meinem nächsten freien Tag.«

Der war an einem Donnerstag. Ira erschien zu früher Stunde am Schalterfenster des Kassierers. »Was willst du denn heute hier?« Der jüngere und lässigere der beiden Kassierer, Lenahan, dunkelhaarig und unverbindlich, blies einen dichten Kegel Zigarettenrauch in die Luft. Die beiden »Reserve«-Schaffner im Büro – für Notfälle – hörten untätig zu.

»Ich kündige. Ich komme wegen meiner hundert Dollar.«

»Deiner was?«

»Meiner Hundertdollarkaution. Die gehört meinem Vater.«

»Weshalb kündigst du? Du machst dich gut. Wir sind mit deiner Arbeit zufrieden.« Dies sagte der ältere Kassierer, der dünne, Hallcain, der seine wachsamen Augen mit einem grünen Blendschirm beschattete.

Diese Frage traf Ira unvorbereitet. Warum war er nur nicht darauf gefaßt? »Ich...« Sollte er das Ausrufen erwähnen? Das Baseballfeld? Die brächten es fertig und überredeten ihn, doch nicht zu kündigen.

Hinter Mr. Hallcain saß Mr. Hulcomb an seinem Schreibtisch und nahm von den Vorgängen Notiz. Ira spürte ihrer aller, ihre gemeinschaftliche Mißbilligung auf sich lasten wie eine Bedrohung, eine Mißbilligung, die schon an Feindschaft grenzte. »Ich werde zurück auf die High School gehen«, sagte er und klammerte sich an eine weitere Ausrede.

Mr. Hulcomb erhob sich von seinem Schreibtisch, kam herüber zum Schalter und übernahm das Gespräch. »Was sagst du da?«
»Ich gehe zurück auf die High School.«
»Ein verflucht schlechter Zeitpunkt, uns das jetzt mitzuteilen!« Mr. Hulcomb schien seine schweren schwarzen Augenbrauen über seinem bösen Blick festzunageln. »Warum hast du uns das nicht gesagt, als du dich beworben hast? Wir hätten dich nie im Leben eingestellt. Das hast du uns damals nicht gesagt, stimmt's?«
»Nein. Damals wußte ich noch nicht, daß ich die Schule weitermachen würde. Meine Mutter will das. Ich wollte nicht.«
Mr. Hulcomb schenkte Iras Ausrede keine Beachtung. Seine Lippen schwollen an in unterdrücktem Zorn. »Da stellt man schon mal einen Juden ein, und das hat man nun davon. Ohne Vorwarnung oder so. Die lassen dich eiskalt sitzen, jedes Mal.«
»Ich kann's nicht ändern.« Ira senkte den Kopf, mürrisch, störrisch, verschüchtert bis zur Mißmutigkeit, in seiner Verzweiflung nur hoffend, Mr. Hulcomb möge sein dürftiges Alibi nicht durchschauen und ihn daran erinnern, daß es bis zum Beginn des neuen Schuljahrs noch drei Wochen dauerte. »Ich habe hier meine Quittung. Sie haben gesagt, ich könnte mein Geld zurückbekommen, sobald ich aufhöre. Darum hat mein Vater es mir überhaupt nur geliehen.« Ira brauchte sich gar nicht erst nach den anderen beiden Reserveschaffnern auf der Bank hinter sich umzusehen, um ihr völliges Gefesseltsein zu spüren, ihre gespannte Aufmerksamkeit.
Noch brauchte das Mr. Hulcomb. Wie in stillschweigender Übereinkunft, beinahe als ob ihre Bestürzung sie wie ein winziger unsichtbarer Wirbelwind zusammenbrachte, beriet er sich gemeinsam mit den beiden Kassierern kurz und schmerzlos, und schnell kamen sie zu einer Entscheidung. Mr. Hulcomb ging zu seinem Tisch zurück.
»Also gut, Stigman. Wir waren heute morgen noch nicht bei der Bank. Komm heute nachmittag nochmal vorbei – ungefähr um

vier«, gab ihm Hallcain Bescheid und rückte dabei bestätigend den grünen Blendschirm auf seiner Stirn zurecht. »Dann werden wir deine Kaution bereithalten.«

Selbst Ira konnte das nachvollziehen, oder glaubte es wenigstens. Gegen vier Uhr nachmittags würde die gesamte erste Schicht ihre Tageseinnahmen abgeliefert haben. Dann würde die Gesellschaft genug dahaben, um ihm seine hundert Dollar auszuzahlen. Aber er wollte sich nicht auf Vermutungen einlassen, selbst keine Vermutungen anstellen. Er war schon so besorgt genug. Alles was er wollte, waren Pops einhundert Dollar zurück.

Er wartete bis kurz vor fünf, um dem Büro Gelegenheit zu geben, die Gelder einzusammeln. Als er den stinkigen Vorraum betrat, war nur Hallcain anwesend, hinter dem Schalter, Strähnen dünnen schmutzigblonden Haars quer über seinen Schädel gekämmt, gehalten vom Band seines Blendschirms. Würde er nun sagen »Komm morgen wieder«? Das wäre das unmißverständliche Signal für Iras seufzerschweren Rückzug nach Haus, sein Jammern bei Pop über ein weiteres Fiasko. Und für alle Arten von Zorn, alle Arten von Beleidigung, alle Arten von Schwierigkeiten...

Als er sich dem Schalter näherte, präsentierte Ira seine Quittung und legte seine Ansteckmarke daneben. Zu seiner beherrscht aufsteigenden Freude sah er Hallcain einhundert Dollar in Fünfern und Zehnern vorzählen und mit strenger, gebieterischer Geste den kleinen Stapel Scheine zu ihm hinüberschieben. Fünfer und Zehner, es waren die Einnahmen! Wo zum Teufel lag der Unterschied, solange es nur insgesamt einhundert Mäuse waren. Ira nahm die Banknoten auf und stieß ein paar inbrünstige Dankesworte aus. Ausnahmsweise einmal konnte er stolz in die Küche marschieren und sagen: »Okay Pop, hier ist dein Geld.« Und ausnahmsweise einmal tat er es auch.

Mom segnete ihn: »*Solßt gebentscht wern.*«

Und Pop, als er die Scheine durchzählte: »Allerdings, eine

Neuheit. Zur Abwechslung ist mal etwas gutgegangen. Daß sich so etwas zugetragen hat, verlangt nach einem *schechejune*. In der Tat. Daß wir bis jetzt überlebt haben, um Zeugen dieses Tages zu werden.«

»Neben seiner Kleidung für das kommende Jahr hat er sich auch noch den Football gekauft, den er schon so lange haben wollte – monatelang.« Zur Betonung des Gesagten wiegte Mom ihren Körper vor und zurück. »Und einen Badeanzug mit einem weißwollenen Hemdoberteil. *Nu.*«

»Und steuerte einen gedeihlichen Zuschuß zu deinem Persianermantel bei.« Pop, in Hochstimmung, machte seinem Sarkasmus Luft – während er die Scheine dem Werte nach in seine schwarze Brieftasche sortierte. »Wieviel Zinsen gibst du mir denn? Zehn Wochen, fast zehn Wochen lang zwanzig Dollar in *deiner* Kasse. Ich hab' mir wohl einen kleinen Nachlaß auf den wöchentlichen Unterhalt verdient, den du mir abschwindelst.«

»Was du verdienst, ist 'ne anständige Beerdigung«, erwiderte Mom, plötzlich aus der Ruhe gebracht.

V

Fast unmittelbar nachdem Ira seinen Job als Busschaffner aufgegeben hatte, direkt am darauffolgenden Wochenende, wurde er von Izzy Winchel bei den Polo Grounds eingeführt. Er traf sich mit ihm in der 119th Street, ungefähr um neun Uhr morgens, und relativ flott marschierten sie zur Third Avenue El an der 116th Street. Von dort nahmen sie die Bahn stadtauswärts, und als sie erst einmal den Harlem River überquert hatten und auf der drüben liegenden Seite einige Male umgestiegen waren, brachte sie eine neue Bahnlinie zu den Polo Grounds. Es muß damals im Liniennetz der El irgendeine

Verbindung zur der Westside gegeben haben, die es ihnen ermöglichte, von der Third Avenue zu »Coogan's Bluff« zu fahren, wie Sportreporter die West-Bronx nannten. Vom Bahnsteig der El stiegen sie herab zu einem von der El beschatteten Gehweg, der wegen der hohen dunklen Mauer, die sich seitlich erhob, noch düsterer wirkte als anderswo. In dieser Mauer befand sich der Eingang zum Stadion – dunkel und abweisend jetzt am Morgen, doch später am Tag, wenn die Kassen geöffnet waren, die Sonne höher stand, die Sportbegeisterten Schlange standen, dichtgedrängt und ungeduldig, startbereit, sich die besten Plätze auf den Tribünen zu ergattern, dann war der anfänglich finstere Eindruck zum größten Teil verschwunden. Als Izzy und Ira dort eintrafen und sich in die kleine Schar der Bewerber für einen der Getränke-Jobs einreihten, die teils nur herumhingen, teils in Revolverblätter vertieft waren oder langsam auf und ab gingen, war vor dem dunklen Eingang nur ein einziger uniformierter Wachmann postiert, schon älter, stattlich von Statur, grau sein Haar, sein Gesicht verwittert und ausdruckslos, dennoch von der sonderbaren Ernsthaftigkeit eines Menschen, der gelassen seine Aufgabe erfüllt, geduldig über sich ergehen läßt.

»Der da, das ist der alte Rube Waddell«, sagte Izzy, und in seiner Stimme schwang noch ein Rest von Verehrung mit.

»Das ist wer?«

»Der Wachmann da. Er bekam den Job, als er völlig am Ende war. Du hast doch schon von Rube Waddell gehört?«

»Nein. Wer ist das?«

»Ein Werfer. Mann, war das ein Werfer, der Waddell. Natürlich zu seiner Zeit.« Izzys blaßblaue Augen leuchteten. War er ansonsten auch ein hakennasiger, feiger, unverfrorener Lügner und selbst dann nicht aus der Ruhe zu bringen, wenn er bei den krassesten Unwahrheiten ertappt wurde: die Rolle des »Pitchers« war ihm heilig und der einzige Hort seiner Aufrichtigkeit.

So tönte Izzy ziemlich naßforsch herum, aber erreichte auch, wovon er da herumprahlte. Nachdem sie nun einige Minuten gewartet hatten, kam Benny Lass heraus, angetan mit dem weißen Kittel und der weißen Schirmmütze eines Stadion-Getränkemanagers – und war im Nu umringt von Bewerbern für solche Verkaufsjobs. Er war es, der die Auswahl traf – und da er auch für die Garderoben und Umkleideräume zuständig war, verteilte er später an diejenigen, die er ausgewählt hatte, weiße Arbeitskleidung, wie er sie trug. Schneidend im Ton, typisch jüdisch und mit deutlich scharfen Gesichtszügen, verunglimpfend, harsch und tyrannisch nahm er zuerst das Stammpersonal an die Reihe, die »alten Hasen«, die sowieso immer in den Polo Grounds arbeiteten, wenn Spiele angesagt waren. Als Gegenleistung dafür, daß er sie immer drannahm, dafür, daß sie sich zum Stammpersonal rechnen durften, mußten die altbewährten Kräfte dann auch bei solchen Spielen zur Arbeit erscheinen, wo man von vornherein wußte, daß sie schlecht besucht sein würden, »keine Fliege hinterm Ofen« hervorlockten – aber auch bei den »großen Bahnhöfen«, den Spielen an Wochenenden und Feiertagen sowie den Spielen im Doppelpack, wenn in Ausscheidungsrunden Hin- und Rückspiel direkt hintereinander ausgetragen wurden.

Izzy, der schon lange im Geschäft war, rechnete fest damit, daß man ihn erkennen und zulassen würde und schleppte den zögernden Ira einfach hinter sich her. »Hey Benny, das hier ist ein Freund von mir. Gib uns 'ne Chance, ja? Ich kann für ihn gutsagen.«

Benny blickte Ira an, scharfe Züge und scharfe Augen hinter Brillengläsern. »Was, du Arsch, du willst für ihn gutsagen? Ausgerechnet du kleines dreckiges Schlitzohr? Du würdest doch deine eigene Großmutter über's Ohr hauen, du verdammtes Schandmaul!«

»Ach komm, Benny, gib uns 'ne Chance.« Unverzagt sagte er immer wieder sein Sprüchlein auf. »Er ist aus meinem Block. Ich kenne ihn, er wird hart arbeiten. Du kannst dir doch denken, daß er was verdienen will. Komm schon, Benny, was is' denn nun?«

Angesäuert willigte Benny ein. Er machte eine obszöne Bewegung mit seinem Daumen, und Ira war drin: ihm war mulmig zumute, aber er war begeistert – und völlig perplex.

»Siehste? Was hab' ich gesagt.« Izzy zeigte den Weg.

Und der Weg schlängelte sich durch den Schatten unter den Tribünen, wo die breiten Eingänge in regelmäßigen Abständen Blicke in das Stadion erlaubten, aus dem Dunkel des Ganges auf das helle Gras des Spielfelds und auf den mit Wimpeln übersäten Himmel darüber, auf das Innenfeld und die weiten Ränge mit den Sitzplätzen.

Andere Getränkeausrufer schlossen sich ihnen an. Zusammen eilten sie weiter, bis sie an einen riesigen feuchten, gewölbeartigen Bau kamen, eine Art Depot, das Hauptlager, wie Ira bald lernte. Es war ein sehr großer, vielseitig verwendbarer Raum, in welchem die Sinne zuerst mit dem Geruch gerösteter oder röstender Erdnüsse Bekanntschaft machten. Fest verbunden mit diesem Geruch der Erdnüsse waren Anblick und Geräusche einer bunt zusammengewürfelten Truppe von zukünftigen Ausrufern – meist junge Leute, die allesamt um einige sehr große Weidenkörbe herumsaßen, sehr ähnlich denen bei Park & Tilford, wie sie dort zum Packen und zum Verladen auf die Trucks benutzt wurden; hier nun waren die Körbe bis zum Rand gefüllt mit Erdnüssen. Jungen und erwachsene Männer, wohl sechs oder sieben auf einen Korb, saßen im Kreis darum herum und plapperten unaufhörlich, während sie Erdnüsse in Tüten abfüllten.

Ira folgte Izzy zu einem der weniger umlagerten Körbe, plazierte sich neben ihn und versuchte, ihm die Art der Handhabung abzugucken. Etliche kleine Zylinder aus Edelstahl, sogenannte Meßbecher, lagen auf dem Hügel frisch gerösteter Erdnüsse. Einen Becher auf eine Tüte, so lautete die Vorschrift, obgleich einige

Verkäufer – »aus Spaß an der Freude« – ein paar mehr Nüsse hineingaben; um die Monotonie dieser Tätigkeit ein wenig aufzubrechen, machten sie eine reichliche Zugabe und wollten ausprobieren, wieviel man in eine Tüte hineinbekommen und sie dennoch verschließen konnte. Die Tüten waren klein und braun; zum Verschließen wurde die Öffnung jeweils einmal umgeklappt: jetzt standen rechts und links zwei kleine »Ohren« ab. Wie winzigkleine Griffe hielt man die beiden Zipfel zwischen Daumen und Zeigefinger, die volle Tüte mit Erdnüssen wurde einmal um sich selbst gewirbelt, und schon war sie verschlossen. Von der ungewohnten Beanspruchung waren Iras Zeigefinger schon bald wund.

Schnattern und Plappern – sie unterhielten sich laut über die weite Fläche mit den warmen Erdnüssen hinweg (die er schon bald nicht mehr ertragen konnte, so sehr entmutigte ihn ihre nicht enden wollende Verfügbarkeit). Getratscht wurde über Vereine und ihren jeweiligen Tabellenstand, über Spieler, ihre Trefferquoten und ihre besonderen Eigenheiten, ihr Können im Umgang mit Schläger und Ball, Trickwürfe (die Bälle mit Spucke glitschig gemacht oder aus den Fingerknöcheln gestoßen), Heinie Groh und seine berüchtigte Schlagkeule, Babes berühmte »Home Runs« und Meusels Wurfarm. Und wenn sie nicht über diese Dinge sprachen, dann versuchten sie zu schätzen, wie groß der Ansturm beim nächsten Spiel wohl sein würde und wer wohl eine Chance bekäme, Erdnüsse und Eiskrem zu verkaufen, und wer diese Chance nie bekäme, sondern auf ewig Limonade ausrufen müsse – und welche Sorte wohl am besten ginge. Für Ira die Gelegenheit, sich einmal umzuschauen, und das tat er auch.

Der Raum erhielt sein spärliches Licht in erster Linie durch mehrere hohe Fenster, aber ein paar elektrische Lampen waren zusätzlich vorhanden. An der einen Wand stand eine niedrige, sehr lange und tiefe holzverkleidete Truhe, innen aus Metall, gefüllt mit gestoßenem Eis und gehäuft voll mit Hunderten, vielleicht sogar

Tausenden Flaschen Limonade in allen nur erdenklichen Farben: von orange bis hin zum Mahagoni-Ton der Sarsaparilla. Am anderen Ende der Truhe waren Stahlpaletten gestapelt, Tabletts für Sodaflaschen, unterteilt in viele kleine Drahtkörbe wie die, in denen Pop früher Milch geliefert hatte. An den übrigen Wänden und überall im Raum lagen Gefäße und Gerätschaften, die man für Herstellung und Verkauf von Essen und Trinken an die Besucher benötigte. Zum Beispiel längliche flache Kästen, in denen sich ein rechteckiger Einsatz aus Nickel befand. Das war eine Art doppelwandiger Kochtopf, in dem die Hotdogs wie in einem Wasserbad warmgehalten wurden, so erzählte Izzy – und sagte im selben Atemzug, während er auf die gewöhnlichen, einfachen Marktkörbe deutete, die auf einem großen Haufen neben den anderen herumlagen: »Das ist für die *schlepers* – wenn sie an den Eingängen mit dem Verkauf der Punktetabellen fertig sind. Und für die irischen Katholenkinder, die Lieblinge von Harry M. Stevens, die von seiner Kirche.«

»Was meinst du damit?«

»Na – Erdnüsse natürlich.« Izzy griff nach einer Schaufel. »Die zu verkaufen ist ein Klacks. Es passen etwa hundert Tüten in einen Korb, die Tüte zu einem Dime. Und die wiegen nichts. Nicht wie zwanzig Brauseflaschen, die Flasche zu 15 Cent.«

Izzy hatte Ira bereits mitgeteilt, sein Los würde dem seinen gleichen: Brause verkaufen. »Ja, aber was meinst du mit *schlepers*?«

»Die sind das eigentliche Stammpersonal. Die fangen immer schon frühmorgens an«, erläuterte Izzy. »Sieh mal, es gibt nicht nur eine Stelle, wo man nachfassen kann, wenn man ein Tablett mit Brause ausverkauft hat – ich zeig' dir das später. An beiden Enden der Tribünen. Und oben auch noch einmal. Hast du die oberen Tribünen noch nicht gesehen? Man kann schließlich nicht immer ganz hier herunterkommen, wenn man leer ist. Wir machen gleich mal einen Rundgang. Ich zeige dir dann, wo du hingehen mußt. Auf die Freilichttribüne auch. Da stinkt's.«

»Wie meinst du das?«

»Die Tribünen ohne Überdachung, die billigsten Plätze. Meistens kannst du da nicht mal 'ne Brezel loswerden, aber ganz selten und ganz plötzlich kriegen die vom Sitzen in der Sonne einen Riesendurst. Dann kannst du ein paar Flaschen auf einmal abdrücken – hey, guck mal, da kommt ja noch so ein Korb mit Erdnüssen!«

Allgemeiner Protest wurde laut. »Hey, ich dachte, wir wären fertig!«

»Der letzte«, sagte einer der beiden Männer, die den Korb auf einem Wagen hereingerollt hatten.

»Der letzte? Na hoffentlich«, waren sich alle einig. »Warum hamse den denn nicht früher gebracht?«

»Gerade erst fertig geröstet.« Beide Arbeiter schienen eindeutig Juden zu sein, mittleren Alters, gestandene Männer; und derjenige, der sprach, hatte außer seinem mürrischen Gesichtsausdruck auch noch einen jiddischen Akzent. Sagte der andere: »Was wollt ihr denn von uns?«

»Verdammte *schlepers*«, sagte Izzy. Und zu Ira: »Jetzt weißt du, was ich meine.«

»Nun mal halblang! Ihr sitzt ja doch nur rum.« Benny Lass rief nun mit schneidender Stimme einige namentlich auf, die um Körbe herumsaßen, die bereits leer waren. »Keiner von euch Maulhelden verläßt den Raum, ehe nicht alles fertig ist – wenn ihr eure weißen Kittel haben wollt.«

»Mist«, sagten die Abkommandierten, erhoben sich aber dennoch und wandten sich dem frischen Korb zu.

Er hatte weder Ira noch Izzy aufgerufen. »Also das müssen die machen?« fragte Ira.

»Die sind sowas wie Verwalter, die *schlepers*«, erläuterte Izzy. »Sowas wie Träger. Sie kommen schon früh am Morgen und beginnen mit dem Auffüllen der verschiedenen Truhen im ganzen Stadion. Danach packen sie dann Eis obendrauf. *Schlepers* eben, weißt du jetzt, was ich meine? Manchmal, bei Doppelspielen oder Meisterschaften, da müssen wir sogar noch beim *schlepn* helfen. Aber diese Scheißkerle, die dürfen dann hinterher Punktetabellen verkaufen. Kennst du Punktetabellen? Das sind Alben mit Bildchen von allen Spielern drin. Das sind Selbstgänger: einen Nickel das Stück, und sie haben Hunderte davon und stellen sich direkt am Eingang auf, wo die Besucher vorbeikommen. Außerdem dürfen sie die Erdnüsse ausrufen, recht einfach, nicht? Oder Eistüten. Das sind die kleinen Bauchläden da drüben neben der Tür. Die reißen sich den Arsch schon nicht für gar nichts auf, da mach dir mal keine Sorgen.«

Ira fing an zu verstehen: die kleinen Bauchläden neben der Tür. »Da sind die Eistüten drin?«

»Ganz recht. Eine Portion fünfzehn Cent. Derselbe Preis wie Limonade. Warte nur, bis Moe kommt.« Izzy grinste.

»Wie meinst du das?«

»Mit seiner Eiskrem. Manchmal hat er nach den Punktetabellen die Erdnüsse, aber wenn er die Eistüten hat, dann ist er – na, du wirst schon sehen. Er ist klein, hat 'ne Hakennase und große blaue Augen.« Izzy kicherte leise. »Alle kennen ihn.«

»Ihr sprecht von Moe?« fragte der Erdnüsse eintütende Verkäufer links neben Ira. Er war sehr dunkelhäutig und klein und sehr geschmeidig. »Dieser Hurensohn, der würde jeder Frau die Fotze auslecken. Hast du ihn jemals unten am Strand beobachtet? Da geht er nämlich immer hin, wenn keine Spiele sind.«

»Ach ja?«

»Aber er geht nicht ins Wasser. Er liegt immer nur am Strand und gafft. Jesus, der zieht die Mädels mit Blicken aus und glotzt ihnen bis in die hinterste Ritze.«

»Ja, das ist Moe«, bestätigte Izzy. Und zu Ira gewandt: »Er war ein *schleper*, bis ihm ein Eisblock auf den Fuß gefallen ist. Und jetzt kriegt er dafür alle guten Jobs.« Und zu dem anderen Verkäufer: »Der hat's vielleicht gut mit der Eiskrem, nicht wahr, Steve?«

»Ich verstehe auch nicht, warum zum Teufel Walsh ihn das machen läßt. Immer schmilzt ihm unterwegs die Hälfte weg.« Steve wirbelte eine Erdnußtüte herum, um sie zu verschließen. »Meine Güte.« Sein Gesicht verfinsterte sich bedrohlich. »Ich hatte gedacht, wir wären allmählich fertig hier drinnen und könnten ein paar Runden Handball spielen.«

»Die müssen ja ziemlich viele Zuschauer erwarten«, schlußfolgerte Izzy.

Soviele Kumpels wie möglich packten mit an, und endlich waren alle Erdnüsse eingetütet. Nun hatten sie frei und konnten nach draußen. Es war jetzt ungefähr halb zwölf, und sie strömten aus dem großen Wirtschaftsraum ins Freie. »Hier werden übrigens auch die Gehaltsschecks ausgegeben.« Izzy deutete auf den großen Tresen mit Schubladen unter der verzinkten Platte und einem schweren Scherengitter davor. Dies alles hatte Ira nicht sehen können, als er Erdnüsse in Tüten packte, denn dabei drehte er dem Tresen, der neben dem Haupteingang lag, durch den sie gekommen waren, den Rücken zu.

»Die Gehaltsschecks?« fragte Ira.

»Ja – später. Wenn man aufgerufen wird, muß man sich dort vor dem Schalter anstellen.« Und als sie aus dem Gewölbe des Wirtschaftsraums hinaustraten in den düsteren Schatten unter den Tribünen, sagte Izzy: »Das zeige ich dir später. Jetzt mußt du dir erst einmal den weißen Kittel und die weiße Kappe besorgen. Oder sie lassen dich nicht wieder rein, kapiert?«

Ira folgte Izzy in den Umkleideraum – in welchem Benny Lass das Sagen hatte. Alle Verkäufer drängten sich an der Garderobe, wo Benny unter Flüchen und Beschimpfungen den Jungen ihre einheitliche Arbeitskleidung entgegenschleuderte. Iras Mütze war zu klein.

»Ich tausche sie um für dich«, bot Izzy an. »Benny, er braucht ungefähr Größe siebeneinviertel.« Izzy streckte ihm die Kappe entgegen.

»Warum zum Teufel hat er das nicht gleich gesagt. Verflucht nochmal. Kann er nicht sprechen? Was für einen saublöden Verkäufer hat du mir denn da angeschleppt?« fragte Benny. Und zu Ira: »Kannst du nicht das Maul aufmachen?«

»Ich wußte es doch nicht.«

»Nächstes Mal wartest du gefälligst, bis alle anderen dran gewesen sind«, sagte Benny und warf Ira eine größere weiße Kappe zu.

Was hatte er zu seiner Frau gesagt, seiner Liebsten? Nein, sie war nicht an der Waschmaschine, die hinter der Tür zu seinem Zimmer installiert war. Er hatte sie dort vermutet, weil das Gerät so fröhlich vor sich hin schleuderte. Aber Frauen brauchten ja dank moderner Technologie heutzutage nicht mehr anwesend zu sein, wenn Waschmaschinen liefen. Die Maschinen waren computergesteuert; einmal eingestellt, liefen die Programme automatisch ab, Waschen, Spülen, Schleudern, alles automatisch, inklusive Ausschalten.

Was er zu ihr gesagt hatte? Doch er war am Abschweifen. So schweife denn – innerhalb der Abschweifung. Fürchtete er, womöglich nicht zum Hauptthema zurückzukehren? Oh, die Vergangenheit war da, nicht wie ein unbeweglich harter Klumpen, ganz sicher nicht, sondern noch formbar weich, doch nur innerhalb bestimmter Grenzen. Nachdem er das ausgesprochen, was er zu ihr gesagt, hatte sie bei der Waschmaschine etwas vor sich hingemurmelt, beinahe wie zu sich selbst: »Ich kann es nicht ausstehen, wenn du depressiv wirst. Wenn du depressiv wirst, machst du mich auch depressiv. Ich möchte, daß du glücklich bist.« Ach, geliebtes Weib ... so innig mit ihm verbunden wie er mit ihr. Was würden sie nur machen – ohneeinander? Sie war stark genug, um ohne ihn zu überleben; doch was würde er im umgekehrten Falle tun?

Er zog es aber vor, diese Frage zu ignorieren, was zugegebenermaßen schwieriger war, und dachte statt dessen an ihren Lunch mit Tee und Toast, mit Erdnuß- und mit Apfelbutter. Ira hatte zu ihr gesagt: »Ich habe in der zweiten Hälfte meines ersten Jahrs auf dem College für Aufsatzkunde ein Stück über meine Erlebnisse als Klempnergehilfe geschrieben. Der Dozent meinte, das Stück verdiene es, in *The Lavender,* der Literaturzeitschrift des CCNY, abgedruckt zu werden.«

»Wie alt waren eigentlich eure Lehrer?« fragte M.

»Einer, Dickson, mag wohl erst Mitte bis Ende Zwanzig gewesen sein. Er gab mir in dem Kurs eine D-Note. Und Kieley war mittleren Alters, fünfzig oder so. Aber im zweiten Semester Aufsatzkunde, die ich in meinem Sophomore-Jahr belegte, änderte sich das. Wir sollten kleine Beschreibungen für unsere wöchentlichen Aufsatzklausuren anfertigen, und plötzlich waren meine Noten ganz gut. Mr. Kieley – ich glaube, sein Spezialfach war Edgar Allan Poe, und möglicherweise hing er wie dieser an der Flasche – erhob sich gelegentlich und sagte: ›Und wieder einmal hat uns der Star der Klasse ein prächtiges Exemplar einer Beschreibung geliefert.‹ Das war dann meine. Und warum zum Teufel hat man diesem Burschen dann nicht Mut gemacht? Ich war erst neunzehn! Man bedenke, wie kurze Zeit all dies erst zurücklag: Busschaffner und Limonadenverkäufer im Stadion. Noch hundert andere Dinge hätte ich ausgraben und lange Aufsätze oder vielleicht verkäufliche literarische Skizzen daraus machen können, wenn ich nur Ermutigung und Ansporn bekommen hätte.«

»Lehrer müssen sehr hart arbeiten«, sagte M. »Deine haben vielleicht nicht genug Kraft für dich übrig gehabt.«

»Nein, ich glaube nicht, daß es so war. Als das CCNY mir die Townsend Harris-Medaille für bemerkenswerte Leistungen verlieh – übrigens so schwer wie Blei! –, da habe ich gesagt, ich hoffte, sie würden andere Burschen nicht so im Regen stehenlassen, wenn die mal nicht mehr weiter wüßten – wie ich. In einem Alter, wo man gewöhnlich nicht von allein aktiv wird, nicht überzeugt von sich ist, was wohl nur reife

Schriftsteller sind. In seinem damaligen Alter brauchte jeder junge Mensch Aufgabenstellungen, ein konkretes Thema, ein bestimmtes Projekt, sofern er kein Genie ist.«

»Auf dem College in Chicago hat man uns eines beigebracht«, sagte M., »nämlich wie man eine akzeptable Exposition zustande bringt. Wie wir unsere Gedanken miteinander verbinden, Überflüssiges aus einem Absatz herausstreichen.«

»Da wäre ich ganz bestimmt rausgeflogen«, sagte Ira. »Das habe ich nie gekonnt.«

Ha! Wieder am Schreibtisch warf er den Kopf zurück und ließ seinen Atem mit stimmhaftem Stöhnen aus seiner Brust strömen. Er konnte nicht sagen, warum er das tat: eine Mischung aus Bedauern und wortlosem Fluchen, angefüllt mit all den verflossenen Tagen und Jahren, ein Fluchen, das sich ganz allein gegen die Zeit richtete, die abstrakte Vergangenheit...

Anfänglich fühlte sich Ira recht unwohl in seinem weißen Arbeitskittel, als er Izzy aus dem Stadion folgte. Sie hatten jetzt alle ein paar Stunden für sich, in denen die meisten ihr Mittagessen einnahmen. Ein paar Blocks weiter lag das Restaurant, wo viele der Getränkeausrufer zum Essen gingen. Mit dem Restaurant verbunden war ein Saloon, wo aber nichts Gehaltvolleres als »alkoholarmes« Bier ausgeschenkt wurde, eine Bräu, deren Alkoholgehalt ein halbes Prozent nicht überstieg. Im Restaurant lagen weiße Decken auf den Tischen, es gab Kellner, einen großen Speisesaal, in welchem Spiegel und Büffelhörner die Wände zierten – und die großflächige Reproduktion eines Gemäldes: »General Custers letztes Gefecht«. Darauf waren die letzten versprengten Überreste der »Blauröcke« aus der amerikanischen Armee abgebildet, die vergeblich versuchten, Horden indianischer Krieger mit nacktem Oberkörper und fransenbesetzten Lederhosen abzuwehren. Im Siegestaumel schwangen diese ihre Tomahawks gegen die wenigen Überlebenden oder rissen den gefallenen Feinden die blutverschmierten und allzu realistisch dargestellten Skalps vom Kopf. Custer selbst war aufrecht und stolz mit gezogenem Schwert und Pistole im Anschlag abgebildet. Nie zuvor hatten skalpierte Schädel so unglaublich gräßlich ausgesehen.

Ira bestellte sich – frugal wie gewöhnlich – ein Roastbeef-Sandwich und ein Glas alkoholarmen Bieres. Nachdem er dies zu sich genommen und einen Nickel Trinkgeld hingelegt hatte, begleitete er Izzy wieder zurück zum Stadion, oder besser gesagt: in die unmittelbare Nähe, auf die andere Straßenseite. Die Sonne hatte ihren höchsten Stand erreicht und schien auf ein freies Feld herab, auf einen großen Parkplatz. Der war jetzt noch leer und würde es die ganze nächste Stunde auch noch sein – bis sie sich zurückmelden mußten. Der Platz bot sich an für ein kleines Handballspielchen. Ira machte nicht mit, denn er war sich seiner Ungeschicklichkeit nur allzu bewußt, aber Izzy spielte und ebenso der dunkelhäutige Kollege vom Erdnußkorb, Steve, der nicht, wie Ira von Izzy erfuhr, aus Puerto Rico stammte, sondern von den Philippinen. Er war früher Boxer gewesen, Leichtgewicht, und war ein zuverlässiger und recht erfolgreicher »Abzocker«, der in dieser Saison zum Erdnußverkäufer befördert worden war. Er landete harte Bälle, konnte gut fangen und werfen, zeigte denselben ehrgeizigen Einsatz, mit dem er alles machte, vom Eintüten der Erdnüsse bis zum zielgenauen Werfen der Päckchen an Zuschauer, die mitten in der Reihe saßen, und dem ebenso bemerkenswert konzentrierten Auffangen des Dime, der ihm danach zurückgeworfen wurde. Ira fing an, sich Gedanken zu machen, was denn ein Philippino so allein, oder scheinbar so allein, in New York machte. Er konnte es sich nicht vorstellen, hütete sich aber zu fragen.

Auf demselben Grundstück, wo die Getränkeverkäufer jetzt spielten, hatten offensichtlich vorher etliche Wohnhäuser, »Eisenbahnerwohnungen«, gestanden, die dann dem Erdboden gleichgemacht wurden, um Raum für den Parkplatz zu schaffen. Das einzige Haus, das stehengeblieben war, dasjenige, von dem aus man einen freien Blick über den ganzen Platz hatte, war ein fünfstöckiger sogenannter »Idiotenspeicher«. Seiner früheren Nachbarn beraubt, bot das Haus den Anblick einer grob verputzten Backsteinmauer, rauh und zottig und ohne ein einziges Fenster, abgesehen von denen in der Nische, wo einmal der Luftschacht gewesen war. In den Fenstern, die auf jedem Stockwerk in der Nische zu sehen waren, saßen Schwarze, Männer, Frauen und Kinder, und beobachteten still, was dort unter ihnen vor sich ging.

Obgleich Ira diesem Anblick wenig Bedeutung zumaß, wenig soziale Bedeutung, und noch nicht einmal versuchte, ihn sich bewußt einzuprägen, würde er ihn doch nie vergessen, ihn im Gedächtnis konservieren durch den optischen Kontrast oder das ihm eigene Pathos – oder einfach wegen seines inhärenten Musters.

Die rauhe, mörtelbedeckte Wand, von der offensichtlich das Nachbarhaus weggerissen worden war, erschien jetzt nur noch als graurote, unebene Fläche. Eine Reihe von senkrecht übereinanderliegenden Fenstern bis unters Dach, in denen sich schwarze Gesichter drängten, erlaubte einen Blick auf die El, auf die Straße und das Stadion. Darunter, im nackten Dreck des Parkplatzes, tobten Harry Stevens' Getränkeverkäufer in ihren weißen Kitteln herum und spielten Ball.

Auf der anderen Seite des Weges, unterhalb der El, bildeten sich schon lange Schlangen vor den Kassenhäuschen. In etwa einer Stunde würde Einlaß sein, und es gehörte sich für die Verkäufer nun, ihr Spiel zu beenden und hineinzugehen, um sich auf ihre Arbeit vorzubereiten. Schnell fand Ira heraus, wie das ging: Die Verkäufer mußten sich vor dem Schalter versammeln, wo die Aufgaben verteilt und die »Checks« ausgegeben wurden. Und wieder folgte er Izzy zu dem großen Holzgitter, das schon herabgelassen war, hinter welchem Walsh an dem Tresen saß, einen Stift in der Hand und einen Block vor sich. Er hatte hier das Sagen, der Ire, Anfang Dreißig, mit einer eingedrückten Sattelnase, die von seiner Vergangenheit als Preisboxer erzählte. Neben ihm Phil, sein Assistent, ein blasser jüdischer Kettenraucher, der ununterbrochen gelbgrünen Schleim abhustete und auf den Boden spuckte. Vor dem Tresen warteten im schummrigen Licht unter den Tribünen die weißberockten, im Halbkreis aufgestellten Verkäufer auf die Waren, die Walsh und Phil ihnen für den heutigen Tag zuteilten und die sie feilbieten sollten. Mit der Zuteilung der Waren wurde jedem ein Schild zugeworfen, auf dem in Großbuchstaben geschrieben stand, was er anzubieten hatte sowie der Preis der Ware. Dieses Schild mußte man an der weißen Mütze über dem Schirm befestigen und tragen. Außerdem bekam jeder eine Nummer zum Anstecken an den weißen Kittel und einen kleinen Stapel »Checks«, zehn an der Zahl, quadratische Aluminiumplättchen, am Rand eingekerbt und mit dem Aufdruck »$1« versehen, alles zusammengehalten von einem Gummiband.

Die Ausrufer für die beliebten und absatzstarken Artikel wurden bevorzugt ausgewählt. Zuerst die Erdnußverkäufer, darunter viele junge irische Kids; dann die Eiskrem- und die Hotdog-Verkäufer. Die letzten, die ausgesucht wurden und die überwiegende Mehrheit bildeten, waren die Getränkeverkäufer, die untersten in der Verkäuferhierarchie. Sogar hier wurde noch einmal differenziert, und die Namen der erfahrenen, tüchtigeren wurden zuerst aufgerufen, was sie berechtigte, ihre Bauchläden vor den anderen aufzufüllen und so einen kleinen Verkaufsvorsprung zu genießen. Izzy wurde etwa in der Mitte aller Brauseverkäufer aufgerufen, aber er wartete mit Ira bis zum Schluß, als nur noch zwei oder drei Neue übrig waren, damit er für seinen Freund gutsagen konnte. Jetzt war Ira mit allem – außer mit Mut – ausgerüstet, um auf die Baseballfans losgelassen zu werden und seinen Schlachtruf zu schmettern, wie Izzy es ihm eingeimpft hatte: »Kalte Getränke, hier kalte Getränke!«

Noch eine Viertelstunde bis zum Öffnen der Tore. Noch war das Stadion leer und ohne Besucher, und man konnte sehr gut die grünen Tribünensitze zu beiden Seiten des Spielfelds sehen, wie auch die Logenplätze ganz unten am Innenfeld und die oberen Ränge im Hintergrund. Sie konnten sich aussuchen, wo sie sich vorübergehend hinsetzen wollten, und Izzy und Ira gingen mit der versprengten Gruppe Weißkittel auf die Seite, wo das Netz zur Sicherung der Zuschauer aufgespannt war und schauten zu, wie die »Giants« mit ihrem Schlagtraining zum Abschluß kamen. McGraw war dabei – wer hätte diesen aufgeblasenen Kerl wohl nicht erkannt, der seinen Sportdreß ausfüllte, als sei er darin aufgepumpt worden. »Los, Kelly, lauf«, so feuerten einige der Jüngeren unter den Verkäufern den besten Spieler der »Giants« an. »Nun macht schon, ihr Flaschen, schlagt den Ball über den Zaun!« Andere stimmten gleich in den Ruf mit ein. Es war angenehm, dort zu sitzen: warm und doch im Schatten und so nah an den Spielern in ihrer weißen, feingestreiften Sportkleidung, so daß man jede Regung genau verfolgen konnte. Ganz gewiß hatte Ira eine so bedeutende Profimannschaft noch nie aus der Nähe gesehen, geschweige denn sich in der Nähe bedeutender Profispieler aufgehalten, ihre Grazie und ihre blendende Beherrschung des Spiels beobachtet, ihre unfehlbaren Würfe – vom Fänger zum zweiten, vom dritten zum ersten Spieler. »Yay!« Zögerlich stimmte Ira in Izzys Hurrageschrei mit ein.

Da schien sich plötzlich eine seltsam bedrohliche Atmosphäre auf dem Spielfeld breitzumachen; die Spieler auf dem Innenfeld verharrten regungslos. McGraw löste sich aus der Gruppe der anderen, sein derbes, gemeines Gesicht verfinsterte sich zu einer Grimasse, sein Haß schien mit jedem Schritt anzuschwellen, den er näher auf das Geländer vor den Logenplätzen zukam. »Wer zum Teufel hat euch um eure zwei Cent gebeten? Wenn ihr Juden nicht sofort das Maul haltet, lasse ich euch auf der Stelle rauswerfen. Haltet eure gottverdammte Klappe!«

Er wendete sich ab und stolzierte wieder auf die Spieler am Sicherheitsnetz zu. Nie würde Ira den Gesichtsausdruck des jungen Werfers vergessen, der sich gerade hinter dem Geländer aufwärmte. Es war fast unmöglich, seine Miene mit Worten zu beschreiben: eine Mischung aus jugendlicher Verlegenheit und kindlicher Enttäuschung – aber nur unterschwellig, denn nach außen hin war er zu Respekt verpflichtet. Ira und Izzy blieben noch ein paar Sekunden sitzen, wie betäubt von diesem Ausbruch; dann erhoben sich alle Verkäufer und gingen woandershin. In der Verwirrung seiner eigenen stillen Wut über diesen Affront – daß der Chef der weltberühmten »Giants« sich ausdrückte wie ein Prolet aus den Slums, wie so ein knallharter Typ von der 119th Street, einfach empörend und gemein – mußte Ira unwillkürlich daran denken, was die irischen Jungs nun wohl dachten, was die irischen Kinder wohl dabei empfunden hatten, als sie zum erstenmal in ihrem Leben als Juden beschimpft worden waren. Er versuchte sich vorzustellen, was bei dieser doppelten Ablehnung in ihren Köpfen vorgegangen sein mochte. Oder die Tiefe der Entrüstung, die das Schimpfwort in ihnen ausgelöst haben mochte. Eines war sicher: Nie würde er für die »Giants« die Daumen drücken, solange er lebte nicht, das wußte er genau.

So begann denn sein erster Tag mit dem Bauchladen und zwanzig Flaschen Limonade, die er sich genau nach Izzys Anweisung aufgepackt hatte: die meisten mit Orangengeschmack, gefolgt von Zitrone, Traube, Vanille, natürlich Root Beer und Sarsaparilla, alle sorgfältig aus den Vorräten herausgefischt, die unter und zwischen den Eisbrocken in der Truhe lagerten. Aber die Verkäufer, die als erste hatten aufladen dürfen, holten sich schon ihre zweite Fuhre, ehe Ira überhaupt mit seiner ersten unterwegs war. Er bezahlte beim Kontrolleur an der Tür mit drei Ein-Dollar-Checks und trat zögernd unter der Überdachung hervor: aus der gedämpften Dunkelheit unter der Haupttribüne hinaus in die anschwellende grelle Helligkeit des Tageslichts, welche die überfüllten, vom ständigen Geschrei dröhnenden Ränge überflutete. Reihe für Reihe drehten sich die Leute in Massen nach ihm um und luden, so meinte er, Zentnerlasten auf ihm ab: starrten ihn an und sperrten Mund und Nase auf. Gegen diese Gewalten konnte er nur allerkläglichste Versuche machen, sein »Kaufen Sie kalte Getränke« auszurufen – so schwach, daß es von der geballten Unaufmerksamkeit der Besucher gleich wieder weggeweht wurde, wie ein Furz im Winde, wie man damals sagte. Nicht ein einziger Besucher schenkte ihm Beachtung.

»Komm mit!« Izzy rannte mit einem leeren Tablett an ihm vorbei. »Hab keine Angst. Du mußt rufen, anpreisen! Kalte Getränke, hier kalte Getränke…!« Er machte eine Pause, lang genug, um vorzuführen, wie man es machte, mit erhobenem Gesicht und mutig an die Menge gerichteter Stimme. »Eiskalte Getränke!… Hey, da drüben, da ist einer, beeil dich«, stieß er Ira an. »Schnapp ihn dir, ehe die Konkurrenz von oben kommt. Schnell die Stufen rauf.«

Ira rannte nach oben. »Was darf's sein?« Kaum lauter als ein Piepsen.

»Gibt es Ginger Ale?«

»Nein. Root Beer, Orange, Vanille –«

»Okay. Dann also Vanille.«

So tätigte er seinen ersten Verkauf, schnippte die Verschlußkappe ab und bat die Besucher, die Flasche weiterzureichen, was sie auch taten. Im Gegenzug wanderte ein Vierteldollar in seine Richtung und ein Dime Wechselgeld wanderte zurück – was bei einigen in der unmittelbaren Umgebung eine Welle von Durst auslöste und er damals und dort noch drei Flaschen verkaufte.

Ermutigt und angeregt – einerseits durch den Verkauf, aber auch durch die Feststellung, daß man ihn ganz generell ignorierte, vergrößerte er das Volumen seiner Stimme, was ihm auch nicht mehr Aufmerksamkeit einbrachte als zuvor. Bis urplötzlich irgend jemand aus der unendlichen Menge rief: »Hey, hast du 'ne Flasche Orange?«

»Ja Sir, gewiß, Sir.« Er öffnete und servierte eine Orangenlimonade.

Obwohl er die Lautstärke seiner Ausrufe steigerte, hatten andere Verkäufer – das konnte Ira sehen – irgendeine magische Anziehungskraft in der Stimme, die zwingend war. Das Publikum kaufte Limonade dort, wo er gerade gewesen war, nur eine Minute zuvor die Reihen abgeschritten hatte. Er war ein Schlappschwanz, ihm fehlte etwas, verflixt nochmal: was nur? Zum Beispiel Greeny (von dem man sagte, er ginge aufs College), das lange, spindeldürre Wunder an Ausdauer; er schien nie müde oder mutlos zu werden, auch nie nachzulassen; er hatte bereits vier Tabletts ausverkauft, und Ira war noch nicht einmal zwei ganz losgeworden. Die Hälfte der Flaschen in seinem Bauchladen war warm geworden, ehe das Spiel überhaupt angefangen hatte. Er war dann zum Depot gegangen und hatte sie zurückgegeben, hatte dafür Marken mit niedrigerem Nennwert erstattet bekommen und sich einen neuen Vorrat an eiskalten, beschlagenen Flaschen zugelegt, was nun sein Selbstvertrauen dergestalt steigerte, daß er sich berechtigt fühlte, seine Waren wieder anzupreisen. Lauwarme Getränke zu verteilen war ihm peinlich, machte ihn schüchtern. Jemand könnte ihn zur Rechenschaft ziehen. Andere Verkäufer wie Izzy zum Beispiel mogelten sich durch, es war ihnen wurscht. Sie sackten ihre Kohle ein und machten sich aus dem Staub. Dazu hatte er nicht den Nerv, besaß er nicht die schamlose Frechheit, Unredlichkeit öffentlich zu demonstrieren.

Es war eine Frage der Nerven, so sagte er sich, des Versagens seiner Nerven, was ihn so drosselte, nicht etwa Gewissensbisse oder unbedingte Redlichkeit. Auch seine schwach ausgebildete Aggressivität, so mußte er sich eingestehen, war ausschlaggebend für seine Mittelmäßigkeit als Ausrufer. Er war eben ein blödes, trübes, gutmütiges Arschloch. Und er war träge, vertrödelte die Zeit. Er stieg hinauf bis zu den obersten Reihen der Tribüne, wo die Bierbar und die Hotdog-Stände waren, blickte hinunter auf die Reihen in den Rängen, wo dichtgedrängt die Besucher saßen, schaute über sie hinweg und blickte auf das Innenfeld, das Außenfeld, die Spielfeldlinien, den schönen grünen Rasen – und verweilte ein wenig, guckte sich um, hörte zu und freute sich, träumte vor sich hin. Tat alles, was er nicht tun sollte.

Aber er konnte nichts dafür, bei all dieser Unruhe, diesem Getümmel: allein die Art, wie Frankie Frisch die Kappe vom Kopf flog, wenn er sich der Länge nach in die erste Base schmiß, um vor dem Ball dort anzukommen. Die Art, wie der Schiedsrichter »Strike« brüllte, als wollte er jedermann in Hörweite überschreien. Die Art, wie ein »Texas Leaguer«, wie man diese senkrecht geschlagenen Bälle nannte, genau in der Mitte des Feldes zu Boden ging. Kein Wunder, daß deine Limonade lauwarm wurde...

Ira kratzte sich nachdenklich am Hinterkopf. Er war jetzt an eine Weiche in sich selbst gekommen, eine Art Gabelung für den Fortgang der Erzählung. Alles was er jetzt tun mußte, um die Darstellung seines Noviziats bei den Polo Grounds abzuschließen, war doch, einfach das zu schildern, was vorherzusehen war – und das, was tatsächlich passiert ist.

Als dann die Zeit kam, kurz vor dem Ende des Spiels, als keiner mehr hoffen konnte, auch die hartnäckigsten Ausrufer nicht, noch etwas zu verkaufen, als es für alle Zeit wurde, hineinzugehen und die Abrechnung zu machen, da hatte Ira Limonade für sechsunddreißig Dollar verkauft, was ihm einen Anteil von drei Dollar und sechzig Cent sicherte, zehn Prozent vom Umsatz. Das war sein Tagesverdienst. Izzy hingegen hatte für über fünfundfünfzig Dollar verkauft und Greeny sogar für siebzig Dollar, woraus sich deutlich ergab, was man mit Ausdauer und Entschlußkraft erreichen konnte und wo der Unterschied zwischen einem guten Verkäufer und einem schlechten lag (und nur ein einziger Getränkeausrufer verkaufte weniger als Ira – der war noch ein Kind und hatte sich wohl lieber das ganze Spiel angesehen). Aber Ira war schließlich noch neu im Geschäft, ein Novize.

»Das war gar nicht schlecht für den Anfang«, ermunterte Izzy ihn. »Du kanntest dich ja noch nicht richtig aus. Du wußtest nicht, wo man überall auftanken kann. Oben auf den Rängen sind nämlich auch noch Stationen. Hast du das gewußt? Du bist doch schon da oben gewesen, oder?«

»Ja, war ich. Da kann man ja glatt runterfallen, so steil geht das runter.«

»Und manchmal kann man sich da oben auch ein bißchen ausruhen«, bemerkte Izzy augenzwinkernd.

Ira hatte also drei Grüne und sechzig Cent bekommen für die Arbeit seines ersten Tages. Aber da war noch etwas. Seine Arbeit – und die seiner Kollegen – war damit noch nicht getan: erst wenn sie sämtliche leeren Flaschen von den Tribünen abgeräumt hätten, nachdem das Spiel zu Ende und die Besucher gegangen waren. Inzwischen war es längst später Nachmittag, und es wurde den Verkäufern, immer zwei und zwei, jeweils eine Abteilung Sitze zugewiesen, und jeder bekam einen Korb. Und was mußten sie machen? Alle Flaschen einsammeln, die unter den Sitzen zurückgelassen worden waren. Erst dann war es einem erlaubt, die Polo Grounds zu verlassen – falls man am nächsten Spieltag wieder einen Job haben wollte.

Es schien Ira, daß er hier an eine geeignete Stelle gekommen war, um diesen Abschnitt zu beenden, eine logische und befriedigende Stelle. Er konnte ja die Niederschrift seiner weiteren Erlebnisse als Anfänger und den Bericht über seine Entwicklung als Getränkeverkäufer später wieder aufnehmen. Das war die eine Möglichkeit; die andere war freudianisch. Ira fiel die Wahl nicht schwer: er wählte die Freudsche, seine starke Seite, zog sie der sozialen vor.

VI

Ira stand auf dem Umgang hinter der obersten Reihe auf der Haupttribüne und blickte auf das mannigfaltige Leben und Treiben unter sich, erspähte Izzy, der drüben auf dem linken Flügel verkaufte, Greeny, der auf langen dünnen Beinen die Stufen hinaufstürmte, und diesen häßlichen, kleinwüchsigen, spitznasigen Juden namens Moe, der immer die fettesten Jobs bekam – den Verkauf von Eiskrem oder Erdnüssen. Ira begann sich zu fragen, warum. Warum so viele Juden vor Ort? Er überlegte. Welche Art von symbiotischer Verbindung existierte zwischen den Juden und dem Iren Harry M. Stevens, der als lizenzierter Lieferant die Sportanlage, das Stadion und die Rennbahn wie ein Feudalherr regierte? Ganz klar: Schon vor langer Zeit hatte Harry M. Stevens begriffen, daß niemand so viel Unternehmergeist besaß wie Juden, niemand so immun war gegen Versuchungen wie sie, gegen die Versuchung, sich weniger anzustrengen und dafür mehr vom Spiel zu sehen, es zu genießen.

Erst die Arbeit, dann das Vergnügen, so war das. *Gelt, gelt,* immer nur Geld – das steckte dahinter. Je mehr Provision sie verdienten, desto besser ging es Stevens' Firma. Für die Ausrufer war es überhaupt nicht wichtig, wer soeben gepunktet oder ein Base gestohlen hatte. Und doch bestätigte auch hier – wie so oft – die Ausnahme die Regel. Denn es gab da noch Eppie, abgekürzt für Epstein, so alt wie Iras Großvater, aber immer noch mit einem schweren, breiten jiddischen Dialekt behaftet – Eppie den Litauer, der herumbummelte und sich mit einem halbvollen Erdnußkorb eine schöne Zeit machte. Im Stevens-Unternehmen war er privilegiert; er kam und ging, wann es ihm paßte, war niemandem Rechenschaft schuldig außer Harry M. Stevens persönlich. Man munkelte, daß er schon bei Stevens war, als der noch einen bescheidenen Stand vor dem Gelände der Polo Grounds besaß, also vor einer kleinen Ewigkeit, als – lange vor dem Krieg, noch in der Glanzzeit von Christy Mathewson und Honus Wagner – jemand wie Walter Johnson einen Ball so hart und schnell werfen konnte, daß er nicht größer als eine Erbse erschien, wenn er das Schlagmal passierte, und die Spieler heimlich über den Zaun kletterten, um sich ein Bier zu holen.

Eppie war ein »Giant«-Fan, ein eingefleischter, unerschütterlicher Anhänger der »Giants«. Man konnte es kaum glauben: ein alter eingewanderter Jude, und doch ein Fan der »Giants« – (besonders schwer vorstellbar, nachdem Ira gehört hatte, wie McGraw die Getränkeverkäufer an jenem Morgen so ungehobelt und beleidigend angeblafft hatte!). Das war ja so, als wäre der Sejde ein »Giant«-Fan. Kann man sich das überhaupt vorstellen? Er sollte etwa beim Beten der *mischna* oder der *minscha*, oder wie das hieß, aufschauen und sich nach den letzten Ergebnissen der Baseball-Clubs erkundigen? Diese Art von Begeisterung traute Ira eher den Mitgliedern der jüngeren jüdischen Generation zu, seiner Generation. Deren Parteinahme für die eine oder andere Baseballmannschaft fand er völlig in Ordnung, darüber machte er sich fast nie Gedanken. Aber jetzt gab es hier einen alten Mann wie Eppie, ungefähr so alt wie der Sejde. Die Erkenntnis, daß die Spaltung, die Abkehr vom orthodoxen Glauben schon vor langer Zeit begonnen hatte, überfiel Ira wie eine Art Schock. Die Spaltung wurde dadurch, daß ein Jude in Eppies Alter Baseball-Fan war, plötzlich überdeutlich; es veranschaulichte ihm, daß es eine Kluft gab, und das lange schon, und daß sie nicht rein zufällig entstanden war, wie er das nebulöse Abschütteln seines eigenen Judentums empfand. Er hatte sogar gedacht, er sei einer der ersten – aber nein, das hatte es schon immer gegeben.

Sein Blick erhaschte Moe, der sich hinkend und breitnasig im untersten Gang aufhielt. Das war dort mehr als nur ein Gang; es war der breite Durchgang zwischen den Logenplätzen am Rand des Spielfelds und der ersten Sitzreihe auf der Haupttribüne. Er machte gerade Schluß mit dem Verkauf der Punktetabellen, nachdem er und Benny Lass mit den anderen *schlepers* zusammen diese Sportalben mit monotoner Stimme den hereinströmenden Besuchern angepriesen hatten: »Und hiiier das Aalbumm zum Spiel. Ohne Aalbumm kein Duurchblick. Kaufen Sie ein Aalbumm.« Nach den Punktetabellen hatte sich Moe den Verkauf von Eiskrem gewählt. Es schien, als riefe er seine Ware nur vor einem kleinen Abschnitt der Tribüne aus, als sei er irgendwo angekettet und humpele ein bestimmtes Stück nach rechts, nach einer kleinen Pause wieder zurück und dann ein Stück nach links, während er unter seiner weißen Schirmmütze die Augen fest nach oben gerichtet hielt. Seine Lippen formten zwar das Wort »Aais-kreem«, aber das ging im Lärm der Zwischenrufe, im Gejohle, im Hurrageschrei und den Anfeuerungsrufen des Publikums ungehört unter. Er blieb zwischendurch wie angewurzelt stehen, genau in der Mitte der kurzen Strecke, die seine imaginäre Kette ihm gewährte – und auch nur einen kurzen Augenblick; dann riß er sich wieder los und stellte sich neu auf – ein Stückchen weiter weg.

Im direkten Sonnenlicht sah man auch, daß er sich langsam hin und her beugte, während die Strahlen der Sonne auf seinen Bauchladen mit Vanilleeis brannten. Was stimmte nicht mit ihm? Was hatte es mit den Spötteleien auf sich, die man bei den Erdnußkörben über ihn gemacht hatte? Hinterher hatte Ira ganz vergessen, Izzy danach zu fragen. Sein Name war Moe – soviel hatte Ira sich gemerkt. Neugierig und ein wenig schuldbewußt, weil er so lange getrödelt hatte, ging Ira die Stufen hinunter und bot pflichtschuldigst seine Waren feil; unten angekommen, wandte er sich dorthin, wo Moe vor der Haupttribüne immer auf und ab gegangen war. Warum wohl? Er hatte dort überhaupt nichts verkauft. Immer noch war Ira am Grübeln, als er den letzten Punkt von Moes scheinbarer Verkaufsstrecke erreichte und seine Schritte verlangsamte. Moe hatte immer nach oben geschaut. Das tat Ira jetzt auch – und spürte plötzlich, wie ihm die Sinne schwanden: ein betäubender innerer Aufschrei, ohne einen Laut. Die Frau dort, nicht mal jung, so um die vierzig, nicht mal hübsch, sondern eher drall – saß sie dort mit absichtlich gespreizten Beinen? Fotze – unwillkürlich drängte sich das Wort auf Iras Lippen. Große rote Fotze mit einem schwarzen Muff, kaum hatte er sie entdeckt, da überflutete sie ihn mit Begierde, stürzte ihn in plötzliche, ohnmächtige Spasmen. Genau wie Moe konnte er sich nicht losreißen, tat es aber, mußte es. Geheimnis, das er sich stahl, böse, heimlich, ja... – er ging weiter, den Kopf gesenkt, gebeutelt von einer Art wilden Grimmigkeit: Erkenntnis dämmerte dort am Fuße der überfüllten Tribüne. Siehe, was er war. Siehe, wohin es ihn führte, wohin es ihn zerrte und zog, genau wie es einmal angefangen hatte, das gleiche Gefühl spielte dort mit hinein, nicht das Stehlen von silbernen Füllhaltern, sondern etwas ganz tief in seinem Inneren, etwas wie sein Wille, wie das eine einzige, das er wollte. Und zwar so: auflauern, überfallen, oh, Jesus. Warum mußte ausgerechnet er das über Moe erfahren, ihn das tun sehen? Warum immer dieser gottverdammte Zufall, auf den er immer zusteuerte, als sei er dafür bestimmt! Jesus, wie aufregend, wie erregend. Moe kam näher, er humpelte auf verkrüppeltem Fuß hinter seiner großen jüdischen Nase her – und seine

Augen sahen leidend aus, als ob er leide, seine Augen wirkten wie rotgeränderte große kranke Kreise, blutrote Kreise um eine schreckliche Traurigkeit. Das Vanilleeis in den unverkauften Waffeltüten in seinem Bauchladen war zum Teil geschmolzen und fing an, unter den Rand abzusinken und in den Tüten zu verschwinden. Darum also verkaufte er Eiskrem; das war's, wofür er lebte. Jude, Jesus, unscheinbarer verkrüppelter Jid. Aber du bist noch schlimmer als er –

»Hey, Kumpel! Gibt's 'nen kalten Traubensaft?« Realität, herzerfrischende amerikanische Realität brach aus der dritten Reihe lautstark über ihn herein.

»Traube? Geht klar. Moment mal – Traubensaft?«

VII

Er begrüßte die elektronische Grundeinstellung seines Computers, welcher Datum, Uhrzeit, Dateiname und Umfang für den langen Text, den er gerade bearbeitete, automatisch abspeicherte. Ekklesias, sein Freund, war zweierlei für ihn: Freund und Lebenserhaltungssystem. Er war dabei behilflich, ihn aus der Vergangenheit zurückzuholen, so könnte man es wohl am besten nennen – ihn aus der komplexen Konfusion jener Jahre vor M. zu erlösen, aus Verlust, Angst und Frustration, und aus dem, was nach M. kam, jenen langen Jahren schwerer Depression und literarischer Untätigkeit in Maine. Es waren dies die schier endlosen Jahre seiner geistigen Lähmung. Seit langer Zeit hatte er sich nicht mehr so schlecht gefühlt wie heute, monatelang nicht mehr, aber eine Verknüpfung bestimmter Umstände hatte es wieder einmal, wie so oft in der Vergangenheit, dahin gebracht. Und er hatte geträumt, fast die ganze Nacht, so schien es, und Angst davor gehabt, was er wohl am nächsten Morgen tun, wie er sein Tagwerk anpacken, Pläne, Vorschläge, neue

Themen sondieren sollte. Ja, er hatte erwogen, zu den Anfängen zurückzukehren: den Anfang seines im Entstehen begriffenen Werkes mit einem Vorwort zu versehen. Jedoch, das würde ihm wohl nicht helfen; das wäre so, als sagte ein abstinenter Drogenabhängiger – oder auch nur ein Zigarettenraucher – zu sich selbst: »Jetzt, wo ich die Droge, das Kraut, aufgegeben habe, nur um zu beweisen, daß ich auch ohne kann, werde ich mich prüfen und einfach zum Spaß rauchen und damit angeben.« Jeder Mensch, sogar der dümmste, würde wissen, daß das nicht funktioniert.

Er hatte daran gedacht, die Arbeit dieses Tages mit dem hier Gesagten zu eröffnen. Oder die Idee mit dem Vorwort zu verwerfen, Namen und Exordium zu unterdrücken und direkt *in medias res* zu gehen. Er wollte verkünden: Ja, James Joyce, dieser Bastard, ist wie ein literarisches Schwarzes Loch. Einmal mit ihm in Berührung gekommen, ist es dir nicht mehr vergönnt, mit dem Schreiben fortzufahren. Du kannst nicht mehr entkommen, sobald du in sein enorm starkes Gravitationsfeld eingetreten bist; du bist verloren, gefangen im Strudel des Erlebnishorizonts, wo sich die Zeit ansammelt, um dann bald stehenzubleiben. Und genau das hat *er* versucht, dieser Rattenfänger von Dublin. Er hat versucht, die Zeit zum Stillstand zu bringen, ein so gewaltiges Bollwerk gegen Veränderungen zu errichten, daß man sich nirgendwo anders hinwenden konnte, nichts mehr tun konnte, außer ehrfürchtig vor seinen Werken zu erstarren, vor seinem Standbild zu verharren, ihn als Ikone zu verehren – von solcher Art war die monströse Größe der egozentrischen Eitelkeit dieses Mannes. Und er hatte einen entsprechend unterwürfigen Jünger gefunden in seinem passionierten Exegeten Stuart Gilbert: Jeder Fehler, den sein Fetisch begangen hatte, wurde nun zur heiligen Besonderheit verklärt, jede Schwäche, jeder Trick, jede Drückebergerei zum Geniestreich...

Im vorangegangenen Monat hatte Ira es sich zur Aufgabe gemacht, Stuart Gilberts Erläuterung zu Joyces *Ulysses* zu lesen; und die Folge davon war, daß er wieder der Macht des Hexenmeisters verfiel, ihm, den er so aufbrausend, so leidenschaftlich ablehnte, ablehnte bis an die

Grenze der Irrationalität. Ablehnung hatte angefangen, in ihm zu kochen, als Moira P., Professorin für Irische Sprache, Literatur und Kultur an der University of New Mexico, ihn, Ira, als Ehrengast zum Joyce-Festival geladen hatte, das in Albuquerque stattfinden sollte. Das Festival wurde zur Feier des Bloomsday veranstaltet, und am Bloomsday geschah es dann, daß Ira, der ehemalige Joyce-Jünger, den Bruch mit seinem großen Meister vollzog. Es war genau am Bloomsday, daß James Joyces Jüdischer Junior die Nerven verlor. Er wollte es so! Was für ein Zeitpunkt, den Karren umzuschmeißen. Aber es mußte sein. Wie alle drastischen revolutionären Veränderungen, ob nun der Seele oder der Gesellschaft – oder des Aufbaus einer Dichtung –, war auch die seine übertrieben und exzessiv, fand statt, ehe er sein Gleichgewicht auch nur halbwegs wiedergefunden hatte. Er war emotional überreizt gewesen. Das war ihm zwar sehr unangenehm, aber er konnte es nicht mehr ändern – oder besser: konnte es nicht ungeschehen machen.

Und warum der Bruch? *Das* war wichtig, viel wichtiger als die Art und Weise, wie er geschah, wichtiger als seine maßlose Überreaktion. Warum also der Bruch? Wegen der klar empfundenen, zutiefst empfundenen Notwendigkeit, seine eigene innere Emigration zu beenden, mit der neu gewonnenen Erkenntnis klarzukommen, daß er zu seinem Volk gehörte, sich mit seinem Volk zu identifizieren und wiederzuvereinigen: mit Israel. Die Irrungen und Wirrungen von Joyce, denn als solche erschienen sie Ira trotz all ihrer Kunstfertigkeit, ihrer ungeheuren Virtuosität, der einander verbal überlappenden – oder wie wollte man es sonst nennen? – Schaltkreise, trotz der darin enthaltenen Verwicklungen über Verwicklungen, der ineinander verwobenen Einschübe, unglaublich gerissen arrangiert wie das Netzwerk auf einem Stück Keramik – sie dienten doch nur dazu, eines zu vertuschen: daß nämlich das Menschliche, der Austausch, die unvermeidliche Konfrontation zwischen Mann und Mann und Mann und Frau (besonders unter dem Aspekt, daß letztere als intellektuell gleichwertig angesehen und Hochachtung vor ihrem Geist und Liebe zu ihrer sexuellen Rolle hätten ins Spiel gebracht werden müssen, ohne welche echte Zärtlichkeit weder gefühlt noch beschrieben werden konnte) – daß also dies alles im *Ulysses* überhaupt nicht zum Ausdruck kam.

Alle miteinander, Männer und Frauen, waren eins für ihn, dessen falsche Überlegenheit im ungeheuer virtuosen Umgang mit dem Wort bestand, als ob allein dies ihn zum Hohenpriester von Schönheit und Wahrheit weihen und ausreichen könnte, ihn von jeglicher Verantwortung für seine Mitmenschen und sein Volk freizusprechen – von der Verantwortung für ihre hohen Ziele, ihre jahrhundertelangen Leiden und Kämpfe. Seine Virtuosität machte jegliche Verwandtschaft mit ihm unmöglich. Oh, es gab hundert Anschuldigungen, die er Joyce entgegenschleudern konnte; und die Lektüre von Stuart Gilberts liebedienerischer Verherrlichung, der ihm zu Füßen gelegten Huldigungen, ließ noch einmal so viele explodieren. Auf jeder Seite konnte man etwas finden: beginnend mit dem fast atypischen Juden, den der große Guru dem Leser vorsetzte, diesem Juden ohne Gedächtnis, ohne das verschmitzte Besorgtsein, ohne die Unsicherheit des Exils, diesem Juden, der sich seiner Herkunft nicht nur nicht bewußt war, sondern sie tatsächlich abgelegt hatte! Kein Wort über die Pogrome in Kischinew im Jahr zuvor, nichts über Dreyfus, erst recht nichts über Dlugacz, oder wie sein Name war, den ungarischen Schlachter, und keine langen Tiraden über Schweineleber: ob sie koscher war oder nicht. Keine Schlußfolgerung, keine Verbindung zwischen einer Zeitung, die Parzellen in Palästina anbot und der Möglichkeit einer Jüdischen Gemeinde in Dublin. Keine Rückbesinnung auf Freitagskerzen, keine Erinnerung an *mazeß*. Jessas, was für ein Jude, selbst wenn er schon konvertierte, als er noch ein Jüngling war – keinen *chejder,* kein *dawenen,* kein Jom Kippur, kein Purim oder *humentaschen,* kein *bentschung,* kein Hebräisch, kein Jiddisch – oder nur verschwindend wenig. Trotz dieser Versäumnisse wagte er es, des Juden »Bewußtseinsstrom«, den inneren Fluß der Psyche eines Juden abzubilden, gewissermaßen eines irischen Marranen des Jahres 1904. Wie abscheulich viel Galle dazu nötig war, Galle und unerträglicher Egotismus! Galle und Ignoranz! Und Madame Tweedy stammte von einer »spanisch«-jüdischen Mutter ab. Hatte Joyce sich für seine höchst aufdringlich zur Schau gestellte Gelehrtheit überhaupt schon mit Sephardim und Ladino beschäftigt, ganz zu schweigen von der Inquisition? Und mit Jiddisch, Hebräisch oder Chaldäisch – wie der wahrhaft gelehrte Milton das Aramäische bezeichnet hat? Und hat die Mama sich denn an nichts erinnert, wovon sie ihrer halb-sephardischen Tochter erzählen konnte? Nicht mal an einen Messingleuchter, einen *drejdel,* das *schala* am Freitagabend, die Agonie des Jahres 1492, dem Jahr der Vertreibung? Nein. Solange nur Mamas Name Lunita war, Satellit ihrer Gaia-Tellus-Tochter, *schojn genuk,* wunderbar! Torquemada, das *quemadero,* das *auto da fé,* was sollte das sein? Und, Meister Juden-Joyce, bedenke die Wirkung der Auseinandersetzung mit dem Bürger (wo Bloom tatsächlich am jüdischsten war – und merke: *when presented from the outside,* er also von außen beschrieben wird, von außen!): hätte eine solche Auseinandersetzung dich nicht für den Rest des Tages umgehauen, über dir geschwebt wie ein antikes Pallium aus exilgeborenem Kummer? Und genau hier, jawohl, hier lag ja der Unterschied, der entscheidende Unterschied zwischen deinem irisch-katholischen Selbst, dem Als-ob-Juden, und dem echten Exemplar. Bloom nämlich wäre nach Haus gegangen zu seiner Frau, wenn er sie liebte oder sie ihn, und sei es auch nur ein wenig, und sogar, wenn sie ihm Hörner aufsetzte; er wäre nach Haus gegangen – schon des Trostes wegen, den sie ihm (sie war immerhin Halbjüdin, vergiß das nicht) spenden konnte für alles, was er als Ausgestoßener unter Nichtjuden, als Falascha, als Fremder, durchgemacht hatte, auch wenn sie von einem *converso* abstammte. Angenommen, Molly wäre durch und durch eine *schikße,* selbst dann hätte sie ihn doch getröstet; inzwischen müßte sie längst etwas vom jüdischen Wesen begriffen haben – wenn auch nicht soviel wie Iras geliebte nichtjüdische M. Aber nach so vielen Jahren müßte sie doch einiges, wenigstens etwas begriffen haben von der jüdischen Misere. Statt bei ihr Trost zu suchen, machte Bloom genau das, was Joyce selbst auch gemacht hätte, behandelte eine Ehefrau wie ein überflüssiges Anhängsel, irisch lax, und machte sich nie mehr Gedanken darüber – und das von diesem Meister im Erfinden von Anspielungen, Einsprengseln, Verwobenheiten, der mit Hautfarbe und Orgon jonglierte, mit Kunst und Rhetorik und Logik. Er stellte den Jid possenhaft dar (wie Pound anmerkte, der Joyce einen Antisemiten nannte, was an sich schon eine Posse ist, wenn ausgerechnet Pound das sagt). Dafür bebt dann die Erde, wenn Bloom im Einspänner flieht, die seismischen Stöße werden im Observatorium mit Stärke fünf registriert. Und dann kommt plötzlich dieses ganze überflüssige *gojische* Brimborium mit der Himmelfahrt des Elia Bloom in einem Winkel von fünfundvierzig Grad, wie mit der Schaufel geworfen. Wer das gesagt hat? Joyce persönlich. Und warum? Tja, wozu überhaupt dieser Übergriff, dieser irrelevante Kommentar zu seiner eigenen Geschichte aus seiner eigenen Feder, des in höchstem Maße befangenen, großartigsten literarischen Handwerkers seiner Zeit? Des am meisten beachteten »toleranten« Juden in einer Zeit, die vor Intoleranz nur so strotzte? Ja, warum? Zuerst und vor allen Dingen fehlte es ihm an Mut, dem Mut zur Empfindsamkeit, ohne den – so hat Eliot gesagt, wenn auch mit anderen Worten – es keine große Kunst geben würde; Feigheit bei der Kontemplation über Gewalt ist nicht das Problem, auch dann nicht, wenn der Mann physische Angst vor Gewalt hätte. Und all dies begründet er vom Verstand her und bevorzugt dabei den sogenannten Aristotelischen Stillstand, denn das, was er eigentlich meinte, war die Angst vor dem Nachdenken über Gewalt: Gewalt, die doch in jedem Stadium die treibende Kraft ist bei Veränderung, Entwicklung, Reifung, beim Abschütteln des Althergebrachten, beim Hineinwachsen in das Neue – und widerstand all dem, bis er sich endlich selbst einen Kokon wob, ein verbales Totenhemd namens *Finnegans Wake*. Das war Feigheit, die ihr Schrumpfen unter olympischer Maskerade verhüllte: im Augenblick der Wahrheit das Messer im Leib des Juden umdrehte, in seinem Dilemma, seiner tausendjährigen Diaspora – mit unnötig burleskem Beben, burlesker Himmelfahrt in einem Feuerwagen, und all dies im Namen der Treue zum Gigantismus, der Treue zu Polyphem, dem Zyklopen. Pfui! Pound hat das durchschaut, der verschlossene, krustige Pound, trotz seines verrückten Geredes über politische Ökonomie und die antisemitische »usura« ein ganzer Mann. Ein Mann, der wegen der betäubenden Qualen und Reue, welche die Erkenntnis seiner eigenen monumentalen Verirrung über ihn brachte, Respekt und – wie Ira glaubte – Mitgefühl verdiente. Ein flüchtiger Blick nur, falls Joyce sich einen solchen genehmigt, den Mut dazu aufgebracht hätte, ein flüchtiger Blick nur in die bedrängte jüdische Seele – Paria und Sündenbock Europas –, und das ganze homerische Kartenhaus des Autors wäre in sich zusammengefallen. Ja sogar noch schlimmer: Er hätte angefangen, erwachsen zu werden, sich zu entwickeln, sich zu verändern, er hätte angefangen, den Geisteszustand eines modernen Menschen zu erlangen. Er hätte sich aus der selbstauferlegten Beschränkung im Mythos befreit, sich aus seiner Prokrustesparodie entlassen und für eine Wiedervereinigung mit seinem Volk plädiert. Es war nicht der Alptraum der Geschichte, aus dem er versuchte zu erwachen; er kämpfte gegen das Erwachen im Tageslicht der Gegenwart.

Nun, damit hatte er gesagt, was er sagen wollte und den Bann des Erz-Nekromanten gebrochen. Er mußte einfach seine Meinung sagen, wie chaotisch sie auch sein mochte, oder er wäre niemals fähig gewesen weiterzukommen, wäre aufgesaugt worden von dem gefürchteten Schwarzen Stern. Nein. Ira beschloß, Gilberts Buch über *Ulysses* nicht zu Ende zu lesen. Auf gar keinen Fall. Mit alten Gewohnheiten, mit alten Abhängigkeiten, mit alten Lastern war nicht zu spaßen; gerade weil sie alt waren und tief wurzelten, waren sie auch nicht tot, nie, niemals vollständig verbannt. Sie waren immer da und lauerten im Zustand vorübergehender Leblosigkeit wie ein latentes Virus. Nein. Lieber Gefolgsmann Mr. Gilbert, marsch zurück ins Regal, für immer dorthin verbannt, jedenfalls was Ira betraf. Bloom war Zionist geworden, Stephen lockte die »Black and Tans«, die Soldaten Albions in einen Hinterhalt. Und Ira konnte weder ein Grinsen unterdrücken noch vermeiden, ein letztes Mal zur Kenntnis zu nehmen, was für eine große Anzahl Juden Joyce im übertragenen und im wortwörtlichen Sinne an ihren Busen drückten, weil er einer der sehr, sehr wenigen Literaten jener Generation war, die sich nicht offen gegen die Juden stellten. Joyce porträtierte Bloom nicht als raffgierigen, habsüchtigen, skrupellosen Fagin oder als zeitgenössischen Shylock, weder als Hemingways Cohen, der sich aus Mangel an westlicher Männlichkeit selbst westlicher Kultur und westlicher Umgangsformen erdreistet, noch als Eliots Sir Alfred Monde, Sir Ferdinand Klein, seinen Bleistein oder als den Juden auf dem Fensterbrett in dem Gedicht »Gerontion«. Einer von Iras jüdischen Freunden, ein bedeutender Forscher für Jüdische Kultur und Hebräisch, zeigte sogar auf, mit welcher Delikatesse der große Schriftsteller jüdische Empfindlichkeiten behandelte, indem er nämlich die Seitensprünge von Blooms Ehefrau nicht ihrem jüdischen, sondern ihrem »heißen spanischen Blute« zuschrieb. Doch zur Hölle mit Joyce und seinem heiligen Geschreibsel. Und mit dem kniefälligen Stu Gilbert obendrein. Mit M. hatte er, Ira, den Weg ins Erwachsensein gefunden. Zusammen mit M., der erwachsenen, empfindsamen und vernünftigen, bewundernswert intelligenten, der mutigen und künstlerisch kreativen Frau seines Herzens, der Mutter seiner Kinder, war er in Sicherheit, und weil er stolz auf sein geliebtes Ehegespons war und sie bewunderte, entwickelte sich seine Seele und erwachte schließlich zu ihrer Identität mit seinem Volk, mit Israel.

* * *

Jetzt war er wieder frei, frei, um zu seiner Erzählung zurückzukehren, frei, Joyces Methode zu übernehmen und viele seiner Stilmittel, aber ohne dessen innere Hemmungen. Wahrhaftig. Und warum das so war, darüber hatte Ira an dem einen Abend immer wieder nachdenken müssen, als er fühlte, wie der Joycesche Alptraum sich auf ihn legte. Als sei er angesteckt vom legendären Alten Mann und dem Meer, den er – im Halbschlaf – in seinen unnachgiebigen Klauen festhielt, hatte er sich die ganze Nacht hindurch Gedanken gemacht, hatte in seinem apathischen Zustand geredet und sich vorgestellt, er würde seinen somnolenten Diskurs aufzeichnen – warum, warum nur hatte er von Ida geträumt, von Ida Link, seiner letzten noch lebenden Tante, angeheirateten Tante, der Witwe des dahingeschiedenen Onkel Moe, die ihn – so hatte er geträumt – mit einem Sandwich fütterte, das aus einem ganzen Pfund Butter zwischen zwei Scheiben Brot bestand? Er hatte daran geknabbert und versucht, die Fülle der Hülle anzupassen, ein fülliges Füllen, so hatte er gedacht.

Gleichzeitig erzählte ihm die Tante etwas über Moe, und Ira verstand kein Wort. Was redete sie da? Und dabei so lebendig. Dann zeigte sie ihm Moes Werkbank, ein seltsames Gerät mit einer Arbeitsplatte aus dickem, grauem Glas – Milchglas, wie man es früher in alten Badezimmertüren hatte. Hat ihn das an seine Cousine Stella und ihr Bad in Tante Mamies Haus erinnert? Und an die Orgien im Stil des Rabelaisschen »*Tu was du willst*«, über die erst noch zu berichten sein wird? Es war schon ein seltsam unheimliches Gerät, das Ida immer und immer wieder herumschob, bis es parallel zur tapezierten Wand stand. Warum wohl? Jahre zuvor, als sie in Flushing ein Geschäft hatte und Damenmieder verkaufte (Ida war selbst von beträchtlicher Fülle – für Moe gerade richtig) und ihr Mann gerade gestorben war, da hatte sie Ira gefragt, ob er ihr wohl die eintausend Dollar, die Moe ihm, seinem Neffen, hinterlassen hatte, leihen oder eventuell ganz übertragen würde, oder wie immer der rechtliche Ausdruck dafür war. Das hatte er dann getan, als – wie M. weise und diskret vermerkte –: »...eine eigene Familie in Not war. Ich trug damals monatelang zerrissene Unterkleider und Slips.« M., Liebste. Aber wieso? Was hatte es zu bedeuten, daß er dies unmäßig fette Sandwich verspeiste? Daß die langerwartete Erbschaft bald zurückgegeben würde? Das wäre dann wohl Oneiromantie und kein Gruß von Herrn Freud. Wie angenehm wäre es, wenn die »Schuld« endlich beglichen würde, ohne jedoch Ida die ganze Reife eines Todes in hohem Alter zu mißgönnen, die Reife und auch die Überreife.

Und vielleicht – letzte Randbemerkung – *war die Zusammenfassung des Peripheren absichtlich vorgeschoben, um das Schreckliche nochmals hinauszuzögern, das Zerreißen der Seele, das jetzt bald kommt, so bald...*

VIII

Mit der Zeit wurde Ira regelmäßig als Getränkeverkäufer eingesetzt, machte seine Sache eher schlecht als recht, war relativ lustlos, doch mit allen Wassern gewaschen; nur fehlte ihm die Dreistigkeit, alle Tricks bei seinen Kunden anzuwenden. Aus irgendeinem Grunde wurde er trotzdem bei der allmorgendlichen Musterung vor dem Stadion immer wieder von Benny Lass drangenommen. Selten verdiente Ira mehr als fünf Dollar am Tag, während Izzy in der gleichen Zeit neun oder zehn hatte, und der unermüdliche Greeny sogar zwölf oder mehr. Oh, aber ab und zu ereignete sich ein unverhoffter Glücksfall für Ira. Beispielsweise während der Meisterschaften oder bei einem jener entscheidenden Spiele zum Saisonschluß, in denen es um den Titel ging. Bei diesen Spielen benötigte Harry M. Stevens dann immer so viele Kräfte, wie er bekommen konnte – aber nicht im Verkauf (dort gab es eine Vielzahl Helfer, die mit anpackten), sondern in der Finanzabteilung, dem Management, bei den Aufsehern und den Kontrolleuren. Diese Abteilungen waren unterbesetzt, hier herrschte ein beklagenswerter Mangel an Mitarbeitern.

Und dort, hinter dem Schalter, war das Reich der hennagefärbten vollbusigen Mrs. Harry M. Stevens jr., die ihre Zigarette in einer silbernen Zigarettenspitze rauchte und der zur Vervollkommnung ihres vornehmen Auftretens nur noch ein Lorgnon fehlte, wenn sie mit gemächlicher Noblesse zur Kasse schritt. Sie hatte vor sich einen großen Kontrollzettel liegen, worauf sie alle »Checks« verzeichnete, die sie ausgab – jene eingekerbten Metallmarken, die alle Ausrufer bei ihr kaufen mußten. Das Geschäft war außerordentlich rege, fast fieberhaft. Ihr kräftig gebauter Ehemann, ebenfalls rothaarig, ging derweil anderen Pflichten nach: Er beaufsichtigte das Ausleeren der Sodakisten in die große Kühltruhe, wo inzwischen ein großer Teil der Eisblöcke zu einer wäßrigen Suppe geschmolzen war. Er stand auch Wache an der Tür, wo die Verkäufer auf ihrem Weg vom Lager vorbeikommen mußten, wenn sie ihre Paletten frisch aufgefüllt hatten, und nahm ihnen ihre Checks ab. Selbst ihr rothaariger, rundlicher, wohlgenährter Sohn schien sich auf angenehme Weise nützlich zu machen: er setzte den Waffeltüten Kugeln aus Vanilleeis auf. Und der Seniorchef, der angesehene Inhaber Harry M. Stevens persönlich, weißhaarig, resolut und von fürstlicher Ausstrahlung, hielt sich in dem überdachten Gang auf, der das Lager mit der Haupttribüne verband. Zigarre rauchend, scheuchte er seine eifrigen Vasallen zu noch größerem Einsatz und feuerte sie an: »Nun geh schon, hol's dir! Das Geld sitzt auf den Rängen!« Und zu Ira: »Komm schon, junger Mann! Leg mal einen Zahn zu!« – und wirkte recht gebieterisch, vielleicht wie ein Monarch, der seine Untertanen verdrossen und unbeherrscht zum Kampfe treibt. (Und doch, das spürte Ira, besaß der Mogul einen versöhnlichen Hauch von Menschlichkeit, einen Hauch von irischer Sentimentalität.)

Da stand nun seine Schwiegertochter wartend hinter dem verzinkten Schaltertisch, die reizend elegante, stattliche Mrs. Harry M. Stevens jr. Ihre Gestik war sehr eigen, ein wenig von oben herab, wie es zu der Erbin eines großen Getränkelieferanten paßte, dessen bedeutendem Unternehmen sie soeben ihre Arbeitskraft zur Verfügung stellte und so gnädig mithalf, die schwere Bürde zu tragen, die in dieser Stunde der Not auf ihrem Schwiegervater lastete. Gewöhnlich hatte Phil, erfahrener und treu ergebener jüdischer Vasall, das

Hauptlager unter sich, aber Phil war krank, litt an einer schweren Bronchitis. Ira trat an den Schalter heran.

Er hatte früher schon bemerkt, vor langer Zeit schon die unbehagliche Erfahrung gemacht, daß er entweder mit einer Art widernatürlicher Ausstrahlung behaftet oder mit der merkwürdigen Begabung ausgestattet war, jegliche reibungslos funktionierende Büroarbeit im Nu durcheinanderzubringen oder alle möglichen Probleme bei sonst ungestört ablaufenden Vorgängen zu verursachen, nervöse Ausrutscher in langerprobten Verfahren, Irrtümer bei Formalitäten. Vielleicht weil er selber häufig unkonzentriert und sogar ziemlich geistesabwesend war, bewirkte er – wie eine Induktionsspule – im Kopf seines Gegenüber korrespondierende oder reziproke Abwesenheiten von Aufmerksamkeit bei der Abwicklung von Geschäften, besonders wenn er es mit Leuten zu tun hatte, die hinter einem Schalter saßen.

So legte er zum Beispiel in diesem Fall zwei Eindollarnoten auf den verzinkten Tresen vor Mrs. Harry M. Stevens jr. und bat dafür um eine Rolle Nickels im Werte von zwei Dollar. Er hatte nämlich fast kein Kleingeld mehr. Und die Lady nahm in schicklicher, doch geschäftlicher Manier die beiden Eindollarnoten entgegen und legte dafür im Tausch eine papiergewickelte Rolle Münzen auf den Tresen. Der Tausch war vollzogen, und mit der langen Zigarettenspitze in der Hand verstaute sie die beiden Geldscheine in ihrer Schublade und wandte sich ab. Noch ehe sie sich aber umgedreht hatte, wußte Ira, dessen Hand sich fest um die Geldrolle schloß, daß er einen reichen Fang gemacht, einen Schatz ergattert hatte. Sein Herz hüpfte vor schuldbewußtem Entzücken. Sofort steckte er die Geldrolle in die Hosentasche – und verließ blitzartig den Raum. Er verkrümelte sich auf die Haupttribüne, stieg bis zur obersten Reihe, dann weiter die Rampe hinauf bis zu den höchsten Plätzen. Und wie das Glück es wollte – oder vielleicht, weil er dort wie verdattert herumstand – verkaufte er auch plötzlich innerhalb von Sekunden ein halbes Dutzend Flaschen Limonade und hatte nun endlich einmal Grund, seinen fast leeren Bauchladen nachzufüllen. Dazu steuerte er das Zusatzlager hinter der oberen Tribüne an, wo er frisch gekühlte Flaschen aufnahm und noch ein wenig zusätzliches Kleingeld eintauschte. Mit zwanzig Flaschen Limonade kam er aus dem Lager und trug sie so leicht, als seien sie schwerelos; er ging wie auf Wolken, wie von der Brause getragen. Ein Geschenk des Himmels! Sie hatte ihm eine Rolle Vierteldollarmünzen gegeben, eine Rolle »Quarters« im Werte von zehn Dollar, anstatt einer Rolle Nickels – zwei Dollar wert. Junge, das war wenigstens mal ein Tagesverdienst, Jungejungejunge! Acht Dollar zusätzlich und kaum einen Finger gekrümmt! Und ganz bestimmt würde sie sich nicht im Traum an ihn erinnern, an den Geldwechsel, wenn es Zeit war für den Kassensturz, Zeit, die Abrechnung zu machen. Sie würde – nein, nicht sie: die Kasse würde einen Fehlbetrag von acht Dollar aufweisen. Mit aufgesetzter Bestürzung über ihren Fehler würde sie wohl die Diskrepanz von lächerlichen acht Scheinen aus ihrem eigenen reichbestückten Geldbeutel ersetzen. Oder würde der Stevens-Clan sich am Abend bei einem Cocktail vor dem Dinner über den Vorfall amüsieren?

Es war nicht lange her, da hatte er sich eine kleine Pfeife gekauft, gerade so groß, daß sie problemlos in seine Hosentasche paßte, ohne zu sehr aufzutragen. Nun stopfte er den Pfeifenkopf aus dem Beutel, den er am Morgen, ehe er das Haus verließ, mit Prince Albert Tabak aus der großen Dose nachgefüllt hatte. Er entzündete ein Streichholz, brannte den Tabak an und paffte fröhlich vor sich hin. Dieser glückliche Zufall war es wert, daß er sich eine Pause gönnte. Der Nachmittag war kühl, schon herbstlich.

Dort wo er stand, ganz oben auf dem höchsten Teil der Tribünen, noch hinter der letzten Sitzreihe, gab es nichts als Wolken und Himmel und die typischen Häuserdächer der Bronx, dreckigen Schmier von Ruß und ein blaues Wasserbecken in der Ferne. Dort, direkt unter ihm, war das Dach der Haupttribüne, und hier, weit entfernt von den Besuchermassen, zog er eine Minute an seiner winzigen Pfeife und dachte dann: Warum eigentlich nicht eine richtige Pause machen? Er hatte schon mehr als einen Tagesverdienst zusammen und verdiente also mehr als eine Minute der Entspannung. Warum also nicht mal ein Inning genießen, einem oder zwei Schlagmännern an der Platte zusehen?

Weit gegenüber, am entferntesten Ende dieses Flügels der Haupttribüne, hinter den Stahlpfeilern, die das Dach der Tribüne stützten, gab es ein paar schäbige freie Plätze, und er wußte, warum sie meistens leer blieben. Sie waren am weitesten vom Innenfeld entfernt, so daß man kaum das Schlagmal erkennen und auch das Spiel nicht verfolgen konnte, als hockte man an einem der Fenster des einzelnen hohen Mietshauses, in dem sich die Gesichter der Schwarzen drängten. Aber nicht nur die weite Entfernung bereitete Schwierigkeiten, sondern auch die Stützpfeiler des Daches behinderten teilweise die Sicht. Nur bei Meisterschaftsspielen wurden Besucher überhaupt dort hinaufgeschickt, und auch nur die paar Zuspätkommenden.

Eine Minute wollte er dort oben verweilen, nur ein paarmal an der Pfeife ziehen. Gerade so lange, daß er den inneren Jubel über den wunderbaren Glücksfall, den er erlebt hatte, voll auskosten konnte: zehn ganze Dollar in Vierteldollarmünzen anstelle einer Rolle Nickels im Werte von zwei Dollar. Ganz gleich, wie weit er hinter Izzy oder Greeny oder anderen Getränkeausrufern zurücklag, heute mußte er am Ende des Tages die beste Kasse haben! Mit diesem Acht-Dollar-Glück, wie er es hatte!

Er fühlte die Rolle in seiner Tasche. Wie hatte es der tollen Lady nur passieren können, den Irrtum nicht zu bemerken? Schon allein das Gewicht! Selbst wenn ihre Finger den breiteren Durchmesser nicht fühlten, die glatte, stramm gerollte, feste, geometrisch-zylindrische Stange Quarters für zehn Dollar – im Unterschied zu der wenig attraktiven, leichten Rolle Nickels. Nun, sie hatte ihn nicht bemerkt, so einfach war das. Sie war eben nicht daran gewöhnt. Nun also reich – und wer war gerade mit Schlagen dran? Ira reckte sich nach vorne, um an einer Säule vorbeizusehen. Da –. Mit Mühe konnte er den Schlagmann ausmachen. Wer war es? Welcher Spieler? Er rückte sich die Brille näher an die Augen, blinzelte und sah, wie sich der Schlagmann mit dem Ende seines Schlägers den Dreck aus den Spikes klopfte –

»Macht es dir 'was aus, einen Platz aufzurücken?«

Seltsam, wie nah Worte klingen konnten, Wogen von Lärm und Gebrüll durchdringen konnten, gerade jetzt, da die Fans im Stadion erlebten, wie der Schlagmann einen taktisch kurzen Schwung ausführte, um die Feldspieler auszutricksen. Seltsam auch, wie er sofort wußte, daß es die Stimme einer Frau war, und ehe er noch aufschaute, erkannte er die Stimme als die einer Negerin, einer jungen. Aber er wußte nicht, wie hübsch sie war, bis er seinen Blick erhob und sie sah: ein helles Melassebraun, wie der Ahornsirup, den er Mr. Klein geholfen hatte, in die Freßkörbe zu packen, als er noch bei Park & Tilford arbeitete.

»Oh – oh ja, nein gar nicht.« Ira stand auf. »Ich soll hier sowieso nicht sitzen. Ich soll eigentlich Getränke ausrufen. Ich wußte nicht, daß dies Ihr Platz war.«

»Bleib ruhig sitzen, wenn du willst. Ich rutsch' rüber.« Was sie auch tat. Ihre Kniekehlen rieben sich an seinen Knien. Ihr himmelblauer Kittel glitt an ihm vorbei. Er wußte, es gab Toiletten in den oberen Abschnitten dieses Flügels. Die waren, wie ihm aufgefallen war, immer unbewacht gewesen, bis auf ein- oder zweimal bei ausverkauften Rängen, wenn eine schwergewichtige farbige Frau dort für Sauberkeit sorgte. Diese Toilettenfrau hier war hübsch, hatte ebenmäßige Züge und sprach mit weichem, südlichem Einschlag, freundlich. Sein Herz hämmerte. Jesus. Ein wildes Durcheinander völlig irrsinniger Impulse kommandierte sein Gehirn. Er konnte nicht sprechen, schaute verstohlen; versuchte, ein unbeteiligtes Gesicht zu machen und sah sich um, ob jemand in seine, ihrer beider Richtung blickte. Das Spiel war an einem Engpaß angekommen. Und es wurde tatsächlich gepaßt: denn der Pitcher warf absichtlich weit daneben. Versuchte so, das gleichzeitige Aus von zwei Spielern vorzubereiten. Die Menge buhte wegen der Strategie des Trainers. Jesus, wenn nun ein anderer Getränkeverkäufer heraufkäme und ihn hier sitzen sähe, neben einer... neben dieser Kaffeebohne, diesem wohlgestalteten farbigen Mädchen – es war wohl Zeit für ihn zu gehen. Noch zweimal ziehen...

»Die Pfeife da riech' aber wirklich gut. Was is'n das für Tabak?«

»Ach der – die sagen immer Prince Albert dazu.«

»Riech' gut.« Sie zog eine Zigarette heraus. »Du verdienst wohl gut mit Brause?« Sie fesselte ihn allein durch ihre Sprache, ihren glockenreinen musikalischen Dialekt. »Ich seh' ja viele von euch verkauf'n. Ihr verkauf' die ganze Zeit. Ich seh' Geld reinkomm' die ganze Zeit.«

»Ja?« Nun, immerhin war es nicht seine Schuld, daß sie neben ihm saß. Also was sollte schon sein? Er bereitete eine Ausrede vor: Nur eine Sekunde lang hätte er dort gesessen. »Es sieht vielleicht so aus, als ob das Geld hereinkommt. Aber wir bekommen ja nur zehn Prozent von dem, was wir verkaufen«, klärte er sie auf und sah sie kaum dabei an. »Zehn Cent von jedem Dollar.«

»Oh.« Mit ihren hellbraunen Augen betrachtete sie die Marke oben an seiner Mütze. »Wieviel ist das, was verdienst du am Tag?«

»Ich bin kein guter Abzocker.«

Sie lachte, hoch und singend.

Dabei hatte er es ganz ernst gemeint. »Nicht so gut wie manche von den'n, mein' ich. Wie heute zum Beispiel«, erläuterte er, »da hab' ich schätzungsweise für fünfundvierzig Dollar verkauft. Und manche von den'n verkaufen doppelt soviel –« Er unterbrach sich, weil ihr Arm ihn streifte, als ihre geschmeidige Hand in ihre Kitteltasche glitt und darin herumwühlte –

»Brauchst du Feuer?« fragte er.

»Hmm. Ich weiß genau, ich hab' Streichhölzer.«

»Hier ist meine Pfeife.« Er offerierte die Glut im Pfeifenkopf. »Oder möchtest du an einer Flamme anzünden?«

»Äh-äh. Nö, das riech' gut.«

Sie neigte den Kopf, fast glatt war ihr Haar, ohne Krause. Als sie ihre Zigarette im Kopf seiner Pfeife zum Brennen brachte, da entflammte sie ihn gleich mit. Er atmete kurz und stoßweise, den Bedürfnissen seines klopfenden Herzens ganz und gar unangemessen. »Wa-was verdienst *du* eigentlich hier?« Ira war wie erstarrt, als er sie fragte und konnte kaum in die Richtung der Damentoiletten deuten, die am äußersten Ende des hintersten Umgangs lagen.

»Ich hab' fünf Dollar am Tag un' Tips. Un' gib's nich' sehr viele Tips. Der Mann sagt mir im Büro, ich krieg' nochmal soviel in Tips. Un' mehr als'n Dollar war's aber nich'. Versuch' das heut' zum ersten Mal, aber ich mach's nich' wieder. Die könn'n dir viel erzähl'n.« Sie lachte.

»Vielleicht verdient man bei den unteren Tribünen mehr.« Ira blickte krampfhaft geradeaus.

»Ich weiß nich'. Ich weiß nur, ich brauch' das Geld. Guck, was mein kleiner Hund heut' morgen mit mir macht. Zerkratzt mir meine best'n Strümpfe, als ich grad' zur Arbeit will.«

»Was meinst du denn?«

»Guck doch bloß die Laufmasche.« Sie zeigte ihre Wade, rund, muskulös, honigfarbene Haut unter der breit sich aufkräuselnden Laufmasche.

Blut hämmerte und pochte unter seiner Schädeldecke. Überfüllte Tribünen unter ihm tanzten und wackelten mit seinem Pulsschlag vor seinem verschwommenen Blick. Man konnte ihn wohl überall hören, oder nicht? Den hämmernden Strom seines Blutes, bis hinunter zu dem eingewechselten Schlagmann, der sich gerade mit zwei Schlägern warm machte, während er zum Schlagmal ging; bis zu dem Schiedsrichter, der jetzt in Sichtweite kam und den Sand von der Platte wischte, ja, sogar bis zu dem Jungen, der die Schläger verwaltete und gerade vorüberging – sie mußten es doch alle hören! Er beugte sich vor, ließ den Griff seines Bauchladens los und faßte tiefer – berührte ihre nackte karamelfarbene Haut. »Laufmasche«, sagte er, und: »Laufen«, wobei seine Zunge wie von selbst die Laute formte. Nie zuvor hatte er sich so sicher gefühlt, so animalisch sicher. Warum? Was war mit ihm geschehen? Weil sie eine Farbige war? Er wußte es nicht. »Das Stadion ist der richtige Ort für eine Lauf-masche.« Seine verworrenen Gedanken fanden Worte.

»Du meinst, das paßt zusammen? Stimmt.« Plötzlich lachte sie ihr hohes, klingendes Lachen. Ob schon jemand in ihre Richtung schaute? Niemand. Der Einwechselspieler war am Schlagen, die Menge grölte wild und hoffnungsvoll. »Du bist süß«, sagte sie.

»Du auch.« Danach wußte er nichts mehr zu sagen, nichts, was nicht über Reden hinausginge, den Weg öffnete aus oberflächlicher Konversation in eine Beziehung. »Duu – du kommst wohl aus der Gegend?«

Ihre wohlgeformte Hand mit ebenso rosig durchscheinenden Fingernägeln wie den seinen, schwebte hinauf zu ihrer Schläfe, glättete die langen Wellen ihres wenig getönten kupferfarbenen Haars. »Ich wohne in Harlem.«

»Wo denn da? Ich nämlich auch.«

»Du auch? Wo wohnst du denn?«

»In der East 119th Street.«

»East 119th? Ich wohne westlich der Lenox, in der West 137th Street.«

»Paß auf«, hörte Ira sich sagen, hörte, wie ein ängstlicher Roboter jetzt mit aller verfügbaren Kühnheit aus ihm sprach: »Willst du, daß ich mit zu dir gehe?«

»Oh, das meinst du doch nicht ernst. Du bist genau wie alle andern.«

»Nein, bin ich nicht.« Sie hatte schon ein Auge auf ihn geworfen, ihn herausgefordert, ehe er es überhaupt merkte.

»Wie kann ich wissen, ob das stimmt?«

Mit dem Mut der Verzweiflung antwortete er: »Ich habe heute meinen Glückstag. Ich will's dir zeigen, guck.« Er zog die grüne Rolle mit den Quarter-Münzen aus der Tasche und hielt sie ihr hin. »Guck dir das an.«

»Was ist damit?«

»Das sind Quarters. Wert zehn Dollar.« Er öffnete seine zusammengerollte Hand ein wenig weiter.

»Hmm-mm! Sieht gut aus.« Sie schaute von der Geldrolle auf. »Und die bringst du mit?«

»Das will ich mein'n. Die bring' ich mit.« Die Geldrolle fühlte sich für ihn schon an wie ein Ständer, als er ihr ins Gesicht starrte. Wie dunkler Puder auf rosiger Haut, so war sie. Und sie muß gewußt haben, daß es ihr gut stand: runde pinkfarbene Plättchen an ihren Ohrläppchen, ein Hauch von Rosa unter ihrem Kittelkleid, rosa Wolken auf Toffee. »Du redest aber nich' von den ganz'n zehn Dollar, oder doch?« sagte er und paßte sich ihrem Dialekt an. Ein Aufschrei aus unzähligen Kehlen, der Schlagmann holte aus und verfehlte den Ball, hüpfte auf einem Bein, um das Gleichgewicht wieder zu erlangen. »Ich muß jetzt geh'n. Wieviel verlangst du?«

Sie lachte, ein ganz klein wenig aus Verlegenheit; und nach einem Moment des Zögerns: »Drei Dollar.«

»Soviel habe ich bei mir. Das sind ja nur zwölf von diesen Münzen hier. Wohin muß ich also gehen?«

»Ach, du meinst das ja doch nich' wirklich.«

»Und wenn ich's dir doch sage: Ich hab' das Geld.« Er steckte die Rolle Quarters wieder ein, suchte mit der Hand unten herum, fand den Griff seines Bauchladens. »Es ist nur – daß ich noch nie bei einer – du weißt schon.«

»Klar. Ich mach's auch nich' gewerblich. Ich stell' mich nich' an die Straße.«

»Um so besser. Also wohin?«

»Du vergißt das auch nich'?«

»Ich kann's mir merken. Ich schreib' es mir auf, sobald ich hier weg bin.«

»Pearl Canby«, sagte sie. »Zwei-drei-sieben West Hundertsiebenun'dreißigste. Westlich der Lenox. Zimmer achtzehn. Das kannst du dir alles merken?«

Er wiederholte die Nummer. »Abends?«

»Hmm- so ab neun oder zehn. Dann bin ich immer zu Haus.«

»So richtig?« Ira wiederholte ihre Angaben.

»Zimmer achtzehn«, berichtigte sie. »Gleich unt'n. Mein klein' Hund bell', wenn er dich hört, aber mach dir kein' Kopf. Er tut nix, nur bell'.«

Ein langer Flugball –. »In Ordnung.« Ira stand auf, betrat den Gang, unterdrückte seine Verkaufsrufe, solange er noch bis zu dem oberen Umgang hinter der letzten Reihe unterwegs war. Der Ball kam zu Bob Meusel geflogen, dem Spieler mit dem phänomenalen Wurfarm. Der Schlagmann hatte sich geopfert, um dem Läufer an der dritten Base die Chance auf einen Punkt zu geben. Würde der sich trauen, gegen Meusels Wurf zur Home Base zu laufen oder würde er stehenbleiben? Ira wagte nicht hinzusehen. Ihr Name und ihre Adresse waren ihm wichtiger als alles andere. Pearl Canby. Zwei drei sieben, eins drei sieben murmelte er immer wieder vor sich hin, bis er seinen Bleistiftstummel herausholte und es hastig auf der Rückseite der Preisliste auf seinem Getränkeschild notierte, als er auf dem zementierten Weg hinter der letzten Reihe stand und das extrem laute Gebrüll der Menge von vorne hörte. Würde er hingehen? Nein. Doch. Sie hatte recht. Und ganze drei Dollar!

Aber Moment mal. Er griff in seine Hosentasche, fühlte seine warme Pfeife. Nein, sie brannte nicht mehr. Aber ach! Diese glatte Rolle, glatte harte Rolle. Donnerwetter, also dafür war der Glücksfall gedacht: Das müßte Mrs. Stevens erfahren. Drei Dollar: zwölf Quarter waren drei Dollar. Zehn Dollar waren vierzig Quarter. Er hatte es reichlich, Jesus, er war gut bestückt. War er auch gut genug in Form? Jesus, was war sie doch süß: fast pfirsichfarben.

Da war jetzt McGraw direkt an der Home Base, die Arme in die Hüften gestemmt, im Streit mit dem Unparteiischen: Shakespeares tonnendicker Bastard Falstaff wie er leibt und lebt. Und worum ging's? Meusels Wurf vom Außenfeld mußte wohl den Läufer auf seinem Weg »nach Haus« überholt haben. Nun sieh dir bloß dieses Gedränge von schwarzen Gesichtern an, dort drüben am Fenster, im obersten Stockwerk, in dieser klumpig verputzten Mauer, hoch über dem Parkplatz vor den Toren des Stadions: strahlend weiße Zähne, braune Haut und weiß funkelnde Augäpfel. Alle ganz aufgeregt, fröhlich miteinander vereint. Jesus, könnte er einer von ihnen sein. Einfach nur wegen dieser Geschlossenheit, dieser Einheit...

Ich kann damit nichts anfangen, Ekklesias.

– Nein? Warum nicht?

Du weißt sehr gut, warum nicht: wegen des Stiletts, das ich mir an die Brust gehalten habe.

– Etwas, das gar nicht vorhanden ist, kann schwerlich ein Stilett sein. Oder meinst du Stil?

O nein. Ich meine die Blockade, die Palisade. Das Tabu. Das Ungesprochene. Das Unaussprechliche. Hast du irgendeinen Rat? – Sag schon!

– Nur den, daß das Ungesprochene und Unaussprechliche jetzt angesprochen und ausgesprochen, das Tabu gebrochen und ignoriert werden muß. Die Sache zieht sich nun schon über Monate und Jahre hin.

Das ist mir nicht entgangen.

IX

Es waren nicht die albernen zwei Dollar und fünfundzwanzig Cent, die er ihr gezahlt hatte, ehe er die Hosen runterließ und ein Kondom zum Einzelhandelspreis erstand – *er-stand!* Die ganze Sache stellte sich wie ein Hieb durch seine Existenz dar, kein Delirium, nichts Überwältigendes – oh, nein, nicht einmal wert, »verrucht« genannt zu werden; einfach nur unsauber, schäbig, bestenfalls ein Mittelding zwischen fieberhaft und verdammt nah am Schlafwandlerischen.

Nach dem Abendbrot am Freitag, der traditionellen Mahlzeit am Sabbatabend, war alles wie immer gewesen, genau wie immer. Pop war gelöster Stimmung wie gewöhnlich und rief hastig und schniefend nach *chala,* um sich von dem Brennen Erleichterung zu verschaffen, das ein Klacks frisch geriebener Meerrettich zum *gefilte* Fisch bei ihm verursacht hatte. Auch das geschmacklose, gekochte Hühnchen war wie immer. Und zum Teufel, auch wie immer: *Frajtik af der nacht is doch jeder jid a malcheß,* immer dieselbe Leier: am Freitag auf d'Nacht wird jeder Jud' zum König g'macht. Er war vielleicht ein Jude, er war einer, nicht Pop, sondern er: ein beschnittener Prinz von Wales.

Er hatte gezögert, hatte geschwankt, konnte sich nicht entschließen..., beobachtete, wie das schmelzende Wachs an den beiden Kerzen herunterlief, bis es flüssig über den Rand der beiden goldenen Messingleuchter quoll und selbst zur warmen Überlaufrinne erstarrte: geperlte Stalaktiten bildete. Und »Perle« war auch ihr Name.

Perliger, perliger Samenerguß,
hier ist mein Steifer, bereit zum Schuß.

Wie schmerzhaft waren doch die Assoziationen, die du nicht verhindern konntest, die sich ungebeten in dein Bewußtsein drängten wie das Warten auf das Fallen des zweiten Schuhs. Der Graben im Gehirn war schon gegraben, und man konnte ihn nicht wieder zuschütten. Wie hätte man Gedanken und Bilder wieder zurückrufen können? Und da spulten sie schon wieder ab, die Assoziationen.

Er saß noch lange da, nachdem auch der letzte Schimmer Kerzenlicht verloschen war, konnte sich nicht überwinden, den Zauber eines – wenn auch angezweifelten – *schabes* zu brechen. Jetzt gehen – oh, wenn er gleich ginge, jetzt sofort, dann konnte er es noch schaffen, wäre schnell bei der Station an der 135th Street. Dann mit großen Schritten hinüber zur Lenox Avenue und von dort die U-Bahn nehmen. Zwei Stationen. Neun Uhr und westlich der Lenox. Doch das schlimmste war, daß sie – wie es ihm mit seinen scheinbar so unkomplizierten Verabredungen oft passierte – nie wieder an der oberen Tribüne als Aufsicht für die Damentoilette auftauchte. Er hat sie überhaupt im Stadion nicht wiedergesehen, worauf er in seinem unsicheren, ewig lavierenden Gemüt durchaus gehofft hatte. Er wünschte sich, nochmals ermutigt, überredet, gedrängt zu werden. Aber sie war nicht da. Sie war noch nicht einmal den Rest des Nachmittags da: auf daß er sie noch einmal hätte sprechen können, noch einmal pflichtvergessen am selben Ort hätte sitzen können wie zuvor. Nein. Den ganzen restlichen Nachmittag saß dort ein beleibter farbiger Mann, ebenso hell im Hautton wie sie und deutlich gut gekleidet in einem gelblichbraunen Anzug, ja, leger, einem gut sitzenden maßgeschneiderten Anzug und Panamahut, obwohl der Herbst schon gekommen war –, und war vertieft in eine vertrauliche, entspannte Unterhaltung. Ira fühlte Eifersucht wie ein leichtes Stechen. Und danach, am nächsten Nachmittag, sah er auf ihrem Platz eines dieser dicken schwarzen Weiber, und das noch zwei- oder dreimal vor dem Ende der Meisterschaften.

Einhundertfünfunddreißigste Straße. Ira wußte, die Querverbindung mit dem Trolleybus führte dort entlang wie in der 125th Street, wie in der jüdischen 116th Street: der Flanierstraße, der

Straße zum Schaufensterbummeln, die vielleicht jetzt zur Trennungslinie zwischen Weiß und Schwarz wurde. Er erinnerte sich an Farleys mehr als ärgerliche Reaktion, als er ihm gegenüber erwähnte, daß »die da« jetzt alle in die City umzogen. »Die da« bedrohten das Heim seiner Familie. Die heile Welt des alten rotbraunen Sandsteinhauses an der Ecke 129th und Madison Avenue, in welchem auch das Bestattungsunternehmen seinen Sitz hatte, würde mit Sicherheit von der sich ausbreitenden Flut der Farbigen verschlungen werden. Nie hatte er Farley feindseliger erlebt, elender, als hätten des Vaters geschäftliche Sorgen die Einstellung des Sohnes geprägt, des Sohnes Sicherheit unterminiert... Und genauso war es mit Park & Tilford: der Laden an der Ecke 126th und Lenox Avenue war nicht mehr da, dieses ehrwürdige, herrliche Lebensmittelgeschäft – Schluß, aus und vorbei, unwiederbringlich. Er war monatelang, jahrelang nicht mehr in diesem Teil der Stadt gewesen, seit der Zeit nicht mehr, da er immer noch die verschiedensten Büchereien abgeklappert und gehofft hatte, neue Titel, neue Reihen von Märchenbüchern zu entdecken: in den Jahren der Mythen und der Unschuld – noch vor dem Großen Krieg. Nein, nicht der Unschuld – der Unwissenheit. Wie hätte man in der 119th Street wohl unschuldig sein können?

Pearl, meine Perle. Mulattin. Achtelnegerin. Ein hübsches warmes Milchschokoladenbraun, weiches tiefes Gelb, diese Haut unter der Laufmasche: drei Dollar war ihr Preis, soviel kostete sie, und er hatte das Geld, behielte sogar noch von den Quarters welche übrig. »Du meinst das ja doch nich' wirklich«, hatte sie gelacht, ganz ernst gelacht; sie glaubte ihm nicht. Und jetzt? Jetzt hatte sie recht. Er mußte eigentlich gar nicht zu ihr gehen. Ach, zum Teufel. Drei Dollar, und noch dazu den ganzen Weg hinauf ins schwarze Harlem. Außerdem hatte er noch nie mit einer Frau geschlafen, einer richtigen reifen Frau mit großen Titten. Vielleicht würde er ja, wenn er nun ginge, ja, wenn er nun ginge, würde er wohl – warum also nicht? Weil kein anderer es machte? Machte, was er machte? Weil es schlecht war und doppelt schlecht und dreifach, vierfach schlecht? Fürchterlich schlecht? Unaussprech-ausplauderbar schlecht. Verabscheuungs-schlecht. Er war dazu verurteilt, es zu tun. Das hatte ihm schon der Fluß erzählt, als er auf dem flachen Sprungfelsen stand. Jetzt wartete der ansehnliche Café-au-lä'g-dichzumir, der Milchkaffeefick, oh, der wartete in der 137th Street. Ein helles Braun, kaum mandelfarben. Wie anders seine... Pigmen-tierung, seine schweinischen Gedanken, ja.

Das Geschirr war abgewaschen, Mom und Pop teilten die jiddische Zeitung unter sich auf. Sie lasen. Und was lasen sie? Alles über diese gewaltige Welt von 1922, alles, was in der *jidischkajt* und in der *gojischkajt* geschah, hier in den Vereinigten Staaten mit Präsident Harding, seinem Cal Koylitsch als Vizepräsident, und drüben in Rußland mit Lenin und Trotzki, und lasen alles über die hunderttausend anderen Vorkommnisse, denen er keine Beachtung schenkte: die Ermordung der Streikbrecher im Bergarbeiterstreik von Illinois. Und über Sacco und Vanzetti, die beiden armen Italiener, die jetzt im Gefängnis saßen und angeklagt waren, jenen Zahlmeister in South Braintree, Massachusetts, ermordet zu haben – nur, weil sie Spaghettifresser und Anarchisten waren. Und darüber, wie immer mehr Juden in ganz Europa verfolgt wurden. Er könnte sein Spanischbuch aufschlagen, oder noch besser sein Lehrbuch für den Chemieunterricht, wo er so am Schwimmen war: wenn es um Mol, Molalität, Molarlösungen und Normallösungen ging und um Grammoleküle. Auch sein Englischbuch konnte es sein: Versuche, einen Geheimcode zu entwickeln – das war die Aufgabe über das Wochenende – und verfasse ein Kryptogramm wie das in Poes Erzählung *Der Goldkäfer,* aber darin war er sauschlecht. Statt dessen konnte er auch eine Buchbesprechung wählen, aber darin war er ganz genauso schlecht: Ideen analysieren, Charaktere, Lokalkolorit, Spannung – geh! Er könnte es allerdings hinter sich bringen, wenn er es jetzt anpackte – aber Geometrie nicht, nein. Die sparte er sich bis zuletzt auf: die war sein *zimeß*, sein Nachtisch, wenn die anderen Fächer erledigt waren...

Pearl. Ihr Gesicht erschien ihm von Mal zu Mal lichter: Pearl, Perle des Himmels, Himmelstür, auch nicht schlecht. Er könnte es immer noch schaffen, auch jetzt noch, sogar ohne zu hetzen... Hast du Mut? Phantasmagoria, sagte Poe. Was für ein Wort. Phantasm*gloria in excelsis deo* stand über dem breitwinkligen hohen Portal der Kirche. Das Problem war, daß Pop an den letzten Sonntagen seine Schicht getauscht hatte: sonst hatte er immer vormittags die katholischen Polizisten und Feuerwehrleute oder andere Vereine und Verbindungen, oder im Rotary Club oder in der Tammany Hall in Coney Island bei ihren jeweiligen Frühstücken bedient; nun hatte er seine »extra jops« abends und kellnerte bei den »Elks« und den »Shriners« und den »Odd Fellows«. Das bedeutete, Pop würde zu Hause sein, wenn Mom am Sonntagvormittag ihren Einkauf für die Woche machte. Irres Pech. Nach der Schule vielleicht, hatte Ira gehofft, aber Jesus, wieder kein Glück. Er hoffte auf eine Chance, den gottverdammten kleinen Messingnippel vorzuschnipsen, der die Zunge im Türschloß löste. Er dachte sich die verflixtesten Dinge aus: Junge, Junge, was würde er jubeln, *wow!* Wenn das Schloß in der Tür knackte. Doch Jesus, keine Chance; es war nicht dazu gekommen. Auch die Samstage waren nicht geeignet; da arbeitete sie immer den ganzen Tag im Harlem Five-and-Dime, wo es nur Sachen für fünf oder zehn Cent zu kaufen gab. Und morgen stand ein College-Footballspiel auf dem Programm, wo er verkaufen mußte. Trotz alledem würde vielleicht Zeit sein... Aber sonntags konnte ihn nichts für die verpaßte Gelegenheit entschädigen – keine Völlerei mit Lachs von der Park Avenue, keine frischen Bagels, nichts Neues von der Bobe, dem Sejde, von Tante Mamie und den anderen Tanten und Onkeln und darüber, wer gerade schwanger war, was er sich sonst hinterher immer gern anhörte; selbst ein reines Gewissen, sich nicht lasterhaft fühlen zu müssen, konnte ihn nicht trösten. Aber – was zum Teufel war überhaupt lasterhaft? –

Es würde also ein langer Fußmarsch sein – nein, nein, eine kurze Fahrt, eine Fahrt; also los, hau schon ab zur Lenox Avenue.

Mom blickte auf, als Ira sich erhob, aber Pop warf ihm nur einen kurzen Seitenblick zu, über den gebogenen Rand der Zeitung hinweg.

»Ich will gerade nochmal los«, sagte Ira. »Vielleicht gehe ich kurz über die Straße zum Süßwarenladen.«

»Mußt du dich bei diesen Glücksspielern rumtreiben?« fragte Pop und runzelte die Stirn. »Du wirst noch selbst ein Spieler.«

»Ich werde kein Spieler.«

»Nein? Geh du nur weiter dorthin, und du wirst schon sehen.«

Mom mischte sich ein: »Glaub mir, wenn du den Sejde und die Bobe besuchen würdest – du tätest ein gutes Werk. Die haben dich schon ewig nicht mehr gesehen.«

»Und was soll ich da?«

»Ach komm. Erst gestern hat die Bobe zu mir gesagt: ›Wenn dein sonniger Herr Sohn kein Geld hat, dann kommt er uns besuchen. Jetzt, wo er arbeitet und ein paar Dollar verdient, braucht er uns nicht.‹ Weißt du, mein Sohn«, resümierte Mom, »du bist ein wenig wie dein Vater.«

»Aha!« Pop drehte ruckartig den Kopf. »Und sofort zieht sie seinen Vater da mit rein.«

»Ist es denn nicht wahr? Wenn du jemanden brauchst, dann hätschelst und streichelst du ihn, wo du nur kannst.«

»Lea, es ist Freitagabend. Erspare mir deine Vorträge und Klagen.«

Jetzt erhob Ira ungeduldig seine Stimme. »Ich bin überhaupt noch nicht aus dem Haus gekommen, seit ich aus der Schule bin. Ich möchte jetzt ausgehen.«

»Dann geh aus. Aber warum ausgerechnet in diesen Candy-Laden mit der Spielhölle hintendrin, wo die Leute Karten spielen?« Pops Frage klang scharf. »Und warum Geld an diese Betrüger verlieren? Glaubst du, ich sehe es dir nicht an der Nasenspitze an, wenn du Geld verloren hast?«

»Also gut, dann gehe ich eben woanders hin. Zu Fuß.« Ira änderte seine Taktik.

»Brauchst du keinen Mantel? Die Nächte werden streng«, bemerkte Mom.

»Nun –« Eine Sekunde oder zwei stand er regungslos, konnte seine Gedanken knacken hören, so flink durchforstete er sämtliche Eventualitäten. »Nein – oder doch. Ich denke, ich ziehe den dünnen Pullover unter mein Jackett. Ich gehe also zu Fuß«, wiederholte Ira mit einem leichten Seitenhieb auf Pop.

»Aber nicht zu lange herumwandern. Du mußt dieser Tage auch schwer schuften und morgen wieder zur Arbeit gehen.«

»Jaa.«

»Er schuftet sich durch dick und dünn«, bemerkte Pop. »Einmal die Woche, und treibt ein falsches Spiel. Warte nur warte, schon balde«, erweiterte er seine schreckliche Prophezeiung, »hat er Frau und Kind am Halse. Dann wird er lernen, was es heißt zu schuften; dann wird er die Not kennenlernen, auf der Suche nach seinem Lebensunterhalt von Amt zu Amt laufen. Soll ich im Gewerkschaftsbüro warten, um telephonisch erreichbar zu sein? Oder schnell zur Vermittlungsstelle für Kellner?«

»Was glaubst du, warum ich mich so abmühe?« fragte Mom – und gab selbst die Antwort: »Doch nur, damit er nicht so ein untergeordneter Schwerarbeiter werden muß.«

Af majne plejzes.

Da hatten wir es wieder: auf seinen Schultern.

»Wozu schafft man sich Kinder an? Wer soll dir im Alter helfen?« behauptete sich Mom.

»Ha! Solange ich Gäste bedienen kann, solange ich über das glatte Parkett gehen kann, so lange brauche ich keinen, der mir hilft. Im Alter! Er sollte mir dann helfen? Eher wird der Messias kommen«, zeterte Pop unfreundlich. »Wenn der Tag kommt, daß ich mich um Hilfe an ihn wenden muß, dann helfe mir Gott. Glaubst du, ich bin wie dein Vater?«

»Jetzt bringt er auch noch meinen Vater ins Spiel«, konterte Mom. »Was hast du gegen meinen Vater?«

»Gar nichts. In ganz Amerika findest du keinen frommeren Juden. Aber hat er auch nur einen Finger krumm gemacht, seitdem er dies gelobte Land betreten hat? Hat er auch nur einen einzigen Tag gearbeitet? Selbst in Galizien nicht!«

»Nun, mit ihm verhält es sich so«, sagte Mom einlenkend, »sein Bemühen um Heiligkeit verschafft uns, seinem Weib und seinen vielen Töchtern das Recht, ins Paradies einzugehen.«

»Und das glaubst du.«

»Nein. Aber schließlich, Gott vergib mir, bin ich zur Hälfte eine *gojte*.«

Pop lächelte fratzenhaft, reckte sein Kinn in die Höhe. »Zur Hälfte eine *gojte*. Aber die andere Hälfte ist jüdisch, oder? Dann sag doch, welche von deinen Hälften den heiligen alten Schwindler durchschaut und ihn als Drückeberger erkennt, der er ist.«

Verstimmt und leise zog Ira den leichten grauen Pullover unter sein Jackett. Die Art, wie sie stritten, ließ ihn fast das Interesse an seinem Vorhaben verlieren. Fast. Mensch Junge, jetzt oder nie. Diese pinkfarbenen Ohrringe. Pearl in Pink. Drei ganze Dollar von einer zehn Dollar schweren Rolle mit Gratis-Quarters. Wie alles zusammenpaßte, wie ein Innuendo – was war das richtige Wort? – eine Nuance, nein, Nuance nicht. Suggestion. Riskant, pikant... Steh nicht so dumm rum, verdirb es dir nicht, laß die Inspiration nicht abflauen beim Lippenkauen. Geh sie suchen.

Als er aber dort ankam, das schummrige, stille, stickige Treppenhaus betrat, an der Tür im hinteren Teil des Untergeschosses klopfte, der Tür mit Pearls Nummer, da war das Mädchen, das auf sein Klopfen antwortete, das schwarze Mädchen, das ihm dann öffnete – ganz dürr und reizlos und so dunkel wie schwarzer Kaffee.

»Pearl?« fragte er entgeistert und unsicher. »Entschuldigung – gibt es hier nicht eine gewisse Pearl?«

»Meinst du das Mädchen, das vorher hier gewohnt hat?«

»Ich weiß nicht. Ja, glaube schon. Sie hat gesagt, sie wohnt hier.«

»Und die hat jetzt 'nen Mann. Hat mir gesagt, sie wohnt jetzt bei ihm, wenn es die ist, die du meinst.«

»Hieß sie denn Pearl?«

»Ich hab mir ihren Namen nicht gemerkt.« Ihr dunkles, braunes Gesicht wirkte abweisend, schroff. »Komm rein. Oder willst du da draußen stehen bleiben. Du suchst ein Mädchen?«

»Ja schon, aber ich –«

»Hier kriegs' du, was du suchst. Komm ruhig rein.« Sie machte die Tür weiter auf. »Ich bin Theodora.«

»Theodora?« wiederholte er dümmlich, stocksteif.

»Du hast es doch gehört. Das hier ist meine Wohnung.«

Ihr dürrer Körper schien, als sie sich umdrehte und in ihre Wohnung deutete, nachlässig, aber einigermaßen anständig bekleidet: Über ihrem flachen Oberkörper trug sie eine weiße, am Hals offene Bluse und darunter einen kastanienbraunen Rock, unter dem ihre nackten dunklen Füße in himmelblauen, pelzbesetzten Hausschühchen zu sehen waren. Sehnig, unterernährt – oder einfach nur mager? Und höchstens Mitte Zwanzig. Morgen schon würde er sie nicht mehr erkennen; auch in einer Stunde würde er sie schon nicht mehr wiedererkennen, ihr tiefschwarzes Antlitz, diese Haut, die nur knapp die Sehnen bedeckte...

»Kommst du also nicht rein?«

»Ich muß mich geirrt haben. Ich wollte zu Pearl.«

»Du suchst da jemand, den es hier nich' gibt. Aber mich gibt es. Komm schon rein, Honey, ich kümmer' mich um dich. Komm rein.« Sie trat über die Schwelle und legte einen Arm um seine Taille. »Du bis' ja mächtich schüchtern, scheint mir.« Sie führte ihn hinein. »Brauchs' nich' sein. Ich kenn' solche wie dich. Ich mag Leute wie dich, Honey. Du bis' nich' so einer, der gern Frauen im Bett verprügelt. Laß seh'n, ob ich's dir nich' auch recht mach'n kann.« Sie schloß die Tür. »Du has' dich nich' geirrt, Honey. Das Mädchen mit Hund is' abgehau'n mit dem Mann von der Agentur.«

»Mit wem?«

»Mit dem Mann, der sie bezahlt. Auch 'n Farbiger. Aber das is' ja auch egal. Du kanns' gleich jetz' un' hier ein bißchen Liebe krieg'n, Honey.« Geschickt öffnete sie den einzigen Haken an ihrem kastanienbraunen Wickelrock, zog ihn sich mit einem Ruck vom Körper und ließ ihn auf das Sofa fallen. Sie stand vor ihm mit gespreizten Beinen, wie soeben durch einen Vorhang getreten, die dünnen Schenkel unter ihrem pechschwarzen Muff – und alles beides unter der schneeweißen Bluse: »Bedien dich, Honey. Je härter der Knochen, desto süßer das Fleisch.«

»Ja, aber ich –« Innerlich aufgewühlt starrte Ira sie an, zauderte, starrte wieder, geplagt von einer letzten Anwandlung, sich abzusichern: »Also gut. Wieviel verlangen Sie?«

»Das hängt ganz davon ab, welchen Spaß du haben willst.« Sie ließ ihr Becken kreisen, lockte ihn mit ihrem schwarzen Dreieck.

»Ganz normal.«

»Dann bekomm' ich zwei Dollar und fünfundzwanzig Cent«, sagte sie und zeigte deutlich, daß sie Vorkasse erwartete. »Und fünfundzwanzig Cent extra für den Gummi.«

Er zögerte kurz, zahlte dann: einen Lappen und den Rest in Quarters – und einen Quarter extra für ein Kondom.

So war das also, so ging das. Er hatte schon lange gewußt, wie es gemacht wird, aber er hatte es noch nie getan. Sie zeigte es ihm. In der Tiefe ihrer dunklen, mageren, angezogenen Schenkel verdoppelten sich ihre Beine, ihn zu empfangen, gespreizt wie eine menschliche mahagonifarbene Dolle. Und wie sie sich schlängelte! Sie ruderte ihn heimwärts. Er ritt, sie ruderte. Skullen. Pullen. Ihr dunkles Alltagsgesicht ganz dicht vor seinem, bis... sein aufsteigender Orgasmus das Gesicht, in das er starrte, verwandelte, es begehrenswert machte und schön, ihr Körper zu seinem wurde, sich aufbäumte in seiner Umarmung, und er trotz flüchtiger Ahnung, die Kosenamen auf ihren vollen Lippen könnten nicht aufrichtig sein, wünschte, sie wären ehrlich gemeint. Er pumpte und stieß heftig, erreichte seinen Höhepunkt... und dann war es auch schon vorbei.

In den ersten ein, zwei Minuten danach, als er seinen Hosenschlitz zuknöpfte und es schon eilig hatte, wieder hinauszukommen, nahm er andeutungsweise seine Umgebung wahr: wie stickig das Zimmer, kein Fenster offen, und es war doch noch nicht so kalt draußen. Überall Wandbehänge, *schmateß*, wie Mom gesagt hätte; wohl, um die Geräusche zu dämpfen? Wer hat den *schma* in die *schmateß* getan, oh je. Es sah aus wie der Ort für eine Séance. Wann hätte er je den Raum einer Wahrsagerin gesehen? Noch nie. In einem Film vielleicht, in einem Vaudeville-Sketch oder einem Krimi. Alles lag in dunklem Schatten, wie ausgehungert nach Licht. Waren vielleicht alle Zimmer so, das ganze Haus ein einziges Bordell? Sie war hinterher lieb und nett und fröhlich, ja sympathisch, kicherte, als er sich umständlich in sein Jackett quälte. Ein Erlebnis der Sinne, das hatte er gehabt, das hatte er sich gekauft. Hatte ordentlich abgespritzt. Oh, aber es war gar nichts im Vergleich zu der Erregung, die er in den Polo Grounds verspürt, als er durch Pearls Laufmasche hindurch die nackte Haut ihres Beins berührt hatte. Oh ja. Und Jesus, nichts annähernd so Schönes wie Pearls leichtgewellte kupferfarbene Lockenfülle. Statt dessen hatte Theodora an Kopf und Möse, als er sie dort unbeholfen liebkoste, fein gezogene Drähte, einen borstigen Hinterkopf, eine Drahtbürste zwischen den Beinen. Noch lange behielt er das überraschende Gefühl des ersten Kontakts mit seinen Handflächen in Erinnerung. Wie sich wohl Pearls wellige Kupferlocken angefühlt hätten? Nun, er konnte es nicht ändern. Und konnte doch einen gewissen Impuls danach nicht unterdrücken – wie seltsam: er hatte sie auf die Stirn geküßt, auf ihre runde, glänzende mahagonifarbene Stirn. Wie sie da gekichert hatte. Es war albern, sicher. Aber er empfand so, fühlte sich freundschaftlich gestimmt. Warum? Weil sie Rücksicht genommen hatte, weil sie verstand, daß er ein Novize war, oder warum? Weil er sich schuldig fühlte? Aber so fühlte er sich gar nicht. Er fand sich töricht. Es war keine Sünde (darin war er ja ziemlich versiert). Nein, höchstens Unzucht im schummrigen Licht dieser winzigkleinen rosa Nachttischlampe, ihre dünnen Schattenschenkel hochgezogen, und, ja, hellere Penumbra über einer Umbramöse, nicht der schwache Kontrast wie damals, wo erst ein Flaum gewachsen war, sondern totale Finsternis. Nun, so war es also, wenn man zu einer Hure ging. Eine gewerbliche Nummer inklusive Orgasmus kostete dich zusammen mit dem Kondom zweieinhalb Dollar.

Und es war so schnell vorbei. Jesus, ein paar Stöße nur, und es war vorbei; er wollte gerade, da kam es schon – aber es kam (und er blickte wieder starr vor Staunen, verworrenem Staunen ob seiner Unwissenheit – und der Einfachheit seiner Entdeckung). Oh, jetzt hatte er Pläne, sobald er – oh, es fühlte sich ein bißchen glitschig an, würde es aber leicht machen, wenn er es versuchte, ihr schmeichelte, bis sie sich ergab. Und man würde sie hören, uuuh, uuuh, uuuh, die Geräusche, die sie nur das eine Mal gemacht hatte, uuuaah! Uuaaah! Uuuua-a-ah! Jetzt würde er ihr schon zeigen, wie man es richtig macht. So mußt du es machen. Aber jetzt müßte er, jetzt wo sie ihre Periode bekommen hatte, jetzt müßte er... jaja. Oh, Jesus, wenn er doch nur, Jesus, könnte er doch nur. Nein! Aber genau das war's. Jesus, bist du ein Trottel. Du hast doch schon

Hunde gesehen – ja, aber so konnte er es nicht einfädeln – Jesus, du mußt es einfach versuchen. Sobald du – sag ihr doch, du hättest herausgefunden, daß das alles so gar nicht stimmt. Dann macht sie's vielleicht zu jeder Zeit. Muß nicht mehr betteln. Oh Mann! Jederzeit und überall.

Er beschleunigte seine Schritte, als sei die Gelegenheit schon da. Die dunkle 119th Street war schon ganz nah, er hatte ein gutes Tempo drauf und näherte sich der großen Überführung, den dunklen Stützen für die Eisenbahn. So hatte sie auf dem Bett gelegen – grinste er in sich hinein – mit ihrer von dunkler Schokolade umgebenen Lakritzenmöse.

Er überquerte die Park Avenue, steigerte sein Tempo auf dem Gehweg vor Yussels Haus, wie sie diesen wuchtigen, fünf Stockwerke hohen Klotz aus verrußtem Backstein nannten, der neben der Eisenbahnbrücke stand und das Zuhause von Yussel, dem Vermieter, war. Nun warte mal eine Minute. Da war noch etwas. Im Winter, wenn er nicht Getränke verkaufte und folglich pleite wäre, könnte er sich keine Kondome leisten... Also mußte er aufpassen. Das war es. Einfach sehr gut aufpassen. Warten, bis er es ihr gesagt hatte. Oh, er würde aufpassen. Ja, ganz sicher. Aber vorsichtshalber auch im Winter Getränke verkaufen: bei den Boxkämpfen im Madison Square Garden, den Ringkämpfen, wenn sie Zbysko groß herausstellten. Wieviel die Dinger wohl kosteten? Man durfte auch nicht Gummi sagen oder Rotzbeutel, jedenfalls nicht zu der Drogistin. Man mußte Überzieher sagen oder Kondom – welcher Name stand eigentlich auf der kleinen Dose, aus der er sie eins hat herausnehmen sehen? Wie war der Name für den schmucken Kopfputz? Trojaner. Treuer Freund? Das war's. Aber warum Trojaner? Die haben doch den Krieg verloren, oder nicht?

X

»Absolut, absolut, 'solut«, sagte immer Mr. Fay, Iras Geschichtslehrer, wenn er etwas besonders unterstreichen wollte. Den »Louisiana Purchase«, den von Gadsden ausgehandelten Vertrag, den Tippecanoe-Fluß und Präsident Tyler, etwas über Henry Clay oder den großen Indianerhäuptling Tecumseh, über General Grant bei Cold Harbor. Oder den alten Thomas Jefferson auf seinem Sterbebett in Monticello, wo er die amerikanische Flagge über seinen Ministern wehen sehen konnte, den alten Thomas Jefferson, geplagt von Vorahnungen über das in der Sklavenfrage drohende Desaster. Mr. Fay, mit großem Schnurrbart, so ehrwürdig, so groß und hager, gebürtiger Amerikaner, unterrichtete die Klasse in Geschichte.

»Hallo Mr. Fay«, rief ein grinsender Ira seinem Geschichtslehrer zu. Es war beim Football-Match Princeton gegen Columbia, und er war etwas peinlich berührt, weil er in der weißen Kluft der Getränkeverkäufer steckte und an seiner Kappe ein Preisschild für Frankfurter Würstchen klebte; die trug er mit ausgestreckten Armen in einem länglichen Korb zusammen mit Brötchen für die Hotdogs vor sich her. Wie sich Mr. Fay doch veränderte, als Ira ihn so anrief. Er sah hier einen seiner Schüler nicht mehr als Schüler, sondern begegnete ihm jetzt – außerhalb der Polarität des Klassenzimmers – als Footballfan, der – wie Ira vermutete – zusammen mit seinem Sohn als treuer Anhänger seines früheren College-Teams zu diesem Spiel zwischen Mannschaften von Elite-Universitäten an der Ostküste, der sogenannten »Ivy League«, gekommen war. Der Lehrer war Footballfan – und sein Schüler verkaufte Hotdogs. »Wie geht es Ihnen, Mr. Fay?«

»Bist du das, Stigman? Aber ja, natürlich bist du's! Lebhaftes Geschäft, eh?«

»Ja, geht so, Mr. Fay.«

»Gutes Wetter für sowas, denk' ich mir.«

»Ja, Sir.« Höflichkeit und Lachen.

Es war inzwischen November, die erste Novemberwoche. Des Herbstes dünne, schneidende Kälte – oh, sogar in den Städten war sie schon zu spüren, selbst in den Straßen von New York –, die feingeschliffene Kälte beschnitt die letzten Tage des lauen Indian Summer, durchtrennte die letzten Bande zwischen der gehenden und der kommenden Jahreszeit. Das war des Herbstes Art, sich zu befreien, tagträumte Ira, als er die endlos lange Strecke von der U-Bahnstation 116th Street und Lenox Avenue nach Hause ging. Autumnal – herbstlich. Ira bevorzugte das Wort »autumn«, fand das Wort schöner als »fall« – und schaute hinauf zu den Fenstern der alten grauen Primary School 103. Wie lange war das her, oh Mann, wie weit weg die Zeit in der Klasse 6B, als er noch ein Kind war. Da hatten sie auch – oh, sieh doch nur, die Papierkürbisse an den Fenstern und die Hexen auf ihren Besen mit den spitzen Tütenhüten auf dem Kopf. An den höhergelegenen Fenstern hingen ausgeschnittene Truthähne und noch mehr Papierkürbisse mit kleinen, dreieckig ausgeschnittenen Augen und Nasen. Halloween war jetzt vorbei, Thanksgiving stand vor der Tür. Einmal, als er noch kniekurze Hosen trug, da hatten er und die anderen Kinder in der 119th Street sich gegenseitig mit mehl- oder aschegefüllten Socken beworfen, mit langen schwarzen Strümpfen, an Halloween. Halloween – der Feiertag war *gojisch*, aber Thanksgiving nicht. Nicht mehr. Konnte ein jüdischer Feiertag sein, konnte jedermanns Feiertag sein. »Tenksgeeve«; sogar Mom hatte gelernt, es zu sagen.

Er dachte gerade, nein – was dachte er gerade? Das rasierklingenscharfe Messer zwischen den Zähnen, ein Piratentuch um den Kopf, so enterte der Herbst das gute Schiff namens *Sommer*: was war das für ein Schiff? Eine Slup oder eine Galeone, eine Fregatte, ein Schoner, eine Pinasse – unglaublich, was die Schiffe früher doch für Bezeichnungen hatten und wie schön sie waren. *Brigantine. Cara-*

vel. Argosy nennt man ein reiches Handelsschiff – wie das des Antonio im *Kaufmann von Venedig*... nach der Argo, dem Schiff der Argonauten...

Ira hatte immer weiter Getränke verkauft, und nicht nur samstags bei den Footballspielen, sondern auch bei anderen Anlässen.

Zum Beispiel beim Preisboxen im Madison Square Garden. »*Läähi-diiies áä-nd Gentlemen.*« Joe Humphreys, der durch den Abend führte, stand mitten im Ring, nahm seinen Strohhut ab und dämpfte damit ein wenig die brüllende Menge. Rief mit seiner Stentorstimme (oh ja, das Wort kannte er): »In dieser Ecke, im lila Trikot, sehen Sie den würdigen Bewerber um die Krone im Weltergewicht, Cyclone Mulligan, mit einem Kampfgewicht von einhundert-dreiundvierzig-Pfund-oouund-ein*haa-alb*!« Oh, wie die Scharen geistig anspruchsloser Zuschauer dieses »ein*haa-alb*« liebten; fast alle in der Halle ahmten es grölend nach in seinem extravaganten, hochgestochenen Bostoner Singsang: ein*haa-alb*. Im »Garden« Limonade ausrufen, das ging nur zwischen den Runden, dann mußte man sich wieder schnell ducken, den Fans nicht die Sicht verstellen, sich auf die Stufen kauern – wehe, wenn nicht, sie hätten einen gelyncht. Er war von dem Spektakel total gefesselt, von Benny Leonard mit seinen angeklatschten schwarzen Haaren, die niemals in Unordnung gerieten, wenn er einem rechten Haken, einer Linken auswich. Was für Muskeln! Wie sie sich unter der Haut bewegten, sich wölbten und erzitterten. Und dann wieder Footballspiele, Würstchen verkaufen: Er bekam einen Hotdog-Korb und mußte rufen: »Heiße Würstchen, hier die heißen Roten!« Und selbst in den doppelwandigen Wärmebehältern waren die Würstchen wegen der Eiseskälte auf den Tribünen schon nach kurzer Zeit nur noch ungefähr so rot und heiß wie – seine Nase.

Aber wenn er sich bei einem Footballspiel selbst einmal einen Hotdog kaufte, zum Beispiel nach einem Gang ins Lager, dann war das Würstchen immer noch heiß, und er konnte drei Brötchen dazu bekommen. Die Kassierer zählten nicht die Brötchen, nur die Frankfurter Würstchen. Und so wurde eine ganze Mahlzeit daraus: drei Brötchen um ein Würstchen gequetscht, ganz wenig Fleisch, Senf, viel Sauerkraut (weil umsonst) und dann alles hastig hinuntergeschlungen – während man sich in einem abgelegenen Teil unter den Tribünen herumdrückte und von dort aus Kaw von der Cornell-Mannschaft bei seinen wunderbaren Durchbrüchen in den freien Teil des Spielfelds beobachtete. Oder die sogenannten Apokalyptischen Reiter, die »Four Horsemen«, die für Notre Dame hinter der Linie gegen West Point spielten. West Point: die Kadetten trugen graue Uniformen, wie sie im Krieg von 1812 getragen wurden. West Point: dieser zerronnene Traum, und diese herrlichen Mädchen, *schikßeß*, und all die nichtjüdischen Menschen mit ihren farbenfrohen Wimpeln hüpften auf und nieder und jubelten in ihren aufgeplusterten, kuscheligen Waschbärmänteln. Aber Ira wußte zuviel; das war das Problem. Er wußte zuviel, was traurig war, was falsch war, hatte ein vergällendes Wissen, ja.

Und doch verdiente er sich immer ein paar Scheinchen, während er zur High School ging: einmal die Woche sowieso, aber vielleicht noch zusätzlich an einem gewöhnlichen Wochentag abends im Madison Square Garden. Er machte seine Hausaufgaben immer nachlässig, außer freitags, setzte sich ab in die Stadt und wartete am Haupteingang auf Benny Lass...

In der Schule stand er jetzt als »Junior« ein Jahr vor dem Abschluß und war in allen Fächern nicht allzu gut, außer in einem. Und in diesem einen Fach bekam er immer die Note A: in jeder Prüfung, in jeder Klassenarbeit, in jedem mündlichen Vortrag. Es war die zweite Hälfte seines Geometriejahres, das abschließende Semester eines Sophomore-Kurses, aber er hinkte hinterher, weil er durch seinen Ausschluß aus der Stuyvesant ein Semester verloren hatte. Doch wie schön, endlich einmal fühlte Ira, daß er etwas beherrschte, einmal wenigstens spürte er die Einheit des Faches, das er erlernte, die Zusammenhänge aller Teilbereiche untereinander: Oh je, er haßte die Vorstellung, daß er das Fach bald nicht mehr haben würde.

Da war er also, Ira, zu Beginn des Monats November 1922, gegen Ende seines sechzehnten Lebensjahres, schulisch gesehen ein Junior an der DeWitt Clinton, obgleich nicht ganz: so schlenderte er denn durch die 119th Street nach Haus, Richtung graue Überführung an der Park Avenue. Und hatte keine einzige Sorge in der Welt, keine einzige offen erkennbare Sorge in der Welt. Ein Krebsgeschwür in der Seele, ja, das hatte er, aber er konnte es durch den gelegentlichen Kauf einer kleinen Dose mit zwei Kondomen unter Kontrolle halten, weil nun doch die meisten Sonntage wieder seine geworden waren. Pop hatte nämlich wieder zurückgetauscht, von den Abendbanketten zu seinem normalen Nebenjob, dem Bedienen beim sonntäglichen Frühstück in Rockaway Beach. Da verdiente er zwar ein bißchen weniger als abends in Coney Island, aber er haßte die vielen Treppen in der dortigen Halle. Der Speisesaal von Rockaway hatte keine Stufen zur Küche hin. Und das war ihm schon den einen – oder die anderthalb – Dollar wert, die er weniger bekam. Darum konnte Ira im Herbst und im Winter sonntags morgens im Bett bleiben, meistens wach, heimlich lauern und warten, daß Mom ihre schwarze Wachstuchtasche nahm und aus dem Haus ging, um bei den Marktkarren unter der Eisenbahnunterführung für die ganze Woche einzukaufen.

»Minnie. Okay?«

Früher hatte sie immer alle möglichen unanständigen Wörter gesagt; wo sie die wohl gelernt hatte? Aber nachdem er ihr gezeigt hatte, wie anders es auch sein konnte, sagte sie nur noch: »Fick mich, fick mich gut!« Er wünschte, sie würde das nicht sagen, obwohl es ihm gefiel. Er wünschte, sie würde das nicht sagen, weil es ihn aufgeilte, ihn zu sehr erregte. Er wünschte, sie würde das nicht sagen, obwohl er hinterher darüber grinsen mußte: so *proßt,* wie man auf Jiddisch sagen würde, so derb klang sie: »Fick mich, fick mich gut.« Dadurch kam er schneller als gewollt, obwohl er wußte, daß er schnell kommen mußte, um nicht erwischt zu werden, aber doch nicht so schnell, wie es wegen ihrer unanständigen Wörter dann geschah, dadurch und durch ihr Schreien – »ah, ah, uuuh-uaah, uuuwah!« Dennoch, es erfüllte ihn auch mit Stolz, und womöglich war er noch stolzer, wenn sie vor Verzückung laut jubelte: »Ooooh, du kannst gut ficken. Ooooh, geh noch nich' runter!« Aber er mußte, sofort und schnell, sobald es vorbei war, schnell – und ab in sein eigenes Bett oder sich anziehen. Und er mußte sie auch kaum noch überreden. Sie war bereit, sobald das Türschloß zuschnappte, sobald er, kaum daß Mom gegangen war, den kleinen Messingnippel am Schloß niederdrückte: klick-klack. Alles in Windeseile, alles gut koordiniert. Annähernd. Sie glitt aus ihrem Klappbett und hinüber in das Doppelbett von Mom und Pop, gleich daneben; während er in seiner Hosentasche nach der kleinen Dose mit den Trojanern suchte, einer kleinen Aluminiumhülse mit zwei Stück zu einem Quarter. Und dann sah sie ihm zu, ganz streng und ernst, ihr Gesicht auf dem dicken Kissen, ihre Haselaugen kurzsichtig und engstehend wie bei Pop – sah ihm zu, wie er sich ein Kondom über seinen Ständer zog, machte ihre Muschi breit, wenn er dann zu ihr eilte, öffnete ihm ihre Rose, als er zum Bett kam. Mit was für schmutzigen Wörtern sie ihn empfing: »Fick mich wie eine Hure. Nein, nicht küssen. Ich will keine Küsse. Nur ficken, richtig ficken.«

»Ist ja gut, schon gut.«

»Der Gummi ist in Ordnung? Ich will das weiße Zeug nicht in mir drin –«

»Jaja, die hab' ich gerade neu gekauft. Okay. A-a-h.«

»O-oh. Sind die auch so wie die anderen?«

»Jaa. Richtige Trojaner. Ja. Komm jetzt.«

»O-oh. Dann kannst du mir also auch meinen Dollar geben?«

»Jaja. Später. Später.«

Sonst würde sie hinterher noch mit ihm feilschen und mehr als einen Dollar verlangen. »Du hast gestern abend im Madison Square Garden gearbeitet. Und ich möchte ein neues Taillenband haben, eine breite Schärpe mit einer Schleife.«

»Wieviel denkst du, habe ich gestern verdient? Zweieinhalb Dollar! Du hast doch selbst was verdient, am Samstag in deinem Five-and-Ten.«

»Mama gönnt mir aber nichts. Alles ist für dich. Für dich und für ihren Persianermantel – ich zähle überhaupt nicht.«

»Also, jetzt komm aber mal.« Er mußte die Dinge schnell regeln, weil man nie genau wußte, wann Mom zurückkehrte. Wenn er zu lange mit ihr debattierte und mit dem Zahlen solange wartete, bis Mom wiederkäme, würde er Minnie das Geld allemal heimlich zustecken müssen, aber sie würde dann ihr Schmollgesicht aufsetzen, aussehen, als sei sie betrogen worden. Und das wäre schlecht. Einmal hatte Mom gehört, wie sie sich stritten und ganz verstört ausgesehen. »Schon gut, schon gut. Ich gebe euch die anderthalb Dollar. Nur macht bloß nicht so ein Theater. Jesus –!«

– Oh Horror, nichts als Horror.

Das ist richtig, Ekklesias. Darum habe ich mich ja auch an dich gewandt. Als Puffer gegen meinen Dämon, meinen *dibek,* meine Nemesis – habe ich mich denn gar nicht verändert? *O me, Agnel, come ti muti!*

– Du und dein ach so abstruses Selbst.

Aber ich *habe* mich doch verändert, oder? Schließlich könnte ich mich doch nach all dem hier in genau dieser Minute einfach zurücklehnen, meine Blicke hinauf zum Fenster schweifen lassen, dem Fenster hinter dem Vorhang, vor dem der Rechner steht, mein imaginäres Du, Ekklesias, und mir inbrünstig wünschen, nie gelebt zu haben.

– Verständlich wäre es. Aber was nützt dein inbrünstiges Wünschen? Offensichtlich gibt es da etwas, was der Tat im Wege steht. Was ist das?

Ich habe so eine Vorstellung, daß ich der Gattung Mensch etwas schuldig bin: als eines ihrer Mitglieder.

– Dein Angebot könnte von Wert sein. Genau kann man es noch nicht sagen. Nun, da du diese Art der Opfergabe gewählt hast und leben wolltest, Schreiber sein wolltest, kannst du das Getane nicht mehr ungetan machen. Es bleibt nur, es zu überdauern, es zu über-bedauern, es bleibt nur, das Abklingen von Reue und Schuld abzuwarten. Mehr kannst du nicht tun, du persönlich nicht. Selbstverständlich kann man immer das Verständnis vertiefen. Wie intensiv kann man sich aber mit Plattheiten befassen? Und was deinen Wunsch betrifft, nie gelebt zu haben – der wird bald in Erfüllung gehen, falls es dich tröstet.

Tut es nicht; das ist nicht dasselbe, überhaupt nicht.

– Man kann das Gewesene, die Vergangenheit nicht auslöschen, falls du das meinst. Wie kann man etwas auslöschen, das aufgehört hat zu sein? *Carry on,* wie die Briten sagen. Weiterleben! Was bleibt dir sonst? Schlimmstenfalls – was wäre denn der schlimmste Fall? Nichts als greisenhafte erotische Phantasien. Bestenfalls hast du eine gewaltige Barriere in dir niedergerissen – und damit, wissentlich oder unwissentlich, anderen etwas zugute getan. Falls du in deinem Leben – um das mal etwas plump auszudrücken – einen Zugang zur Realität gewonnen, eine längst überfällige grundlegende Veränderung deiner Sichtweise hin zu mehr Konformität mit dem Tatsächlichen erreicht haben solltest, so ist das alles, was du beim jetzigen Stand unseres Spiels an Tröstung erwarten kannst.

Was grinsest du mir, hohler Schädel, her? sagte Goethe, sagte Faust (sagte Ira?) zu dem Totenkopf auf dem Tisch.

– Das hat Faust gesagt? Aber ich habe keine Ahnung, warum du Goethe zitierst.

Ja, Ira war zufrieden, und warum auch nicht, wenn er doch alles unter Kontrolle hatte. Es war, als hätte er eine heimliche Minifamilie, eine tabuisierte, durch geschicktes Ausnutzen eines Zufalls von ihm entdeckte, in der er sich eine kleine Enklave schuf, die jeder Beschreibung spottete, lasterhaft, ja beinahe höllisch sündhaft, ach – sündhaft war gar kein Ausdruck, es war die reine Sünde, die Sünde schlechthin, Konzentrat, Essenz – maßlos, und er fühlte sich dadurch so verdorben, daß alles, alles, woran er nur denken konnte, geeignet war, sämtliche Fesseln zu sprengen: Mephisto in ein Bettlaken gewickelt vor einem Spiegel, vor dem hohen Schlafzimmerspiegel, in einem Moment der Ausgelassenheit: »Guck mal, Minnie. Ich bin ein Römer in einer römischen Toga mit einem vorstehenden Gummi-Trojaner.«

Und sie kicherte, aber nur kurz, damit sich die Sache nicht verzögerte. »Sei nicht albern. Beeil dich.«

Hatte er etwa kein Glück?

Selbst zu dieser späten Stunde, und besonders für einen Mann, der auf die Achtzig zugeht; denn diese Dinge sind für einen, der die Koka geschnüffelt und auf Glückseligkeit nie verzichtet hat, etwa gleich wichtig; das war am schlimmsten: die Ambivalenz der Sünde, wenn du es so nennen willst, der Verderbtheit, deren Amphi-balance, die Escher-Fuge, die optische Illusion, das Abgleiten von Dr. Jekyll zu Mr. Hyde, die *fleurs du mal*.

Glück hatte er, außerordentlich großes Glück sogar; das Glück, daß Pop eines Sonntagmorgens wieder kellnern ging und schon lange aus dem Haus war, um bei einem Frühstücks-»Benket« zu bedienen. Tja, es wurde allmählich so brisant, daß es nicht bei den Sonntagvormittagen blieb. Teufel auch, nein. Er war sechzehn, fast siebzehn und kerngesund, Minnie über vierzehn und inzwischen auf der Julia Richmond High School. Sie verabredete sich mit Jungs, ging manchmal aus, auch zum Tanzen, und einer mußte ihr schon das Blümchen genommen haben, wovon er letztlich nur profitierte, denn es hatte gar kein Blut gegeben, obwohl sie ihn vorher nie richtig reingelassen hatte. Vielleicht hatte der Kerl ihr ja wehgetan.

»Nein, du darfst nur in der Ritze. Ich will das weiße Zeug nicht in mir drin.«

Und dann ergab sie sich endlich, nachdem er ihr von Theodora erzählt hatte und wie man es machte, wie man es machen mußte, damit auch sie den richtigen Kick davon bekäme wie er, nämlich nicht auf ihre Art; und wie man dafür sorgte, daß nichts passieren konnte, und wie es jetzt auch richtig sicher war.

Sie hatte schon davon gehört. »Hast du denn eins?« fragte sie.

»Na klar.« In seinem Kopf fing es mächtig an zu arbeiten.

Sie wußte Bescheid. Sie kannte es. »Ist es auch ein gutes?« Weißrosa gescheckte Wangen hatte sie, irgendwie ein strenges Gesicht, kalt, teilnahmslos, selbst für ein vierzehnjähriges Kind, klare Haselaugen. Skeptisch rümpfte sie ihre Nase unter welligen roten Ponyfransen. »Ist es auch bestimmt ganz neu? Und sauber?«

»Nagelneu«, beteuerte er und wurde heftiger: »Was denkst *du* denn? Daß ich ein gebrauchtes nehme? Ich kann es dir zeigen, guck...«

Und fast gegen ihren Willen, von ihrer Gier verzehrt, von Verlangen und Hitze und seinem gnadenlosen aphrodisischen Schmeicheln getrieben, stand sie auf vom Hausaufgabentisch, dem mit der grünen Wachstuchdecke, und ging auf die geschlossene Schlafzimmertür zu, geschlossen, weil alle Zimmer kalt, und nur die Küche mit Gas beheizt war. »Dann komm.«

Welche Wonne, überraschend und lohnend, obgleich sie so kategorisch war, so ernst; dennoch machten die grüngestrichenen blasigen Küchenwände einen Hüpfer, führten einen wahren Freudentanz auf – aber *sie* merkte nichts davon, nur er: die Wände dümpelten, die Wände tanzten, sie wellten sich und schwankten vor und zurück, als der kleine Messingnippel den Zapfen an der Zunge des Schlosses löste, Sesam schließe dich, beschwörender Zauberknall, der die Wände aus ihrem Wandsein erlöste und sie zu schimmernden, prächtigen grünen Schleiern machte. Der kleine

Knacks befreite sie und ihn und jeden, befreite alles, als du es nun ganz richtig mit ihr machen, ihn deiner Schwester reinstecken wolltest, wahrhaftig in Minnie eindringen. Und sie ließ ihn gewähren. Was für ein Glück, daß er die kleine Dose gekauft hatte, nachdem – nachdem er bei Theodora gewesen war. Leise vor Freude japsen. *Grunz, grunz, du Schwein.* Schau dir diese Wände an, die vor Ekstase einen schottischen Volkstanz aufführten – und er im Quilt statt im Kilt. *Yippee.*

Er im Freudentaumel, und sie so prosaisch, als unterwerfe sie sich widerstrebend einem notwendigen Übel – ein Gefäß für seine Brunst. Aber was sollte es, widerwillig oder nicht, sie war sein, gehörte ihm, er wollte sie haben und auf der Bettkante vögeln, auf seinem Bett, in seinem ersten eigenen Schlafzimmer – und sie lag dort quer, knapp einen halben Meter unter dem Luftschachtfenster und spürte die Kälte nicht mehr. Keine Sekunde war zu verlieren, ehe Mom nach Hause kam. Eine Minute in Minnie eindringen, sich in ihr versenken, ihn in ihr ertränken. Sich in oder an ihr versündigen. Schnell, mach. O-o-oh, sieh sie dir an: karminrot zwischen den angewinkelten Schenkeln. Schnell! Roll ihn hoch, den fahlen Schutz über den feurigen Schaft.

»Okay?« fragte Ira, als sie aus seinem Schlafzimmer zurück in die Küche kamen. Er hatte unverschämt viel Glück gehabt: das zweite Mal in dieser Woche. Das erste Mal war im Bett von Mom und Pop gewesen, am Sonntag – und das war gut. Er hatte sein letztes Kondom benutzt, aber was war das gut! Sie war so laut gewesen, daß er es schon mit der Angst bekam. So früh am Morgen. Und am Sonntag. Und alle Nachbarn zu Haus. Jesus, wenn sie jemals dahinter kämen, daß er es mit der eigenen Schwester trieb. Er bumst seine Schwester, würden die irischen Katholen sagen. Hey. Wie wär's, wenn du uns auch mal läßt? Er kannte sie.

»Okay?« wiederholte Ira, als Minnie nicht antwortete – obgleich er vermutete, daß nicht alles okay war.

»Ach, laß mich. Es war schon in Ordnung.« Sie klang nicht allzu begeistert, als sie ihm in die Küche folgte. »Manchmal wirst du am Schluß ziemlich heftig«, klagte sie und zog an ihrem Strumpf.

»Ich mußte mich beeilen«, erklärte er sanft. Tatsächlich war er ein bißchen verlegen, weil er auf die überraschende Gelegenheit nicht eingestellt gewesen war. Wilde, böse, sündhafte Gier hatte seine Glut dann übermäßig stark erregt, die schreckliche Freude an der Versündigung. Der Flut des Abscheulichen konnte er nicht widerstehen. Und er war auch nicht mit ihr synchron. »Willst du's vielleicht nochmal versuchen?« bot er ihr an, als es vorbei war. »Ich kann den Gummi noch einmal waschen.«

»Nein, ich will nicht.« Scharf verbat sie sich jegliche weitere Anspielung. »Nicht noch einmal auswaschen. Tu mir den Gefallen –« Sie unterbrach sich abrupt. »Was meinst du überhaupt mit: noch einmal? War es doch kein neuer? Du hast gesagt, er wäre nagelneu.«

»Oh, sicher, aber sicher«, log er vehement, denn er hatte ihn doch schon einmal ausgespült.

»Dann will ich nichts mehr davon hören.«

»Nein? Auch gut. Okay!« schnauzte er sie an. Zur Hölle mit ihr. Sein Hauptanliegen war jetzt, rasch zum Küchentisch zurückzukehren. Schnell die Zunge im Türschloß zurückschieben. Alles wieder so herrichten wie normal. Mit dem quatschigen Kondom zur Toilette gehen... Er öffnete die Tür von der Küche aus, warf den Gummi in den runden Ministrudel und spülte mit lautem Wasserschwall hinterher, so daß er in der versifften weißen Porzellanschüssel verschwand.

Zurück in der Küche, setzte er sich an seine Bücher, wirkte ganz in sich gekehrt, vielleicht sogar abweisend wie so häufig, wenn sie ihn etwas wegen Englisch fragte; er wehrte sie ab oder machte sich lustig über sie. Diesmal konnte er leicht mürrisch sein, dazu gab ihr finsterer Blick Anlaß. Verlieh dem, was sie so ostentativ in Angriff nahmen, wahre Authentizität: Sie machten ihre Hausaufgaben für die High School und ignorierten einander. Also war es doch nicht so gut gewesen. Sie hatte nicht gebettelt: Fick mich, fick mich gut. Und sie hatte auch nicht animalisch gestöhnt: Uuu-wah, uu-wa-ah. Er hatte sie vernascht. Und war gekommen. Er konnte beruhigt sein. Es konnte nichts passiert sein.

»Ist alles in Ordnung?« fragte sie reserviert, düster.

»Was meinst du?« – »Auf der Toilette.«

»Na klar«, brummte er und sagte ziemlich verächtlich: »Jesus! Was denkst du denn?«

»Oh Mann, du bist vielleicht mies«, sagte sie.

»Ach tatsächlich? Nur wegen diesem einen Mal?« Sie machte ihn runter, seine Mannbarkeit. Ganz sicher meinte sie, er hätte mehr davon gehabt als sie. »Ich hab' dir gesagt, ich mußte mich beeilen.«

»Nie wieder! Mehr sag' ich nicht. Wenn es so schnell gehen muß.«

»Aber am Sonntagvormittag war es –«

»Auch nicht sonntags. Nie mehr.«

»Also gut, nie mehr«, antwortete er zynisch. Das könnte er wieder ausbügeln – nächstes Mal.

»*Briderl*. Du bist ein Schwein, wenn du's nur wissen willst.«

»Ach, geh zum Teufel. Was willst du eigentlich? Nun war ich einmal zu erregt, na und?« Und dann kam ihm plötzlich der Gedanke, er könnte doch Grund zur Sorge haben. »Oh, Jesus!«

»Was is'n?«

Er stand auf. Hatte er lange genug an der Kette gezogen? Das verdammte Ding wirklich ganz hinuntergespült? Richtig runter und weg, nicht nur so, daß man es nicht mehr sah? Hastig eilte er zur Badezimmertür.

»Ich höre Mom«, sagte Minnie.

Wieder zurück und hinsetzen, oder Mom könnte auf Ideen kommen – könnte denken, er würde sich vor den Hausaufgaben drücken. Sich auf den Stuhl fallenlassen, über das Buch beugen.

Und herein kam Mom, und mit ihr eine Wolke frischer, kalter Luft, die in ihrem Mantel steckte. Sie war ganz außer Atem vom Treppensteigen mit ihrem gedrungenen schweren Körper und vom Schleppen ihrer schweren Einkaufstasche, die sie als erstes auf dem Tisch abstellte – und wandte sich sogleich zum Badezimmer!

Oh, Jesus Christus, oh, Herr Jesus! Wenn er es nun nicht richtig gemacht hatte, wenn er es nicht gemacht hatte! Minnie hatte recht: nie wieder, niemals wieder! Geh zu Theo, zu Theodora, Theothora, Theohura. Ganz egal. Er wußte ja noch den Weg. Geh – egal zu wem, laß es drauf ankommen, fang dir 'nen Tripper ein, alles, nur – Ira schloß die Augen, wartete. Nein. Nein. Die Toilettenspülung zischte und gurgelte. Nein. Also nicht. Alles war in Ordnung. Nochmal gutgegangen. War ja klar. Wozu hatte er sich verdammt nochmal überhaupt so gefürchtet?

Mom kam in die Küche zurück. »*Nu, kinderlajk.* Ihr habt wohl inzwischen Hunger bekommen. Nein? Wenn eure Tante Mamie sich ein Korsett kauft, dann ist sie eine noch schlimmere *kusnje* als selbst ich es bin. Was ich bin? Im Vergleich zu ihr bin ich eine Dame. Sie hat diesen Ladenbesitzer bis zur Erschöpfung gequält mit ihrem ›Ooh – wie teuer das ist; Sie verdienen soviel Geld damit, es ist zum Auswachsen, exorbitant! Woraus ist es denn gemacht? Etwa aus Gold? Es ist doch nur ein Korsett, aus Stoff und Bein.‹ Die hat Nerven wie Drahtseile.«

»Oh, da warst du also«, sagte Minnie. »Ich hab mich schon gewundert. Und hat sie es gekauft?«

»Doch, ja, schließlich hat sie es gekauft. ›Aj, vej, vej‹, hat der Ladenbesitzer gesagt. ›*Frau*, tragen Sie es bei guter Gesundheit. Was ich an Ihnen verdient habe, kostet mich die meine.‹ – ›Man muß sich bei Ihnen nur gut umsehen, bevor man seinen Beutel öffnet‹, hat sie gesagt. ›Heh, heh, heh‹, hat er da gelacht. Ein cleverer Jude war das. ›Dann sehen Sie sich nur um. Das ist wirklich ein tolles Stück. An Ihnen ganz bestimmt. Mögen Sie es mit Freude tragen.‹ Und dann bin ich nach Haus gekommen, so schnell ich konnte. Wollt ihr Kaffee mit Milch und ein Bulkie?«

XI

Ach Ekklesias, ich wünschte, mir wäre die Erwähnung dieser schmerzlichen Ereignisse erspart geblieben. Hätten denn alle geglaubt, daß nie eine Schwester existiert hat? Nein. Die Geschichte kann also ohne dieses Eingeständnis gar nicht weitergehen. Und dabei ist mir die literarische Qualität wirklich völlig schnurz, Freund Ekklesias.

— Stimmt das auch? Mir scheint nämlich, daß du hierbei etwas sehr viel Wichtigeres übersehen hast, so wichtig alles andere auch sein mag. Du hast gezeigt, was du draufhast.

Ja, die Geschichte ist mit mir durchgegangen. Nenne es, wie du willst.

— Und noch einmal: Leichtfertigkeit ist nicht am Platze. Du bist in den allerschönsten Schwierigkeiten.

Ja. Ich könnte ebensogut beichten, was schon die ganze Zeit unter der Oberfläche herumgeistert: Iras inzestuöse Beziehung mit seiner Schwester Minnie.

— Beichten? Das ist doch bekannt. Und zwar schon recht lange. Aber jetzt, wo du sie als Figur eingeführt hast – was wird jetzt aus deinem Plan, wie willst du später damit umgehen, mit der Enthüllung, der schrecklichen Offenbarung, die du noch zurückgehalten hast?

Ich weiß es nicht. Vielleicht wünsche ich das, was später kommt, zu kürzen. Oder noch besser: ganz wegzulassen. Zu beschneiden. Du weißt, daß ich das könnte.

— Ja. Oder du könntest noch einmal ganz von vorn anfangen und die ausgelassene Figur einführen –

Nein. Nichts davon. Es wäre auch nicht vernünftig zu erwarten, daß ich noch so lange lebe – oder besser: so lange die notwendige Energie aufbringe, um zu vollbringen, was du vorschlägst. Ich bin jetzt Mitte Neunundsiebzig. Und werde sie wiederum ignorieren.

– Das ist kaum vertretbar.

Wer macht hier die Regeln? Entweder es bleibt dabei oder Kollaps droht. Er lebt in zwei Welten, dein Freund und Schützling Ira, im Offenen und im Verborgenen, im Innen und im Außen, im Abgründigen und im Oberflächlichen. Und warum auch nicht? Joyce spaltete sich in einen dürftigen Juden und einen irischen Superintellektuellen. Der eine konnte es kaum unterlassen, sich über seine schlaffe Waffe auszulassen, der andere sich kaum dazu herablassen. Er schien immun gegen Lüsternheit, hat aber, »bevor das Spiel gespielt wurde«, ein Bordell besucht. Woher die plötzliche Anwandlung von Sinnesfreudigkeit? Könnte irgend etwas anderes die Künstlichkeit des Joyceschen Stilmittels – die Spaltung einer Persönlichkeit, die im wesentlichen doch eins war – besser veranschaulichen? Und die Person war kein anderer als Joyce selbst. Aber wie mutig auch seine Neuerungen waren, für *diese eine* Neuerung, für dieses Eingeständnis fehlte ihm der Nerv. Und darin liegt begründet, was man das fatale Manko des *Ulysses* nennen mag. Der Kerl, der beim Anblick eines halbnackten lahmen Beines masturbiert, der Kerl, der sich eine Karotte in den Arsch schiebt, der Voyeur, der einen verstohlenen Blick auf das Hinterteil der Statue riskiert, der Kerl, der so tut, als leide er ganz fürchterlich bei dem Gedanken, daß man ihm Hörner aufsetzt und sich höchstwahrscheinlich aber wünscht, den Akt mit ansehen zu können, der Kerl, der seine Leber verseucht, das alles war Joyce selbst. Ich werde meine Einsichten nicht weiter ausführen, sondern nur noch sagen, daß ich sie für angemessen und aufrichtig halte. Ich bin kein Super-Verbalist, kein Super-Designer von Belanglosigkeiten, nicht supergelehrt. Ich bin nur bemüht, ein Individuum wieder mit sich selbst in Einklang zu bringen. Ich verkünde auch nicht, daß ich zum tausendsten Mal in die Schmiede der menschlichen Seele gehe, um dann an der Schwelle zurückzuschrecken, sobald mir Qualm und Gestank von glühenden Hufeisen in die Nase steigen: Bitte nach Ihnen, M'sieu Bloom-Dedalus... Aber warum hat –

ach, ich sollte mir endlich das Fragen verkneifen, aber ich kann es einfach nicht lassen – warum hat sich eigentlich Jimmys eine Schwester, die Nonne, geweigert, ein Wort über ihren berühmten Bruder zu sagen? »So übersetze mir das, mein dreifaltiger Gelehrter, aus deinem Sanskrittel in unser Heutigsch.« Vom Pontifex Ellman angefangen – was würden all die gebildeten jüdischen Verehrer des Meisters nicht drum geben, wenn sie die Antwort auf diese Frage erfahren könnten.

XII

Höchst zufrieden mit sich und der Welt ging Ira die 119th Street in östlicher Richtung zur Park Avenue, und die Erinnerung an den kleinen Knatsch von vor einigen Tagen legte ein leichtes Grinsen auf seine Lippen. Ach ja, er hatte alles wundervoll im Griff. Sogar ein frisches Döschen mit nagelneuem Inhalt hatte er gekauft, um jeglichem Nörgeln und dem Verdacht vorzubeugen, er könnte die Dinger aus Geiz wiederum mehrfach benutzen. Das Problem war nur, daß er es ihr doch wieder würde abschmeicheln müssen: Schmeichel-Schniedl, kleiner Jidl. Was für ein Sturm in deiner Nadel? Hey, gar nicht schlecht: Nadel und Öse, Stachel und Möse, nötig, sehr. Du Schwein, dachte Ira, ausgerechnet du mußtest diese bestialischen Krallen in dir entdecken, erwecken. Eine perfide Neigung, ja, die seine Raubtierbrunst über ihr ausbreiten würde wie ein Fangnetz, aus dem sie sich nicht mehr befreien konnte. Und weißt du, Kumpel, das komische daran war, daß sie sagte: »Ich liebe dich so sehr, und du bist so beschissen.« Sie liebte ihn so sehr, und eer! Eeer! Er war so beschissen. Und darum hörte er auch, als er dann richtig zur Sache ging, wie das Mal davor, das eine einzige Mal, darum hörte er danach auch keine versauten Wörter mehr von ihr, sondern nur noch: »Uuuh, uuuhh, mein lieber Bruder, lieber, lieber Bruder!« Es war –

der Ausdruck drängte sich ihm wieder auf: es war eine heimelige Enklave. Ha, ha, ha, ho, ho, ho. Robert Louis Stevenson und sein kleiner Schatten: er hatte eine kleine Enklave, die immer mit ihm aus und ein ging. Eine kleine Enklave in der Familie.

War es denn seine Schuld gewesen? Er hatte den silbernen Füller gestohlen, ja, das war seine Schuld; aber dies war einfach so passiert, oder nicht? Niemand konnte ihm die Schuld geben. Er hatte den silbernen Füller erst gestohlen, nachdem es schon passiert war, oder? Ja doch, ja. Also? Sie klauten ihm seine Aktentasche und klauten ihm seine Füllfederhalter. Bis er am nächsten Sonntagvormittag... Geh halt mal rüber zum Mt. Morris Park, dachte er bei sich, und mach ein bißchen beim Football mit.

Und er hatte sich vorgenommen zu vergessen: die eine Sache, immer dieselbe, immer wieder dieselbe Sache. Schnell nach oben, die Schulmappe ablegen. Sich beeilen, solange es noch hell war. Ein weiches Brötchen in den süßen Café-au-lähie tunken und ab zum Mt. Morris Park...

Die Figur, die ihm entgegenkam, pflanzte sich breit vor ihm auf. Schlabbriger alter lila Mantel, obgleich es nicht kalt war, und das Gesicht wie von Kälte lila angehaucht. Wer das war? Provokativ und kaltschnäuzig sprach der Fremde Ira an: »Du hast ja mächtig Schwein gehabt, du Hurensohn!«

»Ach, du bist's, Collingway.« Ira erkannte den, der ihm da gegenüberstand, als seinen Kollegen aus dem letzten Sommer. Und Ira sah, wie abgemagert er war, gebeugt von Gehässigkeit, ganz anders als der Kerl, der damals einen gutgemeinten Rat in aufgesetzte Schroffheit verpackt hatte, als sie beide auf der Grand Concourse-Buslinie zusammen arbeiteten.

»Wie war doch gleich dein Name?« fragte der andere.

»Stigman. Ira. Du erinnerst dich? Soll ich dir was sagen? Ich habe dich zuerst gar nicht erkannt. Du siehst so –« Ira erschrak und zuckte mit den Schultern.

»Nicht? Ich hab' dich aber gleich erkannt. Du bist doch das Judenknäblein, dem ich damals erklären mußte, wie man jeden Tag ein paar Grüne beiseite schafft, damit wir anderen dagegen nicht so abstinken.«

. Die Wucht der Verbitterung in seiner Stimme, die bleierne Boshaftigkeit, die seitlich aus den verzerrten, lila angelaufenen Lippen zischte, ließ Ira erschauern. Er fühlte sich schuldig, beinahe abergläubisch schuldig, daß das Schicksal es so gut mit ihm meinte, daß er mit einem soviel besseren, beneidenswerten Los beschenkt war: *kejn ojg-hore,* so konnte er direkt Pop, oder auch Mom, auf Jiddisch sagen hören. Vermeide das böse Auge! Kein Wunder, daß der Kerl ihn von oben bis unten musterte und haßerfüllt beäugte: Ira arbeitete nicht (er mußte schließlich nicht) und hatte auch keine Sorgen (er ging schließlich zur High School), während der andere – bald würde Winter sein – auf der Plattform eines wackeligen, klapprigen Busses stehen, Fahrgelder einsammeln und sich über langsame, altersschwache Fahrgäste aufregen mußte. Vielleicht lebte er auch immer in der Angst vor Spitzeln, in der Angst, geschnappt zu werden, wie Ira selbst es erlebt hatte, als er dort arbeitete – und er erinnerte sich an das eine schreckliche Mal, wo das Auto des Chefs hinter dem Bus herfuhr und Ira schon dachte, es wäre um ihn geschehen.

»Reden wir ruhig vom Glück«, fuhr Collingway fort. »Jesus, du kriegst es wie 'ne Ladung Scheiße hinterhergeschmissen. Du wirst dir nie über gar nichts Sorgen machen müssen, bei soviel Glück, wie du hast.«

»Du meinst das da?« Mit einer Geste der Entschuldigung hob Ira seine Aktentasche hoch. »Du meinst, weil ich zur High School gehe?«

»Scheiße nein! Jesus Christus!« krächzte Collingway und schüttelte vor Entrüstung den Kopf. »Herr Jesus Christus! Liest du denn keine Zeitung, verdammt?«

»Doch, ab und zu.« Ira war konsterniert, hielt sich zurück.

»Ab und zu?« Aus dem Antlitz des anderen schossen wahre Blitze der Verachtung. »Und was zum Teufel liest du dann? Die Witze? Siehst du etwa noch irgendwelche Busse auf der Fifth Avenue?«

»Nein... tatsächlich, das stimmt überhaupt! Hab keine␣seh'n. Was ist passiert? Was hast du gemacht? Deine Arbeit verloren?«

Collingway konnte seiner Verzweiflung nur mit einem rasselnden Seufzer Luft machen. Endlich sagte er: »Mann, ich will verdammt sein. Erst mußte ich mir den verfluchten Job kaufen, und was hab' ich jetzt noch für verdammte Chancen, so alt wie ich bin? Ich mußte mich da reinkaufen. Und dieser Gangster –« Er adressierte eine unsichtbare dritte Person.

»So sag doch, was passiert ist!« drängte Ira.

»Hab' den Job verloren! Scheiße, das war nichts. Diese verfluchten Gangster sind pleite gegangen. Und wir alle verfluchten Schaffner haben unsere hundert Eier verloren.«

»Eure Kaution!«

»Jaa, jaa, jaaa – ganz genau, unsere Sicherheit! Nicht ein einziges blödes Arschloch von uns hat seine hundert Eier wiedergekriegt!«

Ira gab einen leisen Pfiff von sich.

»Nur du, du Hurensöhnchen, du hast Glück gehabt. Du hast rechtzeitig gekündigt.«

»Ich habe davon nichts gewußt. Ich mußte wieder zur Schule.«

»Jaaja, du hast gut lachen, du verdammter Hurensohn, und Glück.«

»Ich lache gar nicht. Es tut mir sogar leid«, protestierte Ira. Dreckiger Judenbengel würde als nächstes kommen. Ira konnte es förmlich schon hören. Oh Mann, wie gerne würde er diese dreckige Laus daran erinnern, wieviel er selbst der Busgesellschaft gestohlen hatte; wenn er und die anderen nicht soviel abgezockt hätten – wer weiß, vielleicht hätten sie ihren Job noch. Aber er hatte nicht die

Absicht, sich mit diesem *farbißener hunt,* wie Mom ihn genannt hätte, auf einen Streit einzulassen. Böser Hund, der aussah wie ein Wolf.

»Na wunderbar. Es tut dir leid. Kein Stück tut es dir leid – im Arsch vielleicht.«

»Tut es doch. Ich muß jetzt gehen.« Mit einer plötzlichen Bewegung seines Armes winkte Ira und wandte sich schnell ab, ehe Collingway noch etwas dagegen sagen konnte. »Man sieht sich.«

Wichser. Ira spürte Groll in sich aufsteigen, als er ein paar Schritte von dem anderen entfernt war. Selber schuld, du Bastard: verleitest andere zum Stehlen, ein Kind, das Angst davor hatte, sich fürchtete, weil es seine Lektion schon gelernt hatte, hast ein Kind stehlen lassen, damit die Gesellschaft deine eigenen Gaunereien nicht merken sollte. Fahr zur Hölle. Wetten, daß er schon längst weit mehr als hundert Dollar zusammengeklaut hatte? Lange bevor die Gesellschaft pleite ging? Also kaufen mußte er sich den Job? Und zu alt war er jetzt? Das hieß doch wohl nicht, daß Ira ihm die hundert Dollar schuldete? So fühlte er sich aber jetzt.

Als Ira den Hausaufgang erreichte, mußte er wegen der Ironie und Absurdität des eben Erlebten grinsen. Diese Kerle hatten zuerst die Busgesellschaft geprellt, und dann waren sie von der Busgesellschaft geprellt worden. Aber diesem da, dem geschah es recht. Nur weil jemand anders davongekommen war, gab er denen jetzt die Schuld... Tja, das war wirklich mal Glück für Ira... zur Abwechslung. Vielleicht war er jetzt ein Glückskind. Zum Beispiel auch die Zehn-Dollar-Rolle mit Quarters. Hey, und Pearl? Aber dann hatte er ja doch noch Glück gehabt: die reizlose Theodora hatte ihm gezeigt, wie man ihn dorthin steckte, wohin er gehörte. Und er hatte Minnie dazu gebracht, ihn reinzulassen, ihn genauso reinzulassen. Paß auf, daß du nicht wirst wie Pop: abergläubisch. Sein Glück hatte sich schon eingestellt, ehe er bei Theodora war. Das erste war die Zehn-Dollar-Rolle von Mrs. Stevens gewesen. Hatte nichts mit der Unterhaltung mit Pearl zu tun, nichts mit der Nummer, die er mit Theodora geschoben hatte. Er hatte seine Hundertdollarkaution vor allen anderen zurückerhalten, sogar noch ehe er ein Getränkeausrufer war. Vielleicht war er zur Abwechslung einfach mal dran mit ein bißchen Glück. Zweimal in einer Woche. Und vielleicht würde er auch jetzt gleich Glück haben. Er hatte ein neues Döschen in der Tasche. Er würde zu ihr sagen – guck, diesmal bin ich nicht so aufgeregt.

Seine Selbstzufriedenheit wandelte sich in Eifer, als er die Steinstufen vor dem Haus erklomm.

Er schaute kurz hinüber zu dem verbeulten Messingbriefkasten und sah durch das ziselierte Türchen, daß er leer war, betrat den langen, trüben Hausflur, stieg bis zum Treppenabsatz die lädierten Stufen hinauf, schwach beleuchtet durch das Fenster dort, durch das man die Gruppe Wäschepfähle und den Zaun des angrenzenden Hinterhofs sehen konnte. Dann hinauf zum »ersten Boden«, wie die eine Treppe hoch liegende Wohnung genannt wurde, und durch den in ewiger Dämmerung liegenden Korridor mit der vernagelten grünen Speisenaufzugstür bis hinter zur Küche. Durch die hohen Fensterklappen, noch mit ein paar Farbspritzern vom letzten Streichen bekleckert, fiel das klare Licht des Nachmittags.

Er öffnete die Tür zur Küche. Alles schien ruhig und wie gewohnt, die Anordnung der Dinge, die Bewegungen – beruhigend: die kurzhaarige, stahlgraue Mom in ihrem feuerwehrroten Morgenrock mit den schwarzen Figuren darauf stand am Spülstein, die geschwollenen Füße in verblichenen Filzpantoffeln. Sie war am Zwiebelschneiden. Die frisch gepellten Zwiebeln lagen in einer großen Holzschüssel auf dem Deckel des Waschzubers und erfüllten die Luft mit ihrer beißenden Schärfe.

»Ach, mein verehrtes Iralein.« Mom strich die hellbraunen Zwiebelschalen zu einem Häufchen zusammen. »Ich wollte gerade zum Fenster gehen und nach dir Ausschau halten.«

Darauf er, etwas dümmlich: »Ja und? Hier bin ich, Mom.«

»Dann arbeite ich noch eine Minute. Was gibt's Neues?«

»Das werd' ich dir gleich erzählen. Ich hol' nur schnell die Footballschuhe aus meinem Zimmer.«

Er eilte an ihr vorbei, als sie gerade die Zwiebelschalen in den Blecheimer für die Abfälle beförderte, der zusammen mit den Reinigungsmitteln und dem Giftpulver gegen Küchenschaben hinter dem lächerlich kleinen rosaroten Vorhang stand, der vor der Spüle hing. Es war nicht das Pink des Vorhangs allein, das ihn plötzlich wieder an Pearls Ohrringe erinnerte, sondern es war die hellbraun getönte Zwiebelschale, die bräunlich, durchsichtig, weich und schimmernd war. Würde er sie je vergessen? So schön. Wie es wohl gewesen wäre? Nun, der wohlhabende Mann mit dem Panamahut hatte sie jetzt. Einfach so, hieß es. Aber... da war ja noch Minnie. Er nahm seine Footballschuhe aus dem Karton am dunklen Ende des Bettes, knotete die Bänder zusammen, um die Schuhe über der Schulter zu tragen. Er hörte, wie sich die Küchentür öffnete, hörte Minnies Stimme, hörte, wie sie und Mom einander begrüßten. Dann war sie also auch gerade aus der Schule gekommen. Er kehrte in die hell erleuchtete Küche zurück.

Ihre vollgestopfte Ledertasche mit den Schulbüchern lag schon auf dem Tisch, und sie schlüpfte gerade aus ihrem blauen Mantel, als er eintrat. Sie trug eine weiße Matrosenbluse mit blauer Litze am Kragen und beugte sich mit ihrem kurzen rotgewellten Haarschopf über ihre Schulmappe, um sie zu öffnen. Aus irgendeinem Grunde hatte sie tiefe Furchen auf der Stirn, machte ein Ärgernis ihr Verdruß, ihre Begrüßung klang angesäuert. »Hallo. Wohin willst du?«

»Ein bißchen Footballspielen.«

»Wo – im Mt. Morris Park?«

»Jaha. Was is'n los? Du siehst aus –« Der Rest blieb ungesagt.

»Ooch –«, meinte sie nach langer unwilliger Pause, »dieses Latein. Du hast Glück, daß du das nicht wählen mußtest.«

»Konnte ich gar nicht. Ich konnte nur Spanisch wählen.«

»Ich wünschte, ich hätte es nie angefangen. Aber später am Hunter College, und wenn man unterrichten will...«

»Aber warum denn?«

»Warum denn was? Was denkst du denn? Es ist so schwer. Und *du* kannst mir noch nicht mal dabei helfen.«

»Nein, das habe ich nicht gemeint. Warum du es überhaupt lernen mußt.«

»Hab' ich doch schon gesagt. Wenn ich doch selbst unterrichten will.« – »Ach so.«

»Und du bist ja so eine große Hilfe.«

»Nun, ich hatte es nicht im Unterricht.«

Sie faltete ihren Mantel und strich auf dem Weg zum Schlafzimmerschrank an ihm vorbei. Jungejunge. Er blickte hinter ihr her, als sie die Küche verließ. Oh Mann. Er sollte jetzt lieber gehen, das letzte bißchen Tageslicht erwischen, aber er konnte nicht: sie wirkte ungewöhnlich steif. Er zögerte.

»Meine arme Tochter«, sagte Mom. *»ß'is asoj schwer.«*

»Jaa.«

»Ein bißchen hellen Kaffee und ein Bulkie?«

»Nein. Ich beeile mich wohl besser. Es wird so schnell dunkel.« Dennoch blieb er noch ein Weilchen. Etwas, etwas war da... etwas Unebenes... Besorgniserregendes... aber was?

Als sie wieder ins Zimmer kam, machte Minnie einen Bogen um ihn, setzte sich auf einen Stuhl. »Ich muß sofort mit den Schularbeiten anfangen.« Sie zog ihr Lateinbuch aus der Mappe auf dem Tisch. »Wir schreiben morgen eine Arbeit über die Konjugation von vier Verbgruppen. Vier Gruppen bis jetzt.«

»Ach ja? Du siehst aus, als wolltest du tatsächlich jetzt lernen«, bohrte er nach.

»Was denkst du denn?« Sie öffnete ihr Buch. »Miss Robin ist meine Lehrerin. Eine alte Jungfer und schon leicht meschugge. Man kann nie wissen, was sie fragen wird. Sie sagt, sie macht einen Test mit allen Verben. Also lernen wir alle Verben. Und statt dessen gibt sie uns eine ganze Seite zum Übersetzen. Alle halten sie für verrückt.«

»Vielleicht ein bißchen hellen Kaffee und ein Bulkie, meine Tochter?« bot Mom an. »Du siehst aus, als hätte dein kleines Herz eine Aufmunterung nötig.«

»Ach, ich bin eigentlich – nein – ach, oder doch. Aber einen ganz hellen Kaffee.«

»Und eine Kleinigkeit zum Tunken?«

»Hast du noch was von der *rugelech* übrig?«

»Allerdings. Gut. Gut. Die ist schon etwas trocken.«

»So mag ich sie. Genau richtig zum Tunken.« Und fing an, über dem aufgeschlagenen Text zu grübeln.

Ira sah sie prüfend an. War sie wirklich verärgert? Und über was? Merkwürdig. Die Lateinarbeit und seine Unfähigkeit zu helfen. Glück für ihn. Ja, glücklicherweise hatte er kein Latein, so daß er immer eine Entschuldigung fand, ihr nicht zu helfen – jedoch war die Entschuldigung zweischneidig, seine selbstgefälligen Gedanken trafen auf vieles Für und Wider. So konnte er ihr nicht das Versprechen abverlangen, ihn für seine Hilfe bei günstiger Gelegenheit zu entschädigen, wie er es in der Vergangenheit mit anderen Schulfächern getan hatte... Aber jetzt besorgte sie es ihm immer richtig, und er ihr auch; also spielte es keine so große Rolle mehr. Dennoch wünschte er, er hätte Latein gelernt, wie sie es jetzt tat, weil er dann vielleicht ein paar mehr Dividende bekommen hätte. Was zum Teufel machte er da schon wieder: wie immer rückte er die Dinge in der Retrospektive zurecht. Und wie immer machten gerade die kleinen Dinge so einen großen Unterschied. Diese beschissene Junior High, auf die er gegangen war, und dieser schwule Arsch Mr. Lennard mit seinem abartig schlechten Spanischunterricht. Wenn er von Anfang an auf die DeWitt Clinton gegangen wäre, hätte er wahrscheinlich Latein belegt. Für jemanden, der ein »Studium generale« zur Vorbereitung auf das College macht, wäre Latein genau richtig gewesen. Und jetzt mühte sie sich damit ab. Jungejunge. Wenn er nun einen Blick in ihr Buch werfen und selbst jetzt – direkt vor Mom – mit diesem leisen Hintergedanken sagen könnte: Brauchst du Hilfe? – Und wenn sie dann ja sagte, könnte er sich in aller Unschuld wieder neben sie setzen und mit lehrerhafter Stimme zu ihr sagen: Okay. Aber vergiß nicht. Du schuldest (und dankst) mir einen Gefallen. Was für eine köstlich schmutzige Gedankenverbindung. *Amo, amas, amat* hatte er sie am Anfang immer wiederholen hören. Er hätte versuchen sollen, sie einzuholen. Und dann hätte er sie erweichen können, sie mit ein wenig Unterstützung besänftigen können – ein Kinderspiel, richtig? Ja, und gerade jetzt ließ sie ihren Ärger an ihm aus – warum denn nur? Weshalb? Oh, ja natürlich: wegen dieses letzten Mals, weshalb wohl sonst? Und nur, weil er zu schnell gekommen war?

Er hängte sich seine Footballschuhe über die Schulter. Mann, das waren Schmuckstücke! Mit einer harten Kappe, damit er härter schießen konnte und Stollen unter der Sohle, die ihm bei plötzlichen Stoppern und Haken im Boden Halt gaben. Er streckte die Hand aus und wollte den Türknauf drehen, dann fiel ihm etwas ein – gerade als Mom das Küchenfenster öffnete, um die Flasche Milch aus der Kühlung im Fenster zu holen. Vielleicht würde es sie aufheitern, wenn er sie noch eine Minute mit seiner Anwesenheit verwöhnte. Und sich von Mom ob seiner Klugheit und seines guten *masel* beglückwünschen ließe, wenn er noch schnell das Erlebnis mit dem Ex-Schaffnerkollegen zum besten gab, der von der Busgesellschaft um seine hundert Dollar betrogen worden war.

»*Asoj?*« Mom blieb stehen, die Hand auf dem Türknauf zum Schlafzimmer und lächelte, als er die Pointe der kleinen Anekdote unterstrich: daß gerade dieser Kollege der größte *ganew* am Orte war. »Einen Moment, Mineleh, die Milch kommt sofort.«

Mom lachte, als er zu Ende erzählt hatte. Aber Minnie hob noch nicht einmal den Kopf. Oh je, sie war immer noch brummig. Oder steckte mehr dahinter? Etwas Ernstes? Mom blieb im Zimmer, solange Ira im Zimmer blieb, und Ira blieb, weil Minnies Stirnrunzeln besorgniserregend undurchdringlich war.

»Warum gehst du nicht endlich«, zischte Minnie kratzbürstig.

»Was ist denn los mit dir?« antwortete Ira freundlich.

»*Kinderlech*«, mahnte Mom. »Was soll denn das? Meiner Seel'. Sofort geht das Gezanke wieder los.« Sie lachte gegen ihren Willen. »Ich muß jetzt für ein bißchen Gesundheit sorgen, Mineleh.« Sie plinkerte in die Richtung, wo die gehackten Zwiebeln in der Holzschüssel auf dem Waschzuber standen. »Ich muß mich mal aus dem Fenster lehnen und meine Augen wieder klar kriegen und will sehen, wie mein leuchtender Sohn das Haus verläßt.« Sie ging zum Schlafzimmer, seufzte tief wie gewöhnlich und schloß die Tür hinter sich. – Es mußte doch einen Grund geben, daß Minnie so ein finsteres Gesicht machte. Ira wartete ab, wartete auf den günstigsten Augenblick: dazu lauschte er Moms schweren Schritten und überlegte, wie lange sie vermutlich bis zum Fenster im Zimmer zur Straße benötigte.

»Was hast du denn?« Freiheraus fragen war unverfänglich. Er hörte, wie das Fenster im Vorderzimmer geöffnet wurde.

»Laß mich. Nichts.«

»Ich muß aber weg. Sag bloß – alles wegen diesem einen Mal?«

Ihre mädchenhaften Züge, teils von der Brille verdeckt, verfinsterten sich voll Verachtung, in ihrer Stimme schwangen Wut und Groll. »Nein. Wer sagt denn, daß es das ist. Ich hab' meine Periode noch nicht gekriegt. Ich bin drei Tage überfällig.«

Und wenn die Zimmerdecke einfiele, das Haus über ihm zusammenschlüge, es wäre für ihn das kleinere Übel – im Vergleich zu dem hier, worauf er nichts zu erwidern wußte – benommen wie er war – als: »Noch nicht gekriegt?«

»Nein.« – »Du bist ganz sicher?«

»Natürlich bin ich sicher. Was soll das heißen – ob ich sicher bin?«

»Jesus.« Wie betäubt stand er da und rührte sich nicht; die ganze Welt um ihn herum zerfiel in tausend Stücke. »Ich muß geh'n. Mom guckt schon aus dem Fenster.«

»Dann geh. Du wolltest es wissen, ich hab's gesagt. Vielleicht hätte ich es nicht sagen sollen.« Auf einmal klang sie gar nicht mehr böse, nein, sondern überraschenderweise und erstaunlich tief bekümmert. »Geh nur. Es wird schon nichts sein.«

»Meine Güte, das hoffe ich. Warst du schon einmal so spät dran?«

»Na klar. Ich sage doch, es ist nichts.«

»Drei Tage?«

»Nun geh schon. Mom wird sich Gedanken machen, warum sie dich nicht sieht.«

»Mein Gott, ja.« Und er ging hinaus in den Hausflur. Schleppenden Schrittes zum Treppenabsatz, langsam und kraftlos die Stufen hinunter, empfand die Footballschuhe als störende Last über seiner Schulter. Er verließ das Haus, ging die Steinstufen zur Straße hinunter und zwang sich, seinen unwilligen Gesichtsausdruck abzulegen. Es war teuflisch schwer für ihn, seine Miene zu verstellen, von der tief eingegrabenen Sorge zu befreien; es kam ihm vor, als müsse er seine Gesichtsmuskeln gegen widerspenstige Stahlfedern anspannen, Keile einschlagen, die seine angstvollen Gesichtszüge in einer fröhlichen Maske fixierten, die dann vom Gehweg hinauf in Moms fleischiges Gesicht sehen sollte, das von oben liebevoll auf ihn herniederblickte. Sie rief auf Jiddisch: »Viel Erfolg beim Laufen. Und vergiß das Abendbrot nicht. Dein Erzeuger wird zu Hause sein.«

»Ja, ich weiß. Es wird sowieso dunkel, Mom – ich meine nachher.« Er rief laut, damit sie ihn hörte, konnte aber kaum mehr als einmal nach oben in ihr ahnungsloses Gesicht sehen. »Ich werde da sein, Mom. Mach dir keine Sorgen. Alles klar?«

»*Oj, ß'is gut kalt.*« Das Fenster über ihm schlug mit leichtem Geräusch am Rahmen an.

Oh, Jesus. Auf dem Bürgersteig und auf der Straße Kinder, ein paar Fußgänger; und auf der anderen Straßenseite Mrs. McIntyre, von Mom – nicht spöttisch, sondern eher mitleidig – *dos zejndl*, kleiner Giftzahn genannt, weil sie nur einen Schneidezahn hatte, und der stand immer so vor, wenn sie lächelte. Sie stieg gerade die Stufen des Hauses hinauf, wo Davey Baer noch immer mit seiner Familie wohnte, eines der roten Mehrfamilienhäuser aus rotem Backstein. Sie liebte Mom trotz deren stockendem Englisch, wie so viele der *gojisch* Frauen aus der Nachbarschaft. Mrs. McIntyre strahlte buchstäblich, wurde ganz fröhlich, wenn sie mit Mom sprach, als ob mit Mom zu sprechen eine Freude, eine Ehre sei. Aber ach, Mom, auf was hat dein Sohn sich da eingelassen. Oder warst du das, Mom? Eine edelmütige Frau hatte der Sejde sie genannt. Also gib nicht ihr die Schuld. Nur dir selbst. Jungejunge. Er trieb sich an, mit größerer Eile auszuschreiten und wandte sich in Richtung der unvergänglichen Bahntrasse an der Park Avenue.

Unvergängliche Überführung. Ewiger Schatten darunter... häufig angenehm, bei heißer Witterung hochgeschätzt, nicht aber jetzt. In den Schatten eintauchen unter überbrückendem Stahl; und wieder heraus aus dem Schatten, hinein in das Licht des ausklingenden Nachmittags... und hinüber auf die Westseite, weiter Richtung Madison Avenue, jeder Schritt schwerer, entmutigter. Genau hier war es gewesen, auf der Höhe dieser Häuser, wo Collingway ihn angepöbelt hatte. *Na, du Bastard, Glück gehabt, jaa*. Der Goi gab ihm ein *gut-ojg*, würde Pop gesagt haben: ein gutes Auge. Kein *ojghore*, hätte Ira sich sagen sollen: möge das böse Auge fernbleiben. Bist abergläubisch gewesen wie Pop. *Masel*. Jesus Christus, wenn der wüßte. Weiß Gott, er würde lieber die hundert Scheine verloren haben... hundertmal lieber, wenn er sie denn hätte, um sie zu verlieren, als in dieser Klemme zu sitzen. Hundert, hundert, hundert Mal lieber. Zehntausend, zehntausend, zehntausend Mal lieber. Aber Pop hätte ihn in Stücke gerissen, wenn er ohne die Kaution nach Haus gekommen wäre.

Was wog das – verglichen mit dem hier? Drei Tage überfällig, hatte sie gesagt. Drei Tage! Sie sagte, es bedeute nichts. Also warum sich Sorgen machen – wenn sie sagte, es sei nichts, dann war es wohl auch nichts. Jesus, er hätte das Kondom nicht auswaschen sollen. Es nicht ausspülen sollen und noch einmal benutzen. War wohl geizig gewesen, wie Pop. Oh nein, Jesus, nein. Dabei sah es hinterher ganz in Ordnung aus, trocken, das Innere nach außen gestülpt, aufgerollt, sah genauso gut aus wie beim ersten Mal, als sie sagte, es sei so wundervoll gewesen. Vielleicht war es gerissen. Vielleicht hatte er es deshalb etwas anders gefühlt, als er kam. Oh, Jesus, genußvoller, wärmer, auf einmal feuchter. Vielleicht war er deshalb so schnell gekommen. Ein Diller, ein Dollar, ein Zehn-Uhr-Scholar...

Warum hatte er Pearl kennengelernt und war dann zu Theodora gegangen? Glück gehabt. Also, nun sei doch nicht wie Pop. Glück. Köpfchen. Warum nur ist er nicht weiter zu Theodora gegangen? Er wußte ihre Adresse, wußte, wie man hinkam und wieviel es kostete. Und es war sicher. Und keine Probleme, nichts war passiert. Nur auf Wiedersehen sagen und zurück zur U-Bahn gehen. Zwei Stationen stadteinwärts und die gute alte 116th Street. Und er hätte sich beim nächsten Mal selbst Kondome mitbringen können, statt ihre zu benutzen: dann hätte er für seinen Extra-Quarter zwei bekommen. Also wußte er doch jetzt Bescheid. Und warum ging er nicht hin? Weil er ein Geizhals war wie Pop. Und warum mußte er gerade seine Schwester bumsen? Weil er nun mal damit angefangen hatte. Und warum machte er es dann nicht wenigstens so wie vorher? Es vorne in die Ritze klemmen, wo es sie so schön kitzelte, wo es nicht möglich war einzudringen. Er hatte sich nichts Böses dabei gedacht, wenn er es so machte. Oh, hör auf, hör auf, hör auf. Oh, wenn es doch je –

Er erreichte die Madison Avenue, wandte sich zur 120th und der Ecke des Mt. Morris Park. Oh, Jesus. Er wollte gar nicht Football spielen. Weder Soccer noch irgendeine andere Art. Du mußt aber. Es vergessen. Du mußt vergessen, du mußt vergessen, du mußt diesen Vormittag vergessen, du mußt vergessen, den ganzen Tag vergessen. Zapfenstreich. Nein, nein, Dummkopf, das war nicht der Zapfenstreich, jetzt war Morgenappell. Vorwärts marsch. Vorwärts marsch. Und die *Marseillaise* singen.

Vor sich, auf dem braunen, nackten Spielfeld im Park, konnte er das Gejachter eines Touchfootballspiels hören und sehen. Junge, könnte er doch wie die anderen sein. Halt die Klappe. Such dir 'ne Bank und zieh deine Stollenschuhe an. Es ist nichts, hat sie gesagt.

»Hey, ihr da. Wie wär's – kann ich mitspielen?« rief er, sobald er den Eingang an der 120th Street passiert hatte.

»Hey, Irey, komm her. Du spielst bei uns. Hey, Ginsburg, hier ist noch jemand gekommen. Jetzt kannst du auch mitmachen.«

Ira hatte sich zu sehr mit seiner Erzählung identifiziert, und nicht nur damit, sondern auch mit der Ausweglosigkeit, in die er geraten war, seit er seine Schwester in die Geschichte eingeführt hatte. Er war besorgt, weil er nur die Vorgänge in seinem eigenen Kopf beleuchten konnte, wie derangiert auch immer sie waren, und nicht die ihrigen. Wie hatte sie sich eigentlich gefühlt? Wie hatte seine Verderbtheit sich auf sie ausgewirkt? Er war nicht fähig, sich derartiges vorzustellen. Er hatte darauf keine Antwort, wahrlich nicht. Vielleicht glaubte er, den Schimmer einer Lösung zu sehen, indem er zu der Rolle zurückkehrte, die er am Anfang dieses Romans für sich in Anspruch genommen hatte: der des Amanuensis, des Chronisten, des Sekretärs – oder nein, eher des Redakteurs seines eigenen ersten Entwurfs.

Und dann eruptierte die Gegenwart plötzlich in fürchterliche Ereignisse, fürchterliche Greueltaten, angerichtet von wahnsinnigen Fanatikern. Die sogenannte Black Box, die Aufschluß geben könnte über die Umstände der Explosion, die dreihundert und mehr Menschen, Passagiere des Jumbojets der Air India, mit ihrem Flugzeug in den Tod gerissen hatte, lag unten auf dem Meeresgrund. Es wurde angenommen, daß Sikhs die Täter waren... In Beirut ging die Geiselnahme von ungefähr vierzig amerikanischen Staatsbürgern durch moslemische Schiiten in die zweite Woche; sie forderten von Israel die Freilassung von siebenhundert schiitischen Gefangenen (einige der Geiseln hatten jüdisch klingende Namen, wie es in den Verlautbarungen hieß)... Ein abscheuliches Komplott irischer Terroristen, die Anschläge in Seebädern und Erholungskurorten geplant hatten, war vereitelt worden... In Japan war eine Bombe explodiert, die in einem Koffer versteckt war, der wiederum in eine Air India-Maschine geladen werden sollte, und hatte mehrere Angestellte an der Gepäckabfertigung des Flughafens getötet. Und was sonst noch? Und wo sonst noch? Allüberall. Maschinen, die schon abgehoben hatten, kehrten wegen falscher Bombendrohungen zu ihren Flughäfen zurück. In allen Medien war nur noch von Sicherheitsvorkehrungen die Rede, von zu vermeidenden Aktionen, Reaktionen und Überreaktionen.

Zu allem Überfluß tauchte auch noch einer von seinen und M.'s Freunden auf, unangemeldet, zum x-ten Mal, obwohl Ira und M. den unsäglichen Lackaffen gebeten hatten anzurufen, ehe er persönlich erschien. Tat er ihnen den Gefallen? Keinesfalls. Er ließ sich nichts vorschreiben. Ira hatte sich in sein Arbeitszimmer zurückgezogen und vorher kräftig mit der Tür geknallt. Schlimm daran war nur, daß M. – nachdem er sich eingeschlossen hatte – dachte, sein Zorn richte sich gegen sie, weil er auf ihr Klopfen nicht reagierte; er dachte schließlich, es wäre der unerträgliche, ungehobelte Bauer gewesen, den er ja nicht hereinlassen wollte, und bei den lauten Geräuschen, die das Gebläse des Wasserverdunsters zur Kühlung seines Zimmers machte, hatte er ihre Stimme nicht gehört.

Sein armes Lämmchen war ganz geknickt – durch seine Schuld! Aber mal ehrlich, konnte man sich überhaupt vorstellen, daß jemand so grenzenlos flegelhaft sein und sich ganz bewußt weigern konnte, vor einem Besuch anzurufen, auch wenn er wiederholt darum gebeten worden war! Einfach so hereinzuplatzen, als Ira gerade an den letzten Zeilen seines Versuchs schrieb, in dem er die angstvolle Panik abbilden, wieder aufleben lassen wollte, in die er durch Minnies Enthüllung geraten war, den Beginn jener verheerenden Verwüstungen, die das Raubtier bei sich selbst anrichtete!

Als Ergebnis all dieser Umstände konnte er abends nicht einschlafen – nicht, bis er eine Valiumtablette genommen hatte. Zwei oder drei Stunden hatte er senkrecht im Bett gesessen, dann bekam er es mit der Angst, daß er – falls er noch länger wachbleiben sollte – wieder einen Abfall seines Adrenalinspiegels, den Schockzustand bei ungenügender Adrenalinzufuhr erleiden müsse, wie es vor wenigen Monaten der Fall gewesen war. Damals war es notwendig geworden, ihn mit einer Ambulanz ins Krankenhaus zu bringen, wo er einige Tage verbringen mußte. Um das zu vermeiden, schluckte er den Tranquilizer.

Und erwachte am nächsten Morgen – als Wrack. Nun. Immerhin war – während er schlaflos neben der fest schlummernden M. gelegen hatte – etwas wie eine Erleuchtung in ihm erblüht, etwas wie ein Wispern von Gnade, ein Dispens, der ihm die Kraft geben würde, sich in dem Morast seiner Vergangenheit weiter voranzukämpfen. Es war an der Zeit, sich zum Atemholen an M. zu wenden, an ihre Liebe zu ihm – dafür lebte er; sie war Sinn und Stütze seines Lebens. Denn endlich, ja, endlich hatte einer wie er, hatte ein unerträglicher Egoist gelernt, daß noch wichtiger als sein Schreiben (sollte es einst als bedeutend erachtet werden oder nicht) die aktive Liebe, das Zeugnis seiner Liebe zu ihr war. Alles andere war nebensächlich. Das Wunder lag darin, daß er sich tatsächlich zu dieser Einsicht durchgerungen hatte. Er konnte zwar nicht schlafen, nein, aber die Epiphania tröstete über Insomnia hinweg. Figuren wie Jane Eyre, wie Lizzy Bennet aus Jane Austens *Stolz und Vorurteil,* das er fast ausgelesen hatte, schwebten über der schlafenden Frau neben ihm, seiner Frau. Diese war genauso gut, genauso sanft, genauso wohlerzogen und treu ergeben, genauso liebevoll und weise wie jene, aber weitaus beherzter, befähigter, begabter als sie.

Und er ein Jude, Apologie eines Juden, Apologie eines Mannes, durch sie erlöst. Aber da war noch eine Vorstellung, die in seinem Kopf herumgeisterte, verworren wie gewöhnlich. Nachdem Hitler den Kern des orthodoxen Judentums zerstört hatte, dessen lebenswichtigen, fruchtbaren Nukleus, der in Osteuropa so starke Früchte getragen hatte – was war denn da, außer in Israel, noch übrig von der Orthodoxie, abgesehen von diesen unechten Fossilien, die ihre Schläfenlocken und Pelz-*schtremls* zur Schau stellten? Doch nur die verwässerten Überreste des rabbinischen Judentums hier in Amerika. Durch Assimilation, durch Mischheirat, durch Geburtenregelung würde der Rest sang- und klanglos verschwinden, bis auf die berufsmäßig Praktizierenden, die Rabbiner, die mit ansehen mußten, wie ihre Herden schrumpften. Wie in einer Vision sah er die weit verstreute Diaspora verdorren, deren einzelne Gebiete aber – selbst die in der Sowjetunion – trotz einer Politik der Zermürbung überleben, und dennoch am Ende zu einem stehenden Gewässer schrumpfen. Einzig in Israel konnte der Judaismus gedeihen, nur in seinem ureigenen Land überleben und sich entwickeln.

XIII

Stunden und Tage – ganze Tage! – verstrichen, ein dumpfer Schmerz, ein Kummer, die Stunden zerrten an Ira auf der Folterbank dieser Tage, lautlos schrie er in ewig wachsender Pein. Kam er aus der Schule zurück nach Haus, verbrachte er die immer früher und früher dunkel werdenden Nachmittage in der Küche, erlebte dort das allmähliche Verebben des Tageslichts. Die Dunkelheit des

Raumes wurde zur finsteren Kulisse für das einzige Fenster, das Fenster zum Hof; es wurde zur Hüterin seiner Qual: vor dem Fenster die Stange für die Wäscheleine, die Leisten zum Hochklettern vor nebliggrauem Hintergrund, die Leinen auf ihren Rollen in verschiedene Richtungen gezogen; der Blick ging auf das kleine Haus neben ihnen, nur zwei Stockwerke hoch, wo Leo Dugonicz einst gewohnt hatte, und auf das Haus des italienischen Friseurs und seiner Familie. Und hinter dem eingezäunten Hof lag Yussels düstere massige sechsstöckige Kaltwasserfestung an der Ecke. Jedes Fünkchen Mangel und Armut wurde zu einem Stückchen erstarrten, heimlichen Kummers. Auf alle seine gequälten Fragen nur nein, nein und nochmals nein, die einzige Antwort, die er erhielt. Sie hatte ihre Tage nicht gekriegt. Nein. Des Nachts konnte er nur einschlafen, wenn er sich mit geschlossenen Augen die Fassade des Metropolitan Museum vorzustellen versuchte, wohin er schon seit seinem neunten Jahr zu Fuß marschiert war, zu Fuß... meist allein und manchmal zusammen mit Jake Shapiro, den ganzen Weg von der schmuddeligen 119th Street, die Park Avenue entlang bis zur Nordostecke des Central Park – zu Fuß! –, wo der See mit den Ruderbooten lag und hinter dem See der Granitfelsen, der sich zu einem Gipfel mit Büschen und Bäumen erhob. Alles bestens bekannt. Als nächstes mußte er dann, um einschlafen zu können, den zweiten Teil des langen Fußmarsches hinter seinen Augenlidern vorbeiziehen lassen, die wunderbare Exkursion über die Fifth Avenue bis zu der Kreuzung, an der das Museum lag. Konnte er sich noch an die Treppen erinnern, die breiten Treppen, die auf jeder Seite zu den großen Flügeln der Steinfassade hinaufführten? Wie viele Stufen hatten sie? Und an die Eingangstüren? Und an die berühmten Namen über den Türen, und an die Drehkreuze aus Messingrohr drinnen in der weiten Marmorhalle und an die Wärter in ihren blauen Dienstuniformen? Das war nicht schwer zusammenzubringen. Auch das erhabene, großzügige, palastartige Innere nicht, rundum majestätisch und hell. Aber was war das erste, das einem auffiel, wenn man eingetreten war? Das erste, woran die staunenden Blicke hängenblieben, waren Wandteppiche, Gobelins mit allen möglichen biblischen Szenen an den hohen Marmormauern, war es nicht so? Märtyrer, Herrscher und Turbane, mit Speeren bewaffnete Soldaten und Damen in antiken Roben. Du erinnerst dich? Und die Statue vom Guten und dem Bösen, die größer nicht hätte sein können, neben der Marmortreppe: Er stand auf ihr, dachtest du zuerst; aber dann stand er auf *ihm*. Beide waren gleich; deshalb sah es auch wie ein Kampf aus, ein Ringkampf, das Böse überwältigt und am Boden. Immer war das Böse überwältigt und am Boden, nur Ira nicht. Also würde er jetzt dafür bezahlen müssen, wie er für die verlorene Aktentasche bezahlt hatte, wie er für den geklauten silbernen Füllfederhalter bezahlt hatte. Nur für die eingesackte Rolle Quarters wurde Ira nicht bestraft, auch nicht für das Zusammensein mit der dürren Theodora in ihrem stickigen Zimmer, die ihm für zweieinviertel Dollar gezeigt hatte, wie man richtig eindrang. Und woher wußte er, daß er jetzt nicht doch dafür bezahlte, daß er zu Theodora gegangen war? Sie hatte ihm gezeigt, wie es ging, und jetzt mußte er dafür bezahlen. Hatte sie etwa nicht gekichert, als er es anfänglich ganz falsch anstellte? Da hatte er ein wenig verschämt gesagt: »So habe ich angefangen, mit meiner...« – und unterbrach sich gerade noch rechtzeitig – »mit meiner ersten.«

Dann die Marmortreppe nach oben gehen, träumte Ira – ach, wie die Marmorstufen unter deinen Schuhsohlen wispern, ts-ts-ts-tsss. Und wie die breiten, bleichen Balustraden samten unter deinen Handflächen hindurchgleiten. Frage mich, ob man das wohl Alabaster nennt? Oh, Jesus, das eine Mal war nicht halb so gut; es war nicht halb so gut. Hör auf davon. Was sieht man denn nun als erstes? Diesen neuen Herkules, den sie Herakles nennen und der über dem Marmorgeländer im ersten Obergeschoß zu sehen ist, wie er den

Bogen spannt, einen Fuß gegen den Felsbrocken gestemmt? Das würde er vielleicht als erstes sehen. Und wenn nicht dies, dann am Ende der Treppe die Madonna in Blau mit dem kleinen Jesuskind. Das ist Maria. *Gojisch.* Zuerst schaute Ira weg, las dann aber den Namen auf dem reich verzierten Goldrahmen: Raffael. Oh, Raffael, den kannte Ira. Dann... Dann... Ja dann... Dann kommt dieser tiefe, tiefe, dieser erste tiefe Atemzug...

Zuhause war es von früh bis spät die Geometrie, die ihn am Leben erhielt, die leuchtende, lindernde Geometrie, die einzige heile, reine Welt, die einzige in sich geschlossene reine Welt, die ihm bedingungslos Zuflucht gewährte, gütig war, ihm eine Aufgabe oder einen Lehrsatz vorsetzte und sein Entzücken mit ihm teilte, wenn die Lösung so zwangsläufig erschien, so wundersam knapp und makellos – und dabei so genial, gelegentlich sogar verblüffend. Wer hätte sich träumen lassen, daß der Winkel zwischen zwei Sekanten halb so groß ist wie die Summe der zugehörigen Kreisbogen? Wie kam das zustande? Wie konnte das sein? Und doch war es so. Was für eine schöne Welt, deren Teile alle zusammenpaßten. Auch wenn man um einen Beweis verlegen war – solange man wußte, daß es einen gab, konnte man ihn schließlich auch durchführen, weil man hier endlich einmal verstand, wie eine Welt, ein System in sich stimmig war. Er frohlockte, weil er sich im Unterricht auszeichnete, bei seinen Vorträgen an der Tafel. Seine Noten in Geometrie waren perfekt – nur litten seine anderen Schularbeiten darunter, die er nur flüchtig hinhaute und überhaupt nur machte, weil er sie machen mußte. Alle anderen Unterrichtsfächer waren nicht mächtig genug, das schreckliche Schicksal, den schrecklichen Dämon im Zaum zu halten, der von Stunde zu Stunde näher kam, um seinen Tribut zu fordern. Seine Ängste durchdrangen alles, schlüpften durch Englisch, Spanisch, Geschichte, als seien die Buchstaben Poren, ein Filter, ein Sieb. Sie hatte ihre Periode noch immer nicht bekommen. Immer noch nicht.

Tagelang. Er konnte nicht sagen, wann, wieviel später, wie lange danach: vielleicht drei Tage, nachdem sie es ihm gesagt hatte, da kam ein Tag, wo er wußte, daß er seine Grenzen erreicht hatte, die Grenzen seiner Belastbarkeit. Als sie wieder nein sagte, da wußte er es. Er hatte einen Zustand erreicht, wo er nur noch hätte schreien mögen; es war kein Zustand mehr, sondern ein universeller Alptraum; er hatte den Bereich des Unerträglichen betreten. Als sie nein sagte, fiel sein Weltbild in sich zusammen; Verhaltensweisen, anerkannte Denkrichtungen, eine vernünftige Sicht der Dinge, deren Grundlagen und Gesetze nicht mehr herrschten, nicht mehr galten, auf ihn keine Anwendung mehr fanden, erschlafften. Als sie nein sagte, war ihm, als würden bestimmte Bande in ihm nachgeben, geistige Bande, als hätten diese sich von einem bestimmten Ort in seinem Hirn abgetrennt, wie Fasern, die unter der Belastung nachgaben. Nie wieder würden sie sich erholen, zu ihrer ursprünglichen Spannkraft zurückfinden, niemals vollständig gesunden. Er spürte, wie ihre krankmachenden Verdrehungen ihn unwiderruflich aus der Bahn warfen. Oder ihn auszehrten? Was also sollte er tun? Sie töten. Wenn er sie tötete, hätte alles ein Ende. Sie töten. Aber wie? Erwürgen. Erschlagen. Erstechen. Mit einem dicken Stein. Sie aus dem Fenster stoßen. Vielleicht das beste. Hauptsache töten.

Ja, das war der Ausdruck für die verhaßte Gestalt, hervorgekrochen aus dem schrecklichen, bleibenden Riß in ihm: Mörder. Er konnte morden. War fähig zu planen: das Wie und Wann; Hauptsache töten. Sie tötete ihn, also töte sie... Aber warte noch, warte: da war doch noch eine Hausaufgabe. Warte. Nein, es würde nichts helfen, die würde seine Qualen auch nicht besiegen. Aber warte noch, warte: Er würde nur die Aufgaben lösen, die ihm Spaß machten, die mit dem Sternchen; zur Hölle mit den Hausaufgaben, mach einfach nur die mit dem Sternchen, die mit dem bösen Stern, nur die, die schwierigen –

Schlechte Laune behinderte die Hand, die nach dem Lehrbuch griff: *Wentworth's Plane Geometry*. Wut und Groll kämpften in ihm, als er das Buch zu sich heranzog. Sie waren die Haupttreffer, die Aufgaben mit dem Sternchen. Was für eine Problematik lag in diesem dünnen kreischenden Wahnsinn, was war da vorgegeben? Vorgegeben. Vorherbestimmt. Die geometrische Figur im Text, immer so freundlich, so beladen mit versteckter Herausforderung in ihrem listigen Rahmen; die Figur lag dort und war für ihn gestorben. Mom stand am Ausguß und wandte ihm ihren breiten Rücken zu. Lethe. Letzte Glückseligkeit. Geraden suchten ihren Schnittpunkt im wohligen Vergessen von Kummer und Sorgen.

Er hörte Minnie aus dem Schlafzimmer kommen. Er blickte auf, nicht hoffnungsfroh, sondern in einem letzten Aufwallen von Verzweiflung. Aber nein, etwas war anders an ihrem Verhalten. Ganz allgemein. Unverkennbar. Eine bestimmte Ausstrahlung, eine Woge der Verheißung, der erwarteten Nichtbeachtung gegenläufig. Sie lächelte ihm zu und nickte. Mit offenem Mund starrte er sie an, Bestätigung heischend: richtete seine durchdringenden Blicke auf sie, machte ihr hinter Moms Rücken stille, flehentliche Zeichen. Alles klar?

Und bekam ein Nicken zur Antwort, mehrmals, unmißverständlich, emphatisch. Sie ging ins Bad.

Himmel. Oh! Oh! Oh! Und Herrlichkeit! Aber er konnte noch nicht Ruhe geben. Er mußte es wissen: ganz genau, hundertprozentig, explizite, absolut. Sie *mußte* es ihm offenbaren. Ihm erzählen, ihm erklären. Er wartete, daß sie aus dem Bad käme. Was konnte er sagen oder fragen? Etwas Unverfängliches, damit Mom möglichst keinen Verdacht schöpfte. Was nur? »Okay? Deine Hausaufgaben?«

»Alles ist okay«, erwiderte sie kurz.

Und immer noch nicht zufrieden, schaute er kurz auf Mom und wagte es, mit durchdringendem Blick Minnies Gesicht auszuforschen, ihre Züge; seine Lippen, hartnäckig wie kleine Greifhaken, wollten nochmalige Bestätigung von ihr erzwingen und bildeten lautlos Worte: »Ist deine Periode gekommen?«

Unduldsam und mit heftigem Nicken: »Ja!«

Oh, boy, oh, boy, oh, boy! Jeder einzelne Nerv in ihm sang ein Hallelujah! Er konnte nicht im Haus bleiben. Er mußte raus und draußen herumlaufen, durch die Straßen ziehen, sich selbst umarmen und jubilieren, verrückte, sinnlose Hymnen schmettern. Jesus Christus, was für eine Wende! Er stand auf, sprang fast hinüber zum Schlafzimmer und verkündete: »Ich gehe nach unten.« Er schnappte sich sein Jackett vom Kleiderständer.

»Wo gehst du hin?« Was konnte Mom vermuten?

»Runter. Um den Block. Nirgendwohin.«

»Aber mit Mantel. Es wird kalt – sobald es dunkel ist.«

»Nein, nein. Ich bin gleich zurück.«

»Willst du mir einen Gefallen tun – wenn du doch bald zurückkommst?«

»Sicher. Sicher.« Ira war ganz Herzlichkeit, ganz Bereitwilligkeit. »Ich kaufe dir einen koscheren Elefanten, wenn du willst. Was soll's denn sein?«

»Komm, Simpelchen.« Sie lächelte. »Ich gebe dir Geld. Er kennt mich, der Besitzer von dem milchigen Geschäft um die Ecke. Wenn er Knickeier hat, ganz gleich wie viele, und wenn es ein Dutzend ist. Sag ihm, ich war heute morgen schon da, als er noch keine hatte.«

»Okay. Knickeier, ein Dutzin, ein Datzin, ein wildes, wolliges Matzin. Hatzin, Klabatzin, Schmatzin, ein Datzin.« Er verlagerte sein Gewicht von einem Fuß auf den anderen, führte ein improvisiertes Freudentänzchen auf. »Auf geht's, Mom. Es ist schon fast halb Datzin Uhr – *mach schnel!*«

»Was ist denn in dich gefahren? Der Junge ist übergeschnappt«, sagte Mom halbwegs amüsiert.

Er zwinkerte ihr zu, posierte wie ein Hanswurst. »Ich habe soeben eine wundervolle Entdeckung gemacht. *Wunderbar.*«

»Er ist verrückt«, ließ Minnie sich in unverhohlener Mißbilligung vernehmen.

»*Nar.*« Mom gab ihm einen Quarter. »Und vergiß nicht. Er kennt mich, Mrs. Stigman, sag es ihm: Die Dame aus der 119th Street, für die er immer die Knickeier zurücklegt – *oj, gewald, bist take meschuge!*«

Sich den Quarter schnappen und die Küchentür aufreißen war eins. »Adee ihr alle.« Und eine Sekunde später war er draußen im Flur.

Obwohl er mit großen Schritten ging, so schnell er konnte durch die dunkel werdenden Straßen lief, hatte er das Gefühl, er hüpfe und mache hohe Luftsprünge – kein Wunder, daß man das »Hochgefühl« nannte. »Trara – trara« – durchbrach er von Zeit zu Zeit sein Schweigen mit einem leisen Ausruf. Aber er wünschte, er könnte seine Erleichterung hinausbrüllen, sie hinaustrompeten, sie hinausschmettern. Nein, nie wieder, nicht noch einmal, nicht noch keinmal. Er würde die gottverdammten Kondome wegschmeißen. Sie aufblasen zu großen Ballons, bis sie platzten. Hübsche Blasen am Himmel. Nein Sir, er würde sie doch lieber nicht wegschmeißen. Er würde wieder zu Theodora gehen. Den Weg wußte er ja. Den Preis auch. Ja, ja, ja doch. Oder zu einer anderen. Vielleicht sogar besser aussehenden. Oh ja, ja – ganz vergessen. Du gottverdammter Lügner. *Oh, boy, oh, boy,* war er überhaupt aus schillernden Regenbogenfarben – Irisieren war das Wort: Effloreszenz, Konkupiszenz. Hah, ha, ha, ha. Efferveszenz. *Boyoboy!* Gab es wohl noch ein paar andere Essenzen? Er war es, er war alles und alle auf einmal. *Gossamer.* Gänsemonat, Marienfäden, Altweibersommer... Daunig flaumige Flämmchen wurden zu gefiederten Schwingen, die sich kräftig spreizten in all ihrer Pracht. Meine Güte, wie doch die Worte aufsprudelten in dir! War dies jetzt der

Altweibersommer von Coleridge? *Jeez,* es war doch schon vorher ein LEBEN-IM-TOD, oder nicht? *Jeez,* und nur zwei Menschen wußten davon, er und Minnie. Es war nicht, wie wenn irgend so ein Kerl irgendeine Schlampe bumst und hinterher laut tönt: Hey, du müßtest mal die Mieze sehen, der ich's letzte Nacht besorgt hab', und in Wahrheit hat er vielleicht nur ganz fürchterlich angegeben. Aber vielleicht auch nicht. Aber bei ihm, Ira, Schweigen. Schweigen. Es gab kein Prahlen, kein Zurschaustellen, nichts – nur Scham. Der Geist in der Flasche. Die Büchse der Pandora. Die Dose seiner Schwester! Kann man sich vorstellen, darüber etwas auszuplaudern? Jesus, schon allein der Gedanke daran verursachte ihm derartige Stiche, daß er die Augen schließen mußte. Hey Kumpels, ich hab' gedacht, ich hätte meiner Schwester ein Kind gemacht! Jungejunge, hab' ich Schiß gehabt! Heiliger Bimbam, von allen Dingen, die er diese Kerle je hat sagen hören: arschficken und blasen und lecken und sich draufsetzen, von hinten reinstecken – und all die anderen gottverdammten Sachen, die ihm einst wie ausgedacht erschienen waren! – selbst wenn sie wahr gewesen wären, niemand hat je erzählt, er hätte seine Schwester gefickt. Tja, die italienischen Kids, die sagten wohl mal, ach, der Arsch von deiner Mutter, die Fotze deiner Schwester – doch was war das schon im Vergleich zu: die Fotze meiner Schwester?

Allmählich wurde er wieder er selbst, bog an der Madison zum Park ab. Klar, im allerletzten Licht der Dämmerung spielten sie immer noch Football. Er konnte sie hören und sehen, als er näherkam. Aber er brauchte das jetzt nicht, fühlte sich nicht danach. Jetzt den Ball abstoßen, war ungefähr das letzte, was er wollte. Sowieso keine Schuhe dabei. Aber auch kein Bedürfnis, das meinte er. *Gee.* Er würde einmal um den Park spazieren, um sich noch mehr zu beruhigen. An allen Orten vorbeispazieren, die er kannte: vorbei an der Augen- und Ohrenklinik an der Ecke 124th Street, wo er den Park gewöhnlich hinter sich ließ, wenn er zur

Primary School 124 die Madison Avenue weiter stadtauswärts ging. Oder zu Farleys Wohnung, auch an der Madison. Mein Gott, selbst *ihm* konnte er es nicht erzählen; er konnte es nicht einmal Farley erzählen, der doch einst sein bester Freund gewesen war. Ira konnte es niemandem erzählen.

Und dann nach Westen am Park entlang, an der grauen Bücherhalle vorbei, wie schon so viele, viele Male zuvor. Dann kamen die braunen Sandsteinhäuser in eben der Straße, wo er Lebensmittel für P & T geliefert hatte. Dann durch die Straße Mt. Morris Park West, wo all die kleinen Apartmenthäuser standen, die er mit seinem Lebensmittelkarton unterm Arm so gern besucht hatte, während Shea im Auto blieb und den »T-Model« bewachte. Welches war doch gleich das Haus, überlegte er, welches nur? Wo du hinten den Lastenaufzug fandest, den du selbst mit einem Strick bedienen konntest – wie ein echter Fahrstuhlführer: erinnerst du dich, was es für ein Kunststück war, die Aufzugplattform mit dem Fußboden der jeweiligen Etage auf eine Höhe zu bringen? Ein Stückchen höher, ausbalancieren, und gleich war's schon wieder zu weit. Etwas weiter runter – *u-u-ps*. Was für ein Spaß. Ein wieviel größerer Spaß, wenn er nicht schon so schweinische Sachen gemacht hätte, rumferkelte, ja, Kindersprache: mit Minnie unanständige Spielchen spielte, als sie noch einen kleinen runden weißen Arsch hatte wie ein kleiner billiger Luftballon. Kleiner billiger Luftballon, aber in seinem Kopf so groß wie eine Wolke, die schon einen alles verhüllenden Schatten warf. Dennoch, damals war es nur das, nur ein Schatten, noch nicht diese Angst, morden, morde, töte sie.

Halt!

120th Street. Richtung Osten. Je weiter er zur Madison Avenue kam, desto schmuddeliger wurde die Hundertzwanzigste. Ja, aber sie hatten hier fließend Heißwasser, Dampfheizung auch – zwei Leute konnten nacheinander ein Vollbad nehmen. Kein Wunder. Jetzt zu den Reifenspuren auf der Madison Avenue und der Ecke vom Mt. Morris Park, und dann war er wieder, wo er angefangen hatte. Es war nun zu dunkel für Football. Die Spieler hatten aufgehört. Dämmerungsleer, ruhig lag die Spielwiese. Also zurück zur 119th Street. Auf den tristen, finsteren Heimweg gemacht. Seine Hochstimmung war verflogen. Was blieb, war etwas wie Entblößung: nicht nur seines Selbst, des ihm vertrauten Selbst, wie er es gekannt hatte, wie früher, so wie er vorher gewesen war. Nein –. Er hätte sie beinahe getötet, er, Ira Stigman, der Feigling, er hätte beinahe seine Schwester umgebracht; so zerrissen war er innerlich. Und er fühlte sich immer noch so: gespalten, entstellt. Ein Kummer hatte etwas in ihm ver-rückt. Er hatte sich zu weit gesorgt: beinahe etwas auseinandergebrochen, das nie wieder zusammenwüchse, nie wieder zusammenpaßte, er hatte seinem Unglücklichsein eine Schwäche, eine chronische Verwundbarkeit hinzugefügt. Nein – es würde wieder vergehen. Es war nichts als jeder andere Riß oder Schnitt oder ähnliches innerhalb des Selbst. Es würde heilen; er würde darüber hinwegkommen. Nein, würde er nicht, das war das Problem. Schon das Käsemesser, mit dem er sich geschnitten hatte, hinterließ eine weiße Narbe in seinem Daumen. Diese Narbe hier war dunkel. Seltsam, wie man spürte, daß Kummer einen beutelte und verbog und man doch nicht davon lassen wollte. Wo gab es das noch? Bei Aufziehmechanismen, zum Beispiel als er den Big Ben öffnete, der stehengeblieben war. Ein Zahnrad fing jede Sekunde ein, Schritt für Schritt, immer weiter. Etwas war gebrochen. Oder verhakt. Oder...

»*Nu*«, sagte Mom, als er die Küche betrat, »wo sind die Knickeier?«

»Jaja, alles klar, ich gehe sofort!« Hastig wollte er umkehren.

»Laß gut sein. Gib mir den Quarter zurück. Ich gehe morgen selbst. Du hast einen Kopf wie meine hölzerne Küchenschüssel.«

»Das stimmt«, setzte Minnie noch eins drauf. »Er ist ein Flachkopf, mein entzückender Bruder.«

XIV

Im Frühlingssemester seines »Junior«-Jahres auf der High School, das im Winter 1923 begann, zog ein gewisser Bob S. mit seiner geschiedenen Mutter über Biolows Drugstore an der Ecke 119th Street und Park Avenue in diesen sechsstöckigen Wohnsilo ein, der genau gegenüber Yussels trister Festung lag. Bob und Ira stellten bald fest, daß sie Schulkameraden auf der DeWitt Clinton waren. Bob war schon ein »Senior« und sollte folglich ein Jahr vor Ira seinen Abschluß machen. Er war Jude, entschlossen, selbstbewußt, überdurchschnittlich groß, trug seine glatten schwarzen Haare exakt in der Mitte gescheitelt, auf dem Sattel seiner spitzen Nase ein Brillengestell aus Schildpatt, das Ira an seinen Getränkeboß Benny Lass erinnerte – und natürlich an Harold Lloyd. Bob war ungewöhnlich schnell im Denken, scharfsinnig; wissenschaftlich war er einer der Besten, engagierte sich in der Hochschulpolitik, war Mitglied der Debattiermannschaft und von »Arista«, dem Ehrenverein der High School. Bobs vorgefaßtes und unumstößliches, beinahe vorbestimmtes Ziel war es, Rechtsanwalt zu werden. Auch das konnte Ira nicht gerade begeistern: er hatte schon einmal in einer Anwaltskanzlei gearbeitet, und das hatte ihm gereicht.

Aber die beiden wohnten in derselben Straße, wenn auch nur für kurze Zeit. Nach der Schule nahmen sie dieselbe Bahn – und vor der Schule auch. Sie lernten sich ein wenig kennen, notgedrungen – so sah es Ira, weil er keinen sympathischeren Freund hatte, einen, der sich vielleicht etwas weniger für die Wahlen zu den Schülerämtern und die Schulzeitung interessierte, nicht so auf seine Zukunft fixiert war. Aber im Verlaufe der Bekanntschaft erfuhr Ira noch etwas anderes über seinen neuen Freund, etwas, das ihn durchaus interessierte, ja faszinierte: Bob war im DeWitt Clinton- Schützenteam.

Ira liebte Gewehre, hatte aber noch nie mit einer richtigen Schußwaffe zu tun gehabt. Nur vor vielen Jahren mit diesem Daisy

BB Luftgewehr, von dem er dachte, so hoffnungsfroh und kindisch dachte, es würde die Ratten unten im Luftschacht vernichten, und das dann so kläglich versagte, als er es ausprobierte. Natürlich erzählte Ira von dem Luftgewehr, belustigte Bob mit den Darstellungen seiner Enttäuschungen und kleinen Fiaskos mit der Waffe. Und Ira mag auch erwähnt haben, daß er gelegentlich in der Spielhalle in der East 125th Street einen Quarter springen ließ; dort gab es neben Spielautomaten und Zerstreuungen wie den lebensgroßen, wahrsagenden Zigeunerpuppen und Fahrradlenkern mit Elektroschock auch einen Schießstand, wo man für sein Geld zehn 22er Patronen bekam – ein wahnsinniger Luxus! Die konnte man entweder auf feststehende Scheiben verballern, die bei Treffern leise klingelten, oder auf vorüberziehende Metallentlein, die pflichtschuldigst umkippten, wenn sie getroffen waren. Ja, Ira liebte Gewehre sehr.

Es dauerte nicht sehr lange, und Bob lud Ira in den »Käfig« ein. Dieser okkupierte eine Ecke in der Turnhalle und war tatsächlich ein Käfig: ein kleiner Verschlag, vollständig umgeben von Maschendraht. Die Eingangspforte war ebenso aus Draht, und nur Vereinsmitglieder besaßen einen Schlüssel zum Schloß. Innerhalb des Käfigs hing an einem sensibel reagierenden Metallarm oder Haken ein 22er Zielgewehr, durchaus vorschriftsmäßig in Größe und Gewicht. Das jeweilige Ziel befand sich auf der anderen Seite der Turnhalle, gut zwanzig Meter entfernt. In einer Linie damit gab es nun innerhalb des Käfigs vor einem nadelfeinen Pfeil eine kleine zweite Zielscheibe, etwa so groß wie eine Visitenkarte. Nach dem Abdrücken prallte der Pfeil auf die Karte und hinterließ einen Einstich auf dem winzig kleinen Zielring, an dem man ablesen konnte, wo die Kugel auf der zwanzig Meter entfernten echten Zielscheibe an der gegenüberliegenden Wand der Halle eingeschlagen hätte.

Bob feuerte vier oder fünf »Schüsse« ab, demonstrierte erst einmal, wie es ging und zeigte seine kleinen Löcher vor. Dann sollte

Ira sein Glück an dem Gerät versuchen, und das tat er auch. Obgleich Ira wußte, daß sein Training, wenn man es überhaupt so nennen konnte, in erster Linie aus dem Versuch bestanden hatte, die Ratten unten im Schacht mit seinem Daisy Luftgewehr zu erledigen, so hatte ihn seine Erfahrung doch etwas gelehrt, und sei es nur intuitiv: daß man nämlich beim Zielen den Atem anhalten und das messerscharfe Korn unterhalb des Ziels im »V« der Kimme haben mußte. Seiner eigenen früheren Praxis folgend, zielte Ira und drückte ab. Er traf einmal ins Schwarze und schaffte noch einen Einschuß in den Zehnerring. War es denn möglich, daß er immer noch an Minnie dachte, an Minnie vor der beruhigenden Entdeckung, vor der Mitteilung, die sein Leben rettete? Die nächsten vier Schüsse landeten wieder dicht daneben.

Bob war begeistert. Einen so vielversprechenden Grünschnabel entdeckt zu haben, der eigentlich gar nicht sehr vielversprechend gewirkt hatte, sondern ein lahmarschiger, kurzsichtiger Bewohner eines Kaltwassermietshauses aus der verlotterten 119th Street war – da konnte er sich nur beglückwünschen! Überdies war Bob der Manager des Teams und würde im Sommer seinen Abschluß auf der DeWitt Clinton machen und abgehen – genau wie der Mannschaftskapitän und zwei weitere erfahrene langjährige Mitglieder des Teams. Es war geboten, so schnell wie möglich geeigneten Ersatz zu finden.

Bob bewahrte die Mini-Zielscheibe auf, um sie seinem Mannschaftskapitän zu zeigen. Aufgrund seiner starken Leistung an der 22er-Imitation wurde Ira eingeladen, sein Können mit einer echten Waffe unter Beweis zu stellen, einer, die echte Munition verfeuerte. Er begleitete also das Team zur Exerzierhalle in der Stadt, in deren Untergeschoß die Tunnel der Schießanlage gelegen waren. Kein Trainer war dabei. Das Team schien völlig sich selbst überlassen – als sei es Teil einer Vereinigung von mehreren, die dem Schießsport frönten: von Männern in Zivil, Männern in Polizei-

und Militäruniformen, Männern, die mit Revolver und Automatikpistole in den nahegelegenen Schießständen übten.

Ira bekam ein Halbdutzend Patronen für einen 22er Vorderlader ausgehändigt und sollte nun feuern – auf das reguläre Ziel mit einem Zehnerring, so winzig wie ein Zehncentstück, und jetzt aus der regulären Entfernung von zweiundzwanzig Metern. Er schoß zweimal im Liegen, zweimal im Knien und zweimal freihändig im Stehen. Er schnitt immerhin so gut ab, daß er als offizieller Auswechselschütze in das Team aufgenommen wurde, als Ersatzmann.

Es folgten wöchentliche Übungstreffen im Keller der Exerzierhalle. Und seine Marken schwankten von lobenswert bis mittelprächtig...

Seine Marken, ach so, die waren es, die schwankten? Ira driftete ab, träumte sich auf Abwege. War es nicht eher so, daß deine Leistung mehr und mehr davon abhing, wo du gerade standest? In welchem Viertel von Modus und Mond du dich gerade befandest, ob in relativer Gelassenheit oder in verzweifeltem Aufruhr – nach unruhigem oder nach tiefem Schlaf? Ratlos dachte er: Wer zum Teufel konnte das eine mit dem anderen in Beziehung setzen? Nur daß es da die zwei Ebenen gab, auf denen der Heranwachsende lebte: das angenehm gute Offene und das abgrundtief schlechte Verborgene. Welch entsetzliche Verdrehung – oder Verzerrung – diese beiden untereinander anrichteten, wechselweise, ein geladenes Feld und ein spannungsfreies: zwischen den Platten eines Kondensators, zwischen den Blättern einer »Leidener Flasche« – Leiden, ja, *lejdn* auf Jiddisch, leiden...

Ira litt nach dem Frevel – und wurde dennoch von wilden Anfällen sexuellen Verlangens an den Rand des Wahnsinns getrieben, gerade weil es Sünde war, was ihn mit übler Ekstase erfüllte. Es beeinflußte sogar Minnie, obwohl sie es zuerst nicht wahrhaben wollte; ihre

Einwände schwanden dahin, mutierten unter Stöhnen zu Hingabe. Sie stand unter Einfluß, wurde von ihm ausgehöhlt. Ah, besser als Pop und Moms Bett am Sonntagvormittag waren diese seltenen, raschen, eiligen Minuten unverhoffter Hitzigkeit am Nachmittag, wenn sie allein zu Hause waren. Die blasigen grünen Küchenwände schwankten sichtlich vor höllischer Raserei, ausgelöst vom glühenden Aufbrechen ihrer Leidenschaft – »Also gut, dann komm.« Oh, ihr dann auf den Fersen ins Schlafzimmer folgen, zwei Kondome übereinanderziehen zu ihrer Beruhigung, ein ganzer Vierteldollar für nur ein Mal! Ekstase des Ungeheuerlichen. Doppelkondomkopulation, ja, um ihn langsamer zu machen, sicher zu sein, gewiß, aber doch auch, um das »o-oh, mein goldiger Bruder« aus ihr herauszupumpen...

Doppelt geschützt, aber Hauptsache sicher. Er war sicher, und sie war sicher. Dennoch machte er sich Sorgen, er konnte nicht anders – selbst wenn sie nur einen Tag über die Zeit war, er konnte nicht anders. Die wilde Ekstase mit wilder Panik bezahlen: sofort wurde der Riß in ihm breiter. Gesunder Menschenverstand war machtlos dagegen. Die eigene Schwester ficken. Du fickst deine eigene Schwester – er konnte es sich nicht auf andere Weise bewußt machen. Mensch, wenn sie nun einen dicken Bauch bekam, Mensch, wenn sie von dir einen dicken Bauch bekam, einen strammen Jungen, einen dicken Babybauch. Ein schlechter Scherz! Und wieder und wieder dachte er wohl: Versuche doch, vernünftig nachzudenken, den Käfig wegzuzaubern, der wie der Flintenkäfig unten in der Turnhalle war, ja, Käfig und Schießgewehr – er sah die Verbindung, na klar, dieses Slumkind im Schützenverein seiner High School, ganz auf sich allein gestellt, ganz unverdorben – wäre Ira doch nur das geblieben, für was er dort gehalten wurde, hätte er vielleicht oder mit Sicherheit eine jener ganz normalen glücklichen Erfolgsstorys erleben können, für die Amerika stand. Denn da war er, jüdisches Kind von ehemaligen Einwanderern, und mischte sich unter ganz normale und zumeist nichtjüdische Amerikaner: Bonnar mit seinem hinreißenden Südstaatenakzent und natürlich Billy Green, der mit der krausen Knubbelnase, den nichts erschüttern konnte und der nie die Beherrschung verlor. Sein Vater war Ingenieur. Und Corey Valens war der Sohn eines Richters. Was für wohlerzogene, nichtjüdische, tolerante Teamkameraden sie doch waren: Freunde, anständig und nett, ja, ganz normal und von gesunder Urteilsfähigkeit – das traf es am besten – tja ... und gerade die Tatsache, daß sie so normal waren, machte ihm das Wissen um sein grauenhaftes Drehmoment, seine Andersartigkeit um so unerträglicher...

Angenommen, es hätte für ihn keine Rückkehr auf die High School gegeben – nach seinem ersten Desaster, dem Ausschluß aus der Stuyvesant –, sondern nur untergeordnete, ganz gewöhnliche ungelernte oder angelernte Arbeit, ein Leben als Teil der Masse, was dann? Wahrscheinlich hätte ein solches Leben das andere im Keim erstickt. Oder wenn er nicht der schlampige Faulenzer geworden wäre, was aber bei seiner trampeligen Strukturlosigkeit fast unvermeidlich war – was dann? Er wäre so oder so ein Ausgestoßener geworden, ein Verderbter, denn er hatte die Neigung dazu. Vielleicht hätte er ja Minnie mit da hineingezogen, wenn er sie geschwängert hätte. Schreckliche Vorstellung – machte den Speichel, der ihm bis an den Rand seiner Lippen stand, zu bitter, um geschluckt zu werden...

Der erste Wettkampf des Schützenteams nach Iras Aufnahme fand statt gegen das Team der Morris High School in der Bronx. Und ausgerechnet der beste Schütze ihrer Mannschaft, Granshaw höchstpersönlich, der herzlose, aggressive Schüler mit dem gnadenlosen Auge, der aus der Abschlußklasse, konnte nicht teilnehmen. Als offizieller Auswechselschütze mußte Ira für den anderen einspringen. Das geschah an einem Nachmittag, als er sich leicht fühlte und auch Grund dazu hatte, sein Kopf frei war von Sorge, einem Freitagnachmittag, an dem er sich frei fühlte, fast pflichtvergessen, mit dem Wochenende vor der Tür. Er feuerte die benötigte Anzahl Runden in den obligatorischen Positionen. Und das Resultat? In der darauffolgenden Woche gab es auf der Titelseite der DeWitt Clinton Schulzeitung die folgende Schlagzeile:

SCHÜTZENNEULING STELLT SENSATIONELLEN REKORD AUF
IRA STIGMAN ERZIELT DIE MEISTEN PUNKTE IM TEAM

Und in dem Artikel dazu begann der erste Absatz so:

> Mit 188 von 210 möglichen Punkten führte der Neuling Ira Stigman am vergangenen Freitag die Mannschaft der DeWitt Clinton bei einem Freundschaftstreffen zu einem vernichtenden Sieg über die Morris High. Der Neuling mit den starken Nerven hatte keine Schwierigkeiten, immer wieder den Zehnerring zu treffen. Die Anstrengungen seines ersten Wettkampfs waren ihm kaum anzumerken. Beim Nachladen konnte man ihn sogar öfters leise lachen hören...

Nie wieder hat er diese Punktezahl erreicht. Tatsache ist: Hätte er während der Meisterschaften aller High Schools aus dem Großraum New York im darauffolgenden Jahr, als er schon ein erfahrener Schütze war, wenigstens durchschnittlich und nicht nur mittelmäßig gepunktet – wenn er schon den »Sensationserfolg« seines Debuts im Frühjahr davor nicht wiederholen konnte –, dann hätte das Team Gold oder Silber gewonnen. Aber die Vorstellung, die er gab, war einfach erbärmlich, noch armseliger als die des Neulings, den sie erst kurz zuvor noch angeworben hatten.

In einer früheren, in der ersten Person verfaßten Erzählung hätte er dem Leser ganz gewiß die Einzelheiten der Episode mit seiner Schwester und der Schützenmannschaft erspart, überlegte Ira. Und das war auch gut so. Es war immer viel einfacher, über Farley zu reden, über Wettläufe. Aber böse Geister konnte man mit dem Gerede über den Hundertmeterlauf nicht austreiben.

Nach der Beinahe-Orgie, die er ihr am vergangenen Donnerstag im Luxus des Alleinseins bis gegen Mitternacht aufgezwungen hatte, als Pop und Mom zusammen mit dem Sejde und der Bobe und dem Rest der Sippe die Wohltätigkeitsaufführung zugunsten des »Galitzianer Verein« besuchten, da weinte sie – aus anderem Grund als mangelnder Sicherheit oder Unbefriedigtseins: »Du ruinierst mich noch für jeden anderen«, schluchzte sie.

Und seine zynisch triumphierende Antwort war der reinste Hohn. »Ach Quatsch, wir küssen uns noch nicht mal. Alles, was wir machen, ist genau das, was du immer sagst – ›Ficken, richtig ficken‹.« Sprach's und grinste dreckig.

»Ach, halt's Maul, du Laus.«

Er hatte beim zweiten Mal kein Kondom gehabt, aber rechtzeitig rausgezogen, dachte er. Doch das, was innerlich an ihm nagte, bedurfte kaum eines besonderen Grundes, Verspätung war für das neuerliche Aufflackern seiner Sorge gar nicht mehr notwendig. Die Knoten in seiner Seele, die sich – so fühlte es sich an – einst gegen Ende dieser wahnsinnigen Angst vor einem Jahr gelöst hatten, waren allzeit geneigt, sich schnell aufs neue zu schürzen und ihn, den Besessenen, zu ruinieren. Auch wenn er nur glaubte, sicher zu sein, sein zu dürfen, keinen Grund hatte, anderes zu denken (Himmelnochmal, zum Teufel auch, es *ist* alles in Ordnung, du bist ja verrückt), lösten sich die Knoten in seiner Seele und das bißchen Mut und Sorglosigkeit, das auch in ihnen verwoben war, verschwand gleich mit. Angenommen, er würde nicht länger – angenommen, er wohnte nicht mehr zu Haus, zöge fort, außer Reichweite von allem, von dieser immer wiederkehrenden Gelegenheit, weg, weg – würde die Angst (die Angst wovor? Besorgnis, sprich es ruhig aus, eine ihn seltsam überkommende Traurigkeit bis hin zur Verzweiflung) ihn nicht auf jeden Fall verfolgen? Nein, würde sie nicht, oder doch? Wie könnte sie denn? Es würde immer einen Grund für die Angst geben müssen, *diesen* Grund. Auslöser, wie der Abzugshahn an einem Sportgewehr. Schlinge: welch schönes Wort, aber keine Schlaufe, sondern eine Fußangel. Das mußte es sein, wie der Fußhebel an einem Fangeisen. Der schwere Stein auf einer Knüppelfalle, der das Kaninchen erschlägt. Auf wie viele verschiedene Arten konnte man es eigentlich ausdrücken? Oder gehörte Angst inzwischen dazu? War eingebaut in ihn, eingebaut in den Akt selbst? Probier's doch mal mit einer anderen. Finde es heraus. Wohnt Theodora noch im selben Haus? Wenn nicht, dann also eine andere. Du mußt es herausfinden. Nachfragen. Ach nein. Wen gäbe es denn noch?

Der Rest der Mannschaft hatte so gut abgeschnitten, daß ihr trotz seiner unglaublich schlechten Schüsse die Bronzemedaille zuerkannt wurde – aber erst, nachdem herausgekommen war, daß ein Mitglied der anderen Mannschaft wegen Nichterfüllung der schulischen Mindestanforderungen nachträglich disqualifiziert wurde und folglich die Bronzemedaille nicht dorthin vergeben werden durfte. Lieber Gott, die drei führenden Teams lagen so dicht beieinander, daß alles, was auch nur annähernd an die Punktezahl seines allerersten Versuchs als blutiger Anfänger herangereicht, ihnen sogar Gold gebracht hätte. Aber als sie ihre Bronze in Empfang nehmen wollten, da kamen sie zu spät. Denn als die Disqualifikation bekannt wurde, waren die Medaillen bereits vergeben und konnten nicht mehr zurückgeholt werden – als wären sie in den Wind gestreut.

Ira machte sich daran, die Albernheit einer nie erhaltenen Bronzemedaille für seine miserable Leistung als Schütze in ein Epigramm zu schmelzen.

Aber wie es ihm so oft widerfuhr, endete sein Versuch nicht mit einem Epigramm, sondern mit einer derben Zweideutigkeit.

Was für ein Titel, sinnierte er beim Tippen, was für ein Titel das wäre – immer unter dem stillschweigenden Vorbehalt, daß er schnell wieder gelöscht werden konnte: *Der Erste Mörder in »Macbeth«*. Wäre das etwa kein Titel für mich, Ekklesias? Aber die zitierte Passage müßte noch leicht abgewandelt werden:

I am one, my liege,
whom the vile blows and buffets of the world
have so incensed that I care not what
I say to spite the world.

Herr, mit hartem
Stoß und Schlag hat mich die Welt
So aufgereizt, daß mich's nicht kümmert, was
Der Welt zum Trotz ich sag.

Und da sind wir wieder bei Baudelaire, reflektierte er: Reden statt Handeln.

Und doch würden auf ihn – dank seiner Mitgliedschaft im Schützenteam – viele wertvolle Erlebnisse warten, amerikanische Erlebnisse, wie er sie nennen würde. Sie waren sogar noch amerikanischer als die mit Farley, weil frei von diesem unterschwelligen irischen Katholizismus, der Farleys Zukunftsaussichten einengte und den man immer spürte; sie waren freier aus Tradition und in der Realität, protestantisch neutral, nicht verdunkelt durch Scheuklappen. Billy Green, das einzige reguläre Mitglied des Teams, das nicht im folgenden Jahr abging, wurde neuer Mannschaftskapitän – und Ira, mangels anderer Bewerber, der neue Manager.

Noch nie hatte Ira einen Jugendlichen kennengelernt, der entwaffnender, bescheidener, ausgeglichener und klarer im Denken gewesen wäre als Billy. »Jungenhaft« war das Wort, mit dem man ihn am besten charakterisieren konnte: jungenhaft im besten Sinne des Wortes, im amerikanischen Wortsinn: selbständig, sportlich fair, gern draußen an der frischen Luft, abenteuerlustig und dabei doch überaus vernünftig. Er hatte ungefähr Iras Größe, damals etwas überdurchschnittlich, war muskulös, kompakt, mit anscheinend endloser Ausdauer, mit Durchhaltevermögen und nicht endender Geduld, mit Mut und ewig guter Laune. Er hatte das helle Gesicht eines Yankee, braune Augen, rümpfte gern seine kleine Nase, wenn ihm etwas nicht gefiel; Schwierigkeiten spielte er herunter und besaß einen gesunden Skeptizismus bis hin zu offener Mißbilligung. Als eines von zwei Kindern eines verwitweten Vaters, Hydraulikingenieur von Beruf und größtenteils von zu Hause abwesend, lebte Billy mit seiner älteren Schwester in einer gepflegten Wohnung an der Upper West Side von Manhattan. Bis auf eine Zugehfrau, die einmal in der Woche kam und den Haushalt wieder in Ordnung brachte, war Billy meistens auf sich allein gestellt, machte sein Bett und sein Frühstück selbst, half seiner Schwester beim Abendbrot und beim Abwaschen und beim Aufräumen hinterher: bei allen Aufgaben, die Mom bei ihnen erledigte und die plötzlich an Bedeutung gewannen, als Ira sich vorstellte, er müßte das alles machen.

Billys Selbstvertrauen erschien Ira als der absolute Gegenpol zu sich selbst, zu seinem immer stärker werdenden Gefühl einer korrumpierenden Infektion, einer Verwundbarkeit, die er sich selbst eingefangen hatte, als ließen ihn die traurigen Spuren seines Judentums nicht los, während Billy so frei war, so kernig und gesund, so frisch wie die klare Luft, so herzerfrischend couragiert. Und er lebte mit seiner Schwester – darin lag der größte Unterschied! Zugegeben, sie war älter, ja, aber er lebte mit seiner Schwester zusammen, allein, Nacht für Nacht, und in getrennten Betten. Und Ira wußte, daß zwischen den beiden nie etwas passierte. Er wußte es einfach. Oh Gott, mit Minnie allein sein, Nacht für Nacht – allein mit Minnie! Schon der Gedanke daran machte ihn schwindlig, in seinem Kopf schwirrte es – vor Scham und Verlangen abwechselnd.

Billy gehörten Golf- und Hockeyschläger, ein Football, Tennisschläger und Schlittschuhe. Und er besaß ein eigenes Kanu! Kanu, Paddel, Campinggerät aller Art, Kochgeschirr und Schlafsäcke. Und alles war untergebracht in einem Bootsclub, in dem er Mitglied war. Bootshaus und Anlegesteg befanden sich am Ufer des Hudson, nur wenige Straßen von dort entfernt, wo er wohnte. Ob Ira gern einmal Kanu fahren würde?

»Ob ich will? *Boy!*«

Gemeinsam ließen sie das kleine Boot zu Wasser, und mit Ira im Bug, der das noch nie gemacht hatte, paddelten sie auf den Hudson hinaus. Als Ira im Kampf gegen den Strom schon aufgab, brachte Billy das Boot mannhaft, mit entschlossenem Lächeln, ohne Zeichen der Entmutigung, ohne zu klagen, ohne Vorwurf, als sei alles eine willkommene Erprobung für ihn, zurück zum Steg. Später, als Ira gelernt hatte, geschickter mit dem Paddel umzugehen, fuhren sie mit ihrem Kanu quer über den breiten Hudson, so allein, so dicht über der grünen Oberfläche des strömenden Wassers. Und sie kampierten am gegenüberliegenden Ufer. Noch lebhaft in Erinnerung, diese kostbaren Vignetten: der Gendarm aus New Jersey, der die beiden Freunde am Morgen verhörte, als sie an ihrem kleinen Feuerchen saßen und ihr Frühstück zubereiteten. Billy reagierte ganz selbstbeherrscht, blieb offen und natürlich in seinen Äußerungen. Welcher amerikanische Mann mittleren Alters hätte sich angesichts zweier halbwüchsiger Burschen, die frühmorgens zwischen den vom Fluß glattgeschliffenen Felsbrocken ganz dicht bei den sanft plätschernden Fluten des Hudson saßen, nicht an seine eigene Jugend erinnert und sich lächelnd wieder entfernt?

Als Ira geschickter wurde, stürzten sich die beiden in halsbrecherische Abenteuer. Gleich nachdem die überbreite, ziegelrote St.

George-Fähre an der Manhattanseite abgelegt hatte, fuhren sie dicht hinter dem behäbigen Schaufelraddampfer her. Sie ritten auf der weißen Gischt in dessen Kielwasser, stürzten hinunter in wilde Abgründe und paddelten um ihr Leben. Sie kreischten vor Vergnügen, wenn ihr Boot knapp dem Kentern entging, während die Fahrgäste im Heck der Fähre bewundernd oder vorwurfsvoll auf die verrückte, jugendliche Torheit blickten. Wenn er doch noch einmal geboren werden könnte! Wenn er doch – ist zu spät, wie immer in seinem Leben kollidierte dieser Wunsch mit der düsteren Realität. Ach, wenn er doch, wenn er doch noch einmal geboren werden könnte. Im Dunkeln auf dem majestätischen Hudson paddeln – allein auf diesem großen breiten Gewässer; oder in nächtlicher Stille am Ufer liegen, mollig eingekuschelt in den Schlafsack, unterhalb der düsteren, steil abfallenden Palisades: wenn nur diese eine Sache – warum mußte es gerade ihm geschehen? Warum? Weil er machte, daß es geschah.

Während der Osterferien, als sie mehrere Nächte am New Jersey-Ufer kampierten, machte sich Ira zum ersten Mal gierig über dicke Scheiben Brot her, die mit dem ausgelassenen Fett von geröstetem Speck getränkt waren, den es am Abend zu den Bohnen gab. Wer hätte gedacht, daß er das vertragen würde? Er hat es gegessen, und er hat es vertragen. Nach einem Tag im Kanu und an einem Lagerfeuer aus gesammeltem Treibholz konnte wohl ein jeder alles vertragen. Und am Morgen, an einem unvergeßlichen Aprilmorgen in den Osterferien, forderten sie sich gegenseitig heraus, wer es wagte, vom Ufer ins Wasser zu stürmen. So etwas hatte Ira noch nicht erlebt. Er glaubte auch nicht, daß er es noch einmal, jemals im Leben wieder tun würde. Als er zurück zum Ufer watete, nachdem er sich kopfüber ins eiskalte Wasser gestürzt hatte, konnte er nicht mehr sprechen; er konnte auch kaum noch atmen. Sein Skrotum war flach zusammengeschnurrt, die Hoden hatten sich in seinen Körper geflüchtet. Dieselbe Brise, die ihm noch vor wenigen Sekunden so kühl vorgekommen war, strich nun wie ein milder, hochsommerlicher Südwind über seine Haut. Ach, könnte er noch einmal geboren werden! Als sie stadtauswärts durch die Einkaufsstraße gingen, nachdem das Kanu wieder im Bootshaus verstaut war, da kostete Ira in der Nähe von Billys Zuhause zum ersten Mal in seinem Leben frisch zubereitete Kartoffelchips. Billy hatte sie gekauft. Welch himmlisches Aroma und Knuspern: wundersame Metamorphose der Kartoffel! Billy lachte angesichts der Verzückung seines Freundes. Und dann marschierten sie von Billys Wohnblock zur U-Bahnstation, trugen ihre Sportgewehre in den Etuis aus Segeltuch über der Schulter und erklärten dem leutseligen Polizisten, der sie anhielt, sie seien Kapitän und Manager des Schützenteams der DeWitt Clinton High School…

Ach, Amerika, Amerika! Mehr als seine im Gedächtnis gebliebenen Glücksgefühle hinausschreien konnte er nicht, weil die Historie nicht hielt, was sie versprochen hatte, so hatte er es als Jugendlicher erfahren: erst wenn er ein anderer wäre. Er konnte nie auf gleicher Ebene Zugang zu dieser extrovertierten, positiven, dynamischen Gesellschaft finden – auch dann nicht, wenn er ein stabiles Wesen hätte statt seines schwer angeschlagenen Charakters. Immerhin hatte er dank seiner Mitgliedschaft im Schützenteam und dank seines Freundes Billy Green einen flüchtigen Eindruck von dieser Dynamik und von dem Brodeln, das Amerika war, erhaschen können – von der Freude, die der Jugend gebührt, von der Sportlichkeit, die der Jugend gut ansteht: einen kurzen Blick auf die Dinge werfen können, die lebensfrohe Gesundheit garantierten. Für ihn unerreichbar, wehmütig gestand er es sich ein, denn für ihn, der schon unauslöschliche Narben trug, von Verstümmelungen verstümmelt, war das makellose Spiel schon zu Ende, nach welchem er sich unaufhörlich sehnte. Dennoch kehrte er, überwältigt von allem Neuen, beeindruckt vom Zauber des Lagerfeuers, des Lebens im Freien, das in ansteckender Selbständigkeit, Unabhängigkeit und Zähigkeit, mit kalten Nachtwinden und Freiheitsgefühlen in seinem Blut pulsierte, jedes Mal energiegeladen und voller Tatendrang nach Hause zurück, zur völligen Überraschung von Mom und Pop und Minnie. Und verkündete, während er sich Wochenendschweiß und Staub von Gesicht und Händen wusch: »Das macht einen neuen Menschen aus mir!«

Oh, Amerika! Vermischte während einer kurzen Atempause die freie und gesunde Luft der Natur mit dem jüdischen Mief der Kaltwasserwohnung an der 119th Street in East Harlem.

Die ganze Sache ist verrückter als verrückt, Ekklesias; für einen alten Mann ist Sex verrückter als verrückt.

– Was soll das mir? Die Sache hat sich nicht so entwickelt, daß sie deinen Ansprüchen an einen klaren Verstand genügen könnte. Sie entwickelte sich aus anderen und tieferen Bedürfnissen heraus, den Bedürfnissen des Überlebens, nicht den Ursachen dafür.

Unbarmherzigen Bedürfnissen.

– Ja, natürlich.

Die Monotonie des Fruchtbarkeitszyklus ist hypnotisierend. Und wirkt sich auch auf mich aus. Die bloße Vorstellung, alles habe mit Sex zu tun, macht mich schon benommen. Aber am meisten die ständige Triebhaftigkeit.

– Aber du wärest nicht hier, wenn der Trieb schwächer wäre.

Ach ja, sprich es ruhig aus. Ich bin ein Mensch, mein Herr, den die harten Stöße und Schläge der Welt – was M. wohl macht? Sie ist so still; sie muß am Notenschreiben sein. Ich habe den vorläufigen Entschluß gefaßt, mir ihre winzig kleinen Eigenheiten zu notieren, ihre Vorlieben und Gewohnheiten. Sie liebt es, sich neue Kleider zu kaufen, *schmateß*. Als Kind wurde die arme Kleine im Haushalt des ärmlichen, ernsten Baptistenpredigers, in dem sie aufwuchs, so kurz gehalten, daß sie heute neue Kleider unwiderstehlich findet – obgleich es den Leuten so schlecht nicht ging, wie ihre rechnende Mutter vorgab. Und später, als Frau ihres unbrauchbaren und mittellosen Ehemannes, als Mutter zweier Söhne, als Lehrerin in Maine mit einem ländlichen Lehrergehalt – wie lange mußte sie da geflickte und zerschlissene Slips und Unterröcke tragen. Darum ist sie heute auch so glücklich, wenn sie sich eine neue Bluse mit fröhlichen Farben kaufen kann. Wichtig ist mir auch, Ekklesias, die Art, wie sie ein paar graue Haarsträhnen, die ihr in die feine Stirn gefallen sein mögen, zusammennimmt und wieder richtet, sie mit einer Haarklammer wieder an der Frisur befestigt. Interessant, nicht wahr? Das war mir gar nicht bewußt.

– Sehr interessant.

Und trotzdem ist es so.

XV

Am ersten Schultag nach den Sommerferien des Jahres 1923 hatte es sich zufällig so ergeben, daß Miss Pickens, Iras neue Lehrerin in »Sprecherziehung 7«, einem Kurs, den es nur für das letzte Schuljahr gab, ausgerechnet an diesem Tage fehlte. Ihr Ozeandampfer hatte, so lauteten die Gerüchte, Verspätung wegen heftiger Stürme auf See, als sie auf der Rückreise von Europa war. Ihr älterer Bruder, der eindrucksvolle, graumähnige, hochdramatische Dr. Pickens war der Leiter des Fachbereichs Sprecherziehung und bot an, für seine verhinderte Schwester einzuspringen, indem er ihre Schüler mit den seinen in ein und demselben Raum unterrichtete. Das Klassenzimmer war also überfüllt, und nur weil jeder Sitz doppelt besetzt wurde, zwei Schüler statt einem aufnehmen mußte, paßte die ganze Schar hinein. Trotzdem gab es immer noch zu wenig Sitzplätze, und einige Schüler mußten improvisieren – mit einem Schulbuch unter dem Hintern auf den Heizkörpern.

Es schien ein glücklicher Zufall, daß derjenige, mit dem Ira hektisch und willkürlich den Sitz teilen wollte, ein gepflegter, gut

gekleideter junger Mann war; er hatte schwarzes, seidiges, seitlich gescheiteltes Haar, trug ein erikafarbenes prächtiges Tweedjackett, Hosen ohne Flecken und mit Bügelfalte, mittelbraune feste Halbschuhe mit reichlich verzierter Kappe. Kein Jude, vermutete Ira, als er sich auf seine Hälfte des Stuhls quetschte. Des anderen vornehme, gutsitzende Kleidung, seine guten Manieren, die Ebenmäßigkeit seines Gesichts, seine gut duchblutete, weiche Haut, sein unbedarfter Gesichtsausdruck, alles verriet den Christen in ihm. Er war nicht nur Christ, sondern wohlhabend dazu. Ira wurde unwillkürlich an den silbernen Füllfederhalter erinnert, den er vor sehr langer Zeit – wie es ihm vorkam – entwendet hatte. Der Junge damals mußte auch wohlhabende Eltern gehabt haben, aber wahrscheinlich Juden. Wie anders christlicher Reichtum sich darstellte – selbst bei der Jugend: gelassen, geschliffen, gesetzt. Hätte der andere nicht neben ihm in einem Klassenzimmer gesessen, Ira hätte ihn für einen weltgewandten jungen Mann gehalten, einen, der schon der Schule entwachsen war, mindestens aufs College ging...
Während des noch länger andauernden Durcheinanders, das die Zuspätkommenden verursachten, die noch einen Sitzplatz – oder besser einen halben, oder ein Eckchen auf Heizkörpern und Fensterbänken – zu erwischen suchten, fing Ira eine Unterhaltung mit seinem Nachbarn an. Ira machte in seiner – wie immer, wenn es sich um Christen handelte – schmeichlerischen Art die Bemerkung, daß die engen Sitze hervorragend geeignet seien für »halb-ärschige«, etwas minderbemittelte Leute. Und mit dieser drolligen Bemerkung begann zwischen den beiden ein Austausch, dessen einzelne Drehungen und Wendungen Ira nicht mehr in Erinnerung hatte. Er wußte nur noch, daß ihm etwas daran lag, seinen Sitzplatzgenossen gut zu unterhalten und machte seine üblichen dummen, anspruchslosen und leicht mokanten Witzchen. Und hatte Erfolg damit. Er amüsierte seinen Gesprächspartner, und der sparte nicht mit Lob. Es dauerte nur Minuten, und sie waren hingerissen voneinander.

Irgendwie verschaffte sich Dr. Pickens Gehör. Er kam zur Sache und rief die Schüler der zusammengelegten Klassen zur Ordnung. Pflichtbewußt verzichteten die neuen Freunde auf weiteres Geschwatze. Aber nicht lange, denn die Eigendynamik des gegenseitigen Amüsements war doch zu groß. Ira fing wieder an zu flüstern und induzierte eine Antwort. Sie waren zu sehr vertieft in ihre einmaligen Geistesblitze, um Stirnrunzeln und Blicke der Verärgerung, die Dr. Pickens in ihre Richtung sandte, überhaupt zu bemerken, bis – Ira gerade bauchrednerhaft aus dem Mundwinkel heraus scherzte: »Dabei wird so oder so nicht viel herauskommen, weißt du –«

»Dieser Lümmel da in Reihe drei, Platz fünf, aufstehen!« donnerte Dr. Pickens und warf ihnen beiden wütende Blicke zu.

Sein Leben lang würde Ira sich mit Bewunderung an den Mut seines Sitzgenossen in diesem kritischen Moment erinnern. Während er selbst ängstlich vor dem Schwall pädagogischer Tadel zurückschreckte, stand sein Mitschüler tapfer auf.

»Du nicht!« Theatralisch und löwenhaft brauste Dr. Pickens auf und klang vernichtend: »Der Flegel da neben dir. Aufstehen!«

Larry, wie der andere hieß, setzte sich wieder. Und Ira stand auf. Er zitterte schon aus Angst vor der Strafe für sein Fehlverhalten: die grobe Mißachtung einer so bedeutenden und dominanten Lehrerpersönlichkeit wie Dr. Pickens, Leiter der Sprecherziehung an dieser Schule, eine grobe Respektlosigkeit vor den versammelten Blicken zweier zusammengelegter Klassen, die das bezeugen konnten.

»Wie ist dein Name?«

Kaum hörbar die Antwort: »Ira Stigman.«

»Was fällt dir ein zu reden, wenn die Klasse ruhig sein soll, zu reden, wenn ich zur Klasse spreche! Gehörst du zu den Seniors?«

»Ja, Sir.«

»Ein Senior – und besitzt nicht genügend Anstand, sich zu benehmen, in einer schwierigen Situation wie dieser! Ein Senior –

und besitzt nicht die Höflichkeit, die man einem Lehrer an der DeWitt Clinton High School entgegenbringen sollte! Was denkst du dir eigentlich dabei, du unglaublicher Flegel? Du hast nicht die Reife, ein Senior zu sein! Du bist nicht geeignet für diese Klasse!«

»Es tut mir leid«, nuschelte Ira.

»Raus! Raus hier, und zwar ein bißchen plötzlich! Verlasse sofort diesen Raum! Hinaus!« brüllte Dr. Pickens. Und sagte mit drohender Gebärde seines Zeigefingers: »Melde dich nach dem Unterricht bei mir. Und daß du dich nur nicht drückst.«

»Ja, Sir.« Niedergeschlagen, in einem Strudel von Angst, bahnte sich Ira seinen Weg durch den mit Füßen und Aktentaschen vollgestellten Gang zur Tür. Als er die Tür hinter sich schloß, sah er schon einen Mitschüler von seinem Fleckchen auf dem Heizkörper abspringen und den freien Platz besetzen, den Ira hinterlassen hatte. Er ging die Treppen hinunter in den Leseraum, wartete auf das Ende der Stunde und auf seine Strafe, das Urteil. Angstzustände, wie er sie seit seinem Stuyvesant-Martyrium nicht mehr gehabt hatte, meldeten sich zurück. Er hatte nichts gestohlen, aber sich eines schweren Vergehens gegen den Leiter eines Fachbereichs schuldig gemacht, eines äußerst eingebildeten noch dazu. Die Forderungen nach Wiedergutmachung würden grenzenlos sein. Namenlose Angst begann unbarmherzig, ihn zu zerschlagen, immun gegen Eingaben des gesunden Menschenverstands. Schon erschien in seiner Vorstellung der schmale, eingefallene, drakonische Mr. Dotey auf dem Plan, der Dekan. Schon hatte Ira Mr. Doteys Erklärung im Ohr, die schlimmste aller Strafen – nein, nicht ganz; Ira kannte die schlimmste – ein Elternteil mit in die Schule bringen: Mom oder Pop. Noch einmal das ertragen zu müssen!

Er hatte sich in die Nähe der Aulatüren gesetzt, wippte mit dem Fuß die Minuten hinweg, während er seine kalten, feuchten Finger warmrubbelte – und allzu bald schon rief der Schicksalsgong die Klassen zum Wechsel der Unterrichtsräume. Er mischte sich unter die Schüler, ging die drei Stockwerke hinauf zu dem Klassenzimmer, aus dem er hinausgeworfen worden war.

Larry, der neue Freund, war schon weg, und dunkle Ahnungen überlagerten jetzt Iras Gedanken – lediglich Vergebung wollte er für seine Missetat. »Sie haben mich bestellt, Sir, ich sollte mich nochmals bei Ihnen melden, Dr. Pickens. Es tut mir so leid.«

»Das ist ja schön und gut.« Der löwenmähnige Dr. Pickens sammelte Klassenbücher und Papiere ein. »Doch muß ich wohl deine Beleidigung, dein derbes Fehlverhalten Mr. Dotey melden.«

»Bitte, Dr. Pickens. Bitte nicht. Ich – es war doch nur das eine Mal,« bettelte Ira. »Bitte! Sie können alle anderen Lehrer fragen, ob ich das sonst schon mal gemacht habe.«

»Ich habe nicht die Absicht, etwas Derartiges zu tun. Dies war wohl das Erbärmlichste, was ich an schlechtem Benehmen in all den Jahren meiner Lehrtätigkeit erlebt habe. Absolut. Und mir fällt dazu nur eine einzige angemessene Strafe ein, dir diese Art von Benehmen ein für alle Mal auszutreiben. Und das ist ein Besuch bei Mr. Dotey. Und in sein Büro werden wir jetzt gehen.«

Iras Augen füllten sich mit Tränen. Am liebsten hätte er nach Dr. Pickens' Hand gegriffen, wenn er sich nur getraut hätte. »Eine Chance, Dr. Pickens. Bitte geben Sie mir nur eine Chance.«

»Junger Mann, kannst du mir auch nur einen einzigen Grund nennen, warum ich das tun sollte?«

»Ja, Sir.«

»Ja Sir, was? Du hättest einen guten Grund? Das kann ich nicht glauben.«

»Wir saßen zu zweit auf einem Stuhl, und ich konnte einfach nicht dagegen an.«

»Und genau hier –« Dr. Pickens beschrieb mit seinem Finger einen unerbittlichen Bogen von sich zu Ira – »liegt nämlich der wahre Grund, weshalb du verpflichtet gewesen wärest, mehr Selbstkontrolle zu zeigen. Diese Art Notsituation hätte ganz zweifelsfrei bessere Manieren erfordert – und hast du die an den Tag gelegt, du, ein Senior? Du hast das genaue Gegenteil erkennen lassen.« – »Ich weiß.«

»Dann hast du also nichts mehr zu sagen?«

Ira war mit seinem Verstand am Ende. Tränen kullerten ihm aus den Augen. Er würde es riskieren müssen. Er würde die Wahrheit sagen müssen, darauf vertrauen, daß Dr. Pickens ebenso überwältigt davon wäre wie er selbst. »Ich dachte, ich hätte gerade einen Freund gefunden. Reich und einmal kein Jude, und er schien mich auch zu mögen.«

Dr. Pickens stutzte, als ob (Iras inbrünstige Hoffnung) ihm etwas Gravierendes, Einzigartiges begegnet sei, etwas, das man nicht diskutieren konnte. Seine engstehenden grauen Augen erforschten das Gesicht vor ihm mit einer strengen Unerbittlichkeit, die sein löwenhaftes Aussehen noch unterstrich. Eine Sekunde des Schweigens, vielleicht auch zwei, dann räusperte er sich kräftig. »Ich glaube, du sagst die Wahrheit.«

»Ja, Dr. Pickens, die Wahrheit. Darum ist es passiert.«

»Nun, laß dir nicht einfallen, so etwas noch einmal zu tun. Jedenfalls nicht in meinem Unterricht.«

»Nein, Sir! Bestimmt nicht!«

Dr. Pickens zögerte noch einen Moment, als kleine Strafmaßnahme, aber ohne ernsthafte Vergeltungsabsicht. »Also gut. Du darfst dich entfernen.« Die Geste, mit der er ihn entließ, wirkte durch Iras Tränen hindurch seltsam weit entfernt von dem weißmähnigen Kopf mit der blühenden Gesichtsfarbe und den Narben des Alters, den Ira nur ganz verschwommen wahrnahm. »Du darfst gehen.« Dr. Pickens machte eine ungeduldige, wedelnde Bewegung mit zwei Fingern und bedeutete ihm, sich rasch zu entfernen.

»Danke, Dr. Pickens! Danke!« Seinem Herzen wuchsen Flügel, und mit tränenverschmierten Wangen rannte Ira zu seiner nächsten Unterrichtsstunde.

Und jetzt, nach meiner Tasse Tee, Ekklesias, bin ich allein in meinem Studierstübchen in unserem mobilen Heim. Hinter meinem Rücken dröhnt kühlend der Wasserverdunster, während vor dem Westfenster alle Sonnenblumen bis auf eine in schwerer Reife schon fast den Kopf hängen lassen. Ich denke, ich sollte in meiner Erzählung dort wieder anknüpfen, wo ich aufgehört habe, den Kurdenaufstand und Sadat und Begin vergessen, falsche Schlangen und Attentäter vergessen und staunen: in diesem Augenblick erscheint draußen ein Renn-Kuckuck mit vorgerecktem Hals, die Schwanzfedern wie eine Brückenklappe auf und nieder schlagend, hält inne, peilt die Lage, saust über den ausgedörrten, gelbbraunen Lehmboden und verschwindet hinter den frisch gesetzten Bäumchen in der Baumschule hinter dem Zaun. *lo digo seguitando.*

Miss Pickens kehrte zurück, und in der nächsten Stunde für das Fach »Sprecherziehung 7« wurden die beiden zusammengelegten Klassen wieder getrennt und selbstverständlich auch wieder getrennt unterrichtet. Ira war in Miss Pickens' Klasse, sein sympathischer Sitzgenosse glücklicher- oder unglücklicherweise in der Klasse ihres Bruders. Dennoch, die neue Freundschaft entwickelte sich: bei flüchtigen Begegnungen zwischen den Unterrichtsstunden, in der Halle oder auf der Treppe; und einmal in der Woche hatten sie zufällig gleichzeitig Mittagspause und trafen sich in der Kantine im sonnigen Obergeschoß der High School. Die neue Freundschaft gedieh prächtig und schien allmählich ein gewisses Übergewicht gegen Iras andere Freundschaften und Interessen zu entwickeln.

Eines Nachmittags Anfang Oktober, es war ein klarer, strahlender Nachmittag, wie es dem Monat Oktober gebührte, begegneten sich Ira und Larry Gordon zufällig auf der Treppe vor der Schule. Normalerweise hätte Ira ein bis zwei Stunden nach Schulschluß in der »Räuberhöhle« verbracht, einer zugebauten Nische, einer Art Rumpelkammer unter der Treppe zwischen Erdgeschoß und Aula:

dem Treffpunkt für die Mitglieder des Schützenteams. Dort diskutierte das Team über anstehende Wettkämpfe, verfaßte Einladungsschreiben an andere High Schools, reinigte die Waffen, und alles inmitten von albernem Gequassel und Fachsimpelei. Billy fehlte heute in der Schule, und obwohl Ira einen Schlüssel zur Räuberhöhle besaß, hatte er so eine Ahnung, daß vielleicht ... wenn er direkt nach Hause ginge..., nun, man konnte nie wissen. Gewöhnlich erfüllten sich seine Ahnungen, seine allgegenwärtigen, ewig hoffnungsvollen Ahnungen nicht, aber dann wieder, ab und zu einmal, auch wenn er lange darauf warten mußte, wurden sie Wirklichkeit: das eine Mal hatte Mom bis zum späten Nachmittag in der Harlemer Augen- und Ohrenklinik warten müssen, als sie die fürchterlichen Geräusche in ihren Ohren behandeln lassen wollte; das andere Mal war sie bei Ella und ihrem Baby in deren Wohnung 116th Street und Fifth Avenue, und – es war zwar beschissen, aber man konnte nie wissen. Doch da kam nun genau in dem Moment Larry die Stufen vor der Schule herunter, als Ira inmitten einer lärmenden Gruppe Mitschüler unten aus der Tür trat.

Larry und er begrüßten einander herzlich, schritten nebeneinander aus, wandten sich nach Osten, gemeinsam mit der plappernden Schar ihrer Schulkameraden.

»Ich glaube, du hast mir noch gar nicht gezeigt, wo du wohnst«, sagte Larry.

»Ach, das ist eine Scheißgegend. Echt mies.«

»Sowas hast du ja schon angedeutet. Du sprachst von einer ganz schön harten Nachbarschaft.«

»Das kann ich dir sagen.« Ira suchte Zuflucht hinter einem von Farleys Sprüchen: »Da, wo ich wohne, gibt es Typen, die sind so hart, die spielen Flohhüpfen mit Gullydeckeln.«

Was ihm ein anerkennendes Lächeln von Larry einbrachte, der sich aber nicht ablenken ließ. »Aber wo ist das? In Harlem, soviel ich weiß.«

»Ja, Harlem ist richtig. In den alten Harlemer Slums. 108 East 119th Street.«

»Wo liegt denn das?«

»Du bist doch schon mal mit der New York Central gefahren? Und kennst die Überführung?« Ira gestikulierte.

»Die New York Central Eisenbahn? Die habe ich manchmal mit meinem Vater benutzt, mit meiner Mutter auch, als mein Großvater und meine Großmutter noch lebten. Die kamen ursprünglich aus Ungarn. Mein Großvater stammt aus Budapest. Ihm gehörte ein kleines Kaufhaus – in New Haven. Weißt du, wo Yale ist?«

»Nein, aber – ist das dort?«

»Du mußt wissen, Yale ist ein hebräisches Wort: *ya* bedeutet *Jahveh*, und *El* ist der Herr.«

»Tatsächlich?« Ira, der kleiner war als Larry, blickte zu ihm auf, als er auf einer Stufe neben ihm stand. Woher wußte er das? Er war doch ein Christ? Wußte mehr als Ira. Klar, wegen Yale. Ganz klar.

»Mein Vater hat daran gedacht, seinen Kurzwarenladen zu verkaufen und das Kaufhaus zu übernehmen. Aber meine drei Schwestern und mein Bruder Irving, wir wollen alle nicht von New York weg. Meine Mutter auch nicht. Und Kurzwaren in Yorkville – weißt du, das ist eine deutsche Gegend, und meine beiden Eltern sprechen gut deutsch. Also wurde Grandpa Taddys Geschäft verkauft. Auch gut. New Haven ist nicht mehr so aufregend, wie es mal war. Zu Weihnachten sind wir immer dorthin gefahren. Wir hatten dann immer alle schulfrei, und Wilma und Sophie gingen damals noch auf die ›Hunter Normal‹.«

»Aha.«

»Ich wollte aber nicht vom Thema abkommen.« Larry blickte lächelnd auf Ira herunter, spreizte die Finger seiner großen Hand.

»Oh, das macht nichts.«

»Was hat die New York Central damit zu tun, wo du wohnst?«

»Ungefähr alles. Wenn du mal aus dem Fenster geguckt hättest, wenn der Zug über die 119th Street fährt, beim dritten Haus, da hättest du sehen können, wo wir wohnen.«

»Welche Richtung?«

»Osten.«

»Ach, tatsächlich. Weißt du, mein Bruder Irving hat gerade eine Fabrik für Kittelschürzen in der 119th Street aufgemacht.«

»Wirklich? Wo denn da?«

»Auf einem Gelände östlich der Third Avenue.«

»Ach nein. In der 119th?«

»Schürzenkittel für Frauen sind heute der große Renner. Konfektionsware. Er hat dort ungefähr einhundert Arbeiter.«

»Huh!« rief Ira. »Einhundert... Nun, von der Fabrik deines Bruders gehst du nur einen Block nach Westen. Und jetzt weißt du, wo ich wohne.«

»Wenn das kein Zufall ist.«

»Kann ich dir sagen. Und du, wo wohnst du?«

»Ich wohne an der Ecke 161st und Summit in der Bronx. Eine sehr ruhige Gegend, hübsch, aber nicht zu übertrieben. Gleich hinter dem Harlem River. Wir haben dort unser eigenes Haus.«

»Oh, du wohnst in einem Einzelhaus?«

»Nein, es ist ein kleines Apartmenthaus. Auf jeder Etage nur eine Familie. Wir wohnen eine Treppe hoch.«

»Wir auch«, grinste Ira.

»Wie kommst du nach Haus?«

»Ich? Mit der Broadway-U-Bahn und umsteigen an der 96th, dann bis zur Lenox. Du nimmst wohl die Bronx Park-Linie?«

»Nein. Ich nehme die El an der Ninth Avenue.«

»Mach kein' Quatsch. Die Ninth Avenue El?«

»Ja – und ich steige nur wenige Blocks vor meiner Wohnung aus.«

»Oh. Aber es ist doch in der Bronx, oder?«

»Ja. Am Anfang der Bronx.«

In der Öffentlichkeit mit Larry zu gehen war anders, bemerkte Ira, nachdem er ihn vorher diese wenigen Male nur im Treppenhaus der Schule und in der Kantine getroffen hatte. Ihr Gedankenaustausch war meist auf schulische Dinge beschränkt gewesen, hatte die schulische Umgebung, die sie gängelte, zum Thema gehabt. Hier auf der Straße fühlte Ira sich ein wenig verlegen neben seinem neuen Freund. Auch spielte das persönliche Erscheinungsbild hier eine größere Rolle. Ira spürte nicht nur den Unterschied zwischen Larrys »reicher« Kleidung und seiner eigenen zerknautschten, schäbigen; er bemerkte auch, daß Larrys Äußeres und seine Ausstrahlung die Aufmerksamkeit der Vorübergehenden, besonders der Frauen jungen und mittleren Alters (wie Ira fand), auf sich zogen, die er aber überhaupt nicht zu beachten schien, sondern sie wie selbstverständlich hinnahm. Er trug keine Brille und war mindestens fünf Zentimeter größer als Ira. Nicht nur war sein Gesicht ungewöhnlich ebenmäßig und seine Haut von dieser glatten, geröteten Frische, die von liebevoller Pflege im Elternhaus zeugte, sondern sein ganzer Körper war wohlproportioniert, wiederum »ebenmäßig« – abgesehen von den buschigen Augenbrauen, die wie Flügel über seinen sanften braunen Augen schwebten, seinen überdurchschnittlich, ja unverhältnismäßig langen Armen und seinen Händen: diese waren sogar auffallend groß. Alles in allem wurde Ira plötzlich – angesichts der Harmonie von Larrys körperlichen Proportionen und Gesichtszügen – an die Nachbildung von Michelangelos *David* im Metropolitan Museum erinnert: die markanten Augenbrauen, die großen ausdrucksvollen Hände, deren eine vor dem Körper, die andere nach hinten ausgestreckt war mit der Schleuder. »Bist du noch im Schützenteam?« fragte Larry.

»Ja.«
»Und – gefällt es dir?«
»Ja, sicher. Du machst wohl keinen Sport?«

»Ich mach' in einer Operette mit: *The Pirates of Penzance*. Ich singe im Chor. Ich weiß nicht, ob man das Sport nennen kann.«
»Ach, stimmt ja, du hast mir schon davon erzählt. Du singst.«
»Wirst du es dir mal ansehen?«
»Aber nein, das kostet mich dann einen Dollar. Und es ist spätabends.«
»Es ist aber wirklich sehr gut. Es hat eine gute Besetzung, und ich sage das nicht, weil ich mitmache.«
»Ich weiß. Ich hab' schon einen Ausschnitt daraus in der Schulversammlung gesehen. Es hat mir gefallen.«
»Das war unsere Voraufführung. Als Werbung. Wir haben damals gesungen ›*A paradox, a paradox, a most ingenious paradox*‹ –«
»Genau. Ein lustiges Lied.«
Larry lachte leicht sarkastisch, wie man vor einem Witz lacht, den man gleich machen will: »Wenn der Inspizient nicht zuhört, dann singen einige von uns manchmal ›*A pair o' socks, a pair o' socks, a most ingenious pair o' socks*‹.«
Ira grinste – ein wenig befangen. Wie wenig sich Larry doch um die vielen anderen Schüler kümmerte, die neben ihnen gingen und von denen einige ein Lächeln aufsetzten, als sie die unbefangen vorgetragenen Zeilen aus dem Liedchen hörten.
Musikalisch war seine Stimme und makellos seine Intonation. »*I am the captain of the ›Pinafore‹, and a right good captain too.*«

Sie näherten sich jetzt der Ninth Avenue; der dunkle Schatten der Hochbahntrasse hüllte die Straße in Schwarz. Und wie so viele andere kleine Leuchtfeuer in der geschäftigen Dunkelheit unter der El blinkten auch die Lichter vom United Cigar Tabakladen bereits an den Schaufensterrahmen. – »Rauchst du?« fragte Larry.
»Ich hatte eine kleine Pfeife – die mochte ich sehr. Dann hab' ich sie aber in meiner weißen Jacke vergessen, als ich Getränke ausgerufen hab'.«

»Getränke ausgerufen? Oh ja, das hast du mir erzählt«, bemerkte Larry schnell und fügte hinzu: »Du hast verkauft.«

»Ja. Und nun rauche ich...« Gerade wollte er sagen *jenems*, Geschnorrte, aber das war Jiddisch, und Larry würde es nicht verstehen. Darum verzog Ira nur das Gesicht und zuckte lässig mit den Schultern.

»Ich rauche auch gern Pfeife«, sagte Larry. »Ich besitze eine Kalebasse, die habe ich in Bermuda gekauft. Und eine Dunhill. Aber die sind zu auffällig für die Schule. Und einen Tabaksbeutel braucht man auch. Du rauchst Zigaretten, stimmt's?«

»Oh ja, stimmt.«

»Halt mal eben. Ich gehe da mal eben rein und hole eine Schachtel Camels, okay? Ich hab' Camels gern. Du auch?«

»Ja. Ich mag nur keine Luckies –«

»Das reinste Schießpulver.«

»Genau. Die sind scharf wie der Teufel. Vielleicht, wenn man sich daran gewöhnt. Mein Großvater raucht Melachrinos. Aber nie mehr als eine halbe. Sie sind zwar mild, aber Mann, was die kosten. Und weißt du, was er macht?«

Sie hatten fast die Ecke erreicht. »Steckt er am Ende einen Zahnstocher hinein?« Larry war begeistert.

»Oh, nein. Er dreht sich eine Zigarettenspitze aus Papier und macht dann dreieinhalb Züge. Dann zückt er sie aus.«

»Zückt sie aus? Das habe ich ja noch nie gehört. Drückt sie aus?«

»Na gut, drückt sie aus.«

An der Ecke blieben sie stehen. »Du bist Jude, nicht wahr?« fragte Larry.

Nun, da war sie also gekommen, die unausweichliche Frage. Auf eine Weise hatte er sie herausgefordert, dachte Ira, aber früher oder später wäre sie sowieso gekommen; das war immer so. Wenn dies nun der Punkt war – welcher Punkt? –, bis zu dem ihre Freundschaft ging, so konnten sie doch auch in Zukunft wenigstens ein bißchen lustig sein – in der Schule. »Ja stimmt, ich bin Jude«, erklärte Ira so sanft er konnte.

»Ich wollte mich nur vergewissern. Ich nämlich auch.«

Ein Nichtjude hätte sich nicht besser verstellen können. Dies war Barmherzigkeit bis zum äußersten, ein heiterer Balsam zur Linderung der chronischen Wunde.

»Ach jaah?« Ira sprach besonders breit, um sicherzugehen, daß seine Ungläubigkeit auch wahrgenommen wurde.

»Ja, bin ich.« Larrys dichte Augenbrauenflügel berührten sich in der Mitte. »Was dachtest du denn, was ich bin?«

»Willst du mich auf den Arm nehmen?«

»Ganz bestimmt nicht.«

Sie hatten – weil Ira plötzlich stehenblieb – direkt am Bordstein, an der Ecke Halt gemacht, stoppten und verstopften dort den Verkehr, ihre Fußspitzen schräg zur Granitkante des Bürgersteigs, während die Massen der Fußgänger an ihnen vorbeifluteten, weiterhetzten, hinein in die tiefen Schatten, und zum Überqueren der Avenue die Lücken zwischen Trolleybussen und Autoverkehr ausnutzten. Merkwürdige Pause. Es war, als wäre es ein seelisches Innehalten, nicht nur ein körperliches Verweilen. Der Junge würde doch damit nicht spaßen; er konnte damit nicht spaßen. Das hieße doch wohl zu weit gehen, und sie wären nie bis an diesen Punkt gekommen, wenn er so einer wäre. Es gab ja die *gojim,* sicher, undurchsichtige, affige Witzbolde. Aber zum Teufel auch, er hatte schließlich gelernt, es denen zu zeigen. Und es gab die anderen, solche wie Billy, die niemals auch nur andeutungsweise durchblicken ließen, daß ihnen Iras Judentum bewußt war. Das rief nach nochmaliger Prüfung, nach genauester Untersuchung. Ja, und dann gab es noch ihn, Larry, mit seinem ganz normalen Arrow-Hemdkragengesicht, nun, dem nur noch der graue Filzhut fehlte, der einen vornehmen blauen Wollmantel über dem fein abgestimmten

Tweedjackett und eine blaue Strickkrawatte trug. Alles sehr geschmackvoll, das fühlte man einfach, selbst wenn man nicht wußte, was eigentlich guter Geschmack war – und Eleganz. Oh zum Teufel, mit diesem glänzenden Aussehen mußte man einfach Nichtjude sein – aber nein. Oder vielleicht doch nicht: seine Lippen waren ein wenig zu dick, aufgeworfen: jüdische Weichheit hier, jüdische Freundlichkeit. Nein, Larry konnte nicht nur so tun, als meinte er es ernst. Er mußte es wirklich ernst meinen –

Beinahe körperlich spürte er die Neuorientierung, als würden altgewohnte Markierungen mit einem plötzlichen Ruck neu gesetzt. »*Boy*, in meinem ganzen Leben bin ich noch nie so reingefallen. Ehrlich.«

»Komm, laß uns über die Straße gehen«, sagte Larry und faßte ihn leicht am Arm. »Was hast du denn gedacht, was ich bin?«

»Ein *goj* natürlich – was denn sonst? Du – du hast deine Bar Mizwa und alles?«

»Selbstverständlich. Ich habe auch in der Sonntagsschule unterrichtet.«

»Sonntagsschule!« wiederholte Ira fassungslos. »Sonntagsschule ist doch für –« Er war froh, daß über ihnen gerade eine Bahn mit ihrem Rattern die Entblößung seiner Unwissenheit gerade noch verhinderte.

»Im Tempel Beth El an der Fifth Avenue. Ich habe es geliebt, die Geschichten des Alten Testaments vorzulesen. Sie bedeuten mir immer noch sehr viel.«

»Tatsächlich? Die Geschichten des Alten Testaments? Du meinst aus der jüdischen Religion, richtig? Aus der Bibel? Und auf Englisch?«

»Ja sicher auf Englisch. Also, einige von uns konnten auch ein bißchen Hebräisch. Aber sehr wenige. Die Geschichten, die ich gelesen habe, waren auf Englisch. Es waren dieselben Geschichten, die ich selbst so gern hörte, als ich zur Sonntagsschule ging. Du müßtest sie eigentlich kennen: von Saul und David und Absalom. Und von Samson.«

»Ich kenne sie nicht, aber ich habe davon *gehört*. Ich habe auch auf Englisch drüber gelesen – ich meine, nicht auf Hebräisch.«

»Ach wirklich? Ich hatte gedacht, du wärest viel jüdischer als ich.«

»Aber wir haben es nicht so gelernt. Ich meine im *chejder* – du weißt doch, was der *chejder* ist?«

»Oh ja, davon habe ich nun schon gehört. Mein Schwager Sam hat mir davon erzählt. Er ist Rechtsanwalt. Und spricht ganz gut Hebräisch. Und auch ein paar Worte Jiddisch. Dort hast du wohl deinen Religionsunterricht bekommen, oder?«

»Wenn du es so nennen willst –. Meiner war auf der East Side. Jüdischen East Side. Überwiegend. Ich habe auch in Harlem gelernt. Aber wir haben immer nur Gebete gesprochen, wenn du weißt, was ich meine. *Dawenen*. Weißt du, was ich meine?«

»Das heißt doch beten, oder?«

»In der *schul* beten, in der Synagoge. Man muß sich so schütteln, wenn man das macht.« Ira machte es vor und suchte einen Weg, das Thema zu wechseln.

Aber Larry wollte noch mehr wissen und lächelte unsicher. »Ich hatte kaum Gelegenheit, sowas mal zu sehen.«

»Keine Gelegenheit? Weißt du, bei uns war es nicht so toll wie in dem Tempel an der Fifth Avenue. Den kenne ich nämlich. Er ist wunderschön. Hier bei uns waren das nur kleine Löcher, kleine Baracken im Hinterhof.«

Larry schüttelte den Kopf. »Ich wußte nicht, daß sie so schlecht sind.« – »Himmel, ich hasse sie.«

»So schlimm? Und fandest du denn die biblischen Themen nicht erhebend?«

»Eher nein. Vielleicht – wenn ich sie so hätte lernen können wie du. Aber ich hatte keine biblischen Themen.«

»Die Bibel kann dir so viel Inspiration geben. Ich meine, es gibt da so viele Zusammenhänge mit der amerikanischen Tradition, der englischen Tradition, denke ich. Wobei die amerikanische Tradition viel tiefer geht. Wußtest du zum Beispiel, daß König Saul und Custer viel gemeinsam haben?«

»Häh? General Custer?«

»Ich schreibe gerade ein Gedicht über die beiden Männer. Ein jüdischer König und ein christlicher General –«

»Ein Gedicht? Du schreibst ein *Gedicht*?«

»Ein langes Gedicht. Mehrere Folgen. Teils in Erzählform, teils lyrisch.«

Ira stand immer noch wie angewurzelt, stirnrunzelnd und ungläubig. »Ein Gedicht? Du gehst doch noch zur High School.«

»Na und? Jüngere als ich haben große Dichtung geschrieben. Und was ich vorhabe, hat sowieso noch keiner gemacht. Es ist sehr aufregend: ein Mann stellt sich gegen sein Schicksal. Es gibt da eine Allgemeingültigkeit, ob es nun Saul auf dem Gilboagebirge ist oder Custer am Little Bighorn.«

Larry führte ihn in einen duftenden, strahlend hell erleuchteten Tabakwarenladen. Wie weltmännisch er dann eine Schachtel Camels verlangte und von dem Verkäufer mit dem grauen Schnurrbart auch sofort bedient wurde, obwohl er seine Unterhaltung mit Ira dabei keineswegs unterbrach – »Allerdings spreche ich kein Jiddisch...«, sagte er gerade in allerschönster Gelassenheit, während Ira vor Befangenheit das Blut in den Adern gerann – und dann locker den Dank des Verkäufers erwiderte und das Gekaufte und das Kleingeld in Empfang nahm, »...sondern nur ein wenig Ungarisch. Hauptsächlich wegen Mary, unserem Mädchen. Meine Leute benutzen das eine oder andere ungarische Wort, wenn sie mit ihr reden, und da habe ich etwas aufgeschnappt.« Er ging wieder nach draußen. »Und manchmal auch bei den Großeltern in New Haven, wenn wir sie in den Schulferien besucht haben. Sie sind zwar beide schon hier geboren, aber meine Urgroßeltern beiderseits sind aus Ungarn gekommen.«

»Ja? Und ist noch jemand von ihnen am Leben? Ein Großvater vielleicht, oder so?«

»Oh nein, ich bin das Nesthäkchen der Familie. Und bei dir?«

»Ich habe noch einen Großvater und eine Großmutter.«

»Tatsächlich? Und sind die hier geboren?«

»Himmel, nein. Ich bin ja noch nicht mal hier geboren!«

»Bist du nicht?«

»Ich bin in Galizien geboren. In Österreich-Ungarn. Es hat mal ein Österreich-Ungarn gegeben.«

»Ja, das weiß ich. Vor dem Großen Krieg.«

»Dann sind wir so eine Art *landslajt* – beinahe.«

»Das Wort kenne ich: *Landsleute*. Genau wie im Deutschen. Ich habe Deutsch belegt.«

»Ja? Es ist auch ein jiddisches Wort.«

»Wirklich? Ich kenne ein paar jiddische Wörter. *Zores*. Ich habe mal gehört, wie Sam das gesagt hat. Sorgen. *Kejn ojg-hore*. Das sagt er immer, wenn jemand meine Nichte lobt. Aber eigentlich kenne ich wohl mehr ungarische Wörter als jiddische – soviel Zeit wie ich bei meinem Onkel Leon in Bermuda verbracht habe. Der hat immer mal was auf Ungarisch gesagt.«

Still und in sich gekehrt, ärgerlich, daß ihn die seltsame Gefühlsverlagerung, die sich in ihm vollzog, so verwirrte, blickte Ira auf Larrys große, geschickte Hände, die ein Stückchen Folie von der gelben Camel-Schachtel abrissen. Dann schnipste Larry mit geübten Fingern von unten gegen die Packung, bis oben einige Zigaretten herausragten. Alles machte er mit so fabelhafter Gelassenheit und sicheren Handgriffen. »Zigarette?« fragte er und bot ihm eine an.

»Ja. Aber du gehst doch jetzt rauf zur El – oder nicht?«

»Och, wir können ruhig hier unten noch ein Weilchen *schmußn*. Ich hoffe, du hast es nicht eilig.«

Schmußn. Es war, als habe Larry es sich in den Kopf gesetzt, sein Judentum zu authentifizieren, ihm ein Gütesiegel zu verpassen. »Nun...« Ira zögerte, nahm eine Zigarette. »Nein, ich habe es nicht eilig.« Vermutlich war Mom sowieso zu Haus. Ein Gedanke, eine sündhafte Assoziation loderte auf in seinem Kopf: ihr von Larry erzählen, bei nächster Gelegenheit, von dem gutaussehenden Freund. Sie ein wenig in Wallung bringen auf diese Weise. Genau. Zum Teufel auch. Larry schrieb Gedichte, das konnte er ihr erzählen. Ein Poet. Jude, und man sähe es ihm nicht an – aber etwas schob sich dazwischen, eine Ernüchterung, plötzliche Ernüchterung machte ihn stutzig: Was für ein Jude? Aus welcher Welt?

Sie fanden ein Eckchen unter der schrägen Treppe zur El, wohin sie sich zurückgezogen. Wunderbar, wie Larry ein brennendes Streichholz in der Wölbung seiner großen weißen Hand halten konnte. »Wie hast du die Gebete im *chejder* – wie du es nennst – denn überhaupt gelernt? Hast du nicht aus dem Hebräischen übersetzt?«

»Oh nein, ich sagte es schon. Der alte Kerl mit dem Schnurrbart hat einem ins Gesicht geschlagen, wenn man nicht die richtigen Laute bildete. *Komez-alef* ›o‹; *komez-bejs*, ›bo‹; *komez-giml*, ›go‹. Ich habe mich immer schnell geduckt, wenn ich sah, daß ihm der Zeigestock aus der Hand rutschte.«

Vergnügt hörte Larry mit geöffneten Lippen zu, die Szene schien vor seinen Augen lebendig zu werden. »Ist das wahr?«

»Ja sicher. Wir hatten damals Hebräisch in einem kleinen Schuppen im Hof und manchmal auch in einem alten Laden in einem Kellergeschoß. Bis ich achteinhalb war. Und ich war sogar ziemlich gut. Der *melamed*, du weißt schon, der Lehrer, der hatte, als ich ungefähr sieben war, zu meiner Mutter gesagt, ich könnte eine richtige Zukunft haben. Aber dann sind wir nach Harlem gezogen.«

»Ich bin praktisch in Bermuda aufgewachsen. Meine älteren Geschwister lebten eine Zeitlang bei uns in Yorkville. Ich selbst habe dort nur eine kurze Zeit verbracht, und jetzt sind wir hier in der unteren Bronx.« Larry machte einen Lungenzug. »Ich sagte doch schon, ich bin der Jüngste bei uns.«

»Oh, jetzt verstehe ich. Du meinst, du hast ältere Brüder und Schwestern.« Ira gestikulierte mit einem Arm. »Darum.«

»Hatte ich das nicht gesagt? Zwei sind verheiratet und haben Kinder.« Und er sprach durch eine Wolke von Rauch: »Dann habe ich noch eine ältere Schwester, Irma. Sie ist die nächstältere nach mir. Sie wohnt bei uns und ist Chefsekretärin. Mein älterer Bruder – das weißt du ja schon. Er ist der Kittelschürzenfabrikant. Und er wird bald heiraten – seine Sekretärin.«

»Dann wohnt er also auch bei euch?«

»Oh ja. Mein Bruder Irving. Er war in der Army. Wilma und Sophie waren Lehrerinnen. Sie sind jetzt beide verheiratet und haben Kinder. Ich habe die süßeste, niedlichste Nichte, die es gibt.« Larrys Gesicht strahlte vor echter Freude. »Es bereitet mir so viel Vergnügen, wie sie spricht und sich bewegt. Du mußt wissen, sie schreibt schon eine Oper –«

»Ähm, wie bitte?« Und dann fragte der verblüffte Ira noch mal nach: »Eine Oper? Wie alt ist sie denn?«

»Sie ist vier. Hör mal zu...« Und Larry fing an zu singen. »›Einige mögen Banana-Splits und solche feinen Sachen. Und ich mag meine Schokomilch, das ist doch wohl zum Lachen!‹ Ist das nicht eine herrliche Arie?«

»Doch, schon.« In Ira wuchs ein ungutes Gefühl von Peinlichkeit, und er wußte nichts anderes zu erwidern als ein konziliantes: »Vier Jahre. Älter nicht? Ich habe eine Cousine, die ist schon fast vierzehn. Stella. Das Kind von meiner Tante Mamie. Das Mädchen könnte eine Arie kaum von –« Ein neues Stichwort schlich sich in sein Bewußtsein: »– einem Loch in der Wand unterscheiden. Genau.« Er zog an seiner Zigarette.

»Ist deine Familie sehr eng?« fragte Larry plötzlich.

»Wie meinst du das?«

»Eng verbunden. Ich meine, habt ihr starke Familienbande? Gehen sie liebevoll miteinander um, mit dir? Empfindest du Zuneigung für sie?«

»Keinesfalls. Jesus nein!«

Larry beobachtete Ira in seiner Heftigkeit. »Ach, so ist das?« Er schüttelte den Kopf. »Du bist so anders. In vieler Hinsicht, scheint mir. Unsere Familie ist sich sehr nahe. Ich kann dir nicht sagen, warum. Vielleicht ist es der ungarische Einfluß. Aber egal – wir sind es eben. Meine beiden Schwager sind wie richtige Familienmitglieder für mich. Meine Schwester Wilma ist mit einem Rechtsanwalt verheiratet, ich sagte es schon: Sam, Sam Elinger. Übrigens war er auf dem City College of New York und hat dort seinen ›Bachelor of Arts‹ gemacht. Du wolltest doch vielleicht auch dort studieren?«

»Ja, das ist richtig.«

»Und meine älteste Schwester Sophie ist mit einem Zahnarzt verheiratet, mit Victor.«

»Ach, was du nicht sagst.« Etwas in ihm warnte Ira zu sagen, was er eigentlich gern gesagt hätte; es hätte so jüdisch-geldgierig geklungen. Aber der Impuls, die Bemerkung machen zu wollen, war stärker als die Bedenken. »Deine Schwestern sind wohl gut verheiratet?«

Ein schmerzlicher Ausdruck zeigte sich auf Larrys Gesicht, zum ersten Mal schien er nicht einverstanden: »Ich würde nicht sagen, daß sie gut verheiratet sind. Sie sind glücklich verheiratet.«

»Oh. Das wollte ich eigentlich sagen.« Ira fühlte sich gemaßregelt, in seinen Bedenken bestätigt. Man sagt nicht »gut verheiratet«, schrieb er sich in den Kopf, wie *sej hobn gemacht a gutn schidech*. Das war nicht angemessen. Glücklich verheiratet. Ach ja. Wer aus Babas Familie war schon glücklich verheiratet?

»Wie ist das denn bei euch?« fragte Larry.

Iras Lippen bildeten tonlos ein einziges Wort: gut. Er war plötzlich bedrückt. Er hatte Billy erzählt, Pop sei Kellner von Beruf. Das war in Billys Augen so gut wie gar nichts. Und würde für Larry sicherlich auch nichts sein: nichts als eine neue Kuriosität über Ira, die er so putzig finden würde, ja so originell wie Iras großes Repertoire an Witzen, aufgelesen an hundert Orten. Was sonst? Und all dies spielte sich in seinem Kopfe ab, während Tausende Menschen und Fahrzeuge in immer neuen Gruppierungen in stürmischem Getriebe an ihnen vorüberzogen – und über ihnen noch das Rattern dieser rollenden Särge: die Züge der Hochbahn.

In seinen Kopf und in Sekundenschnelle, so schien es: und wenn sich etwas in Sekundenschnelle eingebrannt hatte, ging es nie mehr verloren, wurde nie mehr gelöscht, trat vielleicht in den Hintergrund, blieb aber ewig am Glühen. Wie ging das zu? Selbst diese elegante junge Dame, ja, dieses hochnäsige Zuckerpüppchen mit dem lila Kochtopf auf den Locken, das Larry so unverblümt anstarrte, als es vorüberrauschte: der Anblick war ihm im Gedächtnis geblieben, bis heute.

Ira blickte von seiner Zigarette auf, die an einem Ende glühte und schon graue Asche bildete und am anderen Ende, das er zwischen die Lippen nahm, rundherum gelblich wurde. »Weißt du –«, sagte er und grinste dann – das Grinsen, vor dessen Auswirkungen Mr. O'Reilly ihn früher schon gewarnt hatte – wann war das bloß gewesen? Damals, als es mit Minnie anfing, ah, es mußte die verrückte versteckte Brücke zwischen ihm und Larry sein, das Band der Fremdheit oder etwas ähnliches, das ihm auch die Schwierigkeiten mit Dr. Pickens eingebracht hatte. Seine dümmliche – nein, seine verklemmte, von Bekümmernis geprägte Art, Dinge zu tun, machte ihn so anders, unterschied ihn immer mehr von anderen; er wurde zum absoluten Eigenbrötler, verkrampft in neuen Situationen, oft auch ordinär, machte sich ultra-ultra-klein, was nur ein Mr. Sullivan, dieser verkrüppelte, verquere Mr. Sullivan durchschaut hatte: »*thatsh right,* mach dich nur selbst zum Narren –«

»Mein Vater ist ein *lokschn-treger*«, sagte Ira – absichtlich auf Jiddisch, das einzige, wovon er spürte, daß es Larry intrigierte; aber wieso? Warum hatte er so oft richtig vermutet, daß er Reaktionen in anderen bewirken konnte, wenn er es wollte, ohne allerdings genau zu wissen wieso – wie bei Farley, bei Billy Green, selbst bei Eddy Ferry, dem Sohn der Hausmeisterin, lang, lang ist's her, in früher Kindheit. Und jetzt bei Larry. Er hatte sich auf den Umgang mit Christen eingestellt (dachte zuerst, Larry sei ein Goi) und zog es vor, sich mit *gojischkajt* zu umgeben, fühlte sich angenommen.

»Dein Vater ist was –?« Larry lachte hell und interessiert. »Was ist er? Ein was-*treger*?«

»Er ist ein *lokschn-treger,* ein Nudel-Träger.«

»Nudeln! Ach so!«

»Mein Vater ist Kellner.«

»Oh.« Und wieder lachte Larry, sein Gesicht wirkte ganz gespannt. »So nennt man das – ich meine, einen Kellner?«

Wie Ira vermutet hatte – in nichts war er so listig wie im Verwirrspiel. Er hatte Larry vollkommen abgelenkt – vom Faktum zum Wort, vom Wort zu fröhlicher Heiterkeit. »*Lokschn-treger*«, wiederholte Ira. »Das ist Jiddisch.«

»Das ist Jiddisch? Ich kenne das Wort *tragen!* Dasselbe Wort wie im Deutschen!« Larry war begeistert von seiner Entdeckung. »Und das ist das Wort für *Nudeln? Lokschn?*«

»Ja. *Loksch* ist alles, was lang und dünn ist, und jeder schlaksige Trottel auch. Das habe ich mir aus dem Jiddischen erfunden. Wie weit bist du in Deutsch?«

»Jetzt im dritten Jahr. Meine Eltern sprechen es auch. Du weißt – von meinen Großeltern. Als Ungarn noch ein Teil von Österreich-Ungarn war. *Lokschn-treger.* Nudelträger.« Sichtlich genoß er den

Klang der Worte, fühlte sich gut unterhalten. »Warum fahren wir nicht gemeinsam mit der El?« schlug er vor. »Dann können wir unterwegs noch weiterreden.«

»Das liegt ja Meilen aus mein' Weg«, sagte Ira mit schalkhaft fehlerhafter Deklination. »Hör zu, ich mach' noch ein paar Züge, dann ist mein Glimmstengel aus, und dann läutet meine Sperrstunde – ich muß gehen.«

Nicht einmal dieser etwas dick aufgetragene Humor konnte die Enttäuschung in Larrys sanften braunen Augen vertreiben. Er ließ eine Wolke von Zigarettenrauch aus seinem Mund entweichen und sog sie dann wieder ein. »Ich habe eine Idee: wir könnten doch am Freitag zusammen mit der El fahren, abgemacht? Freitagnachmittag müssen wir nichts für die Schule tun.«

»Okay.«

»Wir treffen uns nach der Schule. Freitag. Abgemacht?«

»Abgemacht.«

»Ich seh' dich aber noch.«

»Na klar. Abyssinia.«

»Wie bitte? Ach so – *A-be-see'n-ya* ... klar.«

Sie trennten sich. Larry warf seine Zigarette weg, als er die Stufen zur El hinaufstieg, Ira schnipste seine Kippe in den Gully, drehte sich um und ging zur U-Bahn. Wenn das nicht seltsam war, seltsam und gleichzeitig schmeichelhaft, auch wenn Larry nun doch kein Christ war. Es war einfach wunderbar, nicht? Erst war er ein Christ, dann plötzlich ein Jude. War es Zauberei? Hier hatte Ira gesehen, wie sich etwas unter seinen Blicken veränderte, eine optische Illusion gewesen war. Aber Larry konnte sich wohl nicht wieder zurückverwandeln, oder doch? War das vielleicht der Grund, weshalb Juden beschnitten wurden? Was für ein Gedanke. Und was für ein Glück, daß er noch nicht wußte, daß Larry Jude war, als er an diesem ersten Schultag bei Dr. Pickens um Gnade flehte. Er wäre vielleicht sonst nicht davongekommen. Und wenn

Dr. Pickens es gewußt hätte? Jungejunge, du redest hier von Dingen, die immer wiederkehrten. Nimm Jessica, Shylocks Tochter, die vorgab, ein Junge zu sein und sich als Junge verkleidete. Dabei *war* sie ein Junge! Zu Shakespeares Zeiten, sagte der Englischlehrer, wurden die Mädchenrollen von Knaben gespielt; die Portia auch, und da warst du nun ganz du selbst und brauchtest es gar nicht zu sein...

Ira ging in östlicher Richtung die laute, unruhige 59th Street entlang... Und was würde er Billy über Freitag sagen? Einfach gar nichts. Einfach nicht erscheinen. Billy würde im Waffenraum ein Weilchen auf ihn warten... Also, die Art, wie Larry über den *lokschn-treger* gelacht hatte, den Nudelträger ... das war schon komisch, als hätte er es genossen, einiges aus der lausigen Welt, in der Ira lebte, zu hören. Nur einiges, natürlich. Billy aber interessierte sich überhaupt nicht dafür. Der war ein echter Christ; da lag eben der Unterschied; und Larry war keiner. Konnte man denn zum Teil Nichtjude sein? Unzulänglicher Jude, der er war, brachte er Larry etwas von seiner eigenen ausgewählt beschissenen Welt nahe...

Mensch, der Kerl war reich. Seine Klamotten, das Tweedjackett. Dieser Schimmer auf seiner Haut, behütet aufgewachsen. Er war das Nesthäkchen der Familie, hatte er gesagt: darum wohl...

Der Himmel, der offene Himmel über dem Columbus Circle kam in Sicht. Bermuda – Larry hatte gesagt, er habe so lange in Bermuda gelebt. Sprach er darum so geschwollen? Über Kalebassen und Dunhill Pfeifen, die ein Vermögen kosteten? Und was war das für eine besondere Schule, die Ethical Culture School, die er eine Zeitlang besucht hatte? Er hatte dort Schauspiel- und Ballettunterricht gehabt. Nicht nur einfach Tanz: Twostepp, Foxtrott, Shimmy. Nein, es mußte ja gleich Ballett sein, meine Fresse. Wo zum Teufel hatte sich das Fünfcentstück für die U-Bahn verkrochen?

Das Leben ist real, das Leben ist ernst, Ekklesias. Nein? Du kannst wohl nicht fehlgesteuert werden, oder?

– Gelegentlich. Du hast es gewiß verstanden, dieser Falle auszuweichen. Wenn ich etwas über das Spiel gewußt hätte, würde ich jetzt Gambit sagen, aber das ist auch nur ein weiteres Klischee.

Stimmt. Jedes ist recht.

– Jedes einigermaßen passende. Du hast ja buchstäblich schon am Haken gezappelt, um die Metapher nochmals abzuwandeln, aber es geschafft, dich zu befreien. Nachdem er dir etwas über seine nächsten Verwandten erzählt hatte, fragte er dich nach deinen. Was nur natürlich war –

Oh, ich war ganz darauf eingestellt, ihn mit Geschichten über meinen eingewanderten Sejde und die Bobe und meine Onkel und Tanten zu ergötzen. Und mit Geschichten von der East Side.

– Er hat dich gefragt, ob du irgendwelche Brüder und Schwestern hast. Das ist schon etwas präziser.

Ja, hat er. Siehst du, in welcher Klemme ich stecke?

– Und was willst du später machen?

Was ich jetzt auch gemacht habe. Ja, ich habe eine jüngere Schwester. Es ruhig ein wenig im unklaren lassen.

– Wann willst du sie in das Reich der eigenständigen Personen aufnehmen, ihr einen handelnden, aktiven, durchsetzungsfähigen Charakter zuweisen, aus ihr ein Individuum machen?

Ich weiß es nicht; ich weiß auch nicht, ob ich jemals in der Lage sein werde, so über sie zu schreiben, daß ich ihr in allen emotionalen Dimensionen gerecht werde. Aber ich muß durchaus etwas unternehmen. Ich muß einfach: sie bei günstiger Gelegenheit ... beiläufig erwähnen ... losgelöst von diesem schrecklichen, unbeschreiblichen Inter ... Inter ... Interludium. Tsss. Zwischenspiel, gespielt, gedrillt, erliebt, erlegt. Seltsam genug: Obgleich sie in meinem ersten Entwurf überhaupt gänzlich fehlte, habe ich sie hier willkürlich – allerdings! – eingeführt (ich komme noch darauf zurück), und zwar ohne groß um Verzeihung zu bitten, wie ich mich erinnere, und ohne feierliche Begrüßung: einfach weil ohne sie fortzufahren unmöglich wurde. So, nun hast du deine Antwort, Ekklesias, zumindest teilweise.

XVI

Am Freitag dann ging Ira gar nicht erst in den Waffenraum. Warum Zeit verschwenden mit faulen Ausreden? Er schloß sich dem Mahlstrom der Kameraden an, der sich aus den Ausgangsschleusen die Stufen hinunter ergoß. Larry wartete schon an der Ecke.

Zum zweiten Mal befanden sie sich gemeinsam außerhalb der Jurisdiktion der Schule, einen Block weit entfernt von dem Gebäude, wo sie rauchen durften. Mit dem soliden Kern an Vertrautheit, der sich schon gebildet hatte und nach Erweiterung rief, überquerten sie inmitten Scharen von Schulkameraden die Tenth Avenue und setzten ihren Weg dann durch die farbenfrohe, lärmige 59th Street etwas langsamer fort, um ihr Zusammensein noch ein wenig länger genießen zu können. Ob Ira schon mal moderne Gedichte gelesen hätte, fragte Larry.

»Waa-s?«

»Moderne Gedichte!«

Ira fühlte sich ratlos, verblüfft. Ab wann war Dichtung modern? Wo war die Trennungslinie? Was zum Teufel meinte er überhaupt? Als Ira die *Königsidyllen* gelesen hatte, was ihm unheimlich auf den Geist gegangen war, da war das nicht modern. Er dachte tatsächlich – nein, er dachte eigentlich überhaupt nicht darüber nach, aber wenn ihm eine Stellungnahme abgepreßt worden wäre, so hätte er sich vermutlich etwa so geäußert: Wie konnte jemand ein Gedicht geschrieben haben, das in der High School durchgenommen wurde, und noch nicht tot sein? Tennyson war tot. Ebenso Leigh Hunt mit seinem Abu Ben Adhem. Coleridge war tot, der Coleridge des wunderbaren »Ancient Mariner«. Shelley war so tot wie der Ozymandius, über den er geschrieben hatte. Keats mit »La Belle Dame Sans Merci« war an Tbc gestorben. Byron – jedermann wußte, daß er den Löffel in Mesolongion abgegeben hatte. Und *The Lay of the Last Minstrel* – die Liebesnacht des Letzten Minstrel, hi-hi-hi-hi – tja, Walter Scott, der besah sich auch schon die Radieschen von unten. Alle waren sie schon tot. Longfellow mit dem Kastanienbaum über seinem Grab, FitzGerald mit Omars Vierzeilersammlung unter seinem Ast – alle diese Dichter, ob man sie mochte oder nicht: wenn sie in der Schule drankamen, waren sie jedenfalls mausetot. Q.e.d. Was zum Teufel war moderne Poesie?

»Edna St. Vincent Millay«, tönte Larry ungefragt, wie aufs Stichwort. »Vachel Lindsey, Sandburg, Teasdale, Aiken, Robert Frost.«

Jesus, er wollte nicht zu blöd erscheinen; dennoch, Ira mußte zugeben, er kannte nicht einen einzigen von diesen Namen. Er wußte nicht: Sollte er sich zerknirscht oder aufgeblasen geben? »Die Namen habe ich noch nie gehört«, gab er zu.

»Nein?« Larry reagierte keineswegs überheblich. »Ich besitze ein Exemplar von Untermeyers *Anthology of Modern Verse.* Eine sehr gute Einführung in die moderne Lyrik. Sehr gut.«

»Ja? Und woher hast du das Buch?«

»Meine Schwester Sophie hat es mir zum Geburtstag geschenkt.«

Das war's eigentlich nicht, was Ira gern erfahren hätte, aber –

»Ich könnte es dir leihen«, sagte Larry. »Ich würde es dir sehr gerne leihen, wenn es dich interessiert.«

»Doch, schon.« Man kaufte, man verschenkte, oder man besaß Bücher; war er so dumm oder tat er nur so? Oder wollte er nicht zugeben, daß er es nicht wußte? »Ich gehe gewöhnlich zur Leihbücherei«, erklärte Ira. »Darum habe ich gefragt.«

»Ich bin mir nicht sicher, ob die öffentlichen Bücherhallen die Untermeyer-Sammlung haben. Aber in einem bin ich mir sicher: es würde dir gefallen.«

»Meinst du?«

»›Fette schwarze Böcke in einem Raum mit Fässern voll Wein‹«, rezitierte Larry. »Das ist Vachel Lindsay: ›Kneipenkönige auf unsicheren Füßen – torkelnd, so hängen sie an der Theke herum, schlagen auf die Tische, schlagen mit dem langen Besenstiel an das leere Faß‹ – ich weiß nicht mehr ganz genau, wie es geht – ›Donnerschlag, Donner-tag, Donner-nacht, *Boom!*‹«

»Toll!« Ira war wie verzaubert. Es klang wie eine beschwörende Zauberformel. »Das ist modern? So hört sich moderne Dichtung an?«

»Ist es nicht wundervoll? Dieser Rhythmus: ›Dann sah ich den Kongo; sein schwarzes Band kriecht durch den Urwald auf goldenem Land –‹«

»Wow!«

»Ich dachte mir, daß du es magst.«

Er spürte auf einmal, wie ihm das Vertraute, das Alltägliche rätselhaft wurde. Die Straße lag offen vor ihm, pulsierend, als blicke er in den weiten Trichter eines großen Horns, überwältigt von einem unerwarteten, verwirrenden Crescendo. Häuser schienen sich im Tanz zu drehen. Langweilige Perspektiven warfen rastlos ihre stumpfsinnigen Krusten ab. Was hatte das zu bedeuten? Es war so ähnlich wie Larrys Verwandlung vom Christen zum Juden; nur andersherum. Was hatte es zu bedeuten, daß Larry moderne Gedichte rezitierte? Wie war es möglich, daß er auf gleicher Wellenlänge mit ihm lag, sich in all diesem so zu Hause fühlte; als sei es ein ganz alltäglicher Vorgang, als sei er ein Teil davon, sei daran gewöhnt? Moderne Gedichte. Hier und jetzt. Allüberall.

»›Ich habe Gott gesehen! Du glaubst mir nicht?‹ Das ist von James Stephens, du wirst es lieben.« Larry überschlug sich vor

Begeisterung. »Er hat es so betitelt: ›Was Tomas im Pub gesagt hat‹. Du weißt doch, was ein Pub ist? Das ist Englisch und bedeutet Bar, Saloon.« – »Ach ja?«

»›Du wagst es, zu zweifeln? Ich habe den Allmächt'gen geseh'n! Auf einem hohen Berg ruhte sanft Seine Hand! Und Er blickte hernieder auf unsere Welt, auf alles Irdische ringsumher –‹«

Auf ihrem Weg zur U-Bahn in der 59th Street sahen sie ein paar Schwarze, junge Kerle in schäbiger Kluft, die ein hochgewachsenes Mädchen vor einem der Mietshäuser umstanden wie Staubgefäße einen Blütenstempel. Sie kicherten über Larrys große weiße Hand, deren weit ausholende, schwungvolle Gestik seinen Vortrag begleitete.

Und Ira war ganz benommen von einer neuen Art – dieser neuen Art: von was denn? Einer neuen Art Sinnverstand, einem neuen Dasein und Sosein, ungefähr so, als tauche er aus einem dunklen Kellerlabyrinth ans Tageslicht. Das war es: und es geschah heute! »Ach, so ist das?«

»Ja.« Larry lächelte froh. »Es hat dich wohl völlig überrascht?«

»Das kann man wohl sagen. Du meinst also, alle diese Schriftsteller – diese Dichter – leben noch? Ich meine –« Er schwieg, ganz lange und verwirrt. Dann sagte er schließlich in fast schmerzlicher Erkenntnis: »Und es geht weiter, das wollte ich wissen. In jedem Augenblick.«

»Gewiß. Ich weiß auch, was du sagen willst«, sagte Larry. »Es gibt immer noch Leute, die Gedichte schreiben. Das hat nicht mit Longfellow aufgehört. Oder mit William Cullen Bryant. Weder mit ›Thanatopsis‹ noch mit den *Königsidyllen*. Das Problem liegt in der Art des Englischunterrichts an unserer High School. An jeder öffentlichen High School heutzutage.«

»Ach ja? Wieso denn?«

»Nun, verglichen mit den englischen Schulen, die ich besucht habe, oder mit der Ethical Culture School, auf die ich hier in New

York ein paar Monate gegangen bin. Du bist doch das typische Beispiel dafür, woran es in unseren Englischkursen mangelt. Ich meine das ganz ernst. Allen Kursen, die ich an der DeWitt Clinton belegt habe, fehlt der Bezug zum Zeitgenössischen. Das ist das Problem mit Lehrern wie Dr. Pickens. Verstehst du, was ich meine? Es besteht ein absoluter Bruch zwischen dem, was schon vergangen, und dem, was heute ist. Kannst du mir folgen? Ich möchte nicht überheblich sein. Oder hochnäsig. Aber die Dichtkunst setzt sich fort. Genau wie du sagtest. Ein einziges Mal hatte ich hier das Gefühl von übergreifenden, zeitlosen Zusammenhängen, und das war an der Ethical Culture. Die haben darauf geachtet, daß man einen Sinn für das Verhältnis zur Realität, zum täglichen Leben entwickelt. Du verstehst doch, was ich meine? Vielleicht haben wir ja Glück und machen etwas Ähnliches im letzten Term vor unserem Abschluß. Weißt du auch, daß man sein Thema dann selbst wählen darf? Ich werde modernes Theater nehmen. Und du? Was nimmst du?«

»Ich weiß nicht. Hab' noch nie darüber nachgedacht. Aber du tust so, als lebtest du mit den Modernen. Ich glaube, das wollte ich damit sagen.« Ira kratzte sich, weil er in einer Falte auf seiner Stirn einen Juckreiz verspürte, dann etwas stärker in der Ohrmuschel.

Plötzlich spürte Ira die Anspannung. Für ihn war es wie eine Lawine, das viele Neue, all diese modernen Dichter. Larry schrieb Gedichte. Larry verstand, war eingeweiht, gehörte dazu. Er schrieb gerade etwas, das aus ihm kam, über ... seine ... Erlebnisse, nein das, was er fühlte, nein – das eigentlich auch nicht. Er formte seine Gedichte nach seinen Gefühlen. Er machte es ganz aus sich heraus, zu seinem eigenen ... nicht, man konnte nicht sagen, zu seiner eigenen Erbauung ... er machte es für – nein, auch nicht für einen Wettbewerb. Hey, Jesus, am liebsten würdest du dich überall kratzen, so beunruhigend war das, selbst der leiseste Schimmer einer derartigen Absicht müßte – um der Ausführung willen – die passende Form finden, die passende Spielart.

Ira wünschte, er hätte nicht mit Larry die El durch die Ninth Avenue genommen. Eine derartig neue Sichtweise verlangte nicht nur nach sehr viel Zeit, sondern wollte auch sorgsam und in Ruhe nachgeprüft und nacherlebt sein. Um sich an das Neue zu gewöhnen, falls man sich überhaupt gewöhnen wollte, war es notwendig, sich das soeben Gehörte immer wieder vor Augen zu führen, etwas darüber in Erfahrung zu bringen, wie das entstanden war, was dich so verändert hatte.

Vielleicht sollte er Larry jetzt lieber von seiner Anwesenheit befreien, dachte Ira. Sicher, es war schmeichelhaft, mit ihm zusammenzusein; er verströmte einen Hauch von Reichtum und Glanz. Aber Ira wollte das gar nicht mehr. Er hatte genug. Er entdeckte in sich unfreiwillige Entsprechungen, eine Empfänglichkeit, nein, eine Anfälligkeit für dieses – dieses seltsam neue Abstreifen von Äußerlichkeiten, das Einreißen fest verankerter Sichtweisen und eingefahrener Wahrnehmungen, so könnte man es nennen. Und genau das hatte er doch schon mit seinem eigenen Innenleben gemacht, sich losgerissen, nicht mit Absicht, sondern unbewußt losgerissen vom Normalen, dem Gewohnten, dem Erwünschten, jawohl. Wenn er dasselbe nun auch noch mit der Außenwelt machte, dieser parallel existierenden, von Larry vorgeführten Welt – Ira wußte nicht, was dann passieren würde; wenn er es beispielsweise zuließe, sich dieser beunruhigend neuen Entwicklung auszusetzen, dieser neuen Beziehung zur Außenwelt, welche die Außenwelt für ihn vollkommen veränderte. Oh Gott, er konnte spüren, wie überaus anfällig er dafür war, viel zu leicht verführbar von neuen Denkansätzen im Althergebrachten; angenommen, er entsagte seinem Trott, o weh, dann hätte er gar nichts mehr, wäre ein Niemand. Jetzt war er, ja doch, wenigstens ein Lump, klar? Der seine eigene Schwester bumste, Minnie. Aber er war auch im Schützenteam; er konnte mit Billy in einem Kanu hinausfahren, über den Hudson paddeln, sich Billys Welt anpassen, sich an Billys Welt festklammern, sich ein bißchen – ein kleines bißchen besser fühlen. Amerikanisches Wohlbefinden. Ach, zum Teufel, er konnte es nicht sagen.

Unten am Fuße der Hochbahnstation blieben sie stehen. Ira hoffte, Larry könnte vielleicht ihre frühere Vereinbarung, gemeinsam mit der Ninth Avenue El zu fahren, lockern, es offenlassen, etwas Ähnliches sagen wie: »Kommst du nun mit nach oben?«

Aber das tat er nicht. Statt dessen sagte er, als sie sich den Stufen näherten, die nach oben zum Bahnsteig führten: »Laß uns jetzt nicht rauchen. Ich habe eine Idee.«

»Jaa?«

»Du fährst doch sowieso mit der El. Laß uns unterwegs nicht aussteigen, sondern zusammen weiterfahren bis zur 125th Street. Komm doch mit zu mir nach Haus, zum Abendbrot.«

»Ich?« Ira erschrak so sehr, daß er brüsk ein Stückchen von Larry abrückte.

»Ja. Dann kannst du nachher gleich die Untermeyer-Anthologie mitnehmen.«

»Ja aber – guck doch mal, wie ich aussehe. Ich habe mich heute morgen nicht einmal rasiert.«

»Das ist schon in Ordnung. Du siehst gut aus. Ich kann dir meinen neuen Gillette leihen, wenn das alles ist, worüber du dir Sorgen machst. Außerdem ist das ganz egal. Bei uns ist es nicht so förmlich. Wir ziehen uns zum Dinner nicht um und all das Zeug.« Er lächelte gewinnend.

»Oh, nein! Oh, Jesus!«

»Jetzt geht das schon wieder los. Warum denn nicht?« Diesmal blickten Larrys braune Augen aber nicht enttäuscht, sondern fröhlich. »Meine Mutter sähe es sehr gerne, wenn ich einen Gast mitbringe. Das mache ich sonst nie. Sie wäre begeistert. Immerfort beschwert sie sich, daß ich keine Freunde habe. Habe ich auch nicht. In Bermuda auch nicht. Ich habe einfach niemand Interessantes gefunden.«

»Doch, mich!«

Die heftige Ironie in Iras Stimme schien Larry zu erschrecken. »Was ist daran so falsch? Ich meine – warum nicht dich? Ich kann mir meine Freunde selbst aussuchen.«

»Nun, ich würde gerne –« Ira ließ durch Gesten erkennen, was er meinte. »Aber ich –«

»Aber was? Hast du einen Minderwertigkeitskomplex? Oder sowas Ähnliches?«

»Ja, ich glaube schon.«

»Also, jetzt mach mal'n Punkt.«

»Habe ich aber«, beharrte Ira. »Ich weiß es, tief hier drinnen.«

»Warum solltest du einen Minderwertigkeitskomplex haben? Ich sehe nicht, wieso. Was hast du angestellt, wie kommt das?« Larry war nicht überzeugt, eher ein wenig amüsiert.

»Was ich angestellt habe? Erinnerst du dich an die Hamlet-Stelle: Und träufelt' in den Eingang seines Ohres...? Ich hätte es gern überlaufen lassen. Aber ich bring's nicht fertig«, scherzte er. »Nee, das ist es nicht.« Ira entschloß sich, den Kurs zu wechseln. »Heute ist Freitag. Unser *gefilte*-Fisch- und Hühnersuppenabend, und ich habe Mom nicht Bescheid gesagt.« Das war ein absichtliches Täuschungsmanöver. Mom war schon seit langem darauf eingestellt, daß er freitags mit Billy verschwinden würde: sie war schon lange nicht mehr beunruhigt, wenn ihr Sohn am *schabes baj nacht* nicht mehr anwesend war.

Sie kamen an die Treppe, und als sie zum Bahnsteig hinaufgingen, sagte Larry: »Ich weiß, es ist sehr kurzfristig. Hier, ich habe schon zwei Nickels. Nein, nein, laß nur –«, wies er die Münze zurück, die Ira hervorgekramt hatte, und folgte ihm durch das Drehkreuz. »Ist deine Familie religiös?«

»Religiös?« Achselzucken. »Nein. Nur freitags, da steckt meine Mutter Kerzen an. Sie bedeckt dann ihr Gesicht mit den Händen, weißt du, und betet.«

»Ja?«

»Noch nie gesehen?«

»Nein.«

»Nicht? Vielleicht sollte ich dich mal zu uns einladen, dann kannst du es sehen. Würde ich gern, wenn es nicht so eine Bruchbude wäre.«

»Du brauchst dich deswegen nicht zu entschuldigen«, sagte Larry. »Das macht doch gar nichts. Wirklich nicht. Im Grunde würde es mich sogar sehr freuen, mal mit zu dir nach Haus zu gehen. Ich habe so wenig Erfahrung, kaum Kontakt zu irgendwelchen orthodoxen Juden. Ich will ja nicht angeben, aber ich könnte alle möglichen jüdischen Freunde haben, liberale, wohlhabende – jede Menge. Will sagen, der Reichtum dieser Familien – also, dagegen ist es bei uns vergleichsweise sehr bescheiden.«

»Ach ja?«

Larrys kräftige Augenbrauen berührten sich fast über der Nasenwurzel – Widerwille stand auf seinem Gesicht geschrieben. »Aber die Gespräche – die ganz große Langeweile! Ich weiß immer schon vorher, worüber sie sich unterhalten. Ausgehen, Tanzen, Flirten, Autos. Und Studentenverbindungen. Übrigens: der Kotau ist ihr Erkennungszeichen. Ich hasse das.«

»Ach ja?« kicherte Ira. »Also, es ist schon komisch. Ich hab' noch nie jemanden zu mir eingeladen, ich mein', so wie du jetzt. Mein ganzes Leben noch nicht, ich kann mich nicht erinnern. Vielleicht haben die anderen einfach den falschen Akzent, ich weiß es nicht.«

Was zuerst etwas abwegig wirkte, wurde nun, während er neben Larry den zugigen Bahnsteig auf grauen verwitterten Planken entlang ging, zu einer Angelegenheit, die ihn doch beschäftigte. »Bei uns ist das nicht üblich – normalerweise nicht.«

»Nein?«

»Vielleicht mit Verwandten. Einmal alle paar Jahre. Deine Familie, ich meine, sind das alles Juden?«

»Ja, aber wir sind Agnostiker – alle.«

»Oh.«

»Wir sagen ungefähr, daß wir nichts wissen.«

»Ja, ich weiß, was das bedeutet.« Mit jedem Schritt, den er auf dem Bahnsteig machte, bewegte sich auch der helle Pfeil auf den Schienen weiter nach vorn: Agnostiker. »Ich weiß noch, als ich vierzehn war, da sagte ich zu meiner Mutter und zu meinem Vater, daß ich nicht an Gott glaube. Mein Vater nannte mich daraufhin einen *apikojreß*, einen Epikureer. Dieser griechische Ausdruck ist übrigens ins Jiddische übernommen worden. Kannst du dir das vorstellen? *Apikojreß*.«

»Das ist ja interessant.« Wieder schien Larry sehr wißbegierig. »*Apikoros*. Ich wünschte, ich könnte etwas mehr Jiddisch. Ich habe wohl schon erzählt, daß einzig mein Schwager Sam ein paar Worte Jiddisch sprechen kann. Der Rechtsanwalt. *Mizwe*. Siehst du, ich weiß noch ein Wort. Sam kennt einige Gebete auf Hebräisch – er ist derjenige, der aufs CCNY gegangen ist, hab' ich wohl schon erwähnt.«

»Ja, und auch, daß du in der Sonntagsschule unterrichtet hast. In diesem Tempel an der Fifth Avenue. Und trotzdem kannst du kein Hebräisch?«

»Es ist nicht notwendig.«

»Nicht?«

»Ich liebe diese Geschichten, wie ich schon sagte. Sie regen mich an. Gerade neulich habe ich so vor mich hin geträumt – wie es wäre, wenn Absalom gerettet würde. Ob König David, sein Vater, ihm schließlich doch vergeben könnte? Oder ob er sein ganzes Leben in der Verbannung zubringen müßte. Du verstehst?«

»Ach so... du denkst also über andere nach, über andere Dinge, richtig?«

»Was meinst du damit?«

»Du denkst nicht über dich nach. Darüber, was du tun willst.«

»Ich drücke meine Ziele durch meine Gedanken aus. Meintest du das?«

»Kann sein.«

Plötzlich blieb Larry stehen. »Ich glaube, ich habe dich eben doch nicht ganz richtig verstanden: Du meinst, ich denke nicht über mich nach?«

Sie nahmen ihre Schritte wieder auf. »Ich zum Beispiel kann über nichts anderes nachdenken als über mich«, bemerkte Ira. »Die Hälfte der Zeit nehme ich überhaupt keine anderen Stimmen wahr. Ehrlich. Darum bin ich auch so wortkarg.« Vielleicht würde das jetzt Larrys Bemühungen dämpfen, Ira hoch über seinem Kopf die Entwicklung der Literatur aufzuzeigen; möglicherweise würde sogar die Freundschaft selbst beeinträchtigt.

Aber genau das Gegenteil schien der Fall zu sein. »Ich glaube dir nicht, daß du nicht zuhörst. Nein. Ich glaube vielmehr, du hörst zwar die ganze Zeit zu, aber du hörst nur, was dich interessiert. Ich wünschte, ich könnte das. Manchmal ist Zuhören wirklich nichts als höfliche Zeitverschwendung. Ich kenne das zur Genüge.«

»Ach ja?«

»Viel zu sehr. Und das meiste, was man hört, ist nicht wichtig. Ich weiß gar nicht, ob du zuhörst oder nicht. Du bist interessant, weil du nie etwas nachplapperst. Alles, was du sagst, hast du auch selbst erfahren.« Seine großen Hände untermalten seine Ansichten mit dem Zeichnen ausdrucksvoller Flugbahnen in die Luft. »Alles kommt bei dir von innen.«

Iras spöttelndes »Tja, woher denn sonst?« zauberte ein Lächeln auf Larrys Gesicht. »Nein«, sagte Ira, »ich wünschte, es wäre so. Aber es stimmt nicht. Du kannst abschalten, dir selbst entfliehen: Absalom, König Saul, General Custer. Ich kann das nicht.«

»Dann solltest du meiner Meinung nach versuchen zu schreiben. Ganz im Ernst. Du würdest mit Sicherheit etwas ziemlich Gutes zustande bringen. Hast du noch nie versucht zu schreiben?«

»Ich? Aufsätze, für den Englischunterricht. Was willst du überhaupt? Ich werde doch Entomologe – speziell für Ungeziefer«, sagte Ira.

»Nun, ich sehe gar nicht ein, daß du nicht trotzdem versuchen solltest zu schreiben. Ich wünschte, du würdest mit zu uns kommen, und ich lese dir dann zwei oder drei meiner Gedichte vor. Oder du kannst sie auch gern selbst lesen. Dann bekommst du mal ein Gefühl dafür, wie man seine Empfindungen ausdrückt, ihnen Gestalt gibt. Ich kann das nicht erklären – nur anhand eines Beispiels zeigen: wie ich das so mache. Außerdem würde mich deine Meinung interessieren.«

»Hey – was sollte ich wohl dazu sagen?«

»Ganz einfach – ob es dir gefallen hat oder nicht.«

»Mehr nicht?«

»Genau wie vor ein paar Minuten.«

»Da habe ich nur *wow!* gesagt.«

»Das reicht doch!« Larry glühte vor guter Laune. »*Wow!* genügt vollkommen.« Er hielt den Kopf schräg und zeigte so seine liebevolle Wertschätzung. »Übrigens, ich stelle mich nicht auf eine Stufe mit den Dichtern, die ich aus der Anthologie genannt habe. Das sind gereifte Poeten, die meisten. Ich bin noch im Anfangsstadium, aber dennoch denke ich, daß ich etwas zu sagen habe.«

Etwas zu sagen? Ira konnte sich nur wundern – und schweigen.

»Mir kommt da noch eine Idee«, sagte Larry. »Nächsten Freitag. Komm zum Abendbrot und bleib über Nacht.«

»Waa –?«

»Ich melde das jetzt schon mal an – für nächsten Freitagabend.«

»Aber nicht über Nacht. Also –. Selbst wenn kein Schießwettkampf ist –«

»Kannst du es denn nicht einrichten? Du sagst doch, du hast die Einladungen selbst geschrieben.«

»Ja, aber ab Samstag arbeite ich dann wieder bei den Footballspielen. Bis Thanksgiving. Diesmal ist es im Yankee Stadion.«

»In dem neuen Stadion? Da kannst du ja fast zu Fuß hingehen!« drängte Larry fast triumphierend. »Das ist so nah bei uns, daß man es vom Ende unserer Straße sehen kann. Du kannst auch duschen vor dem Schlafengehen. Wir haben zwei Bäder. Ich leihe dir einen Pyjama. Und dann frühstücken wir noch zusammen.«

»Zwei Bäder...«

»Also abgemacht? Komm, sag ja.« – »Nein.«

»Nein? Aber diesmal könntest du deiner Mutter doch vorher sagen, wo du bist. Du wirst in guten Händen sein. Ich weiß, wie Mütter sein können.«

»Nein. Ich komme am Freitag zum Abendbrot, aber das ist alles. Das ist genug.«

»Du machst uns aber keine Umstände. Du bist uns absolut willkommen. Ich habe meinen Eltern schon seit längerem von dir erzählt. Sie werden also keineswegs überrascht sein. Ich habe noch eine Couch in meinem Zimmer – sehr bequem. Und wir sind alle völlig unkompliziert, mußt du wissen. Meine Eltern. Irma wird vielleicht da sein, meine ältere Schwester. Dann mein Bruder Irving – und natürlich Mary, unser Mädchen –«

»Ich komme zum Abendessen«, sagte Ira dickköpfig, wohl wissend, daß er dickköpfig war. »Nichts weiter, nein. Das reicht.«

»Das reicht?« Larry amüsierte sich über Iras hartnäckige Ablehnung. »Ganz sicher?«

»Ganz sicher, ich bin mir ganz sicher.«

Der Bahnsteig fing an zu beben, ein Zug war im Anrollen.

»Okay.« Larry war kein bißchen verärgert, sondern beugte sich ein wenig vor, um der Holzeisenbahn mit der quadratischen Schnauze entgegenzusehen, die laut rumpelnd die Gleise in sich hineinfraß, während sie sich dem Bahnsteig näherte. »Also, mal ganz ehrlich«, sagte er und erhob seine Stimme, »warum willst du nicht über Nacht bleiben? Ich habe ein großes, breites Bett. Du kannst gern das Bett nehmen, wenn es dir lieber ist. Dann schlafe ich auf der Couch.«

»Nein. Ich habe schon nein gesagt.«

»Bist du einfach nur schüchtern?«

»Nein. Ich mache ins Bett«, antwortete Ira schroff. »Auf Jiddisch nennt man das *pischer*. Ich bin ein *pischer*.«

Da mußte Larry laut und herzlich lachen. »Das habe ich ja noch nie gehört. *Pischer*.«

»Ach ja?«

»Und da fällt mir gerade noch ein anderes Wort ein, das Sam manchmal benutzt: *minjen* – eine Gruppe von zehn... Oh, *megile*, ja! *Megile*, das kenne ich auch. *Megile*. *Pischer* und *minjen*.«

»Mann, du baust dir ja einen richtigen Wortschatz auf.«

Sie warteten, bis der Zug laut ratternd zum Stehen kam. Blau uniformierte Beamte legten ihre behandschuhten Hände auf die Griffe an den Gittern – matt angelaufene Riegel, deren Lederauflagen blank vom vielen Anfassen waren – und öffneten klirrend die niedrigen Stahltüren zu den Abteilen...

XVII

Resigniert ließ Ira die Arme fallen, die Finger seiner arthritischen Hände wehrten sich schmerzhaft gegen jede noch so kleine Drehung oder Krümmung. Selbst während er tippte, bemerkte er die winzigkleinen Impulse, die in seinem Hirn herumsausten und so schnell sie aufgetaucht waren auch wieder verschwanden, als fielen sie durch dieselben Neuronen, die sie auch erzeugt hatten. Einige wären sicherlich wichtig gewesen – nun ja, das machte wohl ein jeder durch, der Prosa schrieb. Einige kommen, andere gehen, hat der gute alte, völlig verkalkte Longfellow gesagt, man muß nicht versuchen, sie alle einzufangen. Nein. Aber es ging doch wohl um etwas mehr als flüchtige Phantasien, gekünstelte Metaphern. Oh – da passierte es gerade wieder! Er mußte der Idee einen körperlichen Riegel vorschieben, bevor sie ihm wieder entwischte. Er mußte zu sich zurückfinden. Das war das einzig Wichtige. Wie Antaeus, der Riese, zu seiner Mutter Erde. Vielleicht war das Bild etwas zu hoch gegriffen, aber es verdeutlichte den zentralen Gedanken, den springenden Punkt, das Pflichtgebot. Er mußte zu sich zurückfinden. Das war eine fundamentale Notwendigkeit. Dieses Jonglieren mit der verheerenden Geschichte seines inzestuösen »Verkehrs« mit Minnie, den er ursprünglich nie hatte enthüllen wollen, war nun zu einer Kraft – nein – zu *der* Kraft überhaupt geworden, die seine Gedanken und Verhaltensweisen determinierte. Wie die des unsichtbaren Begleiters in einem Doppelgestirn, hatte sie das gesamte Universum verändert. Es war nun seine Aufgabe, mit diesem dominanten, aber unfreiwillig in die Erzählung eingeführten Element zu jonglieren, so geschickt damit umzugehen, daß immer noch deutlich wurde, warum er mit allen Fasern seines Wesens doch diese eine Zukunft anstrebte, warum er auf eine literarische Karriere zustolperte, so kurz sie auch gewesen sein mochte; er würde das neue Element in das Gesamtkonzept einbauen müssen – irgendwie.

In seinem ersten Entwurf hatte er es so dargestellt – ja, verdammt! –, als würde Ira sich für eines von zwei Amerikas entscheiden, die ihm offenstanden: Billys Amerika, ein aktives Abenteurerleben an frischer Luft und in Geselligkeit – oder Larrys Amerika der Begüterten, der Kultivierten und Etablierten, der konservativen Klüngelei. Aber Teufel auch, zu diesem Zeitpunkt war das nicht der alles beherrschende Konflikt in seinem Leben... Und selbst wenn, so wäre er unfähig gewesen, solche kopfgeborenen Unterscheidungen überzeugend darzustellen oder auch nur die Überlegungen, die er in seinem Innersten für die Wahl seiner Zukunft anstellen mußte. Nein. Blindlings fühlte er sich zu einem Leben hingezogen, das die größtmögliche Befriedigung seiner Bedürfnisse, die größtmögliche Befriedung der unbarmherzigen Unruhe in ihm versprach und vielleicht einen Weg der Erlösung aufzeigte, wenn auch nur partiell. Larry schien das anzubieten.

So fand sich Ira denn (wie schon erwähnt) vor einer Leinwand, die er übermalen mußte, auf der das Original noch durchschimmerte – so kam es ihm vor; er mußte ein unsauberes Palimpsest überschreiben. Nur wenn er in seinem Innersten einigermaßen frei war, frei von der ständigen und oft unerträglichen geistigen Verdrehung, dieser wahrhaften Knotenbildung in der Psyche, nur dann konnte er, der Autor, wenigstens hoffen, sein ursprüngliches Vorhaben, Ira so darzustellen, als wählte er zwischen Billys und Larrys Amerika, fortsetzen zu können. Obwohl vielleicht ein Körnchen Wahrheit daran war, daß Ira sich anfänglich durch Larrys Auftauchen beeinflussen ließ, so war dieser Einfluß doch nicht entscheidend, eben ein Körnchen nur. Denn Ira befand sich schon unter einer zerstörerischen Wolke mit Fausts Totenschädel in froher Erwartung neben sich auf dem Tisch. Die Wahlmöglichkeiten, die er hatte, wurden von anderen als vernünftigen Überlegungen diktiert, seine Möglichkeiten wurden diktiert vom unbeschreiblich Schlechten, vom Bösen und der ständigen Sorge, wie er mit raffinierten Plänen, List und Tücke das Unsägliche erreichen konnte. Wie konnte er Minnies Hingabe gewinnen; nach nichts sehnte er sich mehr. Besser gesagt: nichts begehrte er mehr, zwanghafter, eben weil es Sünde war, eine Abscheulichkeit. Jungejunge, dieses hitzige Temperament mit den abwechselnd obszönen oder zärtlichen Schreien aus der Tiefe des Lasters. Immer in seinem Kopf. Immer daran denken. Er würde es nicht missen wollen, es nicht eintauschen wollen, für nichts und wieder nichts auf der Welt.

Nun, wo dieses neue Element jetzt die Handlung versaute, sie auf üble Weise verzerrte, was sagst du dazu, Ekkleslas, mein Huter? Ich stecke in der Klemme, oder nicht? Habe ich recht?

– Ich höre.

Ich brauche Führung.

– Du bist zu unstet, um geführt zu werden, zu widerspenstig, zu eigensinnig, unbelehrbar.

Findest du? Dann gewähre mir doch einen einzigen guten Rat. Eine Vorwarnung. Irgendwas. Ich habe nicht die Absicht, fünf- oder sechshundert Seiten neu zu schreiben. Nur ein Wort. Bitte. Gibt es denn gar nichts, was ich tun kann?
— Rette, was zu retten ist.
Retten?
— Ja.
Was sollte ich wohl retten? Was dabei herauskommt, muß doch zwangsläufig ein großes Durcheinander sein.
— Als Mensch hast du es doch geschafft; warum nicht auch als Schriftsteller?
Eins nach dem anderen.

Am nächsten Freitagabend bei Larry zu Hause. Jesus, versuche bloß, anständig zu essen, wenn du dich an ihren Tisch setzt. Es wird schon ganz schön vornehm sein. Nicht *tschompke*, ermahnte Ira sich selbst, wie Pop ihn immer tadelte. Nicht schlingen, nicht würgen, nicht schmatzen, nicht durch die Zähne zurzeln. Sollte er vorsichtshalber zu Larry sagen, bevor er ihn besuchte: »Ich will dich nur warnen, ich bin ein *freßer*. Weißt du, was das ist?« In der Schulkantine hatte Larry schon gesehen, wie Ira aß. Und wollte immer noch, daß er zum Abendbrot zu ihm nach Hause käme – pardon, zum Dinner. Also zog er seinen besten Anzug an, seinen besten Secondhand-Anzug, den Mom gekauft hatte, nachdem sie noch einen Dollar heruntergehandelt hatte. Was für ein *geschrej*, dieses Gefeilsche. Oh, Herr Jesus. Zieh ihn an, zieh ihn an – und mach dir einen Jux daraus. Erzähl es ihm. Nicht direkt bei Tisch, aber vorher. Wie Mom die Sitzfläche der Hose gegen das Licht gehalten und sich über den Händler lustig gemacht hatte (auf Jiddisch klang es nicht ganz so schlimm). Schamloser Betrüger, diesen abgewetzten Zwirn nennen Sie Tuch? Geh. Mich betrügen. Zweieinviertel Dollar und keinen Penny mehr. Während Ira daneben stand und sich in einen Korkenzieher verwandelte. All das und... nun versuch mal, dich bei Larry zusammenzureißen. Sage »Ja, Madam« zu seiner Mutter. Sage »Sir?« zu seinem Vater, wenn du mal etwas nicht verstanden hast. Ira paukte sich gute Manieren ein. Du weißt doch, wie man das nennt: sich von seiner besten Seite zeigen. Aber das ist erst nächste Woche dran. Heute abend rufst du Billy an. Und morgen läßt du das Footballspiel in den Polo Grounds sausen. Kanudeln gehen (wie Billy das Kanufahren nannte), am Samstag kanudeln, aber nicht über Nacht draußen bleiben. Klingt das gut? Das klingt gut. Das läßt dir nämlich den Sonntagvormittag. Den Sonntagvormittag, wenn Mom mit der Einkaufstasche fortgeht. Darauf kann ich nicht verzichten. Ein Diller, ein Dollar, ein Einkaufstaschen-Scholar. Seine Schwester sagt: »Und nicht zu schnell kommen.« Hä-hä-hä.

Und an genau dem Wochenende ging dann alles schief, am Tag, nachdem er mit Larry die Hochbahn genommen hatte. Frühmorgens rief er Billy an. Sie trafen sich am Bootshaus. Bei schönem Wetter und einer frischen Brise kanudelten sie hinüber zur felsigen New Jersey-Seite. Kurz nach ihrer Ankunft machten sie ein kleines Lagerfeuer und rösteten sich ihren Käsetoast in einer Bratpfanne – Cheddarkäse und Weißbrot in Scheiben, von Billy mitgebracht. Nie zuvor hatte Ira einen so kräftigen Käse geschmeckt, und er bat Mom, auch solchen Käse zu besorgen. Cheddarkäse, sagte er zu ihr, vergiß nicht, der Käse heißt Cheddar, Cheddar – wie... Aber ihm fiel nichts Jiddisches ein, das sich auf Cheddar reimte – außer vielleicht *chejder*, ein bißchen falsch ausgesprochen. Sie bekam den Käse sowieso nicht in ihren Geschäften an der Park Avenue. Er war nicht koscher.

Das war letzten Sonntag, als Minnie ihre Tage hatte. Wozu, verdammt nochmal, sollte das überhaupt noch nutzen? Egal – nachdem sie die Bratpfanne und die Kaffeekanne abgewaschen hatten, kickten sie jedenfalls ein bißchen mit dem Football herum, den Billy noch in das Kanu geworfen hatte, ehe sie ablegten.

Und was zum Teufel war dann in Ira gefahren? Das war die Frage. Erste Anzeichen seiner Macke, erste eindeutige, greifbare Anzeichen seiner beginnenden Neurose. Billy hatte gerade einen Schuß verpatzt. Der Ball rollte unkontrolliert viel zu weit zur Seite, fast bis ins Wasser. Und da ließ Ira plötzlich eine Reihe Flüche und Schimpfworte vom Stapel. »Warum in Gottes Namen kannst du nicht so schießen, daß ich den Ball auch fangen kann?« Es hagelte Profanitäten und Obszönitäten auf Billy hernieder, auf Billy, seinen Kumpel, so häufig auch sein Wohltäter, wie auch jetzt, denn es war sein Kanu, seine Verpflegung, seine Luftmatratze, auf die man sich hinlümmeln konnte, sein Ball. »Du Idiot – warum kannst du den Ball nicht gerade schießen?«

Billy wurde – trotz der Entfernung zwischen ihnen – sichtlich blaß, er biß die Zähne zusammen. Er hätte sich mit ihm geprügelt, spürte Ira, wenn es dazu gekommen wäre, doch Billy sagte nichts. Es hätte zu einer Prügelei kommen können, so groß war die Wucht seiner Beleidigungen. Einfacher für Billy, ihn zu verprügeln, als etwas zu sagen, aber er sagte ja auch nichts. Und da waren sie nun, die beiden, ganz allein am Wasser des Hudson auf der Jersey-Seite.

Der Wutanfall ging vorüber – Minuten danach. Billy warf jetzt den Ball, anstatt ihn zurückzuschießen. Sturm und Gewitter, der Blitz hatte eingeschlagen. Ira bat um Verzeihung. Mehrmals bat er um Entschuldigung. »Ich habe es nicht so gemeint. Ich weiß auch nicht, was zum Teufel in mich gefahren ist. Okay, Billy?« flehte er.

Billy setzte eine fröhliche Miene auf: Er war nicht nachtragend, sondern resolut und entschlossen, aber seine kleine Nase konnte er nicht mehr rümpfen. Äußerlich gelassen wollte er das Geschehene vergessen. Er gab sich so natürlich wie immer, holte mit dem Arm weit aus, setzte den Oberkörper ein, richtete seine ganze Aufmerksamkeit auf das Ding in seiner Hand, den Football. Aber trotz Iras spaßhaftem Drängen – »Nun los, Billy, schieß. Es macht nichts, wenn er im Wasser landet, ich hol' ihn raus« – blieb Billy beim Werfen. Da erkannte Ira den Schaden, den er angerichtet hatte, irreparabel auf immer und ewig. Er hatte die Freundschaft seines besten Freundes verloren; er hatte Billys Respekt verspielt.

Er hatte die abscheulichen Abgründe in sich vor Billys Blicken freigelegt, die scheußliche Entstellung unter der Maske; in Billys Augen war er ein anderer geworden. Und keine Möglichkeit, es zurückzunehmen..., die neue Wahrnehmung auszulöschen, den Schock, den er verursacht hatte, auszugleichen, niemals wieder. Der Schaden war angerichtet...

Sie erlangten ihr Gleichgewicht im Umgang miteinander wieder, aber es war nicht mehr wie vorher, ihr Verhältnis war jetzt verhalten, korrekt. Nach einer Weile paddelten sie über den Hudson zum Bootshaus zurück. Sie sprachen nicht. Sie bockten das Kanu zwischen den anderen an seinem Platz auf, verstauten das Ruder in dem dazugehörigen Schließfach, gingen zusammen bis zu Billys Straße und trennten sich dann, verlegen.

Aus seinen netten kleinen Plänen wurde also nichts. Und früher als gedacht und ganz anders als erwartet, köpfte er diese Option; er kappte alle seine Bindungen an dieses eine Amerika. Eine Ablösung hatte stattgefunden – an dieser Küste von New Jersey, dem Ort, wo sie am liebsten kampiert hatten, wo es am wenigsten Kiesel und Steine gab, am Ufer zwischen Steilküste und Fluß. Und noch dazu an so einem strahlend frischen Novembertag! Ein glücklicher Samstag ohne Sorgen hatte es werden sollen. Er sollte eine glückhafte Erinnerung ohne Schatten hinterlassen und wurde statt dessen ein häßlicher Wendepunkt in ihrer Freundschaft, unumstößlich, düster. »Wieso zum Teufel kannst du denn nicht gerade schießen?« Das Auskotzen seiner niederen Emotionen, diese Offenbarung gegenüber einem toleranten, arglosen Billy Green war über eine bloße Verstimmung hinausgegangen...

XVIII

Die Fahrt am folgenden Freitag nach Schulschluß zu Larry nach Haus, so würde Ira immer sagen, war windiger als das windige Troja. Der Bahnschaffner, der an den Haltestellen die Gitter zu den Abteilen öffnete, hatte nichts dagegen, daß die beiden mit ihm zusammen auf der letzten Plattform fuhren, der hinterletzten für eine Unterhaltung, hatte Ira gewitzelt. Die weichen Filzkappen bis über die Ohren gezogen, die Mäntel bis zum Hals fest zugeknöpft, so trotzten sie dem Sturmwind, der sie von Station zu Station begleitete. Sie riefen sich Gesprächsfetzen zu, erzählten von sich und anderen Dingen ihres Interesses. Was für herrliche Familientreffen die Gordonsippe an fast jedem Wochenende veranstaltete. Sie hatten es *gemütlich*, das war das deutsche Wort. »Ich denke, das heißt ›cozy‹«, übersetzte Larry für Ira. »Es gibt praktisch kein englisches Wort, das die ganze Bedeutung von *gemütlich* wiedergibt. Vielleicht ›homey‹ oder ›agreeable‹.«

Neuigkeiten flogen als gebrüllte Kürzel zusammen mit manch drolliger Bemerkung über seine Familie von Larry zu Ira, auf dieser ersten Fahrt in die Bronx. Ganz offensichtlich liebte Larry seine Familie. Er liebte sie – alle, die dazugehörten. Jesus, wie konnte das sein? Nein, nein. Ira spürte, wie in ihm fast körperlich eine starke Abwehr entstand – seine Gedanken sollten nicht länger bei diesem Unterschied zwischen ihnen beiden verweilen. Nun endlich: Hier war etwas, das ihn faszinierte. Wieviel Neues konnte er hier lernen.

Larry war als Freund einfacher zu haben, zu pflegen, besonders jetzt, da Ira fühlte, daß er die kostbare Verbindung mit Billy zerbrochen hatte. Mit Larry würde sich immer noch ein Weg finden lassen... in eine andere Welt. In der Tat: er *war* am Träumen. Er hatte etwas in sich zerschlagen: den Sinn für Romantik. Er konnte nicht romantisch sein, er, der seiner Schwester in dem nach Schlaf riechenden Bett einen Dollar gab. Und wenn sie fragte: »Ist das Gummidingsda auch in Ordnung?«, dann sagte er: »Klar, was denkst *du* denn?« War das romantisch? Für ihn war ein Nachmittag mit einer unerwarteten glückhaften Fügung romantisch, *boy*, nach der Schule, wenn die grünen, blasigen Wände bebten, als stammelten sie vor Wonne, seiner Wonne bei Minnies schnell und knapp gesprochenem »Also gut, dann komm«. Das fand er romantisch. Nie würde er davon loskommen, nie darüber hinwegkommen. Es schwebte über ihm, war viel stärker als Larrys Romantik, stand ihm immer, oh, ewiglich im Weg. Als sie in der Klasse Tennysons *Königsidyllen* lasen – sieh nur, wie anders, dachte Ira, sieh nur, wie anders das war. Der Lehrer erzählte der Klasse, der riesige Schwarze Ritter, der Sir Gawain den Weg versperrte, sei der Tod, den man nicht zu fürchten brauchte, weil nur ein Kind in der Rüstung steckte (auch wenn es absurd schien, daß ein Kind eine derart schwere und massige Rüstung tragen sollte, doch…): das habe Tennyson sagen wollen, ja, und die Klasse akzeptierte diese Interpretation. Aber was sah Ira in der Parabel? Sich und Minnie, sich im Alter von zwölf Jahren, und Minnie war erst zehn – noch ganz Kind, mit einem kleinen runden weichen Po. Und als es dann geschehen war, das Böse, das Schlechte, da gewann das Schlechte die Oberhand. Nun war er selbst der Tod, das Kind in der schwarzen Rüstung; er war der Tod, der die Romantik tötete.

Der mürrisch wirkende irische Bahnschaffner zog seine ausgeblichenen Handschuhe hoch und trat aus dem Waggon. Er grätschte die Beine, stellte sich über die Lücke zwischen zwei Waggons, hielt sich mit beiden Händen an den blanken Stahlgriffen fest und wartete darauf, daß der Zug hielt.

»Du wirst in Bio dein Examen machen?« fragte Larry.

»Häh?«

»Ich meine, auf dem College.«

»Oh, ja. Bio. Wanzenkunde.«

Die Pforten sprangen auf. Während des ruhigen Aufenthalts an einer Haltestelle sah man die beiden in ihrem *Tête-à-tête* gegen ein Gitter gelehnt, das demjenigen gegenüberlag, durch welches die wenigen Fahrgäste aus- und einstiegen. Nur an bestimmten größeren Umsteigebahnhöfen, wenn die Pforten sich zur anderen Seite öffneten, mußten Larry und Ira weichen und sich auf die andere Seite der Plattform stellen. Larry wußte, wann.

»Biologie, Mann, ich liebe diese Materie«, fügte Ira hinzu. »Ich habe schon seit längerem lauter A-Noten darin.«

»Man verdient nur nicht sehr viel. Das ist das einzige Problem dabei.« – »Wie meinst du das?«

»Du sagtest doch, du möchtest vielleicht unterrichten.«

»Oh ja, High School. Ich möchte Bio unterrichten.«

Die Abteilgitter schlossen sich wieder.

»Das meine ich ja«, sagte Larry. Der Bahnschaffner zog an der Klingelschnur über ihren Köpfen. »Lehrer verdienen nicht besonders viel.« Der Zug setzte sich in Bewegung.

»Ach, nicht?« Ira fühlte sich auf unerklärliche Weise beunruhigt, als hätte Profanität dort nach ihm gegriffen, wo er es am wenigsten erwartete, hätte den Glamour getrübt, den Schimmer von Romantik beschmutzt, der Larry umgab. Was war denn nun mit den Gedichten, die Larry schrieb und die er ihm jetzt bei sich zu Hause zeigen wollte? Die so waren wie die modernen Gedichte, die er rezitiert hatte, Gedichte, die das Denken aus eingefahrenen Gleisen befreiten, verstaubte Wege freipusteten und für pulsierendes Leben und neue Verheißungen sorgten? – Geld? Einkommen? Die ganze schöne Freiheit war plötzlich wieder dahin, die schimmernde, romantische Freiheit, die Larry noch vor einer Minute gehabt zu haben schien, an die Kandare gelegt. Irgend etwas stimmte hier nicht, paßte nicht so recht zusammen. »Ich weiß nicht, was High School Lehrer verdienen«, sagte Ira und ärgerte sich, daß er sich in seiner Unkenntnis selbst vorführte.

»Das weißt du nicht?« – »Nein.«

»Das ist aber das erste, was du in Erfahrung bringen solltest. Ich könnte meine Schwester Sophie fragen, oder Wilma, wie hoch das Anfangsgehalt für High School Lehrer ist. Allerdings – sie haben in der Grundschule unterrichtet und mußten keine Familie ernähren, was bei dir einmal der Fall sein könnte.«

»Waas – ich?«

»Ich meine ja nicht gleich am Anfang, zu Beginn deiner Laufbahn als Lehrer. Aber früher oder später doch. Oder willst du etwa Junggeselle bleiben?«

»Ich weiß nicht. Ich meine – also, darüber habe ich noch nie nachgedacht.« Eine Familie ernähren? *Boy*.

»Ich bin mir sicher, das Anfangsgehalt ist auf der High School schon etwas höher als auf der Grundschule, aber soviel höher nun auch wieder nicht.«

»Sicher nicht.« Und plötzlich ging Ira ein Licht auf. Gedanken an das Praktische, Kriterien der Zweckmäßigkeit legten die zauberhafte Welt von Larrys Moderne an die Kette, legten seiner Welt der visionären Freiheit Fesseln an. Zweckdenken behinderte die Romantik. Jesus, was war er für ein Trottel. Er hatte überhaupt nichts verstanden. »Darum habe ich dir doch erzählt, daß ich versuchen wollte, für Cornell ein Stipendium zu bekommen. Ich will die Prüfung machen.« Ira versuchte, sich für seine Sorglosigkeit zu exkulpieren, Halt zu finden in erklärten, akzeptierten Geisteshaltungen. »Vielleicht kann ich Zoologe werden, mit einer Anstellung in einem Tierlabor, oder so. Aber...« Er zog es vor, sich doch wieder in Lächerlichkeit zu flüchten: »Aus mir wird ein *melamed*, mehr nicht.«

»Ein was?« hakte Larry nach, begierig zu lernen.

»Ein *melamed*«, wiederholte Ira und erhob seine Stimme gegen das Rattern der Bahn und das Rauschen des Windes. »Das ist einer, der dir hebräisch lesen beibringt. Mein Vater nennt mich so.«

»Wie soll ich das verstehen? Als Witz?« Larry lachte ein wenig hilflos. »Ein *melamed* – spreche ich das richtig aus? Will er nun, daß du einer wirst, oder will er es nicht?«

»Ach, weißt du – eigentlich ist es ihm ziemlich schnuppe. Ich meine –«, Ira zog die Schultern hoch, »meine Mutter wollte immer, daß ich aufs College gehe. Und ich hatte mir überlegt, daß Unterrichten so ungefähr das Beste für mich wäre. Sag mal, weißt du eigentlich, was ein Schlemihl ist?«

»Oh, das habe ich schon mal gehört. Klingt komisch. Sam sagt das auch manchmal. Es bedeutet: nicht besonders – was?... na, sagen wir: nicht besonders fähig oder intelligent.«

»Nun, ich bin ein Schlemihl. Das denkt jedenfalls mein Vater.«

»Nur weil du Lehrer werden willst?« Larry wartete auf eine Antwort, und weil nur eine vage, resignierte, unbestimmte Geste von Ira kam, fuhr er fort: »Ich unterrichte gern. Ehrlich. Ich habe dir schon erzählt, daß ich gern in der Sonntagsschule unterrichte. Aber nicht hauptberuflich. Lehrer werden weitaus am schlechtesten bezahlt. Es ist ein Jammer, aber –«

»Ja, aber du darfst eins nicht vergessen«, warf Ira ein, »bei uns, in meiner Familie – natürlich nicht mein Vater, Pop, aber zum Beispiel Mom und der Rest der Familie – also dort, wo wir leben, da genießt der Lehrerberuf hohes Ansehen. Du verstehst? Mein Sohn ist High School Lehrer. *Oißgeschtudirt*. Weißt du, was *oißgeschtudirt* heißt?«

»*Ausstudiert* ist Deutsch. Es bedeutet ausgebildet, gelehrt.«

»Richtig. Und außerdem würde *ich* als High School Lehrer viel mehr Geld verdienen, als es mir sonst möglich wäre – auch wenn ich jetzt nicht genau sagen kann, wie hoch das Gehalt von solchen Lehrern ist.« Ira grinste verlegen. »Ich weiß, es ist nicht wenig. Und lange Ferien gibt es auch. Und es ist kein schwieriger Beruf. Es wäre so, als ginge ich weiterhin zur Schule. Nur daß ich eben kein Schüler mehr bin, sondern der *melamed*.« Ira starrte auf die schwarzen

Eisenbahnschwellen, die vor seinem Blick verschmolzen, dann einzeln zu erkennen waren, wieder undeutlich wurden – fast sinnbildlich für das, was er zu sagen versuchte. »Weißt du, was mein Direktor Mr. O'Reilly immer zu uns gesagt hat? Die Murmeln, die er nicht im Spiel verlor, wurden ihm hinterher von den anderen Kindern geklaut. Darum ist er Lehrer geworden. Genauso bin ich auch.«

»Es ist nicht ganz so einfach, wie es klingt«, sagte Larry. »Ich habe meine Schwestern darüber reden gehört. Jede Menge Listen schreiben, Akten und schriftliche Vorbereitung auf den Unterricht. Und manchmal sehr lästige Disziplinarprobleme. Ich ziehe die Zahnheilkunde vor.«

»Wie?«

»Ich gehe in die Zahnheilkunde. Ich habe mit Victor darüber gesprochen, meinem Schwager. Ich denke, ich bin –«

»Sagtest du Zahnheilkunde? Du meinst, du willst Zahnarzt werden?«

»Ja, genau das.«

»Du?«

Die Bahn fuhr wieder langsamer. Ira spürte es so, als sei er selbst es, der langsamer wurde, alle möglichen Launen und flüchtigen Illusionen wie in Zeitlupe, dieses wunderbar neue Versprechen, dies unberührte Antlitz der Dinge, das Hoffen auf eine andere Welt... irgendwo... nach der man sich... vielleicht... um so mehr sehnte ... weil – ach, er mußte verrückt sein. Larry mußte sich schließlich nicht aus der Falle befreien, in der *er* steckte, aus den Schraubzwingen, ja, dem Laster, den Klauen ekstatischen Verlangens und verzehrender Schuld. Ohne Hoffnung starrte Ira auf die Straße schräg unter der lärmenden Bahn. Vielleicht konnte man ja romantisch und Zahnarzt gleichzeitig sein, sofern man normal war, dachte er. Und sah die schäbigen Schaufenster der kleinen Geschäfte unter dem Zug vorüberziehen.

Die schäbigen kleinen Schaufenster lagen im Schatten der El und waren wegen der ewigen Dämmerung unter der Bahntrasse schon hell erleuchtet; die Auslagen darin konnte man deutlich erkennen, wenn die Bahn vor einer der Haltestellen ihr Tempo drosselte. Auch die Querstraßen öffneten sich dann etwas langsamer, gewährten etwas länger Einblick in ihre Schmuddeligkeit, einen Blick auf die monoton mausgrauen Mauersteine ihrer Häuserzeilen mit den Feuerleitern und dem vielen Fensterglas – und schlossen sich wieder. In der Kette trüber Mietshausfassaden schaute hinter geschlossenen Fenstern wohl ein müder alter Mann herüber, eine unfrisierte Frau, ein Kind. Sie wirkten wie zufällig hingestreut, wie diese flachen Schachfiguren aus Papier, die man in die Schlitze eines Schachbretts aus Pappe steckte. Zufällig und verloren hielten sie stumpfsinnige Wache und warteten auf eine besondere Verheißung, die – da war Ira sicher – nie kommen würde.

Mitleid regte sich in ihm, Mitleid mit denen, Mitleid mit sich selbst. Ein seltsam generalisiertes Mitleid. Und als der Zug in den nächsten Bahnhof einfuhr, überlegte Ira, ob Larry wohl dieselben Dinge bemerkte wie er und ob er wohl genauso fühlte. Doch nein, Larry redete darüber, wie gern er seine Hände gebrauchte, wie gut seine Hände für die Zahnheilkunde geeignet seien – und spreizte dabei seine starken weißen Finger. Auf merkwürdige, verwirrende Art und Weise spürte Ira in sich eine gewisse Überlegenheit in bezug auf die Dinge, an die Larry ihn herangeführt hatte – wann war das gleich gewesen? Vor wenigen Wochen erst? Die Moderne: das war die Offenbarung der Stimmung im Zeitgenössischen, seiner Zeit, deren unterschwelliger Strömungen; es war die Art, wie Straßen und Gebäude, ja, das im Unterbewußtsein existierende Bild, den lähmenden Panzer abwarfen. Sonderbar. Er hatte noch nie darüber nachgedacht; hätte er sich denn früher dafür interessieren sollen? Nicht, solange er Teil von Billys Welt war, der Welt der Abenteuer in freier Natur, der Welt der Vereinsmeierei im Schützenteam. Und dann dieser gottverdammte Football, dieser abartige Temperamentsausbruch, ja doch, abartig – und doch auch wieder nicht. Als wäre das der Preis für seine neue Freiheit, seine düstere Freiheit. Er war freier als Larry, so war das nämlich: nichts, worauf er Rücksicht zu nehmen hätte, nichts, was ihn zurückhalten könnte wie Familie, Wärme – wie hatte er es genannt? *Gemütlichkeit.* Bequemlichkeit. Wohlbehagen. Des Zahnarzts Honorare. Das hatte er sich gut zusammengereimt. Himmel, er – das Kind in der schwarzen Rüstung – hatte Grenzen durchstoßen, von denen Larry nicht einmal wußte, daß es sie gab ..., hatte, oh Jesus, abscheuliche, jenseitige Taten begangen – verrückter Ausdruck, verrückte Taten – und dafür mit Furcht und Schrecken bezahlt.

Und wieder trat der Bahnschaffner durch die Gitterpforte und bezog Stellung am Ausgang. Uringestank wehte aus den Toiletten herüber, als der Zug zum Stehen kam.

»Und du hast wirklich keine Freunde?« fragte Ira. »Sieh mal, ich würde gerne wissen, warum du keine Freunde hast, die so sind wie du.«

»Ich denke, das sagte ich bereits.«

»Oh, ja natürlich – mein Problem, mal wieder nicht zugehört. Aber ich erinnere mich jetzt.«

»Ja. Einige von ihnen – mein Alter – sind sehr viel reicher als ich, als meine Familie, wollte ich sagen: aber sie sind Aufsteiger, und ich hasse Aufsteiger.«

»Ach ja? Ich dachte, man müßte noch ärmer sein, um ein Aufsteiger zu sein.«

»Aber nein. Das ist nicht immer der Fall. Die sind einfach nur vulgär, das ist es. Sie haben keine Klasse, wenn du weißt, was ich meine. Bei fast allen, die ich kenne und die so alt sind wie ich, ist das ganz eindeutig, ganz offensichtlich: sie geben sich große Mühe, sich irgendwo einzuschmeicheln. Sie sind zwar Juden, aber anmaßend und geschmacklos – und so typisch Mittelschicht.« Larry ließ in komischer Verzweiflung Kopf und Arme hängen. »So konventionell, so materiell eingestellt. Ahh! Ich kann sie nicht ausstehen – und ihre Art, alles mit Geld gleichzusetzen, auch nicht. Dollars und Sex!« Als wolle er das Gesagte unterstreichen, streckte er sich plötzlich wieder und richtete sich auf. »Und das ist kein Witz, ehrlich. Die haben jeder mindestens zwei Autos und bekommen ein enormes Taschengeld. Murray zum Beispiel – er studiert gerade im ersten Jahr in Columbia, also ein Freshman, der will, daß ich immer und überallhin mit ihm mitgehe. Mein Gott! Da wirst du glatt wahnsinnig, bei dem andauernden Gequatsche über seine Studentenverbindung, seinen teuren Smoking und die Abschlußfeten, über die reichen Erbinnen, die er ausgeführt hat; und dann erzählt er dir auch noch, wieviel Miete seine Leute für ihre Apartments am Central Park bezahlen. Und welche Beziehungen sie zum Rathaus haben. Und wo sein Vater investiert. Und daß der einen Packard fährt. Mit Chauffeur, natürlich. Ja, und der akademische Titel als Jurist, den Murray anstrebt, wird ihn mit dreißig zum unabhängigen Millionär machen. Und wen interessiert das? Der Typ ist und bleibt vulgär.«

»Ach ja?« Ira hatte nur die Hälfte verstanden. Mittelschicht – was bedeutete das? *Diese* reichen Leute? Und mehr als nur reich: Sie hatten Heißwasser, Dampfheizung – wie fast alle, die westlich der Park Avenue in Harlem lebten, richtige *Allrightniks,* wie die Juden sagten. Und Autos hatten sie auch. Und Chauffeure. Nein, da steckte noch mehr dahinter. Er hatte den Ausdruck früher schon in einem Buch gelesen, aber erst jetzt wurde der Begriff für ihn lebendig. Es waren doch eigentlich die, denen er feine Lebensmittel und Präsentkörbe geliefert hatte, als er bei Park & Tilford arbeitete, Leute, die am Riverside Drive oder am West End wohnten, deren Speiseaufzüge er bedient hatte. Aber warum sprach Larry so abwertend über sie? Was war verkehrt daran, zur Mittelschicht zu gehören? Wollte denn nicht jeder, der in der 119th Street lebte, jeder

Jude, versuchen aufzusteigen – ja, »Aufsteiger«, dieses Wort hatte Larry benutzt – und aussteigen aus den Drecklöchern, in denen sie wohnten, den Kaltwasserwohnungen wie seiner? Erfolg, jaaa, alle seine Verwandten strebten danach. War es das, was er an ihnen auch nicht mochte, ohne zu wissen warum? An ihnen, seinen Verwandten, und sogar an Pop. An seinen flüchtigen jüdischen Freunden von der Straße, die gern Poolbillard spielten, nach dem Kino die Theken in den Delikatessengeschäften belagerten, Pastrami-Sandwiches aßen und Selleriesaft tranken. Mittelschicht. Das war ihr einziges Streben: Erfolg. Jungejunge. Und was war mit Billys Vater, dem Ingenieur? Gehörte er nicht auch zur Mittelschicht? Und Farleys Vater, der Bestattungsunternehmer? Ira gab ein kurzes, hilfloses Lachen von sich, als der Zug sich wieder in Bewegung setzte. »Jesus, da ist so viel, was ich nicht weiß.«

Larry blickte ihn fragend an.

»Sieh mal«, sagte Ira, »du sagtest doch: typisch Mittelschicht. Jeder möchte zur Mittelschicht gehören. Alle, die ich kenne, möchten zur Mittelschicht gehören. Auch meine Mutter möchte das.«

»Das ist ja das Traurige.«

»Wieso?«

»Ich will unbedingt versuchen, dem zu entfliehen. Den Maßstäben der Mittelschicht. Den Wertvorstellungen der Mittelschicht. Darum schreibe ich vermutlich und habe geschrieben und versucht zu dichten, seitdem ich auf der Ethical Culture war. Schon vor der High School habe ich damit angefangen.«

»Aber du willst doch Zahnarzt werden.«

»Und darf nicht an meine Freizeit denken? Du weißt, was ich meine? Und an eine angenehme Umgebung? Deswegen muß ich doch nicht so denken wie die Mittelschicht. Und ich denke auch nicht so, ganz sicher nicht. Ich schätze nicht dieselben Dinge wie solche Leute. Ich habe andere Werte, und die sind für mich von viel größerer Bedeutung, Werte, von denen die meisten nicht die leiseste Ahnung haben. Dichtung. Theater. Kunst.«

»Du bist mir weit voraus«, grinste Ira und seufzte, ohne zu wissen warum. »Doch, doch.«

»Warte, bis du meine Familie kennenlernst, dann wirst du verstehen.«

»Aber du liebst sie doch, oder? Und sie wissen nicht, daß du Gedichte schreibst, die – wie soll ich sagen – ein bißchen gegen das sind, woran sie glauben.«

»Nicht direkt dagegen. Aber frei davon. Ich glaube übrigens nicht, daß sie es immer verstehen. Und wenn sie es doch mal verstehen, dann halten sie es meiner Jugend zugute. Sie können sich eben keine Verse vorstellen, die über das hinausgehen, was sie in *Rose Marie* oder dem *Indian Love Call* oder anderen Gassenhauern vom Broadway hören. Meine Schwestern vielleicht weniger. Aber mein Bruder und meine Eltern sind wahnsinnig konventionell.«

Konventionell. Da war schon wieder ein feststehender Begriff, der plötzlich zum Leben erwachte, dem Abstrakten entstieg und ihm Probleme bereitete. Er war an derartiges Denken nicht gewöhnt: das Denken in Kategorien. Über die Klassenzugehörigkeit von Menschen. Über konventionelle Menschen. In Billys Amerika scherte sich kein Mensch um diese Dinge. Nicht ein einziges Mal hatte er Billy etwas Ähnliches reden hören – weder am Lagerfeuer, noch wenn sie ihre Gewehre zu einem Wettkampf durch New York schleppten. Das war ihm zu wenig greifbar. Nie hatte Billy sich zur Gesellschaft geäußert. »Himmel, jetzt weiß ich!« brach es aus Ira heraus. »Ich weiß, was du meinst. ›Klasse‹ hast du gesagt. Ich meine ja gar nicht typisch Mittelschicht. Nicht klasse, sondern Klasse. Allmählich kapiere ich.«

»Nun verstehst du auch, was ich mit sozialen Aufsteigern meine.«

»Ja. Und immer wenn du über Gesellschaft gesprochen hast, dachte ich an eine bestimmte Party, in die ich an meinem ersten Arbeitstag bei Park & Tilford hineingeplatzt bin. Ich mußte einen Präsentkorb liefern – so einen richtig tollen, teuren – und habe am falschen Eingang geklingelt. Oben statt unten. Ich leiste mir immer solche Dinger. Hier handelte es sich um die Oberschicht.« Ira grinste, kratzte sich. »Es war aber nicht der Champagner, den der Butler ausgeschenkt hat, oder die Dienstmädchen, weißt du – das Geld... Ich bin da wieder weggegangen mit dem Eindruck, daß hinter dem, was sie waren, mehr steckte als bloß Geld. Klasse.«

Larry betrachtete ihn mit verständnisvollem Blick aus seinen sanften braunen Augen. Dann schüttelte er leicht den Kopf. »Du hast da ein paar wundervolle Geschichten.«

»Ach ja?«

»Und so bildhaft erzählt, wirklich faszinierend.«

Es war genug. Ira ließ die Seiten über den Bildschirm laufen. Also, mehr konnte, sollte die Fahrt mit der El, die Reise in die Bronx tunlichst nicht enthalten. Der Stoff wäre unter Umständen interessant, aber übergewichtig. Was nun. Löschen? Alles, was noch folgte, löschen? Sehr schade. Ruhig saß er da, überlegte nüchtern, die Hände auf dem Schoß ineinandergelegt. Wie sollte er es retten, wo einfügen, wo anhängen? Der Monitor zeigte ihm an, daß die Speicherkapazität schon zu sechzig Prozent ausgeschöpft war, und höher wollte er nicht gehen, dazu war er zu nervös. Er hatte nämlich schon ein- oder zweimal Schwierigkeiten gehabt, ein Dokument wiederzufinden, jedenfalls auf Diskette, als er sechzig Prozent weit überschritten hatte. Aber richtig – er hatte ja immer noch die Festplatte, auf die er zurückgreifen konnte. Doch im Augenblick war seine Sorge grundlos. Auf Fiona, seine Sekretärin und Expertin auf diesem Gebiet, war Verlaß; sie würde ihn retten. Oh, ja.

Hatte er denn schon seine zweite harntreibende Tablette eingenommen, sein Furosemid, wie der Oberbegriff für diese Medikamente lautete?

Hatte er? Vielleicht mit seiner Tasse Tee zum Lunch? Nein, hatte er nicht. Er hatte es vergessen. Dennoch, jetzt hatte er so lange hier gesessen, daß er urinieren mußte. Nun, an seiner dreirädrigen Gehhilfe hing das Urinal. Das konnte er benutzen. Kein Mißgeschick in seinem Schlafzimmer auf dem Weg zum Bad riskieren. Also: vorsichtshalber lieber jetzt sichern und gleich aufstehen und dem Ruf der Natur folgen. Peinlichkeit drohte ebenfalls nicht, wenn er das Urinal benutzte, denn Diane, seine Haushälterin, war nicht da; sie holte gerade ihre Tochter von der Schule ab. Das hieß, außer ihm war niemand im Haus.

Alter Knacker, würden sie alle denken. Er hatte nämlich seinen Vorsatz gebrochen, seinem neuerlich redigierten Manuskript nicht mehr zu nahe zu treten, keine externen oder aktuellen Betrachtungen in den bereits abgesegneten Text hineinzufummeln. Aber mit seinen sechsundachtzig Jahren konnte er es sich wohl leisten, einmal gefaßte Vorsätze beiseite zu schieben, wenn ihm danach war. Und dennoch bereitete ihm der Entschluß, so zu handeln, Schuldgefühle. Er empfand es als Sünde, das Wort, das er sich selbst gegeben, zu brechen. Vielleicht sollte er dieses Stück Intervention auch lieber löschen, so Nestor-geschwätzig wie es war. Aber tatsächlich war es mehr als das, mehr als ein Fall von altersbedingter Schwatzhaftigkeit. Die scheinbar weitschweifige Passage spielte nämlich eine Schlüsselrolle. Sofern er das Material, das hier folgte, nicht löschte (was er, wie man deutlich sah, höchst ungern täte), verlangte sein moralisches Integritätsempfinden nach dieser Episode. Kurz gesagt war die jetzt, im Monat Mai des Jahres 1992, in einem vor zwei Jahren als endgültig verabschiedeten Text gemachte Änderung notwendig geworden für den Fall, daß er das hier Folgende mit hineinnehmen wollte; und er wollte. Die *Bilanz* (im übertragenen und im wortwörtlichen Sinne) des langen und bereits abgesetzten Dialogs während der Fahrt in der El, bedurfte einer Unterbrechung, verlangte nach Abwechslung. Er hoffte, sein neuer Einschub würde diese bieten. Sowieso – das schwor er sich – würde er nur in extremen Fällen wie diesem, wo es darum ging, in einer bereits abgenommenen Arbeit etwas einzufügen oder herauszustreichen, noch einmal wortbrüchig werden, sich noch einmal über ein feierliches Versprechen, das er sich selbst gegeben, hinwegsetzen. Nun denn – freu dich dran, Stigman, hörte er sein Gehirn ein Selbstgespräch führen. Freu dich dran.

XIX

Als sie an der Hochbahnstation ankamen, wo sie aussteigen mußten, wirkte alles um sie herum wie auf dem Lande. Der Bahnhof lag sehr tief, am Fuße einer hügeligen Landschaft, und der Bahnsteig war auf einer braunen Klippe aus dem Fels gehauen. Tiefster Friede, so schien es, die Klippe über dem Bahnhof, über den Gleisen. Nie wieder würde er es so empfinden: daß es an der Strecke der guten alten, ramponierten Ninth Avenue El eine Haltestelle gab, die tatsächlich mitten in einer traumhaft ländlichen Enklave lag. Nie wieder würde der Anblick ihn so beeindrucken – eine Hochbahnstation am Fuße eines braunen Felsgesteins.

Sie kamen zu Larrys Wohnung; in einem sauberen, gepflegten Treppenhaus gingen sie auf leisen Teppichstufen zur ersten Etage hinauf. Die Wohnung war ruhig und geräumig. Es folgten die Begrüßungen, er wurde den Eltern und der Schwester Irma vorgestellt; der Bruder Irving war nicht da. Verlegen und etwas steif bewunderte Ira die Wohnung, freute sich warm und aufrichtig angesichts Larrys eigenem Zimmer, Schlaf- und Arbeitszimmer zugleich, groß genug für ein Doppelbett, eine Couch und einen riesigen Schreibtisch – mit einer Schreibmaschine obendrauf! Teppichbrücken auf dem Fußboden, eine schöne Kommode mit fünf Schubladen, ein begehbarer Schrank. Und alles nur für Larry. Und erst das Muster der Wandtapete, die er sich selbst ausgesucht hatte, als er noch »wesentlich jünger« war: eine altmodische Tschu-tschu-

Bahn, die am Ufer eines Flusses munter vor sich hin qualmte und durch ein altertümliches Dorf fuhr mit nostalgischen Farmhäusern, Scheune und Kirchturm.

Im Wohnraum stand ein einladender Liegestuhl aus Eichenholz, dessen Rückenlehne – für Ira etwas völlig Neues – mit Hilfe einer Eisenstange in einer hinten angebrachten Holzratsche verstellbar war. Außerdem standen auf dem Fußboden, besser gesagt: dem Teppichboden, ein weit ausladendes, mit dunkelgrünem Stoff bezogenes Sofa und zwei üppige, breite Sessel aus dunklem Leder. Die Sitzgruppe stand auf einem lebhaft und kräftig gemusterten Orientteppich, der von Scheuerleiste zu Scheuerleiste quer durch den ganzen Raum reichte und mit seinem verschlungenen Rebenmuster fast überladen wirkte. Elektrische Wandlampen beleuchteten Reproduktionen von Gemälden, die Ira an die Corots erinnerten, die sanften Landschaften, die er als Junge zusammen mit Jake Shapiro im Metropolitan Museum gesehen hatte. Da hing auch die Reproduktion einer faszinierenden Landschaft von Maxfield Parrish.

Das Bild hieß *Dickie Bird* und zeigte eine Gruppe verschieden hoher runder Schloßtürme, strenge Wächter, ein Schutzwall für die nackte Jungfrau auf der Schaukel hoch über den Zinnen. Hoch im Saphirblau des seidenweich lieblichen Himmels, der Dämmerung im Paradiese gleich, schwingt das nackte Fräulein und hat Titten wie schaumige Kokosberger. *Boy...*

Und dann das Abendessen: Lammkoteletts mit noch nie gekostetem, göttlich schmeckendem Rahmspinat, serviert von Mary, dem unscheinbaren ungarischen Dienstmädchen. Wer hätte gedacht, daß Spinat eine so wundersame Wandlung durchmachen konnte? Ira lobte das Gericht in den höchsten Tönen. Später, als Mom anfing, ihn über das Zuhause der Gordons auszufragen, über das Essen, die Einrichtung, die Menschen dort, da schwärmte er so sehr davon, daß sie den Versuch unternahm, es laut Iras begeisterter

Beschreibung nachzukochen. Also nee. So wie dort hat es wahrhaftig nicht geschmeckt! Ira murrte, unfreundlich wie immer. Arme Mom. Immerhin, sie hat's versucht.

Ira ging Maxfield Parrishs *Dickie Bird* nicht aus dem Sinn, das Bild aus dem Wohnraum, wo die beiden jungen Männer später noch saßen und Schallplatten hörten, nachdem Larry den Phonographen gehörig mit der Kurbel aufgezogen hatte. Die anmutige, liebreizende nackte Jungfrau mit den hübschen Glocken (ja, die Form ihrer Brüste erinnerte ihn an die Klingeln, die seine Lehrer immer neben sich auf dem Katheder hatten) amüsierte sich auf einer Schaukel, und rundherum erhoben sich Türme, hohe und niedrige, und reckten sich in das ätherisch schöne Blau des Himmelszelts. Wunderschön. Aber pfui über deine schmutzigen Gedanken, schimpfte Ira mit sich: *Dickie Bird* – der Piepmatz in der Hose, und die erigierten Türme reckten sich nach dem Vögelchen auf der Schaukel. Niemand außer ihm sah die Symbolik, nur er, ordinär und verdorben wie er war: *tocheß afn tisch* – die vulgäre jiddische Redensart, den Arsch auf'n Tisch. Jüdische Einwanderer, die – wie Pop – ihre Frauen zurückgelassen hatten und sich 'ne Fünfundzwanzig-Cent-Hure für 'ne Nummer im Stehen angelten, mußten wohl *tocheß afn tisch* verlangt haben, bevor sie zahlten. Nur daß der Arsch auf der Schaukel einem feinen Fräulein gehörte. Diesmal war's keine Schlinge, sondern eine Schwinge. Warum mußtest du unbedingt daran denken? Warum? Warum? Weil er einst einen gestohlenen Füllfederhalter gegen Minnies »Reize« eingetauscht hatte, als sie in dem schmuddeligen kleinen Schlafzimmer quer über seinem Bett gelegen hatte. War das der Grund? Einer dieser Nachmittage, als die grünen Wände bebten und er den kleinen Messingnippel des Türschlosses nach oben geschnipst hatte – zum Teufel auch. In was für einen homogenisierten, heiteren Himmel die Jungfrau da hineinflog. Mensch, wenn er mit ihr zusammen auf der Schaukel säße und sie dabei breitbeinig vor sich auf dem Schoße hätte. »*Boy,* das ist zölestisch«, entschlüpfte es Ira, während er das Bild anstarrte. – »Das ist was?« fragte Larry.

»Das ist zölestisch. Drücke ich mich falsch aus?«

»Oh, ja – zölestisch. Nein, das ist genau das richtige Wort.« Anerkennung zauberte ein breites Lächeln auf Larrys hübsches Gesicht, als er Ira begeistert zustimmte. »Das paßt besser als lapislazuli, was ich immer sage. Das kommt bei Browning vor. Und woher hast du deinen Ausdruck?«

»Du glaubst doch nicht, daß ich das noch weiß!«

Später am Abend, nachdem Larry ihm die Untermeyer-Anthologie ausgehändigt hatte, verließen sie gemeinsam die Wohnung, weil Larry ihn zur U-Bahn bringen wollte. Der Weg dorthin war zwar bedeutend weiter als der zur Hochbahn, jedoch würde Ira so – nach dem Umsteigen an der 96th Street – nur ein kurzes Stück zurückfahren müssen und viel näher bei seiner Wohnung ankommen. Ein neues Buch unter dem Arm, eine neue Lektüre, ein neuer Freund. Eindrücke von Larrys Eltern: Sein Vater sprach akzentfrei; der einzige kleine Fehler in seinem Englisch war vielleicht beabsichtigt, er sagte onmöglich statt unmöglich. Er war nicht direkt wortkarg, sprach aber wenig, wirkte sehr ernst, obgleich sein Gesicht manchmal vor Freude aufleuchtete, wenn Larry etwas sagte. Dieser war ganz eindeutig der Liebling seines Vaters, der Sohn, den er in fortgeschrittenem Alter noch gezeugt hatte. Mr. Gordon war wohl über sechzig, schätzte Ira, und ein überdurchschnittlich großer Mann, nicht dünn, aber auch nicht übergewichtig, ohne Bauch. Er hatte einen dunklen Teint, einen buschigen, schon ergrauten Schnurrbart und trug sein dickes, graumeliertes Haar sehr hoch ausrasiert wie beim Militär. Als er noch jünger war, hatte der Vater wohl seiner Tochter Irma, Larrys nächstälterer Schwester, ähnlicher gesehen als seinem Jüngsten.

Juden sind wie Chamäleons, bemerkte Ira immer öfter. Kaum haben sie über einige Generationen in Ungarn gelebt, nehmen sie ungarische Züge an – wie die Bobe zum Beispiel slawisch aussah mit ihren blauen Augen und der Knollennase, weil sie von Juden abstammte, die in Galizien zwischen den dortigen Gojim gelebt hatten. So auch Tante Mamie: slawisch. Aber nicht Mom mit ihrem dunklen Haar und ihrer breiten Nase. Und auch nicht Moe trotz seiner breiten Nase, denn Moe hatte helle Haut und blaue Augen und war blond. Nun, Ausnahmen und Mischungen und einige Exemplare wie er selbst bestätigten die Regel, legten Zeugnis ab von der Herkunft der Väter, der Vorfahren, mit dem Stadtplan von Jerusalem im Gesicht.

Larrys Mutter war hübsch, sogar sehr hübsch. Die Mutter von fünf Kindern wirkte viel jünger als ihr Mann. Sie war brünett mit einer bombastischen Haarwolke auf dem Kopf, ohne den leisesten Schimmer von Grau. Ihr Gesicht war frisch, kaum von Falten gezeichnet, ebenmäßig, fast nichtjüdisch, ein weiteres Charakteristikum, das Ira an vielen Ungarn zu erkennen glaubte: klassische Gesichtszüge, eine fein geschnittene Nase, wie Larry sie hatte, viel zu ebenmäßig, um jüdisch zu sein, eine weiche Haut und diese braunen Augen, die so fröhlich strahlten. Und doch war sie keine echte Ungarin; sie war Jüdin. Und außerdem sollten doch die Ungarn von den orientalisch wilden Hunnen Attilas abstammen. Alles sehr verwirrend. Auf jeden Fall war Mrs. Gordon überaus herzlich, zuvorkommend, gesprächig und gastfreundlich.

Und dann war da noch Irma, die ihrem Vater – und bis zu einem gewissen Grad auch Larry – ähnlich sah, die aber die nahezu klassische Symmetrie seiner Züge vermissen ließ. Wie ihr Vater war Irma etwas dunkler als Larry, mit schwellenden, vollen Lippen, die so auffällig waren, daß sie sich angewöhnt hatte, sie nach innen einzuziehen, damit sie schmaler wirkten. Sie schien nicht weit entfernt von einem Tic.

Soweit Iras erste Eindrücke von einigen Mitgliedern aus Larrys Familie. Was aber war während der letzten vierundzwanzig Stunden mit *ihm* geschehen? Wieso hatte er diese Passage erst geschrieben und dann doch wieder die Lust daran verloren? Er hatte seinen Plan geändert. Er hatte vorgehabt, nochmals beiläufig – wie er es mit Larrys Leuten getan hatte – auf die Untermeyer-Anthologie einzugehen und dann eine Tagebucheintragung anzuhängen, die er am Vortag nicht mehr hatte unterbringen können. Diesmal würde er – oder besser: der gute alte Ekklesias – wohl ausreichend Speicherkapazität haben, um die Stelle aufzunehmen, die noch draußen wartete. Es sollte eigentlich genug RAM vorhanden sein, selbst wenn er jetzt etwas hineinnahm, was er vorher rausgeschmissen hatte, nämlich seine Kommentare zu den beklagenswerten Tischmanieren des jungen Ira, der seine Eßgewohnheiten, sein heißhungriges Schlingen, sein geräuschvolles Mampfen trotz vieler Versuche, sich zu beherrschen, sich ein wenig anständig zu benehmen, nicht ablegen konnte. Selbst nach diesen sechzig Jahren meinte Ira, sich immer noch an Larrys milde Blicke erinnern zu können, mit denen dieser ihn unsicher und nachsichtig angesehen hatte. Er wollte das alles mit in den Text aufnehmen und trotzdem noch genügend Raum – beziehungsweise RAM – für die Tagebucheintragung übrigbehalten. Aber in den vierundzwanzig Stunden, die inzwischen vergangen waren, hatte er das Interesse an der gedachten Collage verloren. Der Wunsch, seinen Erzählfaden zu unterbrechen, war verflogen.

XX

Und wieder überschlugen sich die Ereignisse, häuften sich während der letzten paar Monate von Iras Senior-Jahr an der DeWitt Clinton im Frühling 1924. Es gab das häusliche Leben in all seinen verworrenen Variationen und Kombinationen, diesem angespannten Hoffen und Bangen, der brutalen Erlösung. Es gab den Schützenverein, diese Mischung aus Routine, Langeweile und spielerischem Zeitvertreib. Und es gab den Unterricht in den ausgewählten Fächern: Geometrie unter der Federführung von Dr. McLarin, Iras ganze Wonne. Außerdem die zweite Hälfte seines Biologie-Kurses, wo er aufgrund seiner Wißbegierde und Lernerfolge immer deutlicher spürte, daß hier oder in einem Teilbereich der Biologie seine Berufung lag. Selbst das zweite Halbjahr Chemie entwuchs der anfänglichen Konfusion. Seine Leistungen in Englisch waren nur mittelprächtig wie immer. Und, leider, verbummelte er den Abschluß seines dreijährigen Spanischunterrichts bis weit in sein letztes Schuljahr, das Senior-Jahr, hinein.

Larry und er hatten sich bei »Sprecherziehung 8« eingeschrieben (und wohlweislich dafür gesorgt, daß sie nicht wieder direkt nebeneinander saßen); diesmal wurde der Unterricht von Mr. Staip gegeben. Körperlich war Mr. Staip ein Gnom, vermutlich kleiner als ein Meter fünfzig. Und doch brachte er es fertig, seine Schüler, die ihn größtenteils um Kopf- und Schulterhöhe überragten, zu lammfrommen, gehorsamen Zwergen zu machen. Er war der Inbegriff eines Zuchtmeisters der Sprache. Allein durch die pingelige Korrektheit seiner Aussprache verschüchterte er seine Schüler derartig, daß sie nur noch marionettenhaft stottern konnten. Kein Vokal, kein Konsonant, dem er nicht einzeln seine Aufmerksamkeit schenkte, den er nicht einzeln klar und deutlich aussprach, was er auch von seinen bebenden Schülern erwartete – nein, verlangte. Und nur sehr wenige konnten seinen Ansprüchen genügen.

In jenem Frühling, als die Baseballsaison wieder begann, ging Ira immer noch Getränke verkaufen: in den Polo Grounds, im Yankee Stadion und gelegentlich beim Preisboxen im Madison Square Garden. Iras Berichte über seine Arbeit hatten Larry neugierig gemacht. Und weil Ira seinem Freund versichert hatte, er könne ihm die Erlaubnis besorgen, einmal eine Schicht als Limonadenverkäufer mitzumachen (und sei es auch nur der neuen Erfahrung wegen), traf sich Larry eines Morgens mit ihm am Haupteingang des Yankee Stadions, nicht weit von der Wohnung der Gordons entfernt. Ira verbürgte sich für ihn bei Benny Lass, der aufbrausend und jähzornig wirkte wie eh und je, wie zwei Jahre zuvor Izzy Winchel für ihn gebürgt hatte. Nach einer flüchtigen Musterung war Larry akzeptiert.

Zu Iras Verdruß offenbarte sich schon nach kurzer Zeit, daß für Larry die Realität der Arbeit im Stadion sehr wenig Ähnlichkeit hatte mit Iras unterhaltsamen Beschreibungen derselben. Als das erste Inning gespielt war, hatte sich Larry gegenüber Ira bereits indigniert über das empörende Mißverhältnis zwischen Einkaufs- und Verkaufspreisen geäußert, über die Diskrepanz zwischen der Vergütung und der enorm harten Arbeit, die man dafür leisten mußte. Mehrfach kreuzten sich ihre Wege im Laufe dieses Nachmittags, und jedesmal ließen Larrys beleidigte Miene, seine Kommentare, seine humorvoll vorgetragenen Vorwürfe nur wenig Zweifel daran, daß er sich betrogen und ausgenutzt vorkam. Als die Arbeit dieses Tages beendet war, hatten ihn Gemeinheiten und Übellaunigkeit des Personals und der Kollegen sowie die Primitivität der Besucher gründlich geschafft. Und wieder, genau wie damals vor einem Jahr, als sie zusammen mit der Hochbahn gefahren waren, empfand Ira eine sonderbare Überlegenheit auf einem Gebiet, das doch eigentlich Larrys Domäne war: der Fähigkeit zu rascher und sensibler Erkenntnis. Denn Ira sah durchaus, daß Arbeit sowie die damit verbundene Ruppigkeit, die verletzenden Unverschämtheiten und der erbarmungslose Konkurrenzkampf eine Kompensation für die erlittenen Unbilden bereithielten und wertvolle Aspekte des Alltagslebens vermittelten – obgleich er auch nicht hätte sagen können, warum er diese so schätzte. Für ihn – und vielleicht nur für ihn – wurden sie zu Signaturen seiner Umgebung, fast einer Art Währung, begrenzt konvertierbar, aber von Leuten wie Larry teuer bezahlt. Nun, er wußte nicht so recht. Er wußte, daß gewisse Wahrnehmungen ihn zum Nachdenken anregten und Larry nicht – etwas, das er kaum in Worte fassen konnte: Larry regte sich über die für soviel harte Arbeit lächerlich schlechte Bezahlung auf und darüber, daß man seinen selbstsicheren Charme, seine Gelassenheit und seine gute Erziehung in dem hektischen Durcheinander von Aufregung und Wettbewerb praktisch ignorierte. Er hätte das alles so wegstecken müssen wie Ira, mit einer gewissen augenzwinkernden Toleranz; im Tausch für erlittene Unbilden und Turbulenzen, für alles, was da vor sich ging, hätte Larry dann die Chance gehabt, die rohe Gewalt der Massen kennenzulernen und mitzuerleben, ohne daß seine persönlichen Empfindlichkeiten, seine verletzten Eitelkeiten, sein Fairneßdenken davon berührt worden wären. Was, wenn Billy an Larrys Stelle gewesen wäre? Wie anders hätte Billy reagiert: seine kleine Nase hätte er gerümpft, sich als guter Kumpel bewiesen, der er war. Und gegrinst.

Mit Billy konnte man Pferde stehlen, mit Larry nicht. Billy nahm Geld nicht so wichtig, Larry wohl. Larry wollte Gedichte schreiben und Kurzgeschichten, aber nicht auf Kosten seiner Bequemlichkeit, nicht auf Kosten seines Zahnarztberufs – empfand Ira – und nicht mit dem Risiko, Unhöflichkeiten ertragen zu müssen und ganz sicher nicht um den Preis, selbst unhöflich zu sein. Und doch fühlte sich Ira so sehr von Larry angezogen, von dem Charme seines angenehmen, jüdischen, kultivierten Lebens, daß es ihm unmöglich war, seiner Anziehung zu widerstehen. Und Larry war so großzügig. Er liebte es zu teilen, anzuleiten; es machte ihm Vergnügen, Ira in Bereiche einzuführen, von denen dieser bislang nur gehört hatte: Ballett, Theater, moderne Bildhauerei, Oper, Architektur, Orchestermusik. Larry liebte es zu führen, und Ira folgte nur allzugern.

Die neue Freundschaft blieb Billy nicht verborgen (er und Larry hatten sich schon vor längerem kennengelernt und hielten sich gegenseitig für etwas seltsame Vögel); und obgleich Billy Ira seit dessen unkontrolliertem Ausbruch am Strand von New Jersey mit etwas anderen Augen sah, pflegten sie doch noch ihre gemeinsamen Interessen: das Schützenteam, Kanufahren, im Freien kampieren und Golfspielen. Wie eh und je nahm Billy Ira mit zum Golfplatz im Van Cortlandt Park, zahlte das Eintrittsgeld und stellte die Schläger (wie im Winter zuvor die Schlittschuhe für Eishockey). »Immer noch scharf auf Cornell?« fragte Billy mit stoischem Taktgefühl.

»Oh ja, sicher.« Aber tatsächlich hatte er angefangen zu zweifeln. Er hatte sich zwar um die erforderliche Zulassung zur Aufnahmeprüfung beworben und wollte die Prüfung auch machen – aber würde er wirklich dort studieren, falls er sich qualifizierte? Larry hatte sich an der New York University beworben, der neuen Dependance am Washington Square Park. Innerhalb von zwei Jahren konnte er seine sogenannte »predental« machen, die akademische Prüfung in den Geisteswissenschaften, ohne die eine Zulassung zur Zahnmedizin ausgeschlossen war. An der NYU mußten Studiengebühren entrichtet werden, am CCNY nicht, das war ein staatliches College, wo man nur Lehrmittel und Verwaltungskosten bezahlen mußte. Für Ira war es eine Selbstverständlichkeit, sich dort zu bewerben – einerseits wegen seiner finanziellen Verhältnisse, seiner Bedürftigkeit; andererseits weil er eine sichere Alternative brauchte für den nicht ganz unwahrscheinlichen Fall, daß er die Auswahlprüfung für ein Cornell-Stipendium nicht bestand. In Wahrheit aber fühlte er bereits, daß er von seinem ursprünglichen Ziel abkam, selbst wegsteuerte oder fortgezogen wurde, ganz ähnlich wie er sich damals aus seiner starken Verbundenheit mit Farley gelöst hatte. Auch wenn er sich schwor, so etwas nie wieder zuzulassen, sondern Cornell fest im Blick und sein Berufsziel Biologe fest im Kopf zu behalten und sich so gut wie nur eben möglich auf das bevorstehende Examen vorzubereiten, wiederholte er sich immer und immer wieder Moms aufmunternde Maxime:

Der willer is mer wi der kener: Wo ein Wille ist, ist auch ein Weg. Dennoch, was sich hier ereignete, war nicht so sehr ein unfreiwilliges Abweichen vom Ziel, als vielmehr das bewußte Abstecken eines neuen Kurses, auf dem er sein Ziel erreichen konnte. Er begann, mit sich zu hadern, ob das, was er vorhatte, der Mühe wert sei, und der gesunde Menschenverstand schwieg dazu.

XXI

Juni 1924. Sein letzter Juni an der DeWitt Clinton, der letzte Monat seines letzten Vierteljahrs als Oberschüler überhaupt. Bald der Abschluß, bald die »Regents«, die in ganz New York einheitlichen staatlichen Prüfungen, bald die Prüfungen für das Cornell-Stipendium. In »Sprecherziehung 8«, was Ira und Larry gemeinsam belegt hatten, wurde von allen Teilnehmern eine kleine Rede erwartet, die Mr. Staips hohen Ansprüchen genügen mußte, wenn man den Kurs erfolgreich abschließen wollte. Die Rede sollte von einer bedeutenden Persönlichkeit handeln, mit einem Minimum an Notizen auskommen und eine Länge von mindestens fünf Minuten haben. Ira wählte sich den englischen Dichter William Ernest Henley. Nie würde er vergessen, daß er damit begann, Henley und Edgar Allan Poe einander gegenüberzustellen: Der eine kämpfte ein Leben lang tapfer gegen seine Tuberkulose an, der andere verendete jämmerlich nach einem Saufgelage in irgendeinem dunklen Kellerloch. Ira beendete seine Rede, indem er das klangvolle Gedicht »Invictus« (in memoriam R. T. Hamilton Bruce) vortrug. Die beiden letzten Zeilen lauteten:

> *»I am the master of my fate:*
> *I am the captain of my soul.«*

– und als er geendet hatte, brach spontaner Beifall los, dem sich – kaum zu glauben – sogar Mr. Staip anschloß. Sofort nach Beendigung des Vortrags gestattete Mr. Staip dem verblüfft und ungläubig dreinschauenden Ira, den Rest des Schuljahrs vom Unterricht fernzubleiben. Ein unerhörtes, noch nie dagewesenes Privileg! Ira war freudig erregt, ihm schwirrte der Kopf angesichts dieses beispiellosen Triumphes. Langsam ging er hinunter in den Leseraum – und dachte über die seltsamen Wege des Schicksals nach, das ihn im vergangenen September nach hier unten verbannt hatte, als er mit Schimpf und Schande aus »Sprecherziehung 7« hinausgeschmissen worden war; und heute, im letzten Monat Juni seiner Schulzeit, schwebte er wie auf Wolken aus »Sprecherziehung 8« hernieder, atemlos und hochgeehrt.

Als er Larry das nächste Mal begegnete, schien dieser ziemlich reserviert, sein Lob so mager, kaum mehr als achtungsvolle Anerkennung. Ira wußte nicht genau, was er nach seiner glänzenden Leistung als Orator eigentlich erwartet hatte: etwas Wärme vielleicht, eine scherzhafte Bemerkung oder auch eine leicht abfällige – oder etwas in der Art, wie Billy reagiert hätte. »Hey – was für ein Dusel. Mit wem hast du das denn gepaukt?«, hätte Billy gesagt. Aber so nichtssagend, wie Larry sich äußerte, eher kritisch denn anerkennend – war das Neid? Hatte er Larry total überrumpelt? Sich den Zenit einer Thematik erobert, die ihm, Ira, gar nicht zustand, der Literatur vergleichbar? Hatte er Larry mit der Demonstration ungeahnter Talente, in denen dieser sich sonst überlegen fühlte, traurig gemacht?

Aus welchem Grund auch immer – es war ganz offensichtlich, daß Larry Vorbehalte gegen die Wahl der Dichterpersönlichkeiten, die Wahl des Gedichts gehabt hatte – jedenfalls fühlte Ira sich verletzt, er war verletzt und pikiert. Nein, gar nicht dran zu denken, sich Larry anzuschließen. Er suchte nach alternativen Möglichkeiten, Biologie als Hauptfach zu studieren: am City College von New

York. Lächerlich; er war drauf und dran, wieder den gleichen Fehler zu machen wie früher, sich von blinden Gefühlen leiten zu lassen. Wenn er es schaffte, ein Stipendium für Cornell zu bekommen, dann war das auch die richtige Universität für ihn, Cornell, wo auch Billy sich bewarb. Larrys knurrige Reaktion hatte ihm gerade noch rechtzeitig klargemacht, daß er, Ira, unbedingt so nüchtern und sachlich wie möglich seine eigenen Interessen verfolgen sollte.

»Hey, was hast du am Wochenende gemacht?« Diese Frage richtete Ira an Billy, als er ihn das nächste Mal in der Schule sah.

»Ich war kanudeln. War toll.«

»Ganz allein? Und über Nacht?«

»Ja, ich war allein, aber die Tage sind jetzt so lang, da kann man stundenlang paddeln. Jetzt kann man über den ganzen Hudson fahren und vor Dunkelheit noch zurück sein – wenn man will. Ich wollte aber nicht. Ich hab' einfach nur so dagesessen, unterhalb der Palisades, und den ganzen Abend mit anderen Kanuten verquatscht. Weißt du – ein paar von denen hatten ja wohl 'nen ganzen Lebensmittelladen mitgebracht: Hotdogs und Brötchen, Apfelkuchen, Blaubeerkuchen. Und Käse.«

»Wow! Und habt ihr auch Feuer gemacht?«

»Nur ein kleines Feuerchen, und dann haben wir uns unsere schönsten Campinggeschichten erzählt. Einer von denen hatte sich mal im Wald verirrt, drei Tage lang. Der hatte aber ungefähr alle Pfadfinderabzeichen gemacht, die es gibt. Also hat es ihn nicht besonders gestört –. Es war übrigens fast bis neun Uhr abends hell.«

»Aha, dann bist du wohl zurückgekommen?«

»Nein«, grinste Billy, »es waren schon reichlich Sterne am Himmel.« Sein Gesicht nahm wieder diesen glückseligen Ausdruck an wie früher. »Ich war bis ungefähr elf Uhr draußen.«

»Ach ja? Und hast du schon jemanden für diesen Freitag?«

»Nein.«

»Gehen wir dann zusammen kanudeln? Nur am Freitag. Ich würde gern am Samstag wieder Getränke verkaufen. Also – ich muß unbedingt wieder ein paar Scheinchen verdienen am Samstag – und am Sonntag auch. Ich muß zwar nicht früh aufstehen, aber ich muß hingehen.«

»Was ist mit deinem Freund? Ich meine, am Freitag. Was ist mit Larry? Bist du nicht mit ihm verabredet?«

»Nein, diesen Freitag nicht.«

Heller, windiger Nachmittag wartete schon auf sie, als sie aus der U-Bahnstation Broadway und 160th Street heraustraten. Sonne und Wind, die angenehme Atmosphäre übertrug sich auf das Leben auf der Straße, auf stehende Fußgänger und parkende Autos und auf das Tempo derjenigen in Bewegung. Hätte er doch nur nicht gesagt, was er in jener fürchterlichen Minute zu Billy gesagt hatte, in jener Minute lodernden Wahnsinns, wo es schien, als habe sich Pops Natur seiner bemächtigt. Nein, zurücknehmen konnte er es nicht, nicht ungeschehen machen, und er glaubte zu wissen, warum: Der Van de Graaff'sche Generator erzeugte knisternde Hochspannung durch seine Schuld, aber es war nichts so Spektakuläres: nur ein unkontrollierbarer Kurzschluß unter seinem Scheitel. Er wußte, warum. Dann laß es, laß es, um Gottes willen laß es doch, trenne dich von der Ursache, von zu Hause, von Minnie, dem unausweichlichen Strudel, in welchem er gefangen war. Jaa doch. Zwei Lappen für Sonntag. Zwei Grüne verlangte sie jetzt! Sie nahm ihn wirklich in die Zange.

Doch da war auch noch Billys Amerika und sandte ihm Signale: Plötzlich gab es auf dem Hudson eine Unmenge weißhäuptiger Leuchtfeuer. Alles vergessen; versuchen, alles hinter sich zu lassen, abhauen, sauber werden. Ira legte einen Zahn zu, als sie vom Broadway hinuntergingen zum Bootshaus am Flußufer. Aah – endlich wieder Normalität. Es war nur vernünftig, Amerikas ausgestreckte Hand zu ergreifen. Er konnte zwar nicht Billy sein, aber er konnte sich nach ihm formen, umformen, versuchen, ihm ähnlich zu sein.

Und jetzt hatte er die Chance dazu. Wenn er Larrys – von ihm wiederholt so genannte – »Werte« ablehnte, dann bekam er Zugang zu Billys Lebensmodell. Es stand ihm kein zweites so klar definiertes zur Verfügung.

Schaumkronen auf dem Fluß, sauber und weiß, schnappten mit so vielen Zungen nach der hellen Luft. Neu beginnen, von vorn anfangen. Sie waren ein stummer, aber sichtbarer Chor, sagten alle dasselbe zu ihm. Neu beginnen, von vorn anfangen. Mit allem brechen, was dich gehalten hat. Er kam sich vor wie ein jüdischer Dick Whittington in der Nähe seiner East-End-Kirche, der am Fluß dem Klang der wäßrigen Bow Bells lauscht. Fast wie damals. Weißt du noch, wie du auf dem Sprungfelsen standest? Ira zwang sich, an diesen verzweifelten Moment zu denken. Der Fluß hat dir damals ein Versprechen gegeben. *Boy*. Ein beschnittener Dick Whittington – Dick, dicker, wer hat den Dicksten? Willst du wohl endlich aufhören? Ja, aufhören. Ganz bestimmt. Schon vor dem Sonntagsfrühstück das Bett verlassen, noch ehe Mom einkaufen geht. Bloß raus aus dem Haus.

Im Bootshaus angekommen, gingen sie hinüber zu der Stellage, wo das Kanu lagerte. Sie packten das kleine Gefährt an beiden Enden, trugen es hinaus und setzten es vorsichtig, kielunten, auf den kleinen, von Wind und Wellen schwankenden Anlegesteg. Dann liefen sie, Billy voran, noch einmal ins Bootshaus zurück zu den Schließfächern, wo Paddel und Sitzkissen verstaut waren. Hier konnten die beiden auch ihre Schulkrawatten, Filzmützen und Aktentaschen sicher verwahren, solange sie auf dem Hudson unterwegs waren und ans andere Ufer paddelten. Vielleicht würden sie ja die halbe Nacht draußen bleiben, Billys Cracker und Erdnußbutter futtern und auch noch etwas bei anderen abstauben, die ein

Lagerfeuerchen hatten. Wer weiß. Mit Billy traf man immer ein paar richtig nette Typen...

»Auch wenn du dich nicht für ein Stipendium qualifizierst«, sagte Billy und fummelte in seinen Hosentaschen nach dem Schließfachschlüssel, »also – das wär' doch gelacht, ich wette, du könntest dir dein Studium auf Cornell auch verdienen. Mein Dad hat das schließlich auch gekonnt.« Er grub noch tiefer in seinen Taschen. »Er zum Beispiel hat alle möglichen Arbeiten rund ums College gemacht – Instandhaltung des Geländes, Rasenmähen, die Wege auf dem Campus reparieren. Meine Güte. Ein Semester hat er sogar als Bedienungshilfe in der Cafeteria gearbeitet. Dein Dad ist doch Kellner«, grinste Billy. »Da sollte es für dich kein Problem geben. Wo zum Kuckuck ist jetzt dieser verdammte Schlüssel? Heute morgen hatte ich ihn noch.«

»In der Schule hattest du ihn noch?«

»Ja. Im Waffenraum hatte ich ihn noch. Das weiß ich ganz genau.«

Mit wachsender Entschlossenheit, mit wachsendem Ernst und schließlich richtig verärgert, wie Ira ihn vorher noch nie erlebt hatte, wühlte Billy seine sämtlichen Sachen durch; er kehrte seine Hosentaschen von innen nach außen, seine Brieftasche, seine Schulmappe; er tastete die Hosenaufschläge ab, nahm jedes seiner Bücher einzeln in die Hand und schüttelte die Seiten aus. Der Schlüssel war nirgends zu finden. »Verdammt, heute morgen hatte ich ihn noch«, wiederholte er immer wieder.

»Vielleicht hast du ihn im Waffenraum eingeschlossen?« überlegte Ira. »Ich meine – vielleicht hast du ihn dort vergessen?«

»Nein, ich habe ihn hinterher noch gehabt. Ich hatte ihn noch oben in der Cafeteria, als ich mein Essen bezahlt hab'.«

Billy war sich ganz sicher, daß er den Schlüssel noch hatte, als sie die Schule verließen. Vielleicht war er am U-Bahnhof verlorengegangen, als er das Fahrgeld aus der Tasche kramte. Am schlimmsten war aber, daß er auch zu Hause keinen Ersatzschlüssel hatte; es war der einzige Schlüssel gewesen. Am Ende mußten sie ihre geplante Ausfahrt aufgeben. Sie holten das Kanu vom Kai zurück, und Ira fühlte sich wie auf einer Beerdigung, wie ein Sargträger, als sie mit dem Boot auf den Schultern im Gleichschritt ihre Füße auf die Querlatten des Steges zurück zum Bootshaus setzten. Als sie in der Halle waren, hängten sie das nette kleine Gefährt wieder in das Gestell, auf dem es gelagert wurde, und ließen es dort zurück wie ein Huhn auf der Stange.

Sie waren untröstlich und sammelten ihre Straßenklamotten und übrigen Habseligkeiten ein, die sie auf die benachbarten, kieloben lagernden Kanus verteilt hatten. »Nun, wir haben Glück, daß wir den Schlüssel nicht erst hinterher verloren haben«, sagte Ira und wollte Billy damit trösten, während er seine Schulkrawatte umlegte. »Immerhin haben wir unsere Sachen noch.«

»Jaja.« Billy hängte sich sein Jackett über die Schultern, wollte seine Enttäuschung mit zusammengebissenen Zähnen verbergen. »Mein Dad hat eine Eisensäge in seinem Werkzeugkasten. Aber das Vorhängeschloß ist einfach zu sicher. Das ist das Problem.«

»Wie meinst du das?«

Sie nahmen ihre Aktentaschen auf und gingen noch einmal zu dem Schließfach zurück, wo Billy den Messingkorpus des Schlosses in die Hand nahm. »Hier, der u-förmige Bügel, der in der Öse hängt, der ist aus gehärtetem Stahl. Ich glaube, da hilft nicht mal ein Bolzenschneider.«

»Ein Bonzen-Schneider?« erkundigte sich Ira.

»Nein. Das heißt Bolzenschneider«, gab Billy etwas unwirsch zurück. »Mit einer integrierten Hebelwirkung, extra lange Griffe.«

»Oh.«

»Für einen normalen Stahlbolzen würde er reichen, aber nicht hierfür. Hier, auf dem Bügel, da steht es: ge-här-tet.«

»Also, da kommt mir gerade eine Idee. Vielleicht kann ich mir aus unserem Schullabor ein bißchen Salzsäure besorgen. Weißt du – ein bißchen nehme ich aus der Flasche zu Hause, und dann noch ein bißchen stibitzen – aus unserem chemischen Labor. Vielleicht könnten wir den Bügel mit Salzsäure auflösen.«

»Glaubst du, das geht?«

»Eisen reagiert. Jedes Metall, glaube ich. Willst du's versuchen?«

»Dieser verdammte Schlüssel! Hätte ich doch bloß etwas anderes verloren!«

»Am Dienstag hab' ich wieder Chemie – dann schmuggel' ich 'ne Flasche raus.« Ira krümmte Daumen und Zeigefinger zu einem Kreis und zeigte Billy den ungefähren Durchmesser des Fläschchens an. »Zuerst gehen wir dann bei dir zu Haus vorbei, und du holst schnell ein Glas herunter, nicht zu groß, gerade groß genug, damit das Schloß hineinpaßt. Wir lassen es dann darin aufweichen.«

Am Dienstagnachmittag wiederholten sie ihren Ausflug zum Bootshaus. Ira schüttete die Salzsäure in das Wasserglas, das Billy mitgebracht hatte und hielt es dann so schräg, bis das Vorhängeschloß ganz von der Säure bedeckt war. Anstelle der heftigen Reaktion, auf die Ira hoffte und die er schon an Metallstückchen oder Spänen in Salzsäure beobachtet hatte, bildeten sich nur zögerlich einige Bläschen auf dem Messing- und dem Eisenteil. Eine Reaktion fand wohl statt, aber auf so niedriger Stufe, daß sie praktisch nichts bewirkte – jedenfalls hätte keiner von beiden das Säureglas lange genug halten können, um die Auflösung des Vorhängeschlosses zu erleben. Nach ein paar Minuten räumte Ira seine Niederlage ein. »Schätze, es funktioniert nicht.«

»Ich werd' jemanden besorgen, der es öffnet.« Billys Optimismus war zurückgekehrt. »Es ist schon in Ordnung. Ich hab's meinem Dad erzählt. Und der sagt, der einfachste Weg, das verflixte Schloß aufzukriegen wäre, einen Schlosser zu rufen.«

»Ach ja?«

»Ja, es ist nämlich kein Sicherheitsschloß, weißt du.« Billy wollte nicht, daß Ira sich noch mehr ärgerte. »Außerdem glaubt Dad, daß sein Automechaniker ihm einen Schweißbrenner leihen würde, wenn er ihn darum bittet. Das wäre wohl am einfachsten.«

Und irgendwie schaffte es Billy dann auch, das Schloß aufzukriegen, ob mit Schlosser oder Schweißer. Im Waffenraum, wo sie sich jetzt vielleicht zum allerletzten Mal zusammen aufhielten, gratulierte Ira ihm, gratulierte er Billy mit – wie er sich später noch erinnern konnte – seltsam unbeteiligter, distanzierter Anerkennung, als sei er nur ein freundlicher Zuschauer. Nachdem sie dann die letzten Flinten gereinigt, zum letzten Mal die Läppchen durch die Öffnungen gezogen hatten, ölten sie noch die Läufe, denn nun sollten die Gewehre über den Sommer eingemottet werden und auf die neue Mannschaft warten. Beiden war so, als feierten sie hier das Ende einer Ära, die ihnen sehr lieb und teuer gewesen war. Weil das Ende ihrer Schulzeit unmittelbar bevorstand, die Befreiung von der High School, wagten sie es, in ihrer Räuberhöhle unter der Treppe neben der Aula eine einzige, gemeinsame Zigarette zu rauchen.

Kichernd und kumpelhaft bei diesem Streich vereint, zogen sie abwechselnd an dem Glimmstengel, inhalierten ein paar Züge, bliesen den Rauch in die hinterste Ecke der fensterlosen Kammer und vertrauten darauf, daß die stehende Luft den Geruch nicht nach draußen lassen würde.

XXII

Der Tag der Abschlußfeierlichkeiten im Spätfrühling rückte näher, gerade als die Bürgersteige anfingen, unter der New Yorker Sommerhitze Blasen zu werfen.

»*Nu,* wirst du mich mitnehmen?« fragte Mom gespannt. »Vielleicht kommt ja dein Vater auch mit, mein Göttergatte.«

»Ich gehe nicht hin«, vermeldete Ira.

Hitze stieg ihr bis zum Hals, ihre Haut wurde rot und röter. »Wieder nicht? Gottes Strafe über dich. Warum denn nicht?«

»Ich arbeite an dem Abend im Madison Square Garden – bei einem großen Boxkampf. Da kann ich was verdienen.«

»Ich gebe dir die paar lumpigen *schmuljareß,* die du dort verdienen kannst.« Mom zog beides in den Dreck: den Namen des Dollars und seinen Wert. »Ich könnte sie dir zu deinem Abschluß schenken. Warum bist du so scharf darauf, ausgerechnet an dem Abend ein paar Dollar einzunehmen? Seit wann bist du mein Brotverdiener?«

»Ich bin nicht dein Brotverdiener. Ich will nur ein paar Dollar verdienen.«

»Wieviel? Sag es mir. Ich werde es dir jetzt sofort geben, das Geld. Wieviel wirst du einnehmen?«

»Ich weiß es nicht.«

»*Nu?* Wieviel willst du?«

Mit einem heftigen Ruck warf er den Kopf in den Nacken. »Ich will nicht zu der Feier gehen, das ist alles.«

»Du willst ja nur nicht, daß ich hingehe. Ist das der Grund?« Sie nickte verbittert. »Nur ein kleines Opfer, diese eine Veranstaltung, und er lehnt es ab. Ein kleines Opfer, ein Krümelchen Tröstung für all die Jahre, die seine Mutter wegen ihm gelitten hat, für die Tränen, die sie geweint hat um ihn. Nein. Ich bin zur Enttäuschung verdammt. *Aj, wej, wej!*« Mom seufzte lang und tief. »Sei du selbst die Opfergabe für all den Jammer, den du mir bereitest.«

»Da gibt's nur einen Haufen Reden!« brach es aus Ira heraus. »Es ist so gut wie gar nichts. Alle marschieren einmal hinein und wieder hinaus.«

»Warum gönnst du ihr die Freude nicht? Laß Mom doch die Reden hören, laß sie doch sehen, wie alle rein und raus marschieren«, warf Minnie ein.

»Wer hat dich denn nach deiner Meinung gefragt? Nimm du sie doch mit zu *deiner* Abschlußfeier.«

»Worauf du dich verlassen kannst, das werde ich. Was denkst du eigentlich – daß ich bin wie du? Mich meiner Eltern schäme, vom ewigen Rumhängen mit den Gojim?«

»Ach, halt du doch deine Klappe.«

»Ich hab' noch nie eine Abschlußfeier mitgemacht«, beteuerte Mom flehentlich. »Nur ein einziges Mal möchte ich das sehen. Ira, mein köstlicher Sohn, denk nochmal darüber nach, einmal noch. Nun gib schon nach. Um deiner Mutter willen.«

»Oh, was bist du doch für eine Laus«, sagte Minnie und warf ihrem Bruder haßerfüllte Blicke zu.

Pop, der sichtlich sehr zufrieden mit sich war, maßte sich den Ton eines erfahrenen Schlichters an: »Nun denk doch nur mal an Joey Schwartz. Dieser rechtschaffene Junge von nebenan, der jetzt schon so lange bei Biolow arbeitet, genau seit Ira damals den Job hingeschmissen hat – es ist schon Jahre her, oder? Wenn man ihm eine solche Chance geboten hätte wie diesem Flegel hier, die Chance, auf die High School zu gehen und bis zur Graduierung gefüttert und gehätschelt zu werden – vier ganze Jahre lang! Würde er vielleicht nicht vor seinen Eltern niederknien? Ihre Hände küssen vor Dankbarkeit? Hätte seine Mutter es etwa nötig, vor ihm zu kriechen und ihn anzuflehen, er möge sie doch in die Schule mitnehmen zu seiner Abschlußfeier? Was? Er wäre vor ihr hergetanzt den ganzen Weg. Ich möchte wetten, einem aufrechten Jungen wäre ein U-Bahnzug nicht gut genug gewesen für seine Eltern, für die Fahrt zu dieser Davit Clinton High School. Ein Taxi wäre das mindeste. Als ob er sie zu seiner Hochzeit brächte. Mit dem Taxi hin –«, Pop streckte zwei Finger aus und umschloß sie mit der anderen Hand, »– und mit dem Taxi wieder zurück. Wer weiß. Er würde knausern und knapsen, um seinen Eltern ein Abendessen bei Ratner's spendieren zu können, damit *sie* an dem Tag nicht zu kochen brauchte – einmal stilvoll auswärts essen – ach, was gibt's da noch groß zu reden! Selbst ein Moe, ein Mojsche, *a grober jung*, wurde von deinem guten Vater Ben Zion, dem frommen Juden, fortgeschickt, um wie ein Goi in den Wäldern des Dnjestr zu arbeiten – etwa nicht? Ein Wunder, daß er sich keinen Bruch gehoben hat.«

»Moe ist *a mensch*. Er ist ein ganzer Kerl«, entgegnete Mom spitz. »*A grober jung* ist er nicht.«

»Dann eben nicht. Aber jeden Sommer, und wer weiß wie oft auch im Winter, hat er denn nicht seine Alten zwei Wochen in ein *glatt koscher* Ferienhotel eingeladen? Und wie viele Male war das bis jetzt, seit er aus dem Krieg zurück ist?«

»*Gej mir in d'rerd*. Du kümmerst dich um alles und jeden, aber meine Qualen sind dir egal.« Sie wandte sich von Pop ab, um mit Ira zu schimpfen: »Schämst du dich gar nicht, du niederträchtiger Bengel du? Vor vier Jahren, vor vier langen Jahren hast du mir das schon einmal angetan. Hast mir schon einmal ein bißchen Freude nicht gegönnt – unter demselben Vorwand: Reden, nichts als Reden, einmal rein und einmal raus marschieren. Wie willst du das wissen? Warst du jemals dabei?«

»Ich weiß es eben. Ich brauche nicht dabei zu sein.«

»Jaja, solange du nur am nächsten Tag dein Diplom abholen kannst.«

»Du Widerling! Mom sollte dich rausschmeißen«, fuhr Minnie ihren Bruder an. »Sie sollte dich vor die Tür setzen – und zwar ohne alles. Aus dem Haus.«

»Ha!« Pop freute sich diebisch über diese Worte. »Habe ich das nicht schon längst gesagt?«

»Meine Güte – schick sie doch zu deiner eigenen Abschlußfeier.«

»Du hast's grad nötig! Zu meiner nehme ich sie sowieso.« Minnie war den Tränen nahe. »Aber du, du – du bist es doch, der ihr alles bedeutet. Du bist eine Schande, das bist du. Du sollst Mom mitnehmen zu deiner!«

»Ach, halt's Maul.«

Mit Augen trüb vor Kummer – so wiegte Mom ihren Körper von einer Seite zur anderen. »Er schämt sich für seine jüdische Mutter, das ist die ganze Misere, das ist mein Fluch. Du bist doch selbst ein Jude, nein? Und außer uns sollten etwa keine anderen jüdischen Eltern dort sein? Ich suche mir eine Nische, eine kleine Ecke, ich werde mich verstecken. Niemand wird Notiz von mir nehmen, und du brauchst das auch nicht. Du kennst mich einfach nicht. Du brauchst mich auch nicht vorzustellen. Nur laß mich dabeisein, ich möchte es miterleben. Minnie wird mich hinbringen und wieder zurück. Wenn ich nur gesehen habe, wie mein Sohn die High School abschließt.«

Ach, meine arme Mutter. Sie bricht mir das Herz, sechzig Jahre zu spät, Ekklesias.

– Wirklich? Mir tun alle Mütter von solchen Söhnen leid. Ein Welpe behandelt sein Muttertier besser als du das deine behandelt hast, mein Freund. Aber du kommst zu spät. Das Grab ist das Ende aller Wiedergutmachung, aller Sühne.

Umgekehrt könnte ich mich genauso beklagen, daß die damalige Vernachlässigung meiner Person heute auch irrelevant geworden ist, Ekklesias, oder?

– Hör auf davon. Du verschandelst deine Fabel.

»Ich will aber nicht hingehen.«

»*Aj, wej, wej!* Du tust grad so, als ob ich wunder was von dir erflehe. Eine Krone! Oder große Huldigungen? Nein. Nur ein paar armselige Stunden im Vergleich mit den langen zwölf Jahren, nur ein paar Stunden, derer ich mich erfreuen möchte. Gehegt und gepflegt habe ich ihn, gelitten habe ich für ihn – um ihn! Und jetzt soll ich nicht zusehen dürfen, wie er seine Auszeichnung erhält? Wie ihm sein High School Diplom überreicht wird – wie andere Mütter auch ihre Söhne sehen? *Gewald!* Ein Herz aus Stein.« Untröstlich blickte sie ihn an, tränenlos vor Kummer.

»Ich gehe nicht dahin!« brüllte Ira. »Das habe ich dir schon mal gesagt!«

»Zur Hölle mit dir!« Minnie heulte vor Wut und Enttäuschung. »Bitte Mama, leg dich bloß nicht mit diesem Idioten an. Er – ach, der denkt doch immer nur an sich, an sich, an sich. Selbstsüchtiges gemeines Stinktier! *Hunt,* so kann ich dich nur noch nennen. Dreckiger Köter. Meinetwegen kannst du tot umfallen.«

»*Megst take gejn in der erd*«, fügte Pop sein schneidendes Amen hinzu.

Mom nickte immer noch verbittert mit dem Kopf, nickte vor sich hin wie eine Norne oder eine der Parzen, endloses Leid sehend. »Du sollst in die Grube fahren. Der Allmächtige wird dich dafür bestrafen. Und der Allmächtige möge mir verzeihen, daß ich meinen eigenen Sohn verfluche.« Mehrfach schlug sie sich auf den Mund. »*Oj, gewald.* Ich bitte um Gnade, *gotinju!* Achte nicht auf mein Flehen.«

»Er hört dir zu«, sagte Pop. »Glaube mir.«

»*Gej mir ojch in der erd*«, gab Mom zurück.

»Uh. Jetzt hat sie ihr Gebet gesprochen.« Pop faltete die jiddische Zeitung zusammen. »Warum ist er so? Warum fragst du ihn nicht? Warum ist dein Sohn nicht wie andere jüdische Kinder – aufrecht und vernünftig –«

»Mir sind deine Motive inzwischen recht geläufig«, unterbrach Mom. »Erspare mir deinen großen Vorrat an Weisheit.«

»Sie fragt nicht mal nach, warum ihr *kadisch'l* Ira so ist, wie er ist.« Pop schürte immer von neuem den Streit. »Es gibt zahllose

Söhne und zahllose Mütter. Und Millionen und Abermillionen Söhne streben danach, ihren Eltern Freude zu machen. Sie tragen ihre Eltern auf Händen, ihre Mütter und Väter auf Händen. *Asoj?*« Er illustrierte, was er sagte, mit erhobenen Händen, schalenförmig wie Wandleuchter.

Moms Gesichtsausdruck verhärtete sich, sie hatte eine zornige Antwort parat. »Das hast du mir früher schon mal gesagt, Chaim. Geh und quäl die Katze statt meiner.«

»Wie die Mutter, so der Sohn.«

»Und Väter wie du sollten verrotten.«

»Aha! Einmal ein wahres Wort gesprochen, und schon geht sie in die Luft.«

»Da siehst du, was du anrichtest«, schimpfte Minnie. »Es ist alles deine Schuld. Ein Bruder wie du sollte zur Hölle fahren. *Schemewdik*«, mokierte sie sich auf Jiddisch und kroch sichtlich in sich zusammen. »Kommt ein Nachbar an die Tür, schon senkt er den Kopf. Oder er läuft schnell in das andere Zimmer. Das ist sein Problem, Mom. Er ist ein dämlicher *schemewdik*. Schon mit der High School fertig, aber rennt noch weg, wenn jemand an die Türe klopft.«

»*Aj, a wejtik is mir*«, lamentierte Mom. »*Nu*, so laß ihn halt in Ruhe: ein Flegel ist er.«

»Du hast doch so einen tollen Freund«, höhnte Minnie. »*Der* geht ja wohl zur Abschlußfeier. Er ist ein *mensch*. Warum lehrt er dich nicht, ein *mensch* zu sein?«

»Wer hat dich gebeten, Larry da mit reinzuziehen? Niemand. Also halt die Klappe.«

Falls er jemals dazu käme, dachte Ira, wollte er gerne feststellen, wer die beiden Boxer in diesem besonders groß angekündigten Finalkampf am Abend seiner Abschlußfeier waren. Er würde die Information darüber gern in einer Fußnote anfügen. Vielleicht waren es Harry Greb oder Gene

Tunney ... vielleicht ja die beiden ... oder keiner von beiden. Nun, irgendein Archivar, den es interessierte, könnte ja die Einzelheiten ausgraben. Aber an eine Sache erinnerte er sich ganz genau – nein, es waren sogar zwei: daß nämlich seine Abendeinkünfte, die er als Vorwand benutzt hatte, Mom die Freude nicht machen zu können, ihn zusammen mit seinen Schulkollegen in gemieteter Robe und Doktorhut auf dem Podium zu bestaunen, fünf Dollar nicht überschritten haben konnten und wahrscheinlich sogar nur drei Dollar betragen hatten; und daß der unvergleichliche Joe Humphreys anwesend war, sich mitten in den Ring stellte und mit seinem Strohhut und seiner Stentorstimme die tosende Menge bändigte, um dann die Namen und das Gewicht der Preisboxer auszurufen, wobei er die leicht zu erheiternden Fans mit seinem hochgestochenen Bostoner Akzent – »ound-ein*haa-alb*« – begeisterte.

XXIII

In jenem Sommer 1924 verlor Ira Billy völlig aus den Augen. Er rief ihn nie mehr an und machte auch sonst keine Versuche, mit ihm Kontakt aufzunehmen; auch Billy ließ nie mehr etwas von sich hören, weder per Brief noch per Ansichtskarte. (Vage erinnerte sich Ira, daß Billy etwas von einem Job erzählt hatte, den sein Vater ihm bei einem Vermessungstrupp für einen neuen Staudamm in Pennsylvania besorgen wollte.) Vielleicht war er schon in Pennsylvania oder sonst irgendwo, jedenfalls ging ihre Freundschaft zu Ende, als ihre gemeinsame Zeit auf der High School zu Ende war und damit ihre Mitgliedschaft im Schützenteam, die unbekümmerten Stunden ihrer sportlichen Aktivitäten unter freiem Himmel, ihr »Zigeunerleben«; sie endete auch wegen des irreparablen Bruchs, den Ira mit seinem ungeheuerlichen Wutanfall verursacht hatte, aber am meisten wegen seiner erblühenden Freundschaft zu Larry. Wenn Ira so zurückblickte, schien doch das Zufallselement eine große Rolle in seinem Leben zu spielen. Daher konnte er ganz sicher sein, daß er früher oder später wieder jemanden finden würde, mit dem er seine Gedanken austauschen konnte, Gedanken über diese vielen neuen Regungen in ihm, verschwommene Hoffnungen und unstete Überlegungen. Aber schließlich – wer wußte das schon?

Larry verbrachte diesen Sommer zu Hause und half seinem älteren Bruder Irving in der Kittelschürzenfabrik, die dieser leitete. Ein- oder zweimal ging Ira zu Fuß mit Larry zu der Fabrik, die ja nur wenige Ecken von Iras Wohnung entfernt lag. Der Betrieb war so groß, daß er die gesamte Fläche einer dieser typischen Fabriketagen ausfüllte, und überall saßen Frauen an ihren Nähmaschinen, vielleicht einhundert insgesamt, und nähten Kittelkleider. Ira fühlte sich an die Zeit erinnert, da er vor vielen Jahren – damals noch der kleine Junge von der East Side – so manches Mal mit Pop auf dessen Milchkarren mitgefahren war. Das waren die Zeiten gewesen, wo er gelegentlich, wenn einer allein die Milchlieferung nicht bewältigen konnte, auch einen Korb mit Flaschen tragen und mit Pop die Treppen hinaufsteigen mußte, um die vielen Frauen, die dort – so war sein Eindruck – an ihren Nähmaschinen ausgebeutet wurden, mit Milch zu beliefern. Die Arbeiterinnen damals waren dennoch fröhlich gewesen; es waren eingewanderte, zumeist jüdische Frauen, und sie schacherten mit Pop um den Preis, machten viel Aufhebens um Ira, und es war immer ein Lachen im Raum. Aber jetzt, bei diesen Frauen hier, handelte es sich ganz eindeutig nicht um Jüdinnen; die meisten kamen wohl aus Italien, entstammten noch der eingewanderten Generation, und saßen vereinzelt zwischen kleinen Grüppchen aus anderen Nationalitäten – blonden Polinnen und dunkelhäutigen Puertoricanerinnen. Keine von ihnen lachte oder lächelte auch nur. Eine wirre Vermutung schwirrte Ira durch den Kopf: Die Gesichter, die von der Näharbeit aufblickten und den beiden Jugendlichen entgegensahen, waren deshalb so voller Animosität, weil die Frauen vermuteten, sie beide – er und Larry – seien besser gestellt als sie, was nicht unbedingt richtig war.

Ira konnte sich einer starken Befangenheit nicht erwehren, weil man ihn völlig falsch einschätzte – und weil er und Larry Juden waren: reiche Juden, zu denen die Frauen ihn auch zählten, die bedauernswerte Lohnsklavinnen ausbeuteten. Am deutlichsten allerdings bemerkte Ira den grausam hungrigen Gesichtsausdruck, der plötzlich ihre Züge zu beherrschen schien, bei einigen der jüngeren Frauen, sobald sie Larry ansahen; es waren fast Rachegelüste, die diese Gesichter ausstrahlten, wovon er bislang nie geglaubt hätte, daß Frauen ihrer fähig wären; nur Männer hegten derartige Ressentiments, dachte er.

Für Ira hatte der Sommer mit der gewohnten Beschäftigung im Sportstadion begonnen. Doch sollte das Vergnügen nur noch eine Woche oder zehn Tage dauern. Denn Izzy Winchel, der ihn einst überredet hatte, bei den Spielen Limonade zu verkaufen, gab sich nun große Mühe, ihm das Ganze wieder auszureden. Es war nämlich so, daß Izzys Vater selbständiger Klempner war und Izzys älterer Bruder Hymie nach einer kurzen Lehrzeit im Betrieb des Vaters mitgearbeitet hatte, in dem verfallenen kleinen Laden im heruntergekommenen Teil der Park Avenue. Inzwischen war er verheiratet und hatte einen Sohn und mußte sich als Klempnergeselle durchschlagen – auf Deubel komm raus. Da er nicht gewerkschaftlich organisiert war, wie Izzy erwähnte, mußte er einen Job bei dem Bauunternehmer annehmen, der diese neuen zweigeschossigen Holzhäuser errichtete, von denen gerade Hunderte in den weiter außerhalb gelegenen Teilen der Bronx gebaut wurden. Lauter nagelneue Wohnungen, versicherte Izzy. Keine Drecksarbeit, kein Reinigen verstopfter Wasserklosetts oder verschmierter Küchenabflüsse, auch nicht die Rohrschlange durch Fäkalien ziehen oder mit festgerosteten Armaturen kämpfen. Überhaupt keine stinkende Schweinerei. Nein, Sir. Alles nagelneu und piekfein sauber.

»Ja und?« fragte Ira, schon leicht mißtrauisch.

»Hymie will dich als Hilfskraft. Für fünfundzwanzig die Woche.«

»Warum mich? Du bist doch sein Bruder.«

»Ich mag solche Arbeiten nicht. Den ganzen Tag immer dasselbe. Du weißt, was ich meine? Ich mag lieber im Stadion Getränke verkaufen. Ich liebe die ganze Aufregung dabei, zu testen, was ich dabei abzocken kann. Du bist nicht so. Du bist ganz anders. Du bist eigentlich gar kein Abzocker.« Izzys blauäugige schale Blicke ruhten wohlgefällig auf Ira. »Hymie will dich.«

Ira schwankte. Izzy hatte nur allzu recht: er hatte sich nie dem hektischen Tempo und dem leidenschaftlichen Feuer des Konkurrenzkampfes hingeben können. Er hatte nie aufgehört, sich zu genieren, wenn er jemandem eine lauwarme Limonade andrehte, als sei es eine gut gekühlte. Immer rangierte er auf der Liste der Tageseinkünfte aller Verkäufer ganz unten. Aus diesen und einigen anderen Gründen fing er allmählich an, sich andere Arbeit zu wünschen, allerdings ohne selbst etwas zu unternehmen, wie gewöhnlich. Er war es leid, in der Kluft eines Getränkeverkäufers gesehen zu werden, als Hausierer zu gelten, von ehemaligen Lehrern und Klassenkameraden erkannt zu werden, er, der doch damit rechnete, bald ein College zu besuchen. Die Veränderung, die der raffinierte Izzy ihm vorschlug, stieß bei Ira auf wenig Widerstand.

»Du brauchst von nichts eine Ahnung zu haben als Helfer.« Ein großer Zinken im Gesicht und blonde Haare auf dem Kopf leisteten Izzy gute Dienste, in Ira den Anreiz zu schüren. »Hymie wird dir alles zeigen. Was mußt du denn können? Rohre oder Nippel schneiden, mit einem Gewinde versehen, den Rechenschieber benutzen. Wie ich das gelernt habe? Ich hab's von meinem Vater.

Komm mal mit in den Laden. Ich bringe dir in 'ner halben Stunde bei, wie man die Schneideisen in die Kluppe spannt, wenn man ein Gewinde schneiden will. Ich zeige dir die Armaturen, sage dir, wie sie heißen und wann man sie verwendet. Komm, wir gehen.«

»Gehen? Wohin!«

»In den Laden. Hymie hat sich für Montag einen Job aufgehalst«, sagte Izzy. »Das ist morgen. Und er braucht unbedingt einen Helfer dabei.«

»Oh, Jesus.« Ira ging mit Izzy zum Laden.

Und so wurde aus ihm ein Klempnergehilfe. Der Job war nicht leicht, wie Izzy ihn hatte glauben machen wollen, aber mit achtzehn nahm die immanente Freude über die Elastizität seiner eigenen Muskelkraft der neuen Plage viel von ihrer Mühsal. Er war nun Klempnergehilfe, Anfänger, kaum zu gebrauchen.

Er traf sich öfter mit Larry, manchmal nach der Arbeit, aber meistens an den Wochenenden. Larry war voller Bewunderung für Iras neue Beschäftigung; Larrys Eltern fanden das eher amüsant, akzeptierten aber, daß der mittellose jüdische Junge für sein College-Studium alle möglichen anstrengenden Arbeiten auf sich nahm. Ja, sie duldeten die wachsende Freundschaft zwischen Larry und ihm nicht nur, sondern meinten sogar, Ira gebe ihrem Sohn ein gutes Beispiel – sah es doch so aus, als verrichte er mit Ausdauer und Bereitwilligkeit alle mögliche harte Arbeit, um seine Situation zu verbessern. Ira, der ihnen respektvoll und höflich begegnete, immer sauber rasiert und so anständig gekleidet wie möglich bei ihnen erschien, war in ihrem Hause stets willkommen. Er fühlte sich dort allmählich etwas ungezwungener, denn seine Freundschaft zu Larry und Larrys Freundschaft zu ihm war für beide unverzichtbar geworden; ihre Freundschaft entwickelte sich zu einem beiderseitigen tiefen Verlangen nach gegenseitiger Gesellschaft.

Nach einem Sonntagsdinner bei Larry entspannten sie sich noch ein bißchen auf dem grünen Sofa im Wohnraum. Später dann zogen sie abwechselnd das »Victrola«-Grammophon auf und spielten sich Ausschnitte aus *Scheherazade* von Rimski-Korsakow vor. Gab es in der Musik überhaupt etwas Dramatischeres als die reißenden Donnerschläge, wenn Sindbads Schiff an den Klippen zerschellt? Zweimal spielten sie jede Plattenseite mit Auszügen aus der *Unvollendeten Sinfonie* von Franz Schubert, die Ira über alle Maßen liebte. Danach gingen sie zusammen hinaus in die stille Abendluft, in einen kleinen nahegelegenen Park, und setzten sich auf eine Bank.

Larry erzählte von Bermuda, von den verschiedenen Reisen, die er, auch schon als kleines Kind, dorthin unternommen hatte, um seinen Photographen-Onkel zu besuchen.

»Bist du immer mit deiner Mutter gereist, wenn du deinen Onkel besucht hast?« fragte Ira.

»Letztes Mal nicht. Da bin ich allein gereist. Das war letzten Sommer.«

»Ich erinnere mich jetzt. Du hast es mir erzählt.« Und wieder bemerkte Ira im trüben Licht den träumerischen Ausdruck auf Larrys hübschem Gesicht, den Umriß einer tiefsinnigen Erinnerung.

»Du wärest überrascht, wie viele Lehrer ihre Sommerferien in Bermuda verbringen. Amerikanische Lehrer und Lehrerinnen trifft man dort zu Tausenden.«

»Du meinst doch nicht etwa Leute wie Miss Pickens, die so einen langsamen Dampfer erwischt hatte.« Ira grinste.

»Aber nein. Die war auf ihrer Europareise. Ich meine *junge* Lehrerinnen«, fuhr Larry geheimnisvoll fort, als stünde eine Enthüllung kurz bevor.

»Ach ja? Das habe ich gar nicht gewußt.« Schon drang der Zauber einer Romanze durch die Nachtluft, das Geheimnis einer Lebensbeichte. Hermetisch, obskur, Ira konnte fühlen, wie sie im dürftigen Licht der Laternen in dem menschenleeren Park davon umschlossen wurden, ohne sich dagegen wehren zu können. »Jung ist *wie* alt?«

»Gerade mit der normalen Schule fertig. Man braucht in den meisten Teilen des Landes zur zwei Jahre College.«

»Ach ja? Mehr nicht?«

»Aber du wirst, was ich dir erzähle, für dich behalten? Es bleibt unter uns beiden, ja?«

»Hör zu, Larry, wenn du mir was erzählst, dann ist das wie – ich weiß nicht, wie ich es sagen soll. Es ist, als hätte ich geschworen, meinen Mund zu halten. Du weißt, was ich meine?«

»Darum vertraue ich dir.«

Sommerabend in dem kleinen, intimen, menschenleeren Park. Der Sonntagabend setzte sein Siegel unter Dinge, die längst vergangen waren, das Siegel einer unverdorbenen, zauberhaften Erinnerung. Mit gesetztem, ernsthaftem Gesichtsausdruck begann Larry, die Geschichte zu erzählen, wie er an Bord seines Schiffes eine junge, bildhübsche Lehrerin kennengelernt hatte. Sie stammte aus Maryland. Sie war gerade einundzwanzig geworden, er achtzehn. Es war seine Einführung in die Sexualität, eine Einführung so wunderschön, beginnend an Deck des Schiffes, das unter funkelnden Sternen dahinglitt, an einem Abend, da bei abnehmendem Mond die Wellen glitzerten, sanfte Winde von See streichelnde Hände und Wangen liebkosten, so wunderschön, daß Ira glaubte, Larry mußte mit einer Märchenprinzessin zusammen gewesen sein. Sein Freund, der hier neben ihm auf der Parkbank saß und leise sprach, hatte die ganze Nacht in der Kabine einer schönen reifen Frau verbracht, hatte die ganze Nacht mit ihr Liebe gemacht, auf einem Schiff weit draußen auf hoher See, war eine ganze Nacht lang mit ihr zusammen gewesen in dieser Schüssel auf dem unendlichen, dunklen Ozean und hatte mit ihr geschlafen. Wie betörend allein schon das Zuhören. Schwer schwang ein Zauber von Romantik in der Erzählung mit, weit jenseits von allem, was Ira in der realen Welt für möglich gehalten hätte. Er war von der reinen Lieblichkeit des Gehörten entzückt und lauschte, obgleich verzaubert, ohne

Neid. So etwas Schönes gab es nicht für ihn; er war von diesen Dingen ausgeschlossen, wie sehr er sich auch danach sehnen mochte. Er selbst hatte sich von solchen ekstatischen Freuden ausgeschlossen, von See und Schiff und zärtlicher Liebkosung. Am nächsten war er diesen Gefühlen gekommen, als er noch zur Grundschule ging und einmal von der P.S. 103 bis zum CCNY hinter einer dünnen, altjüngferlichen Lehrerin hergeschlichen war. Das Beste, was er jetzt zustande brachte, war ... erbärmlich ..., in einem winzigen Schlafzimmer gegenüber der mörtelbekleckerten Backsteinwand des Luftschachts ..., die so aussah wie die Wand, aus der die Schwarzen herausgeschaut hatten, die von den Fenstern ihrer ganz oben gelegenen Wohnungen das Spiel in den Polo Grounds verfolgten ..., oder so ein Fünfminutenfick mit der reizlosen, dürren Theodora in ihrem stickigen, schlecht beleuchteten Zimmer mit den *schmateß* an den Wänden, und obendrein betrogen um das Erlebnis, ein hübsches Mädchen wie Pearl zu besitzen. Nun...

Als Larry und er sich schließlich trennten, nachdem sie noch gemeinsam zur U-Bahnstation gegangen waren, schwebte Ira in einer himmlischen Wolke von Lieblichkeit die Treppen zum Bahnsteig hinunter. Schließlich war ihm doch noch erlaubt worden, daran Anteil zu nehmen, zu erfahren, wie es sich in der von einem Freund erlebten Wirklichkeit ausnahm, zu hören, wonach einer suchen sollte, selbst wenn der Suchende sich als unheilbar entstellt empfand. Konnte einer es denn wagen, auch später noch nach jener seltenen, transzendenten Glückseligkeit zu streben, auch wenn Niedertracht ihn schon verdorben hatte? Er wußte, so hoffnungslos sein Sehnen auch war, daß er genau dieses erringen wollte: Larrys Welt voller Liebe und kultivierter Schönheit und zarter Hingabe.

XXIV

Mitte Juli wartete ein Brief auf Ira, als er von seiner Arbeit als Hymies Klempnergehilfe nach Hause kam, und zwei Abende später noch einer. Mr. Sullivans giftiger Verweis war also nicht umsonst gewesen. Beide Briefe enthielten Mitteilungen von größter Wichtigkeit. Der erste war von der Cornell University, und man gratulierte ihm zu Platz dreiundzwanzig auf der Liste von fünfundzwanzig Gewinnern eines Stipendiums, die aus ganz New York City an den Auswahlprüfungen teilgenommen hatten. Dies berechtigte ihn für die Dauer von vier Jahren zu einem gebührenfreien Studium an der Cornell University. Das Schreiben enthielt außerdem die Bitte um eine baldige Rückantwort und die Zusicherung, daß Teilzeitjobs innerhalb der Universität zur Verfügung stünden und vorzugsweise an bedürftige Stipendiaten vergeben würden. Zweifellos konnte er sich dort genug verdienen, um für Unterkunft und Verpflegung aufzukommen...

Ekklesias, ach Ekklesias, die verpaßten, die verschmähten Gelegenheiten, das verpaßte und verschmähte ordentliche Leben, das ich hätte führen können.
 – Ja ja, das Herz will alles: beide Enden und alles, was dazwischen liegt. Wie würdest du aber M. kennengelernt haben, frage ich dich zum millionsten Mal. Wie würdest du einen bedeutenden Roman geschrieben haben?
 Auf den Roman kann ich verzichten, Ekklesias, auf M. nicht. Mich bewegt nicht nur, was ich ohne M. gemacht hätte, sondern ebenso – und vielleicht noch stärker – die Frage, was sie ohne mich angefangen hätte. Das soll jetzt nicht eingebildet klingen. Aber ihre zärtliche, verborgene, zurückhaltende Mädchenhaftigkeit, ihre künstlerische Sensibilität, ihr Edelmut, ihr wahrhaft einzigartiges und dabei vollkommen unversnobtes Bedürfnis nach menschlicher Gesellschaft, all das stand nämlich in einem erheblichen Gegensatz zu einer in ihr angelegten Traurigkeit, geboren

aus der Erkenntnis, daß sie der scheinheiligen, verlogenen Mittelschicht entstammte. Demzufolge hätten ihre unvergleichliche Selbstdisziplin, ihr gewissenhafter Fleiß und ihr Empfinden für Anstand sie auf sich selbst zurückgeworfen. Diese Erkenntnis hätte das enthusiastische, empfindsame Mädchen in ihr erstarren lassen und an der Entfaltung gehindert. So denke ich denn, Ekklesias, da ich sie ein wenig kenne, daß hier ein wahrhaft wertvoller Mensch – und ich meine nicht mich, sondern M. – befreit wurde und sich entwickeln konnte und in der Lage war, zu später Erfüllung zu gelangen. Und durch sie gelang mir das auch. Sie hätte auch ohne mich überlebt, vielleicht unglücklich, aber überlebt. Ich ohne sie keineswegs. Durch sie war mir nicht nur ein Stück Entwicklung vergönnt, sondern ein Stück Leben.

– So bist du also jetzt mit dem Gang der Ereignisse versöhnt?

Nein. Nicht versöhnt. Vielleicht habe ich mich damit abgefunden, aber nicht versöhnt. Ich wünsche mir alle meine schweren Fehler ungeschehen, meine beklagenswert falschen Entscheidungen annulliert, eine andere Reiseroute durch mein Leben, die mir eine Entscheidung für Cornell *und* M. beschert hätte –.

– *Go, and catch a falling star, get with child a mandrake root.* Ich vermute, du weißt, wie die nächsten beiden Zeilen lauten?

Leider, Mr. Donne ist mir nicht unbekannt. Aber warum konnte ich nicht Zoologe geworden sein und trotzdem M. zur Frau bekommen?

– Du hast M. doch zur Frau bekommen. Der Fall ist abgeschlossen.

Ja, stimmt. Abgeschlossen und eingeschlossen. Welch ungestümer Aufruhr sich plötzlich im Busen regt – gegen das Eingeschlossensein, Ekklesias; eine sinnlose Rebellion.

Der zweite Brief war vom City College von New York. Er enthielt die schriftliche Bestätigung, daß Ira zum Magisterstudium an der naturwissenschaftlichen Fakultät zugelassen sei. Es folgten Instruktionen, wo und wann er im College zu erscheinen hatte, um seine Kurse zu belegen.

Jetzt hatte er die Qual der Wahl. Ihm waren Optionen offeriert worden, das Schicksal hatte sich in Richtung Zukunft in Bewegung gesetzt. Ausnahmsweise einmal war in seinem Leben alles zu seinen Gunsten aufgegangen. Und da er sich in seinem letzten Mathematik-Kurs mit räumlicher Geometrie beschäftigt und darin brilliert hatte, war er sich ganz sicher, in Mathematik eine hervorragende Abschlußnote zu bekommen. Geometrie war für ihn immer ein Kinderspiel gewesen. Biologie, sein zweites naturwissenschaftliches Fach, hatte er soeben an der DeWitt Clinton mit einer A-Note abgeschlossen. In Biologie war er eben ein As. Auch Chemie hatte sich im zweiten Halbjahr rasant einen guten Platz erobert. Verständnis für die fundamentalen Grundlagen war wie ein Rausch über ihn gekommen, weshalb er seinen Noten jetzt ganz optimistisch entgegensah. Selbst die Probleme, die er auf der High School mit Spanisch gehabt hatte (bis zum Abschluß des auf drei Jahre angelegten Kurses hatte er vier Jahre gebraucht), stellten sich nun als Segen heraus: Spanisch war in seinem Kopf, wenn auch nicht perfekt, so doch sehr präsent gewesen, während seine Mitschüler, die ihren Dreijahreskurs zur rechten Zeit, also ein Jahr früher, abgeschlossen hatten, für die Prüfung ganz schön büffeln mußten. Er nicht. Alles in allem hatte er einfach Schwein gehabt.

Ira registrierte, daß die Entscheidung zwischen dem CCNY und Cornell in Wahrheit ein Konflikt in seinem Inneren gewesen war. Welches Amerika sollte er wählen, welches Amerika würde sich bei ihm durchsetzen? Er hatte sich bemüht, den Konflikt zu verbalisieren und mit erdichteter Glaubwürdigkeit zu erfüllen, indem er einen imaginären Brief an Billy wiedergab, in welchem er ihm die frohe Botschaft übermittelte; und Billys begeisterten Vorschlag, sich zu treffen, um für ein gemeinsames Studium und eine gemeinsame Bude auf Cornell Pläne zu schmieden.

Natürlich hat nichts dergleichen jemals stattgefunden, aber in seinen Visionen war er noch viel, viel weiter gegangen. So weit war er gegangen, und so tief hatte er seine Gedanken verinnerlicht, daß sie ihm realistisch vorkamen, wie eine tatsächliche Begebenheit in der Vergangenheit. So sehr rivalisierten sie auf dem Feld der Erinnerung mit der Realität, daß er sich mehr als einmal ins Gedächtnis rufen mußte, daß alles nur ein Hirngespinst war.

Es klang realistisch, war es aber nicht. Nie hat es sich so zugetragen, außer in seiner Einbildung. Aber die Wahl, für ihn zweifellos die Entscheidung, mit welchem von zwei Amerikas er sein Schicksal verbinden wollte, fand in seinem Inneren statt, ohne daß er seine Anspannung nach außen kehren mußte, seine Unentschlossenheit, seine spezifische Lösung für den Konflikt. Vermutlich war die Art der Fragestellung falsch, und auch die Alternativen sind es wohl gewesen. Es standen ihm gar nicht zwei Amerikas offen. Möglicherweise standen ihm damals zwei berufliche Wege zu Gebote. Und hätte er nicht einst in »Sprecherziehung 7« rein zufällig den Sitz mit dem gutaussehenden, augenscheinlich nichtjüdischen Jungen, der dort bereits saß, geteilt, dann hätte sein beruflicher Werdegang mit Sicherheit ganz anders ausgesehen. Die fürchterliche Angst, die Brunft gnadenloser Barbarei, welche die feinsten Neuriten seines Hirns auf immer und ewig ver-rückt und in einen mörderischen Wahnsinn verkehrt zu haben schien, den nur die Eindeutigkeit und das rationale Wesen der Geometrie lange genug vor einem Ausbruch bewahren konnten, hätten ganz genauso in den festen Bahnen der Zoologie im Zaum gehalten werden können. Ein Leben hätte gelebt, auf einem genau lokalisierten Defekt im Kopf aufgebaut werden können (oder so ähnlich, wie bildlich auch immer ausgedrückt). Aber es gab eine frühere Determinante dazu, eine lebenswichtige Determinante, oder besser: den lebensentscheidenden Zufall. Oder nenne es Unfall? Verdammt, verdammt, einmal mit diesen Enträtselungen angefangen, nahmen sie kein Ende mehr. Wenn es denn einen einzelnen »Urgrund« gäbe, den er für die dauerhafte Ruinierung seiner Persönlichkeit, die allgegenwärtig über ihm schwebenden Ängste, seine Angstneurose (so der moderne Fachausdruck) als den meistverantwortlichen benennen sollte, so war es der Wegzug seiner Familie aus dem orthodoxen Kleinstaat auf der East Side.

Mitten in jenem Sommer, in dem Ira mit Gedanken und Spekulationen über seine Zukunft vollauf beschäftigt war, tauchte plötzlich Farley aus der Versenkung auf, nicht persönlich, sondern ziemlich spektakulär auf den Sportseiten der Presse. Er war Mitglied der Olympischen Sprintermannschaft geworden, die von den Vereinigten Staaten nach Frankreich geschickt wurde. Er hatte zur selben Zeit wie Ira soeben seinen High School-Abschluß gemacht, und die Sportseiten der New Yorker Zeitungen waren voll des Wunders, daß man als Vertreter der USA im Hundertmeterlauf einen Schüler ausgewählt hatte. Er sollte gegen den gefürchteten Briten Harold Abrahams antreten. Der hatte monatelang trainiert, sich unermüdlich und gewissenhaft auf das Ereignis vorbereitet und galt als Favorit für diese Disziplin. Das Leben ging manchmal seltsame Wege. Zum ersten Mal hatte Ira Farley gegen Le Vine laufen sehen, der – da war er sich sicher – Jude war, und den Farley später, nach seinen ersten Versuchen als Anfänger, ständig besiegte. Und jetzt, in seiner bislang schwersten Prüfung als Sprinter, würde Farley wiederum gegen einen jüdischen Athleten kämpfen.

Die ganze Sache strotzte von eigenartigen Sarkasmen, die aber erst später enthüllt werden sollen. Abrahams (er wurde später zur zentralen Figur eines Dokumentarfilms gemacht) hatte sich überhaupt nur dem Laufen verschrieben, um in die britische Oberklasse aufzusteigen, was er bis zu einem gewissen Grade als Ergebnis seiner Heldentaten auf der Aschenbahn vermutlich auch geschafft hat, und besonders mit seinem Sieg im Hundertmeterlauf. Er hat nämlich das olympische Gold gewonnen. Abrahams hätte aber ebensogut auch nur Zweiter werden können, wenn nicht der Cheftrainer der amerikanischen Olympiamannschaft entschieden hätte, daß Farley zu jung war, um sich mit einem so überragenden weltberühmten Läufer wie Abrahams zu messen, und einen anderen Läufer statt seiner aufgestellt hätte. Farley hatte für den Hundertmeterlauf trainiert und sich darauf eingestellt; nun lief ein älterer Sportler gegen Abrahams, einer im College-Alter, und verlor ...

Fünfzehn Jahre sollten vergehen. Ira war bereits mit M. verheiratet und M. zum ersten Mal schwanger, als Ira und Farley sich kurz noch einmal wiedersahen, ehe Ira 1939 für immer New York verließ. Sie trafen sich eines Abends, als Ira schon dem Ruf der Haaren High School, einer Abendschule, gefolgt war und vertretungsweise eine Englischklasse unterrichtete – in genau demselben Gebäude, wo früher die DeWitt Clinton war. Farley war dort als Religionslehrer fest angestellt. Beide waren überglücklich über diese zufällige Begegnung und verabredeten sich für die Zeit nach dem Abendunterricht. Farley, der noch einen Freund bei sich hatte, führte sie zu einer nahegelegenen Bar. Sie tranken Bier und bemühten sich, ein wenig die Vergangenheit heraufzubeschwören. Farley hatte sehr viel zugenommen und auch Speck an Kinn und Wangen angesetzt, so häufig das Schicksal von Athleten, die mit dem Training aufhören. Aber seine hellen Hände waren feingliedrig und zart wie immer, seine blauen Augen leuchteten so jungenhaft wie eh und je, und seine hohe Stimme hatte immer noch jenen vergnügten jugendlichen Klang wie damals, als Ira und er auf die Junior High gingen und bei Farley zu Hause den Aufnahmen mit dem phantastischen Tenor John McCormack lauschten.

Eine Bemerkung von Ira, die vermutlich sehr unklug war, weil sie seine marxistische Einstellung offenbarte, führte bei Farley und seinem Freund zu bissigen Erwiderungen, die schon an Feindschaft grenzten, frivol wie sie waren. Mit rätselhaften Sticheleien und Anspielungen ließen sie – so spürte Ira – eine Parteilichkeit zu Pater Coughlins nationalsozialistisch gefärbtem, klischeehaftem, unrühmlichem Antisemitismus erkennen. Ira bemerkte schlagartig, wie weit er und Farley sich voneinander entfernt hatten, und zwar nicht nur politisch, sondern auch in ihrem Verständnis füreinander, das auf so viele Arten hoffnungslos zerrüttet war, wie es sie früher einst zusammengeschweißt hatte, und von Myriaden neuer Vorurteile.

Er manövrierte die Unterhaltung zurück auf neutralen Boden: die Olympischen Spiele von 1924. Warum hatte Farley den Hundertmeterlauf denn nicht mitgemacht, ausgerechnet den Wettbewerb, der doch während seiner ganzen Zeit auf der High School seine uneingeschränkte Domäne war? Und dann hörte Ira etwas über die Umstände, die dazu geführt hatten, daß Farley vom Rennen gegen den hochangesehenen Abrahams ausgeschlossen und statt dessen für die 4mal-100-Meter-Staffel gemeldet worden war. Zuviel hätte auf dem Spiel gestanden, da hätte man die amerikanischen Farben im Hundertmeterlauf nicht einem so jugendlichen Läufer wie Farley anvertrauen können. Natürlich war die 4mal-100-Meter-Staffel wegen der zu gewinnenden Medaillen wichtig, aber der Hundertmeterlauf war für das Prestige der Vereinigten Staaten noch wichtiger. Trotz längerer leidenschaftlicher Bitten seitens Farleys persönlichem Trainer, man möge seinem Schützling doch eine Chance geben, denn er hätte schließlich das Zeug zu gewinnen, legte der Cheftrainer der Leichtathletik, unterstützt vom amerikanischen Olympischen Komitee, gegen diesen Antrag sein Veto ein. Daraufhin spielte man mit dem Gedanken, Farley als Schlußläufer in der 4mal-100-Meter-Staffel einzusetzen, aber, ein Oberschüler gegen die schnellsten Läufer der Welt, das schien ihnen denn doch zu riskant.

»Am nächsten Tag wurden sie dann eines Besseren belehrt«, sagte Farley, und seine blaßblauen Augen leuchteten vor Seelenschmerz und Entrüstung noch heller: »Besonders der Cheftrainer.« Denn, Ironie des Schicksals, der Schlußläufer der britischen Mannschaft war kein anderer als Abrahams und hatte sein Staffelholz noch vor Farley angenommen. Am Tag zuvor hatte Abrahams zwar den Hundertmeterlauf gewonnen, doch jetzt überholte ihn ein Schüler und verwies ihn auf den zweiten Platz. »Ich wußte, ich konnte ihn schlagen«, sagte Farley. Und da Ira sich an Farley als einen bescheidenen, aufrechten Jungen erinnerte, der früher sein Kumpel gewesen war, kaufte er ihm die Geschichte ab. Auch er war überzeugt, daß Farley Abrahams schlagen konnte, genau wie er vor Jahren überzeugt gewesen war, daß Farley auch Le Vine besiegen konnte, eben weil Farley es so prophezeit hatte: »Ich weiß, daß ich ihn schlagen kann.« Die große Gelegenheit war vertan, und zwar grausamerweise für immer. Als Ira später einmal im *World Almanac* unter dem Stichwort »Olympische Spiele 1924« in Paris nachschlug, fand er weder den Namen des Schlußläufers der 4mal-100-Meter-Staffel noch die der anderen Läufer. Deren Identität blieb anonym. Es war eine Leistung der ganzen Mannschaft. In dem Eintrag hieß es lediglich, die Staffel der Vereinigten Staaten habe Gold gewonnen.

Die Olympischen Spiele 1924 sollten der Höhepunkt in Farleys Karriere als Sprinter sein. Gegen alle Erwartungen, daß er auf dem College und mit wachsender körperlicher Reife seine Leistungen noch zu neuen Höhen steigern konnte, geschah das Gegenteil: er versank im Mittelmaß und geriet in Vergessenheit, belegte höchstens noch dritte Plätze und schließlich und endlich auch das nicht mehr. Er hatte den Höhepunkt seiner sportlichen Karriere im Alter von neunzehn Jahren und war Anfang Zwanzig bereits »ausgebrannt«, wie man so schön sagte.

Ausgebrannt. Ira löste seine Blicke vom Bildschirm. Was immer das tatsächlich bedeutete, psychologisch, physiologisch, er wußte, was gemeint war, wie jeder andere auch. In bezug auf sein eigenes Talent wußte er genau, was damit gemeint war. Als Romanschriftsteller war auch er in der Versenkung verschwunden.

– War das also der Sinn deiner langatmigen Abschweifung? Ein Ausflug ins Moralisieren?

Ganz sicher. Daß ich – und mit mir eine größere Anzahl meiner begabten literarischen Zeitgenossen – die Qualen des »Ausgebranntseins« erleiden würde, scheint mir seltsam genug. Daß aber genau dasselbe einem jugendfrischen Läufer widerfahren konnte, ehe er überhaupt das richtige Alter für seine höchste Leistungsfähigkeit erreicht hatte, ist schon erstaunlich, oder nicht? Ausgebrannt. Einmal hatte er seine Chance gehabt, Ekklesias, nur ein einziges Mal; die einzige in seinem ganzen Leben.

– Anders als dir wäre ein Altwerden in Weisheit seinen Beinen gar nicht gut bekommen.

Auch nicht schlechter als meinen. Ich wüßte gerne, ob er noch lebt. Ich bin sogar richtig neugierig. Ich denke, wenn ich das nächste Mal nach New York komme, falls überhaupt, werde ich im Telephonbuch die Nummer des Bestattungsunternehmens Hewin nachschlagen, vorausgesetzt, es existiert noch.

– Tu das. Ach übrigens, du brauchst eigentlich nur den Hörer aufzunehmen und die Auskunft nach der Nummer des Bestattungsunternehmens Hewin in New York zu fragen.

Ja. Obwohl – ich glaube nicht, daß ich das mache.

Ira schenkte Farleys Mutter ein Exemplar seines einzigen Romans, kurz nach dessen Erscheinen irgendwann im Jahre 1935. Farley war zu der Zeit gerade in Boston (er hatte an der dortigen katholischen Universität studiert, glaubte Ira). Sein ewig arbeitender Vater mit dem braunen Schnurrbart war schon gestorben, aber das Bestattungsinstitut lag immer noch am selben Ort und war in die Hände von Farleys älterem Bruder Billy übergegangen – in einer Gegend, deren Straßenbild immer mehr von Schwarzen geprägt wurde. Farleys Mutter hatte ganz allein oben in dem leeren Aufbahrungsraum gesessen, in einem Schaukelstuhl auf dem sandfarbenen Teppich, und war immer noch dieselbe leise sprechende, nonnengleiche Frau und trug immer noch dieselbe Brille mit dem Goldrand. Der starke Flaum auf ihrer Oberlippe war ganz grau geworden. Sie wirkte resigniert und nahm das Buch für den abwesenden Farley in Empfang. Und Ira dachte mit Schrecken an den Schock, den ihr die Lektüre des Buches versetzen würde.

– Warum rufst du ihn nicht an?

Mal sehen... An Bächen, zu breit zum Darüberspringen, werden die rosalippigen Mädchen liebkost... Soll ich es löschen?

– Eigentlich schon.

Viele Wochen später, an einem Sommertag, einem Sonntag Anfang August, saß Ira im Vorderzimmer der Harlemer Wohnung und legte vor sich ein Blatt linierten Briefpapiers auf den mit einer Glasplatte bedeckten Tisch. Der Tisch gehörte zu den eleganten und neu hinzugekommenen Stücken der Wohnzimmereinrichtung, die Moms wohlhabende Cousine Brancheh ihnen zu einem unerhört günstigen Preis verkauft hatte, weil diese Art Möbel längst aus der Mode war. Er konnte nur noch zum Schein Widerstand leisten gegen etwas, das ohnehin von Anfang an beschlossene Sache war und den Brief schreiben, in welchem er das Stipendium an der Cornell University ablehnte. Noch einmal las er sich die Bitte um eine baldige Rückäußerung durch, noch einmal den Hinweis, daß Teilzeitjobs zur Finanzierung von Unterkunft und Verpflegung an der Universität zur Verfügung standen. Pop hatte nämlich – Ira versuchte, die Verantwortung für seine Entscheidung abzuwälzen – seine anfänglich spontan gemachte, großzügige Zusage unter typischem Jammern und Jaulen wieder zurückgenommen, eine Zusage, die er in einer Anwandlung von Stolz über die hervorragenden Leistungen seines Sohnes gemacht hatte, die ihn ebenso total überrascht hatten, wie Ira von Pops daraus resultierender Großherzigkeit vollkommen überrascht war. Pop hatte ursprünglich freiwillig angeboten, seinen Sohn neu einzukleiden, die Eisenbahnfahrkarte nach Ithaca am Südzipfel des längsten der Finger Lakes zu bezahlen und seine Kosten für die ersten sechs Monate an der Cornell University zu übernehmen... Doch nun war Pop auf einmal nicht mehr sicher, ob er sich die zusätzlichen Kosten leisten konnte, die Ira verursachen würde, wenn er nicht mehr zu Hause wohnte. Im Jiddischen gab es einen Ausdruck, der dieses Jammern und Jaulen zusammenfaßte, die beiden Verben kombinierte: eine Art schwer zu definierendes Schniefen, das weit mehr suggerierte als die englischen Wörter, einzeln oder gemeinsam: *Er fonfet schojn.*

Immer wieder überlas Ira seinen Briefentwurf, überdachte nochmals seinen Verzicht, nahm seinen Füllfederhalter zur Hand und machte schweren Herzens Korrekturen in dem Entwurf. Klempnerschmutz hatte sich tief in die Rillen seiner Finger gesetzt. Er feilte an seiner feigen Antwort. Denn feige war sie, formuliert von einem Geist, der sich selbst als feige beurteilte, feige und infantil, ohne Selbstvertrauen und Tatkraft. Es täte ihm sehr leid, so schrieb er, aber er sähe sich gezwungen, das großzügige Stipendium für ein vierjähriges Studium an der Cornell University abzulehnen. Er war und blieb ein Schmarotzer, und nach der obszönen Wollust, mit der er Minnie gerade an diesem Sonntagvormittag in aller Heimlichkeit wieder beglückt hatte, wollte er lieber nicht von zu Hause fort, lieber an Moms Schürzenband hängen, einem Schürzenband, das viel nachgiebiger sein mußte als Mom sich je hätte träumen lassen, viel mehr Spielraum bieten mußte für unmoralische Befriedigung. Er wollte doch lieber zu Hause bleiben. Warum sich von all dem trennen? Und seine behagliche, selbstgefällige Abhängigkeit von Larry aufgeben, dem begüterten, bezaubernden Larry? Die Freundschaft mit ihm aufgeben? Niemals. Und doch, obwohl er feige und hasenherzig das Stipendium ablehnte, so schien er doch in seinem Innersten den Anflug einer undefinierbaren Vorstellung zu spüren (oder war es Einbildung?), den blassen Schimmer einer Richtung, in die er gehen *mußte*, und die Richtung, in die er gehen mußte, war die Richtung seiner jetzigen Entscheidung. Im trüben Morast seiner Hemmungslosigkeit schien er zu erkennen, daß er überhaupt nur eine Chance hatte, der erbärmlichen sklavischen Abhängigkeit von seinem verachtenswerten Charakter zu entfliehen und eine Art Freiheit oder Selbstachtung zu erlangen, wenn er sich an Larry klammerte – was bedeutete, daß er zu Hause bleiben und auf das CCNY gehen würde.

Er lehnte also das Stipendium ab, formulierte die Worte seiner schicksalhaften Verzichtserklärung mit breiter Feder auf einem weiteren Blatt seines blaulinierten Papiers. Er verließ das Haus, nachdem er eine Zwei-Cent-Briefmarke auf den verschlossenen Umschlag geklebt hatte und warf ihn durch das weitgeöffnete Maul des gußeisernen Postkastens an dem Laternenpfahl gegenüber von Biolows Drugstore. Die herabfallende Klappe gab ein gußeisernes Kichern von sich, als der Postkasten den weißen Umschlag verschlang.

DRITTER TEIL

CCNY

I

Wie schön, wie herrlich war doch die erste Stunde auf dem Gelände des CCNY! Wie ein wissenschaftliches Füllhorn kam ihm das College vor. So freigebig und vielversprechend sah es von außen aus, daß er überzeugt war, schließlich doch die richtige Wahl getroffen zu haben. Der frühherbstliche Nachmittag auf dem Campus an jenem Tage im Jahre 1924 war einfach zauberhaft. Während er darauf wartete, daß er bei der Einschreibung an die Reihe kam, stapfte er durch die trockenen Blätter, die in der Convent Avenue im oberen Manhattan schon von den Bäumen gefallen waren, ging an der Ostseite des College im Schatten der weißgrauen gotischen Gebäude, gütiger gotischer Gebäude, denen ruhig und gediegen ein Versprechen von Weisheit und höherer Bildung innewohnte, das ihn über sich selbst hinaus, in eine Gemeinschaft von heiteren, nachdenklichen Gleichgesinnten hineinheben würde. Und während er so durch die Laubberge in der Convent Avenue raschelte, überkam ihn bei dem Gedanken an die großartigen Veränderungen, die sich innerhalb dieser weißgrauen gotischen Mauern in ihm vollziehen würden, ein rauschhaft gesteigertes Hochgefühl, echte Glückseligkeit. Sich ändern, sich ändern, sein abscheuliches Selbst abwerfen, das war sein größter Wunsch. Die Veränderung würde sicherlich sofort beginnen, sobald er sich eingeschrieben hatte: vielleicht würde hier eine neue, erhebende Zukunft ihren Anfang nehmen. Endlich.

Er schaute sich um und hoffte, diesen kostbaren Augenblick in sich konservieren zu können: Hinter ihm erstreckte sich der kahle Sportplatz des College, dahinter die fahle, beigefarbene Säulenbalustrade über den Sitzreihen des großen Lewisohn Stadions, gleichzeitig die Freilichtbühne des College. Vor ihm die schwarzen spitzen Gitterstäbe des Zauns, der die Anhöhe, auf der das College lag und wo er gerade stand, von dem abschüssigen kleinen Park darunter trennte; dort unten gab es grüne Bänke und graue Gesteinsnasen, Felsbrocken und Bäume, und herbstbraune Blätter wehten den Abhang auf die Wege hinunter. Und die City von New York öffnete sich vor ihm, als läge sie ihm zu Füßen, drei Stadtteile auf einen Blick: Manhattan, die Bronx und Brooklyn, jeder in einer anderen Richtung, Häuserdächer auf unterschiedlichsten Ebenen, Schornsteine, Fabrikschlote, Kirchturmspitzen. Über ihm Streifen von zartem Rauch am Firmament. Alles schien günstig, ein gutes Omen für eine großartige Zukunft. Immer noch hatte er vor, Biologie als Hauptfach zu studieren. Immer noch konnte er ein renommierter Wissenschaftler werden, ja, sich allmählich vom Objekt seiner Schande lösen, seine Libido in eine normale Richtung lenken, sich selbst erlösen. In ein oder zwei Stunden würde er die ersten Schritte auf seinem Wege zu den glückhaften Angeboten zurücklegen, die in diesen heiligen Hallen der Lehre auf ihn warteten, in diesem grau mit weiß abgesetzten Gemäuer, das hoch in den blitzblanken, azurblauen Himmel ragte.

Nach einer Weile bekam er Gesellschaft. Ein junger Mann, der sich ebenfalls einschreiben wollte und seinen Schulabschluß in der Bronx gemacht hatte, schloß sich ihm an. Der andere war auch so alt wie Ira, Jude – beinahe eine Selbstverständlichkeit –, aber offenbar aus wohlhabenderen Verhältnissen als er. Der liebenswürdige junge Mann, der schon ein zartes Schnurrbärtchen pflegte, vertrieb sich die Zeit, die er neben Ira durch das raschelnde Laub stapfte, mit Pfeifen und Singen. Ira hatte keine Ahnung von den neuesten Schlagern, noch legte er Wert darauf, sie zu hören, aber so verging die Zeit schneller. So angenehm ihm der junge Mann und seine freundliche Art auch waren, die Vorlieben und Ziele, die er zum Ausdruck brachte, gaben Ira die ersten Hinweise, daß die Hallen der Wissenschaft innerhalb dieser gotischen Mauern nicht ganz das sein würden, was er sich vorgestellt hatte. Der neue Freund sprach davon, so bald als möglich einer Studentenverbindung beitreten zu wollen und sagte, er ginge überhaupt nur an das CCNY, um das Bakkalaureat zu erwerben, eine Voraussetzung für sein Studium an der juristischen Fakultät. Idealismus und Träume fehlten; allein praktische Erwägungen herrschten vor. Sein Ziel war das übliche: der finanzielle Erfolg. *Mach gelt*, das Erlernen eines lukrativen Berufes, und als Sprungbrett dazu das CCNY benutzen. Der Kerl mußte eine Ausnahme sein, dachte Ira.

Und so hörte er duldsam dem fröhlichen Singen zu, als sie gemeinsam durch die rostfarbenen Blätter spazierten:

»*Looky, looky, looky, here comes cookie...*«

und:

»*When my sweetie walks down the street,
all the birdies, they go tweet, tweet, tweet...*«

und:

»*Do-o wacka, do-o wacka, do-o wacka do...*«

Ira spürte, wie seine Euphorie im Optimismus seines neuen Freundes und in der heraufziehenden Kälte des Spätnachmittags unterging. Es wurde Zeit für Iras Gruppe, im Anmeldebüro Platz zu nehmen.

Und nun kam die College-Wirklichkeit zum Vorschein; die Wirklichkeit der abstumpfenden Einschreibeprozedur am CCNY zeigte sich in all ihren unschönen Aspekten. In einem einzigen Rundumschlag schmetterte diese Wirklichkeit Iras hochfliegende Pläne in tausend Stücke, zerfetzte sie binnen einer einzigen Minute – gleich der ersten, als er mit seiner Anmeldung an der Reihe war. Er hatte für sich ein Programm von Kursen zusammenstellen sollen, ein Wunschprogramm, das doch wohl mindestens solange Gültigkeit behalten sollte, wie er vor dem jeweiligen Tisch, an dem der

Registrator oder einer der ihm assistierenden Studenten saß, Schlange stand. Wieder und wieder und immer wieder geschah es aber nun, daß eine Laune des Schicksals die Kurse, die er in sein Programm gewählt hatte, während er noch wartete, aus dem Angebot eliminierte. Er konnte zusehen, wie seine Wahlfächer, eines nach dem anderen, an der Wandtafel ausgestrichen wurden, als oft nur noch ein oder zwei Studenten vor ihm in der Schlange standen. Auf diese Weise verkam sein gesamtes, so sorgsam entwickeltes Wunschprogramm zu gebündelter Hirnrissigkeit, und er mußte zu seinem Platz im großen Auditorium zurückgehen und noch einmal von vorn anfangen...

Er ließ sich Zeit, fühlte sich überfordert. Langsam und auf schmerzliche Weise verunsichert, mußte er sich ein neues Programm ausdenken und dann mit ansehen, wie es genauso zerrupft wurde wie das vorige. Stunden vergingen. Stunden! Programm auf Programm, Provisorium auf Provisorium verschwand vom Schwarzen Brett, der Wandtafel. Müde und niedergeschlagen verfluchte Ira sein Pech, sein Schicksal, sein Ungeschick, seine Langsamkeit. Und was war mit Biologie 1, dem wichtigsten Kurs für seine zukünftige Laufbahn? Der war ihm schon längst von tüchtigeren High School-Absolventen vor der Nase weggeschnappt worden, denn diejenigen mit einem besseren Notendurchschnitt im Abschlußzeugnis hatten die erste Wahl gehabt: begabte »Erstsemester« und fleißige »Zweitsemester« kamen zuallererst dran. Es schien, als hätte die Mehrheit der Studienanfänger die Absicht, sich für ein späteres Studium an den medizinischen oder zahnmedizinischen Fakultäten zu qualifizieren. Darum war Biologie 1 auch schon von der Tafel verschwunden, lange bevor Ira überhaupt in den Hörsaal Einlaß fand, wo reihenweise die Aspiranten saßen und über ihren Studienprogrammen schwitzten. Biologie 1 war ein *nechtiger tag*, wie Mom es ausgedrückt hätte: es war so unwiederbringlich verloren wie ein verlorener Tag. Oh, warum hatte er nur nicht Cornell gewählt?

Und wieder lachte ihn die gußeiserne Klappe des Briefkastens aus und schnappte ihm den weißen Umschlag mit seiner Verzichtserklärung aus der Hand, ein ungerührtes Raubtier, das Iras Schicksal vernichtete...

Den letzten beißen die Hunde, so lautete hier die Devise, und die letzten waren Armleuchter wie er, faule, untüchtige, zu nichts zu gebrauchende Bummelanten. Es war schon nach neun Uhr abends und die Mehrheit der Antragsteller längst mit fertigen Studienplänen fröhlich nach Haus gegangen, als Ira endlich Erfolg hatte und ein Programm für sich zusammengestoppelt hatte, das den langen Marsch zum Anmeldetisch überlebte. Wenigstens war es lebensfähig, wenn auch nicht nach Wunsch: Französisch 1; Trigonometrie – unter Vorbehalt, denn eigentlich hätte er das schon in der High School belegen sollen, was ihm aber wegen des verlorenen Jahrs auf der damals neugegründeten Wirtschaftsoberschule, der Junior High, nicht möglich gewesen war; Philosophie 1, obgleich er kaum besser als ein Kleinkind darauf vorbereitet war, sich mit den Begriffen und Abstraktionen dieser Disziplin herumzuschlagen; darstellende Geometrie, was sich einfach anhörte, aber als schwierig entpuppte, denn Projektionen und Technisches Zeichnen überstiegen seine Fähigkeiten, sein manuelles Geschick; Militärwissenschaft 1 war ein obligatorischer Kurs, der – wie er erfuhr – aus einer Art Gymnastik bestand und Griffübungen am Springfield-Gewehr mit einem Schnellkurs in Militärtaktik verband. In »Miliwi 1« war immer ein Platz frei. In Körperertüchtigung 1 auch. Aber sogar Englische Aufsatzkunde 1, der leichteste und bislang am leichtesten zugängliche aller Kurse, war schon voll.

So also sah sein Studienplan zu Beginn seines ersten Halbjahrs auf dem College aus: gekürzt, unvollständig, beklagenswert unzulänglich. Er konnte kaum die notwendige Anzahl Studiennachweise mit befriedigenden Noten beibringen, also mit C oder besser, die man benötigte, um das erste Semester am CCNY zu bestehen. Zwangsläufig würde er so in nächster Zeit ein Student »unter Vorbehalt« sein, einer, dessen Noten hinter dem Durchschnitt zurücklagen und ausgeglichen werden mußten, um einigermaßen gut dazustehen und mit seiner Klasse Schritt zu halten; einer, der Gefahr lief, von der Liste der Studenten gestrichen zu werden, wenn er sich nicht besserte. Im Augenblick kümmerte ihn das herzlich wenig. Mit hängendem Kopf, halb verhungert und gründlich verstimmt trottete er zu Fuß den Berg hinauf zum Trolleybus in der Amsterdam Avenue. Dann wieder zu Fuß auf dem Gehweg der Park Avenue, von der 125th bis zur 119th Street, immer parallel zu der hoch über ihm verlaufenden Eisenbahntrasse, so bewältigte er seinen Heimweg.

Die Steinstufen vor dem Hauseingang, dann eine schmuddelige Treppe im Miethaus nach oben und schließlich hinein in die Küche mit den grünen Wänden. Die Zeiger des Big Ben-Weckers auf dem grüngestrichenen Eisschrank zeigten auf zehn Minuten vor zehn.

»Oh, da ist er ja, Mama.« Minnie schaute auf von ihrem lateinischen Text.

»Ja, da bin ich.« Ira machte die Tür hinter sich zu.

»*Nu*, wo bist du gewesen?« schimpfte Mom. »Dein Vater und ich haben uns schon Sorgen gemacht.«

»Ach ja?«

Pop schaute mit braunäugigem Hundeblick von der jiddischen Zeitung auf. »Und wohl nicht ganz ohne Grund.«

»Jesus Christus.« Ira legte die Jacke ab, hängte sie über eine Stuhllehne, ging zum Waschbecken. »Was für ein beschissenes College, dieses City College.« Er drehte den Hahn auf und seifte seine Hände unter kaltem Wasser. »Kein Wunder, daß sie es *Shitty College* nennen.«

»Das College ist nicht beschissen. Es ist wunderbar. Die tollsten jüdischen Jungs gehen dahin«, konterte Minnie temperamentvoll.

»Du meinst, bloß weil es nichts kostet? Mom, erzähl ihm doch mal, wie man in Europa die Juden überhaupt nicht studieren läßt –«

»Ach, dummes Zeug. Das weiß ich doch alles. Aber wir sind nicht in Europa. Weißt du, wie es im Lateinischen heißt, wenn man Juden nicht zulassen will? Du lernst doch Latein.«

»Ich weiß nicht, wie das heißt. Bist du denn nun aufgenommen?«

»*Numerus clausus.*«

»Bist du nun drin oder nicht?«

»Ja, ich bin drin.« Er beäugte sie verstohlen und vielsagend.

»Papa, frag du ihn.« Minnie reagierte nicht auf seine Anzüglichkeit, drehte den Kopf heftig zu Pop. »Papa, frag du ihn doch. Ist er nun auf dem City College oder nicht?«

»Na, was glaubst du?« ließ Ira sich vernehmen.

»Aha! Also ein Trauerspiel.« Unter dem Druck seiner Befürchtungen fing Pops Stimme zu krächzen an. »Was ist?« Sein schwach ausgeprägtes Kinn klappte in böser Vorahnung ein paarmal kurz auf und nieder. »*Nu, nu.* Sag schon. Was für einen Murks hast du diesmal verzapft?«

»Gar kein' Murks. Zum Donnerwetter, ich war bis jetzt im College und habe meinen Studienplan ausgearbeitet. Alle beschissenen Fächer, die ich wollte, waren schon dicht. Nix Biologie, nix Englisch, nix Chemie, gar nichts von dem, was ich wollte.«

»Aber sie haben dich doch aufgenommen?« fragte Mom, zutiefst bestürzt.

»Aber ja. Das habe ich doch eben schon gesagt. Ich habe gesagt, ich bin drin. Jetzt bin ich ein CCNY-Freshman, so nennen die das.«

»Ja und, wo liegt das Problem?«

»Ach, dieser verdammte Studienplan. Die Kurse. Der Stundenplan. Wie zum Teufel sagt man denn auf Jiddisch?«

»Er meint *wi m'gejt un wen m'gejt zu di hern di profesorß*«, übersetzte Minnie für Mom unter ständigem Gestikulieren, ihr wechselhafter Gesichtsausdruck verdunkelte sich in ernsthaftem Bemühen. »Damit man weiß, wohin man gehen muß und zu welcher Zeit, *zu welche klaßeß.*«

»Ich verstehe«, sagte Mom.

»Alle sind schlauer und fixer als ich.« Ira trocknete seine Hände mit dem Handtuch am Waschbecken, schmiß sich in seinen Sessel und ließ die Arme hängen. »*Boyoboy,* was bin ich müde. Das kotzt mich alles an. Meine Fresse.«

»Mein armer Bruder.« Sofort milderte Minnie ihren scharfen Ton, ihr blasses Gesicht drückte Mitleid aus. »Und niemand hat dir geholfen? Niemand, den du fragen konntest? Da hat sich niemand um dich gekümmert, als du so lange gebraucht hast und so viele Probleme hattest? Da fragt kein Mensch, was los ist?«

»Tja, schön wär's.«

»Jeder ist ganz für sich allein?« erkundigte sich Mom. »*Nu, as m'wajßt nischt?*«

»Oh, die sagen einem schon, was man tun muß.« Heftiges Kopfschütteln begleitete Iras Worte. »Aber es sind so viele rasend schnelle Typen darunter – Jesus, richtige Genies.«

Minnie gluckte mitleidig. »*Farschtejßt,* Mama?«

»*Ich farschtej, ich farschtej.*«

Junge, wenn doch Mom und Pop jetzt verschwinden würden, Jesus, wie gern würde er ihn bei ihr reinstecken, die dort ganz entspannt, aber aufmerksam saß, mit leicht geöffneten Lippen Anteil nehmend, in ihrem blauen, seidigen Kleid mit dem runden Ausschnitt und den kurzen Ärmeln, die erkennen ließen – wie weiß ihre Haut war. Junge, er könnte eine schnelle Nummer gebrauchen. *Wooh.* Er spürte, wie sich unter seinem Hosenschlitz etwas regte, er bekam einen Steifen. Oh verdammt, nicht die Spur einer Chance. Jetzt Mom um etwas zu essen bitten –

»*Nu,* wenn du so ein Langweiler bist«, sagte Pop, »dann mußt du natürlich die halbe Nacht dort zubringen. Reiß dich mal zusammen.

Einer, der ein Cornell-Stipendium gewonnen hat, sollte sowas nicht genauso gut können wie die anderen?«

»Ja-ja-ja.« Ira nutzte die Gelegenheit für Verteidigung und Angriff. »Da habe ich nun ein Cornell-Stipendium gewonnen, ganz genau. Und was hat es mir gebracht? Ich wünschte, ich hätte nie einen Gedanken daran verschwendet, mich dort nie beworben. Dann hätte ich nie erfahren, was mir entgangen ist. Oh, Mann!«

»O je, du hättest doch ruhig nach Cornell gehen können.« Minnie verzog bekümmert das Gesicht – um seinetwillen. »Das ist eine schöne Universität, da oben in dieser Kleinstadt. Dort hätte man dir geholfen. Ganz anders als hier. Du weißt doch, wie New York ist.«

Mann, wär' das schön, sie jetzt zu vögeln. Mann, hatte er es nötig.

»*Nu*, er hat es sich so ausgesucht«, sagte Pop. »Wie man sich bettet,... –«

»Tja, die Suppe muß ich wohl auslöffeln«, drehte Ira seinem Vater das Wort im Mund herum.

»Verschone mich mit deinen Witzen«, sagte Pop und erhob eine Hand. »...so liegt man, meinst du wohl. Du hättest sehr gut nach Cornell gehen können, wie Minnie gerade gesagt hat. Man hat dir angeboten zu kommen. Was willst du noch? Du hast das Stipendium – dann geh doch.«

»Und wovon sollte ich leben? Unterkunft und Verpflegung – woher nehmen?«

»Ich habe angeboten, dir in den ersten paar Monaten zu helfen.«

»Tja. Und dann hast du einen Rückzieher gemacht.«

»Ich würde dir am liebsten ins Gesicht spucken. Du gibst mir für deine Faulheit die Schuld? Scheißkerl. Was willst du denn noch? Soll deine Mutter dich an die Hand nehmen und hinbringen? Ich hab' dir gesagt, wenn du gehst, helfe ich. Und wenn du wirklich gehen wolltest, wärest du auch gegangen. Erzähl mir nicht, es wäre meine Schuld. Deine Knochen sind groß und kräftig. Kräftiger als meine. Man hat dir Arbeit angeboten, eine Chance auf ein paar Dollar, etwa nicht? Wer hätte dich hindern sollen? Niemand. Nur deine eigene Trägheit.«

»Papa, bitte«, ging Minnie dazwischen. »Er ist müde. Den ganzen Tag gewartet. Du siehst doch, wie spät es schon ist. Fast schon Zeit, ins Bett zu gehen.«

Heiße Glut zischte in ihm auf. Oh, Jesus, das wäre jetzt genau das richtige. Ins Bett gehen. Er konnte seine Lust so deutlich vorspringen sehen, daß er sich kaum beherrschen konnte, den Kopf nicht hin und her zu wiegen.

»Ich bin auch müde«, sagte Pop. »Habe auch den ganzen Tag gewartet – bei Tisch auf-gewartet. Und das nicht nur einen Tag. Immer den ganzen Tag – und alle Tage, immer auf dem Parkett des Restaurants. Von was kommt sein Essen, von was geht er aufs College? Selbst hier, beim CCNY, kostet es Geld.«

»Was streitest du mit dem Jungen? Ich bezahle es doch. Der Quarter pro Tag, den er für Fahrgeld und Lunch benötigt, kommt doch von mir«, warf Mom ein.

»Und woher stammt das Geld?«

»Von deinem popeligen, lausigen Unterhalt. Das muß ich mir abzwacken. Wer pflegt denn die Wohnung? Wer geht denn einkaufen? Wer feilscht mit den Straßenhändlern um einen Penny? Versuch du das mal. Woll'n seh'n, ob du es genauso gut kannst.«

»Uh! Da wären wir mal wieder.«

»Bitte, Papa. Ich weiß, wie hart du arbeiten mußt«, versuchte Minnie zu vermitteln, »du hast als Kellner Erfahrung. Du bist daran gewöhnt.«

»Daran gewöhnt, daran gewöhnt... Der Teufel ist daran gewöhnt. Ich bin daran gewöhnt, weil ich muß. Gegen das Muß gibt es keine Medizin, *farschtejßt?* Kommt doch ein Kunde noch fünf

Minuten vor Feierabend und setzt sich hin. Du mußt ihn bedienen. Du mußt. Die Füße tun dir weh, aber du mußt. Seine zehn Cent Trinkgeld sind so überflüssig wie ein Kropf, aber du mußt –«

»*Nu*, jetzt reicht's aber mal.« Mom hielt unerschütterlich zu ihrem Sohn. »Er ist völlig fertig von all den Anstrengungen bei der Aufnahme. Laß ihn. Er ist doch jetzt auf dem College.«

»Genau. Bitte, Papa«, pflichtete Minnie ihr bei. Leidenschaftlich in ihrem Flehen hakte sie einen Finger in ihren Ausschnitt und lüftete das Kleid vom Körper weg, um ihren Busen zu kühlen.

Beim Zusehen schlossen sich Iras Knie wie zwei Bremsbacken. Er erging sich ganz in Gefühlen, starrte geistesabwesend in die Ferne, überließ sich seinen unerfüllten Träumen. »Oh, Jesus.«

»Und schon ist er wieder bei seinem lieben Jesulein«, meckerte Pop. »Behüte ihn. Hätschele ihn nur. Schau dir sein finsteres Gesicht mal an.«

»Aber aufs College geht er.«

»Ja. Und du siehst, wie es ihm gefällt, wie zufrieden er ist.«

»Nun, wenn er absolut nicht von zu Hause weg wollte und nicht auf das andere College wollte! Wenn er doch nun mal zu Hause bleiben wollte, sollte ich ihn etwa fortjagen? Und wenn er sich ebenso leicht schämte wie du – ja, sich unter den Gojim genauso unwohl fühlte wie du«, sagte Mom und erstickte Pops Entgegnung, ehe er sie überhaupt machen konnte. »Wie sollte man dem wohl abhelfen? Er hat eben nicht genug *chutzpe*, das ist alles. Er müßte aus Litauen sein, dann wäre er daran gewöhnt, den Beleidigungen der Russkis zu trotzen. Wenn er kein Galizier aus einem von Franz Josephs verschlafenen Dörfchen wäre, wie dein Schwager Louie sagt, dann hätte er den Mut zum Abenteuer, die Kühnheit, sein Zuhause zu verlassen und an diesem Cornell zu studieren.« Und zu Ira gewandt, der seine Brille abnahm und sich die müden Augen rieb, sagte sie: »Hör mir zu, mein Kind. Jeder Neuanfang ist so. Schwierig, zu Beginn entmutigend.« »Nicht für jeden.«

»Dann also für dich. Du brauchst etwas länger, dich an Dinge zu gewöhnen. Hauptsache, du bist im College, du wirst schon sehen: der Weg, der so holprig begann, wird schön glatt werden. Hör auf mich. Hauptsache, du bist im College und wirst ein gebildeter Mann, dann wirst du allmählich auch lernen, mit deinen Sorgen fertigzuwerden, allmählich werden sie verblassen.«

»Kann sein.« Das klang eher skeptisch.

»Es stimmt. Mom hat recht«, besänftigte Minnie.

»Ich wünschte, du würdest mir das schriftlich geben.«

»Diese Härten sind gar nichts.« Mom füllte Minnies Schweigen mit tröstenden Worten. »Glaube mir, du wirst lachend auf diese Zeit zurückblicken.«

»Jaja, ich habe eine große Zukunft hinter mir, würde ein Witzbold jetzt sagen.« Er kippelte mit seinem Stuhl zu Minnie, dann wieder zu Mom. »Und bis es soweit ist, habe ich verdammt großen Hunger.«

»Ich habe gekochtes Kalbfleisch«, sagte Mom schnell. »Ein paradiesisches Aroma. Und Kascha zur Soße.«

»Ich mag aber keine Grütze.«

»Auch nicht, wenn du vor Hunger fast stirbst?«

»Nein«, insistierte er pampig.

»Dann eben ohne Kascha.« Mom hantierte geschäftig mit Brotmesser und Schneidebrett.

»Du weißt ja nicht, was gut ist«, tadelte Minnie.

»Nein. Weiß ich auch nicht. Kannst mich gelegentlich mal aufklären.«

»Nur *das* weiß er nicht?« bemerkte Pop. »Nur daß Kascha gut ist, weiß er nicht? Kann er denn sonst gut und schlecht unterscheiden?«

»Glaube mir, du versündigst dich, wenn du so köstliche Kascha verschmähst.« Mom stellte ihm einen Teller hin. »Eines Tages wirst du trauern, du wirst dich nach so köstlicher Kascha sehnen.«

»Großartig. Und bis dahin werde ich ohne auskommen.«

»Glücklicherweise bin ich darauf vorbereitet«, sagte Mom. »Als ob ich meinen Sohn nicht kennte. Ich habe auch noch einen Kartoffelkloß für dich.«

»Ah, das klingt schon besser.« Ira griff nach einer Scheibe von ihrem groben Roggenbrot und mampfte, während er auf das übrige Essen wartete.

Er hatte es also mal wieder vermasselt. Quälte sich einen Brocken fast unzerkautes Brot hinunter. Jetzt war er unabänderlich aus der Bahn geworfen, genau wie früher schon einmal: wegen alberner Bemerkungen, wegen irgendwelcher Belanglosigkeiten, wegen unfundierter, idiotisch blödsinniger Belanglosigkeiten, wegen seiner Faulheit und dadurch, daß er wieder mal den Weg des geringsten Widerstands gegangen war. Und wegen – du gottverdammter Trottel: wegen dieser leicht zu habenden fiebrigen Erwartung, wegen dieser mühelosen, deftigen, schnellen Vögelei am Sonntagvormittag. Sonst noch jemand, der so einen gottverdammten Sonntagvormittagspuff zu Hause hatte? Ein Puff war doch ein Ort, wo man eine Hure bumste, oder nicht? Wie es wohl kam, daß das Wort »crib« noch so viele andere Bedeutungen hatte und dir sogar – als Spickzettel – durch die Prüfung helfen konnte, dir assistierte – hey, schon wieder: *ass sistered you*, ach ja, der Arsch von deiner Schwester. Gut? Ziemlich clever. Sein Puff war ein trübes kleines Schlafzimmer, entweder sein eigenes, oder das von Mom und Pop, direkt neben dem Luftschacht im ersten Stock, eine kleine trübe Krypta, wie Mom es nannte, die für ihn zu einem Hort zur Vermeidung von Selbstbefriedigung wurde. Was sagt man dazu? Nur den Messingnippel am Schloß zur Seite schnipsen, wenn Mom gegangen war, und sein kleiner Privatpuff explodierte in geiler Vorfreude; dessen Düsterkeit blendete dich mit einem Schuldigenschein. Der kleine enge Puff schimmerte plötzlich im Taumel stillschweigenden Einverständnisses, im Heiligenschein einer Abscheulichkeit. *Oh, boy,* welch gar köstliche Befriedigung lauerte in der ganz alltäglichen, alchimistischen Ekstase, die er rein zufällig entdeckt hatte: als zweiter Archimedes in einer großen Zinkbadewanne. Heureka in der Badewanne. Ja, aber weißt du, es war wie mit dieser Krone aus einem Mischmetall, die einen völlig anderen Auftrieb hatte als das rein goldene Original. Aber diesmal ging es um den unterschiedlichen Auftrieb von Knäblein fein und Mägdelein. Und was für ein schockierendes Heureka, als er kam. Autsch! Danach würde er nie mehr derselbe sein...

Heureka, jawohl, die ganze verfluchte Chose eröffnete ihm eine Welt, die niemand je zu betreten wagte; niemand wagte bisher *zuzugeben,* daß er sie betreten hat. Er war auf Hinweise feinster, zartester, höchst indirekter Art gestoßen, ganz sittsam und züchtig – Jesus Christus, jemand, der weniger hellhörig war als er, hätte deswegen nie im Leben sofort die Ohren gespitzt, aber er war eben so spitz. Und er hatte es gelesen, war eigens zur Bibliothek gegangen und hatte sich eine Gedichtsammlung von Byron mit nach Haus genommen. Byron hatte schon vor Jahren einen willigen Ira gefesselt und mit dem *Gefangenen von Chillon* zusammen in eine Zelle gesperrt. Hölle, Byrons Gefängnis war gar nichts dagegen: isoliert, gezeichnet, entfremdet, all die übernatürlichen Stimmen, all die wilden Abgründe; wer konnte daraus schlau werden oder sich später noch daran erinnern? Nein. Byron ist bei seiner Beschreibung dessen, was Manfred getan hat, nie über die Anfänge hinausgekommen; Manni brütete in hochmütiger Einsamkeit in einem geheimnisvollen einsamen Turm über die Ungeheuerlichkeit seiner Sünde vor sich hin. Hey, Manni, und jetzt kannst du mal sehen, wie sowas in einer Kaltwasserwohnung in East Harlem geht.

Und doch mußte man dem Kerl dankbar sein, auch wenn er nur – ja, auch wenn er nur flüsterte...»Oh, das sieht aber gut aus, Mom.« Ira geiferte lüstern beim Anblick der dicken Portion Kalbfleisch in der *schmaltzik* braunen Soße, die Mom ihm aus dem Topf auf den abgestoßenen weißen Teller legte: »*Potate kugel* auch gleich dazu. *Jay*, welch schönes Doppel!«

»Langsam kauen«, mahnte Mom.

»Schmeckt gut, nicht?« strahlte Minnie.

»Das kann ich dir sagen. Genau das will ich essen, wenn ich mein Examen habe.«

»Mom, hast du gehört?« freute sich Minnie.

»*Take*. Dann müßten wir erst einmal bis zu dem gelobten Tage überleben.«

Pop raschelte mit der Zeitung. Hinter der Zeitung beschwerte er sich mit scharfem Befehl: »Nicht schmatzen!«

»Diesmal vergib ihm«, beschwichtigte Mom. »Der Junge hat seit dem Frühstück nichts mehr gegessen.«

»Okay, Pop, ich will versuchen, mir das Schmatzen abzugewöhnen. Aber mein Gott, es schmeckt nun mal so gut. Da fällt es eben schwer, mit geschlossenen Lippen zu kauen, wenn man den Mund so voll *kugel* und Soße hat.« Der erste quälende Hunger war gestillt, Ira unterdrückte weitere Trotzreaktionen. Er warf Minnie wieder einen kurzen, verstohlenen Blick zu; sie schlug die Haselaugen nieder, wie in Anbetung ihres Lateinbuchs versunken. Also hatte er's versaut, die Wahl des richtigen College versaut. Aber wie hätte er das vorher wissen sollen? Was hatte doch Solon zu Krösus gesagt? *Look to the end, my fine-feathered friend.* Schau auf das Ende, mein zart gefiederter Freund. Das galt auch ihm. Ich bin die Sau, die alles versaut. Laß mal den Sonntag kommen. Er würde es Minnie sagen. Nein, er sollte ihr wohl besser sagen, wie man auf das Ende schaut. Ha! Sollte der Sonntagmorgen ruhig kommen. Kommen würde er. Und am Nachmittag dann eine kleine Spritztour zu Larry machen. Wieso? Naja, ein wenig auftanken, was sonst? Jesus, sein Hirn war vollkommen matschig und verfault. Ließe er seiner Phantasie freien Lauf – Jungejunge, geht aufs College und hat den Kopf voller – *merde*, ah. Alles, woran er jetzt noch denken konnte, war der Itaker in seiner weißen Straßenfegerkluft, der seinen Scheiß dicht am Kantstein hin- und herschob... Müde.

Müde, das war das Problem. Die Kreidebuchstaben auf der Wandtafel bei seiner Einschreibung sah er im Küchenlicht noch vor seinem inneren Auge glimmen. Zum Teufel mit euch allen, wir schleckern gerade; er mampfte, erinnerte sich an das Pop gegebene Versprechen und mampfte mit geschlossenen Lippen. Zum Teufel mit euch allen, wir lecken uns gerade – so hatte er es von den anderen auf der Straße gehört. Und sein inneres Ohr hörte den Reim und nahm die Worte in sich auf:

Ach zum Teufel mit euch allen,
wir lassen's uns grad gut gefallen.
Und wenn du deine Schwester bumst,
weil du bei ihr so herrlich kummst,
was willst du mehr, was brauchst du noch?
Du brauchst ganz unbedingt und möglichst bald
C-C-N-Y-s Examen halt. Und wie.
Grunz, grunz. Du Vieh.

Gott, er wurde richtig viehisch, stahlhart und brutal, lüstern und dabei immer empfindsamer, gefangen und befangen im Netz seiner eigenen endlosen Assoziationen. Würde er, könnte er jemals entkommen? Woran ein Hering wohl dachte, wenn er sah, wie das Netz der Ringwade sich um ihn schloß? Ja, was wohl? Und seine eigene Ringwade war wie ein eisernes Kettenhemd –

Meine arme M... Ira machte eine Pause, wandte seine schuldbewußten Blicke vom Monitor ab. Mein armes, liebes Lämmchen, meine Frau. Was du auf dich genommen hast, worauf du dich da eingelassen hast. Nur der Unbestechliche – machte er hier eine Anleihe bei Augustinus? – nur der Unbestechliche konnte soviel unerschütterliche Nächstenliebe besitzen wie sie, um so verständnisvoll und unverdorben zu bleiben, wie sie es in all den Jahren des Zusammenlebens mit ihm geblieben war, in all den Jahren, die sie ihn ertragen hatte. Er unterdrückte ein Seufzen. *Boyoboy.*

II

Ein oder zwei Tage später begann der Unterricht. In Trigonometrie geriet Ira schnell ins Hintertreffen, er war wie vernagelt in einem Fach, das immerhin zu den Vorbedingungen für die Zulassung zum Studium der Naturwissenschaften gehörte. Das Unterrichtstempo war für ihn einfach zu schnell. Von den Studenten wurde erwartet, daß sie Schritt halten konnten in einem Fach, das sie auf der High School belegt und mit Erfolg abgeschlossen haben sollten. Aber er versagte jämmerlich. In Französisch klappte es anfänglich besser, vielleicht wegen seiner Gabe, die Aussprache gut nachzumachen. Aber seine Zeichnungen für darstellende Geometrie waren eine einzige Katastrophe. Hier verstand er die fundamentalen und nicht allzu schwierigen Prinzipien der Darstellung räumlicher Körper in der Ebene nicht, ausgerechnet er, der doch ein Genie in Geometrie gewesen war: Geometrie, sein Schutzengelfach, der Unterricht, der ihm seine geistige Gesundheit bewahrt hatte. Was zum Teufel stimmte nicht mit ihm? Nur in »Philosophie 1« erlebte er annähernd die intellektuelle Freude, die er in jenen Stunden vor der Einschreibung so vertrauensselig erwartet hatte, während er noch draußen auf den gefallenen Blättern in der Convent Avenue herumtrampelte. Lediglich in den fesselnden, ungezwungenen, schwungvollen Vorlesungen von Professor Overstreet verspürte er Geistesfreuden, denn diese Vorlesungen waren gewürzt mit Witz, lebendigen Beschreibungen und persönlicher Erfahrung: Professor Overstreet veranschaulichte die gängige Praxis von logischen Prämissen, indem er vorführte, wie die Franzosen sich nach dem Essen ganz ungeniert mit Zahnstochern im Mund herumfuhrwerkten, während Amerikaner dies hinter vorgehaltener Hand oder hinter einer Serviette taten. Seine Vorlesungen waren eine Freude, und die Lektüre der hektographierten Broschüre mit einer Auswahl verschiedener philosophischer Texte, die der Professor an seine Studenten verteilte, war es ebenfalls. Die mit Abstand bewegendsten Exzerpte waren Bertrand Russels gewagt modernem Aufsatz über den Glauben eines Atheisten entnommen, in welchem dieser in eloquenten Worten ins Bewußtsein rückte, wie unbedeutend der Mensch in einem blinden, gleichgültigen Kosmos ist. Nichts hat Ira in diesem ersten Semester mehr gefesselt.

Aber die Seminare, oh ja, die Seminare, die ein junger graduierter Student abhielt, die Seminare, die sich mit den zentralen Gedanken von Platon, Sokrates, Aristoteles, Spinoza, Kant und den anderen großen Namen der Philosophie beschäftigten! Die Worte, mit denen die Philosophen ihre abstrakten Gedanken vermitteln wollten, flossen an ihm vorüber wie die Gezeiten an einem Kanalposten. Vollkommen nebulös seine Vorstellungen, woraus ihre Ideen wohl bestanden – ihre Konzepte schienen ihm treibende Ephemeriden, die ihre Umrisse und Unterscheidungen um nichts besser als Wolken voneinander abgrenzen konnten, Nebelfetzen. Er hat sich wirklich um Verständnis bemüht; je ernsthafter er sich bemühte, desto einschläfernder wurden seine Versuche, desto opiumhaltiger die Aufschlüsse im Text.

Die Wochen vergingen. Altweibersommer wich einem satten Herbst. Der Unterricht wurde zur Routine; das College wurde zur Routine, einer unglücklichen Routine, eingeteilt in immer gleiche Zeitabschnitte. Seine Leistungen schwankten unberechenbar, ohne erkennbaren Grund, vom Verstand nicht nachzuvollziehen. In Chemie beste Noten, und kein Mensch begriff, wieso; in Trigonometrie irreversibles Versagen. In Philosophie genügte es, wenn er ohne besonderen Arbeitseinsatz mitlief, um den Kurs zu schaffen. In Französisch mußte er sich – nach einem lobenswerten Start – bald von dem pedantischen, pingeligen Fachbereichsleiter sagen lassen, daß seine Ergebnisse sich verschlechtert hatten. Lahmarschig, inkompetent, mutlos – so fühlte er sich die meiste Zeit, machte ihn das Leben, als trennte eine Nebelwand seinen Kopf von dem, was er lernen sollte. Und so war es auch: eine Nebelwand hüllte ihn ein, und er ließ es geschehen.

Mit einem Quarter in der Tasche verließ er morgens die Wohnung in der 119th Street und wanderte im Schatten der Eisenbahntrasse die Park Avenue entlang bis hinauf zur 125th Street. Dort wartete er an der Ecke auf den Trolleybus, der aus östlicher Richtung von der Third Avenue kam und ihn durch die Amsterdam Avenue weiter nach Norden bis zur Kreuzung 137th Street brachte. Dort stieg er aus und ging in einem Pulk von Kommilitonen in östlicher Richtung am Lewisohn Stadion vorbei, überquerte den kleinen viereckigen Campus, umgeben von der gotischen Konformität des grauweiß gemusterten Zuckerbäckerstils, und betrat das Hauptgebäude. Sofern die Zeit reichte, hielt er sich noch ein Weilchen in der Lounge für seinen Abschlußjahrgang auf, bis der Unterricht begann. Ein- oder zweimal trug er morgens auf dem Weg zum College schon seine Uniform für den Unterricht in »Miliwi 1«. Er wollte ausprobieren, ob er Zeit gewinnen würde, wenn er sich im College das Umkleiden von Zivil in Uniform ersparte. Aber er fand es eher peinlich, an einem schönen, sonnigen Herbstmorgen in diesen alten Weltkriegsklamotten aus dem Haus, die Steinstufen hinunter und auf die verwahrloste Straße zu treten, und dann die schäbige Park Avenue bis zur 125th Street hinaufzugehen. Seine Uniform bestand aus kratzigen, khakifarbenen Kniebundhosen, genäht aus einer Pferdedecke, Wickelgamaschen, die er sich nie ordentlich anlegen konnte, einem groben Wollhemd und einem Jackett, dessen Kragen im Nacken scheuerte. Diese Sachen würde er nun den ganzen Tag über bis zum Ende seiner Vorlesungen tragen müssen und immer noch uniformiert den Heimweg antreten. Es lohnte sich nicht.

Alles in allem war das erste Semester eine konturlose, neblige Zeit; wie konturlos und neblig sie war, fiel ihm kaum auf, denn er war intellektuell zu verwirrt, um es überhaupt zu bemerken. Wie wenig an Erfreulichem er aus diesem Semester auch mitnahm, zum Beispiel seine Leistungen in Chemie 1 oder das Vergnügen, Professor Overstreet zu hören: immer wurde es vom allgegenwärtigen, obsessiven Sehnen nach dem Jubel, der Faszination, einen Akt glorioser Abscheulichkeit zu begehen, durchlöchert und unterminiert. Was zum Teufel waren seine Studien im Vergleich dazu? Sie taugten zu nichts anderem, als ihn mit seiner Mittelmäßigkeit zu konfrontieren, seine Ziellosigkeit und seinen Stumpfsinn und seine Unaufmerksamkeit seiner grimmigen Beharrlichkeit gegenüberzustellen, die er beim Entwickeln genialer Einfälle beim Einfädeln von Angriffen auf Minnie an den Tag legte. Seine Passivität, die Verzögerungen beim Studium, sein schwach ausgeprägter Wissensdurst standen in krassem Gegensatz zu seinem Genie, Minnies Hingabe zu gewinnen. Ah, das war es, was zählte, diese eine Minute oder auch zwei, wenn er den Lustschrei höchster inzestuöser Gefühle aus ihr herauspumpte.

So also gestaltete sich sein College-Leben. Anstatt ihn – wie die meisten seiner Studienkollegen – mit Zielstrebigkeit und Hoffnung zu erfüllen, war es für ihn nichts weiter als ein herber Kontrast zu der häßlichen Mietshausfassade, dem stinkenden Hausflur und der verkommenen Vierzimmerwohnung in der 119th Street, wo er und seine Familie wohnten, dem schmuddeligen kleinen Schlafzimmer, das sich in diesen ein, zwei Minuten auf so wundersame Weise verwandelte, wenn Minnie quer über seinem Bett lag, ihr Schlüpfer an einem Fuß baumelte, als habe sie die weiße Fahne der Kapitulation gehißt. Dies alles war ein starker Kontrast zu der gesetzten, unnahbar akademischen Atmosphäre in den Hallen der Unterweisung in den gotischen Hüllen des CCNY. Ach, Blödsinn. Er war ruiniert, er war ruiniert, okay. Dann war er eben ruiniert. Scheiß drauf. Ist doch wahr, andere ertrugen noch extremere Unterschiede zwischen ihrem Zuhause und dem College als er und waren nicht so abgerutscht, hatten sich nicht so unentwirrbar verheddert wie er.

Na klar war er verrückt; das wußte er doch. Er war verrückt, und die ganze Zeit über begrüßte, ja kultivierte er die Verschlimmerung seiner Verrücktheit. Er hätte öfter mal zu den Kaianlagen am North River gehen und den Chefstewart oder den Bootsmann oder den Maat eines Dampfschiffs um einen Job anhauen sollen, irgendeine niedere Arbeit, Hauptsache, er käme von zu Hause weg – als Deckshelfer, Töpfeschwinger, Nippelschmierer, ganz egal. Aber wenn er dazu fähig gewesen wäre, wenn er das notwendige Fünkchen Initiative gehabt hätte, dann wäre er nicht der gewesen, der er war, der er sein wollte und auch wieder nicht. Dann hätte er eigentlich auch mit Billy nach Cornell gehen können…

Larry hatte sich inzwischen an der Dependence der New York University am Washington Square eingeschrieben, um in zweijähriger akademischer Vorbereitungszeit (er nannte dies scherzhaft seinen »Vor-Zahn«) die Voraussetzungen für eine Zulassung an der Zahnmedizinischen Fakultät zu schaffen. Er hatte keine Schwierigkeiten bei der Wahl seiner Kurse gehabt und genoß das ganze Spektrum seiner Fächer, fand alles interessant, war in allem gut und besonders gut in seinen beiden Englischkursen: Englische Aufsatzkunde und Grundlagen der Englischen Literatur. Der erstere, Englische Aufsatzkunde, wurde von einem jungen Neuengländer gegeben, einem gewissen Mr. Vernon, der – was für ein Zufall – selbst Dichter war, ein Verfasser von freien Versen, der bereits ein selbstfinanziertes Buch mit eigenen Gedichten veröffentlicht hatte.

Den letzteren, den Kurs in Englischer Literatur, leitete eine junge Frau, gebürtig aus New Mexico, selbst Poetin und Kritikerin mit anthropologischem Hintergrund, oder besser: mit Anthropologie als zweitem Fach. Sie war eine sehr anregende Lehrerin und hatte bereits zwei Bände mit Übersetzungen religiöser Gesänge der Navajo Indianer in Versform herausgebracht. Die Achtung der Indianer vor der Natur, ihre Übereinstimmung mit der Natur, vom Weißen Mann ständig mit Füßen getreten, wenn nicht gar zerstört, hatte sie mit großer Sensibilität und Sympathie wiedergegeben. Rezensenten hatten sie hochgelobt für ihr handwerkliches Können und ihre Feinfühligkeit als Poetin und besonders dafür, daß es ihr gelungen war, im weißen Leser ein neues Verständnis zu wecken für die einzigartige Ehrfurcht der Indianer vor der Natur, für ihre ungeahnte Stärke, eigene Gefühle über die Schönheit der Natur auszudrücken. Ihr Name war Edith Welles.

Beide Hochschullehrer waren erst vor kurzem als Dozenten an die Universität berufen worden. Besonders die Frau, die seine Dozentin in dem Kurs »Grundlagen der Englischen Literatur« wurde, machte einen starken Eindruck auf Larry.

Edith Welles, wie Larry sie beschrieb, war eine besonders mädchenhafte Erscheinung, klein und zierlich, mit den winzigsten Händen und Füßen, die er je an einer erwachsenen Frau gesehen hatte. Niemand, der sie ansah, hätte vermutet, daß sie schon promoviert hatte, und zwar interdisziplinär, in zwei Hauptfächern, wie man es nannte: in Englisch und Anthropologie. Sie war so sensibel, so feinsinnig und scharfsichtig – es war eine wahre Schande, sagte Larry, daß eine derartige Ausnahmeerscheinung ihre Energien damit vergeuden mußte, einem Haufen angehender Ärzte und Zahnmediziner etwas über englische Literatur beizubringen – Leuten, die sich sonst einen Dreck um Schriftstellerei und Dichtkunst scherten. Alles was diese interessierte – es war in beiden Klassen die Mehrheit – war doch die Zulassung für ein weiterführendes Studium, um das tun zu können, was sie eigentlich wollten: einen Beruf erlernen, der ihnen ein komfortables Auskommen garantierte.

»Noch nie hat man so viele dickfellige, dusselige Typen auf einem Haufen gesehen. Juden – ich schäme mich, das zu sagen.« Larry verzog das Gesicht.

»Ach ja?«

»Doch ja, aber es gibt auch einige in der Klasse, die sind richtig ernsthafte Literaturstudenten, ein paar, die tatsächlich ihren Abschluß machen und dann promovieren oder sich auf ein Leben als Schriftsteller vorbereiten wollen: du weißt schon, Journalismus, Romane schreiben, Kritiken, auch Gedichte. Einige zeichnen sich schon aus. Doch, doch. Ich muß es zugeben. Nicht alle sind hinter den Werten der Mittelschicht her, du weißt schon, von wegen Arzt oder Zahnarzt werden und eine gutgehende Praxis haben. Diese Interessierten wollen alle ihr Ziel erreichen und Schriftsteller werden.«

»Ach ja? Du meinst, die wollen ihren eigenen Kram schreiben? Jetzt schon? Und sind doch erst ›Frischlinge‹? Jesus, vom CCNY hört man so etwas leider gar nicht.«

»Nun, so viele sind es hier auch nicht, hier an unserer Uni. Aber oben am Hudson, an der noblen Hauptstelle der NYU, wo kaum jemals Juden zugelassen werden, da sind es wohl viel mehr, erzählt man sich.«

»Tatsächlich? Aber dich hätten sie ganz bestimmt genommen, wenn du gewollt hättest, da bin ich mir ganz sicher.«

»Ich bin aber froh, daß ich nicht dort bin. Es ist dort nämlich stinklangweilig, wie ich höre.«

»Sag bloß.«

»Ja – ist das nicht komisch? Und wir haben hier unten noch nicht einmal einen Campus. Es sei denn, du würdest den Washington Square Park als unseren Campus ansehen. Dort hängt die Boheme aus Greenwich Village herum.«

»Ach, in der Gegend hausen diese Leute? Wo die Uni ist?«

»Nun, genauer gesagt liegt die Uni dort, wo diese Leute hausen.« Larry lächelte. »Die waren nämlich schon vor der Uni dort.«

»Ach ja?«

»Ja, die leben in diesen heruntergekommenen alten Stadthäusern, die man überall sieht. Das sind meistens recht kleine, alte braune Sandsteinkästen mit einer langen Steintreppe vor dem Haus. Billig und verkommen – du weißt schon. Und das macht die Menschen, die darin wohnen, so frei, frei zu tun, was sie wollen. Zum Beispiel ganz unkonventionell mit einer Frau zusammenleben. Einfach nicht heiraten, wenn sie keine Lust dazu haben. Malen, Schreiben, Müßiggang –« Larry unterstrich seine Worte mit humorvollem Achselzucken, »– sie tun alles, was man auch mit regulärer Arbeit nicht unterdrücken kann – was sich nicht unterdrücken läßt, sollte ich wohl besser sagen. Das ist für sie die Hauptsache. Einige von ihnen sind aber Blender.«

»Meine Güte!«

»Und die ganze Gegend ist so. Unkonventionell. Mir gefällt das.«

»Was gefällt dir so: die Uni?«

»Aber nein. Ich meine den Washington Square. Dort herrscht mal nicht diese stereotype College-Atmoschmiere.«

»Atmoschmiere?« wiederholte Ira amüsiert.

»Ja, nichts von dieser Atmoschmiere.« Larry genoß es, daß Ira Gefallen daran fand. »Dort herrscht nicht dieser hurrapatriotische Collegegeist. Keine Waschbärmäntel. Wenigstens sehe ich keine. Da läuft nicht dieses Kroppzeug rum wie auf den Elite-Universitäten. Keine Studentenverbindungen. Vielleicht gibt es sogar welche, ich habe keine Ahnung. Der Washington Square Park liegt mitten in einem Komplex von allen möglichen ganz erbärmlichen Fabrikgebäuden. Dort war nämlich früher das Zentrum der Bekleidungsindustrie. Es ist die ehemalige Ausbeutergegend, ziemlich bodenständig.«

»Meine Güte, was ist das für eine Uni. Klingt ja noch grauslicher als das CCNY.«

»Ja, das Hauptgebäude, das Verwaltungsgebäude, die meisten Hörsäle: alles ist in ehemaligen Fabriketagen untergebracht, weißt du, in ausgebauten Dachböden.«

»Das ist nicht dein Ernst.«

»Doch, Tatsache. Jemand hat das Gebäude aufgetan, wo das Feuer in der Triangle Shirtwaist Company gewütet hat. Du mußt doch eigentlich als Kind davon gehört haben, oder nicht?«

»Nein, habe ich nicht. Mein Vater war Milchmann, als wir auf der Lower East Side wohnten. Dadurch habe ich das ganze Gewerkschaftsgerangel nicht so mitbekommen. Ich habe wohl davon gelesen. Das Feuer muß ganz entsetzlich gewesen sein – die Frauen sind aus dem zehnten Stock gesprungen. *Boy.*«

»Also, das Gebäude der Uni liegt praktisch gleich nebenan.«

»Mach kein' Quatsch.« Ira schüttelte den Kopf. »Ja, was gefällt dir denn daran so gut?«

»Es brodelt und gärt an der Uni. Und ganz besonders am Englischen Seminar. Dort geht es so schön zwanglos zu. Du spürst, das ist genau das, was du willst.« Larry hielt seinen großen weißen Zeigefinger in die Luft. »Genau. Es gibt keine Unterschiede zwischen dir und deinem Dozenten. Man spricht über Literatur, man spricht über das Schreiben. Über Sachen, die man vielleicht gerade selbst in Arbeit hat. Man spricht über moderne Gedichte. Man tauscht sich über alles aus, fast gleichberechtigt.«

»Ach ja? Allmählich begreife ich. Das wäre das letzte, was man am CCNY erleben kann – obgleich ich ja Professor Overstreet sehr mag. Ich habe dir schon von ihm erzählt. Aber man findet auch keine richtige Nähe zu ihm, weißt du. Es ist hauptsächlich die Art, wie er lehrt, mehr nicht. Aber andererseits –« Ira ließ den Rest des Satzes ungesagt. »Denkst du, daß es bei euch besser ist, weil man den Unterricht bezahlt?«

»Das glaube ich nicht. Ich glaube, auf Columbia wäre es ähnlich wie am CCNY. Steif und förmlich. Und dort zahlt man schließlich auch. Das einzige, woran ich etwas auszusetzen hätte, ist Miss Welles, die in ihrem Kurs über die Grundlagen der englischen Literatur davon ausgeht, daß keiner von uns irgendwas von Chaucer oder Milton oder von der Romantik gehört hat. Darum ist der Kurs manchmal ein wenig zu simpel für mich. Will sagen, sie muß für viele doch noch eine Menge erläutern, was sich eigentlich von selbst versteht. Wird für einige Leute manchmal etwas langweilig, verstehst du?«

»Mann, noch nie habe ich gehört, daß jemand in unserer Lounge sich über so etwas beklagt hätte. Wir müssen froh sein, überhaupt einen Platz im Englischkurs zu ergattern. Ich für mein Teil hatte kein Glück.«

»Wahrscheinlich muß Miss Welles ihren Unterricht ein wenig schlichter gestalten, weil sie sich einem Haufen zukünftiger Mediziner und Zahnmediziner anpassen muß.«

»Ach ja?« Ira war verblüfft, ratlos. Welche Erwartungen hatte Larry eigentlich? Oder sollte man besser sagen: welche Maßstäbe? Er war doch selbst angehender Zahnmediziner und kritisierte trotzdem die Art der Literaturpräsentation, kritisierte sie mit solcher Absolutheit, mit soviel Engagement, ja, als räume er persönlich der Literatur Vorrang vor der Zahnheilkunde ein, als distanziere er sich von den anderen mit denselben Zielen. Es war verwirrend.

Larry fuhr fort. Für alle jene Studienanfänger, die geneigt waren, tiefer in die Materie des Schreibens einzudringen, selbst Gedichte und Kurzgeschichten schrieben, hatten Edith Welles und ihr Kollege John Vernon soeben eine völlig neuartige Gesellschaft ins Leben gerufen: den Arts Club, eine Art Künstlerclub. Alle Studenten, die ernsthaft Romane schreiben wollten, Kritiken, Gedichte, die, kurz gesagt, kreativ schreiben wollten, konnten fortan dort zusammenkommen, aus ihren Werken lesen und anderen zuhören. Mitglieder des Lehrkörpers sollten auch diese Möglichkeit haben. Außerdem war vorgesehen, Berufsschriftsteller und Leute mit anerkannt guter Reputation zu Lesungen aus ihren Gedichten, Geschichten oder Essays einzuladen. Larry selbst hatte einige seiner Verse eingereicht, um sie von Miss Welles begutachten zu lassen. Sie hielt sie für sehr vielversprechend. Absolut vielversprechend. Und für jemanden, der sich eigentlich nur auf seine Zahnheilkunde vorbereiten wollte, sogar ziemlich bemerkenswert. »Da habe ich mich ganz schön gut gefühlt.« Larrys Gesichtszüge schienen unter einem ganz besonderen Leuchten bescheidenen Stolzes zu erblühen. »Nach so einem Lob von ihr...«

»Mann, würde ich auch, klar.«

»Sie schlug mir vor, in den Arts Club einzutreten, Mitglied zu werden.«

»Na und? Machst du das?«

»Selbstverständlich. Diese Gelegenheit will ich mir auf keinen Fall entgehen lassen. Es ist eine große Ehre. Und eine Chance. Es ist ein Ansporn, weißt du? Es sind viele Studenten aus dem vorletzten und letzten Studienjahr im Club. Ich werde dann wohl der einzige Anfänger sein.«

Atemlos, ja gierig vernahm er die herrliche Kunde. Ira spürte ein Verlangen, es schärfte seinen Appetit. Wie frei, wie intim, wie wach und erfüllend die NYU im Vergleich zum antiquierten, trägen, reglementierten CCNY doch schien. Zeitgemäß und vital die eine Hochschule, glanzlos die andere, abgesehen von diesem einen wöchentlichen Lichtblick – den Vorlesungen von Professor Overstreet. Die NYU war etwa so, wie er sich ein College vorgestellt hatte, als er draußen auf der Convent Avenue durch die herbstlichen Blätter raschelte. Sein College würde auf seine Bedürfnisse eingehen, hatte er gedacht, würde für ihn geistige Erweiterung bedeuten, ihn zu allen möglichen Erkundungen und Entdeckungen herausfordern. Oh, mit Englischdozenten auf einer Ebene verkehren, auf dieselbe Art, wie Larry es jetzt erlebte, Schriftsteller und Dichter kennenlernen, denen zuhören, die tatsächlich schon Bücher veröffentlicht hatten. Was für ein Privileg, als habe sich ein neues Himmelreich aufgetan. Und er immer noch ohne. Nicht einmal einen Platz in Aufsatzkunde oder Englischer Literatur hatte er, wo ihm jene Erbauung geboten geworden wäre, die seine Lebensgeister am meisten erweckte: die Wunder der Sprache, jene Glückseligkeit – er konnte es schon erkennen, als sei ihm Erkennen zur zweiten Natur geworden –, wenn Wort und Wendung dem Begriffsinhalt angemessenen Ausdruck verliehen. Eine Art düsteres Zerbrechen schien seinen Studien und Kursen am CCNY anzuhaften, ein Hauch von Sinnlosigkeit. Auf der Basis seiner A-Noten in Chemie und in einer Art verzweifelter Suche nach einem neuen Lebensziel oder Beruf fragte Ira den genialen Professor Esterbrook, Chef des Fachbereichs Chemie, was er davon hielte, wenn er Chemiker würde. »Es tut mir leid«, lautete die Antwort des Professors, »aber für euer Volk gibt es keine große Zukunft in der Chemie.«

Für euer Volk. Auf eine Weise fühlte Ira sich insgeheim wie befreit, befreit vom Leistungsdruck, befreit vom Druck, überhaupt ein Lebensziel anstreben zu müssen. Mach deine Routine, bleib ruhig phlegmatisch, sieh zu, daß du irgendwie durchkommst, pfeif auf deine Mittelmäßigkeit – in *ihr* versinken, an Sonntagvormittagen, so schnell sie es zuließ, deinen Pfahl in ihre atemberaubende, feuerrote Öffnung rammen, in diabolischem Zwang und brutaler Verderbtheit in ihr versinken, die ihm Sekunden danach nichts weiter war als Minnie, seine Schwester. Na und? *A nickel a day kept the baby away.* Pro Tag benotigte er fünf von seinen fünfundzwanzig Cent wöchentlichem Taschengeld, das er bekam, seit er mit Getränkeverkaufen bei Sportveranstaltungen aufgehört hatte. Das bedeutete einen Vierteldollar in der Woche, das bedeutete ein Döschen mit zwei Trojanergummis. Darum ließ er auch in der

CCNY-Kantine ein Schinkensandwich zu zehn Cent so mitgehen. Die sind selbst schuld. Das Sandwich war ohnehin sein Geld nicht wert.

Aber sie war so seltsam, Jesus, Minnie, wie war sie doch seltsam und wankelmütig. Manchmal war sie schon hellwach, wenn Mom die Wohnung verließ, und nicht nur wach: Dann wartete sie schon und rief ihm wohl, kaum daß Mom gegangen war, ziemlich herrisch – fast im Befehlston – zu, er solle sich beeilen und in die Küche laufen, das Türschloß verriegeln. Er hätte gern ein paar Minuten verstohlener Vorfreude genossen, ein paar Minuten des Hätschelns und Tätschelns – er wußte, sie konnten sich einige Minuten in freudiger Erwartung leisten. Aber nichts zu machen. Er besaß sowieso kein Geld, das er ihr anbieten konnte, aber das machte ihr nichts aus, als ob er sie auch schon pervertiert hätte. Sie lag in ihrem eigenen Faltbett und schimpfte vor sich hin, weil er sich so viel Zeit ließ, während sie ihm ihre angewinkelten Schenkel schon entgegenhielt. Da hatte er dann Glück. »Ist gut, ist gut, du kannst es mir gleich hier machen. Beeil dich. Zieh den Gummi über. Sieh zu, daß er auch in Ordnung ist. Ich will das weiße Zeug nicht in mir drin.«

»Ich weiß. Ich weiß. Der hier ist ganz neu. Jesus, nun hetz mich nicht. Gib mir 'ne Chance.«

Dann wiederum gebärdete sie sich vollkommen anders, eher wie eine reuige Sünderin, und verfiel wieder auf: »O-oh, was bist du doch für eine Laus! Warum läßt du mich nicht in Ruhe! Ich bin schließlich deine Schwester.«

Und er, beleidigt bis zum Gehtnichtmehr: »Ich bin also eine Laus. Und wenn du meine Schwester bist, dann bin ich doch dein Bruder. Und was bist du dann wohl?«

»Halt's Maul. Manchmal wünschte ich, Mama würde kommen und uns erwischen.«

»Ach ja? Und warum, denkst du, habe ich wohl die Tür verriegelt?«

»Du glaubst nicht, daß sie es schon weiß? Du hast doch gesehen, wie sie uns manchmal so komisch anguckt. Oder hast du's nicht? Hattest wohl wieder ein Buch vor der Nase.«

»Also gut – aber wem würde sie wohl die Schuld geben?«

»Oh, du Laus. Wem sie die Schuld geben würde? Da fragst du noch?«

»Und du hast etwa keinen Spaß dabei?«

»Du bist älter, darum ist es deine Schuld. Wer hat denn angefangen?«

»Also gut. Laß mich jetzt rein, wenn's recht ist.«

»Der Gummi ist in Ordnung?«

»Na klar.«

»O-o-h, o-oh, mein armer Bruder, mein lieber armer Bruder. Oh, das ist gut.«

»Gut ja? Aah.«

»Aber nicht küssen.«

III

Das Herbstsemester am CCNY ging vorbei – Routine und Langeweile. Nur durch Larry konnte er an den spannenden Erfahrungen eines *Freshman*-Jahres an der NYU teilhaben, von den Aktivitäten des »Arts Club« hören, davon, wie unkonventionell der Rahmen abendlicher Zusammenkünfte in dem einen oder anderen Restaurant in der Umgebung der Uni war, die so phantasievolle Namen trugen wie »Pirates' Den« oder »Romany Inn«. Gebannt lauschte Ira Larrys unterhaltsamen Beschreibungen der exzentrischen Persönlichkeiten, denen man beim Durchqueren des Washington Square Park begegnen konnte. Gemeinsam mit Larry unternahm Ira einmal einen Ausflug nach Greenwich Village und versuchte, den langhaarigen, ausgeflippten Typen nicht hinterherzuglotzen, welche sich dort in poetischer Mißachtung konventioneller Kleidung und bürgerlichen Benehmens produzierten. Iras eigene Zukunft war in der Rückschau eintönig und phantasielos gewesen – abgesehen von einigen wenigen hektischen Minuten an Sonntagvormittagen oder den Glücksfällen rasender Leidenschaft an einem der seltenen Nachmittage in der Woche, wenn sie allein waren, jenen unverhofften, wilden Stößen der Ekstase, aus sündhafter Verfügbarkeit geraubter Befriedigung – und den Ängsten, die daraus entstanden...

Er gab Trigonometrie auf, weil hoffnungslos unfähig, seine totale Verwirrung in den Griff zu bekommen. Dieses konnte ihm allerdings gefährlich werden, denn nun riskierte er, nicht genügend Studiennachweise erbringen zu können, was mit Sicherheit eine Verwarnung des Dekans nach sich zog, daß er unter Umständen sein Examen nicht schaffen würde. Ganz im Gegensatz zu dem Debakel in »Trig« stand die Besonderheit seiner A-Note in Chemie. In Sport bekam er nur ein »D« – und das ihm, der nur wenige Monate zuvor ein kräftiger Klempnergehilfe gewesen war und im College-Schwimmbad einmal durch das ganze Becken tauchen konnte. »Miliwi« bedeutete, bei gutem Wetter auf der Aschenbahn um das »Jasper Oval« herummarschieren, bei schlechtem Wetter in einem Tunnelgang zwischen den Gebäuden die Handhabung der Waffen üben und dabei »*The Infantry, the Infantry, with the dirt behind their ears*« singen. Und die beleibte Vaterfigur eines Oberst schlug den Takt dazu (während der blonde Waffenmeister sich so genierte, daß er sich am liebsten verdrückt hätte).

Die Infantrie, die Infantrie,
steckt bis zum Hals im Dreck allhie,
die Infantrie, die Infantrie
hat keine Angst nicht nie...

Aus irgendeinem unerfindlichen Grunde bekam er in dem Kurs ein »A«.

Die Bobe starb im Herbst dieses ersten Semesters, nur etwa ein halbes Jahr später als Lenin, der kurz nach Jahresbeginn, im tiefsten Winter, gestorben war. Sie starb den schleichenden Tod einer »perniziösen Anämie«. Sie lag im Montefiore Hospital in der Bronx und wußte, daß sie sterben mußte. Aus Zuneigung zu seiner alten Großmutter begleitete Ira seine Mutter zu einem Besuch: Er betrat einen warmen, sonnigen, freundlichen Raum, ging hinüber zu seinen anderen Verwandten, die um das Bett standen oder saßen. Das Gesicht der Bobe auf dem glatten weißen Laken war so schrumpelig wie die Schale eines alten Apfels; verhutzelt, kruselig die Haut, wie pigmentiert von lauter kleinen Fältchen, einer Unmenge winziger Schattenlinien. Es war Zeit fürs Abendessen, und was die Krankenschwester der Bobe auf dem Tablett servierte, sah so appetitlich aus, daß Ira sich gleich in den Anblick verliebte: ein dickes, saftiges Stück Fleisch aus der Rippe, mit Petersilie garniert, und daneben ein Hügel Kartoffelbrei, mit hellgrünen Erbsen umlegt. In Gedanken schlug er schon die Zähne in das zarte, rosige Beef. Sogar dem Sejde mußte das Wasser im Mund zusammenlaufen, denn sein Adamsapfel hüpfte mehrfach deutlich auf und nieder, als er die Bobe drängte zu essen. »*Eß, eß*, Minkalein«, setzte er ihr zu und schluckte. Dann schalt er sie, weil sie ablehnte, mahnte sie mit immer größerer Ungeduld: »*Eß, eß*, Minkalein. Wie kannst du leben, wenn du nicht ißt?«

Sie weigerte sich, schon ganz matt; sie hatte keinen Appetit: »*Ich will nischt, ich kann nischt.*«

»Auf Wiedersehen, Baba.« Ira ging hinüber ans Bett der Bobe, nachdem er gehört hatte, wie Max anbot, Mom mit seinem neuen Auto nach Hause zu fahren. »Ich hoffe, du wirst bald gesund.« Er beugte sich über sie und küßte die dunkle, eingefallene Stirn des kleinen Kopfes, der da umgeben von langen mausgrauen Haaren auf dem weißen Kissen lag.

»Möge Gott dich beschützen, mein Kind. Sei deiner Mutter ein guter Sohn.« Kaum vernehmbar, ihr geflüsterter Segen.

»Ja, Baba.« Er richtete sich auf.

»*Gej gesunt.*«

»Danke Baba, auf Wiedersehen.«

Inmitten von Gebeten für eine baldige Genesung verabschiedete sich Ira von seiner sterbenden Großmutter, die er nun für immer und ewig so in Erinnerung behielt, wie sie da auf ihrem weißen Bette lag und sich allem Drängen, doch ein Krümelchen von dem saftigen Beefsteak zu essen, widersetzte. Von dem saftigen Steak, das er mit zwei Bissen hätte verschlingen mögen, ohne dazu gedrängt zu werden...

Noch ein Jahr – oder sogar ein bißchen länger – lebte der Sejde dann mit seinen beiden letzten unverheirateten Söhnen zusammen, Max und Harry, und zwar in der Wohnung in der 115th Street. Und als Max sich zwei Jahre nach dem Tod seiner Mutter verheiratete, zog Harry zu Max und seiner jungen Frau Rosy in das neue Haus, das Max in Flushing, Long Island, gekauft hatte, während der Sejde zu seiner Tochter Mamie zog. Diese hatte gemeinsam mit ihrem Bruder Saul, Iras zwielichtigem, konspirativen Onkel, vom ortsansässigen Bankhaus, nebenbei bemerkt, zwei große, aneinandergrenzende Apartmenthäuser erworben, in der 112th Street, zwischen der Fifth und der Lenox Avenue. Es handelte sich um zwei niedrige Blocks mit Wohnungen aus grauem Sandstein und grauen Backsteinen, zwei gleiche sechsstöckige Gebäude mit vier Wohnungen auf jeder Etage über dem Erdgeschoß. Mamie verwaltete die beiden Häuser und durfte dafür mietfrei in einem Apartment ihrer Wahl wohnen. Sie entschied sich für ein geräumiges mit sechs Zimmern, nur eine Treppe hoch, das mehr als genug Platz bot für sie und ihren Ehemann Jonas, ihre beiden jugendlichen Töchter Hannah und Stella und letztlich den Sejde, sobald dieser bereit war einzuziehen, was der Fall war, als der Mietvertrag für die Wohnung in der 115th Street ablief. Es gab eine unverzichtbare Vorbedingung dafür, daß der Sejde irgendwo einziehen würde: der Haushalt mußte streng koscher geführt werden, und Mamie erfüllte selbstverständlich diese *conditio sine qua non*.

So hatten sich innerhalb der Familie Farb neue Gruppierungen ergeben. Ella lebte mit ihrem Ehemann Meyer D., der immer noch koscherer Schlachter war, und ihren beiden Kleinkindern in einem Apartmenthaus an der Fifth Avenue Ecke 116th Street. Alle Geschwister außer Harry waren nun verheiratet; alle waren auch Geschäftspartner und in der Gastronomie tätig, außer Sadies Ehemann Max S., der es vorzog, Kellner zu bleiben und sich die »Kopfschmerzen« des Besitzstands zu ersparen. Mamies Ehemann Jonas hatte, weil Mamie darauf bestand, seinen über Jahre ausgeführten stehenden Beruf als Damenschneider aufgegeben und war Geschäftspartner seiner beiden Schwäger geworden. Moe, Saul und Max und bald darauf auch Harry kauften sich – einzeln oder gemeinsam – neugebaute zweistöckige Holzhäuser in Flushing, Reihenhäuser, nicht weit von ihrem Arbeitsplatz, einer großen Cafeteria am Sutphin Boulevard in Jamaica, Queens.

Das Jahr 1924 verabschiedete sich in die Weihnachtsferien. In der Familie Farb sollte an einem Sonntag zwischen den Feiertagen eine *briß* gefeiert werden, denn Saul und seiner Frau Ida, der zweiten Ida in der Familie, war ein Sohn geschenkt worden. Selbstverständlich waren alle Verwandten zu der Beschneidung und den anschließenden Feierlichkeiten eingeladen.

»Dann laß dich doch wenigstens mal kurz sehen«, bettelte Mom. »Du bist der Familie so sehr entfremdet, die kennen dich ja kaum noch. Zeige ihnen, daß ich einen College-Sohn habe. Dein Vater geht schon nicht zu solchen Feiern – es ist doch immer jemand dabei, mit dem er nicht gut klarkommt. Begleite du mich. Ich habe sonst niemanden.«

»Was ist mit Minnie? Wieso sagst du das – du hast sonst niemanden?« konterte Ira.

»An dem Nachmittag hat sie schon eine Verabredung.«

»*Was* hat sie?«

»Sie geht zum Tanzen. Eine Weihnachtsfeier. Jubel, Trubel, Heiterkeit. Weißt du nicht, wie die Gojim feiern? In der Julia Richmond High School, zusammen mit den jungen Männern von der *commojische*-Oberschule. Die *commojische* High School hat viele jüdische Schüler, wie du weißt. Vielleicht findet sie ja einen guten jüdischen Jungen als Verehrer.

»Oh, ach so.«

»Glaube mir, man wird dich bewundern – bei der *briß*. Mein schöner Sohn, und jetzt noch College-Student – wer würde dich wohl nicht bewundern?« schmeichelte Mom. »Und Essen und Trinken ohne Ende. Wozu arbeiten die schließlich alle in der Gastronomie, nicht wahr?«

»Und Minnie wird den ganzen Nachmittag unterwegs sein?« Ira schob die Verlockung zur Seite und versuchte es mit einer anderen Möglichkeit. »Wann kommt sie denn wieder nach Haus?« sondierte er die Lage.

»Nicht vor dem späten Abend. Wenn ich's dir doch sage. Nicht, ehe dein Vater von seinem Benket in Coonyiland zurück ist. Vielleicht erst, wenn wir auch wieder da sind«, bekräftigte Mom. »Komm schon. Sei ein lieber, aufmerksamer Sohn. Begleite mich dies eine Mal.«

»Ich sehe nicht ein, warum. Du kannst doch mit Tante Mamie gehen.«

»Ich weiß. Das weiß ich wohl. Aber nur dies eine Mal, tu mir den Gefallen. Was wünscht sich denn eine Mutter mehr, als ihren bewundernswerten Sohn vorzuzeigen?«

»Meine Güte. Das ist genau das, was mir so vorschwebt.«

»Meine Schwestern bringen auch ihre Kinder mit. Nur ich komme ohne. Ganz verloren. Weder Ehemann noch Sohn. Grundschul-Abschlußfeier: Fehlanzeige. Oberschul-Abschlußfeier: Fehlanzeige. Ich verdiene das wohl nicht, oder? Ist es denn zuviel verlangt?« Sie saß dort so ergeben, die klobigen Hände in den Schoß gelegt, das kurze Haar schon graumeliert, tieftraurige braune, flehende Augen.

»Also gut.« Widerstrebend willigte Ira ein.

»Wahrlich ein prächtiger Sohn!«

»Okay, schon gut. Ich habe gesagt, ich gehe mit«, dämpfte er sofort jedes aufkeimende Gefühl. »Heiliger Bimbam. Rumsitzen – und was noch?« Er schüttelte den Kopf, alles war ihm zuwider. *»Tschibege, tschibege, tschibege* würde Pop das nennen. Jungejunge, so kann man auch einen Sonntag ruinieren.« Er fühlte sich nicht ganz wohl, frustriert. Minnie hatte ihn heute morgen abgewiesen. Sie hatte ihre Tage. »Ach, alles Mist.«

»Mein liebes Kind.«

Sie bewältigten die lange Strecke nach Flushing bis zum Sutphin Boulevard mit der Bahn und gingen dann zu Fuß noch einige Straßen weiter bis zu Sauls nagelneuem Holzhaus, wo die Verwandtschaft schon versammelt war. Als des Sejdes ältester Enkelsohn und als der erste in einer neuen Generation von Cousinen und Cousins und nebenbei auch noch ein »Collitch Boy«, wurde Ira von allen Gästen überschwenglich und mit Bewunderung begrüßt. Mom, die mit Komplimenten über ihren fabelhaften Sprößling nur so überschüttet wurde, errötete vor Stolz, glühte vor Freude. Lakonisch wehrte Ira ab, denn wie erwartet, hatte er peinlich wenig mit seinen Gastwirtsonkeln zu bereden und beschränkte sich auf ein flüchtiges Minimum, das zu erweitern er keine Anstalten machte. Auch konnte er sich nicht für die anscheinend unendlich vielen

verschiedenen Meinungen interessieren, die jene untereinander austauschten. Gelangweilt wie selten im Leben, saß er träge und unverhohlen teilnahmslos mitten in einem Meinungsaustausch über Ansichten und Aussichten des Cafeteriageschäfts, der sich zwischen dem naiven Aufschneider Max und dem raffinierten Lavierer Saul, zwischen dem taktlosen Harry und dem naßforschen Moe ereignete. Lediglich Moe nahm sich die Zeit, Ira ein paar Fragen nach seinen Aktivitäten im College zu stellen, Fragen, die das jiddische und jinglische Stimmengewirr mit den häuslichen und geschäftlichen Themen übertönten. Wie gefiel es Ira auf dem College? Und wie viele Jahre hatte er noch vor sich? Welchen Beruf hatte er sich gewählt? »Die arme Lea, deine Mutter, wird endlich etwas haben, worüber sie sich freuen kann.«
Wozu Ira sich ebenfalls nur oberflächlich und einsilbig äußerte, waren Moes Fragen und seine Floskeln über ihr verwandtschaftliches Verhältnis, das aber schon längst allen lebendigen Austausch von einst verloren hatte. Zwei Welten entfernten sich immer weiter von ihrem gemeinsamen Ursprung. »Und wie geht dein *gescheft*, das Restaurant?« fragte Ira mit humorig gebotenem Respekt.
Und bekam die erwartete stereotype Antwort: »*M'macht a leben.*«
Keiner konnte sich in die Welt des anderen hineinversetzen. Ira konnte seine völlige Indifferenz, ja Verachtung gegenüber ihren diversen Bemerkungen über die Verdienstmöglichkeiten im Cafeteriageschäft kaum verbergen. Es war schwierig für ihn, Interesse zu heucheln. Weshalb hätte er das tun sollen – aus Höflichkeit, aus minimaler Rücksichtnahme? Wegen der Familienfeier, der Geburt des ersten Sohnes seines Onkels? Jungejunge, wir reden sowieso gerade von Langeweile, davon, wie man sich zu Tode langweilt. Wie das Leben wohl gewesen wäre, die Beziehungen sich wohl gestaltet hätten in dieser orthodoxen Enge des stehengebliebenen galizianischen Dörfchens, aus dem sie stammten? Irgendwie tiefer-

gehend, mit Sicherheit stärker verwoben, anteilnehmend und kraftvoll, selbst wenn die Außenwelt es als unscheinbar erachtete.

Wie weit sie sich doch alle auseinandergelebt hatten, seit sie über den Ozean gekommen waren – den Gedanken wurde Ira nicht mehr los. Ob das wohl daher kam, so zerbrach er sich mitten im lauten Durcheinander der Festivität den Kopf, daß er einige Jahre vor ihnen in Amerika angekommen war? Oder lag es daran, daß er noch ein kleines Kind gewesen, als er hier ankam. Daß er keine Überreste einer Prägung durch Europa in sich trug? Oder was war der Grund? Es kam ihm so vor, als würde er sein Leben lang hinter der Antwort herlaufen und sie immer wieder aus den Augen verlieren. Minnie war ihnen verdammt viel näher als er, aber Minnie war schließlich hier geboren. Er mußte woanders nach einer Antwort suchen, ganz woanders. Dieser Umzug von der 9th Street auf der Lower East Side nach Harlem – wieder derselbe Anlaß: »Der Anlaß zwingt mich, mein Herz!« hat Othello gesagt. Was für ein verrückter Impuls, damals im Central Park: niederzuknien und ein paar Schlückchen Regenwasser aus dem Bächlein zu trinken, das den Hügel herabrieselte. Oder die vielen Bücher, all die vielen Bücher, die er früher über die Welt der Nichtjuden gelesen hatte. Und Minnie schien genauso viel zu lesen wie er. Sie hatte schon ganze Nachmittage in der Bücherhalle zugebracht, als der Große Krieg eine Verkürzung des Unterrichts auf halbe Tage erzwang und sie nur noch vormittags in der Schule war. Mann, was war er dann immer wütend auf sie gewesen, wenn sie nachmittags nicht zu Hause blieb und erst so spät zurückkehrte. Welch gute Gelegenheiten sie ihm vorenthielt, immer und immer wieder. Hilf Himmel, auch jetzt brannten ihm die Sicherungen durch. Es gab kein Halten, noch nicht einmal etwas Zellstoff, um seine Aufwallung einzudämmen...

Der Sejde kam nicht zu der *briß*. Ira meinte gehört zu haben, er sei immer noch in tiefer Trauer. Und auch die Onkel waren nicht alle gleichzeitig da. Sie mußten sich abwechselnd um die Cafeteria kümmern, besonders um die Kasse. Noch war Ida erschienen, die »erste« Ida, die extravagante Ida Link, die Frau von Morris, obwohl sie oben im selben Haus wohnte. Sie hatte sich mit Sam zerstritten, flüsterte Mom Ira ins Ohr und fügte hinzu: »Und eine *geferliche gemblerke* ist sie auch.« Damit meinte sie Idas Leidenschaft für das Kartenspiel.

Gemeinsam mit allen anwesenden Gästen beobachtete Ira, wie der *mohel* die Vorhaut des kreischenden Kindes aufschlitzte, den abgeschnittenen Hautzipfel auf den Boden warf und zertrat – unter Schmähreden in hebräischer Sprache. Dann folgte das Festmahl: der *gefilte fisch* und das Frikassee und die *kreplach* und die *kischke* und Siphonflaschen mit Selterswasser, Wein und Whisky, Desserts aus Früchten, Desserts aus Kuchen – und alles wurde vertilgt inmitten rituellen jüdischen Getöses. Mamie, die eh schon den Umfang einer Tonne hatte, aß, bis es ihr zu den Ohren herauskam. Und Ira war nicht nur vollgefressen, sondern auch angesäuselt – zuerst traute er sich an Whisky heran, dann folgte reichlich süßer Wein zum reichlichen Essen, und am Ende des Festmahls hatte er das Ende seines Fassungsvermögens erreicht. Abgefüllt und aufgedunsen, lethargisch wie im Tran, als Folge seiner Freßorgie, ließ er sich auf dem »love seat« nieder, einem kleinen Sofa, auf dem man zu zweit Rücken an Rücken nebeneinander sitzen konnte, und das in der Veranda stand, die sich an den Wohnraum anschloß. Er wünschte, er wäre nie auf Moms Bitte eingegangen. Was zum Teufel sollte er hier überhaupt? Sich den Magen vollschlagen? Verfluchter Blähbauch.

Es war Abend geworden. Die Veranda lag in tiefem Dunkel. Der Wohnraum war menschenleer. Die meisten Gäste hatten fertig gegessen und waren ihrer Wege gegangen, nicht ohne sich anstandshalber flüchtig von Ira zu verabschieden. Und jetzt wartete er schläfrig gähnend darauf, daß Mom kommen und zum Aufbruch blasen würde – hoffentlich ehe er ihr beibringen mußte, daß *er* inzwischen genug hatte. Reichlich genug. Nachdem so viele Leute gegangen waren und der Sturm sich gelegt hatte, wirkte das Haus fast wie ausgestorben. Aus dem hell erleuchteten Eingang zur Küche, der dem dunklen Wohnraum gegenüber lag, hörte man plätschernde und klappernde Geräusche vom Geschirrspülen sowie das Geplapper von Frauen, und dazwischen die Stimme von Mamies jüngerer, gesprächiger Tochter Hannah und die hohen Stimmen von Sadies Kindern, während deren Mütter – und Mom – der zweiten Ida beim Aufräumen des entstandenen Chaos behilflich waren. Vollgestopft bis obenhin, zurückgelehnt in seiner Hälfte des kleinen »Tête-à-Tête«, wie man diese Sofas auch nannte, ganz ermattet vom Schlemmen, wartete Ira geduldig ab; eingelullt von dem Gemurmel aus der Küche und überwältigt von einer bleiernen Müdigkeit ... war er kurz davor einzuschlafen –

Die Küchentür ging auf, es wurde hell ...

Ein Schatten fiel in den Wohnraum, der Eingang zur Küche verdunkelte sich wieder, als sie durch die Öffnung trat und kurz im Türrahmen verweilte, der einen Augenblick später ihr wohlüberlegtes, wie zufälliges Absondern von den anderen wie ein Bild festhielt..., und verdunkelte sich abermals, als sie die Tür hinter sich schloß und in das Halbdunkel des Wohnraums trat: Stella. Verdammt nochmal. Wie alt war sie jetzt? Vierzehn? War er irre oder hatte er recht? Sie kam näher. Er spürte, wie er entflammte: willige Beute? Wissende Beute? Was denn nun? Er bemerkte etwas an ihrem schleichenden, schwankenden Gang. Unschuldige Annäherung? Nein, im Gegenteil: Sie tat nur unschuldig, näherte sich bewußt unauffällig, bot ihm eine Gelegenheit, eine Möglichkeit, zum Greifen nah, und doch so fern: Mamies ältere Tochter, inzwischen vierzehn Jahre alt, verdammt nochmal. Klein, mollig, blond und blauäugig, signalisierte sie trotz ihrer Einfältigkeit und ihres Babyspecks, der sie so unförmig machte, fleischliche Bereitschaft, verströmte sexuelle Willfährigkeit. Wenn er sie doch nur allein erwischen konnte. Junge, sie wirkte wie ein aufputschendes Tonikum auf seine Gier, stimulierte seine Unersättlichkeit. Warum zum Teufel trödelte sie da herum? Warum kam sie nicht zu ihm herüber? Oh, sie war klug, verstellte sich. Sie wußte, was sie tat. Wie zufällig ankommen, auf Umwegen, ja, ja. Und dann war sie da. Oh, er hatte recht, er hatte recht. Alles Trick, alles Berechnung, als setzte sie ihrer Verstellung damit die Krone auf. Er lächelte verhalten, ohne Eile.

Sie war sehr blond, als sie aus dem Halbschatten in den tiefen Schatten der abgelegenen Veranda trat und nuschelte etwas Banales, eine banale Feststellung des Offensichtlichen: »Es ist dunkel, und du sitzt hier so allein.«

Rund wie eine Kugel stand sie nun vor ihm, stand direkt vor Ira, dessen Jagdinstinkt loderte, der ganz deutlich spürte, daß seine lüsterne Hitzigkeit ihn umbringen würde, wenn er sie nicht beglücken konnte. »Setz dich doch zu mir.« Ganz unverfänglich deutete er auf den Sitzplatz schräg hinter sich. »Es ist schön hier. Und ruhig.«

Und sie folgte seiner scheinbar harmlosen Aufforderung.

Sie saßen Rücken an Rücken nebeneinander und schauten in entgegengesetzte Richtungen. Er hatte die Küchentür fest im Blick und hielt den Kopf schräg, suchte ihren Mund. Sie drängte ihm entgegen und öffnete die Lippen, damit seine Zunge tief eindringen, sie erforschen konnte. Oh ja, Jesus Christus, kein Zweifel, sie war vorsichtig, bereit, erwartungsvoll. Wo konnte er es versuchen? Jungejunge, seine brennende Leidenschaft konnte diese kleine, oh, diese fette kleine Färse töten, die, aufs Kreuz gelegt und demütig, zu einem Mordopfer einlud. Jesus. Aber wo? Wo gab es Freiheit für eruptierende Brunst, wo eine Minute des Alleinseins, des unverfänglichen Alleinseins? Nachdenken. Oben. Möglicherweise. Ausprobieren.

Er machte eine ruckartige Bewegung mit dem Kopf, als er aufstand, aber das Signal war überflüssig. Sie folgte, fügsam wie an der Leine. »Wir wollen uns mal die oberen Zimmer ansehen.«

»Oben sind die Zimmer von Onkel Morris und Tante Ida«, spann sie an seinem Täuschungsmanöver mit. »Onkel Morris hat heute abend an der Kasse Dienst.«

»Ach ja?« Er war vorausgegangen und hatte schon den Treppenabsatz erreicht. »Und Ida? Weißt du, wo Ida ist?«

»Weiß ich nicht. Aber Mama hat gesagt, sie ist beim Kartenspielen.«

Er wollte den Türknopf drehen. Rührte sich nicht. Verschlossen. »Die sind nicht zu Hause.« Hier oben ging es nicht. Mann, hier oben auf dem Treppenabsatz erwischt zu werden – dann konnten sie es gleich an die große Glocke hängen. Was zum Teufel hätte er hier oben wohl anderes wollen sollen, als sie ordentlich durchzuvögeln? Sie gingen wieder nach unten.

Pulsieren. Er fühlte sich ohne Boden unter den Füßen, man hatte ihm einen gehörigen Strich durch die Rechnung gemacht. Zum Donnerwetter: wo? Sie gingen nach draußen und schauten sich einige Sekunden lang in der engen Gasse zwischen den gleichförmigen Häusern um. Dunkelheit, Kälte, Enttäuschung. Nicht gut. Sowieso alles abgeschlossen. Hatte Max gemacht, der hier wohnte. Sie würden sich im Eingang verstecken, für den Fall, daß jemand kam. Und wo wollten sie überhaupt gewesen sein, falls Mom oder Mamie fragten? Nicht gut, nicht gut, nicht gut. Jesus, fast wurde er verrückt.

Er ging voraus, zurück ins Haus: immer noch Licht unter der Küchentür, Klappern und Stimmen. In ein paar Minuten würden die da drinnen wahrscheinlich fertig sein, die letzten Teller und Tassen wegräumen, das Silber. Sie würden fertig sein. Aber er auch. Jemand würde aus der Tür kommen – und dann? Verdammt nochmal. Schon mal so 'ne verdammte ... so eine verdammte... Hier war sie doch, hing an seinem Arm, wartete, zierte sich, ihr blonder Kopf an seiner Schulter...

Aber Moment mal – da war doch noch der Keller!

Der Keller! Der neue Keller mit dem glatten Fußboden und den glatten Wänden aus Beton, den Saul seinen Gästen stolz vorführte, nachdem Max von seinem tollen Keller so geschwärmt hatte... Sollte er sie vielleicht dorthin bringen, in Max' Haus, wo alles schon dunkel war? Und vorher in der engen Gasse nach einem Eingang suchen, der nicht verschlossen wäre? Noch einmal nach draußen? Ach, nein. Jesus, die Zeit wurde knapp. Wie wäre es denn direkt hier? Du mußt es, verdammt noch mal, riskieren.

Ira gab ihr wieder ein Zeichen mit dem Kopf. Sie folgte, als habe sie keinen eigenen Willen mehr, eine Marionette unter dem absoluten Einfluß verwerflicher Lust. Dumme Pute, stumm wie eine Puppe. Nein, zum Teufel. Sie tat nur so. Mensch, das machte die ganze Sache ja um vieles sicherer. Sie würde nicht quatschen...

Hier geht's lang, ja, ab in den Keller. Ganz sittsam würden sie sich jetzt zum Kellereingang vorantasten, wie selbstverständlich die Tür aufstoßen, den Lichtschalter nach oben kippen und abwärts auf nackte weiße Wände blicken, Überraschung heucheln. Die Tür hinter sich zumachen, die Halbdutzend Holzstufen bis zu dem neuen Zementfußboden hinuntergehen, der im grellen Licht der nackten Glühlampe kalt wie eine Eisfläche glänzte. Der scharf umrissene dunkle Schatten des Ofens, der Heißwasserboiler, der Waschzuber, milderten das grelle Weiß der Wände.

»Schnell.« Ira schob ihr das Kleid hoch.

Sie zog den schmalen Schritt ihres weiten Höschens zur Seite und enthüllte beginnenden Jungmädchenflaum. Er hatte ihn schon draußen, seinen Ständer, war schon kurz vorm Platzen, unheimlich gespannt, wie sein ganzer Körper und sein Sinn. »Hast du schon mal?« fragte er.

Einen Moment zögerte sie, traute sich nicht, es zuzugeben, wollte sich aber nichts entgehen lassen, nichts versäumen, es nicht verpassen: »Der Maler.«

»Der Maler?« Er packte sie.

»Nach unserem Einzug – die neuen Zimmer.« Ihre ausdruckslosen blauen Augen wurden glasig – »Oh!« – starrten glasig, weit aufgerissen ... als er sie penetrierte, weit aufgerissene ausdruckslose blaue Augen, Komplizen seines Vergehens. Minnie schloß immer ihre Haselaugen, aber Stella schloß ihre Augen nicht. Deren schales blaues Starren war ausdruckslos, ging ins Leere. Es funktionierte, es ging los, es kam, es kam. Schau ihr in die Augen, dieses fahle Blau, ihr Blick wie benommen: Dummheit in Erstarrung, ganz auf ihn fixiert. Sie war seine Beute, Komplizin seiner Schändung, Jesus Christus, sie wollte es ja auch, wollte sich von ihm bespringen lassen. Mach sie fertig, ah-h, so wie sie auf dir sitzt – gefallene, stumme Larve, vollkommen geplättet, beende ihre stumme Trance mit deinem viehischen, spritzenden Geysir – kräftig durchficken. Aai-i. Rausziehen! Abhauen! O-oh, wenn nur...

Es war vorbei.

»Zurück«, kommandierte er. Und als sie die Holztreppe wieder nach oben gingen: »Alles in Ordnung bei dir?«

Sie nickte mit ihrem jungen Blondschopf.

»Ganz sicher? Gut. Dann also los. Nichts wie raus.«

Er bemerkte, daß ihr junger runder Hintern über ihm auf der Treppe eine Sekunde zögerte. Sie blieb stehen, sie strich mit den Händen ihren Rock glatt. Sie war vorausgegangen, ließ die Tür einen Spalt offen. Er wartete noch einen Augenblick..., um nicht mit ihr gesehen zu werden, und verrieb einige Spritzer seines Ejakulats mit seinem Fuß, wie Juden ihren Rotz in der Synagoge mit den Füßen verrieben und der *mohel* die Vorhaut des Neugeborenen mit den Füßen zertreten und verrieben hatte. Würde bald wegtrocknen. Dann auf Zehenspitzen die Stufen hinauf, das Licht ausschalten. Ganz behutsam trat er aus der Kellertür und schlich sich zurück auf das kleine Sofa, ließ sich leise darauf nieder, lehnte sich zurück und atmete noch ein paarmal stoßweise, dann langsam verebbend tief durch.

– Du hast es also gebracht.

Ja, habe ich. Und es nochmals durchlebt. Viele Male.

– Warum?

Um die Welt vor bösen Hausanstreichern zu warnen.

– Laß den Blödsinn. Also warum?

Gute Frage, Ekklesias. Ich weiß nicht, warum. Im Moment nicht. Die Antwort mag sich später erhellen, den Zusammenhang herstellen, aber im Moment bin ich ratlos. *Certes,* ich stecke hier nicht in einer soziologischen Abhandlung, sondern in einer Darstellung, pardon, dem Versuch einer holistischen Darstellung meiner erbärmlichen Vergangenheit. Und doch muß ich mir vermutlich den Vorwurf gefallen lassen, ich sei auf Fleischeslust fixiert. Andererseits, Ekklesias, fühle ich mich verpflichtet, nichts zu beschönigen am Verhalten dieses Spitzbuben mit der spitzen Feder, verpflichtet, ihn so verabscheuungswürdig darzustellen, wie er war. Ich hätte das natürlich, wie ich es nenne, in schlichten Worten machen können, klinisch rein.

– Und hast dich aber anders entschieden. Warum ist denn das nochmalige Durchleben so wichtig für dich, den alten Mann, der jetzt, Mitte August, schon näher an seinem Achtzigsten dran ist als von seinem Neunundsiebzigsten entfernt?

Wieder schwierig. Laß mich eine Antwort suchen. Habe ich etwa die Grenze vom Erotischen zum Pornographischen überschritten? Kommt aus dem Rauchloch des Vulkans nur noch heiße Luft, als Beweis für eine nahezu erloschene Libido? Wohl kaum. Laß den psychiatrischen Spezialisten entscheiden. Es kommt übrigens noch mehr zu diesem Thema, und ich muß zugeben, daß ich immer ganz lebendig werde, gewissermaßen eine höhere Gangart gehe, sobald eine sexuelle Eskapade oder Episode mich am Wickel hat. Und wieder: warum? Animalischer Impetus, elementarer Instinkt eines Individuums, dessen Libido durch den seismischen Verwurf der Sexualität – leider! – in eine abnorme Dominanz über den Verstand geriet.

– Meinst du?

Ja, und ich kann nur – wenn du es überhaupt so nennen magst – figurativ oder subjektiv denken: wie sich das Ereignis, die Episode wohl anfühlt. Vermutlich gibt es einen Zusammenhang zwischen all dem – meiner Subjektivität, meiner Schwäche bei objektiver Analyse, meinem Mangel an Überzeugung –

– Und an Ideen.

Und an Ideen. Zugegeben. Es gehört alles zu ein und demselben Bereich, ein stets sich wandelnder und doch immer wiederkehrender Zodiakus: Persönlichkeit, Vorlieben, Lebenswandel, Handlungen, Charakter, Erziehung – ewiger Zodiakus.

– Weißt du überhaupt, wovon du da sprichst?

Ehrlich gesagt, nein.

– Ich glaube, mir dämmert da etwas. Das hieße aber, deinen Wortschwall zu unterbrechen.

Nämlich?

– Und es ist auch noch nicht ganz zu Ende gedacht. Ich denke nämlich, daß du so explizit geschrieben hast, wie du geschrieben hast, weil du immer noch das bist, was du warst. Daß der Einfluß dessen, was du warst, sozusagen immer noch in Kraft ist. Obgleich deine hart erkämpfte Weisheit, oder vielleicht Weitsicht, Zurückhaltung in Verbindung mit deinem eingetrockneten Appetit, dich gegen eben diese Versuchungen – wenn auch nicht immun – so doch widerstandsfähig machen könnte, widerstandsfähiger als du warst. Vielleicht sogar in dem Maße, daß du dich von ihnen distanzieren, dich aus dem Staube machen könntest, wie der Heilige Antonius, der seinen Mantel in den Klauen der Metze ließ. Wer weiß, vielleicht kannst oder wirst du nie gesunden, vielleicht kannst oder wirst du das, was du in dein Innerstes eingebrannt hast, niemals loswerden.

Darum schreibe ich so explizit?

– Ich denke, ja. Bin mir fast sicher.

Na. Und wie lautet dein Rat, Ekklesias?

– Du könntest dem ruhig Rechnung tragen.

Wem?

– Dem, der du warst. Noch einmal sein, was du nie mehr sein kannst.

Du meinst wohl der Gefahr, noch einmal so zu sein?

– Ja. Und du erkennst auch schon, daß dein Widerstand zwecklos war. Deinen ersten Entwurf hast du angefangen, ohne irgendwelche Geschwister zu erwähnen. Unaufhaltsam hat sich deine Schwester ihren Weg in die Erzählung erzwungen, und es erscheint recht seltsam, ja bizarr, daß jemand Geschwisterinzest begeht, ohne eine Schwester zu erwähnen, wenigstens am Anfang nicht. Du siehst, in was für einer Klemme du jetzt sitzt, wo die Wahrheit sich durchgesetzt hat. Du hast den Anfang deiner Erzählung abgehackt und wirst nun wohl einiges berichtigen müssen. Eine so mächtige, formgebende Kraft in deinem Leben wollte einfach nicht untergehen.

Ich hatte *sie* erst in die Geschichte einführen wollen, wenn ich damit durch war, wenn all diese Schmutzigkeit ein Ende hatte, um sie dann als eine ganz andere zu beschreiben...

– Und dann ist dir nur eine einseitige Geschichte gelungen. Was soll's – es wäre Torheit, den Fehler zu wiederholen. Dann schon lieber eingestehen, was du bist. Es ist doch klar, daß du gar nicht anders kannst, weil du kein anderer bist als du immer gewesen bist, obgleich du jetzt anders bist als du warst –

Es reicht, es reicht, es reicht.

– Oder in einer Art surrealer Vorhölle baumeln.

Schon gut, schon gut. Jetzt manövriere ich also durch doppelte Gefahr, doppelt heimlich, doppelt schändlich, durch einen und einen halben Inzest. *Soror. Sobrina.*

– Genau. Doppelt so ergiebig und doppelt so fruchtbar. Auch doppelt so anfällig für eine Anklage wegen Vergewaltigung Minderjähriger.

Ich danke dir vielmals, Ekklesias.

– Keine Ursache. Inzest *cum suror-*: kannst du den Ablativ bilden?

So war es denn dazu gekommen, daß er sie tatsächlich gevögelt hatte. Niemand hatte es bemerkt, niemand hatte es vermutet. Sie war wieder in die Küche gegangen, zurück zu den anderen. Oh, sie wußte Bescheid, sie hatte es gewollt, ihre Tumbheit war nur vorgetäuscht. Sie würde nichts verraten. Hatte ihm ja kaum etwas von dem Maler gesagt, erst, als er so tat, als wolle er nicht mehr, wenn er sie noch entjungfern mußte. Aber dieser Hurensohn von Hausanstreicher... Niemand zu Hause, und schon wackelt das fette kleine Hühnchen mit dem Blümchen. Runter mit der Latzhose, die Wände können warten. Malerhände beschmieren anderes als Wände, das Jungfernhäutchen platzt dicht überm Hosenlatz... Genug. Ira versuchte, seine Gedanken zu ordnen. Jesus, erst vierzehn Jahre alt, aber trotzdem hattest du die kaschafarbenen Secondhand-Kniehosen ganz schnell runtergekriegt. Na und? Minnie war jünger gewesen. Er hatte sie immer nur vorn in der Ritze gekitzelt – bis er das eine Mal ... plötzlich ... oooh! Ja, wann konnte er wohl Tante Mamie wieder besuchen gehen? Wenn der Sejde erst einmal bei ihr wohnte? Das wäre dann sogar sehr lobenswert. Lobenswerter Vorwand, *boy,* dem komischen Alten Gesellschaft leisten, seinen talmudischen Tiraden lauschen, Anteil nehmen an seiner Witwerschaft, an seinen hypochondrischen Krankheiten.

Aber bis dahin: abwarten.

IV

Als der Unterricht im neuen Jahr, es war das Jahr 1925, wieder begann, las Larry auf der nächsten Zusammenkunft des Arts Club eine seiner Kurzgeschichten vor. Diese hatte er ganz frisch geschrieben, und Ira hatte ihm nicht unwesentlich bei der Handlung geholfen. Doch Larry war hinterher bitter enttäuscht, wie geringschätzig seine Arbeit von den Kommilitonen seines Jahrgangs im Club aufgenommen worden war. »Diese Idioten!« wetterte er. »Haben die tiefere Bedeutung der Geschichte überhaupt nicht erkannt. Blöde Säcke! Denken immer nur daran, wie sie selbst die Besten sein können. Angeberei in Reinkultur. Blind sind die. Alles muß so esoterisch sein, daß niemand mehr den Text versteht. Und sie selbst am allerwenigsten. Exhibitionistenpack! Verschaffen sich einen großen Auftritt, indem sie ein sauber gearbeitetes Stück Prosa niedermachen.«

»Mann, ich kann's kaum glauben«, sagte Ira, der diesen Ausbruch mitfühlend verfolgt hatte. »Die Teile, die du mir vorgelesen hast, klangen großartig.« Nie zuvor hatte er Larry so aufgebracht erlebt.

»Nein, nein, für einen einfachen Text viel zu geschwollen, aber immerhin eine authentische Kurzgeschichte.«

»Donnerwetter!«

»Und soll ich dir was sagen? Es gibt im Club einen Studenten – Schneider, so ein ziemlich aufgeblasener Typ. Kommt aus der Oberschicht, an der Uni schon ein ›Senior‹, du kennst die Sorte. Hat sich selbst zum Literaturkritiker ernannt und gibt sich recht gnadenlos.« Larrys Wut zeigte sich in seinem starren Blick. »Und weißt du, was der sich geleistet hat? Der hat einen Aufsatz von Ezra Pound plagiiert und dann im Arts Club vorgelesen, als sei's ein Stück von ihm.«

»Wer war das?«

»Schneider! Snider! Wie immer man das ausspricht«, sagte Larry bissig.

»Oh. Snider. Er soll ein guter Dichter sein.«

»Nein, Schneider ist der Plagiator. Ezra Pound ist der Dichter.«

»Ich glaube, jetzt erinnere ich mich an den Namen.«

»Schneider hat die ganze Sache Wort für Wort aus einer kleinen, kaum bekannten Zeitschrift abgeschrieben, von der er dachte, daß kein Mensch sie liest. Nun, einer hat sie doch gelesen. Boris G., ich habe dir schon von ihm erzählt. Er ist in Edith verknallt und hat den Typen auffliegen lassen. Edith sagt, er hat's überall herumposaunt.«

»*Wow*. Eigentlich schade.«

»Ja. Aber jetzt besitzt der Typ die Frechheit und stellt sich hin und behauptet, meine Geschichte klingt wie von einem alten Waschweib. Erst plagiiert er selbst ein Stück, und dann krittelt er an einer ehrlichen Kurzgeschichte rum.«

Ira spürte, Larry brauchte ein paar Sekunden zum Abkühlen. »Und die anderen?«

»Schneidend. Wie Schneider. Rotzig. Was du willst. Machen alles, um sich in den Vordergrund zu spielen. Oh, die haben gesagt, meine Geschichte werfe kein Licht auf moderne Verhältnisse, auf heutige Probleme. Probleme!« wiederholte Larry bewußt theatralisch. »Sie sage nichts über den Zeitgeist aus. Könnte aus dem neunzehnten Jahrhundert stammen. Sie enthalte keinerlei allgemeingültige Aussage und sei vollkommen wertlos. Was für ein Stuß!« Er schlug mit der Hand auf eine Plattenhülle. »Und dabei ist es doch 'ne dolle Handlung! Die Sünde aller Sünden. Kaum zu fassen. Und ich habe am Anfang eigens noch erklärt, daß es eine dichtgewebte Kurzgeschichte werden sollte.«

»Aha.«

»Ich habe sie meiner Familie vorgelesen – von Anfang bis Ende. Die fanden sie großartig. Naja, meine Leute sind natürlich nicht die besten Sachverständigen für Literatur. Aber Edith hat die Geschichte auch gelesen und fand sie gut. Sie hat erkannt, daß ich für Vergangenheit und Gegenwart Symbole benutzt habe. Aber diese Superintellektuellen, für die sie sich halten, fanden die Geschichte trivial. Und selbst hätten sie nie eine so gute zustande gebracht. So ist das nämlich.«

Und wieder, genau wie an dem Tag, als er zu den Polo Grounds mitgekommen war, um Limonade zu verkaufen, schien Larry geneigt und willens, schlechte Kritik zu ignorieren. Weshalb? Weil diese Kritik an seinem Ego kratzte, seine Eitelkeit verletzte? Möglicherweise seine Besonderheit verkannte? Ira konnte es nicht sagen. Ganz anders als Larry war er, Ira, inzwischen soweit, daß er Erniedrigungen hinnahm, als verdiente er sie.

»Es war einfach eine rohe, gemeine Demonstration ganz ordinärer Eifersucht, mußt du wissen. Es war bösartig«, schimpfte Larry nachdrücklich.

»Meinst du.«

»Besonders dieser Percy-Möchtegern-Shelley Markowitz mit seinen experimentellen Gedichten über die seegrüne See und den reifgrauen Rauhreif. Ganz viel von Gertrudes Steinzeug. Dieser –«

Mit gezierten Bewegungen seiner großen weißen Hände mimte Larry zimperliche Prüderie. »›Der Verfasser dieser Kurzgeschichte hat wohl T. S. Eliot nicht gelesen. Ganz offensichtlich sind Meinungsverfall und Harmonieverlust unbemerkt an ihm vorübergegangen.‹ Was für eine Haltung! Selbst John Vernon meinte, sie wären unnötig hart mit mir umgegangen und hätten die gut getroffene Atmosphäre, das Lokalkolorit, die Frische und Originalität der Geschichte ignoriert. Stil und Ausführung, Anspielungen und Bezüge sind überhaupt nicht berücksichtigt worden, die humoristische Komponente auch nicht.«

Ira fühlte sich mitschuldig – auf eine seltsam ambivalente Weise schuldig: Er war es schließlich gewesen, der Larry die Handlung vorgeschlagen und ihn mit Moms zwiefach erzählter Geschichte vertraut gemacht hatte. Er hatte Larry den Köder vor die Nase gehalten und damit den Grund für dessen Unglück geliefert. Und jetzt war er es, der heimliche Genugtuung empfand. Warum nur? War es Schadenfreude? Wie konnte er nur so sein? Er war undankbar, hinterhältig und undankbar. Ganz unbewußt, so schien es, hatte er Larry geopfert, wie man von Bergarbeitern unter Tage wußte, daß sie einen Kanarienvogel opferten, um gewarnt zu werden, wenn heimtückische Gase eingedrungen waren und sie die Luft nicht mehr atmen durften. Dann schätzten also die abgehobenen Intellektuellen eine konventionelle, altmodische Handlung nicht? Was schätzten sie denn? Und was war modern? Wie konnte man denn die moderne Psyche beleuchten? Unweigerlich brachte ihn dieser Gedanke dazu, sich bewußt zu machen, daß auch im Innern seiner eigenen Existenz das Magma brodelte. Verspürte er denn nicht schon wieder diese geheimnisvolle Überlegenheit Larry gegenüber – wie damals, als sie zum ersten Mal gemeinsam mit der El zu seiner Wohnung gefahren waren? Dieses Gefühl, mehr Tiefgang zu haben als er, einen größeren Durchblick, eine weiter gefächerte Empfindsamkeit, mehr verblüffende Einfälle, wenn auch vielleicht wild und ungezügelt. Die Vermutung besorgte und beglückte ihn gleichermaßen, beunruhigte ihn wegen ihrer reizvollen Widersprüchlichkeiten.

Er sollte aber nicht mit Larry wetteifern, sondern sich mit Biologie beschäftigen, leider nicht mit Englisch. Er sollte Organismen studieren und nicht Geschichten schreiben. Und Larry ging es nicht viel besser: Er wollte eigentlich in die Zahnheilkunde, fühlte sich aber tief getroffen, als er nicht die erhoffte Anerkennung für seine literarische Arbeit fand. Meine Güte, was für Irrwege zeichneten sich hier ab? Er konnte sie spüren – in Larry und in sich selbst. Bis jetzt unmerklich, aber seitdem Larry so verärgert berichtet hatte, wie spöttisch seine Geschichte im Arts Club aufgenommen worden war, nicht länger unbemerkt: jetzt sogar deutlich spürbar. Jetzt war es wie ein bewußtes Herumreißen des Ruders, ein Abweichen vom anvisierten Ziel, nicht mehr zufällig, sondern vorsätzlich.

Ira hat den Kurswechsel damals gutgeheißen. Jesus. Von der Zahnheilkunde zum Schreiben, so konnte eine Karriere ins Karriolen geraten, die Ziele und Werte auch. Und wenn ihm je passieren sollte, was Larry passierte, daß sich nämlich der Berufswunsch drastisch änderte, in seinem Fall vom Biologen zum Schriftsteller, oh Gott, was würde *er* dann tun? Man konnte ihn und Larry nicht miteinander vergleichen. Was hatte *er* schon alles getan, was hatte *er* sich schon alles einfallen lassen: Minnie, Stella, Schändung und Agonie, Raserei und Qual – und alles in einem sardonischen Milieu, etwa nicht? Wie eine Sardine in Tomatensoße. Seine Schwester geschwängert, oder es an einem mörderischen Nachmittag bei ebener Geometrie zumindest befürchtet. O Mann. Wer zum Teufel kannte schon so gut wie er selbst seine ganz persönliche Mixtur von Niedertracht und Launenhaftigkeit? Und die Jobs, die er gehabt hatte, und die täglich neue Erfahrung, wie schäbig doch seine Umgebung war, schäbig und verkommen, ja, alles gespeichert in der amorphen Masse, die er war, und alles jetzt in seinem Kopf präsent, als Larry mit ihm sprach. »Jesus, es tut mir so leid für dich, Larry«, sagte Ira und schlug die Augen nieder.

»Braucht dir nicht leid zu tun, Ira. Wenn die meinen, sie müßten sich derart egozentrisch aufführen – also, auf Edith hat das keinen Eindruck gemacht. Sie hat nur gelacht. Die Metaphorik fand sie übrigens besonders schön: die dünne Schale des Mondes über dem Friedhof – ich habe es dir doch erzählt. Ich wußte, es würde ihr gefallen. Es war so echt.«

»Oh, dann hat sie das Stück also vorher schon gelesen?«

»Am Silversterabend. Samstag. Ehe Boris sie zu einer Party abholte.«

»Kein Wunder, daß ich dich nicht am Telephon erwischt habe.«

»Ich *mußte* es ihr einfach zeigen.«

Ira versuchte, eine der Spiralen im Teppichmuster nachzuzeichnen, während er die Ereignisse jenes Samstagabends vor seinem inneren Auge Revue passieren ließ. Ironie des Schicksals. Was sonst? Weil er Larry nicht am Telephon erwischen konnte, war er nämlich zu Tante Mamies Haus spaziert. Folglich mußte Ira zu genau derselben Zeit, da Larry Miss Welles seine Nacherzählung von Moms Lebensgeschichte vorlas (die Geschichte, die Ira für ihn nieder*gelegt* hatte – komisch, daß sich dieses Wort ihm immer wieder aufdrängte –), gerade seine moppelige kleine Cousine in die unsichere Abgeschiedenheit des Kellers geschleust haben. Jesus, getrennt betrachtet, war die eine Episode beinahe heilig, einer Anbetung vergleichbar, eine Votivgabe, die Larry Edith mit seiner Version von Iras Version von Moms Lebensgeschichte darbrachte. Die andere Episode war so unheilig wie die erste sakrosankt; es war absolut unheilig, wie die kleine dicke Stella auf ihm saß und von seinem Stiel aufgespießt wurde. Das hatte er da zum ersten Mal ausprobiert, und es hatte funktioniert: es war gut. Immer wieder von unten stoßen und sie dabei nach oben schleudern, wie eine Ramme – *boy!* Aber die beiden Dinge, die er und Larry taten, kamen ihm nicht separat in den Sinn. Sie kamen ihm zusammen, wie eine Einheit. Dadurch waren sie – ja was? Waren sie zusammen noch niederträchtiger? Nein. Zusammen noch lasterhafter? Nein. Sie waren noch sardonischer – das war es. Wann zum Teufel war er so geworden? Wann hatte er angefangen, das Zusammengehen von Rein und Schmutzig wahrzunehmen und zu genießen? Ja, ja, und nicht das eine und das andere separat zu sehen. Früher hatte ihn das abgestoßen wie eine Dissonanz in der Musik, wie eine widernatürliche Dissonanz, wie Wagner, wie *Die Meistersinger,* als er zum ersten Mal die Aufnahmen mit Mischa Elman bei Izzy zu Hause gehört hatte, die er später dann so liebte. Also wann? Wann hatte er angefangen, die sardonische Mixtur mit großem Appetit zu genießen? Ira gönnte sich noch einen Moment des Nachsinnens: Nach der East Side, damals war's. Das jüdische Leben, das jüdische Lebensgefühl ging baden. Nun... Aber hatte es nicht auch etwas – Jesus! – etwas Ungezügeltes, wenn man Rein und Schmutzig zusammenfügte? Ergab sich daraus nicht das Sardonische? Ein grimmiges Hohngelächter? Und das brachte ihm dann Neuland, Entdeckungen: wie an diesem einen Samstagabend, damals, vor langer Zeit –

»Mein Großvater gab mir samstagabends in der Synagoge schwarze griechische Oliven zu essen«, sagte Ira und verzog das Gesicht. »*Hawdala*, so haben die immer gesagt. *Half Dollar*. Als ich die zum ersten Mal gekostet habe, wow!, da wußte ich gar nicht, was ich tun sollte: spucken oder schlucken.«

»Wie bitte?« Larry war fassungslos.

»Ach nichts. Ich hab' nur versucht, dich von deiner Enttäuschung abzulenken.«

»Oh, mir geht's gut. Du glaubst doch nicht, daß ich mich von solch rotziger Aufschneiderei unterkriegen lasse, oder?«

Larry schüttelte den Kopf, nur ganz leicht, seufzte und faltete die Hände. »Ich habe wirklich nicht vor, mich danach zu richten, was die von mir erwarten.« Er drehte sich mit seinem Sessel hin und her. »Ich wollte doch nur eine schöne runde Kurzgeschichte schreiben, ganz konventionell, ja, auch nicht anrüchig, aber mit einer Moral. Etwas für die ganze Familie.« Larry warf den Kopf in den Nacken. »Einer von diesen Klugscheißern, ich glaube Reuben Mistetsky, hat an dem Abend tatsächlich ›nette Familienunterhaltung‹ dazu gesagt. Nun, das tut mir nicht weh. Es muß ihnen ja nicht gefallen. Was soll's.« Er stand auf, ging zum Grammophon und drehte an der Kurbel. »Hätte ich aber meine Kurzgeschichte anders aufgezogen – weißt du, was sie dann gesagt hätten? Daß ich Sherwood Anderson imitieren wollte – oder wen auch immer. Aber das will ich gar nicht. Das war nie meine Absicht. Die können mich mal. Edith jedenfalls hat es gefallen.«

»Du nennst sie beim Vornamen?«

»Natürlich nicht vor anderen Studenten.« – »Aha.«

»Es ist einfacher so, weniger förmlich. Es ist ein bißchen umständlich, wenn man immer Miss Welles zu ihr sagen muß – und

Miss Reid zu Iola Reid, auch eine Englisch-Dozentin, mit der sie am St. Mark's Place die Wohnung teilt. Dort haben wir auch die Einladungskarten für das vorige Arts Club-Treffen geschrieben. Da saßen wir alle zusammen bei Kaffee und Kuchen an ihrem Tisch, und sie hat mich selbst gebeten, sie beim Vornamen zu nennen. Es hat sich so ergeben.«

»Verstehe.«

»Ganz schön viel Arbeit, kann ich dir sagen.«

»Was?«

»Das Postkartenschreiben. Ungefähr einhundert Stück müssen wir verschicken. An Hochschullehrer, Studenten, Gäste. Es ist einfach zuviel. Vernon beteiligt sich nie daran. Und der Club braucht dringend einen Schriftführer, es gibt nämlich allerhand Organisatorisches zu erledigen. Zum Beispiel das Lokal für den Abend mieten. Getränke bestellen. Etwas zum Knabbern. Alles mögliche.«

»Ja, natürlich.« Ira hörte zu, wieder glücklich und zufrieden.

»Ich habe mich freiwillig gemeldet«, sagte Larry.

»Tatsächlich?«

»Ja, auf der nächsten Zusammenkunft muß ich mich noch nominieren und wählen lassen, das ist klar. Aber ich kann dich beruhigen – niemand reißt sich um den Job.«

»Heiliger Bimbam. Da hast du dir ja was aufgehalst.«

»Ja, das stimmt.«

»Jungejunge.«

»Es ist ja nur einmal im Monat.« Larrys eher schwermütiger Gesichtsausdruck, der sich sonst von Iras Überschwang nicht aufheitern ließ, wich einem neckischen, ansteckenden Lächeln. »Ich kenne da jemanden, auf den ich zählen kann, wenn es wieder soweit ist, daß die Einladungen raus müssen.«

»Wie meinst du das denn?«

»Erzähl mir nicht, du läßt mich hängen.«

»Oh –. Und wann?«

»Im nächsten Semester.«

»Was – ich? Und wo?«

»Na hier.«

»Oh. Okay, ich hatte schon Angst...« Ira zeigte ganz offen seine Erleichterung.

»Wovor denn?«

»Ach, ich dachte, es wäre –« Er gestikulierte etwas unbeholfen.

»Ich kann mir schon denken, was du meinst. Aber Edith möchte dich sowieso kennenlernen. Sie weiß schon von dir.«

»Wozu das?« Der bloße Gedanke ließ Ira erschauern. »Ich bin doch am CCNY.«

»Würdest du sie denn nicht gern kennenlernen?«

»Ich weiß nicht. Jesus, ich studiere doch Biologie.«

»Das macht nichts. Nun komm, ich bin schließlich ein angehender Zahnarzt. Jeder kann teilnehmen, der selbst schreiben möchte. Beim nächsten Arts Club-Abend kannst du erst mal als mein Gast dabeisein.«

»Nein, nein, ich gehöre nicht dorthin. Ich helfe dir gerne bei den Postkarten, aber –« Er wehrte besonders heftig ab: »Ansonsten – laß mich in Frieden ruhen, ja?«

»Wir haben für nächstes Mal eine bedeutende Dichterin eingeladen. Hortense L. wird aus ihren Gedichten lesen. Sie ist sehr gut. Wovor fürchtest du dich?« Larry änderte seine Taktik. »Nun komm schon, Ira. Ehrlich! Es ist ein Erlebnis. Und *ich* möchte gerne, daß du Edith kennenlernst.«

»Oh, mein Gott!« Ira zierte sich.

»Sie weiß, wie schüchtern du bist. Sie ist aber ein sehr feiner, sehr empfindsamer und umsichtiger Mensch. Du brauchst ja nur guten Tag zu sagen.«

»Sag bloß.«

»Einverstanden?«

»Warum, zum Teufel, willst du mich unbedingt dabeihaben!« Ira war kurz davor auszurasten. »Was ich sage, meine ich ganz ernst. Zum Donnerwetter – ich bin ein Niemand. Und Himmel, du weißt außerdem genau, wie schmerzlich die ganze Sache für mich ist. Du weißt, wie unbeholfen ich bin. Warum läßt du mich nicht aus der Sache raus? Ich bin auch so ganz glücklich.«

»Naja, aber sie würde es merkwürdig finden – ein so enger Freund von mir, von dem ich ihr schon die ganze Zeit erzählt habe. Ich wiederhole ihr nämlich immer, was du sagst. Und sie meint, du scheinst sehr amüsant zu sein. Iola meint das auch.« Larry erhob leicht die Stimme, um sich gegen Iras energische Ablehnung durchzusetzen. »Stell dich nicht so an, du bist ja richtig kindisch.«

»Dann bin ich eben kindisch.«

»Ja, aber du bist nicht kindisch.«

»Dann bin ich eben jüdisch.«

»Oh, jetzt reicht's aber. Hör zu, Ira. Du mußt diese Geschichte langsam mal –« Larry spreizte die Finger seiner großen weißen Hand, »– diese Geschichte mit dem Jüdischsein –. Ich glaube, du bist einfach nur zu schüchtern, um neue Menschen kennenzulernen.«

»Also gut, dann komme ich übernächstes Mal. Zum übernächsten Arts Club komme ich. Okay? Ich verdiene mir meinen Eintritt mit Adressenschreiben.«

Larry wollte sich schon ungeduldig abwenden, doch mitten in der Drehung seines Sessels hielt er abrupt inne, pendelte noch ein paarmal hin und her und sagte: »Ich schlage dir ein Geschäft vor.«

»Was hast du vor?« Weniger mißtrauisch denn beunruhigt, beobachtete Ira, was Larry wohl vorhatte.

»Du kennst doch dieses englische Jackett von mir. Du nennst es immer das Kaschafarbene.«

»Ja, kenne ich. Paßt genau zu meiner Knickerbocker.«

»Warte einen Moment.« Mit drei großen Schritten durchquerte Larry den Wohnraum und betrat den Korridor. »Ich bin gleich zurück.«

Ira blieb sitzen und wartete. Eine undeutliche dunkle Frauenstimme drang von ferne an sein Ohr, ein Summen kam aus einem der Zimmer am anderen Ende des Flurs. War das die Stimme des ungarischen Dienstmädchens? Wann war es denn nach Haus gekommen? Oder war es die ganze Zeit in seinem Zimmer gewesen? Da – schon wieder, das Summen. Um Himmels willen, das hörte sich aber wie ein amerikanisches Liedchen an: *Titina, my Titina.* Oder ob das Larrys Schwester war? Sie mußte es sein! Larry hatte zwar gesagt, die ganze Familie sei nach Bermuda ausgeflogen. *Boy!* Hoffnungslos verwirrt atmete Ira stoßweise: Ja klar war sie es, und sie war ungefähr drei oder vier Jahre älter als Larry. Was ihn das anging? Stell dir vor, Mom und Pop würden eine Woche verreisen und ihn mit Minnie allein lassen. Die Vorstellung brachte seine Schläfen zum Bersten.

»Was die mit mir machen, ist nicht fair.« Larrys Stimme eilte ihm voraus.

»Was ist nicht fair? Sag, ich habe da noch jemanden am anderen Ende der Wohnung gehört.«

»Das ist Irma.« Larry kam herein und trug sein haferfarbenes englisches Jackett überm Arm – das besondere, das mit den Lederflicken an den Ellbogen. »Sie arbeitet bei einem Mode-Designer. Weißt du, die haben wahrscheinlich sehr lange gearbeitet, und da hat sie noch geschlafen oder in ihrem Zimmer gelesen. Vielleicht hat sie aber auch genäht.«

»Oh.« Es war schrecklich für ihn, einfach schrecklich, so war es nun mal. »Also – was ist nicht fair?«

»Das hier ist nicht fair«, wiederholte Larry. »Aber zum Teufel, in der Liebe und im Krieg ist schließlich alles erlaubt. Also, wenn du zum nächsten Treffen des Arts Club kommst, gehört dieses gute

Stück dir. Unsinn – es gehört dir in jedem Fall.« Röte überzog seine frischen Wangen. »Probier mal an.«

Ira stand auf. »Jesus, Larry.«

»Also los, zieh deins aus. Woll'n sehen, ob es paßt. Es müßte passen. Die Ärmel waren mir immer zu kurz.« Er half Ira in das Jackett und strich ihm die Schultern glatt. »Sag mal, das ist ja – aber sieh doch selbst. Es sitzt wie angegossen, besser, als ich erwartet habe. Ist das nicht toll?«

Die beiden begutachteten Iras Bild im Wandspiegel.

»Mensch, ein englisches Jackett.« Mit stolzgeschwellter Brust machte Ira ein paar tiefe Atemzüge. »Paßt genau.« Er winkelte die Arme an, streckte die Ellbogen zum Spiegel hin und zischte anerkennend durch die Zähne. »Mensch, echt Leder.«

»Es gehört dir. Und das mit dem Geschäft – das war nicht ganz ernst gemeint.« Larrys braune Augen bekamen einen sanften Ausdruck; sein ganzes Gesicht strahlte Zuneigung aus. »Ich bin froh, daß es dir so gut paßt. Nur die Ärmel müßten ein bißchen gekürzt werden – dann ist es perfekt.«

»Ach, das spielt doch keine Rolle. Und du kannst dich wirklich davon trennen?«

»Ich wollte es dir eigentlich erst im Frühjahr geben«, sagte Larry. »Du brauchst es auch nicht zu tragen, nur wenn du magst. Will sagen – vergiß den ganzen Deal. Es gehört dir.«

»Aber nein«, sagte Ira, »selbstverständlich gehe ich hin.« Ira schaute von dem dunklen Buchweizenfarbton an seinem Arm auf den dunklen Buchweizentweed in seinem Spiegelbild. »Was Mom wohl sagt, wenn sie das sieht?«

»Willst du es schon auf dem Heimweg anziehen?«

»Oh nein. Nicht vor dem Arts Club-Abend. *No, Sir.*« Und er wollte es gerade schon wieder ausziehen.

Da sagte Larry: »Warte mal. Bleib noch einen Moment so stehen... Irma?«, rief er laut in den Flur hinaus. Und zu Ira: »Ich weiß, sie ist schon auf. – Irma! – Kannst du vielleicht mal kurz kommen? Bitte...« Er wartete auf Antwort und wandte sich wieder an Ira: »Es macht dir doch nichts aus, wenn sie dich darin sieht?«

»Nein, es macht mir nichts aus. Aber ich wette, sie schreit gleich ›Du Dieb, gib es wieder her!‹«

Eine junge Frau mit weiblich fülliger Figur, brünett, das war Irma, die Larry im Gesicht so ähnlich sah, daß man die beiden leicht als Bruder und Schwester erkennen konnte. Aber Irmas Züge hatten nicht die fast perfekte Ebenmäßigkeit der ihres Bruders und ihr Teint war recht dunkel, im Gegensatz zu seiner hellen, frischen Haut. Vom Wesen her war sie viel nüchterner als Larry, prosaisch und borniert, mit einer unterschwelligen Hitzigkeit. Wenn er sie sah, dachte Ira immer an das jiddische Wort *bocher* – Verehrer, Freier. Aber augenscheinlich hatte sie keinen, und das war vielleicht das Problem. Er hingegen dachte immer nur an das eine und konnte sich deshalb nicht immer auf das verlassen, was seine Augen wirklich sahen. Wie wäre es denn, wenn er eine drei oder vier Jahre ältere Schwester hätte? Würde sie sich denn überhaupt eine Zeitlang mit ihm abgeben? Das konnte man nicht wissen; das Merkwürdige an ihr war, daß sie zwar hitzig wirkte, aber vielleicht zu leidenschaftlich, zu anspruchsvoll war; jetzt, wo sie direkt vor ihm stand, war er sich nicht mehr so sicher, wie er entscheiden würde. Viel lieber würde er es noch mal mit Stella machen, dessen war er sich gewiß. Und dann erst kam Minnie.

»Meine Güte, wie sind wir doch schick.« Irmas Lob klang distanziert; vor lauter Verwunderung, Ira in Larrys Jackett zu sehen, vergaß sie ganz, ihre sehr vollen, wulstigen Lippen nach innen einzurollen. »Was machen wir doch für eine gute Figur – *très distingué.*«

»Ja, stimmt doch, oder?«

»*Hic*-Jackett«, bemerkte Ira und grinste verlegen.

»Was für ein Jackett?«

»Ach, vergiß es. Mir ist nur gerade etwas eingefallen, was Sir Walter Raleigh kurz vor seiner Hinrichtung geschrieben hat.«

»Das hat was.« Irma legte zwei Finger ihrer Hand an ihre Wange und blickte Ira an, als sähe sie ihn zum ersten Mal. »Du wirkst jetzt sehr viel selbstsicherer.«

»Tatsächlich?«

»Und sehr erfolgreich. Jetzt fehlt dir nur noch die Million, die eigentlich dazugehört.«

Nervös begegnete Ira dem Blick ihrer braunen Augen. Sie war Larry so ähnlich, und doch in vieler Hinsicht nicht wie er. Sie wirkte fast schon prüde, prüde über schwelender Glut. Das Wort *bocher* kam ihm wieder in den Sinn. »Nun –.« Ira zupfte sich am Ohr. »Ich werde jetzt deines Bruders Hüter sein.«

»Er könnte einen brauchen. Wolltest du das damit sagen?«

»Eigentlich nicht. Habe ich nur so dahingeredet. Anstelle eines Dankeschön. Ich denke, ich schulde ihm Loyalität, Beistand, schätze ich.«

»Schätze, ich wüßte auch, wobei.« Irma warf Larry einen Blick zu. »Beistand könnte er gebrauchen. Ich bin froh, daß du das auch so siehst.«

»Nein, so meinte ich das nicht – es ist nur, ich verdanke ihm so viel.« Ein unangenehmer Druck stieg in Ira auf.

»Irma, ich verstehe gar nicht, warum du *das* jetzt anschneiden mußt.« Ungewohnt kurz angebunden wandte sich Larry seiner Schwester zu. »Deswegen habe ich dich nicht hierher gebeten. Ich wollte lediglich, daß du einen Blick auf das Jackett wirfst.«

»Nun, das habe ich ja jetzt getan. Sieht schmuck an ihm aus.«

»Manchmal benimmt sich meine Schwester so, als könnte ich noch nicht bis drei zählen.« Larry war so krampfhaft um Ausgleich bemüht, daß Ira den sarkastischen Unterton kaum überhören konnte. »Du hast ja keine große Schwester – oder sogar mehrere. Du kannst hier gar nicht mitreden.«

Irma ignorierte die Bemerkung ihres Bruders. Sie war nicht so leicht abzulenken, sondern humorlos und hart. »Bist du ein Einzelkind?« fragte sie.

»Ich? Nein, ich habe eine jüngere Schwester.«

»Sieh mal einer an. Die hast du bisher aber mit keiner Silbe erwähnt. Ist sie sehr viel jünger?«

»Nein, ungefähr zwei Jahre – so in dem Dreh. Du weißt ja, wie das ist.« Er tat hilflos, um nicht weitere Erklärungen abgeben zu müssen.

»Jüngere Schwestern zählen wohl nicht – was?«

»Oh, doch. Natürlich zählen sie. Aber ein paar Jahre Altersunterschied – und gerade in diesem Alter... Sie geht zur High School, und ich aufs College. Da gibt es schon gewaltige Unterschiede. Kannst du dir sicher vorstellen.« Junge, sie brachte ihn ins Schwitzen, zwang ihn, auf der Hut zu sein.

»Wo geht sie denn zur High School? Auf welche Schule geht sie?«

»Julia Richmond High. Und später möchte sie aufs Hunter College, die zwei Jahre bis zur Grundschullehrerin machen.« Er bot mehr Information als verlangt, um weiteren Fragen vorzubeugen.

»Irma, tu mir den Gefallen – ich habe dich nur gerufen, damit du dir das Jackett mal ansiehst«, mahnte Larry seine Schwester.

»Ich habe doch schon gesagt: Es ist sehr schön, Ira, und es steht dir ausgezeichnet.«

»Danke.«

»Ich bin froh, daß Ira sagt, er schulde dir Beistand für das Geschenk. Das ist beruhigend. Das macht ihn zu einem sehr guten Freund. Und gute Freunde passen aufeinander auf, damit sie nicht in Schwierigkeiten kommen.«

»So hat er das aber nicht gemeint«, widersprach Larry heftig.

»Nein, hat er nicht, ich weiß.«

Das provokante Lächeln seiner Schwester brachte Larry auf die Palme. »Ich wünschte mir den Luxus einer einzigen und möglichst jüngeren Schwester. Statt dessen habe ich drei, und alle drei sind älter als ich und reden sehr überheblich mit mir und lassen mich ihre Überlegenheit spüren. Und von wegen: Schwestern zählen nicht...« Er wandte sich Ira zu: »Meine Schwestern haben jeden Tag meines Lebens gezählt, jeden einzelnen Tag seit meiner Geburt.«

»Nur zu deinem Besten«, warf Irma ein.

Endlich fing Ira an zu begreifen, woher die ungewöhnliche Schärfe im Ton zwischen den beiden Geschwistern kam: Larry war dabei, seinen Wunsch, Zahnarzt zu werden, über den Haufen zu schmeißen und hatte seine ganze Familie damit aufgescheucht. Schließlich hatte sich der Disput zu Hause zugespitzt, und zwar wegen Miss Welles, wie Larry schon angedeutet hatte. Obendrein nannte er sie auch noch bei ihrem Vornamen. Und dann dieser seltsam wohlige Ausdruck auf Larrys Gesicht, als Ira mit gespieltem Erstaunen fast scherzhaft gesagt hatte: Du bist doch jetzt in den Arts Club eingetreten – oder so ähnlich. Aber was wußte er schon, was Larrys Familie dahinter vermutete? Die machte sich inzwischen ziemlich große Sorgen, das war wohl der Grund für all dies. Darauf wäre er nie gekommen. Dieses Abweichen von den gesteckten Zielen, das Abweichen unter ganz bestimmten Vorzeichen. Und das ereignete sich nicht nur bei Larry; Ira spürte, wie es auch nach ihm griff, ein Schwanken allemal.

Ira öffnete die Lederknöpfe des englischen Jacketts und betrachtete sich noch einmal im Spiegel, lächelte, fühlte sich bestätigt, weil seine Vermutungen sich erhärtet hatten. So war das also –

»Du brauchst gar nicht so selbstgefällig zu grinsen!« schnauzte Irma ihn an.

»Ich?« Schockiert starrte er mit offenem Mund in den Spiegel, in ihr dunkles, angespanntes Gesicht. Noch nie hatte sie in so scharfem Ton mit ihm gesprochen. Niemand aus Larrys Familie hatte das je getan.

»Nun tu bloß nicht so. Du genießt das doch alles hier!«
»Genießen? Ich?« Ira drehte sich um. »Ich habe mich nur über das Jackett gefreut.« Was für eine Art, den Waffenstillstand zwischen ihnen zu brechen, den Waffenstillstand, den er zu ihr bewahren wollte. Es war ja gerade so, als habe sie ihn dabei erwischt, wie er das über sie dachte, was er immer versucht hatte, nicht über sie zu denken – sie war ja so hitzig und aggressiv. Himmel nochmal. Er hatte nicht übel Lust, sie zu beleidigen. Sie mit den Schimpfworten seiner Nachbarschaft zu belegen. Warum zum Teufel zog sie ihn da mit hinein? Was hatte er getan? Vielleicht dachten sie, er hätte etwas damit zu tun; vielleicht dachten sie, seine Freundschaft mit Larry wäre schuld, hätte Larry beeinflußt, ihn auf abwegige, obskure Weise verändert, sein Naturell belastet, verdorben. Wer zum Teufel konnte das wissen? Vielleicht war es ja so. Larry hatte *ihn* schließlich auch verändert. Ira spürte Wut in sich aufsteigen, er hatte wahrlich Lust, es mit ihren bösen Blicken aufzunehmen. So gottverdammt fürsorglich. Schweinereien, Obszönitäten kamen ihm in den Sinn: die Beleidigungen der 119th Street. Plötzlich und ohne ihr Zutun wurde sie splitternackt, ging wie eine Mähre auf allen Vieren, eine Mähre mit einem Menschengesicht, das die Lippen nach innen einrollte. So sah er sie vor sich, mit ihren eingezogenen Lippen. Mann, sah sie zickig und prüde aus. Von hinten, ja von hinten würde er sie nehmen, denn er wollte ihr nicht ins Gesicht sehen, dazu war er zu wütend; sie hatte ihn gedemütigt – wegen nichts und wieder nichts. Mach mit ihr, wovon die Kerle in der 119th Street immer redeten: ihr Kinn war genau die richtige Unterlage für seine Eier. Und die Art, wie sie ihre Lippen nach innen einsaugte. Genau richtig. Blas mir einen, du Sau. Jesus Christus, nie zuvor hatte er so von ihr gedacht. Jesus Christus, er war verrückt. Dies war das typische Mittelschichtverhalten, was Larry gemeint hatte, das Mittelschichtverhalten, wovon er selbst, Ira, überhaupt nichts wußte. Dies war mit allen möglichen düsteren

Vorahnungen behaftet, die ihn streiften wie der kaum spürbare Saum eines Trauergewands. Was zum Teufel wurde hier gespielt? *Hic*-Jackett hatte er gesagt. Das sollte ein Witz sein. Es war aber kein Witz: Hier ruht... Aber schließlich ängstigte er sich immer ohne Grund. »Was meinst du eigentlich? Ich habe doch nur das, ja – das Jackett bewundert«, insistierte Ira hartnäckig.

»Hast du nicht. Du weißt ganz gut, wovon ich rede.«

»Würdet ihr bitte aufhören, euch gegenseitig zu beschimpfen!« Ein wütender Larry ging auf seine Schwester los. »Du bist so etwas von hochnäsig!« schleuderte er ihr entgegen. »So etwas von übertrieben und verletzend. Bitte laß uns jetzt allein.«

»Und du bist ein – ach, ich sage es lieber nicht!«

»Tu dir nur keinen Zwang an.«

»Ein alberner, pubertärer Romantiker!« Irma war ganz deutlich schwer beleidigt. »Und bilde dir bloß nicht ein, ich hätte nicht einiges von dem gehört, was ihr geredet habt.«

»Wie denn das?«

»Oh, bei deiner Lautstärke.« Irma versuchte, Verzückung zu mimen. Sie verdrehte die Augen und umrahmte puttengleich mit den Händen ihr Gesicht, trommelte neckisch mit den Fingerspitzen auf ihre Wangen. »Ich bin zutiefst gerührt.«

»Würdest du bitte machen, daß du rauskommst! Sonst muß ich noch deutlicher werden. Raus jetzt! Ich bedaure, daß ich dich überhaupt gerufen habe.«

»Und ich werde nicht nur das Zimmer verlassen, ich verlasse sowieso jetzt das Haus.« – »Nichts dagegen, wunderbar.«

Nervös und gereizt wartete Larry, bis seine Schwester aus dem Zimmer war. Er hob eine Hand und bedeutete Ira, leise zu sein, bis sie das Öffnen und Schließen der Wohnungstür hörten und wußten, daß sie fort war. »Da kannst du mal sehen, was hier los ist – diese Erbitterung«, sagte Larry hitzig. »Irma, meine eigene Schwester. Schon mal so etwas Gemeines gehört? Mein Gott, ist das eine dicke

Luft hier. Ich hätte sie lieber nicht hereinbitten sollen. Es tut mir leid. Tut mir wirklich leid, daß du da mit hineingezogen werden mußtest, daß *sie* dich da hineingezogen hat.«

»Ist schon in Ordnung.« Ira zog das Jackett aus, stand einen Moment still da und hielt es über dem Arm. »Weißt du was? Ich habe so ein ungutes Gefühl. Irgendwie spüre ich lähmendes Entsetzen.«

»Aber nein. Hier liegen zur Zeit alle Nerven blank – wegen etwas, das alle sich nur einbilden. Und selbst, wenn es stimmte, ich bin vor dem Gesetz allein verantwortlich für das, was ich tue. Die haben kein Recht, mich zu schikanieren.«

»Ich habe doch nichts Falsches getan, oder?«

»Ganz sicher nicht. Mein Gott.« Larry zog die Schultern hoch. »Du kannst sehen – nein: *die* sehen, daß hier meine weiße Wolle allmählich zu schwarz mutiert. Ich fühle mich schon wie das schwarze Schaf in der Familie. Eine winzige Abweichung wird von ihnen so aufgebauscht, daß man denken könnte, etwas Schreckliches sei passiert. Trümmer! Auf allen Seiten. Wie habe ich mir gewünscht, auf die High School zu gehen – aber muß ich deswegen auch gern auf der Uni sein? Da hast du mehr Glück mit deinen Verwandten, die –«, sagte er und hob hilflos die Arme. »Deine Eltern und deine Schwester überschütten dich sicher nicht mit allen möglichen vorgefaßten Meinungen, die du dann zu leben hast, oder? Mein Gott, die erdrücken dich sicher nicht mit ihrer Fürsorglichkeit? Sprechen nicht immer von diesem Gewicht, das die Taucherglocke hinabziehen sollte in diesen – oh, wie heißt doch gleich dieser Tiefseegraben im westlichen Pazifik? Mariana?«

»Ich weiß nicht. Ich weiß nur, ich bin für Mom das Wichtigste auf der Welt.«

»Ja aber – wenn sie doch merkt, daß du dich ganz, ganz ernsthaft für eine ältere Frau interessierst? Irma hat es ja schon angedeutet. Ich wiederhole nur, was du schon gehört hast.«

»Wenn es sich um eine *schikße* handelt, wer weiß. Vielleicht würde sie...« Ira war ein wenig atemlos wegen der Gefühlsaufwallung, die ihn und Larry plötzlich überkam. »Aber nur ein wenig. Mom würde sich zwar keine Sorgen machen, aber es wäre ihr sicher auch nicht gleichgültig. Solange ich nur meinen Abschluß schaffe, meinen *Bachelor of Science Bullshit*«, sagte Ira und versuchte, die Emotionen zu glätten. »Das ist ihr das wichtigste. Und ihre größte Sorge wäre wohl mein Großvater, falls ich eine *schikße* heirate. Den alten Herrn würde glatt der Schlag treffen.«

»Ach, das wäre bei meinen Verwandten noch das kleinere Übel. Oder gar keins. Victor, mein Zahnarzt-Schwager ist auch nur zur Hälfte Jude. Ich erwähnte das bereits, glaube ich. Nein, in meinem Falle ist es der Beruf. Dem gilt ihre größte Sorge. Verstehst du, was das heißt? Beruf! Konvention! Sicherheit und Ansehen! Ein gesichertes Einkommen. Und um das Maß vollzumachen: Victor hat mir schon bedeutet, daß er mich zum Partner will. Er hat nämlich eine gutgehende Praxis.« Larry wirkte tatsächlich angegriffen. »Das Problem ist auch, siehst du, daß wir uns als Familie untereinander so nahestehen – ich weiß gar nicht genau, wieso eigentlich: jeder ist mit dem anderen irgendwie verbandelt. Kaum macht man etwas Ungewöhnliches, sind alle anderen mitbetroffen. Macht man mal etwas Unkonventionelles, sind alle anderen –«, er schüttelte den Kopf, »– verletzt und stöhnen herum, oh, mein Gott!«

Der hölzerne Glockenturm, der immer noch da oben auf dem Hügel im Mt. Morris Park stand und als wichtiger Bezugspunkt aus Iras Kindheit nicht wegzudenken war, reckte sich plötzlich mit neuer, beziehungsreicher Bedeutung vor Iras innerem Auge hoch auf. Einen Moment lang zeichneten sich die einzelnen Hölzer, die massiven Holzbalken, deren Farbe und Konstruktion, klar und deutlich, zum Greifen nah, vor Ira ab – und innendrin die Glocke aus Eisen, die beim Läuten so schön funkelte. »Also – woher wissen die es überhaupt? Hast du's ihnen erzählt?«

»Natürlich nicht. Das war gar nicht notwendig. Die haben angefangen, jeden meiner Schritte zu beobachten und dann ihre Schlüsse daraus gezogen. Ich bin ganz sicher, daß sie sich endlos die Mäuler über mich zerrissen haben. Und du weißt, wie eigen sie sind. Meine Mutter und meine drei Schwestern. Und mein älterer Bruder. Und auch noch mein Schwager Victor, der Zahnarzt. Und Sam, der Rechtsanwalt. Die ganze Familie führt Tagebuch. Ich bin wirklich das Baby hier.«

»Tatsächlich? Komisch, mir ist plötzlich so merkwürdig zumute, ich fühle mich so beklommen.« Geistesabwesend faltete Ira das Jackett zusammen. »Schuldkomplex mit Bauchgrimmen.«

»Oh, das hat meine Schwester Irma verbrochen. Das schafft die bei allen. Paß auf, daß es dir nicht zu sehr unter die Haut geht. Gib mal her – ich zeige dir, wie man ein Jackett zusammenlegt. So wird's gemacht: am Rand anfassen, dann die Schultern von innen nach außen kehren, siehst du? Das lernt man, wenn man für eine Schiffsreise packt.«

Ira schaute genau hin, während Larry das Kleidungsstück faltete: mit seinen großen, weißen Händen machte er auch dies, wie alles, was er anpackte, so sicher und zuverlässig. Selbstvertrauen war das, er vermittelte den Eindruck von Kompetenz, und er war kompetent. Er packte zu und hatte rein gar nichts von Iras unsicherer Tölpelhaftigkeit an sich. Im Gegenteil, er überzeugte durch Geschick und Können. Wie ordentlich er das Jackett zu einem kompakten kleinen Paket faltete. »Jetzt hole ich noch eine Einkaufstüte in der richtigen Größe und bin gleich zurück.« Er ging aus dem Zimmer.

Und großmütig ist er, dachte Ira. Nie herablassend, als sei Großmütigkeit für ihn ganz selbstverständlich, als sei er von Natur aus so gedacht, als lebe er ganz bewußt auf dieser Schiene. So ein edles englisches Jackett verschenken... Jesus, das Leben war schon seltsam. Da hatte er sich einst ganz zufällig im Unterricht neben

Larry gesetzt, und siehe, was daraus entstanden war: ihre Freundschaft und alles, was jetzt mit ihnen geschah und weiterhin geschehen würde. Das war fast schicksalhaft. Hatte denn seine Freundschaft mit Larry *diesen* auch beeinflußt, ihn verändert, umgeformt? Wie war Larry denn jetzt? Vielleicht ein wenig wie Ira selbst? Hatte Larry etwas vom heimatlosen, gleichgültigen, ehrgeizlosen, zufallsorientierten, sich treibenlassenden, zur einen Hälfte ausgestoßenen Wesen eines Paria-Juden in Harlem angenommen, der grausam und verrückt mit Minnie und Stella in der Klemme saß, vom Wesen eines gerissenen, skrupellosen Bastards, der es mit einer Vierzehnjährigen trieb? Vielleicht hatte Irma ja ganz recht gehabt, als sie sich mit ihm anlegte. Vielleicht traf ihn tatsächlich eine Mitschuld, daß Larry seinen Berufswunsch revidierte und nun in Richtung Schriftstellerei davonsegelte und mit seiner Englischdozentin anbandelte. Jesus, was für eine Veränderung. Larry war nämlich ein gänzlich anderer gewesen. Dichtung war für ihn etwas, das man genießen konnte wie eine Melodie oder ähnliche Dinge. Zahnheilkunde war für ihn der Ernst des Lebens, sein Berufsziel. Genau. Und Lehrer verdienten schließlich nicht sehr gut. War es nicht so? Und jetzt hatte er richtig Trouble mit seiner Familie. Verändert. Ein ganz anderer Mensch. Kein Wunder, daß Irma fuchsig war: Ihr Bruder verwarf plötzlich respektable Ziele, genau wie Ira, als habe er Larry den Anstoß dazu gegeben. Larry wollte jetzt lieber Worte aus einer tiefen Trance ans Licht holen, wie einer nach Korallen taucht, und sogar seine Zukunft aufs Spiel setzen, um Miss Welles zu beglücken. Ja, Entsetzen, kein Wunder. Und was bekam er in der Tiefe zu sehen? Nun, eine Spule sah er nicht, sondern ein Bleigewicht am Ende einer Angelschnur, langsam herumgezogen von der Rute, wenn diese sich bewegte. Nun, Ira hätte doch nach Cornell gehen sollen. Ihnen beiden wäre es dann vielleicht besser ergangen, beide im Einklang mit einem konventionellen Amerika, wie sie es ja einschätzten, und von Amerika belohnt. Und was war nun? Jesus, du folgst jenen

Lebensfäden, die immer feiner werden, sich ineinander verheddern und dorthin zurückführen, wo du schon bist. Es war zum Verrücktwerden.

Larry kam zurück und hatte eine weiße Einkaufstüte von Macy's dabei. »Wir wollen diese ganze Unstimmigkeit vergessen, ja? Ich werde es schriftlich festhalten.« Er legte die Einkaufstüte auf einen der Sessel. »Nicht vergessen, wenn du gehst.«

»Oh nein«, versicherte Ira und lachte dann – völlig verwirrt. »Ich weiß nicht – könnte es sein, daß es die Jacke ist, die mich ängstigt? Ich sagte doch: *Hic jacet.*«

»Ich dachte, du hättest kein Latein gehabt.«

»Hatte ich auch nicht, aber diese beiden Wörter sind zufällig hängengeblieben.«

»Was möchtest du hören?«

»Du kennst mein Lieblingsstück: die *Unvollendete*.«

»Dann soll es die *Unvollendete* auch sein.« Unter dem Plattenteller befand sich ein Eichenschränkchen, und dort suchte Larry jetzt nach der Schallplatte, fand sie auch und wollte sie gerade mit dem üblichen Schwung auflegen, da –

»Ach weißt du, damals in Brooklyn, als wir noch in Brownsville wohnten und ich noch ein kleines Kind war – das war sogar noch vor unserem Umzug auf die Lower East Side –, da hatten wir auch ein Grammophon«, bemerkte Ira. »Ich erinnere mich nur noch, daß es ein kleines war. Und daran, daß ich es auseinandergenommen habe. Nie wieder habe ich so eine Abreibung bekommen wie da.«

»Weißt du noch, was es gespielt hat? Ich sollte wohl mal die Nadel wechseln.«

»Ich glaube, es war ›Hatikwa‹.«

»›Hatikwa‹?«

»Ich kann nicht mehr sagen, ob Mom die ›Hatikwa‹ gesungen hat, oder ob das Grammophon die Hymne gespielt hat. Kennst du die Melodie?«

»Nein, kenne ich nicht.«

»Nicht?« Ira bemühte sich, die Melodie zu singen und ersetzte die Worte mit la-la-la. »Leider habe ich nicht dein Gehör – ich wünschte, ich wäre musikalischer.«

»Für mich klingt das wie die ›Moldau‹. ›Die Moldau‹ von Smetana.« Larry wiederholte die Melodie.

»Tatsächlich? Das ist komisch. Mom kann unmöglich die ›Moldau‹ gekannt haben.«

»Nun, Smetana war Böhme, und du bist aus Galizien. Das liegt gar nicht so weit auseinander, nicht wahr?« Larry setzte die Nadel auf die äußerste Rille. »Ungarn, die Tschechoslowakei – gehörten diese Länder nicht alle zur Österreichisch-Ungarischen Doppelmonarchie?«

»Du weißt offenbar mehr darüber als ich; ich weiß so gut wie gar nichts über Ungarn... Mann-o-Mann – das ist vielleicht Musik.«

Larry setzte sich in den Ledersessel schräg gegenüber. Nach den ersten Tönen schloß er die Augen: abgeschottet von der Außenwelt, die Lippen leicht geöffnet, seufzte er tief. Von außen gesehen waren es geschlossene Augenlider, von innen war es eine Leinwand, stellte Ira sich vor. Den Kopf nach hinten gelegt, feines schwarzes Haar über blasser Stirn, den Körper bewegungslos, so hing Larry seinen Visionen nach. So war also die Liebe, oder das Lieben, oder das Verliebtsein – oder was war das hier? Was konnte es anderes sein? Ira wunderte sich. Wie die Liebe einen doch adelte: Verklärung. Konnte einer jemals – einer wie er, den die Gier schon zerstückelt hatte, der abgeschnitten war von so reinen Träumen, wie Larry sie jetzt träumte, der sich von der Liebe losgesagt hatte –, konnte so einer etwas wie dies – jemals, jemals –? Nein. Wie amputiert. Oder von der Wand gefallen und zerbrochen wie Humpty-Dumpty aus dem Kinderreim. Nun, Larry lebt es dir vor. Genau hinschauen. Etwas Besseres konntest du gar nicht tun. Aber Jesus, da kam dann seine Schuld ins Spiel; und daß Schuld ins Spiel gekommen war, das hatte Irma vielleicht gespürt. Du konntest dir durchaus vorstellen, ihn durch telepathische Beeinflussung, durch unsichtbare Lenkung dahin zu bringen, daß er machte, was du eigentlich machen wolltest. Soweit hatte deine Abscheulichkeit dich gebracht –.

Genau, als die Stelle kam, von der die bekannte Melodie »You are the dream of love« geklaut, besser: plagiiert war, änderte sich plötzlich die Tonlage, geriet die Musik ins Stocken. »Ich mach' schon«, sagte Ira und stand auf. Er ging zum Grammophon und kurbelte.

»Ich habe es wohl nicht weit genug aufgezogen«, sagte Larry.

Oh, dieser Mann, in dessen Hirn Zehntausende, Millionen Synapsen ihre Arbeit taten, Milliarden Gedankenfetzen sich flimmernd aneinanderreihten, Staubfädchen und Glühdrähtchen seiner Intention. Oh, Millionen und Milliarden Gedankengänge, Sonnenstäubchen, Spirochäten –

Der mußte all dies beiseiteschieben, um in akzeptabler Prosa, um nicht zu sagen prosaisch, das weiterzuführen, was er schon wußte und nur allzu gut und schmerzlich wußte: daß er sich anstrengen mußte, das Meisterwerk zu nähren, das er neu zu erschaffen hoffte.

V

Das Herbstsemester ging zu Ende, für Ira unehrenhaft, mit einem Notendurchschnitt von »C«-minus. Sein Durchschnitt wäre wohl noch schlechter, ja geradezu schauerlich gewesen ohne das »A« in Chemie, womit er andere Noten ausgleichen konnte. Wie die Dinge standen, hatte er mit seinen zwei »Ds«, die automatisch eine Minderung der Gesamtnote um ein Achtel bewirkten, beklagenswert wenig zum erfolgreichen Abschluß seines ersten Semesters beigetragen. Was sollte er nun tun, fragte sich Ira selbstkritisch mit der Vernunft eines ahnungslosen Engels, als er es mit so vielen schnellen, schlauen, aufgeweckten jüdischen Kameraden aufnehmen mußte, die immer alle Antworten wußten?

Cornell wäre doch besser gewesen. Mit unverkrampften Nichtjuden zusammen zu sein. Vielleicht wäre er dort eine Leuchte geworden, vergleichsweise... Man konnte nie wissen, wenn man mit Gojim verkehrte, die alles etwas lockerer angingen. Wettbewerb zerstörte ihn. Und außerdem: Weit weg von Minnie und den Sonntagvormittagen mit den dazugehörigen Überredungen – und deren grimmigen Nachwirkungen; weit weg von Stella, der bummeligen, moppeligen und willenlos sich fügenden Stella – und einer Reihe neuer grimmiger Nachwirkungen; weit weg von den kleinen Notizen, die er sich auf irgendwelchen Seiten seiner Schulbücher machte, damit er seine Termine nicht vergaß: Heute abend gute Gelegenheit in Tante Mamies Haus; vielleicht heute abend Glück, also hinübergehen. All dies, all das, all jenes, und jetzt auch noch Larry und seine Edith. Wer weiß: Wenn er die Zeit, die er mit all dem hier verschwendete, aufs Lernen verwendete, könnte es sein, daß er auf Cornell das Semester mit »B« beendet hätte. Er könnte dort auch etwas Weibliches gefunden oder von einem seiner Kommilitonen einen Tip bekommen haben – eine kleine Hure, deren Gunst er sich mit ein paar Scheinen erkaufen mochte, die er als Bedienungshilfe in der dortigen Uni-Cafeteria (wie wär's zur Abwechslung mal mit *calf-eat-here-ia, ha, ha*) verdienen wollte. Er hätte einmal *mensch* sein können, anstatt – er selbst.

Es war einer jener langweiligen, trübe ausklingenden Nachmittage, ein Sonntag im Februar. Schwaches Tageslicht hing noch hinter den Fensterscheiben des Gordonschen Wohnzimmers, es war ein Nachmittag, der von kalter, trüber Luft umgeben war wie eine Taucherglocke von Meerwasser. Larry und er waren allein, Irma und die Eltern zu Besuch bei Verwandten, und Mary, das Dienstmädchen, hatte einen freien Tag. Ein schummriger, winterlicher Spätnachmittag umschloß das gemütliche Apartment, die Behaglichkeit des gut gepolsterten Lehnstuhls wurde ergänzt durch die Heizkörper im Raum, die gegen die rauhe Kälte auf der anderen Seite der Fensterscheiben anzischten. Dennoch, obwohl der Tag ohnehin deprimierend war, die Unterhaltung dürftig, das Wohnzimmer grau, die elektrische Wandbeleuchtung nicht eingeschaltet, spürte Ira, daß etwas ganz Besonders noch bevorstand, im Verborgenen lauerte. Er brauchte nur ein wenig Geduld. Es mußte einen Grund haben, daß Larry so blaß und lustlos war. Sonst war es immer Larry, der die Nadel auf die Schallplatten setzte; an diesem Nachmittag hatte Ira das übernommen und spielte seine Lieblingsplatten, während Larry auf den flachen Kissen des ledernen Liegesessels saß, ganz in sich versunken, in einer Art selbstverleugnender innerer Entrücktheit.

»Die klingen immer so, als müßten sie sich gegenseitig etwas beweisen. Jeder will dem anderen zeigen, daß er genauso hoch oder tief singen kann wie er.« Ira versuchte, Larry aus seiner bleichen Trance herauszuholen. »Caruso und Gigli: *Solenne in quest'ora – Lo juro, lo juro.* Du weißt wohl, was ich meine?«

Stille ... unnatürliche Stille ... ausgedehnte Stille.

»Ich muß dir was sagen«, rückte Larry endlich mit der Sprache heraus. »Es gibt etwas, das ich dir wahnsinnig gern erzählen würde.«

»Du meinst, jetzt?« – »Ja.«

Ira hob den Tonarm von der Schallplatte und betätigte den kleinen Hebel, der den Plattenteller anhielt. »Ja und?«

»Es ist aber vertraulich.«

»Das geht schon in Ordnung. Ich meine, wenn du dir's nochmal überlegen willst –.«

»Nein, nein.«

Ira ging hinüber zu dem grünen Diwan und setzte sich. »Und außerdem – wem sollte ich es wohl weitererzählen?«

»Du bist der einzige, mit dem ich überhaupt darüber reden kann.« Er wirkte so ernst und feierlich, seine Wangenknochen, ohne die üblichen frischen Rötungen, traten so bleich hervor, daß seine Augen noch tiefer in ihren Höhlen lagen. Er sah verhärmt aus, sehr schmal und sehr abgespannt. Er holte tief Luft und hielt den Atem an, als wolle er ihn für das, was er zu sagen hatte, mit Energie aufladen. »Ich bin die ganze Nacht bei Edith gewesen.«

Ira konnte nur reglos verharren, nichts sagen. Verständnis zeigen, nichts oder so wenig wie möglich von der Skepsis durchblikken lassen, die er empfand. Was schließlich konnte man sagen, wenn einer einem mitteilte, er habe die Nacht mit seiner Dozentin verbracht, mit *seiner eigenen* Lehrerin für englischsprachige Literatur, einer promovierten Anglistin? Man konnte vielleicht etwas sagen wie – »Ach, tatsächlich?« Als das Unglaubliche sich allmählich manifestierte, faszinierte es sofort. Es belegte alles im Wahrnehmungsbereich der Sinne mit einem Bann: die unbeleuchteten Wandlampen waren plötzlich unsichtbar, die Nackte auf der Schaukel verschmolz mit dem plötzlich dunkelblauen Himmel zwischen den Türmen, die Corot-Reproduktionen verblaßten, das Muster des Orientteppichs vermischte sich mit dem Parkett des Fußbodens. Aber auch daraus ergab sich nichts, was er hätte sagen können. So etwas kam nur einmal. Einmal in einem ganzen langen Leben. Nichts sagen. Das Blut im Schädel rauschen lassen. Was konnte unglaublicher sein?

»Ich habe mich in sie verliebt.« Larry legte seine großen weißen Hände übereinander. »Ich liebe sie schon eine ganze Weile. Jetzt weiß ich, daß es auf Gegenseitigkeit beruht.«

Ira lauschte, hörte zu, begriff – alles war ihm eine einzige große graue Wolke, als spreche die Winterdämmerung zu ihm in diesem vertrauten, gemütlichen Wohnzimmer, als bilde sie Worte, die an sein Ohr wehten. Ja? Wer da? Jesus, nun hatte er die Arie aus *La Forza del Destino* abgewürgt.

»Ich liebe sie. Ich möchte sie heiraten. Ich möchte für sie sorgen. Ich möchte sie ganz für mich. – Für mich ganz allein!« fügte Larry nochmals an. »Wenn ich sehe, wie sie sich das Herz aus dem Leib schuftet, wenn sie diesen tumben Haufen angehender Zahnärzte unterrichtet, dann möchte ich sie immer in den Arm nehmen und sie halten und beschützen. Sie ist so zerbrechlich. Und so mädchenhaft, so zierlich, du machst dir keine Vorstellung. Und das kleine Ding muß so hart arbeiten –« Er schluckte, seine Stimme brach, er schniefte, bekam feuchte Augen, die in der Dunkelheit glänzten. Er erhob sich, versuchte zu sprechen, rang nach Fassung.

Ira konnte es nicht mit ansehen.

Im Raum herrschte Stille, völlige Stille, man konnte die Stille wimmern hören wie das Wimmern einer Schleuder. Dann, abrupt, nahm Larry seine Beichte wieder auf, es entlud sich ein Schwall von Worten, Plänen, Sehnsüchten. Im Gewand wunderbarer Herrlichkeit kam das alles daher, heiser und schnell brach es aus ihm heraus und stürzte auf Ira ein; mal verständlich, mal unverständlich wiederholte Larry das meiste von dem, was er und Edith miteinander besprochen hatten, seine spontanen Regungen, ihre Ratschläge, seine Absichtserklärungen über seine Zukunft, ihre Kommentare zu seiner Ankündigung, seinen Berufswunsch drastisch zu ändern: zum Teufel mit der Zahnheilkunde. Seine eigentliche Berufung war die Literatur. Scheiß auf die Konventionen der Mittelschicht. Er mußte da raus, seine Familie verlassen, sich deren krassem, materialistischen Genörgel widersetzen.

So wenig konnte Ira das Gehörte und das, was er beim Hören fühlte, glauben, daß er nicht wagte, einen Kommentar abzugeben: nur allzu sehr war er sich bewußt, wie wenig er selbst von derartigen zwischenmenschlichen Beziehungen wußte, von einem solchen Zusammengehörigkeitsgefühl. Es lag so sehr jenseits von allem, wovon Ira jemals geträumt hatte, daß seine größte Sorge war, jetzt nur nichts Dummes zu sagen, was seine sentimentale Rührseligkeit und die Dürftigkeit seines Verständnisses offenbart hätte. In einer Situation wie dieser, wenn man wußte, daß einem nichts Passendes einfiel – und außerdem: wie konnte jemand überhaupt eine derartige Situation anstreben? Eine hochfliegende Liaison, eine mythische Affäre. Zur Kenntnis nehmen und nicken, war wohl jetzt das Beste, auch wenn du selbst nur eine sehr schwache Vorstellung von der Realität einer solchen Situation hattest. Sie war älter; das ging gerade noch in Iras Kopf hinein. Es war zwar ein großer Altersunterschied, er spielte aber für Larry ebensowenig eine Rolle wie der Unterschied in Stand und Rang. Er war ein »Freshman«, sie eine »Ph.D.«, Dozentin an seiner Universität. Er war Jude, sie war es nicht. Und das waren nur die gravierendsten Unterschiede. Also gut, dann gibt er eben Zahnheilkunde auf und studiert als Hauptfach Englisch. Was dann? Der Stoff, aus dem Romantik ist, die Wirklichkeit und praktische Lebbarkeit der Romantik, die Tatsache, daß Romantik existierte, schwemmten alles fort, was Ira sonst in dieser Situation durch den Kopf geschossen wäre; die Romantik sperrte jegliche nüchternen Gedanken aus, gab ihnen keinen Anhaltspunkt mehr: schwemmte all seine fleischliche Neugier fort, alle seine im Vergleich hierzu vollkommen nichtigen Bedürfnisse, seine hemmungslosen Phantasien, und das andauernde Wo, und das Wann, und das...

»Sie sagt, es wäre Wahnsinn, wenn ich nicht bis zum Abschluß weitermachte«, sagte Larry, »also, bis ich meinen B.A. in der Tasche habe.«

»Aber wenn du doch von zu Hause ausziehst? Du sagtest doch, daß du ausziehen willst, oder?«

»Sie würde mir helfen.«

»Und wo willst du dann wohnen?«

»Das müßte erst noch geklärt werden. Ich würde gern im Village wohnen. Möglichst in ihrer Nähe. Und falls wir heiraten, dann natürlich bei ihr –«

»Heiraten!« Es war nicht die Möglichkeit. »Mußt du denn heiraten? Ich meine –« Ira zog die Augenbrauen hoch, hielt den Kopf schief und kratzte sich dabei heftig hinterm Ohr. Anders konnte er seine Frage nicht zu Ende bringen. »Ach, das will ich gar nicht wissen. Ich meine, wie kannst du nur ans Heiraten denken!«

»Es ist vielleicht im Moment noch nicht angebracht. Sie muß wohl warten, bis sie ihre Festanstellung hat, und ich sollte wohl doch erst mein Bakkalaureat haben.«

»Aha. Aber meine Güte, bis dahin brauchst du ja noch drei Jahre! Oder?«

»Ach, das ist ja gar nichts. Ich kann ganz leicht soviel verdienen, daß ich leben kann, jedenfalls solange ich die Uni besuche. Ich kann immer als Verkäufer arbeiten. Das weiß ich. Was ich damit sagen will – ich würde ungern von ihr abhängig sein, von ihrem Verdienst leben. Sie müßte mich schon nicht ernähren, falls du das denkst. Das würde ich sowieso nicht zulassen. Ich könnte für mich selbst aufkommen – und für noch mehr. Das würde einer Heirat nicht im Wege stehen. Ich müßte sicherlich nicht meine Prüfung abwarten, bis ich heirate. Aber ihre Festanstellung, das ist schon etwas anderes. Bis das soweit ist, müßte eine Heirat vielleicht *sub rosa* bleiben. Nur die erste Zeit. Ich habe schon zu ihr gesagt, wir könnten am Ende des Semesters heiraten, wenn sie wollte – heimlich.« Er zeigte mit einem seiner langen weißen Finger auf Ira. »Ich *muß* schließlich nicht auf die NYU gehen.«

»Nicht? Wie meinst du das?«

»Ich habe nicht mehr Grund, dort zu studieren, als du. Ich würde sowieso wechseln, wenn wir verheiratet sind.«

»Dann also nach Columbia? Meinst du das?«

»Nein! Aufs CCNY! Wie du!« rief Larry. »Was denn sonst! Ich würde natürlich auf ein gebührenfreies College wechseln, um meinen B.A. in Anglistik zu machen.«

»Oh.«

»Und in meiner Freizeit schreiben. Das möchte ich am liebsten – schreiben. Ach, das Diplom! So ein albernes Stück Papier! Mein Gott, was haben wir uns stundenlang darüber den Kopf zerbrochen. Plötzlich verspürt man den Wunsch, alle Brücken hinter sich abzubrechen. Alles hinter sich zu lassen, was einen mit Familie verbindet, mit der *eigenen* Familie. Könnte ebensogut sagen, mit der Mittelschicht. Mit Konventionen, Ansehen, Ehrbarkeit, mit allem, worüber du und ich schon mal gesprochen haben. Sogar mit dem Ehrgeiz, einen akademischen Grad zu erwerben. Hierin unterscheide ich mich von Edith. Ich brauche keinen Titel, um Schriftsteller zu werden. Ich könnte mir zum Beispiel Arbeit auf einem Ozeandampfer suchen, als Steward, oder im Maschinenraum, oder als Matrose – egal, was. Umherziehen. Nochmal von vorn anfangen. Du weißt doch, wie viele Amerikaner inzwischen in Frankreich leben, man nennt solche Leute jetzt Expatriierte. Ein Weilchen könnte ich es auch ganz gut dort aushalten. Warum eigentlich nicht? Wenn wir erst einmal verheiratet sind und offiziell zusammengehören, könnte ich mir durchaus vorstellen, eine Zeitlang wegzugehen. Das haben andere auch schon getan. Die Ehe bedeutet schließlich nicht, daß beide Partner am selben Ort aneinandergekettet sind. Das wäre ja wieder so konventionell. Und davon rede ich doch die ganze Zeit. Du hast letztes Mal den Arts Club geschwänzt. Aber wenn du diesen Freitag hingehst, wirst du Marcia Meede dort sehen. Sie ist mit Luther verheiratet. Und sie ist für ein Jahr nach Samoa gegangen, um dort ihren Doktor zu machen. Und er war solange in England, hatte dort ein Stipendium – ebenfalls für ein Jahr. Verstehst du? Edith und ich könnten ruhig heiraten, und ich könnte trotzdem alles machen. Anstatt angebunden zu sein, wäre ich praktisch frei, wie befreit von meiner Bindung an die Mittelschicht. Und genau das brauche ich. Ich muß das alles abschütteln, alles, was ich einmal gewesen bin. Du weißt doch, was ich war...« Mit einem fast brutalen Ruck zog er die Schultern hoch.

»Ein Mitglied dieser unglaublich sorglosen, selbstgefälligen Mittelschicht. Von den Eltern ernährt, Taschengeld obendrein, verhätschelt und verwöhnt. Angehender Zahnarzt. Sonst war ich gar nichts.«

Vollkommen uneins mit sich selbst, aufgewühlt und erregt, was sich sogar in der tiefen Dämmerung des Wohnraums mitteilte, rutschte er fahrig und nervös auf seinem Sessel hin und her, stöhnte leise, unzufrieden in sich hinein. »Ich muß zugeben – und du würdest es kaum glauben –, aber ich bin so müde, daß ich hier und jetzt auf der Stelle einschlafen könnte. Wir haben zwar die ganze Nacht kein Auge zugetan, aber das ist es nicht. Ich bin nur kaputt vom ewigen Nachdenken über diese Dinge und von der ganzen Aufregung. Was das Beste wäre – für mich, für uns. Was soll ich überhaupt jetzt machen? Soll ich sagen, ich verlasse die NYU? Und meine Familie verlassen? Soll ich mir Arbeit suchen? Und wenn ja – hier in New York? Oder was ich vorher erwähnte: an Bord eines Trampschiffs fahren? Oder auf einem Ozeandampfer? Ich weiß, daß ich mir durch Reden einen Job als Steward verschaffen könnte. Kannst du mir folgen?« Seine übernächtigten Augen verdunkelten sich in Verzweiflung, die Krise übermannte ihn, er angelte nach seiner Pfeife, fand sie auch und hielt sie zwischen seinen beiden großen Händen auf dem Schoß. »Ich bin wirklich an einem bemerkenswerten Scheideweg in meinem Leben angelangt. Das ist doch ganz offensichtlich, oder nicht?«

»Ja, doch, ganz offensichtlich. Jesus, ich wünschte, ich könnte dir helfen, Larry. Aber du weißt ja...«, Ira spielte mit Gestik und Mimik den Hilflosen, »so etwas gehört einfach nicht zu meiner Welt. Oder ich gehöre nicht in diese Welt. Und du bist mir so weit voraus in dem, was da mit dir geschieht. Wer hätte je gedacht, daß so etwas einem Freund von mir widerfahren könnte oder würde, der gerade erst die High School beendet hat? Ich kann dazu nichts sagen, mir fehlen die Worte, okay? Ich bin dir keine große Hilfe.«

»Und alle anderen, an die ich mich wenden könnte, auch nicht; alle in meiner Umgebung, meine ich. Kannst du dir etwa vorstellen«, er lachte kurz und verächtlich, »daß ich Irma um Rat frage? Oder meine anderen Schwestern? Überhaupt jemanden aus meiner Familie?« Er grübelte, spielte nervös mit der Pfeife in der Hand.

»Ich sag' dir was. Ich habe von all diesen Dingen keine Ahnung, und ich kenne *sie* auch nicht. Aber *sie* ist diejenige, die du fragen mußt.«

»Edith?«

»Ja. Meiner Meinung nach, ja. Wen denn sonst. Wer wäre denn da sonst noch?«

»Sie ist dagegen, daß ich etwas überstürze, daß ich impulsiv meinen Eingebungen folge: alle Bande durchtrenne, mich löse.«

»Ach ja?«

»Ja. Sie möchte, daß ich meinen Abschluß mache. Sie hat gesagt, es wäre Wahnsinn, das nicht zu tun.

»Ach ja?«

»Ja.«

»Und was also wirst du tun?«

»Hm. Jetzt sind wir wieder da, wo wir angefangen haben. Was soll ich denn nun machen?«

»Ich kann nur sagen: es hängt allein von dir ab.« Ira starrte in die verworrene Leere, die sich im Dunkeln aufgebaut hatte. »Und das sagt nicht viel.«

Larry schien sich ebenfalls von dieser bedrückenden Leere beeinflussen zu lassen. »Es hätte nicht viel gefehlt, und ich hätte sie alle zerstört.«

»Du meinst deine Familie?«

»Ja, das kannst du dir doch vorstellen, wenn ich die Beziehungen abgebrochen hätte? Wenn ich unter die Penner gegangen wäre? Einfach verschwunden – oder so ähnlich. Das verwöhnte Baby der Familie. In Bermuda aufgewachsen. Und ich habe es genossen, das gebe ich zu. Aber sie würden verzweifeln. Andererseits möchte ich mit Edith zusammensein. Ich bin wirklich hin- und hergerissen. Mein Instinkt sagt mir, daß gerade jetzt ein drastischer Ortswechsel, ein ausgefallener Plan das richtige wäre. Was meinst du?«

Ira hielt ihm seine senkrecht aufgestellten Handflächen entgegen, um die Frage abzuwehren. Er schüttelte den Kopf. »Da mußt du mich nicht fragen. *Boy!*«

Larry zog leise an der kalten Pfeife und ließ dabei die Lippen leicht auf seinen Fingern ruhen. »Ja.« Es schien, als wolle er bekräftigen, daß seine Lage kritisch war. Er seufzte. Und nach ein paar Sekunden schüttelte er resigniert den Kopf. »Ich denke mal, Edith hat recht.«

»Ach ja?«

»Ich bin wohl zu übereilig. Zu romantisch.«

»Ach ja?«

»Okay.«

»Okay – was ist okay?«

»Ich bleibe erst mal, wo ich bin. Ich kann einfach nicht mehr – das Nachdenken hat mich völlig geschafft. Vielleicht kommt mir später eine bessere Idee.« Er sank leicht in sich zusammen. »Für den Augenblick bleibt's beim Status quo. Schluß aus. *Status quo ante.* Weißt du, was das heißt?«

»Das Vernünftige tun. Das Praktische.«

»Das klingt ganz gut, stimmt aber nicht ganz. Es heißt eher: Weitermachen wie bisher.« – »Oh.«

»*Carry on,* wie die Engländer sagen. Was ich mir vorgenommen habe, muß noch ein bißchen warten. Wir sollten vielleicht doch erst eine Zeitlang so zusammen sein. Und das will ich natürlich. Nichts will ich lieber als das... Und auch meine Leute – meine Eltern, Schwestern, die sind doch eigentlich ganz in Ordnung, weißt du. Freundlich, großzügig. Es ist nur, daß ich mich ihnen – gerade jetzt – meilenweit entfernt fühle, wie in einer anderen Welt, und ich denke, nun ja, irgendwann muß es einmal sein, die Operation, die Ablösung. Dann muß man handeln! Ein für allemal.« Er drehte seinen Kopf weg, stöhnte, war unaussprechlich frustriert, rutschte wieder auf seinem Sessel hin und her. »Sag mal, sollten wir vielleicht mal etwas Licht anmachen? Ich bin, glaube ich, kurz davor, durchzudrehen.«

»Möchtest du, daß ich das mache? Das Licht an, meine ich.« Ira fand sich albern. – »Das wäre sehr nett von dir. Ehe es noch stockfinster wird hier drin.«

Ira stand auf und suchte nach dem Schalter an der Wand. Der plötzliche Lichtschein enthüllte einen trübsinnigen Larry auf dem grünen Diwan. Erschöpft und matt vor Unentschlossenheit nagte er an seiner Oberlippe und spielte immer noch mit seiner Pfeife herum. Der feine schwarze Kopf der Bruyèrepfeife kontrastierte mit der Blässe seiner großen Hände. »Nun gut, das ist das.« Und wieder die fahrigen Bewegungen seines Körpers und eine wechselnde Gesichtsfarbe als Zeichen verschiedener Stadien der Erschöpfung. Resignation trat an die Stelle seines inneren Aufruhrs – es war eine Resignation aus Unzufriedenheit. »Ich kann mich glücklich preisen, daß du hier bist, Ira, zum Reden.« Ira protestierte, machte sich schlechter als er war. »Nein, es stimmt schon. Ich weiß, was du jetzt sagen willst. Aber noch nie in meinem Leben habe ich so in der Bredouille gesteckt. Ich kann von Glück sagen, daß du hier bei mir bist, doch, doch. Ach, alles ist so –« Resignation schwang in seiner Stimme mit. Er seufzte. »Edith hat ja so recht. Erst mal abwarten. Es ist einfach alles viel zu überstürzt. Ich bete sie an, aber – ich werde die NYU erst nächstes Jahr verlassen. Dann aber bestimmt, ohne Frage.«

»Und dann? Das CCNY?«

»Allmählich die Abhängigkeit von meinen Leuten abbauen – ohne sie gleich umzubringen, wie du sagen würdest. Meine Zensuren abwarten und vielleicht irgendeine Teilzeitarbeit suchen.«

»Hey, weißt du was? Ich glaube, ich sollte dich jetzt lieber schlafen lassen. Warum gehst du nicht früh zu Bett. Du bist doch vollkommen erschöpft.«

»Edith wahrscheinlich auch. Ja, gut, aber warte noch einen Moment... Laß mal sehen, ob wir etwas zum Abendbrot auftreiben können. Was hätten wir denn in der Speisekammer? Suppe? Reste? Irgend etwas findet sich hier eigentlich immer.«

»Oh ja, schön, ganz egal.«

»*Soupe du jour*«, sagte Larry freudlos. »*Soup du Jew* – Judensuppe.«

»Brauchst du Hilfe?«

»Nein, nein, das mach' ich schon. Wird mir guttun und hilft mir ins normale Leben zurück. Komm, wir gehen in die Küche.«

Ira folgte ihm und schaute zu, wie er den Inhalt einer Schüssel in einen Kochtopf leerte. »Ungarisches Gulasch. Soll es jedenfalls sein.« Er stellte den Topf auf den Herd, ging zum Eisschrank, nahm einen halben Kopf Salat heraus. »Wir machen die Salatsoße immer selbst. Essig und Olivenöl – einverstanden?«

»Ja gern.«

»Toast gefällig?«

»Fabelhaft.«

Wie bei allem, was er anpackte, zeigte Larry auch beim Tischdecken Geschick und bereitete das Abendessen trotz seiner Müdigkeit mit großem Elan. Ira beobachtete ihn schweigend. Die Stille war ihm willkommen, so hatte er eine Minute, in der er versuchen konnte, einmal ganz für sich in Ruhe nachzudenken, zu überlegen, sich mühsam die Zukunft vorzustellen, sich gedanklich in sie hineinzuversetzen, die doch nur ein Minimum an oberflächlichsten Spekulationen zuließ, und die ihm wie ein planloses Labyrinth erschien. Jesus, ausgerechnet *ihn* fragte Larry um Rat? Wo er doch selbst am allerwenigsten wußte, was da zu machen war, kaum selbst die Optionen kannte. Laß mal sehen: Um seine Liebesbeziehung zu

Edith und sein Ziel einer Heirat mit ihr voranzutreiben, war Larry nach eigener Aussage bereit und willens, von zu Hause auszuziehen und auf Wanderschaft zu gehen. Er wollte sich verändern, sich eine Zeitlang von Edith trennen, seine Familie, den ganzen Komfort, sein Taschengeld – er nannte es Unterhalt –, die schönen Klamotten und sein eigenes Zimmer aufgeben. Und sogar seinen Kumpel Ira, seinen Busenfreund.

Dieser Gedanke setzte sich in ihm fort, kroch in ihn hinein, bis in die Abgründe jener schicksalhaften Entscheidungen, die er, Ira, in seinem Leben schon getroffen hatte. Er hatte einst wegen seines Freundes Farley auf die für ihn geeignete High School verzichtet und später dann, wegen seiner Freundschaft zu Larry, womöglich einer guten Zukunft abgeschworen, ohne daß dieser ihn in seine Planungen mit einbezogen hätte. Nicht, daß er sich deshalb verletzt fühlte, aber es war ihm eine Lektion, eine ernüchternde. Ja, es war schon verrückt. Verrückt. Larry würde sich schon nicht aus dem Staub machen oder seinen impulsiven Gefühlen nachgeben, besonders dann nicht, wenn Edith ihm abriet; er würde tun, was sie sagte. Oh, wie verworren, wie verworren. Wie schon einmal, nahm das Geschehen im wabernden Dunkel seines Hirns wieder dieselben, seltsam verheißungsvollen Züge an: Larry würde das ausführen müssen, was Ira sich vorgenommen hatte, was Ira für sich selbst als vorteilhaft erachtete. War das denn nicht verrückt? Oh ja, war es, war es. Es war wieder dasselbe, es war immer dasselbe. Ob er überhaupt schon einmal verliebt gewesen sei, hatte Larry ihn im Laufe dieser Unterhaltung gefragt, ob er schon einmal jemanden so richtig angehimmelt hätte. Jesus, was für ein schlechter Scherz. Er hatte Grenzen jenseits von Liebe und Schwärmerei durchstoßen, Mordgelüste verspürt, das Beben grüner Wände kennengelernt, wenn Minnie »also gut« sagte. Und im Keller seine kleine dummdicke Cousine gefickt. Wann sollte er wohl Zeit für Liebe haben? Er brauchte keine Zeit für Liebe; ihm reichte ein schneller, verachtenswürdiger Abgang in einer verbotenen Fotze. Wow! Verdammt nochmal, es gab nichts Besseres. Das Risiko, die Gefahr, der Gewinn des Jackpots mit dem überirdisch Abscheulichen.

Nein, er klammerte sich an Larry, weil seine Zukunft von ihm abhing; das war alles, was er sich immer wieder sagen konnte – einhundertmal. Es war eine Zukunft, deren Beschaffenheit er noch nicht erkennen konnte, die aber unterschwellig mit ... mit Erfüllung lockte. Sie hatte ihn fest im Griff; er machte sich ein Bild von ihr und glaubte nicht daran; er glaubte nicht daran und sah sie doch schon vor sich. Irgendwie mußte die verschwommene, formlose Hoffnung in ihm schließlich Gestalt annehmen, diese namenlose Brühe eines tödlichen Gefühls menschlicher Ohnmacht, seiner Ohnmacht, seiner Verirrungen, scheußlicher, affiger und trauriger Verirrungen, die weit schlimmer waren, als Larry sich je vorzustellen vermochte. Nein, nie würde Larry die infernalischen Qualen der Leiden nachvollziehen können, die Ira sich selbst zugefügt hatte, auch nicht, wenn er von zu Hause auszog.

Aber da tauchte sie wieder auf: die schlimme Verirrung in seinem Sophomore-Jahr an der DeWitt Clinton, die sich zu einer mörderischen geistigen Verwerfung entwickelt hatte, die ihm aber etwas Einzigartiges verlieh, ein Auserwähltsein, obgleich andere klüger waren als er und, wie Larry, eine schnellere Auffassungsgabe hatten, gewandter waren, alle Attribute größerer Intelligenz besaßen, Geschmack und Urteil. Aber deswegen – war es Täuschung? – würde er doch seinen ... ja, er wußte, es war schmachvoll – seinen Inzest anderen gegenüber nicht eingestehen! Oder hatte ihm die Unterwerfung seiner vierzehnjährigen Cousine unter seine geile Lust ein Schicksal beschert, das nicht mehr zu leugnen war? Was für ein Wahnsinn! Er hatte Larrys Entscheidung gesteuert, es durch seine Willenskraft erreicht, daß dieser bei seiner Familie blieb. Und als befinde er sich im Sog seines Freundes Larry, wie jene Mannschaftsfahrer im Velodrom, die im Windschatten hinter ihrem

Schrittmacher herradelten, würde Ira nun mitgerissen in ein Schicksal, das auch jetzt nichts weiter war als nebulöse Hoffnung, Phantasie. Aber die Phantasie hatte schon oft die Wirklichkeit vorweggenommen – wie Michelangelo die Statue im Marmor vorausgeahnt.

Ira war damals auf der wackeligen, windigen Plattform der Eighth Avenue »El« mit Larry mitgefahren und hatte erlebt, wie sein neuer Freund, gleich nachdem er aus der Anthologie von Louis Untermeyer diese aufrüttelnden Zeilen moderner Lyrik wie eine Fanfare am Beginn einer neuen Welt herausgeschmettert hatte, damit auftrumpfte, daß er Zahnarzt werden wollte ... und Lehrer nicht sehr viel verdienten. Und damals war Ira schon aufgefallen, daß hier etwas nicht stimmte, daß etwas nicht zusammenpaßte. Und nun hatte dieser Larry, der privilegierte, romantische Larry im Taumel seiner jungen Liebe zu Edith versucht, es passend zu machen, den Menschen, der er einmal werden wollte, zu opfern – *was er natürlich nicht so sah!* – ja, den tatsächlichen Gegebenheiten anzupassen. Und da stand er nun in seiner Küche, der gutaussehende Larry, und kostete prüfend sein French Dressing und streute noch ein wenig Salz und Pfeffer hinein und steuerte darauf zu, das zu werden, was Ira schon war, schon so lange war: ein nutzloser, unpraktischer, wehleidiger Trottel – unheilbarer Trottel, und sich dessen auch unheilbar bewußt. Die Lebensform, zu der Larry sich jetzt zwang, war für Ira wichtiger als für ihn selbst, und vielleicht war gerade das die Grundlage für eine großartige Freundschaft. Ira spürte, daß diese Kehrtwendung bei Larry nur geschehen sein konnte, wenn etwas Wahres daran war, daß er derartigen Einfluß ausüben konnte. Er hatte diese unheimliche geistige Kraft, diese Reichweite. Er kannte keine Grenzen, seine Phantasie war hemmungslos. Er hatte mit dem Wahnsinn gekämpft, größte Verirrungen des Geistes erlitten. Töte sie! Töte sie... Und dann, mitten in diesem ganzen Wahnsinn, löste er seine Geometrieaufgaben, Aufgaben, die doch einigermaßen Verstand verlangten – wie ging das zu? Er fand Tröstung in der Anwendung von Lehrsätzen zu Tangenten und Sekanten, zu Sehnen und dem Lot.

Doch ja, das entsprach Ira mehr; für ihn war es so natürlich wie das Atmen, daß seine Wahrnehmung die klobigen Hausfassaden registrierte, an denen die El vorüberfuhr, und die Gesichter in den Fenstern, die auf glanzlose Ereignisse warteten. Nun ja, Larrys Wahrnehmungen mußten nicht unbedingt auf dieser Ebene stattfinden; was er wahrnahm, konnte auch aus seinem eigenen Milieu abgeleitet sein. Hör nur, was er sagt, was er immer wiederholt: »Ich weiß, sie will nur mein Bestes. Aber ich muß Lebenserfahrung sammeln. Wenigstens eine Wohnung im Village, ein billiges Zimmer. Egal, was. Ich habe ja ein bißchen Geld auf der Bank – meine Tante Lillian hat mir etwas hinterlassen. Ausbrechen. Auf mich allein gestellt sein. Ich muß, ich muß einfach. Ich muß einen Sinn hinter dem spüren, was ich tue.« Und dann wieder die Frage: »Was würdest *du* denn machen?«

Es geht rund, es geht rund, immer über denselben Grund (das klang nach dem »Ancient Mariner«). »In meinem Fall wäre es nur ein Dreckloch, das ich aufgeben würde. Und bei dir? In deinem Fall wäre es – nun, schau dich doch um!«

»In meinem Fall wäre es eine erdrückende Mittelschicht-Atmosphäre!«

»Erdrückend findest du die Atmosphäre hier?«

»Ja«, sagte Larry erregt, schob Brotmesser und Schneidebrett abrupt von sich und drehte sich um. »Ißt du auch ein Stück Weißbrot? Also weißt du – ich kann es hier nicht mehr länger aushalten. Meine Leute sind nicht übel, das weißt du ja. Aber ich muß mal raus hier. Ich muß meine Abhängigkeit abstreifen, meine guten Verbindungen. Dieses ganze Familiengesülze. Gott, ist das widerlich! Aber ich liebe meine Verwandten. Sogar Irma, obwohl es vielleicht nicht den Anschein hat. Meinen Bruder Irving. Meine Schwestern. Meine Nichte. Meine Schwäger. Wieviel Kummer und Tränen wird das geben. Und alles meinetwegen. Bist du dir überhaupt darüber im klaren, wieviel Schmerzen es allen bereiten wird? Und mein Vater hat nicht mehr das beste Herz. Dennoch, ich glaube unbedingt, daß ich es tun muß. Mein Gott, wie grausam!«

Wieviel älter er plötzlich wirkte unter diesem seelischen Druck, ganz dünn und abgespannt. Wer würde vermuten, daß er noch studierte und erst ein Freshman war? Manchmal bekam man Schnappschüsse von jungen Athleten zu Gesicht, die gerade in der höchsten Anspannung ihres Wettkampfs standen – High School Kids, die so alt aussahen wie Erwachsene.

»Ja, findest du?«

»Edith meint, ich soll bis zum Ende des Semesters warten. Das will ich aber nicht. Sie meint, ich muß unbedingt versuchen, mir vorher alles ganz genau zu überlegen. Das kann ich aber nicht. Ich fühle, daß ich ein Mensch bin, der – also, wenn ich schon Schriftsteller werden will, dann muß ich mir auch selbst das Umfeld dafür schaffen. Verstehst du? Und zwar jetzt, genau jetzt. Nicht erst im nächten Semester, oder in drei Jahren, oder womöglich erst nach meinem Abschluß. Nein, nein, nein! Jetzt sofort. Mit aller Hingabe.« Er schöpfte das kräftige braune Gulasch auf die Teller.

»Mit Hingabe?« Ira lief das Wasser im Mund zusammen. »Hmm, das sieht ja so gut aus, wie es duftet, *oh, boy*. Wie macht man eigentlich aus einem Gulasch ein ungarisches Gulasch?«

»Mit Paprika. Das ist sozusagen das Nationalgewürz.«

»Haha, so ist das. Stört es dich, wenn ich schon anfange mit *freßn*?«

»Kein Problem, fang ruhig an. Es ist reichlich da.«

»Hingabe. Was nennst du Hingabe?« Er hörte das Wort in sich nachklingen und widerhallen, als versuche es, seinem geräuschvollen Schmatzen seine wahre Bedeutung zu entlocken.

»Natürlich nicht das tun, was Edith mir rät. Endlich meinen eigenen Instinkten folgen! Und dann denke ich wieder, ob ich mir wohl ein Eigentor schieße. Ein paar Gedichte bis jetzt und die geliehene Handlung für eine Kurzgeschichte. Was habe ich denn, um weiterzumachen? Ich bewege mich auf des Messers Schneide. Und was ist, wenn ich abstürze –« Plötzlich machte er wieder eine Kehrtwendung. »Und außerdem – die Entfernung zum Village ist sowieso nicht groß genug. Irma würde dauernd dort herumhängen, und meine anderen Schwestern, und meine Mutter würde mit Sicherheit vorbeikommen und mich bearbeiten, daß ich zurückkehren soll. Sie würde mir gut zureden, mich anflehen, und meine Schwäger würden es dann auch noch mit Argumenten versuchen – ich höre schon die Appelle. Dann würde ich wahrscheinlich schwach werden – so etwas kann ich nämlich nicht aushalten. Das sind meine einzigen Bedenken. Wenn ich schon ausbreche, dann richtig. Wie unsere Wanderarbeiter – einfach verschwinden. Als einfacher Matrose auf einem Trampschiff. Und genau das kann ich nämlich nicht. Ich bringe es einfach nicht fertig, ihnen so das Herz zu brechen.«

»Nein? Ach – kannst du mir bitte noch etwas von dem Weißbrot rüberschieben?«

»Hier, bedien dich. Soll ich noch was abschneiden?«

»Ich glaube, das wird reichen. *Boy*, ich liebe Brot. Bei uns zu Hause essen wir alles mit Brot. Manchmal sogar Moms Kompott.«

»Meine Verwandten würden den Verstand verlieren, wenn ich so einfach verschwinde«, sagte Larry düster, wie zu sich selbst. »Und überhaupt, wenn ich an die Schmerzen denke, die ich verursache.« Er hob seine große, zitternde Hand, welche die Gabel festhielt. »Ich kann sowas nicht machen. Ich bin fix und fertig. Und gerade jetzt fange ich an, das zu verinnerlichen. Gerade jetzt fange ich erst an, einen Blick für diese Dinge zu entwickeln. Kein Wunder, daß Edith immer wieder gemahnt hat ›Mach erst deinen Abschluß‹.«

»Vergiß das Essen nicht.«

»Nein.« Er legte die Gabel nieder, preßte die Augenlider fest zusammen und langte, als er sie wieder öffnete, nach dem Salatbesteck. »Ich nehme jetzt etwas Salat. Du auch?«

»Nein. Wir essen ihn immer hinterher.«

»Drei Jahre.« Er versank in Nachdenken, kaute auf einem Salatblatt, war untröstlich. »Und dann auch noch eine riesige Menge Kurse in den Sommerferien – alles an der NYU. Sie wird vielleicht im Sommer in Silver City sein. Oder in Berkeley. Entweder, oder. Sie hat Mutter und Schwester dort. Ich glaube, beide sind geschieden. Die Schwester ist Geigerin mit Ambitionen – aber ohne Talent. Und was soll ich dir sagen? Edith unterstützt ihre Mutter sogar, zahlt, glaube ich, ihre Lebensversicherung. Sie hilft auch ihrem Vater aus – er ist Politiker und völlig ruiniert; seine Gesundheit ist es auch. Er trinkt. Sag mal, habe ich dir schon erzählt, daß der Bundesstaat New Mexico 1920 komplett republikanisch geworden ist? Dabei bricht mir fast das Herz. Das kleine süße Ding, so großzügig, so ergeben. Ich kann nicht helfen, möchte sie aber unterstützen. Ich weiß auch, daß ich es könnte. Ich könnte sie beschützen –«

»Sie beschützen? Jessas, sie hat einen Job«, unterbrach Ira. »Sie ist deine Dozentin. Ich will mich aber lieber nicht einmischen«, bremste er sich. »Kann ich noch eine Kelle Gulasch haben?«

»Aber ja doch. Kannst du dir vielleicht bitte selber nehmen?«

»Ja natürlich, gern.« Ira erhob sich. »Und weiter? Ich höre.«

»Sie hat so viele Verpflichtungen, muß so viele Wünsche erfüllen. Das ist der Hauptgrund, weshalb ich ihr gern helfen möchte. Zum Beispiel mit einem finanziellen Zuschuß, um ihre Belastung, den nervösen Druck, unter dem sie steht, zu lindern. Sie kann sich kaum dagegen behaupten. Der nervöse Druck allein bereitet ihr schon alle möglichen Magenschmerzen.«

»Ach ja?«

»Ich könnte ihr helfen, ihr Entscheidungen abnehmen. Ich könnte zum Einkommen beisteuern. Tantiemen. Eventuell ein Gehalt –«

»Aber wie denn? Das sehe ich noch nicht. Verdienen *und* das Examen in drei Jahren schaffen – ich glaube nicht, daß das möglich ist.« Ira setzte sich wieder. Sein Hirn hatte schon mit seinen unhörbaren Betrachtungen begonnen. Seine Blicke schweiften in die Ferne und weit zurück, um den Schein des Zuhörens zu wahren, während er aß. Sie beschützen. War das ein Teil der Liebe? Er hatte noch nie den Wunsch verspürt, jemanden zu beschützen – außer sich selbst. Minnie beschützen? Jesus, der einzige Schutz, den er offerierte, war vor allen Dingen wichtig für ihn selbst: Er wollte sich selbst Ängste ersparen; er litt nicht mehr die Qualen von einst, aber immer noch die Angst, er könnte sie geschwängert haben. Und Stella genauso. Verdammt, bring ihr bei, daß sie um Gottes willen nicht sagen soll, daß er es war, der sie vögelt hat. So schlau war er inzwischen, daß er an ein Täuschungsmanöver dachte. Irgend so ein Kerl, so'n großer *guy* – so'n großer *goj* sollte ihn ihr reingesteckt haben. Vielleicht sie sogar gezwungen haben. Du mußt sie beraten. Aber beschützen, schützen? Er wollte immer nur schnell ran und rein und raus.

Das war also das eine, was bei ihm nicht zusammenpaßte. Und was *das* bedeutete – selbst wenn Larry mit dem Thema so läppisch umging! Du warst wohl noch nicht alt genug, war es das? Ja, das war es. Meine Güte, du konntest das Ganze sehen wie in einem Film: Du vögelst deine kleine Schwester, Minnie, inzwischen aus Gewohnheit – wobei sie jetzt gar nicht mehr so klein war –, und vögelst deine Cousine Stella. Dadurch hast du dich von der Welt abgekapselt: Es beherrschte dich völlig, deine Entwicklung wurde gehemmt, du hattest kein Interesse an den Problemen eines Erwachsenen, an Überlegungen der Erwachsenen. Junge, was für ein Bild: Etwas riß an einem unsichtbaren Netz – zerrte und brüllte, ohne je wirklich zu versuchen, sich zu befreien. Und wie zum Teufel würdest du da herausfinden? O-o-oh, sonntagvormittags, o-o-h, und Stella dazu bringen, ihn wochentags zu besteigen. Jesus, wenn er sie doch nur mal ganz allein erwischen könnte. Er war verrückt danach, das kleine Luder mal so richtig von hinten durchzuvögeln. So weit in sie einzudringen, daß er oben anstieß. Da warst du also wieder. Fast schon wieder erregt beim Zuhören. »Du fängst an, dich zu wiederholen.« Ira versuchte, die Gereiztheit in seiner Stimme zu unterdrücken.

»Ich wiederhole mich?« Larry war konsterniert.

»Nicht direkt«, beschwichtigte Ira hastig. »Aber du drehst dich mehr oder weniger im Kreis.«

»Das wundert mich gar nicht«, sagte Larry und war plötzlich ganz deprimiert.

»Ach komm, erzähl weiter. Ich habe nur gerade an etwas anderes gedacht. Ich habe manchmal diese – na, du weißt doch, wie ich das nenne: meine Tagträume.«

»Das habe ich bemerkt. Möchtest du, daß ich aufhöre?«

»Nein, nein. Erzähl weiter. Ich bin irgendwie blockiert im Kopf, schätze ich.«

»Wovon?«

Er mußte aus der Ecke heraus – und zwar schnell: »Ach, alle möglichen Bedenken, deinetwegen und wegen der schwierigen Situation, in der du bist«, sagte Ira. »Oh, den Salat hast du aber gut angemacht.« Er hatte sich etwas genommen.

»Mir schmeckt das gekaufte Dressing nicht. Aber was du da sagst, trifft die Sache nur halb.«

»Was meinst du? – Hey, du mußt noch etwas mehr essen. Du fällst sonst noch vom Fleisch.«

»Also, die einfachste Lösung für Edith und mich wäre zu heiraten. Das würde –« Mitten im Satz hielt er wieder inne, ließ sein Besteck ruhen. »Das würde alles rechtfertigen, was ich vorhabe: meinen Auszug von zu Hause, meinen Wechsel auf das CCNY.

Meinen Wunsch nach vollständiger Unabhängigkeit. Ich muß ihnen Schmerzen zufügen, aber so wären diese wohl am geringsten. Meinst du nicht auch?«

»Kann sein.«

»Und wenn wir erst einmal verheiratet sind, nun – dann haben wir ein Faktum geschaffen, ganz einfach: Meine Eltern, meine Verwandten, sie müßten der Tatsache ins Auge sehen, dann müßten sie es akzeptieren, so einfach ist das. Darum ging es zwischen uns.« Larry drehte sich kopfschüttelnd zur Seite. »Sie sagte, ich sei sehr lieb, sehr zärtlich und süß. Nun gut, vielleicht bin ich das. Aber das hilft uns nicht weiter, das bringt uns keiner Lösung näher. Ich könnte sie doch jetzt heiraten, und kein Mensch müßte es erfahren. Meine Leute, also, die wären vielleicht entsetzt. Das ist der weniger schöne Teil des Ganzen. Ich bin jetzt achtzehn, fast neunzehn Jahre alt, und sie ist dreißig. Andersherum wäre es besser: ich dreißig, und sie neunzehn. Da bleibt uns nur, Väterchen Zeit zu bitten, uns näher zusammenzubringen. Es gibt ein Gedicht zu diesem Thema in unserem Lehrbuch der Englischen Literatur. Ich kann mich nicht genau erinnern – von Cartwright, glaube ich, ja, Cartwright. Es behandelt fast genau dasselbe Thema: den Altersunterschied.« Er begab sich auf die Suche nach seiner Pfeife.

»Hey, essen sollst du, hörst du wohl? Also, du schaffst es noch, daß aus mir eine jüdische Mama wird: *Eß, eß, majn kind.* SOS.«

»Nein danke. Mehr kann ich im Moment nicht. Du kannst meinetwegen den Rest wegputzen.«

»Ja? Oh, dankeschön. Da ist immer noch etwas Gulasch im Topf.«

»Meine Mutter wird sich freuen, wenn er nachher leer ist.«

»Genau. Und weißt du auch warum? Weil sie denkt, daß du es aufgegessen hast. Egal, ich bin froh, daß ich einspringen kann. Und ich bin auch froh, daß ich nicht verliebt bin.« Ira unternahm seinen dritten Gang zum Gulaschtopf. »Letzte Chance: ganz sicher?«

»Absolut. Aber sie verdient noch nicht genug mit ihrem Dozentengehalt. Sie verdient nicht genug, um all das machen zu können, was sie gern möchte – und das ist meistens etwas für andere. Sie versucht, Zeitungsredaktionen zu bearbeiten, daß sie Buchbesprechungen drucken: die *Times,* die *New York Trib, The Nation, The New Republic.* Es bricht mir das Herz, wenn ich sehe, wie sie sich aufreibt – für andere. Und ich fange allmählich an zu begreifen, welch widrigen Umständen die Frauen an der Uni unterliegen, in der Anglistik besonders, aber in den anderen Fachbereichen auch. Edith hat schon einen Anspruch auf eine stellvertretende Professur. Und sie hat ihren Doktortitel. Und hat außerdem zwei Bücher über die religiösen Gesänge der Navajo-Indianer herausgebracht. Und wird von Dichtern *und* Anthropologen dafür hoch gelobt. Und trotzdem wird ihr ein Mann die Professur vor der Nase wegschnappen – nur weil er Hosen anhat. Und das macht sie so wütend. Und mir tut das auch so weh.«

»Ach ja?« Ira mußte sich bemühen, seine Verstimmung mitsamt dem Gulasch hinunterzuschlucken. Immer noch war er gezwungen, sich dieselben Sachen, immer wieder dieselbe Leier anzuhören. Mensch, man mußte doch auch mal sagen können – wie Juden es gern ausdrückten: Ende gut, alles gut. Gar nichts gut, dann eben *freßn* statt dessen. Daß es ihm schon im Halse steckenblieb, würde unbemerkt bleiben.

Verärgert verschränkte Ira die Hände unter der Tastatur auf seinem Schoß. Das stand so nicht im Text. Er war von seinem maschinegetippten Manuskript auf dem gelben Durchschlag, von seinem ersten Entwurf abgewichen. Er hatte genug davon. *Er* langweilte sich damit, seine Hauptfigur noch nicht. Er langweilte sich schon vor seiner Hauptfigur damit – und übertrug nun seine Langeweile auf seine Hauptfigur. Und warum? Weil es noch so gottverdammt viel an Neuem gab, was er aufzubereiten und zu übermitteln hatte. Oh, Jesus. Was für Kunstgriffe, was für neue Stilmittel mußte er noch anwenden? Er hatte schon fast alles verbraucht, was ihm an schriftstellerischer Strategie zu Gebote stand. Ihm waren seine Tricks »gerade ausgegangen«, wie die Ladenbesitzer in Maine immer sagten: Schinken ist gerade aus.

John Vernon war es gewesen, so erinnerte sich Ira, der Dozent mit der homosexuellen Neigung, der die Sache ins Rollen gebracht hatte – mit den Avancen, die er Larry machte. Seine Avancen gegenüber Larry hatten, so könnte man es wohl nennen, Edith auf den Plan gerufen. Daß das Tragen von Hosen durchaus ein Grund sein konnte, eine Frau zu überholen, hatten wir ja eben schon gehört! Sie wollte nicht, daß Larry in die Fänge eines Homosexuellen geriet – wenigstens nicht, solange er nicht normale Liebe erfahren hatte. Okay. Nun ist es heraus, dachte Ira irritiert. Nun kannst du den ganzen Rest ruhig löschen, zum Kuckuck.

Ja, als praktizierender Romancier konnte er bei einer Vielzahl verschiedener Tricks aus seiner Kiste Zuflucht suchen. Wohl wahr. Jemand konnte das Apartment betreten, sagen wir vielleicht, daß es wieder Irma war, und so die Vertraulichkeit des Geständnisses beenden. Oder Ira hätte die Erzählung absichtlich vom Kurs abbringen können, indem er eine seiner typisch taktlosen Fragen stellte. Oder noch besser – nun sag schon, Mann, wie hieß es doch gleich im Juristenjargon? – hätte er Einspruch einlegen können gegen den lüsternen Trieb, die Dinge aufschieben und schreiben können, er hätte da so ein Gefühl, daß er heute abend vielleicht noch Glück haben könnte. Zwei Nummern an einem Tag. Er hätte gesagt: »Ach weißt du, ich müßte dringend mal wieder Tante Mamie besuchen. Ich bin schon eine Ewigkeit nicht mehr dort gewesen.« Oder hätte er sagen sollen, daß sein Großvater beabsichtigte, bald dort einzuziehen? Oder daß der Sejde bereits dort wohnte? Himmel, nein. Etwas mußte er schon unverändert lassen, und etwas in der Hinterhand behalten. Er beabsichtigte, diesen Trick erst später anzuwenden. Immerhin war er schon angedacht. Ein paar Stunden nach seinem vormittäglichen, eheähnlichen Geschlechtsverkehr mit Minnie wurde er nämlich schon wieder scharf. Gewöhnlich holte er sich dann abends einen runter, was ihn für den Rest der Woche ruhigstellte – oder aber für die Tage bis zur Wochenmitte, wenn er Glück hatte, wenn ein nächtlicher Besuch bei Tante Mamie sich bezahlt machte. Aber tatsächlich gab es nur eine Sache, die wirklich nützlich war, abgesehen von ihrem reinen Informationswert, nur ein Detail in der Erzählung, das um seiner selbst willen interessant war, das einen Hauch von Abenteuer barg, jene Mixtur von Absurdität und Jugendtorheit, albern, aber erotisch. Ira ließ den bernsteinfarbenen Text auf dem Monitor zurücklaufen.

»Und es wohnt jemand bei ihr, stimmt doch, oder?« Ira fühlte sich gedrängt, Larry zu beweisen, daß er ein Publikum hatte. »Es gibt jemanden, der sich die Wohnung mit ihr teilt – hast du mir das nicht erzählt?«

»Iola Reid. Sie sind alle beide Dozentinnen am Englischen Seminar. Sie haben getrennte Schlafzimmer, aber einen gemeinsamen Wohnraum.«

»Ach, so ist das.«

Das klang nicht schlecht, Ira wurde hellhörig. Es ging ihm besser, nun, da er sich seiner aufgestauten Neugierde entledigt hatte.

Larry fing an, das Geschirr vom Küchentisch abzuräumen.

»Soll ich helfen?«

»Ach, die paar Teller. Ich stelle sie nur zusammen. Und den Topf lasse ich sowieso für Mary stehen. Ich will ja gar nicht behaupten, weißt du, daß er der Grund für die ganze Geschichte war, aber so hat es tatsächlich angefangen. Ich habe ihr von John Vernon erzählt. Er ist ein netter Mann, aber er ist schwul.«

»Huh?«

»Er hat versucht, sich an mich heranzumachen.«

»Tatsächlich?«

»Oh ja. Ich fand das nicht so wichtig, daß ich dir alles haarklein erzählen wollte. Aber Edith wußte Bescheid.«

»Jesus. Und im College wußten sie es auch. Ich weiß, daß du mir was über Homos erzählt hast. Aber ich muß mich erst langsam daran gewöhnen.«

»Ja klar. Aber heute ist das nichts Ungewöhnliches mehr. Er schreibt freie Verse. Und er hat auf dem ersten Arts Club-Abend, an dem ich teilgenommen habe, einige seiner Arbeiten vorgelesen.« Larry verzog das Gesicht, neigte den Kopf. »Es war ein Privatdruck.«

»Das Buch?«

»Ja. Dabei zahlt man die Druckkosten und das Binden selbst. Ich sehe aber nicht, daß sich das lohnt. Besonders in *seinem* Falle nicht. Entweder bin ich zu blöd dafür, oder es ist wirklich ... nur Prosa, in verschieden lange Zeilen umbrochen. Edith denkt übrigens genauso. Er glaubt aber fest daran, daß seine Sachen eines Tages die Anerkennung bekommen, die sie verdienen.«

»Du meinst –«, sagte Ira und gestikulierte aufgeregt, »berühmt werden? Erfolg haben?«

»Er ist überzeugt davon.«

»Ach ja?«

»Er hat mich dann in seine Wohnung eingeladen. Dann haben wir bei schummriger Beleuchtung geraucht, und dabei hatte er dann seine Hand auf meinem Schenkel.«

»Wann war das?«

»Ach, ungefähr vor einer Woche. Ich habe immer nur gedacht: Wehe, wenn du dich an meinem Hosenladen zu schaffen machst – ich drück' dir die brennende Zigarette auf die Hand.«

»Und? Hat er?«

»Nein. Er muß es geahnt haben.«

»Jesus.« Ira versuchte ein Grinsen. »Menschens-« Ira unterbrach sich, er konnte vor Verwunderung kaum sprechen. »Menschenskind! Dazu fallen mir sofort 'n halbes Dutzend Fragen ein! Was muß ein Mädchen empfinden, wenn ein Kerl zudringlich wird, den es nicht ausstehen kann? Und wie zum Teufel werden Männer so? Ich kann mir das absolut nicht vorstellen, weißt du: einen Mann begehren!«

»Nun, das war es ja, was Edith so besorgt hat.« Er kratzte den Rest Gulasch von seinem Teller direkt in den Abfalleimer aus Blech und legte den Deckel wieder auf. »Ich habe es ihr nämlich erzählt.«

»Das mit ihm? Mit Vernon?«

»Sie sagte, sie hätte sehr große Angst, daß er mich mit Erfolg verführen könnte, ehe ich Gelegenheit gehabt hätte, eine normale Liebesbeziehung mit einer Frau zu erleben.«

Ira lachte ein wenig spöttisch in sich hinein. »Das hast du doch schon. Auf diesem Schiff. Stimmt's?«

»Nun, nichtsdestotrotz – wir haben alle ein wenig von dieser Neigung in uns«, versicherte ihm Larry.

»Wie meinst du das – in uns?«

»In uns, ja genau, in uns. Wir sind teils feminin, teils maskulin. Gewöhnlich dominiert das eine über das andere. Aber etwas Feminines steckt in uns allen, ganz gleich, wie maskulin wir nach außen hin wirken. Und manchmal fallen wir auch auf jemanden herein. Dann tut einer so ungeheuer stark und männlich, sieht auch wie eine Kampfmaschine aus, und dabei steht er auf Männer. Cowboys sind häufig schwul gewesen, hat Edith gesagt.«

»Cowboys!« Er kicherte. »Dann lebe wohl, du alter Gaul, Cheyenne, ich muß dich la-has-sen. Oh, Männer, ich muß euch la-has-sen. Amen. Nee, tut mir leid.«

»Zum Beispiel Vernon –«, sagte Larry. »Der ist auf einer Farm in New England aufgewachsen. Dann hat er eine russische Adlige geheiratet, sie war vor der Revolution geflohen, du weißt – vor den Bolschewiken. Also, er war verheiratet und hat einen Sohn. Jetzt ist er geschieden. Er ist bisexuell.«

»*Bi*-sexuell?« fragte Ira mit Betonung auf der ersten Silbe. »Bi-? Du meinst, er macht beides? Hat er dir das gesagt?«

»Nein, Edith hat es mir gesagt. Sie hatte fürchterliche Angst, daß ich in die Fänge der Homosexualität gerate. Sie hat schon zu viele vielversprechende junge Männer auf diese Weise versaut gesehen. Und bei mir wollte sie das nicht erleben. Homosexualität ist keine normale Lebensform, sondern verdreht, eben andersrum.«

»Aber – er ist nicht homo, er ist bi. Er genießt an beiden Fronten!« Ira grinste. »Ich weiß aber immer noch nicht, was an der anderen so gut sein soll. Ha, ha, ha!«

»Ich habe ihr auch gesagt, daß Vernon nur sehr wenig Chancen hätte, mich zu verführen.« Larry stellte einen gespülten Teller zwischen die gummibezogenen Haltebögen auf dem Abtropfbrett.

»Oh, so eins müßte meine Mutter sich auch mal kaufen«, bemerkte Ira.

»Ich habe ihr gesagt, daß ich sie viel zu sehr liebte, um mich noch für jemand anderen zu interessieren, ganz gleich, ob Mann oder Frau. Und ganz bestimmt nicht für einen Mann. Ich möchte von *ihr* geliebt werden. *Sie* bete ich an.« Larry wandte sich von der Spüle ab und sagte zu Ira: »Und *sie* will ich auch heiraten.«

Warum verspürte Ira denn nur diesen Anflug von Peinlichkeit, als er sich zum wiederholten Male jene derart feurigen Liebeserklärungen anhören mußte? »Du sagtest es bereits.«

»Ich wäre sehr reif für mein Alter, hat sie gesagt. Ich wäre recht gelassen und schon ziemlich seriös und hätte weit mehr Sicherheit im Umgang mit anderen Menschen und bei gesellschaftlichen Anlässen als sie in meinem Alter. Und sie liebte mich ja auch so sehr. Aber: ich sei noch so ein junger Spund – das sagte sie wörtlich: Spund. Ich sollte mich noch nicht mit einer Ehe belasten, auch nicht heimlich, sondern erst mal meinen Abschluß machen. Ich sollte erst mal in Ruhe graduieren und dann entscheiden. So würde es uns viel leichter fallen, die richtige Entscheidung zu treffen.«

Jesus, wäre jetzt vielleicht der richtige Augenblick – oder sagen wir gleich, in einer Minute – für einen Vorwand, weshalb er jetzt gehen müßte? Um dann noch die U-Bahn stadteinwärts bis zur Station 110th Street und Lenox Avenue zu erwischen? Er würde dann gerade zur rechten Zeit bei Tante Mamie ankommen, nach dem Abendbrot, wenn sie das Geschirr abwusch. Oh, scheiß auf die Liebe. Er mußte jetzt versuchen, ein bißchen Zeit zu gewinnen, damit es für Larry nicht so aussah, als hätte er die Schnauze voll, als wolle er sich drücken. Der richtige Augenblick. Der richtige Augenblick, jaja. Meine Güte. Liebe. Triebe.

»Sollen wir zurück ins Wohnzimmer gehen? Vielleicht noch eine Schallplatte hören? Das *Chanson d'Arabe?*« Larry trocknete seine Hände am Geschirrtuch ab.

»Nein danke, heute nicht. Ich glaube, du solltest dir auch etwas Ruhe gönnen. Nach allem, was du durchgemacht hast.«

»Mir geht's gut. Schon erholt.« Larry schien wieder die Luft anzuhalten, stieß dann seinen Atem aus.

»Ich finde aber, du solltest dich wirklich jetzt hinlegen. Immerhin hast du mir gesagt, du bist zum Umfallen müde. Du hast ganz dunkle Ringe unter den Augen.«

»Das kommt von der Krise, die ich hatte. Das ist aber jetzt vorbei. Zwar noch nicht endgültig gelöst, aber das Schlimmste ist überstanden.«

»Tatsächlich? Bin ich froh, das zu hören. Aber ich muß jetzt machen.«

»Noch was vor, heut' abend?«

»Nee. Aber du solltest dich jetzt hinhauen.«

»Mach' ich, mach' ich – mir geht's jetzt wieder richtig gut – leichter ums Herz.«

»Na, dann ist's ja gut. Und danke für das Futter.«

»Ach, halb so wild. Daß du hier warst, ist viel wichtiger.«

»Gern gescheh'n. Etwas Gulasch, *amico fidato*«, sagte Ira und versuchte, die vielgehörte Arie aus *La Forza del Destino* zum Besten zu geben. »Wo ist denn mein Secondhand-Teil?«

»Wo du es hingelegt hast – in meinem Zimmer. Hast du eigentlich dein – du nennst es das Kaschafarbene – schon getragen?« Larry folgte ihm in den Korridor. »Ich meine das englische Jackett?«

»Oh, nein. Ich sagte dir doch, das ist für den großen Abend«, antwortete Ira über seine Schulter hinweg, während er in Richtung Larrys Zimmer ging.

Er konnte Larry lachen hören. »Es ist nur eine Dichterlesung. Du brauchst dich nicht groß rauszuputzen. Und Edith weiß sowieso über dich Bescheid.«

»Aha.«

Nun ja, er war nur Ira Stigman, dachte er; je weiter er vorankam, desto mehr wurde er sich – leider – seiner erheblichen Defizite, seiner mannigfaltigen Fehler bewußt. Warum denn tun, was er tat, warum den Versuch machen? Das hatte er sich schon oft gefragt und würde es sich noch öfter fragen, keine Frage. Das hatte schon was, dieses Sehnen, dieses ihm angeborene – vielleicht sollte man sagen chronische – Sehnen eines fast Achtzigjährigen. Er konnte wieder den Tonfall längst versunkener Zeiten hören, Worte von kürzlich angekommenen jüdischen Einwanderern – »Was wollt ihr denn von mir?« Gestern, als er den wohl längsten Fußweg seit vielen, vielen Monaten machte, ungefähr sechs oder acht Blocks vom Augenoptiker bis zum Krankenhaus der Presbyterianer zurücklegte, war er in Stimmung gekommen, etwas wie ein Prosagedicht zu verfassen und darin das Individuum zu enthüllen, das er war; jenes Individuum, das jetzt auch vor dem Computer saß und Tasten drückte, die galliggelbe Buchstaben auf den Bildschirm riefen.

Aber da ist nichts...

Nur der alte Mann, der durch die Central Avenue wankt und sich mit seinem Spazierstock abstößt wie ein Kahnführer mit der Stake am Wassergrund, um seinen Rumpf einen halben Meter näher zum Kantstein voranzutreiben, ehe die Verkehrsampel von Gehen auf Rot umspringt.

Und seine Lippen zucken vor Anstrengung, und er erinnert sich an das Kind, das er war, so schwungvoll und flink, und wie er über die Straßen hat toben können mit weit ausholendem, elastischen Schritt...

Und die quellende Träne ist nicht die seine, sondern das Kind vergießt sie für ihn...

VI

Wo zum Teufel war er? Wo hatte er aufgehört? Nach all diesen Tagen und Wochen im Hospital der Presbyterianer, wo er sich die Gallenblase hatte entfernen lassen, nach den Tagen und Wochen, in denen eine Krankenhausrechnung von über sechstausend Dollar aufgelaufen war, die Rechnungen des Chirurgen und der anderen Ärzte noch nicht mitgerechnet: des Anästhesisten, des Assistenten des Anästhesisten und des Internisten. Himmelherrgott noch mal – er hoffte, seine Zusatzversicherung würde die Differenz zwischen Honoraren und Pflichtversicherung bezahlen. Er war so lange von seiner Geschichte weggewesen. Einmal, während der langen medizinischen Tortur, hatte er an den Sejde gedacht, der über die eine oder andere Empfehlung – wahrscheinlich über einen Glaubensbruder in der Synagoge – an einen guten Zahnklempner geraten war, der Prothesen machen konnte: einen gewissen Dr. Veinig. Der hatte dem Sejde zwei *wunderbarn* Gebißplatten angefertigt, zu einem ausnehmend günstigen Honorar. Selbstverständlich würde er Iras Zähne zu einem ebensolchen günstigen Tarif in Ordnung bringen und ein für allemal das Elend der Zahnschmerzen beenden, unter denen Ira als Kind litt und manchmal sogar nächtelang deswegen schluchzte und stöhnte – und das in einem Haushalt, wo man sich noch nicht einmal Aspirin leistete, und er am Zipfel seines Kissens saugte, im vergeblichen Bemühen, seine Schmerzen zu lindern. Der Sejde machte Ira mit dem Zahnarzt bekannt, der sich bereit erklärte, die drei Zähne des Patienten für eine Gesamtsumme von zehn Dollar zu füllen.

Das Werk wurde begonnen, das Werk wurde vollendet, hauptsächlich mittels einer Maschine, die Mr. Dr. Veinig in seiner Praxis hatte, einer Vorrichtung mit einem Tretpedal wie bei einer Singer-Nähmaschine. Und während Mr. Dr. Veinig aus seiner geschwungenen Pfeife paffte, pumpte er kräftig mit dem Trethebel, der den Bohrer antrieb, der die Fäulnis aus Iras Loch im Zahn heraustrieb. Der Rhythmus der Worte, dachte Ira während er schrieb, erinnerte ihn an die Liturgie des Passah-Fests: *chad gadjo*, ein Kind, ein Kind, das mein Vater für zwei *zuzim* gekauft hat. Die Tür zur Wohnung des Zahnarzts war immer verschlossen, abgeschlossen und zusätzlich mit einer schweren Kette verriegelt, die Mr. Dr. Veinig in die Lage versetzte, jeden Patienten genau zu überprüfen, bevor er ihm – oder ihr – Einlaß gewährte. Aus irgendeiner Quelle, vielleicht von Mom, erfuhr Ira, daß Mr. Dr. Veinig – obwohl er keine Genehmigung hatte, als Zahnarzt zu praktizieren – mit seiner Arbeit die notwendigen Mittel verdiente, um das Studium seiner Frau an der Zahnmedizinischen Fakultät zu finanzieren; dafür brachte sie ihm das Neueste aus der Zahntechnik bei.

Woche um Woche verging, ehe die Löcher gefüllt waren, Wochen, in denen gebohrt und gebohrt wurde, bis letzten Endes der Nerv freilag und dem schaudernden, stöhnenden Patienten gezogen werden mußte. Endlich konnte die Füllung eingebracht werden. Jede Sitzung dauerte höchstens zehn Minuten: schnell rein und schnell wieder raus aus der Praxis des »Mister Doctor«, und der Geschmack der tabakverseuchten Hände auf der Zunge überdauerte den abendlichen Fußweg von der 113th Street nahe Lexington bis ganz nach Haus. Woran dachte das trübsinnige Kind damals? Das trübsinnige Kind, das sich in hohem Alter noch an den Mr. Dr. erinnerte, den humorlosen litauischen Juden mit der Tabakspfeife im Gesicht, der jeden Patienten oberhalb der schweren Kette an der Küchentür sorgsam musterte, ehe er ihn einließ. Gespenstische Auferstehung von vor fünfundsechzig Jahren, der Schauplatz: die Wartezimmerküche, das Schlafzimmer mit den altertümlichen zahnmedizinischen Gerätschaften...

Nur wenige Jahre später, als Ira die DeWitt Cinton besuchte, fingen nacheinander erst der eine, dann der zweite und schließlich der dritte der gefüllten Zähne unerträglich zu schmerzen an. Einer nach dem anderen mußte gezogen werden, und jeder einzelne verbreitete außer dem Blutgeschmack von der Wunde im Zahnfleisch einen fauligen Gestank nach Verwesung in seinem Mund.

Es passierte zu Beginn des Winters im alten Backsteingebäude gegenüber dem Schulhaus, wo das Schwimmbad der High School gelegen war, daß gerade, als Ira vom winterlichen Toben an der frischen Luft wieder hereinkam, der dritte Zahn zu schmerzen begann. Seltsame Assoziationen, aber untrennbar miteinander verbunden. Mit welcher Entrüstung ein anderer weißgekleideter Zahnarzt den Backenzahn dann zog: Ob Ira ihm wohl Namen und Adresse des früheren behandelnden Arztes nennen würde? Wer hatte diese Arbeit verbrochen? Ira erinnerte sich nicht mehr. Und später, in den Jahren danach, lockerten sich alle anderen Zähne, ob wegen der weiten Abstände, die von frühester Jugend an zwischen ihnen geblieben waren oder aus anderem Grund, bildeten Abszesse und lockerten sich, so daß sie gezogen werden mußten. Was zur Folge hatte, daß Ira in jüngeren Jahren als der Sejde *sein* erstes künstliches Gebiß benötigte. Er bekam es allerdings nicht zu einem so günstigen Schnäppchenpreis wie einst sein Großvater.

Jetzt mußte er aber auf Ira Stigman zurückkommen, ehe er sich unter dem Ansturm so vieler Nebenbei-Geschichten auflöste.

Es war an einem Abend am Wochenende in der Küche bei Larry zu Haus, die Eltern und Irma nicht da, das ungarische Dienstmädchen vielleicht auf seinem Zimmer, nur Larry und Ira anwesend. Zwischen ihnen auf dem Tisch lagen ein Stapel mit fünfzig Ein-Cent-Postkarten und einige Blatt Papier mit den getippten und handschriftlichen Namen und Adressen derjenigen, die zur nächsten Dichterlesung eingeladen werden sollten. Veranstaltungsort war wie üblich das »Village Inn Teahouse« in der MacDougal Street in

Greenwich Village; die Anfangszeit am kommenden Samstag war 20.00 Uhr. Als Schriftführer des Arts Club hatte Larry es übernommen, die Einladungen zu versenden, um damit Edith zu entlasten. Nur allzu gern hatte sich Ira selbst zum Assistenten hinzugewählt.

»Das ist aber verdammt eintönig.« Larry befreite den Stapel Postkarten von seinem Gummiband. »Ich schreibe die Adressen, du die Angaben auf der Rückseite. Hier hast du eine Vorlage: Zeit. Datum. Ort. Name der lesenden Dichterin: Margaret Larkin. Kapiert? Sobald ich alle Adressen geschrieben habe, helfe ich dir bei den Angaben. Vielleicht geht es so schneller, als wenn jeder von uns seine Postkarten allein beschriftet.«

»*Take. Take.* Wie nennt man das? Fließbandarbeit?«

»Und was heißt *take*?« Wie immer amüsierte sich Larry, wenn er einen neuen jiddischen Ausdruck hörte, und wollte ihn auch gleich lernen.

»Ticken und Tacken«, witzelte Ira und brachte mit dem Füllfederhalter sein Gekritzel auf die erste Postkarte auf. »In Wirklichkeit bedeutet es ›wirklich‹.«

»*Take*«, wiederholte Larry.

»*Take emeß*, sagt man. Wirklich wahr. Auch wenn einer lügt wie der Teufel.« Ira genoß Larrys Grinsen. »Und wer ist diese Margaret Larkin?«

»Sie schreibt einfach zu lesende, fast lichte Gedichte. Fast immer charmant. Feminin. Ich habe sie schon bei Edith kennengelernt. Hübsch und recht jung. Ich glaube, sie ist auch Weststaatlerin.« Er reichte Ira eine frisch adressierte Postkarte. »Das sind Gedichte, wie ich sie mag. Und manchmal schreibt sie ihren Namen darin rückwärts: Nikral.«

»Ach ja?«

»Sie hat eins darunter, das handelt von Zigaretten, die sie vor dem Bild ihres Liebhabers aufstellt – wie Kerzen. Ganz clever.«

»Hmm –.« Ira seufzte tief, ohne besonderen Grund: Künstlerleben, Phantasie. So herrlich ausgeflippt. Ach, so ein Leben, wenigstens einmal hätte er es gern mitgemacht.

»Wenn sie nämlich zu vergeistigt sind, wie bei T.S. Eliot, oder obskur – nun, wie zum Beispiel *Das Wüste Land* – dann ohne mich. Beim Lesen kommt keine Freude auf.« Larry schob ein Postkarte zu Ira hinüber. »Nicht gleich umdrehen. Die Tinte ist noch naß.«

»Nein. T.S. Eliot ist obskur?«

»Ganz bewußt. Und das nehme ich ihm auch übel. Ich glaube, ich bin recht empfänglich für Metaphorik, die Metaphorik anderer in einem Gedicht. Aber wenn es dann so hochtrabend symbolisch wird, halte ich es nicht für nötig, daß man nach allen Anspielungen gräbt und schürft. Zum Teufel damit!« Larrys Verhalten ließ keinen Zweifel an seiner Abneigung.

»Ach ja?«

»Du würdest mir zustimmen, wenn du ihn liest. Es besteht keine –« Larry hob mißmutig seinen Füllfederhalter und kreiste mit den Händen. »Ich kann keine Verbindung zwischen den einzelnen Teilen untereinander erkennen. Und manchmal nicht zwischen den einzelnen Zeilen. Das Ganze ist eine unzusammenhängende Aneinanderreihung von Zeilen, einige gut, einige – nun ja...«

»Wo liest du denn T.S. Eliot?«

»Bei Edith. Sie besitzt ungefähr die beste Sammlung moderner Gedichte in der ganzen Stadt.« – »Tatsächlich?«

»Wallace Stevens, Millay, Genevieve Taggard, Ezra Pound, Robinson Jeffers, A.E. Robinson, Léonie Adams, William Carlos Williams, Cummings, Frost, Elinor Wylie –«

»Donnerwetter!«

»Sie zögert nie lange, sich einen neuen Band mit Gedichten, die sie gut findet, auch zu kaufen. Wilfred Owen, Yeats, Sassoon, Sitwell – einige von denen findet sie selbst nicht so toll. Aber sie braucht sie für ihren Kurs.«

»Oh.«

»Jeder, der sie schon einmal gehört hat, sagt, der Kurs sei phantastisch.«

»Oh, ja?«

»Und das ist sicher etwas, was ich bedauern werde, wenn ich erst mal weg bin... Laß mal sehen.« Larry langte über den Tisch, um einen Blick auf die zuletzt geschriebene Karte zu werfen, die er Ira gegeben hatte: »Ich möchte nicht zwei Karten an ein und dieselbe Person schicken: Berry Burgoign.« Er suchte auf der Liste. »Die nächste ist Madge Thomson – sie ist auch am Englischen Seminar. Spezialisiert auf Altenglisch: *Beowulf* und diese Sachen. Häßlich, aber nett. Sehr flatterig. Kichert den ganzen Tag. Fast pubertär.«

»Ach ja? Und du kennst sie alle?«

»Ich glaube schon. Professor Watt aber nicht.«

»Wer ist denn das?«

»Der Leiter des Englischen Seminars.«

»Oh.« Ira wedelte mit einer Postkarte, um die Tinte zu trocknen. »Jesus, und ich habe am CCNY noch keine Seele kennengelernt. Der einzige, den ich kenne, ist Mr. Dickson, bei dem ich Aufsatzkunde belegt habe – Englisch 1.« Er beugte sich über die nächste Postkarte. »Ich kenne ihn auch nur aus dem Unterricht«, sagte Ira deprimiert. »Was ist mit deiner Familie? Immer noch Probleme?«

»Nein. Ich glaube, die haben beschlossen, die Dinge laufen zu lassen. Wir spielen ein bißchen Katz und Maus. Jeder wartet, daß der andere den nächsten Schritt tut.«

»Aha. Und was machst du?«

»Oh, dies Semester werde ich natürlich aussitzen. Dann sind meine Leute erst mal beruhigt. Und was ich danach mache – nun, das kommt darauf an. Ich denke, ich weiß schon, was ich will – das CCNY. Aber es hat keinen Zweck, weiter darüber zu reden, bis, nun, bis die Dinge etwas mehr Gestalt annehmen.«

»Ja.« Ira beobachtete, wie Larry den Verschluß am Tank seines Füllfederhalters fester anzog. Es war ein neuer, gut zu greifender Waterman, nicht wie sein eigener abgegriffener, alter. Er könnte nun sagen: Weißt du, ein Füllfederhalter hat mich einmal ganz schön in Schwierigkeiten gebracht. Ja, könnte er sagen. Er könnte sagen... Und plötzlich sah er Minnies Gesicht vor Freude strahlen, wie er ihr einen gestohlenen Füllfederhalter als Köder vor die Nase hielt. Er könnte auch sagen, ja, daß er eine Cousine namens Stella hätte – aber er schaute nach dem nächsten Namen auf der Liste. Es war der Name jener Person, über die Larry gerade gesprochen hatte, die mit dem pubertären Lachen. Für Larry lachte sie wie ein Backfisch. War es nicht wert, daß man sich mit ihr abgab. In Ira wurde das Raubtier lebendig. »Häßlich?« Ira drehte die gelbliche Karte um und las den Namen. »Dr. Madge Thomson?«

»Reizlos wie eine Gartenhecke.« Larry lächelte genüßlich. »Das ist Ediths Ausdruck. Reizend, nicht?«

»Gartenhecke? Du meine Güte«, sagte Ira bekümmert. »Also, du lebst, glaube ich, irgendwie auf einem anderen Stern. Du bist wirklich anders erzogen. Du sagst ›Reizlos wie eine Gartenhecke‹. Warum zum Teufel wie eine Gartenhecke?« Sie hörten beide zu schreiben auf, während Larry schon wartete, daß Ira fertig wurde. »In meinen Augen kann sowas sehr reizvoll sein. Ein Gartenzaun. Eine Hecke. Auf dem Lande, die so –«, er gestikulierte, breitete die Arme aus, »– so breit und so sauber geschnitten sind, weißt du, mit kleinen grünen Blättchen dran. Reizlos wie eine Gartenhecke? Die haben doch ihren Reiz!«

Larry lachte leise, sein schönes Gesicht hatte diesen verträumten Ausdruck, als er Ira anstarrte. Es war fast so, als wäre er unsicher, ob Ira es ernst meinte oder ihn auf den Arm nehmen wollte. »Sie ist nicht hübsch. Glaube mir.« Er schüttelte nachdrücklich den Kopf. »Was sagst du denn dazu? Ich meine, zu ›häßlich‹?«

»Ich? Du weißt, was ich sagen würde: Was ich in meiner

Umgebung immer gehört habe.« Ira zuckte die Achseln. »Da, wo ich aufgewachsen bin. Du kennst doch den alten Spruch: Bei dieser Fresse versteckt sogar der Mond sein Gesicht. In der 119th Street würde das noch als höflich gelten«, fügte er noch hinzu.

»Dann benutzt du auch so schlimme Ausdrücke?«

»Oh, nein, Jesus nein.« Ira machte eine Pause, um die feinen Unterschiede klarzukriegen. »Anders, Larry, es ist ganz anders. *Bei Jesus*, es gibt nicht nur – es ist ja nicht nur das eine Schimpfwort, es ist die ganze gottverdammte Welt, die da mit dranhängt. Kannst du mir mal sagen, was zum Teufel ich eigentlich hier mache?« Heftiger als beabsichtigt, rutschte es ihm heraus. »Hier bin ich und helfe dir bei den Einladungskarten – für eine Dichterlesung. Schreibe Einladungen in deiner Wohnung, in deiner Küche –« Er bekam sich wieder in den Griff; es wäre töricht, weiterzusprechen.

»Was ist dabei?« fragte Larry. »Was ist daran so ungewöhnlich? Du gehst aufs College, und das ist eine ganz normale Beschäftigung für einen Studenten.«

»Siehst du – und genau das meine ich. Für mich fühlt es sich nämlich nicht normal an.«

Nie konnte er es ihm sagen. Es gab Zeiten, da fühlte er sich wie in einem Schwebezustand, wie völlig in der Gewalt eines anderen. Das sollte er Larry mal sagen. »Es ist nichts«, sagte er. »Nur – ach, ich weiß nicht.«

»Aber *ich* weiß, daß ich dich mit Edith bekanntmachen werde.«

»Ach ja?«

»Aber natürlich.« Larry beugte sich gerade über die nächste Postkarte. »Warum schüttelst du den Kopf?«

»Weißt du, was ein Palimpsest ist?«

»Ja natürlich – ein Pergament, von dem die Schrift abgekratzt wurde«, antwortete Larry.

»Und das sehe ich, wenn ich mir diese nackten Karten anschaue. Ich sehe nicht unsere Schrift, ich sehe, was davon abgekratzt wurde.«

»Oh, jetzt ist's aber gut. Warte nur, bis du Edith kennenlernst.«

»Also gut, also gut. *Lo juro, lo juro.*«

Es folgten ein paar Sekunden der Stille, während Larry amüsiert die nächste Karte beschriftete. »Wie kommst du voran?« sagte er und imitierte diesmal einen leichten schottischen Dialekt.

»Sind die gut so?« Ira hielt ein paar Karten hoch. »Meine Krähenfüße! Viel besser wird es nicht.«

»Oh, nein, sehr schön«, sagte Larry. »Gut zu lesen.«

Wieder ein Moment der Stille. Ira fühlte, er hatte schon zuviel geredet.

»Du würdest nicht glauben, daß sie so viel Kraft hat«, sagte Larry.

»Wer?« Ira konnte es sich denken, fragte aber dennoch.

»Edith.«

»Oh ja, natürlich.«

Larry lächelte, in Erinnerung versunken. »Sie hat wirklich Kampfgeist, weißt du. Du würdest es nicht glauben – jemand, so klein, so sanft wie sie. Aber wehe, wenn man sich über sie lustig macht und herunterspielt, daß Frauen nicht die gleiche Behandlung genießen wie Männer. Dann geht sie mit dir um, wie mit Frauen in einer Männerwelt umgegangen wird. Ich habe das nämlich mal gemacht.«

»Das hast du?« erwiderte Ira ungläubig.

»Ja, ich war so dumm.«

»Und was hast du gesagt?«

»Ich habe gesagt, ›Na komm, immer mit der Ruhe. Das wird sich schon ergeben‹.«

»Was wird sich ergeben?«

»Ihre Professur-Assistenz.«

»Aha. Und was passierte dann?«

»Die Funken flogen. Überall. ›Wärest du eine Frau, würdest du das nicht sagen. Ich habe so die Schnauze voll von Männern, die die

Welt beherrschen, und von dummen Männern sowieso.‹ Sie hatte ja recht, und das sagte ich ihr auch, bat um Entschuldigung. Es stimmt, ich kann's nicht leugnen. Wie kommst du voran?«

»Ganz gut – glaube ich.«

»Weiter so. Du glaubst gar nicht, wie dankbar ich dir bin, daß du deine Zeit opferst und mitmachst. Sie wird auch dankbar sein, wenn sie es erfährt.« Larry prüfte den Stapel mit fertigen Karten. »Sag mal, wir machen ja richtig Fortschritte. Ich habe nur noch ein paar Adressen, und dann werde ich dir bei den Daten helfen. Magst'ne Camel? Mustafa Kemal müßte den Job hier machen.«

»Sicher. Aber so, wie wir es machen, ist es auch nicht schlecht.«

Sie zündeten sich ihre Zigaretten an... Der Einladungstext, den Ira auf die gelbliche Fläche der Postkarten schrieb und praktisch schon auswendig konnte, verschwamm vor seinem Blick. Palimpsest, hatte er zu Larry gesagt – Pergament, von dem die Schrift abgekratzt und das neu beschriftet war. Was für seltsame Trugbilder unter den Worten, die er schrieb, hindurchschimmerten und ihm winkten: Der Kurs, den er einschlug, führte direkt über diese Postkarten in die Welt hinein, deren Verheißung sie waren. Als drücke er jedesmal, wenn er eine Karte beschriftete, sein Siegel auf die neue Richtung, als öffne er mit jeder Karte ein Fensterchen auf Szenen einer Zukunft, die seine werden konnte, wenn er nur wollte, wenn er es ganz ehrlich und aus tiefstem Herzen wünschte; schattige Bilder, die darauf warteten, daß er sie wahrnahm, Belohnung für seine Torheit, Belohnung für seinen Schmerz.

Es war keine Gabe; es war eher ein Verhängnis. Ein Verhängnis, an dessen erstes Aufkeimen er sich gerade wieder erinnerte: wie er eines Tages mit Larry auf der offenen Plattform der Eighth Avenue El zwischen den traurigen, eintönigen Mietskasernen hindurchgefahren war und er dann diese merkwürdige Empfindung hatte, die ihm bewußt machte, wie er diese Häuser mit seiner einzigartigen Wahrnehmungsgabe durchleuchtete. So war es. Was aber nahm er auf so einzigartige Weise wahr? Ihre Wesenheit, ihre wesentliche Beschaffenheit: Die Schwarzen auf den Stufen des Hauseingangs, die lachten, als Larry singend an ihnen vorüberging. Lauter so Sachen. Nein, es war keine Gabe. Es war das Schreckgespenst über dem geometrischen Problem, das du heraufbeschworen hattest. Denk nur daran, wie die Sehnen des Katapults verdreht waren, unerträglich, bis an die Grenze der Belastbarkeit, mit dem Risiko zu reißen – um sich dann noch mehr zu verdrehen – sein Preis für Mord: diese Verdrehung... Er wollte lediglich an seiner Zigarette ziehen, den Füllfederhalter in der Hand, die Hand passiv auf seinem Oberschenkel. Sag's ihm doch. Was für eine Welt war das? Wem gehörte diese Welt, in der du warst, in der du gefangen warst? »*O-o-h, hab ich es gestern abend nötig gehabt*«, das war ihre Art, ihm heute morgen zu danken. »*War ich wohl spitz? Hab ich nach dem Tanzen wohl einen großen dicken gebraucht?*« Dichterlesung: War ich wohl spitz? Hab ich nach dem Tanzen wohl einen großen dicken gebraucht? »Jähssas«, seufzte Ira laut.

»Was is' los?« erkundigte sich Larry.

»Dichterlesung«, kicherte Ira. »Wenn ich nur ein bißchen schneller schreiben könnte – so wie du, mit schönen fließenden Bewegungen – bei dir gleitet der ganze Arm, bei mir schlängeln sich nur die Finger.«

»Du hast wohl noch nie anders geschrieben?«

»Nein.« Ira erlaubte sich ein süffisantes Lächeln. »Hatte ich das noch nicht erwähnt?«

»Edith wird dir dennoch dankbar sein. Warte. Nur noch eine Adresse, dann komme ich und erlöse dich.«

»Schätze, ich könnte Hilfe gebrauchen.«

»Du machst das einfach großartig«, versicherte ihm Larry und blaffte ihn zum Spaß an: »Hör auf zu jammern.«

»Es macht mich rasend. Ehrlich.«

»Das bin ich schon.«

VII

... Sagenhaft. Wie die Sagen, die er als Kind gelesen hatte, wie die Abbildungen klassischer Figuren in Bulfinchs *Age of Fable:* Lieblichkeit im Ruhezustand, Vergewaltigung im Ruhezustand, Leidenschaft am Rande der Unbeflecktheit – so wirkte Larrys Liebesaffäre mit Edith Welles auf Ira. Was für ein Gegensatz zu seinen eigenen schmutzig-verstohlenen Akten der nackten Befriedigung, seinen zynisch-intriganten Besuchen bei Tante Mamie, seinem Sonntagvormittagsritual mit Minnie.

»Wann kannst du mir mal wieder 'nen Dollar *schenkn*, mein *koptßn briderl?*«

Man mußte nur Geduld haben, dann veränderten sich sogar Scheußlichkeiten, wenn sie zur Gewohnheit wurden. Bei einer dieser seltenen nachmittäglichen Gelegenheiten – selten ist gar kein Ausdruck! –, als sie sich aufeinanderstürzten und ein höllisches Risiko eingingen, weil sie nicht wußten, wann Mom und Pop nach Hause kamen – *boy!* – da hatte die Ekstase die grünen Wände ins Wanken gebracht. Mann, diese Gefahr! Ansteckend. Sie infizierte auch Minnie, als werde sie durch das Hochschnipsen des kleinen Messingnippels am Schloß der Küchentür in Wallung gebracht. Sie wartete schon im Gang vor seinem Zimmer und sah zu, wie er sich den Gummi über seinen Ständer zog. Jesus, wenn jemals Pop nach Hause käme und seinen Sohn dabei erwischte, wie er, quer über dem Bett liegend, sein Ding in seine Tochter stieß. Wow... Zum Teufel mit Pop. Komisch, was für Sprüche ihm dabei durch den Kopf gingen: *Es blieb alles in der Familie.* Und als Tante Mamie ihm erzählte, sie wollten einen »Familienzirkel« gründen für alle, die aus Veljisch stammten, da mußte er laut lachen. Mamie dachte, aus Freude über die Idee, aber Ira fand, er hatte ins Schwarze getroffen, eine Zehn geschossen. Zum Teufel auch. Er haßte es, sich einen runterzuholen – verschob es immer wieder. Vielleicht einen Tag noch warten: Morgen wäre bestimmt nicht zu früh, um mal wieder bei Mamie vorbeizuschauen. Ach, zum Teufel. Ruhig Blut. Nicht so sein wie dieser abgefuckte perverse Bastard im Fort Tryon Park... Solange er damit durchkam, war das die Hauptsache, außer diesem Fitzelchen Angst, daß etwas schiefgegangen sein konnte, und diesem zersetzenden Ekel, den er nicht vertreiben, nicht abschütteln konnte: dieses quälende schlechte Gewissen, verflucht nochmal.

Warum sollte Larrys Liebesaffäre nicht auch so schön sein wie die Romanzen, die man aus der Sage kannte? Sie war rein – wenn das der richtige Ausdruck war. Rein klang so tugendhaft; das meinte er nicht. Schicklich, oh, Himmel, einfach anständig, ohne die Gefahr von Risiken, ohne Fehl und Tadel, weder belastet, noch überhastet. Nicht wie seine Kopulationen, denn etwas anderes waren sie nicht, pervers und abscheulich.

Und der junge Mann war so hübsch und so begabt, so selbstsicher und charmant, kein Schandfleck trübte ihn, wie Ira sich selbst als beschmutzt empfand, kein Hauch von abartiger Hinterfotzigkeit. Kein Wunder, daß Larrys Eltern vor Freude strahlten, wenn sie ihren Sohn sahen. Selbst Ira mußte ihn immer anstarren, so bezaubert war auch er von seinem verklärten Glanz.

Nun ja, zwischen ihnen konnte es keine Konkurrenz geben, auf so eine Idee kam Ira gar nicht (außer in seinen chaotisch sich windenden Wunschvorstellungen). Sie lebten ihrer Erziehung und Lebensauffassung nach in verschiedenen Welten. Diese konnte Ira zwar noch nicht benennen, aber er wußte, sie waren so verschieden, daß Larrys Liebesaffäre mit Edith ohne – oder fast ohne – Begierde sein mußte, weil man mit der einzigen Beziehungsebene, die Ira kannte, nichts vergleichen konnte: mit Edith das tun, was er mit Minnie tat oder mit Stella? Undenkbar!

Und trotzdem, immer noch zu sehr von Hemmungen geplagt, um die Dichterlesung im Arts Club zu besuchen, für die er Larry mit den Einladungen geholfen hatte, hielt Ira wieder nicht Wort – und blieb dem Treffen fern. Als er Larry das nächste Mal wiedersah, mußte Ira einen heftigen, peinlichen Rüffel von ihm einstecken. Er wollte Ira dabeihaben, verdammt nochmal! Er war *sein* Gast, ein Gast des Schriftführers des Arts Club. Und er hätte sogar ein gewisses Recht dabeizusein: für seine Dienste beim Schreiben der Einladungen.

»Du gibst mir jetzt dein Ehrenwort, daß du kommst – Hand aufs Herz?« forderte Larry einen Monat später, als sie wieder Postkarten beschrifteten.

»Hand auf'n Rücken – damit ich die Finger kreuzen kann: ich werde kommen.«

»Nein, jetzt nicht sowas! Ich meine es ganz ernst.«

»Okay, okay, okay!«

Angetan mit dem englischen Tweedjackett von seinem Wohltäter Larry, das – wie Mom ihm immer wieder in Erinnerung rief – »nicht auf deinem Mist gewachsen« war und das er ein wenig befremdet unter seinem Secondhand Chesterfield-Mantel trug, machte sich Ira auf den Weg, den Ort zu suchen, wo das Arts Club-Treffen stattfand. Es war schon dunkel. Er folgte der Trolleybuslinie, wie Larry ihm geraten hatte, vom U-Bahn-Kiosk Christopher Street durch die Eighth Street, in der Schneehäufchen seinen Weg säumten. Als er die einschüchternde Hochbahntrasse der Sixth Avenue El unterquert hatte, begegnete ihm in der Eighth Street plötzlich emsige Geschäftigkeit: viele Fußgänger auf den Gehwegen, beleuchtete Schaufenster, Delikatessenläden und Buchhandlungen, kleine Kunstgalerien. Er wandte sich nach rechts, Richtung Waverly Place; ging dann entlang der westlichen Begrenzung des verschneit schimmernden Washington Square Park nach Süden; konnte hinter sich in der Ferne den Triumphbogen am Eingang der nördlich anschließenden Fifth Avenue sehen und vor sich, auf halbem Wege gegen die verstreuten Lichter des umgebauten Fabrikgebäudes der

New York University, den berittenen General höchstpersönlich – und ging weiter zur MacDougal Street. Das Viertel war zum größten Teil von Italienern bewohnt, wie man deutlich sah und hörte, und war entsprechend dunkel und schmutzig. Aber nahe der Ecke zeigte ein beleuchtetes Schild in großen Lettern an: VILLAGE INN TEAHOUSE.

Hilflos und unschlüssig wartete Ira darauf, daß jemand anders hineinging, jemand, dem er folgen konnte. Und bald schon näherte sich eine kleine Gruppe junger Männer und Frauen der Teestube, buntkarierte Kopftücher leuchteten, fröhlich lärmend traten sie ein. Ira hängte sich an, ging mit ihnen durch die Tür, blieb drinnen zaudernd in ihrer Nähe, während die Neuankömmlinge ihren Obolus für den Abend entrichteten, ihre Münzen in die Zigarrenschachtel ohne Deckel warfen, die auf dem Tresen stand. Hinter dem Tresen stand Larry und war verantwortlich für den gesamten Ablauf; er sah gut aus und glühte vor Aufregung, spielte seine Rolle perfekt, tauschte heitere Begrüßungen mit den neu ankommenden Gästen aus. Ira hatte gerade Zeit genug, um einen Blick in den großen Gastraum zu werfen, in dem inzwischen ein zahlreiches Publikum an runden Tischen Platz genommen hatte. Ein leises Murmeln erfüllte den Saal. Jeder Tisch erhielt seine sanfte Beleuchtung von einer Kerze in der Mitte; die Kerzen steckten in dunklen Flaschen mit einer Spitzenkrause aus tropfendem Wachs, die Flammen flackerten bei jedem Öffnen der Tür, das unstete Licht warf beschwörenden Zauberschein auf die Gesichter des Publikums. Eine magische Atmosphäre voll Zigarettenrauch, ein summendes, brummendes, ganz und gar unwirkliches Milieu. So war also eine Dichterlesung, so also war es, wenn Dichter sich versammelten –.

Ein freudiger Ausruf drang zu Ira durch, der zögerlich die Lage begutachtete. Im nächsten Augenblick kam Larry schon hinter seinem Tresen hervor und stand dem Neuankömmling gegenüber. »Ira! Wie freue ich mich, dich zu sehen! Nun hast du mich ja doch nicht enttäuscht. Ich hatte mir schon Gedanken gemacht.« Und er nahm Iras Arm.

»Irgendwie trau ich mich nicht.« Ira grinste, versuchte komisch zu wirken, als er neckisch die Schultern hochzog.

»Warum nicht?«

»Warum nicht? Na hör mal!«

»Es gibt nichts, wovor du dich fürchten müßtest. Das habe ich dir versprochen.«

»Ja, ich weiß.«

»Die meisten hier sind aus den unteren Semestern. Einige sind Seniors, einige Juniors. Du hast bei den Einladungen geholfen, also, was ist dabei? Du setzt dich hin und hörst zu, wie alle anderen auch. Hey, du trägst ja das Tweedjackett.«

»Ja. Aber – was hast *du* denn da um den Leib?« Ira deutete auf die breite farbige Schärpe um Larrys knabenhafte Taille.

»Das nennt man Kummerbund.«

»Wie heißt das?«

»Kummerbund. Habe ich in Bermuda gekauft. Die Engländer tragen so etwas am Abend. Gefällt's dir? Elegant, nicht wahr?«

»Kann sein. Okay – ich verkrümel mich mal da drüben in die Ecke, da ist noch ein freier Platz.«

»Oh nein. Erst mal sollst du Edith kennenlernen.«

»Oh, Jesus, Larry!« Ira verzog heftig das Gesicht, um Larry von seinem Entschluß abzubringen, und rieb seine feuchten Handflächen an seinem Chesterfield-Mantel trocken. »Warum nicht hinterher?«

»Hinterher wirst du sie auch noch treffen. Sie wollte dich schon so lange kennenlernen. Keine Ausrede. Nun komm schon.« Mit einem Stirnrunzeln spielte Larry den Unerbittlichen. »Folge mir.«

»Uhh – ich hab's doch geahnt.« Wie ein begossener Pudel, unter heftigen inneren Krämpfen, ging Ira hinter Larry her, mitten durch Tabaksqualm und Gemurmel, in kerzenbeleuchteter Schummrigkeit, bis ans andere Ende des Saals. Ein niedriges Podium mit einem hohen Lesepult war dort gegenüber dem Publikum aufgebaut, direkt vor der rückwärtigen Wand. Gleich daneben war ein Tisch frei, ein Schild stand darauf, mit der Aufschrift: RESERVIERT. Und in der Nähe des Tisches sah man eine Frau, die gerade eine andere Frau vorzustellen schien – älteren Leuten, vielleicht Mitgliedern des Lehrkörpers. Als sie sich umdrehte, die andere Frau im Gespräch mit den soeben Kennengelernten allein ließ, da hatte Ira sie, beim Näherkommen vor Befangenheit wie betäubt, noch ehe Larry sie ansprach, schon erkannt.

Mit einer gewissen Zwangsläufigkeit wußte er es: die zierliche Frau mit der olivenfarbenen Haut, die sich soeben mit gewinnendem, offenen Gesichtsausdruck umwandte, die lächelte wie ein dunkler Quell schimmernder Strahlen der Hochherzigkeit und menschlichen Mitgefühls, dieses lächelnde Gesicht mit den auffallend traurigen Augen, die Frau mit den kleinen Ohrringen, die ein winziges Taschentuch in der Hand knüllte und mit ihrem dünnen, goldenen Halskettchen spielte, war Edith Welles. Larry sagte erst ihren Namen, dann Iras. Und sie begrüßte ihn, fixierte ihn durch den Schleier seiner akuten Verlegenheit hindurch mit ihrem steten, aufmerksamen Blick aus ihren großen braunen Augen. Sie reichte ihm ihre entzückende kleine Hand – und er ließ natürlich seinen Hut fallen, vor lauter Verlegenheit. Lag in ihrem Blick etwas wie ein Friedensangebot? Weil das ihr Wesen war, oder weil er von ihrer Affäre mit Larry wußte? Er konnte es nicht sagen. Etwas regte ihn zu einer Vermutung an: Weil sie ihm ihr Vertrauen entgegenbrachte, war sofort eine Art stillschweigendes Einverständnis zwischen ihnen entstanden, ein Band, auf das sie sich ebenso verlassen wollte, wie es ihm Sicherheit geben sollte. Es half aber leider nicht, seine beschämende Sprachlosigkeit zu vertreiben. Larry ließ sie allein und ging zurück zu seinem Tresen, wo gerade eine Gruppe neuer junger Gäste angekommen war.

»Larry sagt, Sie seien besonders sensibel für Literatur, hätten aber trotzdem beschlossen, Biologie zu studieren.« Ihr Gesicht hellte sich auf, sie wollte etwas Ermutigendes sagen: »Natürlich schließt das eine das andere nicht aus.«

»Natürlich, Ma'am. Ja, ich möchte Biologie studieren, falls ich je einen Platz in einem Kurs ergattern kann. Biologie ist derartig überfüllt.«

»Ja, Larry sagte es schon. Das ist wirklich sehr schade, finde ich.«

»Doch, ja...«

»Sie haben Larry sehr viel gegeben.«

»Ich weiß nicht recht. Larry hat *mir* sehr viel gegeben.«

»Und wann hat sich Ihr Interesse für Literatur entwickelt?«

»Ich wußte ja gar nicht, daß es Literatur war. Für mich waren es einfach nur Bücher.«

Sie lächelte, aber ihre Augen blieben ganz ernst, ihr Blick ließ nicht locker, forschte ihn aus – unerschütterlich. Er wünschte, er könnte ebenfalls einen so intensiven und dabei so gar nicht verletzenden Blick unabgelenkt durchhalten wie sie. Er mußte aber verstohlene Blicke auf andere Leute werfen – das hatte er von Pop.

»Haben Sie schon einmal versucht, selbst etwas zu schreiben?«

»Ich? Nein, Ma'am. Also – außer für die Schule.« Eine kleine, kecke Nase hatte sie, dunkles Haar, nicht schwarz, hinten zu einem Knoten gebunden. Sie hatte immer noch die Figur eines jungen Mädchens und war doch schon Dozentin für Englisch... an einer Universität... mit einem Ph.D. – Und als er vor ihrer freimütigen Begutachtung die Augen niederschlug: Was für winzige Füße sie hatte! Die steckten in blitzblanken schwarzen Pumps. Wohlgeformte Fesseln. Schöne Waden... brachten etwas in ihm zum Klingen, woran er wahrhaftig nicht denken durfte. Wie konnte Larry nur an so etwas denken? Ein Mädchen, aber eines, das College-Lehrerin war. Eine andere Welt: Anmut in Vollendung. Zerbrechliche Kultiviertheit. *Gee...*

Tiefbraune Augen blickten in seine, freundlich interessiert. »Ich hoffe, Sie werden Larry einmal begleiten können, wenn er uns besucht – in der Wohnung, die Iola Reid und ich gemeinsam gemietet haben. Am St. Mark's Place.«

»Mitten in der Bowery, ich weiß. Ich konnte es kaum glauben.«

»Wieso nicht?«

»In New York! In der Bowery! Ich meine – eine ziemlich harte Gegend, oder nicht?«

Sie bekam Grübchen beim Lächeln. »Wir finden, daß wir dort unseren sicheren Hafen gefunden haben. Ich vermute, Sie würden es sogar ein respektables Asylum nennen.«

»Ach ja? Und wer hat vor wem Respekt?«

Sie lachte offen, war ehrlich amüsiert von seiner unfreiwillig witzigen Bemerkung. »Sie waren so freundlich, uns so viel von der stumpfsinnigen Kartenschreiberei abzunehmen. Ich hoffe, Larry hat schon zum Ausdruck gebracht, wie dankbar ich Ihnen bin. Solche langweiligen Routinearbeiten sind nun mal leider unvermeidlich.«

»Nun, wir – wir quatschen ganz viel dabei, beim Schreiben, meine ich. Dann vergeht uns die Zeit schneller. Dann ist es nicht ganz so schlimm.«

»Ich freue mich, daß es Ihnen nichts ausmacht –«

»*Nah.* Ich meine – nein, Ma'am, es macht mir nichts aus.«

»Ehe ich es vergesse: Ich möchte Sie zu einer Party mit meinen Studenten einladen, mit meinem Kurs für moderne Lyrik. Larry wird auch dabeisein. Und auch noch andere Erst- und Zweitsemester. Ich bin sicher, er wird Sie sowieso noch bitten, ihn zu begleiten, aber ich möchte die Einladung schon einmal persönlich aussprechen. Ich würde mich sehr freuen, wenn Sie kommen.«

Ira schluckte trocken. »Ich? Danke. Das ist wahrscheinlich abends?« Er wünschte, seine Stimme wäre nicht so belegt.

»Ja. Am ersten Freitag im April. Ich hoffe, daß Sie an dem Abend Zeit haben. Haben Sie Zeit?«

Er kratzte sich am Kopf. »Ja, Ma'am. Ich denke schon. So weit im voraus habe ich noch nichts vor. Freitag. Oh, ganz sicher.«

»Meine Lyrikstudenten kommen vorbei, es gibt Tee und Gebäck.« Sie lächelte ihr bezauberndstes Lächeln. »Ich würde mich wirklich sehr freuen, Sie dabeizuhaben.«

»Tee und Gebäck?« Er kicherte albern. »Gern, Ma'am.« Traute er sich, ein Witzchen zu versuchen? »Ich nehme das Gebäck auch ohne Tee. Danke. Aber ich weiß so gut wie nichts über Lyrik.«

In dem, was er da sagte, fand sie wieder etwas, worüber sie sich amüsieren konnte. »Damit stehen Sie durchaus nicht allein. Überraschend viele Menschen wissen nichts darüber.«

»Die wissen nichts? Ja, und wer weiß dann etwas?«

Und wieder regte sich Fröhlichkeit in ihr. »Das sind alles Dichter, oder Möchtegern-Dichter. Zum großen Teil.«

»Oh, jetzt verstehe ich.«

»In Ihrem Fall kann ich mir das kaum vorstellen.«

»Ach ja? Das meiste, was ich weiß, habe ich von Larry. Ich meine, über die modernen Dichter.«

Die ernsten Augen, die ihn so unverwandt angeschaut hatten, schweiften ab. Sie ließ das feine Goldkettchen durch ihre zierlichen Finger gleiten. »Ich bin so froh, Sie endlich kennengelernt zu haben, Ira. Würden Sie mich bitte jetzt entschuldigen? Ich muß diese Leute da begrüßen.«

»Oh, ja, natürlich.« Er wich zurück.

Sie berührte seinen Arm.

Er schaute ihr nach, wie sie mit liebenswürdiger Herzlichkeit auf zwei Frauen zuging, die gerade hereingekommen waren, und die Larry, sprühend vor Stolz, zu Edith geleitete. Die beiden gaben sich höflich und distinguiert. Die eine war grauhaarig, würdevoll, schlank, mit einem seltsam verschleierten und dabei wissenden und zurückhaltenden Blick. Die andere war stämmig gebaut, wirkte, als sei sie entschlußfreudig und Öffentlichkeit gewohnt; sie war strahlend häßlich, mit ruhelos sich bewegenden, funkelnden Brillengläsern auf ihrer knubbeligen Nase und einem Mund, der lebhaft mit Sprechen beschäftigt war.

Ira stahl sich davon, hörte, wie sie einander begrüßten, hörte, wie *sie* ihre Namen nannte und sich freute, daß sie gekommen waren: »Marcia, Anne, wie schön, daß ihr kommen konntet.«

Und die graue, höher gewachsene Frau sagte: »Wir wollten es auf keinen Fall versäumen, wenn Léonie der Welt ihre Gedichte vorstellt. Ihre Stimme paßt haarscharf zu ihren Versen.«

»Als Kontrast meinst du wohl, oder?«

»Wie wahr, wie wahr«, stimmte Edith zu. »Ihre Heiserkeit und dazu die so weich klingenden Silben.«

»Und dabei so ungekünstelt«, sagte die stämmige Frau. »Ach, da kommt sie ja schon.«

Und Larry, begeistert bei der Sache, in seinem Amte ein blühender, errötender Ganymed, ließ sich vernehmen: »Ich habe den Tisch ganz vorne reserviert. Und auch noch Plätze für unsere Gäste.«

Von der reinen Perfektion seiner Anwesenheit und dem wahren Kern seiner Jugend – die man sehen konnte – sehr angetan, wuselte die Frau, die Marcia hieß, umher: »Oh, das ist ganz großartig! Vielen Dank… Léonie! Wie geht es Dir, meine Liebe? Anne, so setz dich doch. Und du bleibst nun doch im Village? Wir bekommen hier, im Dunstkreis von Columbia, doch alle intellektuelle Anregung, die wir brauchen, meinst du nicht, Anne? Vielleicht nicht unbedingt die gleiche künstlerische Unruhe, die gleichen Gärungsprozesse…«

Mann, waren die schlau, so schlau, so selbstbewußt, so schnell und gewandt, so sicher… Ira hätte sich am liebsten davongeschlichen, sich den Stuhl gesucht, der am weitesten entfernt in der hintersten Ecke stand: Schlau waren sie, Donnerwetter, und obendrein Frauen. *Boyoboy*. Dagegen fühlte er sich wie ein – ja, wie kam er sich denn vor? Er wußte nicht, wie er sich vorkam. Wie ein *grubian*, wie man auf Jiddisch sagte: ein Bauer, ein Tölpel. Und das war er auch – oder etwa nicht? Er wußte, daß er eigentlich nicht hier sein sollte. Er gehörte nicht hierher. Sie zogen ihn nur runter mit ihren vornehmen Manieren, mit ihrer feinen Erziehung, ja, sie zogen ihn runter auf Straßenniveau, dorthin, wo der Pöbel war, dorthin, wohin er gehörte. Verflucht noch mal. Sein Zuhause war ein Slum, eine trübe Mietskaserne, eine Wohnung, wie Eisenbahner sie bewohnten, eine Treppe hoch, mit Mom und Pop darin ..., die sich manchmal, bei mildem Wetter, aus dem Fenster lehnten, wie er es im Sommer auch gelegentlich tat, wenn er nach den Pullman-Zügen Ausschau hielt ... und – was für eine seltsame Brutalität ihn bei dem Gedanken durchströmte – ja ... und mit Minnie.

Also, was zum Teufel wollte er hier überhaupt? Er suchte sich einen geeigneten Platz in der dunkelsten Ecke. Das hier war noch sinnloser als seine Freundschaft mit Farley. Der hatte wenigstens Iras Tempo gehabt, jedenfalls im Denken, wenn auch seine Beine ganz anders fliegen konnten. Und doch ..., da war es wieder: Wer von allen hier hatte wohl *seine* verwegene Phantasie? Nichts als *drek* hatte er zum Arbeiten gehabt, nicht als Splitter, das Feuer zu füttern, Späne, die er sich aus einer Apfelsinenkiste brach, die er beim Gemüsemann geklaut und dann mit den Füßen zertreten hatte – und er hielt die Kohle in seiner Konservendose am Glühen, daß die Kartoffel gar werden konnte, wie Weasel es an dem einen Abend auch gemacht hatte. Er kannte zwar keine Höflichkeit, aber er kannte Wörter; er war reich an Wörtern, ein Millionär auf diesem Gebiet, ein Großgrundbesitzer: Wörter ohne Ende. Das war es tatsächlich gewesen, was Mr. Sullivan im Unterricht erkannt hatte – an jenem Tage, da er Ira vorwarf, sich zur Belustigung der anderen zum Narren zu machen. Und das war es auch, so hatte Ira gespürt, wonach Edith Welles forschte, als sie ihm so unverblümt und unverwandt und eindringlich in die Augen sah: Wörter. Wörter, unzähmbar und unzählbar, ungestüm. Apollos Streitrösser, die ihm ausgerissen waren – nicht Ikarus, der Schafskopf.

Er konnte sie nicht täuschen, selbst in diesen wenigen Minuten nicht, die sie miteinander sprachen – diese Erkenntnis wurde ihm zur Überzeugung. Er konnte seinen Vorrat an Chaos nicht vor ihr verbergen: sein Ungeschick, seine ängstliche Unruhe, seine Grobheiten – Eigenschaften, die er selbst feststellen, aber nicht abstellen konnte – sein Judentum, dessen er sich so peinlich bewußt war, sein einschmeichelndes, albernes Grinsen, sie hatte alles gesehen, aber nichts von dem auf ihn zurückgeworfen, gar nichts! Alles blieb ohne Echo, wie damals in Physik geschehen, wie bei der Glocke in einem Vakuum, deren Läuten man nicht hörte. Nur eines machte sie ihm klar, nur eines pulsierte zu ihm zurück: daß ihr gefiel, was sie da in seinem Geist verborgen gefunden hatte, als ob ihr das vor allem anderen wichtig sei...

»Hinter dir ist ein Garderobenständer«, bemerkte der junge, schnurrbärtige Student am Tisch.

»Oh, ja!« Eilig streifte Ira seinen Mantel ab. »Ich behalte ihn hier.« Er faltete den Mantel und legte ihn sich auf die Knie, und obendrauf thronte sein grauer Fedorahut. Nun zog, für alle sichtbar und für diese Jahreszeit wegen seiner hellen Farbe sehr auffällig, Larrys kaschafarbenes Tweedjackett – sein Spender hatte es vorausgesagt – unerwünschte Aufmerksamkeit auf seinen Träger. Ira versuchte, so auszusehen, als beträfe ihn das nicht.

»Ich habe dich noch nie hier gesehen«, eröffnete der junge Student das Gespräch.

»Nein.«

»Ich heiße Nathan. Das ist Tamara. Das ist Leonard, und das ist Wilma.«

»Ich heiße Ira.« Unbeholfen beugte er den Kopf. »Ira Stigman.«

»Hauptfach Englisch?«

»Nein, Bio.«

»Schreibst du denn?«

»Nein, ich bin nur ein Freund von jemandem hier. Ich gehe aufs CCNY.«

»Oh. City College?«

»Genau.«

»Und wie gefällt es dir? Irgendwelche guten Kurse?«

»Meinst du in Englisch?«

»Ja. Oder in Philosophie. Den Geisteswissenschaften.«

Er war sich nicht sicher, was die unter Geisteswissenschaften verstanden. Aber er empfand seine Unbedarftheit als zu einschneidend, als daß er hätte reden und seinen Wunsch nach mehr Eloquenz, nach tieferem als nur elementarem Verstehen hätte offenbaren mögen. »Ich habe Englischen Aufsatz 1 belegt. Ich sitze hier nur«, sagte er barsch.

Seine Antwort hatte den erhofften Effekt. Nach überraschtem Stutzen musterten sie ihn mißtrauisch und hörten dann auf, sich weiter für ihn zu interessieren. Ihm war das nur recht. Nun, da er nichts mehr zu sagen brauchte, spürte er seine Isolation und wollte sie widersinnigerweise am liebsten unversehrt aufrechterhalten: Er war ein stumpfsinniger, gehörloser Zuhörer. Worte wurden über den Tisch hinweg gewechselt und auch mit anderen an anderen Tischen. Nur ein einziges Mal wurde seine Aufmerksamkeit von dem, was sie sich erzählten, erregt: als sich ein herzhafter Streit über einen Dichter namens Jeffers entspann.

»Er ist verrückt!« behauptete jemand.

»Nein, ist er nicht.«

»Erst dieses *Tamar*. Und jetzt *Roan Stallion*. Hast du's schon gelesen?«

»Selbstverständlich.«

»Und was kommt als nächstes? Wie Pasiphae den Minotaurus gebiert?«

»Pazi-pha-e? Warum nicht gleich pazifistisch?«

»Ach, komm hör auf. Du weißt schon, was ich meine. Sex mit Tieren und Inzest haben für ihn eben eine andere Bedeutung. Die Menschheit ist krank.«

»Dieser Mensch ist krank. Jeffers ist krank.«

»Oh nein, gewiß nicht. Er spricht über Menschen, introvertierte Menschen.«

»Nun, sind wir das nicht alle?«

»Nein. Er meint es allgemein. Und im allgemeinen bin ich ganz seiner Meinung. Der Mensch hat sich der Natur entfremdet. Der Mensch ist dem Untergang geweiht.«

»Das glaube ich nicht. Je weiter er sich von der Natur entfernt, desto besser geht es ihm doch. Der Mensch ist nur Mensch geworden – weil er sich von der Natur entfernt hat. Und darum sage ich: Jeffers ist verrückt.«

»Das klingt möglicherweise ganz klug –«

»Und ist es immer gewesen. Was sonst hieße es wohl, zivilisiert zu sein?«

»Wenigstens lamentiert er nicht immer über die Juden – wie Eliot«, sagte Tamara, eine der jüngeren Frauen. »Immerhin verwendet Jeffers meinen Namen, und der ist zufällig hebräisch.«

»Oh, ja, tatsächlich! Warum wohl? Ein besonderer Grund?«

»Der Name bedeutet Dattel oder Dattelbaum, aber für Jeffers bedeutet er etwas anderes, das ist klar.«

»Und was?«

»In der Bibel steht, Thamar wird von ihrem Bruder geschändet.«

»Diesen Zusammenhang hatte ich bis jetzt noch nicht gesehen. Ihr Zionisten habt immer die richtigen Bibelstellen parat.«

»Man muß nicht Zionist sein, um das zu wissen. Sie war König Davids Tochter, und die ganze Geschichte paßt in Jeffers' Inzestsymbolik.«

Inzestsymbolik. So, wie die darüber sprachen, war es eigentlich nichts ... nur ein Symbol? Aber eine Zeitung unter Minnie legen, wenn sie blutete, eine Ausgabe von *Der Tag,* und diese dann hinterher aus dem Luftschachtfenster werfen und die Ratten damit erschrecken, daß sie nur so auseinanderstoben – *das* war die Wirklichkeit. Und hatte Mom dann nicht später wie verrückt nach ihrer Zeitung gesucht, weil sie Mrs. Shapiro die Fortsetzung vom *roman* noch nicht vorgelesen hatte? Symbol nennt man das, soso, dann also Symbol. Symbol bezog sich doch wohl auf etwas anderes. Bezog sich auf Entfremdung – der Bursche sagte es doch – Entfremdung? – sich von allen anderen lossagen ... krankhafte Ich-Befangenheit ... Kann sein. Was wirst du also tun? Du bist entfremdet. Tja. »Wo ist *Der Tag?«* polterte Mom durch die Wohnung, und ziemlich aggressiv: »Hast du den *Tag* von Freitag gesehen?«

»Ich? Nein. Ich doch nicht. Was sollte ich wohl mit dem *Tag?«*

Ira versuchte, nicht zu Edith hinüberzuschauen, konnte es aber nicht ganz unterlassen. Von Zeit zu Zeit erhaschte sie seinen Blick, ehe er schnell die Augen abwenden konnte. Dann lächelte sie ihn an, warm und aufmunternd.

Edith, die wenige Minuten zuvor mit der Dichterin des heutigen Abends auf dem Podium Platz genommen hatte, lächelte freundlich, um die Aufmerksamkeit des Publikums zu gewinnen, und stand auf. Die Poetin, die man das Vergnügen haben würde zu hören, so sprach sie die Gäste an, war den meisten der Anwesenden mit Sicherheit keine Unbekannte mehr. Sie zählte zu den hervorragendsten Verfasserinnen lyrischer Dichtung im ganzen Land, sei üppig und erlesen in ihrer Metaphorik, exquisit in der Anwendung des Mediums Poesie, wobei sie ihre poetischen Inhalte aufs wunderbarste zu komprimieren verstand, ohne daß dabei die singende Schönheit ihrer Sprache verlorenging. Léonie Adams. Und ohne jedes weitere Aufheben würde sie ihr nun das Podium überlassen.

Edith schloß mit den Worten, daß sicherlich alle Anwesenden diesen Abend als einen ganz besonderen in Erinnerung behalten würden.

Vereinzelt wurde geklatscht. Die Lesung konnte beginnen. Léonie Adams erhob sich von ihrem Stuhl und trat, zwei schlanke Bücher in der Hand, an das Lesepult. Sie schlug das erste der beiden Bändchen auf, ein dünnes, blaues, wandte einige Seiten um, drückte dann mit der flachen Hand die ausgewählte Seite nieder, und ohne überhaupt hinzuschauen, begann sie zu rezitieren. Larry hatte sich schon so lobend über ihre Lyrik geäußert, als sie bei ihm zu Haus die Einladungen geschrieben hatten – »Ihre Gedichte singen und klingen. Nur ganz selten begegnet dir eine so schöne und wirklich ursprüngliche Bildersprache! Sie ist einfach Spitze. Ich wünschte, ich hätte einen ihrer Gedichtbände hier, um ihn dir zu zeigen. Sie ist weitaus besser als Edna Millay.«

Und jetzt stand sie dort, vor allen Leuten, eine leibhaftige Dichterin aus Fleisch und Blut, und las aus ihren Werken. Ira hörte aufmerksam zu, verlor manchmal den Faden, verstand plötzlich wieder, dann doch wieder nicht – nie ganz sicher, ob er die wahre Intention des Ganzen erfaßt hatte. Dennoch war er, wenn auch nur sporadisch, angerührt. Selbst die Bruchstücke, die er mitbekam, verströmten eine reichhaltige Fülle, die ihn daran zweifeln ließ, ob er wohl – wenn er sich einmal in das Buch da vorne vertiefen durfte – den Inhalt eines einzelnen Gedichts in seiner Ganzheitlichkeit erfassen konnte, so wie er James Stephens' »What Tomas Said in a Pub« aus der Untermeyer-Anthologie verstanden hatte. Oder auch versucht hatte, die essentielle Aussage von Walter de la Mares »Here lies a most beautiful lady« zu entdecken – oder die Kargos eines John Masefield zu begreifen, wie fast alle Gedichte dort in der Anthologie und also auch Sandburgs »Fog« – – oh, was sagte denn der schöne Paradiesvogel namens Adams da soeben: »Der Traum vom Fliegen verleiht dem Marmorvogel Flügel.«

Zwischen den einzelnen Gedichten schwächte sich die akustische Aufmerksamkeit des Publikums ab und wurde durch eine visuelle ersetzt. Er musterte die Vortragende. Sie war hübsch und nicht sehr groß, eine reife Frau, wenn auch noch jung; sie hatte eine kurze Figur und einen kleinen Kopf, ihr kleines Gesicht wurde von dunklem, kurzgeschnittenen Haar umrahmt. Sie war irgendwie merkwürdig gebaut, fast so, als sei ihre Figur nicht im reinen mit sich selbst. Von der Taille an abwärts war sie mollig, was man sehen konnte, als sie auf das Podium trat und später gelegentlich einen Schritt vom Lesepult zur Seite machte: ihr Unterkörper und die Hüften ziemlich breit. Gesicht und Oberkörper waren zierlich, fein und engelsgleich, ruhten aber auf einem stämmigen Grund, starken, weit ausladenden Hüften und Beinen wie ein Klavier, wie man sagte. Mit ihrer weiten Stirn, mit ihren blauen Augen, die auf ein ätherisches Jenseits gerichtet schienen, mit ihrer weichen, anschmiegsamen und dabei heiseren Stimme wirkte sie wahrlich poetisch – wie von einer anderen Welt und höchst inspiriert – jedenfalls oberhalb der Taille, und unterhalb war sie wie eine ganz gewöhnliche Haushälterin. Konnte es denn sein, grübelte Ira hin und her, daß die Dichterin etwas vom Zentauren hatte?

Beifälliges Gemurmel am Ende eines jeden Gedichts. Obgleich er nur wunderschöne Bruchstücke verstanden hatte, bekundete Ira Anerkennung und vermittelte den Eindruck begeisterten Gefesseltseins – schon aus Höflichkeit gegenüber seinem Gastgeber Larry und auch für den Fall, daß Edith in seine Richtung schaute. Er war so langsam, so unverbesserlich schwer von Kapee – Ira war von sich enttäuscht, daß er nicht mehr verstand, versuchte, sich darüber hinwegzutrösten. Er mußte eben häufiger über die Dinge nachdenken, so tröstete er sich noch einmal, dann erst konnte er, vielleicht, deren Bedeutung ausloten oder die einzelnen wundervollen Metaphern zu einer Einheit verschmelzen. Horch, was sie gerade sagte: »Seit lüsternes Entsetzen uns aus der Bahn geworfen hat« – das paßte auf ihn. Verblüffende, einzigartige Nebeneinanderstellung der Worte, musikalisch und labyrinthisch in dem, was sie beschwören – wenn er doch nur den tieferen Sinn des Ganzen erfassen konnte. Nein, nicht die Botschaft. Was immer die sein sollte. Den Bezug. Ja! Ja! Als er das Gedicht von Robert Frost über einen Halt bei Wäldern im Winter las, da hatte er die deutliche Empfindung von Tod und Pflicht, die hatte sich aus dem Kontext der Worte wie von selbst ergeben. Nicht so hier. Nun, stumm und dumm wie er war, was zum Teufel konnte er tun?

Hinterher, als die Lesung beendet war, wurden bei anhaltendem Applaus Tee und Kekse gereicht, serviert von jungen Studentinnen, die freiwillig Kellnerin spielten. Das Gespräch kam wieder in Schwung. Unterhaltungen quer über die Tische hinweg, brachten das allmählich schwächer werdende Kerzenlicht zum Flackern, die Flämmchen reagierten wie winzigkleine gelbliche Züngelein auf das gesprochene Wort. Und während die Erfrischungen verzehrt wurden, kam Larry herbeigeschlendert, beugte sich nieder, brachte seine Lippen ganz dicht an Iras Ohr und flüsterte bedeutungsschwanger: »Ich bringe Edith später nach Hause. Okay?«

»Ja. Ja sicher. Hab schon verstanden.« Ira nickte.

Und deutlich vernehmbar fragte Larry dann: »Wie fandest du sie?«

»Die Kekse?«

»Komm schon, Ira, ich spreche von Kunst.«

Larry klopfte seinem Freund leicht auf die Schulter und sprach dann wiederum *sotto voce:* »Es gibt da jemanden, der dich mag. Hält dich für sehr natürlich.« – »Ach ja?«

»Später erzähle ich dir mehr.«

»Großen Dank.« Es wäre ihm ein leichtes, jetzt etwas verunsichert und unwirsch *Tanks, tanks to dee, my wordy friend* (um Longfellow zu parodieren) zum besten zu geben; aber er tat es nicht und war froh drum.

Larry beugte sich nochmals zu ihm und murmelte: »Komm rüber und sag gute Nacht.«

Ira zuckte zusammen, schloß beide Augen. »Kannst *du* das nicht für mich machen?«

Larry schickte ihm einen langen, scherzhaft drohenden Blick – und erst, als Ira widerstrebend sich ergebend nickte, trollte er sich.

»Wie lange kennst du ihn eigentlich schon?« Diese an Ira gerichtete Frage kam von Nathan, dem Studienanfänger, der vor der Veranstaltung sich und seine Freunde vorgestellt hatte, dem mit dem stolzen kleinen braunen Schnurrbärtchen.

»Ach, hundert Jahre mindestens.« Ira genoß seine Schlagfertigkeit. Der Unterschied zwischen einem dummen Tropf und einem überflüssigen Kropf war doch nur sehr gering, schoß es ihm durch den Kopf.

»Du klingst aber nicht nach City College, vielmehr nach Columbia.« Augenscheinlich wollte Nathan mit Liebenswürdigkeit wettmachen, was er vorher an Ira und seinem jetzt erst enthüllten Status falsch eingeschätzt hatte.

»Ich weiß nicht, nach was das City College klingt.«

Aber der andere war auch schlagfertig und noch fixer als Ira, wie üblich. »Ich habe gehört, man braucht mindestens einen B-Durchschnitt, um sich dort zu immatrikulieren.«

»Ach ja? Dann muß ich wohl einen Gutschein gehabt haben.« Und wieder wurde seine Stimme – ganz gegen seinen Willen – rauh und kratzig. *Immatrikulieren. Jesus. Wie hochtrabend.* Er räusperte sich. »Nach was klingt denn die NYU?«

»Du hast uns ja gehört, heut' abend.«

»Und ob. Aber du meinst wohl, ich habe *dich* gehört – oder?« Er fand sich gräßlich. Zum Donnerwetter, dies war nicht der Ort, um schlechte Laune zu demonstrieren; schließlich war er Larrys Freund. Ira senkte einfach nur den Kopf.

»Kennst du Miss Welles auch?«

Der löcherte ihn. »Nicht sehr gut.« Ira bemerkte, daß die anderen am Tisch gespannt lauschten, besonders die ziemlich elegante, geschmeidige jüdische Schönheit, die mit ihrem Ohrring spielte.

Der Ohrring rutschte ihr aus der Hand und rollte über den Fußboden bis zu Ira. Der bückte sich, hob ihn auf und reichte ihn ihr. Sie sagte kein Wort, sah ihn nur überheblich an. Zum Teufel mit ihr, wo kam die denn her mit ihrer beschissenen Überheblichkeit? Nächstes Mal würde er das gottverdammte Ding liegenlassen, wo es niederfiel. Aber ein nächstes Mal würde es so gar nicht geben. »Dan-ke-schön«, sagte er spitz, Feindseligkeit stieg in ihm auf, seine Ohren brannten. »Bist du Tamara?«

»Ja«, ließ sie sich herab.

»Was war mit dem Jungen?«

»Ich verstehe nicht. Mit welchem Jungen?«

»Du könntest Thamar sein«, sagte Ira. »Ich meine, die echte. Die aus der Bibel.« Schon wieder so ungalant. Laß den Quatsch, halt lieber den Mund.

»Was soll das? Warum sagst du sowas?«

»Die muß doch richtig toll ausgesehen haben – oder?«

Und das tat Tamara auch: Elegant war sie und geschmeidig, genoß sichtlich die glühende Ausstrahlung ihres warmen, harmonischen jüdischen Gesichts. Und sie war pfiffig. Viel zu pfiffig für ihn, das wußte Ira bereits – die vielfache Anerkennung, die sie genoß, hatte ihr Sicherheit und Selbstvertrauen gegeben. Diese hier war keine fügsame, kindliche Cousine und keine Schwester, gefügig nach Bedarf.

»Dan-ke-schön«, sagte sie mit distanziertem Augenaufschlag; sie würde eine engere Bekanntschaft wohl kaum zulassen.

»Magst du es nicht, wenn ich frage, was mit dem Jungen passiert ist?«

»Mit welchem Jungen?«

Die anderen an dem kerzenbeleuchteten Tisch hörten auf zu reden und spitzten die Ohren. Er kämpfte mit sich, wollte nicht ungehobelt erscheinen, aber es ging mit ihm durch. »Der Kerl, der sie entehrt hat. Er war doch ihr Bruder, oder?«

»Er war ihr Halbbruder, Amnon.«

»Ach so, er war nur ihr Halbbruder.«

»Nur?«

»Naja – dann war es auch nur halb so schlimm.«

»Das darf doch nicht wahr sein!« sagte sie nach einem winzigen, aber seltsam elektrisierenden Moment pulsierender Stille. »Als ich heute abend hierher kam, habe ich wirklich nicht erwartet, die verschiedenen Schweregrade von Inzest zu diskutieren.«

»Hierbei handelt es sich wohl um den dritten Grad.« Er war seltsam eloquent, erstaunlicherweise sogar bei einer so hübschen jungen Frau wie ihr, solange ihm nur keine amourösen Absichten seine Gedanken durcheinanderbrachten. Doch dann stockte ihm das Herz. »Ja, ich weiß. Aber was geschah denn nun mit ihm?«

»Absalom hat ihn getötet.«

»Wer war Absalom?«

»Also bitte!« Sie war beleidigt und verletzt und fand die Unterhaltung ganz eindeutig geschmacklos. Sie schaute weg, spielte mit dem Ohrring, den er ihr aufgehoben hatte.

»Bei ihr bist du genau an der richtigen Adresse«, sagte der junge Mann namens Nathan schmeichelnd und verschlagen. »Scholem Alejchem war nämlich ihr Großvater.«

»Ach ja?«

»Bitte, Nathan, jetzt kein *name-dropping*. Du weißt, wie sehr ich das hasse.«

»Schon gut. Ich kenne ihn sowieso nicht.«

Ein paar Sekunden war es still. Alles versaut, sein Gegenüber verprellt, aber er hatte es ihr gegeben, ihr ihre Arroganz heimgezahlt, halbwegs mit ihnen allen abgerechnet. Oh Mann, war er nicht ein dummes Arschloch? Jaaa. Er konnte ebensogut seine Sachen nehmen und abhauen. Mit brüskem Schwung schnappte er sich Hut und Mantel, stand auf und kehrte ihnen den Rücken zu. Sollten die ruhig denken, er sei plemplem.

Jesus Christus, er schien wirklich nirgendwo hinzugehören. Weder zu diesen ... diesen Studenten mit dem guten Benehmen und dem gut gefüllten Geldbeutel, wie früher dieser Junge, dem er damals den silberverzierten Füllfederhalter gestohlen hatte, und der inzwischen auch erwachsen sein mußte. Am CCNY fühlte er sich auch nicht wohl, wo zwar nur Juden waren, aber solche, die verzweifelt versuchten, sich zu assimilieren. Eigentlich hätte er dorthin passen können, aber dem war nicht so. Und wenn seine Familie auf der East Side geblieben wäre – wenigstens bis zu seiner Bar Mizwa? Ja, dann vielleicht. Daß er sich in der 119th Street in *gojisch* Harlem nicht zu Hause fühlte, brauchte man gar nicht zu erwähnen. Er war nirgendwo zu Haus. Er war Larrys Freund, mehr nicht.

Und nun, auf zur letzten kleineren Prüfung. Nur – für ihn war sie nicht gar so klein. Verkrampft und bekümmert näherte er sich der kleinen Gruppe, die um den Tisch herumstand, der dem Podium am nächsten war. Wenn sein erstes Zusammentreffen mit Edith für ihn schon schwierig gewesen war, der Abschied drohte noch unangenehmer zu werden. Larry, du Hund. Sie sprach gerade mit jemand anderem, zweifellos einem Kollegen, einem relativ hochgewachsenen Mann mit weichem, ebenmäßigen Gesicht und dunkelblondem Haar (war das vielleicht Mr. Vernon, der Mitbegründer des Arts Club, den Larry erwähnt hatte, dieser Homosexuelle?). Und mit einem anderen, etwas übereifrig wirkenden kleinen Mann mit kurzen schnellen Lachanfällen und einem pockennarbigen Gesicht (war er derjenige, von dem Larry so verächtlich erzählt hatte, wie liebestoll er nach Edith sei?). Und mit der Dichterin, mit Léonie Adams. Und mit den beiden distinguierten Damen, die als letzte hereingekommen waren. Ach nein, er sollte sich doch lieber aus dem Staube machen. Er hob die Hand, winkte Larry mit trillernden Fingern, legte den Kopf schräg, verzog eine Gesichtshälfte zu einem stummen Abschiedsgruß. Aber Miss Welles drehte sich zu ihm um, wiederum mit bezauberndem, warmherzigen Lächeln. Er mußte etwas sagen:

»Ich möchte mich verabschieden, Miss Welles.«

»Aber doch nicht auf ewig, hoffe ich.«

»Nein, ich wollte nur gute Nacht sagen. Aber ich hatte Larry schon gebeten, es auszurichten.«

»Und ich habe nichts dagegen, es zweimal zu hören. Hat Ihnen der Abend gefallen?«

»Doch ja. In Teilen.« Aufgewühlt warf er ruckartig seinen Kopf zurück. »Vielleicht kann ich nicht richtig zuhören, versteh'n Sie? Ich meine, nicht schnell genug.«

Mit tröstendem Lächeln blickte sie in sein vom Unglück zerfurchtes Gesicht. »Das trifft auf die meisten von uns zu. Wir sind nur zu höflich, es zuzugeben. Ich hoffe, Sie sind nicht allzu sehr entmutigt und kommen wieder –«

»Nun, ich passe nicht hierher, Ma'am-Miss Welles. Ich helfe gern wieder bei den Einladungen. Aber darüber hinaus...« Ohne Hoffnung schaute er zur Seite, versuchte sein Achselzucken in höflichen Grenzen zu halten – oder dem, was er dafür hielt.

»Oh nein, bitte nicht so. Es ist möglich, daß Ihnen der nächste Abend viel besser gefällt. Ganz sicher sogar. Dann werden nämlich meine Studenten einiges vortragen, was sie selbst geschrieben haben. Einige aus den älteren Semestern und ein paar Leute aus dem Kollegium«, fügte sie berichtigend hinzu. »Nächstes Mal werden wir Lyrik und Prosa mischen.«

»Ach ja? Vielleicht ist das wirklich besser. Lyrik verstehe ich nicht immer gleich. Larry kann das. *Boy*, er ist so begabt...«

»Wahrscheinlich, weil er selbst Gedichte schreibt, wie ich schon sagte. Haben Sie denn gar nichts verstanden?«

»Doch Ma'am. Die Wörter, die einzelnen Wörter schon. Zum Beispiel, als sie davon sprach, daß jeder sein Idol in Frage stellen soll, nicht wahr? ›Was für fremdartige, wilde Neigung darin stecken mag.‹ Jungejunge, wie ich das liebe.«

»Ach ja?« Und wieder blickte sie ihn prüfend an, taxierend, ständig taxierend. »Haben Sie an Ihrem College auch Englischkurse belegt?«

»Ich? Ich kann froh sein, daß ich noch in die praktische Aufsatzkunde für Anfänger mit reingerutscht bin.« Er sprach mit einer gewissen klammen Ironie – in der Absicht, sie zu amüsieren.

Aber sie war nicht amüsiert. Sie schüttelte den Kopf, verdrehte ihr goldenes Halskettchen mit ihrem winzigkleinen Zeigefinger. »Ich rechne fest damit, daß Sie mich mal mit Larry besuchen kommen.«

»Sie meinen diese Party – nächsten Monat?«

»Nein. Vorher. Irgendwann einmal am Abend.«

»Dankesehr.«

»Du mußt nicht so scheu sein, Kind.«

»Ich? Nun ja... wissen Sie...«

Sie streckte ihm ihre Hand entgegen. »Gute Nacht, Ira.«

Wie klein und zierlich die Finger waren, die er für einen Moment in seiner Hand hielt. »Gute Nacht, Miss Welles.«

»Danke, daß du heute abend gekommen bist.«

»Oh, ja. Ich danke auch.« Er nickte, als er den Raum verließ und nach draußen strebte, hinaus in die kalte Luft der MacDougal Street.

VIII

Das College, die Welt innerhalb der grau-weißen Gotikmauern des CCNY, war bereits in sich zusammengefallen: Der einstige Hort hochtrabender, noch undeutlicher Erwartungen war zu einem Ort verkommen, wo Ira nur noch hoffen konnte, irgendwie ein »befriedigend« zu erreichen – ein »C« für einen mündlichen Vortrag oder für eine schriftliche Prüfungsarbeit, Hauptsache ein »befriedigend«, damit er durchkam. Das College war ein Webstuhl, an dem man vier Jahre lang schaffen mußte, bis ein Diplom fertig war. Der Trolleybus auf der 125th Street war das Schiffchen, das zwischen der üblen Kaltwasserwohnung in der 119th Street und den ausgetretenen, abgenutzten Arbeitsräumen und Hörsälen innerhalb der gotischen Mauern an der Convent Avenue hin- und herflitzte; immer hin und her zwischen der *jidischkajt* bei sich zu Hause – sollte er sie verwässert nennen? – und der typisch amerikanischen Lebensauffassung im College, die von teils freundlichen, teils engagierten, teils distanzierten, aber damals ausschließlich nichtjüdischen Professoren gehütet wurde.

Für Ira war das College durch Einflüsse von außen in seiner Bedeutung auf Zwergenformat geschrumpft – nicht nur die grausamen Übergriffe seiner unbarmherzigen, entwürdigenden Gelüste hatten das bewirkt, sondern auch deren genaues Gegenteil: das schöne und wundersame Eindringen von Larrys Welt in seine eigene... Das College wurde zum Satelliten, nein, zum Jo-Jo, gesteuert vom Niederen und vom Schönen zugleich: pendelnd zwischen schmutzigem Erotizismus und himmlisch scheinender Romantik. In Iras mythosbeladener Phantasie konnte Edith Welles ganz leicht die Elfenkönigin sein, die Tom den Reimer als ihren Besitz beanspruchte, sie vermittelte dieses Gefühl von zerbrechlicher, empfindlicher Unerreichbarkeit: Sie war eine Elfenkönigin mit Ph. D. – oder war sie es trotz Ph. D.? – und beanspruchte einen ihrer Freshman-Studenten für sich allein. War das nicht wie im Märchen?

Das College wurde nun zu einem Ort, wo man sich beweisen mußte, während das Schicksal seinen Lauf nahm. Und wenn das College kein Webstuhl war, dann war es eine Zelle für eine vierjährige Untersuchungshaft. Gute Noten begeisterten ihn – ein wenig; begeisterten ihn in seinem Sarkasmus – ungefähr so, wie schlechte Noten ihn erschütterten: er zuckte nur die Achseln über die Unannehmlichkeiten, die ihm daraus erwuchsen. Er würde Extrakurse in der Sommerpause belegen müssen. Auf die Noten kam es ihm gar nicht an, solange er nur bestand. Und warum nahm er sie nicht so wichtig? Weil er tief in seinem Innersten fühlte, aber nicht zeigen konnte, daß da ein bestimmtes Szenario, eine Art Lebensmuster ablief; daß die lustlosen Tage auf dem College, die akademischen Wochen und Monate dazu dienten, eine Art nebelhaftes Versprechen reifen zu lassen. Wenn Larry auch manchmal Gewissensbisse hatte, weil er eine Zahnarztkarriere zugunsten einer unsicheren literarischen aufgeben wollte, so hatte Ira, oft ziemlich gereizt wegen seiner Langeweile, doch nur selten böse Vorahnungen bei seinen krausen Grübeleien über den Schiffbruch seiner Zukunft als Zoologe oder Biologielehrer. Alles in seinen düsteren Hoffnungen schien einen ganz bestimmten Part zu übernehmen: sogar die Dinge, die ihn heimsuchten, die er tat und nicht aufhören konnte zu tun, die er spürte, wie sie ihn zerfraßen, ihn besudelten – alles paßte ins Bild. Auch wie er sich auf dem flachen Sprungfelsen am Hudson River gefühlt, nachdem er den silberverzierten Füllfederhalter gestohlen hatte, gehörte zu einem bestimmten Lebensmuster. Fatalistisch – war das der richtige Ausdruck dafür?

Unverbesserlich mißbrauchte sein Hirn in den Intervallen, da seine Gelüste ruhten, wertvolle Collegezeit, Zeit, die er dringend zum Lernen brauchte... Er blickte zurück – und überdachte jedes kleinste bißchen an Information, das Larry ihm über Edith gegeben hatte. Und fügte seine eigenen Beobachtungen denen von Larry hinzu, erweiterte sie im Laufe der Zeit um das, was er selbst an ihr beobachtet hatte und viel später noch von ihr selbst erfahren sollte, als er sie schon viel besser kannte. Er stellte Überlegungen an, fast wie ein Spürhund, suchte die Schlüssel zu Ediths Charakter, versuchte, alles neu zusammenzusetzen, um sich dadurch mit ihr vertraut zu machen, um zu erfahren, wie sie wahrscheinlich reagierte, welche Vorlieben und Abneigungen sie hegte, oder einfach zu wissen, was er zu erwarten hatte: *er wollte sich ihren Neigungen anpassen.* Und warum war er so entschlossen, all das herauszubekommen? Zum einen war es eine Art unbewußter Drang, ein besserer Mensch zu werden – ein besserer Mensch nach dem Vorbild der einen, die er mit soviel Hochachtung, mit soviel Wertschätzung betrachtete. Aber noch viel stärker fühlte er sich gedrängt, sich an sie anzupassen, um sich für sie passend zu machen; er verspürte im Unterbewußtsein den seltsamen Willen, ihren Erwartungen zu entsprechen, für eine imaginäre Stunde der Not seine Zuverlässigkeit, seine Loyalität und seine Unverzichtbarkeit unter Beweis zu stellen. Er hatte wie in einem Märchen Augenblicke der Erkenntnis, in denen er sich klarmachte, daß seine Motive im Widerspruch zu der Wahrscheinlichkeit standen, daß diese Stunde je kommen werde; seine Motive verstießen gegen den gesunden Menschenverstand. Gelegentliche Blicke auf die tatsächlichen Gegebenheiten, auf die tatsächliche Lage der Dinge, nach der die Verwirklichung seiner Phantasien sehr unwahrscheinlich schien, ernüchterten ihn häufig, hemmten ihn, drohten, seine unbegründeten Ambitionen zum Einsturz zu bringen. Dennoch fuhr er fort, sie zu nähren. Und sie überlebten, allen widrigen Vorzeichen zum Trotz. Seine Hoffnungen konnten überleben, weil sie eine Fortführung, eine Weiterentwicklung dessen waren, was er schon so gut beherrschte, seit er achteinhalb Jahre alt war und seine Eltern sich in der 119th Street in Irisch-Harlem niedergelassen hatten. Seine

Hoffnungen konnten überleben dank seiner fast schon frühreif entwickelten Fähigkeit, sich anzupassen, dank seiner Fähigkeit, sich einzuschmeicheln. Der Lebensweg, den er vor Jahren eingeschlagen und jahrelang gegangen war, hatte sich verfestigt und in ihm fest verankert. Er schien ihm zu gebieten, auf ihm – wohin auch immer er führte – weiter voranzuschreiten, und zwar mit eben jenen Eigenschaften, die er inzwischen nicht mehr ablegen konnte: mit dem ernsthaften Wunsch, sich ihrem Wesen anzupassen, als er sie denn allmählich besser kennenlernte, und mit seinen ausgeklügelten Schmeicheleien. Paradoxerweise wurde diese Methode, die er früher anwenden *mußte*, um zu überleben, weil sein ursprüngliches jüdisches East-Side-Selbst eingekerkert und unterdrückt war, jetzt für ihn zu einer Hoffnung auf mehr als nur Selbsterhaltung, so mulmig ihm auch dabei war: zu einer Hoffnung auf Selbstverwirklichung, einer Hoffnung auf Freiheit.

Sie war aus Kalifornien nach New York gekommen, von Berkeley, wie Larry ihm erzählte, wo sie ihren Doktor gemacht hatte. Anschließend hatte sie dort auch Englisch gelehrt, soviel wußte Ira schon nach kurzer Zeit. Sie stammte aber nicht aus Kalifornien, sondern aus New Mexico. In Silver City war sie geboren, einer sehr kleinen Stadt, kaum wert, so genannt zu werden (wenigstens nicht aus der Sicht eines New Yorkers) – in einem dünn besiedelten Territorium, wo immer noch am hellichten Tage mitten auf der Straße Pistolenduelle ausgetragen wurden. Lakonisch und amüsant beschrieb sie ihren Vater als einen, der niemals eine Waffe trug und sich wohlweislich auf den Gehweg warf, wenn die Kugeln flogen. Er hatte sein juristisches Staatsexamen an der University of Pennsylvania abgelegt, war nach Westen gegangen und einer der wenigen in Silver City ansässigen Rechtsanwälte geworden. Außerdem war er Mitglied der Demokratischen Partei und vorübergehend in der Politik aktiv. Anfangs war er sehr erfolgreich und gab zu Hoffnungen Anlaß, einer der bekanntesten politischen Führer des Südwestens zu werden. Als das Territorium 1912 den Staatsnamen New Mexico erhielt und in den Bund der Vereinigten Staaten von Amerika aufgenommen wurde, war Ediths Vater William Welles der erste gewählte Vertreter seines Landes im amerikanischen Kongreß. Er wurde 1916 in der Amtszeit von Woodrow Wilson wiedergewählt und bekleidete dies Amt bis 1920. Doch mit dem Ende des Großen Krieges entstand unter der Bevölkerung auch ein Abscheu gegen Krieg überhaupt und gegen Wilson, der sein eigenes Gelöbnis gebrochen hatte, die Vereinigten Staaten aus dem Krieg herauszuhalten, und gegen das ungeheure, sinnlose Abschlachten einfacher Zivilisten – mit dem Resultat, daß die Demokraten in den Wahlen des Jahres 1920 leider eine Niederlage hinnehmen mußten; die Republikaner überschwemmten New Mexico mit einem gewaltigen Wahlsieg. Ediths Vater war vor der Wahl von seiner Partei als Kandidat für den US-Senat nominiert worden, was im überwiegend demokratischen New Mexico bedeutete, daß er den Sitz so gut wie in der Tasche hatte. Dann aber war nicht nur der Sitz verloren, sondern auch fast sein ganzes Privatvermögen, das er in seine Kampagne investiert hatte. Nie mehr hat er sich von dieser Niederlage erholt. Er verlor an politischem Format, geriet politisch in Vergessenheit, fing das Trinken an.

Seine politische Karriere war ein Fehlschlag, seine Ehe ebenfalls, wie Ira später erfuhr. Seine Ehefrau, von Edith als spröde Anhängerin der Christian Science beschrieben, weinte, wenn er sich ihr sexuell näherte. Sie hatten schon drei Kinder – das dritte war Ediths Bruder; die drei Geschwister mußten häufig die lautstarken Schimpftiraden eines fordernden, angetrunkenen Vaters mit anhören, die dieser gegen seine flehentlich bittende, schluchzende Frau vom Stapel ließ. Und dann geschah eines Tages das Unglaublichste, was Ira in seinem ganzen Leben je gehört hatte: Ediths Vater nahm sich eine Prostituierte aus einem der örtlichen Bordelle und richtete ihr, ohne den geringsten Versuch, die Sache geheimzuhalten, eine

Wohnung ein, in der sie dann als seine Geliebte lebte. Daraufhin verließ ihn seine Frau, klagte auf Scheidung, die sie auch – zusammen mit dem Sorgerecht für die Kinder und etwas Unterhalt – bekam, und zog nach Berkeley, wo sie sich als Klavierlehrerin niederließ. Inzwischen erkrankte Ediths Vater schwer. Die Geschäfte seiner Anwaltskanzlei gingen zurück; er ging in Armut unter. Treu zu ihm hielt dennoch in der ganzen schweren Zeit Mildred, die Frau, die er aus dem Bordell geholt hatte.

Edith hatte einen Bruder und eine Schwester, beide jünger als sie. Der Bruder, William Welles jr., fing direkt nach der High School in einer Handelsfirma für vorfabrizierte Aluminiumwandungen an zu arbeiten. Die Schwester Lenora, von der Edith keine gute Meinung hatte, weil in Gelddingen so völlig unpraktisch veranlagt, weil so konventionell und auch Mitglied von Christian Science, wurde von Edith so beschrieben: »Sehr groß. Lenora ist riesig.« Per Dekret war ihr von der Mutter befohlen worden, sich auf der Geige zu versuchen – welches Instrument Edith eigentlich hatte spielen wollen. Aber nein, Mutter dachte, Edith sei besser geeignet für das Klavier (und diese Dinge, diese Antagonismen, sollte man sich sehr gut merken). Edith hielt ihre Schwester für musikalisch unsensibel, so wie sie übte; und hielt die von der Mutter genährten Ambitionen ihrer Schwester, Konzertgeigerin zu werden und ihr Debut in New York zu geben, für absurd. Edith gab das Klavierspiel auf, aber nicht weil sie etwa unmusikalisch oder für musikalische Nuancen nicht extrem empfänglich gewesen wäre. Ihr machte das stundenlange anstrengende Üben zu schaffen, das nötig war, um sich auf Konzerte vorzubereiten; sie kam zu der Überzeugung, daß ihre Hände einfach zu klein waren, um den Anforderungen einer Konzertpianistin gerecht zu werden.

Ihren Wunschtraum, als Klaviersolistin aufzutreten, gab sie auf – aber nutzte ihre Fähigkeiten am Instrument, um in den Tagen des Stummfilms nach Schulschluß in Filmtheatern zu spielen. Später noch trat sie, zusammen mit anderen Musikern mit unterschiedlichen Instrumenten, bei Veranstaltungen auf, die sie – lächelnd – Katzenmusik nannte. Was es doch alles gab, da draußen im Westen! Ira ging das Wort nicht mehr aus dem Sinn: *shivaree*... Das klang wild und nach Cowboy, wildromantisch und unrasiert: eine Verballhornung des Wortes »Charivari«, und sein *Webster's Collegiate* klärte ihn auf: Ständchen mit schrägen Klängen, dargebracht mit allerlei Küchengerät, zum Beispiel an einem Polterabend... Von frühester Jugend an hatte sie sich selbst ernährt, hatte Edith offenbart, und die Art, wie sie dabei ihr Kinn hochhielt, verriet unmißverständlich ihren Stolz darauf. Insgeheim war Ira äußerst peinlich berührt, daß ein schwaches junges Mädchen im Teenageralter schon selbst für sich gesorgt hatte, während er, groß und dick und dusselig, *farlejgt,* wie man auf jiddisch sagte, immer noch seinen Eltern zur Last fiel. Lenora hatte inzwischen schon selbst ein Kind und nach *ihrer* Scheidung auch das Sorgerecht dafür. Mutter und Kind lebten ebenfalls in Berkeley – in ungesicherten Verhältnissen, wie Edith schneidend bemerkte – von Alimenten, die ausgereicht hätten, »wenn Lenora bei Verstand wäre«. Aber das war sie nicht. Sie konnte nichts geregelt bekommen; ewig war sie verschuldet; und Mutter, oder sogar noch öfter Edith selbst, wurde dann gebeten, ihrer Schwester aus finanziellen Schwierigkeiten zu helfen, was Edith auf Kosten ihres eigenen Wohlergehens tat. Zwar war sie empört über ihr »dusselige Schwester«, kam ihr aber dennoch zu Hilfe, des Kindes wegen...

Nach dem Ende ihrer musikalischen Karriere hatte Edith ihr Bakkalaureat *summa cum laude* gemacht und war Mitglied bei Phi Beta Kappa in Berkeley geworden, was Ira zuerst für den Namen ihrer Universität gehalten hatte, bis er erfuhr, daß es der Name einer studentischen Vereinigung für besonders begabte angehende Akademiker war und die University of California in Berkeley unter den Studenten so genannt wurde. Anschließend erwarb sie dort – wiederum in einem selbstfinanzierten Studium – ihren Doktortitel. Es war die erste themenübergreifende Promotion, die jemals an der Universität zugelassen wurde. Ihre Dissertation bearbeitete zwei Fächer: Englisch und Anthropologie. Ihr Thema war die Analyse von Rhythmen und Strukturen von Liedern und religiösen Gesängen der Navajo-Indianer, sowie deren Transkription in lateinische Schrift mit peinlich genauer Angabe von Akzentuierung und Silbenmaß, schließlich ihre Übertragung in englische Verse, nicht wortwörtlich, sondern in englischsprachiger Nachdichtung, sinngetreu dem Geiste des Navajo-Originals nachempfunden. Und aus diesem Material, das durchdrungen war vom Licht und Himmel des südlichen Westen, das urzeitliche Bande zwischen Mensch und heiler Natur beschwor, veröffentlichte Edith zwei Bände mit Gedichten.

Die Bücher erregten Aufsehen; sie wurden von der Kritik hoch gelobt, weil es in ihnen gelungen war, die erhabenen Stimmungen eines Stammesvolks und dessen mystischen Austausch mit der Natur einzufangen, eines Volks, dessen Kultur so lange ignoriert und so lange mit Füßen getreten worden war: ausgerechnet von jenen hoch gelobt, die ihnen fast ihr ganzes Land und Erbe geraubt hatten.

Die Gedichte wurden auch von einer anderen jungen Anthropologin gelesen, einer mit lebhaftem Interesse an Lyrik, der brillanten Marica Meede; es handelte sich um eben dieselbe junge Frau mit den pausenlos beschäftigten Lippen und dem ruhelosen Funkeln ihrer Brillengläser, die Ira zusammen mit ihrer älteren, geheimnisvoll lächelnden Freundin am Abend der Dichterlesung gesehen hatte, als ein strahlender Larry sie zu ihren Plätzen geleitete. Ein Briefwechsel zwischen den beiden Frauen Edith und Marcia hatte begonnen, als Edith noch in Berkeley war und wurde zu einer dauerhaften Brücke der Freundschaft, als Edith nach New York übersiedelte, um an der NYU zu lehren.

Edith enthüllte – zunächst nur Larry, später ihnen beiden – so viel von sich und tat dies so frei und unbefangen, daß es Ira manchmal peinlich war, obgleich er doch so dringend in seinem Kopf ein Bild von ihr zusammensetzen und sich ganz in das Wesen ihrer inneren Beschaffenheit hineinversetzen wollte. Selbst für Larry waren ihre Offenheit und die freizügigen Einzelheiten ihrer Enthüllungen manchmal etwas viel, so zum Beispiel, wenn Edith von ihrer Mutter erzählte, daß diese dafür plädierte, sexuelle Aktivitäten in der Ehe nach fünf Jahren einzustellen; oder davon, daß sie selbst in einem Anfall von Altruismus und allen Konventionen zum Trotz einen gewissen Kurt Finklepaugh geheiratet hatte (gab es wohl einen noch grotesskeren Namen für einen, der aus dem Land der »Heinies« stammte?), um ihm genügend Zeit zu verschaffen, so lange in Amerika zu bleiben, bis er seinen Doktortitel hatte. Aber nach der Eheschließung wollte er dann mehr als vereinbart: er wollte ihren Körper, und dazu gab sie sich nicht her.

»Keine Zuneigung, kein Verlangen, kein gar nichts.« Sie lachte und fügte erklärend hinzu, sie hätte sich damals so auf ihre Studien konzentriert, daß sie noch nicht »erweckt« gewesen sei. So kam ihr Ehestand zu einem gewaltsamen, unschönen Ende: sie machten sich gegenseitig Vorwürfe und warfen sich – wie akademisch! – gegenseitig Bücher an den Kopf. Alldieweil die Ehe nie vollzogen wurde, konnte sie gesetzlich annulliert werden. Dennoch, die Schilderung ihrer kurzen ehelichen Verbindung revidierte das Bild, das Ira von ihr hatte, färbte es mit Mut und Trotz und Bitterkeit: als legten sich drohende Schatten über ihre scheinbare Süße und Sanftheit. Niedlich und zierlich, wie sie war, lief sie dann aber keineswegs tränenüberströmt vor den Dingen davon, um bei Freunden und Verwandten Zuflucht vor ihrem Peiniger zu suchen. Oh nein, sie behauptete sich und schlug zurück. Diese großen traurigen Augen nahmen Maß, diese winzigkleine Hand holte aus und schleuderte irgendeinen dicken Wälzer, vielleicht ein Wörterbuch, auf ihren

Gegner. Man muß das mal auf sich wirken lassen: unter ihrer Güte und Freundlichkeit schlummerte etwas wie eine zusammengepreßte Sprungfeder. Bei ausreichend großer Verärgerung konnte sie hochgehen und eine sprühende Vergeltungsmaßnahme auslösen. Ja, dieser eifersüchtige Unterton, wenn sie von anderen Leuten erzählte, die Gedichtbände besprechen durften, nicht etwa weil sie ein überragendes literarisches Urteilsvermögen hatten, sondern einfach weil sie Männer waren – oder Günstlinge der jeweils zuständigen Ressortleiter bei der *Tribune* oder der *Times* – ja, das war auch einer ihrer Charakterzüge, den man zur Kenntnis nehmen und einkalkulieren mußte. Unter sympathischer Großzügigkeit, unter langmütiger Freundlichkeit lauerte Militanz, weibliche Militanz. Was Larry ihm da über Edith erzählt hatte, über ihre Kritik an der Leichtfertigkeit, mit der Larry über ihr berufliches Fortkommen am Englischen Seminar hinweggegangen war, bekam jetzt eine ganz neue Bedeutung. Behüte diesen Zug in ihrem Wesen, und hüte dich, sie dieserhalb aus der Fassung zu bringen. Einfühlsam sein...

Aber immer noch wunderte sich Ira, warum sie diese intimen Einzelheiten preisgab. Es schien ihre Absicht zu sein, ihren jungen Liebhaber aufzubauen, und seinen jungen Freund mit ihm, ihnen beiden Anschauungsunterricht über die Welt zu vermitteln: Kümmernisse, Bosheiten, Irrwege. Und doch hatten ihre Erzählungen, die immer eher untertrieben waren, einen anderen Effekt – auf Ira wenigstens. Sie war wie jemand, der eine Rolle spielte, bis zu einem gewissen Grad aber auch ihr eigenes Leben: ihr tragisches Leben, die Rolle der tragischen Heroine, im Unglück verstrickt, unschuldiges Opfer der grausamen Gefühllosigkeit anderer – oder Opfer der eigenen Güte, ein Charakterzug, der sie das ganze Leben lang begleitete. Ihre erste Ehe, die als großherzige Geste begann, war ein Fiasko und wurde annulliert. Ihre sexuelle Erweckung war Gewalt von einem, dem sie vertraute.

Später, in Berkeley, unterhielt sie eine Liaison mit einem vielfach heimgesuchten Juden, einem Schmuel Hamberg, Zionist und Agronom, welcher die Urbarmachung von Dürregebieten an der Universität studierte. Ein bedrückter und von Zweifeln gequälter Mann, ein Sonderling, ein frenetischer Ideologe: ein Sozialist, so scharf und unverblümt in seinen Ansichten, daß er von einer Bande patriotischer Kommilitonen geteert und gefedert wurde. Edith hatte sich seiner angenommen, und er war sie um Trost und Zuflucht angegangen. Er besuchte die Universität in Berkeley, um sich die wissenschaftlichen Grundsätze einer Bewässerung großer Landstriche anzueignen, die er den zionistischen Genossenschaftsbauern, die ihn zum Studium nach Amerika geschickt hatten, übermitteln sollte. Auf diese Weise sollte er mithelfen, die angestammte Heimat aus derzeitiger Unfruchtbarkeit zu biblischem Reichtum zu führen, aber er kehrte nie dorthin zurück. Die Bewässerung der Wüsten Kaliforniens bot so gewaltige Aussichten, zu privatem Reichtum zu gelangen, daß sein Idealismus in die Knie ging. Die großflächige Bewässerung der Trockenregionen rund um Los Banos war damals eine neuartige Idee, und von den ortsansässigen Banken Kredite zur Finanzierung seiner Pläne zu bekommen keine leichte Aufgabe. Aber Schmuels visionäres Sendungsbewußtsein und die Kraft seiner inneren Überzeugung konnten es mit ihr aufnehmen. Sogar eigensinnige und nicht gerade judenfreundliche Bankiers wurden bei seinen schwärmerischen Vorschlägen weich und streckten Kredite vor. Schon bald war er zuständig für die Bewirtschaftung ausgedehnter Flächen, ehemals Wüste und wertlos, doch sobald ihnen Wasser zugeführt wurde (mit Hilfe riesiger Pumpen aus artesischen Brunnen ans Licht geholt), enorm fruchtbar und in der Lage, reiche Ernten an Baumwolle, Melonen, Gemüse und Getreide zu liefern.

Edith liebte es, ihn zu beschreiben: Er war ein Mensch ohne die elementarste Höflichkeit. Als russischer Jude, Ira vermutete aus

Litauen, war er zärtlich und mitfühlend und intellektuell unendlich stimulierend. Zugleich schien er vollkommen ohne jedes Taktgefühl und bei Auseinandersetzungen ohne Selbstbeherrschung. War er aufgeregt, so stotterte und spuckte er, besprühte die Zuhörer mit seinem Speichel, wenn er mit ihnen disputierte. Solcherart war seine Unhöflichkeit, daß er – in langweiliger Gesellschaft, oder wenn er die Zeit für gekommen hielt, daß seine Freunde gingen – ganz ungezwungen den Wecker in die Hand nahm und anfing, ihn zu schütteln, zu stellen und klingeln zu lassen.

Dennoch hing Edith sehr an ihm. Sie hätte ihn auch geheiratet, sagte sie, und seine Ungehobeltheiten und Verrücktheiten in Kauf genommen, aber es gab etwas, das sie nicht ignorieren konnte. Für ihn kam nur eine Frau in Betracht, die Jüdin war. Er konnte den Gedanken nicht ertragen, eine Frau zu heiraten, die keine Jüdin war! Angesichts dieser niederschmetternden Zurückweisung hielt Edith die Zeit für gekommen, Berkeley den Rücken zu kehren. Nur wenn sie Berkeley verließ, konnte sie die Macht brechen, die er über sie hatte, sich von seiner intellektuellen und emotionalen Dominanz befreien. Sie bewarb sich für eine Position an der NYU und hatte Glück, daß Professor Watt, der Leiter des Englischen Seminars, obgleich in vieler Hinsicht verstaubt und förmlich, fest an eine möglichst heterogen besetzte Abteilung glaubte. Es ging das Gerücht, er hätte sogar beinahe eine gebürtige Koreanerin eingestellt, die ein Buch über das Leben in Korea geschrieben hatte. Auch war sich niemand so ganz sicher, ob Professor Watt wußte, daß Boris G., ebenfalls Dozent am Englischen Seminar, Jude war. Professor Watt schien geneigt, die Richtlinien des Mutterhauses am Ufer des Hudson River, die auch für die Dependance der NYU am Washington Square Park Geltung hatten, zu ignorieren, ohne dabei jedoch gewisse Grenzen zu überschreiten. Während am Englischen Seminar unten im südlichen Manhattan die Zahl der Studierenden dramatisch anstieg, nahmen die Einschreibungen an der streng humanistischen Universität oben im nördlichen Teil ab; schon aus diesem Grunde konnten seine Vorgesetzten nichts anderes tun, als sich mit der Art seiner Seminarleitung abzufinden.

Edith bekam das Angebot, im Herbst 1924 als Dozentin anzufangen. Und zum selbigen Semesterbeginn schrieb Larry sich in ihre Englischklasse für Anfänger ein.

Hmm...

Darüber würde er nochmal nachdenken müssen, meinte Ira: darüber, daß sie – wie sie es nannte – eine Affäre mit Schmuel Hamberg gehabt hatte, darüber, daß sie mit ihm geschlafen hatte, wie man so schön sagte. Was für ein Euphemismus. Warum hatte sie eine Affäre akzeptiert? Warum fand sie *das* in Ordnung? Sie mußte doch bemerkt haben, daß sie deswegen in seinen Augen nichts als eine *schikße* war. Was hatte sie denn erwartet? Er würde sich noch mehr Gedanken machen und all die Merkwürdigkeiten erst einmal verdauen müssen, die in ihrem Charakter aufeinanderprallten oder sich ergänzten. Die Dinge, die sie mochte, und die Dinge, mit denen sie sich nicht abfinden konnte. Sie weigerte sich, ihrem Liebhaber zuliebe zum Judentum überzutreten, wenn das überhaupt gereicht hätte. Es war ihr unabhängiger Geist, der da zum Vorschein kam. Hmm... Vergiß Chemie oder die Chemieprüfung, die bald auf dich zukommt. Vergiß den alten Avogadro und seine Konstante; du kannst durchkommen. Du willst doch sowieso nicht in diese Richtung. Denk bloß mal: der Typ war Jude. Aber nicht *sie* hatte die Bedenken, ihn zu heiraten. Die Bedenken hatte er, *er* wollte sie nicht heiraten. Er war Zionist. Und Sozialist. Jesus Christus, bei all seiner Freidenkerei war er genauso schlimm wie der Sejde – jedenfalls in dieser Beziehung. Oder war es nur eine Ausrede? Vielleicht war es eine. Es war ganz gut möglich, daß es eine war. Aber merke: Heirat war ihr wichtig. Aha. Und was würde aus dieser Liebesaffäre mit Larry werden? Er war zehn bis elf Jahre jünger als sie. Wie konnte denn daraus etwas werden? Er sagte, er wollte sie heiraten. Aber in drei Jahren, wenn er seinen Abschluß hatte, würde er zweiundzwanzig sein – und sie dreiunddreißig. Dann wärest du ein, ja, ein emanzipierter Bohemien der ersten Stunde, und du machtest dich lustig über die Babbitts und die dicken reichen Spießer vom Lande, die mal ordentlich einen draufmachen wollten, und schautest verachtend auf die Mittelschicht herunter. Aber zum Teufel auch, Larry, du mußtest mal auf den Boden der Tatsachen zurückkehren, du ganz besonders, der doch von allem nur das Beste gewöhnt war – ach komm, was soll's, dann mach halt ein paar Chemieaufgaben und rechne noch ein paar von den schwierigeren Gleichungen.

Jetzt aber nicht... Sie konnte auch reiten, hatte sie gesagt. Sie war eine sehr erfahrene Reiterin und war alle Pfade im Westen abgeritten, an den Indianerreservaten vorbei, den Lehmhütten, wie sie sagte, und in die Berge, die, so ihr Eindruck, in einem fort die Farbe wechselten, wenn Schatten über sie hinwegzogen. Und sie zeigte ihren beiden Freunden eines ihrer Gedichte aus der Zeitschrift *Poetry*, das Larry verstand und Ira nicht. Du Narr. Warum waren die Gedichte hier denn nicht wie – oh, es gab so viele, viele, die er verstand: Aiken und A. E. Robinson und Robinson Jeffers und Sara Teasdale und die Millay, obwohl er auch ohne die leben konnte; er liebte A. E. Housman mehr. Warum mußte in so vielen die Bedeutung versteckt sein, wo man sie nicht sehen konnte, wie hinter einer Wand oder einem Berg? Gelegentlich verstand er aber; und von wem war wohl das Gedicht, das er lange, nachdem er es gelesen hatte, verstand und sich dann über die Entdeckung freute? Es war wieder von Robert Frost: »Mir ist das Apfelpflücken jetzt zuviel geworden: Ich bin ganz übermüdet von der großen Ernte, die ich selbst begehrt.« Und dabei hatte ihm sogar Edith ein wenig geholfen. Sie kannte es nicht, aber sie half, indem sie sagte: »Du wirst bemerken, daß es bei ihm auf dem Höhepunkt seiner Aussage immer eine Verdichtung des Rhythmus gibt.« Mann, wie sie das sofort erkannt hatte.

Nun also... In 2,24 Liter einer Lösung... Was ist die Normalität einer Phosphorsäurelösung, die 270 g H_3PO_4 enthält?... Und Edith konnte – oh nein, du Esel, du hast es hier mit Mol zu tun, mit Mol. Also 1,3 Mol mit dem Grammgewicht von Na_2SO_4 multiplizieren...

IX

Edith ließ sich Iras Gesellschaft nicht nehmen, nicht einmal, um mit Larry allein zu sein. So kam es dann schon manchmal vor, daß die drei – Edith, ihr junger Liebhaber und ein völlig verwirrter Ira –, während Iola aushäusig war, in dem gemeinschaftlichen, luftigen, weißgestrichenen, geräumigen Wohnzimmer zusammensaßen, dessen Fenster auf der einen Seite zur Straße gingen und auf der anderen zum Kirchhof von St. Mark's-in-the-Bouwerie. Wie schön hell und sparsam möbliert das Apartment war! So unauffällig er konnte, versuchte Ira zu ergründen, welche spezifischen Elemente der Einrichtung es waren, die dem Ganzen seinen luftigen Charme verliehen. Nie zuvor hatte er so reinweiße Wände gesehen. So einfach, so schlicht, und nur drei Bilder hingen da, Reproduktionen, eines davon mit roh skizzierten goldenen Blumen, die fast aus dem Rahmen quollen, ein anderes mit einem blauen Bauernwagen. Wem sie wohl gehörten? Ansonsten schmückten Navajo-Teppiche die Wände, grau mit weiß und schwarz, mit großen, traditionellen Mustern darauf, Speerspitzen sollten es wohl sein.

Bei einer Tasse Tee, die sie in den zartesten Fingern hielt, die man sich vorstellen konnte, erzählte Edith die Geschichte eines bestimmten Indianerstamms, der irgendwann von seinem angestammten Gebiet in den Wäldern Kaliforniens verschwunden war. Niemand kannte seine Sprache, niemand hatte sich die Mühe gemacht, sie zu erlernen oder die anthropologischen Relikte aus dem früheren Leben des Stammes zu studieren, niemand außer einem Dr. Wasserman, Professor für Anthropologie, bei dem Edith in Berkeley studiert hatte. Aber, man höre und staune, was Edith den beiden vollkommen hingerissen lauschenden Burschen dann eröffnete: Ein Mitglied des Stammes hatte bis in unser Jahrhundert überlebt. Sein Name war Zaru. In erbarmungswürdigem Zustand, ausgemergelt und dem Hungertod nahe, hatte er sich schon aufgegeben, der letzte wildlebende Indianer Kaliforniens. Für ihn stand es fest, daß der Weiße Mann ihn auch töten würde, wie er alle Mitglieder seines Stammes getötet hatte. Er flehte seine erstaunten »Häscher« an, ihn nicht zu foltern, sondern möglichst schnell umzubringen. Aber niemand verstand seine inständigen Bitten, niemand verstand auch nur ein Wort von dem, was er sagte, Laien nicht und studierte Anthropologen auch nicht, bis Dr. Wasserman auf den Plan gerufen wurde. Er hatte sich einige rudimentäre Kenntnisse der Sprache angeeignet, sie bei den wenigen noch lebenden kalifornischen Indianern erworben. Und daraus ein elementares Wörterbuch entwickelt. Mit dessen Hilfe konnte er sich nun erfolgreich mit dem verängstigten, elenden Ureinwohner besprechen (der übrigens in dem Glauben, er solle für seine Opferung gemästet werden, sämtliche Nahrung verweigerte, solange er im Gefängnis eingesperrt war). Dr. Wasserman versicherte Zaru, daß niemand ihn töten würde und gewann durch Beharrlichkeit und kleine Schritte das Vertrauen des Indianers, konnte ihn bewegen, zu essen und zu trinken und sich medikamentös behandeln zu lassen, einige Hygieneregeln des Weißen Mannes anzunehmen, die Kleidung des Weißen Mannes zu tragen, um ihm so sein Wohlbefinden wenigstens halbwegs zurückzugeben, ein Fünkchen von Vertrauen einzuflößen.

Wie hatte Zaru es nur geschafft, in so unmittelbarer Nähe zivilisierter Siedlungen versteckt zu überleben? Wie hatte er es nur geschafft, in einem Gebiet, das von den gefürchteten Behausungen des Weißen Mannes so dicht umgeben war, seine Entdeckung zu vermeiden? Edith verzauberte ihr kleines Publikum, verzögerte dramaturgisch wirksam den Fortgang der Geschichte. Jäger auf der Suche nach Wild durchstreiften Zarus Refugium, Sportler, Angler, Camper, Wildhüter und Förster. Zaru und seine Schwester, die bei ihm war, bis sie starb, nutzten alle Überlebenstechniken, die ihnen ihre Vorväter überliefert hatten, und ernährten sich von Fisch und anderen Wildtieren; Fische wurden mit dem Speer, kleinere Tiere in Fallen gefangen, Wildenten und Gänse mit Schlingen und mit Pfeil und Bogen. Ewig auf der Hut, ewig in Alarmbereitschaft, sich der Gefahr, einem Weißen zu begegnen, bewußt, waren sie darauf angewiesen, alle in der Kindheit erlernten Fähigkeiten des Anschleichens und Versteckthaltens anzuwenden.

So hatten die Geschwister überlebt. Zaru hatte den Überblick verloren, wie viele Monde und Jahre ins Land gegangen waren, während er und seine Schwester ihr langes, unbemerktes Dasein in Heimlichkeit fristeten...

Es war Zeit, dachte Ira, die Schilderung abzubrechen. Ja. Er drückte die F7-Taste. Lieber erst einmal ausprobieren, wo die Veränderung, die Einfügung hineinpaßte, ausprobieren, ob sie angemessen war, ob sie sich harmonisch in den Text davor und danach einfügte. Und dann, wenn es ihm gefiel, konnte er den Einschub an den rechten Platz rücken. Und falls nicht, einfach löschen. Aber, er fand die Passage über Zaru, den neuen Exkurs, interessant. Solcherart waren die Wunder des Computerzeitalters. Und wieder drückte er die F7-Taste. In dem Versuch, die vielen Vorteile eines elektronischen Arbeitsgeräts für den Benutzer zu beschreiben, hatte er einmal geäußert, ohne es allerdings so richtig in Worte fassen zu können – es war einfach ein Gedanke, oder vielleicht auch nur ein naheliegendes Klischee –, daß der Computer seinem Schreiben eine neue Dimension hinzugefügt hatte. Er war dem Schriftsteller ein treuer und hilfreicher Freund: Ekklesias zum Beispiel. Ira lächelte. Tatsache war, und wieder stützte er sich auf eine klischeehafte Meinung, daß das Arbeitsgerät dem Schriftsteller einen Quantensprung ermögliche – er konnte sich beredter mitteilen und seine Texte flexibler bearbeiten. Der Computer befähigte ihn, Dinge zu tun, die er sonst nicht hätte tun können, Arbeiten auszuführen, die ohne so ein Hilfsmittel zu gewaltig für ihn wären, seine Fähigkeiten überstiegen oder auch seine Geduld, obgleich er sich beim Schreiben als geduldig genug einschätzte, um auch Dinge zu Ende zu bringen, die eigentlich über seine Kräfte gingen.

Sogar als er jung war und seinen ersten und einzigen Roman schrieb; heute hätte er – so eingeschränkt in seiner Vitalität – nicht mehr zustande gebracht, was er damals noch ohne die Hilfe eines solchen elektronischen Wunderdings geschafft hatte. Lobeshymnen auf die Computertechnologie hatte er nicht im Sinn gehabt, als er sich anschickte, das hier Gesagte zu formulieren, doch falls überhaupt etwas bei diesem langen, langen Werk herauskam, etwas, das die ganze Plackerei lohnte, so würde man es zum großen Teil der Arbeit unzähliger Männer und Frauen zu verdanken haben, die ganz nüchtern und ohne Fanfaren dieses Arbeitsinstrument entwickelt und gebaut (und immer weiter verbessert) hatten. Sie waren die Befreier des Geistes...

»Und das ist wirklich wahr?« fragte Larry. »Es hört sich absolut unglaublich an.«

»Doch, doch.« Edith lächelte ihren jungen Liebhaber liebevoll an. »Es ist wirklich geschehen. Im Jahre 1912. Später hat Wasserman ein Buch darüber geschrieben – der Titel war *Zaru*. Ich glaube, die NYU-Bibliothek besitzt ein Exemplar. Sollte sie jedenfalls.«

»Wie lange haben die so gelebt?«

»Du meinst Bruder und Schwester? Jahrelang, vermute ich. Wie ich schon sagte, hat Zaru zu Wasserman davon gesprochen, daß er die Monde nicht mehr gezählt hat. Der einzige Weg, wie er das hätte können, wäre mit Kerben in einem Stock gewesen – oder etwas in der Art, aber ich glaube nicht, daß er daran Interesse hatte. Ihm ging es in erster Linie ums Überleben.«

»Mir ist da etwas aufgefallen«, sagte Larry zaghaft. »Wir nennen sie Inder, aber sie sind gar keine Inder.«

»Ja, das stimmt genau.« Edith betrachtete ihn wohlwollend. »Anthropologen haben es auch schon mit vielen anderen Namen versucht. ›Aborigines‹ ist einer davon. Aber dagegen hat es Einwände gegeben. Sogar in einigen Fällen von den Indianern selbst. Sie hatten dadurch das Gefühl bekommen, man betrachte sie als so etwas wie wilde Tiere. Und natürlich sind sie alles andere als das. Sie haben – oder hatten – eine hochentwickelte Kultur. ›Natives‹, also etwa die Eingeborenen, die Einheimischen, ist ein guter Ausdruck, wahrscheinlich der beste, mit Sicherheit der rechtmäßigste. Doch nun sind es unsere einhundertprozentigen Amerikaner, die Superpatrioten in vierter und fünfter Generation, die dagegen protestieren. Die halten sich nämlich selbst für die einzig wahren, natürlichen Einheimischen in Amerika. Was absurd ist. ›Amerind‹, eine Kurzfassung von ›amerikanische Inder‹, ist ein Ausdruck, den man auch schon versucht hat.«

»Das hört sich an wie Tamarind«, Larry gluckste leise. »Tamarindus ist doch ein Baum, oder täusche ich mich?«

»Ja, ich glaube, du hast recht. Ich weiß nur nicht, was für einer.«

»Der Indianer als Holzpuppe«, frotzelte Larry.

»Das ist ja genauso blöd wie ›Amerind‹«, sagte Edith. »Ich kann mir auch nicht vorstellen, daß es bei diesem Namen bleibt. Hast du vielleicht einen Vorschlag, Ira?«

»Nein«, sagte er mit der üblichen Befangenheit. »Aber mir ist gerade das Wort ›indigen‹ eingefallen.«

»Im Sinne von eingeboren oder arm geboren?« Larry spielte sein Spielchen. – »Könnte beides sein.«

»Was die meisten Indianer tatsächlich auch sind«, bemerkte Edith. »Keine schlechte Idee. Gibt es denn so ein Wort, Ira?«

»›Indigen‹? Oh, das bezweifle ich. ›Indjun.‹ ›Aborigines.‹ Es gibt viele Möglichkeiten.« Mit demselben Finger, den er sonst zum Zeigen benutzte, kratzte er sich an der Schläfe.

Larry lächelte ihn an. »Wenn es um Worte geht, benimmt sich Ira wie eine Buschratte. Ich habe mal gelesen, daß diese Tiere jeden Dreck, der glänzt, in ihrem Nesthaufen horten.«

»Tut mir leid.« Ira grinste verschämt. »Zufällig kann man das von meinen Wörtern und mir auch sagen. Ist eben eine Angewohnheit.«

»Und keine schlechte. Dein Gefühl für Worte ist erstaunlich gut. Das ist mir schon aufgefallen«, sagte Edith.

»Wenn ich nur wichtige Dinge genauso gut behalten könnte wie Wörter, wißt ihr, Praktisches, Nützliches, so wie Larry. Aber ich kann das nicht.«

»Seine Schwester ist doch gestorben«, führte Larry das Gespräch zurück. »Ich vermute mal, es war einzig die Einsamkeit, die ihn aus seinem Versteck getrieben hat.«

»Und der Hunger. Stellt euch mal diese schrecklichen Qualen vor. Bei dem Versuch zu überleben, sich immer verstecken zu müssen, und das in einem ständig schrumpfenden Lebensraum. Oh, ich bin ganz sicher, daß er sterben wollte.«

»Wie lange er wohl allein gewesen ist?«

»Viele Monde. Wiederum ganz viele Monde. Genauso lange, hat er gesagt, wie er und seine Schwester zusammen waren.«

»Was du nicht sagst.«

Viele Monde, grübelte Ira. Zaru und seine Schwester hatten augenscheinlich eine Reihe von Jahren zusammengelebt, um dem Weißen Mann zu entgehen...

Und am Abend, mit Minnie neben sich, wurde Ira, der jetzt hier zuhörte, ganz bitter vor lauter Phantasien, Phantasien, die sich so nah an seiner Realität bewegten – und, wer weiß, vielleicht auch an der Realität dieser beiden urzeitlichen Geschwister: Sie hatten sich bestimmt nicht getraut, in ihrem Waldversteck ein Lagerfeuer anzuzünden, aber er hatte bestimmt die Hand nach ihr ausgestreckt und sie zwischen den Beinen befummelt. Und sie hatte das bestimmt verstanden. Das war ihr einziges Vergnügen. Was sonst sollten sie tun? Er würde sie schlagen, wenn sie sich nicht fügte. Und zu wem würde sie wohl laufen, um sich zu beschweren? Dem Weißen Mann? Ach übrigens, es war schließlich auch *ihr* einziges Vergnügen. Vielleicht würde sie auch darum bitten, wie Minnie es manchmal getan hatte, als sie noch jünger war: ihr kleines weißes Ärschlein unter der Decke herausgestreckt – nur, der Arsch von Zarus Schwester würde wohl braun gewesen sein. Aber was, wenn er sie angebufft hätte? Jesus, man konnte das Kleine doch nicht einfach schreiend im Wald allein lassen. Armer kleiner nackiger Bastard. Wer zum Teufel hätte es übers Herz gebracht, den neugeborenen Säugling im Stich zu lassen? Jemand hätte ihn außerdem finden können. Hätte man ihn denn töten müssen, ihn begraben? Jesus, nein. Vielleicht kannten sie ja eingeborene Verhütungsmittel, native Rotzbeutel. Oder eine Sekunde, bevor er kam, schnell rausziehen, und dabei etwas von dem »weißen Zeug«, wie Minnie es nannte, etwas von dem Samen verlieren und ihr ein Kind andrehen. Ach was, die gottverdammten Kanaaniter, die haben ihre Kinder getötet, die erstgeborenen. Edith und Larry, die Glücklichen, ahnten nicht, was in seinem Kopf vorging; wie sollten sie auch? Jede Nacht die Gelegenheit zu haben, die eigene Schwester zu vögeln. Würde man dessen je überdrüssig? Zwischen Bäumen im Walde, alles still und voller Büsche, nur ihr »O-o-h, o-o-h« unter den grünen Zweigen, ihr »Jetzt kommt das gute Gefühl! W-u-u-h!«, das immer intensiver wurde, nachdem sie es zum ersten Mal erlebt hatte. Und immer die Ohren gespitzt, immer haarscharf aufgepaßt, ob auch nicht, wenn er gerade kam – oder vielleicht sie –, ein weißer Arsch durch den Wald getrampelt kam. Mein Gott, es wäre auch nicht viel anders, oder? Als wenn er Minnie bumste, immer in Angst vor Mom und Pop; oder, wenn das Luftschachtfenster dabei offen war, immer in der Angst, über oder unter ihnen gehört zu werden. Ja. Oder in panischer Angst vor Tante Mamie in ihrer Küche oder Tante Mamie nebenan im Flur, wenn er Stella auf seinem Schwanz sitzen hatte und mit ihr hoppe, hoppe, Reiter spielte – ach, und arme Mom; die Onkel Louis doch gestanden hatte, wie sehr sie sich nachts um drei nach Moe gesehnt und sich nach ihm verzehrte, nach Moe und seinem Turm aus Fleisch – »Guck mal, Lea, was ich hier habe« –; und die so oft mit ihm allein war, wenn Pop nächtens seine Runden drehte und Milch auslieferte. Moms bulliger Bruder Moe schnarchte im Zimmer nebenan, während Mom sich verzehrte, *»Es hat mir gefelt libe«*, und der schmächtige Pop turnte derweil ganz allein auf den Dächern der Mietshäuser herum und hüpfte über die niedrigen Mauern mit den vielen kleinen runden Schloten aus braunen glasiertem Stein. Oh, mit Häuserdächern kannte sich Ira gut aus... Ein Neugeborenes opfern, aber du kannst doch nicht deine Schwester bumsen. Sündhaft, sündhaft. Aber er hatte diese Grenze überschritten, hatte Religion und Tabu gebrochen, oder was immer es war, wie immer man es nannte. Er hatte sich schon verbrannt, bevor er es gekannt. Und dafür bezahlt, bezahlt, bezahlt – ach, Schluß damit. Hör lieber zu, was sie ihnen beiden jetzt erzählte, hör aufmerksam zu, genau wie Larry. Alles andere aus dem Kopf kriegen. Frag sie doch mal, ob Zaru und seine Schwester sich jemals etwas gekocht haben...

Als ein heruntergezogenes Springrollo einmal aus Versehen und ganz von allein nach oben schnellte, wie Fensterrollos das manchmal – wie vom Blitz getroffen – tun, da nahm Zaru es als Bestätigung: »Großer Zauber.«

Nichts anderes in der Welt des Weißen Mannes beeindruckte ihn. Aber er hatte Ehrfurcht vor dem sprunghaften Springrollo. »Großer Zauber!« Dr. Wasserman war durch seine Veröffentlichung der Geschichte, wie Zaru sich an die Zivilisation des zwanzigsten

Jahrhunderts gewöhnte, zu internationalem Ruhm gelangt. Edith war davon persönlich so ergriffen, daß sie beschloß, bei Dr. Wasserman Anthropologie zu studieren. Was sie ihren beiden jungen Zuhörern dann enthüllte, war das Intimste überhaupt, was Edith bis dahin von sich preisgegeben hatte. Eines Abends, während einer Exkursion unter der Leitung von Professor Wasserman, lud er Edith zu einem Spaziergang ein, etwas weiter fort vom Lagerfeuer, wo die restlichen Studenten sich ausruhten. Als sie so weit gegangen waren, daß man sie nicht mehr hören konnte, hat er sie dann im wahrsten Sinne des Wortes vergewaltigt. »Ich habe mich gewehrt«, sagte Edith. »Aber er wußte, was er zu tun hatte, damit ich mich ergebe...« Der arme Larry fuhr zusammen angesichts ihrer drastischen Offenheit.

Edith sprach mit den beiden jungen Männern so intim und so direkt, daß es Ira schauderte. Wenn er so frei über seine Familie beichten wollte, er wüßte nicht, wie diese beiden reagieren würden. Aber er spitzte die Ohren, sammelte weiterhin Steinchen für Steinchen, um daraus sein Bild von ihr zusammenzusetzen, sein Bild von ihrem Leben und den Kämpfen, die diese mädchenhafte Ph. D. schon ertragen hatte.

X

Was für einen herrlichen Silberring Larry da stolz am Finger trug!

In einem Brief an ihre Tante in Silver City hatte Edith den Ring, den sie wollte, genau beschreiben. Auch die Fingerstärke – *large* – hatte sie angegeben und gebeten, den Ring zu besorgen und nach New York zu schicken. Von einem Navajo-Künstler aus einem Silberdollar gefertigt, war aus einem »Wagenrad«, wie die silbernen Dollarmünzen früher genannt wurden, jetzt die Fassung für einen großen, glatten, gesprenkelten Türkis entstanden. Der Ring war wuchtig und massiv und paßte gerade auf den kleinen Finger von Larrys großer Hand, und weil er auf dem kleinen Finger saß, wirkte er noch wuchtiger und noch kompakter. Oh *boy*, war der schön!

Noch nie hatte Ira etwas so Erlesenes, so selten Schönes gesehen. Was war dagegen Gold, was waren Diamanten im Vergleich? Selbst Platin schien dagegen nichts Besonderes. Jeder, der genügend Geld besaß, konnte sich schließlich solche Sachen kaufen, alle Schmuckgeschäfte waren voll davon. Aber das hier – Ira war wie verzaubert. Nicht neidisch, aber voll Verlangen. Ach, das Objekt solcher Zuneigung zu sein, so ein Geschenk zu verdienen! Es erzählte von New Mexico, diesem weit entfernten Land, aus dem Edith kam. Es erzählte von freien Ebenen, großen Weiten, einem gemächlicheren Leben, einsamer Abgeschiedenheit, hochherzigen Gefühlen – und verlangte nach einer besonderen sinnlichen Beziehung zu Silber, verarbeitet von einem indianischen Kunsthandwerker. Es verlangte nach sinnlichen Empfindungen, die durch handwerkliche Unikate mehr angesprochen wurden als durch genormte Schmuckstücke aus Gold; Empfindungen, die von der schlichten, rätselhaften Farbe des Türkis stärker angerührt wurden als von gleißenden Brillanten. Du mußtest dich ändern, du mußtest dich ändern und versuchen, dich ihr anzunähern – ihren Werten: Künstlertum erkennen lernen, das an den unglaublichsten Orten gepflegt wurde und sich der einfachsten Materialien bediente. Du mußtest lernen, die Aura des erzeugten Kunstprodukts zu spüren. Was für ein schöner Ring!

Aber was für ein *tuml*, was für ein Tumult sich in Larrys Familie regte, als sie den Ring an seinem Finger sahen. Sie versuchten, Sorge und Mißbilligung zu verbergen, solange Ira anwesend war, obgleich er wußte, daß sie der festen Meinung waren, er stecke mit Larry unter einer Decke. Ira konnte spüren, wie unzufrieden sie mit Larry waren, fühlte ihren stillen Vorwurf. Heimlich unterstützte er seinen Freund, ja, aber er war doch nur sein Anhängsel, so etwas wie ein

Begleitstern. Er hatte mit Larry kein Komplott geschmiedet; er hatte ihn nicht aufgewiegelt, die Zahnheilkunde aufzugeben und eine literarische Laufbahn einzuschlagen. Und was konnte er dafür, daß Larry sich in Edith verliebt hatte? Er war nur ein Zuschauer, bestenfalls ein Vertrauter, ein bereitwilliger zwar, ja, aber kaum mehr als das.

Sicher war er insgeheim froh, daß Larry sich entschlossen hatte, im Herbst 1925 von der NYU aufs CCNY überzuwechseln – wer würde sich denn nicht freuen, wenn sein Kumpel mit einem auf dasselbe College ging? Aber Larry wollte schließlich nicht aufs CCNY, damit sie beide zusammen waren; er wollte aufs CCNY, um von seinen Eltern unabhängiger zu werden. Nie wieder würde er sie um Geld für sein Studium bitten müssen, denn am CCNY wurden keine Gebühren erhoben. Alles, was er im Augenblick von ihnen brauchte, so schien es, war das Geld für seinen Lebensunterhalt, also Unterkunft und Verpflegung. Er konnte fürs erste genügend Geld aus seinem kleinen Erbe ziehen – genug für Taschengeld und etwas Bares für unvorhergesehene Ausgaben, sogar für ein paar neue Kleidungsstücke würde es reichen –, und während der Sommerferien würde er arbeiten. Aber nicht als Hausmantelverkäufer für seinen Bruder Irving, er wollte jede Form der Abhängigkeit von seiner Familie vermeiden. Das Beste, was er im kommenden Sommer tun konnte, besser, als Begleiter in einem Jugendlager zu sein, war etwas, wobei man auch mehr verdiente, und was seinem Temperament und seinen Fähigkeiten haargenau entsprach: als Unterhaltungskünstler in den großen Ferienanlagen aufzutreten, wie sie in einem Gürtel rund um New York von Juden betrieben wurden.

Das wäre für ihn wahrhaftig der beste Job, den er sich vorstellen konnte. Larry hatte eine natürliche schauspielerische Begabung, konnte satirische Texte erfinden, konnte allein auf der Bühne stehen und komische Geschichten erzählen – Witze reißen und schrecklich schön übertreiben. Sollte das nicht klappen, konnte er möglicherweise genauso viel als singender Kellner verdienen, Lohn und Trinkgelder zusammengenommen. Die Trinkgelder waren gewöhnlich gut, seine Stimme war es auch. Er konnte den Ton halten und Noten lesen. Er würde nicht nur mit einem hübschen Sümmchen nach Hause kommen, sondern sich als singender Kellner Wege in die Unterhaltungswelt der sommerlichen Erholungsparks aufschließen. Und vielleicht sogar noch mehr. Mit ein wenig Erfahrung und der Vielseitigkeit, die er sich bei seiner kleinen Tournee durch die Ferienanlagen erwarb, würde er den nächsten Schritt machen können – auf die Bühne, in die Welt der Unterhaltung, ans Theater. Keine Frage, das war mit Sicherheit das Beste, was er machen konnte, um sich von der Familie zu lösen, um die Freiheit zu erlangen, die er für das neue Ziel benötigte. Er hatte schon Beziehungen, hatte Freunde in den Ferienparks und in der Unterhaltungsbranche. Nun brauchte er sich nur einige, die er in letzter Zeit ziemlich vernachlässigt hatte, wieder aufzuwärmen. Von ihnen hatte er Ira schon erzählt. Sie würden sich freuen, wenn er sich meldete, es begrüßen, wenn er den ersten Schritt zu neuer herzlicher Freundschaft unternahm. Sie waren zwar allesamt Langweiler, aber was machte das schon. Man mußte sie als Mittel zum Zweck benutzen. Ein bißchen Zeit mit ihnen verbringen. Das würde er schon ertragen, um des größeren Zieles wegen, um seiner Zukunft willen. Ein paar Leute anrufen, ein paar Essenseinladungen annehmen, die Tochter eines jüdischen Erholungsparkbesitzers, den er kannte, zum Tanzen ausführen. Und wenn all sein Tricksen gar nichts half, dann, wie gesagt, konnte er immer noch als singender Kellner arbeiten. Das war nicht seine erste Wahl, aber ein sicherer Weg, um wenigstens das zweitbeste finanzielle Ergebnis dieses Sommers zu erreichen. Wie dem auch sei, er würde wohl besser sofort aktiv werden, Erkundigungen einzuziehen, Empfehlungen nachzugehen, irgendeinen lukrativen Job an Land zu ziehen.

Ira war auch dieser Meinung, obgleich der Komiker-Job oder der eines singenden Kellners nichts für ihn gewesen wäre; aber das wohl nur, weil er nicht Larrys Talente besaß. Eine niedere Arbeit wie das, was die *schlepers* machten, lag schon eher im Bereich seiner Fähigkeiten – und seiner Neigungen – diesbezüglich. Er hatte keine besonderen Gaben. Was für eine Art Job oder Position Larry jetzt ergatterte, war im Moment aber nicht das wichtigste; das wichtigste war, daß er die zukünftige Arbeit dazu benutzen würde, seine Abhängigkeit von der Familie zu beenden, die starke gefühlsmäßige familiäre Bindung, die sie alle untereinander hatten, zu brechen, die Kluft zwischen ihnen zu vergrößern.

Und genau so schätzte die Familie das ein, was er tat. Als er seine Absicht bekanntgab, sich einen Job zu suchen, der ihn fast den ganzen Sommer über von zu Hause fernhalten würde, waren die Gordons zutiefst verstört. Unter anderen Umständen hätten sie auch anders reagiert: ohne die unübersehbare Vernarrtheit ihres Sohnes in eine zehn oder elf Jahre ältere Frau, die noch dazu Nichtjüdin war, und ohne seine offenkundige Entschlossenheit, diese Liebesaffäre, seine Liaison, bis hin zur Eheschließung durchzuziehen. Sie waren lange Phasen der Abwesenheit von Larry gewohnt, wenn er bei seinem Onkel in Bermuda war. Aber jetzt interpretierten sie sein Vorhaben als genau das, was es war – als ein definitives Zeichen seiner Entschlossenheit, seine Bindung an die Familie zu lösen. Vielleicht auszuziehen, nach der Rückkehr von seiner Arbeit in den Ferienanlagen nicht mehr die Füße unter ihren Tisch zu strecken. Und – o Schreck, o Graus – womöglich Edith zu heiraten, wenn er wieder da war. Obgleich er ihnen zusichern konnte, daß er momentan nichts überstürzen wollte, waren sie fest davon überzeugt, daß er alles dafür tat, einen Lebensweg einzuschlagen, der ihn unweigerlich ins Verderben führte. So ein hübscher, talentierter neunzehnjähriger Bengel und verheiratet mit einer, die zwangsläufig in ein paar Jahren eine alte Scharteke war, in ein paar Jahren neben ihm ganz schön alt aussehen mußte. Sie Anfang vierzig, und er noch nicht mal dreißig war. (*An alte klafte*, ein alter Drache, so hätte Mom gesagt, aber die Gordons konnten ja kein Jiddisch.) Er hätte junge Verehrerinnen haben können, soviel er wollte, dieser weltgewandte, höfliche junge Mann, der so unverschämt gut aussah, und dessen leicht britischer Akzent seinen Charme noch unterstrich – sagten jedenfalls die reichen Erbinnen, die er hätte haben können, Töchter aus den besten deutschstämmigen jüdischen Familien, Töchter von Millionären und den erfolgreichsten Kaufleuten und Bankiers. Und selbst wenn es keine reichen Erbinnen gewesen wären, ja – noch nicht einmal Jüdinnen, so wären die jungen Damen doch wenigstens ungefähr im gleichen Alter wie Larry gewesen. Nicht einmal schön brauchten sie zu sein, aber wenigstens jung. Wahnsinn, platzte der Vater heraus, reiner Wahnsinn, was Larry da vorhatte. Und sie, damit war Edith gemeint, traf eine Mitschuld, so schimpfte die Mutter, und die Schwestern pflichteten ihr bei.

»Und dabei ist mir dann der Kragen geplatzt«, fügte Larry hinzu. »Besonders, als meine Schwester Irma sich mit dem Vorschlag aufspielte, Sam sollte sich vielleicht mal in seiner Eigenschaft als Anwalt mit Edith treffen und die Sache mit ihr durchsprechen. Da habe ich ihnen klipp und klar erklärt, das ginge sie überhaupt nichts an.«

Edith würde, das hatte Larry zu Hause deutlich gemacht, Edith würde fast den ganzen Sommer über nicht da sein. Sie hatte schon eine Europareise vorbereitet, so daß seine Suche nach einem Job als Entertainer oder singender Kellner keine Ausrede war, um heimlich mit ihr zu leben oder mit ihr durchzubrennen, oder was für gespenstische Vermutungen sie sonst noch anstellen mochten (und das schienen sie tatsächlich zu tun, wenn man Larrys Worte über das Verhalten seiner Verwandten als Indiz nahm: sie schienen manchmal fast außer sich zu sein, besonders sein Vater). Es sollte doch nur ein Job für den Sommer sein, insistierte er, nur ein Job und nicht das Vorspiel zu seinem Verderben.

Zu Larrys großer Überraschung ergriff sein Bruder Sam dann aber seine Partei: Eine Verstärkung des familiären Widerstands gegen die Affäre würde die beiden Liebenden nur noch enger zusammenschweißen, meinte dieser. Irma steckte es Larry, und dieser preßte es auch aus dem ungarischen Dienstmädchen heraus, deren Liebling er war. Seinen »Bachelor of Arts« am CCNY zu machen, statt an der NYU, war schließlich kein Weltuntergang, war die Meinung, die Sam vertrat. Er selbst hatte dort seinen B.A. gemacht und war hinterher Anwalt geworden. Und wer wußte schon zu sagen, was in drei Jahren alles geschehen konnte, welche Veränderungen sich in Larry – und vielleicht auch in Edith – vollziehen würden? Immerhin war sie eine intelligente Frau und konnte die Auswirkungen des Altersunterschieds in einigen Jahren voraussehen. Larry konnte immer noch aufwachen und erkennen, wie klug es wäre, doch noch Zahnmedizin zu studieren. Die beste Politik, so argumentierte Sam, wäre jetzt eine Art Burgfrieden. Man sollte Larry seinen Weg gehen lassen. Der wäre jetzt bis über beide Ohren verliebt und würde mit der Zeit zur Besinnung kommen. Oder sie. Diese beiden Möglichkeiten bestanden immer. *Laissez-faire...*

Sie machten sich Sams Rat zu eigen, aber nur unwillig. Unter der Oberfläche waren sie immer noch wütend und zeigten unverhohlen ihren Widerstand gegen den Weg, dem Larry sich verschrieben hatte. Am schlimmsten war für Ira, daß sie neben ihren Vorbehalten gegen Larry glaubten, Ira hätte bei der Entwicklung des unglückseligen Plans seines Freundes« die Hand im Spiel gehabt. Sie glaubten, er hätte Larry geholfen, die Idee auszubrüten. Und falls dem nicht so war, dann hätte er mit seinem eigenen armseligen Beispiel, mit seiner Wurschtigkeit in wirtschaftlichen und in finanziellen Dingen, mit seinem nicht vorhandenen Ehrgeiz Larrys gesunde, patente Einstellung zu den Gegebenheiten des Lebens untergraben, hätte Larry verleitet. Ira fühlte sich bei den Gordons nicht länger willkommen. Und da er nun zögerte, sich mit Larry dort zu treffen, außer wenn dessen Verwandte nicht zu Hause waren, lehnte er auch Einladungen zum Abendbrot ab und schlug vor, sich woanders zu treffen, manchmal in einer Cafeteria, manchmal im Washington Square Park.

Als Larry nach seinem allereresten Vorstellungsgespräch – er hatte sich beim Manager der Ferienanlage Copake Lodge in den Catskill Mountains beworben – mitgeteilt wurde, alle Stellen für Unterhaltungskünstler seien schon besetzt, und man könne ihm nur einen Job als singender Kellner anbieten, da akzeptierte er das Angebot sofort; der Manager hatte nämlich durchblicken lassen, daß auch diese Jobs schon knapp waren und man einem anderen, dem der Job schon so gut wie versprochen war, seinetwegen wieder absagen mußte. Auf Larrys hartnäckige Bitten hin nahm Ira dann an der kleinen Abschiedsfeier zu Ehren seines Freundes teil, ehe dieser zu seinem neuen Arbeitsplatz im Ferienpark abreiste. Die Herzlichkeit, mit der die Gordons Ira sonst immer empfangen hatten, war fast völlig dahin. Sie nahmen ihn zur Kenntnis, duldeten seine Anwesenheit, mehr nicht.

Und obwohl Ira sich – wie er meinte zu Recht – dagegen verwahrte, etwas mit Larrys Sinneswandel zu tun zu haben, so hatte er doch, wie seltsam, ein immer wieder aufkeimendes Schuldgefühl. Er spürte unterschwellig eine gewisse Mitverantwortung, die ihm sagte, daß er die offene Mißbilligung, die ihm von Larrys engsten Verwandten entgegenschlug, verdiente. Er spürte auf eine geheimnisvolle Weise, daß er Larry beeinflußte, seinen Willen sabotierte. In Iras ungebremster Phantasie sah das sogar noch ganz anders aus: Er verdiente die Mißbilligung von Larrys Familie, weil er mithalf, den einen, den sie abgöttisch liebten, auf Abwege zu führen, indem er nicht nur mit allem, was Larry vorhatte, einverstanden war, sondern – wie eine Art böser Geist – Larry zu dem anstiftete, was er tat. Es war alles sehr merkwürdig. Und verworren. Ja, er fühlte sich schuldig. Nein, er hatte nichts damit zu tun. Ja, er nutzte seinen Freund aus, er hatte ihn immer ausgenutzt, ihn benutzt. Wie konnte es, verdammt nochmal, denn anders sein? Sein Freund hatte schließlich gewollt, daß er sich engagierte.

Lang waren die Diskussionen, denen Ira in Ediths Apartment beiwohnte. (Und wieder: Was hatte er eigentlich dort verloren? Warum hatten die beiden ihn dabeihaben wollen?) Es waren Zwiegespräche, in die er nicht eingriff, anfangs jedenfalls nicht. Es waren Zwiegespräche, die er anfangs kaum verstand, deren Inhalt und abstrakte Thematik er nur ganz langsam erfaßte, indem er sie für sich mit geeigneten Bezügen und Beispielen ausfüllte: Sie sprachen über die Mittelschicht und deren Wertvorstellungen, über die Mittelschicht und ihren Materialismus, die Überbewertung von Besitzerwerb, die Befriedigung materieller Wünsche: Nerzmäntel und die neuesten Grand Rapids-Möbel sollten es schon sein, und eine Adresse mit möglichst hohem Prestigewert auch. (Meine Güte, wußten die denn nicht, wie es in der 119th Street aussah? Aus diesen Kaltwasser-Slums wollte doch wohl jeder heraus, oder?) Die Mittelschicht und ihre jämmerliche Abhängigkeit von Konventionen, ihre Abhängigkeit von dem, was der Nachbar denkt. Die Mittelschicht und ihre Unterdrückung künstlerischer Freiheit, von *Artist* und *Artiste*. Oh, das war der Spießer schlimmstes Vergehen: in ihrem Verlangen nach Konformität gewährten sie dem Künstler keinen Freiraum und verurteilten ihn damit zur Mittelmäßigkeit. Ein Künstler mußte sich frei ausdrücken können und besonders seiner Ernüchterung über die hohlen Wertmaßstäbe der Mittelschicht Ausdruck verleihen dürfen, über die hohen Ansprüche der Mittelschicht an die Moral, über Mittelschicht-Heuchelei, Geschmacklosigkeiten. Immer und immer wieder wurden diese Fehler, diese erbärmlichen Unzulänglichkeiten, diese Nötigungen und Behinderungen von den Gordons geradezu beispielhaft vorgeführt – Edith warnte Larry kontinuierlich vor den Gefahren, die seine Familie für ihn bereithielt, vor den Versuchungen und den Fallen, die sie ihm in den Weg legten, vor den Appellen an seine Loyalität, an sein natürliches Zartgefühl. Immer wieder.

Was aber sollte er tun? Fragte Larry. Die ersten Schritte, sich der Familie zu widersetzen, hatte er schon unternommen. Im nächsten Herbst: aufs CCNY. Was noch, was war als nächstes dran? Es lag bei ihm, sagte Edith. Es hinge davon ab, wie provoziert seine Familie sich fühlte, wenn er diese neue Richtung einschlug, wie unangenehm ihre Reaktion auf seine Veränderung sein würde, wie stark der Druck der persönlichen Verurteilung, aber auch der Reiz der Verlockungen, die sie ihm präsentieren würden. Sie hatten ja schon gezeigt, wie weit sie bereit waren zu gehen, als sie ihm das Angebot machten, bis zum Beginn des nächsten akademischen Jahrs seinen Onkel in Bermuda zu besuchen und danach an der Columbia University zu studieren. Doch sollte er sich tatsächlich dafür entscheiden, alle Verbindungen abzubrechen, so würde Edith immer bereit sein zu helfen, ihm die Miete für sein Zimmer zu bezahlen, darauf zu achten, daß er genug zu essen hatte und ihn finanziell unterstützen, daß er am CCNY studieren konnte.

Aber nein, das könnte er alles ganz allein schaffen, hatte Larry ihr versichert. Er habe Talent zum Verkäufer und wollte neben den Vorlesungen einer solchen Tätigkeit nachgehen. Jederzeit konnte er einen Teilzeitjob bekommen. Einen drastischen Bruch mit der Familie wollte er vorläufig noch nicht. Der Übergang konnte und sollte allmählich sein. Larry mußte besonders auf den Zustand seines Vaters Rücksicht nehmen. Schließlich meinten seine Leute es doch nur gut mit ihm, wie falsch sie auch sein Wohlergehen definieren mochten. Er war ihnen einen allmählichen Übergang schuldig. Er mußte ihnen zeigen, daß er am CCNY sein Bakkalaureat erwerben konnte (was Edith so auch empfohlen hatte), auch wenn es nicht für den Zahnarztberuf genutzt würde, sondern für eine schriftstellerische Laufbahn. Aber zuerst und vor allem wollte er seine Familie daran gewöhnen, daß er nun auf das CCNY ginge, obwohl er noch zu Hause wohnen blieb; das würde die Ängste der Familie mindern. Und nach einem Jahr vielleicht den nächsten Schritt tun und in ein eigenes kleines Apartment umziehen. Dann würden sie sich besser damit abfinden können. Und dieser Meinung war Edith auch. Auf einen Schlag die NYU verlassen, seinem Berufswunsch entsagen *und* von zu Hause auszuziehen, wäre seinen Eltern gegenüber unnötig grausam, würde Eltern und nächsten Verwandten unnötigen Kummer bereiten.

Es war alles sehr bewegend, voll dunkler Ahnungen und der Aussicht auf Abenteuer, voller Verheißung und erwartungsvoller Spannung. So faszinierend und fesselnd die Aussichten auf eine erhebende Zukunft auch waren, jeden Augenblick konnte für Ira Schluß sein mit Hausaufgaben, Aufgaben für die verschiedensten Fächer – und mit seiner akademischen Ausbildung überhaupt. »Zu Beginn des Semesters haben Sie noch A-Noten geliefert.« Der pedantisch genaue Dr. Laine, Professor für Französisch, saß über seinem Zensurenbuch mit den Noten für mündlichen Vortrag und hob sein feines, vornehm blasses Gesicht. Mit scharfen Worten warnte er Ira: »Sie sind in letzter Zeit ziemlich stark abgerutscht.«

XI

Edith war Iola Reid behilflich gewesen, einen Posten als Dozentin an der NYU zu bekommen. Iola war viel größer als Edith, gertenschlank und zerbrechlich, zog alle Blicke auf sich. Sie war, wie Edith, gerade dreißig geworden und stammte aus Skandinavien, was man ihr mit ihrem strohblonden Haar auch ansah, das sie als Zopf um den Kopf geschlungen trug. Ihr Gesicht war hager, ihre

Nase schmal. Daß diese deutlich hervorsprang, konnte auch der sehr gepflegte Eindruck ihrer Züge nicht ganz verbergen. Iola hatte immer irgend etwas Grünes an sich: ein grünes Kostüm oder grüne Accessoires, grünes Kleid, grüne Ohrringe, grüne Halskette (im Gegensatz zu Ediths weitgefächertem Farbenspektrum).

Alle möglichen faszinierenden Einzelheiten sickerten über ihre Vergangenheit durch, und in einem Fall war die Information sogar sensationell. Und alles wurde von Edith ihrem jungen Liebhaber und seinem Freund ganz nüchtern und sachlich kolportiert (worüber sie sich gelegentlich doch sehr wunderten). Iola war zusammen mit ihren Brüdern und Schwestern auf einer Kartoffelfarm in Idaho aufgewachsen. Sie war die älteste der Geschwister, und nach dem Tod der Mutter hatte der verwitwete Vater die Tochter mit einer Axt über die Felder gejagt – sei es aus Wut oder in sexueller Raserei. Immer noch träumte Iola von diesem schrecklichen Erlebnis und wachte nachts schreiend davon auf.

Eigentlich war sie mit Richard Scofield verlobt, einem Absolventen der berühmten Rhodes School, der gerade in Oxford seinen Magister in Englischer Literatur machte. Oxford mit seiner ehrwürdigen Tradition, der Inbegriff von Forschung und Lehre in klösterlicher Abgeschiedenheit, ein Ort mit großer Reputation. Oxford! Gab es irgend etwas auf der Welt, das noch hinreißender klang? Olympisch war das, mein Gott. Vielleicht hatte er einst davon geträumt, daß es am CCNY so wäre... Edith schilderte Richard als ungemein höflich, charmant und gutaussehend. Während eines Aufenthalts in Paris war er von einem homosexuellen Freund in einem Taxi vergewaltigt worden. In einem Taxi? Von einem Homosexuellen? Ein erwachsener Mann? Nicht so ein kleiner neun- oder zehnjähriger Bengel wie er, als dieser schäbige Hurensohn ihn in den Fort Tryon Park gelockt hatte. Und als hätte Edith Iras Gedanken gelesen, räumte sie ein, daß es vielleicht keine regelrechte Vergewaltigung war, weil Richard – und sie hätte Grund zu dieser Annahme – möglicherweise selbst leicht in diese Richtung tendierte. »Bisexuell« war der Ausdruck, den sie benutzte. »Bisexuell« – dieses für Ira noch recht neue Wort. John Vernon, der Kollege, der mit ihr zusammen die Patenschaft für den Arts Club übernommen hatte und ein bekennender Homosexueller war (obwohl schon einmal verheiratet), »geiferte schon«, sagte Edith, während er auf Richards Rückkehr wartete. Dieser Skandal, John Vernons Interesse an Richard und der Zwischenfall in Paris, erzählte Edith, hätten naturgemäß in Iola schwere Zweifel aufkommen lassen und die bange Frage, ob sie sich auch wirklich auf Richard und sein Eheversprechen verlassen konnte.

Was für winzig kleine Veränderungen in der Stimmgebung machten sich bei dieser Geschichte in Ediths Stimme bemerkbar – so winzig und kaum wahrnehmbar, daß Ira hinterher dachte, er hätte sie sich eingebildet, seine eigenen Vermutungen, sein eigenes erwachendes Mißtrauen auf sie übertragen. Nein, Edith konnte sich doch unmöglich erlauben, auch nur andeutungsweise Neid und Mißgunst zu zeigen; dazu war sie doch zu gut und viel zu lieb; sie war doch nicht so primitiv, daß es sie gefreut hätte, wenn Iolas Hoffnungen sich zerschlugen. Vielleicht würden sie sich ja zerschlagen – wer wußte das schon? Aber warum entstand bei ihm der Verdacht, daß Iola ganz bewußt eine Art Symmetrie herstellen wollte, eine parallele Entwicklung zwischen ihr und ihm, als Pendant zu Ediths Verhältnis mit Larry? Ira spürte durchaus die Versuchung, den eifersüchtigen Wunsch, den unverfrorenen Reiz, Iolas Kavalier zu sein. Er spürte ihre ganz intimen, kaum wahrnehmbaren Signale, Spuren verdeckter Scheinheiligkeit, die ihn zum Verbündeten machten, nicht aus Herablassung dem anderen Paar gegenüber, sondern aus einer ruhigen inneren Distanz, einer kaum merklichen Neigung heraus, sich in ihrem Dunstkreis aufzuhalten... Vielleicht, wenn er nicht gar so begriffsstutzig wäre und mehr Selbstvertrauen hätte – vielleicht hätte er dann Ediths Kaltblütigkeit durchschaut und den millimikronfeinen Signalen, die Iola aussandte – wie Ivan, das Physik-Genie, gesagt hätte –, gebührende Aufmerksamkeit geschenkt. Jungejunge, wie würde er sich zum Trottel machen, falls er sich täuschte. Und das tat er doch wohl – was denn sonst? Und überhaupt – was sollte er mit ihr? Edith hatte ihm und Larry schon erzählt, daß Iola, nachdem ihr Vater hinter ihr hergewesen, frigide geworden war, jegliches Interesse am Sex verloren hatte. Also – was bildete er sich überhaupt ein? Daß sie wie Stella war und sich bei der geringsten Berührung hingeben würde? Oder wie Minnie, die, nach etwas Schmeicheln und Streicheln, geil und erregt, seinen Schwanz mit dem Gummi in die Hand nahm und sofort loslegen wollte? Oder wollte sich Edith nur an Iola rächen, weil Iola sie um ihre wachsende Reputation an der Universität beneidete, was Edith behauptete, weil Dr. Watt vom Lehrplan ihres Kurses über moderne Dichtung und der großen Anzahl Studenten, die daran teilnahmen, so positiv beeindruckt war? Oder noch schlimmer: Iola könnte, meinte Edith, auf ihre Romanze mit diesem jungen Burschen eifersüchtig sein, auf ihre Vernarrtheit in ihren Freshman-Lover, wie Iola es abwertend ausdrückte.

Nun sieh dir das an: Beide Frauen hatten studiert und ihren Doktortitel und benahmen sich auch nicht viel anders als andere Menschen, die neidisch oder eifersüchtig aufeinander waren. Eigentlich genau wie alle anderen, nur daß ihre Antipathien so fein geschliffen waren, daß sie schmerzten, ohne Wunden zu hinterlassen, ganz und gar unähnlich der Art, wie Juden ihre Antipathien gewöhnlich hin- und herschleuderten, wie zum Beispiel die Bewohner der Mietskasernen in der 119th Street. Nein, die Kanten höflicher Antipathien waren so fein, man mußte vorgewarnt werden, daß sie verletzen konnten oder hinterher gesagt bekommen, daß sie verletzt hatten. Ira konnte die messerscharfen Kanten selbst kaum erkennen. Würde er es je können? Oder lag er völlig falsch? Alles, was er manchmal in den Gesprächen der beiden Frauen spürte, war – ein leises Rumoren... War das dein einziger Beweis? Es konnte doch auch deiner Phantasie entsprungen sein –

Nein, jetzt war er zu weit abgeschweift...

Ira hatte den ganzen Nachmittag und Abend nach den Gründen dafür gesucht, alles durchgewühlt wie ein Blinder, nein, noch schlimmer: hoffnungslos, als ob sein Vorhaben in sich zusammengefallen sei, ihn ohne jeden Elan, orientierungslos zurückgelassen hätte.

»Ich habe plötzlich all meinen Schwung verloren«, gab er M. gegenüber zu, gegenüber seiner unerschütterlichen M., die ihn immer so schnell wieder trösten konnte.

Oh, er hatte die Symptome seiner Malaise erkannt, obgleich ihm das nur wenig nützte, die Symptome eines plötzlichen Ausbruchs einer akuten Depression. Eine alte Geschichte. Und doch fragte er sich, war er sich nicht ganz sicher, ob er diesen Zustand nicht selbst herbeigeführt hatte. Und sich selbst ausgeschlossen, nein richtiger: eingeschlossen und in eine Ecke hineinmanövriert hatte: in die Ecke des Solipsismus. Zum einen hatte er sich viel zu simpel dargestellt; so ein Simpel war er nämlich gar nicht – und würde obendrein das Leitmotiv seines Abgestumpftseins im weiteren Verlauf der Erzählung wiederholen. Sein schlimmster Fehler, die Blockierung, lag aber in seinem Solipsismus: Nicht, was das eigene Ich mit seinen Bewußtseinsinhalten als das einzig Wirkliche gelten ließ, mußte vorrangig behandelt werden, sondern was Larry fühlte oder tat oder durchmachte. Das hatte Ira ganz aus dem Blick verloren. Er wußte, er mußte die Geschichte fortsetzen, aber in seinem Bedürfnis, eigene Eindrücke und Emotionen abzubilden, hatte er jene verbissenen, jene bitterbösen Streitigkeiten fast vergessen, die zwischen Larry und seiner Familie ausgebrochen waren: darüber, wie lange dieser abends, und ob die ganze Nacht, ausbleiben durfte, über seinen Gewichtsverlust und seine allgemeine Auszehrung. Und all das schon, ehe er überhaupt angekündigt hatte, seine Laufbahn als Zahnarzt verlassen zu wollen und sich der Dichtung und dem Schreiben zu widmen. Das war nämlich wichtig, diese plötzlichen und peinlichen Schimpfkanonaden und Ermahnungen, die Larrys Eltern und seine drei Schwestern über ihm ausschütteten, wenn die ganze Familie zusammen war – und seine eigenen wütenden und verzweifelten Erwiderungen darauf.

Denn die Wahrheit war doch, daß die Differenzen zwischen Larry und seiner unmittelbaren Verwandtschaft sich derartig zugespitzt hatten, daß Ira schon befürchtete, *deren* leidenschaftliche Sorge um *Larrys* Wohlergehen und die rasenden Ressentiments, die sie gegen Edith hegten, würden *diese* ins Verderben stürzen. Die Familie hätte sich bei Dr. Watt, dem Leiter des Englischen Seminars, über Ediths Verhalten beschweren können. Sie hätten Ediths skandalöses Verhältnis mit einem Freshman heftig verurteilen können. Und die Enthüllung ihrer Affäre mit Larry hätte zu ihrem Ausschluß aus der NYU führen und ihre Aussichten auf ein Lehramt an einer anderen Hochschule zunichte machen können. Daß Larrys Familie derartiges nie unternommen hat, muß man ihr hoch anrechnen. Die Verwandten waren offenbar zu dem Schluß gekommen, daß man das Problem auf andere Weise lösen, die Zeit für sie arbeiten lassen mußte, was Sam schon empfohlen hatte.

Er hatte aufgehört. Er war apathisch, wie betäubt, und er schlief; der entsetzliche Tag war vergangen. Er hatte noch etwas anderes einschieben wollen, aber er hatte vergessen, was es war, und das ärgerte ihn nun. Wo war bloß dieser verdammte Kugelschreiber, wo war seine Geistesgegenwart, jetzt schnell, der Not gehorchend, diese flüchtigen Gedanken zu notieren, wenn man sie überhaupt Gedanken nennen konnte? Er schlief, wachte auf, machte einen Spaziergang über zwei Blocks durch die Manhattan Street, nördlich des Platzes, wo die transportablen Fertighäuser standen. Zwei Blocks in einer Richtung markierten den Radius seiner gegenwärtig eingeschränkten Bewegungsfreiheit als Fußgänger; denselben Weg wieder zurück – das machte dann vier Blocks alles in allem.

Er machte sich Gedanken über Israel, über sein Volk in Israel. Die fast vierzig Jahre, die Israel nun schon ein Staat war, hatten die Einwohner zu einer Nation zusammengeschmiedet; nie würden sie das wieder aufgeben, auch wenn es dazu der Atomwaffen bedurfte – und sie möglicherweise in einem Vergeltungsschlag selbst vernichtet wurden. Immerhin, das war das Weltproblem, das noch gelöst werden mußte, das Problem, wovon die Zukunft der Menschheit abhing. In Israel hatten die Menschen mit ihren eigenen Händen eine neue Gesellschaft aufgebaut. Die Israelis waren anders als die Kreuzfahrer, sinnierte Ira. Und seine düsteren Überzeugungen wurden später noch bestätigt, als er und M. ihre nächtlichen ein oder zwei Abschnitte in ihrer hebräischen Fibel lasen, in dem die Abenteuer und Mißgeschicke eines Schulim erzählt wurden, der sich auf nach Palästina machte und trotz aller Mühen und Entbehrungen bis nach Erez Israel gelangte. Einmal dort angekommen, wurden Blut und Schweiß vergossen, die Sandstürme ertragen, die Haut von der Hitze zersetzt, Leben von der Malaria dahingerafft. Und nun aufgeben? Nichts da. Und dann abends den Ausschnitt aus der *New York Times* gelesen, den Barney B. ihnen in Photokopie zugeschickt hatte. In dem Artikel ging es um den Film, den Claude Lanzmann über den Holocaust – *ha Sho'ah* – gedreht hatte, ein Monumentalfilm in seiner Art, neuneinhalb Stunden lang! Niemals, niemals, nie! Und vor dem Zubettgehen, als er ihrer beider – seine und M.'s – elektronische Armbanduhren von Sommerzeit auf Normalzeit umstellte, hörte er sich das letzte seiner Tonbänder an. Ein Leben ohne Ziel, ohne Schreiben, ohne Neuerschaffung zu irgendeinem Sinn und Zweck, war einfach unerträglich. (Oh, und das war es vielleicht, was er im Kopf gehabt und vergessen hatte: Die Frustrationen von heute waren die Lösungen von morgen. Aber im Moment bescherte ihm dieser Spruch noch keinen Trost.)

Also ... weitermachen. Er hatte genug über sein Versagen gesagt. Er mußte den Erzählfluß wieder aufnehmen, und zwar mit etwas Fröhlichem, endlich mal...

An dem Abend waren Larry und er die meisten von Ediths Studenten der modernen Dichtung, die sie zu ihrer Soirée bei Kaffee und Kuchen zu sich nach Hause eingeladen hatte, mit Hilfe einer

List wieder losgeworden. Die List stammte direkt von Robert Louis Stevenson, war witzig und frech. Nachdem er Ira zugezwinkert hatte, er solle seinem Beispiel folgen, verkündete Larry mit großer Geste und wohldosierter Autorität, die alle anderen jugendlichen Gäste aufmerken ließ, daß nun der Augenblick gekommen sei, wo man sich höflicherweise verabschieden müsse. Mit tausend Bitten um Entschuldigung, daß man viel zu lange geblieben sei, quälten er und Ira sich in ihre Mäntel, schwenkten die Hüte – und brachten die anderen dazu, beschämt ihrem Beispiel zu folgen. Der Trick war so alt, wie es großstädtisches Leben gab, kein Zweifel – aber er wirkte. Er beendete schlagartig Perceys Ergüsse über E. E. Cummings und lockte alle mit aus dem Apartment, in die dunkle Kälte der Straße hinaus. Larry lehnte es ab, mit den anderen den normalen Weg zur U-Bahn zu gehen; er schützte eine spätere Verabredung vor, schlug eine andere Richtung ein und schmetterte allen rundum laut und deutlich sein Adieu hinterher. Daraufhin gingen die beiden heimlichen Verschwörer einmal um den Block – und zurück in Ediths Wohnung, die sie unter Gelächter und großer Fröhlichkeit wieder betraten. Ach, was für ein strategisches Meisterstück!

Und später dann, als er Edith schließlich gemeinsam mit Larry verließ und Larry den Zubringer von der 42nd Street hinüber zur West Side nahm, da trennten sie sich in so guter Kameradschaft und Freude, daß der Heimweg ihn direkt begeisterte: zur Kreuzung Lexington und 116th Street, dann zu Fuß weiter wie auf Wolken, bis zu den Stufen vor dem tristen Wohnhaus, die schlecht beleuchtete, ausgetretene Treppe hinauf und in die trostlose Küche hinein. Mom und Pop schon im Bett und ... direkt neben ihnen, in ihrem Faltbett, Minnie, ebenfalls schon eingeschlafen. Schlafend, für ihn unzugänglich, nicht zu erreichen ... auch gut, trotz Bedauerns und einem Anflug von Begierde. So hatte er Gelegenheit, über die wahre Liebe nachzudenken. Er, ganz allein am runden Tisch mit der grünen Wachstuchdecke. Er, ganz allein in der stillen, leeren

Küche, um der verklärenden Kraft wahrer Liebe nachzuspüren! Wahre Liebe, die ihren Zauber über Ira ausgoß, schwebte unerreichbar vor seinen Blicken in einem diffusen Dämmerlicht zärtlicher Leidenschaft, durch welche die Küchenschabe über das abgewetzte Linoleum kroch, um sich hinter die blaßrosa Schürze zu flüchten, die dort am Spülstein hing. Sie kroch in unbekannter Mission auf einer seltsamen, geodätischen Linie.

Aber jetzt, Freundchen, ist für dich alles beim Teufel: die richtigen Worte im Eimer – und: wie soll ich meinen Solipsismus in Schach halten, Ekklesias, wenn die Schnecke von morgen, des Sonntagmorgens, ihre klebrige Spur schon auf den glorreichen Träumen des heutigen Abends hinterließ? Häh?

Tja... Der Solipsismus hockte da wie ein Stein ... und hatte einen versauten Verstand, wie der eines Steins, falls der überhaupt einen hatte – und hockte da in der stillen, trostlosen Küche mit dem abgegriffenen weißen Fensterrollo, das runtergezogen war...

Wie konnte er all das neu erschaffen? Ira dachte nach. Wie konnte er es nachschöpfen – er, der bei seinen eigenen bescheidenen Gaben und Talenten doch so eingeschränkt war? Es hätte ganz anderer, unerschöpflicher Talente bedurft, wie Shakespeare eines war, um einer echten Nachschöpfung überhaupt gerecht zu werden. Was er mit seinen eher erschöpflichen Fähigkeiten konnte, war eigentlich nichts als reden oder schreiben.

In einem Monat die Abschlußprüfungen, und der Mai neigte sich schon dem Ende zu; Larrys Abreise nach Copake Lodge sofort nach der Prüfung; die Pullman-Fahrkarten für Ediths unmittelbar bevorstehende Reise nach Kalifornien und New Mexico schon gekauft. Der Sommer 1925 brach aus.

XII

Die Lüfte lind, die Jugend stürmisch. Die Erwartungen schillernd. Selbst in der Verkommenheit der Slums, selbst in der Katastrophe des Studiums, selbst angesichts seiner armseligen Freuden und heimgesucht von seiner Verworfenheit, konnten die verblühenden Wochen des Frühlings dem Neunzehnjährigen den Sinn für die Köstlichkeit, am Leben zu sein, suggerieren, die Euphorie des Augenblicks wachrufen, herausheben, bewahren.

Es geschah an einem Sonntagmorgen gegen Ende Mai. Ja, an einem Sonntagmorgen ziemlich früh, ehe Mom zum Einkaufen zur Park Avenue aufbrach, bestiegen Edith und Iola und ihre beiden Begleiter Larry und Ira einen Ausflugsdampfer auf dem Hudson River und machten eine Tour nach Bear Mountain, wofür sie ihren Proviant am Abend vorher schon besorgt hatten. Inmitten der eifrigen Menge anderer Ausflügler gingen die vier an Bord des weit ausladenden weißen Schaufelraddampfers mit Namen *Henry Hudson* und fanden auch vier Liegestühle auf dem offenen, angenehm luftigen Oberdeck. Lieblich fächelnd streichelte sie der milde Frühlingswind, als das Schiff rauschend die Pier verließ – eine leichte Brise, bei der die beiden Frauen die Hände zum Hals führten, an ihre offenen Kragen faßten und ihre flotten Strohhüte an der Krempe festhielten. Ediths Hut war mit etwas Schwarzem eingefaßt, Iolas mit jadegrünem Samtband. Man sollte beachten, sagte sich Ira wieder einmal, daß blonde Damen grün bevorzugten. Stella auch? Hatte er noch nicht bemerkt. Unwichtig.

Sie saßen und schauten auf die Palisades, die New Jersey-Seite des Flusses, der sich jenseits der Reling in kabbeligen Wellen verbreiterte. Belebt von der frischen, frei strömenden Luft, von der unschuldigen, der gefahrlosen Neuartigkeit der Reise, schwärmten alle beim Anblick der vorüberziehenden, sich ewig verändernden baumbestandenen Uferlinien. Inzwischen kam das Schiff gegen die

Strömung gut voran, während es eine cremige Spur im grünen Kielwasser hinter sich herzog und der Bug ihm eine endlose kleine Brandungswelle vorausschickte. Bei makellosem Wetter und wolkenlosem Himmel war dies alles so wunderschön. Nie zuvor hatte Ira die reine Glückseligkeit eines idealen Tages so bewußt empfunden. Gleichmäßig fuhr der Dampfer weiter flußaufwärts, kam aus dem Brackwasser ins Süßwasser, von Ufern, die eine Meile weit auseinanderlagen zu Ufern, nur ein paar hundert Ruten voneinander entfernt. Die allgemeine Hochstimmung adelte beides, Zeit und Entfernung, hätte beides ins Unendliche strecken und miteinander vertauschen sollen, während die gleichmäßig rauschenden Schaufelräder den Ausflugsdampfer den Fluß hinauftrieben.

Nach über zweistündiger Fahrt erreichten sie Bear Mountain, die Endstation. Sie stiegen aus, kletterten den Hang hinauf, bis sie unter einer Baumgruppe ein schattiges Plätzchen fanden, wo sie ganz für sich sein konnten. Sie breiteten die Decke aus, die Larry mitgebracht hatte, holten die Sandwiches und die Thermosflasche mit Eistee aus dem Korb und picknickten. Der Tag war voller Freude und Wehmut – Freude, welche die Wehmut noch verstärkte, Wehmut, welche die Freude in noch größere Erlösung verwandelte.

Für Ira war es die Freude, dort zu sein, das Privileg zu haben, an traditioneller, unschuldiger, ungetrübter Zerstreuung teilzunehmen, einmal gute Umgangsformen zu üben und den Tag in der Gesellschaft zweier kultivierter Frauen zu verbringen, selten erlebte innere Zufriedenheit mit ihnen zu teilen, zu sehen, wie sie die Natur genossen, das Draußensein, die warme Balsamluft, Sonnenlicht und Blätterschatten, das Herumliegen im Grase und das Herumreichen der Sandwiches, das Ausschenken von Tee aus der isolierten Literflasche. Wehmut empfand er über seine Naivität, seine neunzehn Jahre alte Schüchternheit, seine neunzehn Jahre alte Unzufriedenheit mit seinen Umgangsformen, seine unreife Orientierung an dem, was andere über ihn dachten und denken würden, wenn er es wagte, seine Meinung zu sagen, Reaktionen zu zeigen...

Hier verschlägt es mir die Sprache, Ekklesias, ich erstarre, bin leblos und stumm. Denn ich bin in die Vergangenheit zurückversetzt worden, in die Zeit von vor über sechzig Jahren. Und wenn ich jetzt auch zu wissen glaube, was ich zu tun habe, was ich zu erwarten habe, die Signale erkennen und die Botschaft deuten kann, wenn ich also weiß, wie ich mich benehmen muß, so hat doch die Zeit die Eine schon längst einbalsamiert, die von all dem profitiert hätte.

– Du trägst eine Art verklärte Mumie in dir, ist es das, was du sagen willst? Sind nicht alle deine Erinnerungen so? Auch die von vor einer Viertelstunde?

Ich denke, ja. Einige trage ich quietschvergnügt in mir herum, einige wenige. Dies ist eine davon.

– Die meisten, so scheint es doch, mußt du nicht in dir tragen, sondern eher ertragen.

Wie wahr. In diesem besonderen Fall scheinen wir damals Bear Mountain als genau den richtigen Ort für unser Picknick gewählt zu haben...

– Meinen Glückwunsch.

Mom hatte ganz früh am Morgen Sandwiches gemacht, die Ira zum Picknick beisteuern wollte. Er hatte sie übrigens in einem Anfall von Wagemut – oder Unbesonnenheit – und unverfrorener Dreistigkeit persönlich gebeten, die Zutaten schon am Abend vorher zu besorgen und dann vor seinem Aufbruch die Sandwiches zu belegen: feine jüdische Salami, dick geschnitten, zwischen die Hälften der frischen Bulkies gelegt. Sie hatte ihm den Gefallen getan, denn sie hatte begriffen und war beeindruckt, genau wie Minnie, wie besonders und wunderbar der Anlaß war. Mom hatte schon alles fertig gehabt, ehe Ira aufwachte. Sie packte die Sandwiches in eine braune Papiertüte, während er frühstückte, und sie lagen dann auf den wachstuchbedeckten Waschzuberdeckeln für ihn bereit, als er Mom einen Abschiedskuß gab und ging. Mit den vier Bulkies, seinen dicken Sandwiches in der braunen Papiertüte, sprang er die schäbige Treppe hinunter, durchquerte forsch den tristen Hausflur, und trat, vorbei an den verbeulten Briefkästen, hinaus auf die Stufen vor dem Haus. Auf die noch ruhige, schmuddelige Straße. Mit federndem, jugendfrischem Schritt eilte er dann zur U-Bahn.

Angenehmer Salamiduft, ein Duft nach Knoblauch in der Untergrundbahn, von Station zu Station zog er den Knoblauchduft stadteinwärts hinter sich her, bis er aussteigen mußte und unter allmählich aufkommender Unschlüssigkeit zur Straße hinaufstieg. Salamiduft, eine Wolke von Knoblauch umgab ihn, als er nach Westen zum Hudson River ging. Immer stärker, je höher die Sonne – oder bildete er es sich nur ein? – und je näher er dem Treffpunkt kam: Knoblauchduft. Je mehr er an der Tüte roch, desto unruhiger wurde er, desto stärker belästigte und beleidigte der Inhalt seine Nase. Jüdischer Immigrantenbauer. Er war sicher, man würde ihn für einen jüdischen Tölpel aus den Slums halten. Er hatte die einfachsten Regeln der Etikette eklatant mißachtet: nur ein riesengroßer Trottel, ein ignoranter Holzkopf würde die Teller zweier so vornehmer Damen mit knoblauchgewürzter Speise verschandeln, die so stark roch, daß es zum Himmel stank. Glücklicherweise kam er vor den anderen am Anleger an. So hatte er eine Chance, seine einzige Chance. So flink er konnte, eilte er die Pier entlang, fand offenes Wasser zwischen Kaimauer und Bug des Ausflugsdampfers und schleuderte die Tüte samt Inhalt in den Fluß. Fort war der Knoblauch, fort der Geruch. Wie befreit!

Sag an, ist dies der richtige Ort für Wehmut, Ekklesias?
— Man könnte sagen, hier ist für alles der richtige Ort: für Wehmut, Enthüllungen, Verwirrungen, Niedergeschlagenheit und Hochstimmung.

Denn mir war tatsächlich in all meiner Feigheit der Gedanke gekommen – und nicht zum ersten Mal, Ekklesias –, warum ich nicht, als Larry sich neben seiner Liebsten ausgestreckt hatte, die einmal begonnene Symmetrie fortsetzen und mich neben Iola legen sollte?

– Zum einen: So funktioniert das nicht. Und zum zweiten: Selbst wenn das Beispiel deines Kumpels mit Edith denselben Gedanken bei Iola ausgelöst hätte wie bei dir, ja, sagen wir ruhig bis hin zum Einverständnis, was denn dann? Du warst bereits verhindert, weil behindert.

Sehr freundlich, mir das so direkt an den Kopf zu werfen.

– Keine Ursache, alter Knabe. Zu flüchtigen Abenteuern mit älteren Frauen warst du doch gar nicht mehr fähig. Das ist doch die Wahrheit, oder? Nehmen wir doch mal Frauen wie Iola. Du lebtest – oder verhieltest dich – wie in einer Phantasiewelt, in der man solche Frauen durchaus respektierte. Du aber warst unfähig, deine Phantasien auszuleben. Und warum? Weil du zu verklemmt warst, wie ich es nenne: ängstlich, verzagt und infantil. Ich wage die Behauptung, daß dein imaginäres Szenario, wie man heute sagt, tatsächlich fundiert war: Wärest du dem Lockruf gefolgt, den Iola auszusenden schien, den Signalen der Verführbarkeit, die sie dir – höchstwahrscheinlich gerade wegen deiner Infantilität – zusandte, wärest du nicht so gehemmt gewesen, sondern von anderem Schrot und Korn – maskulin, viril und selbstbewußt –, dann hätte deine Vermutung sich als richtig erweisen, der Wunschtraum Wirklichkeit werden können. Hättest du sie doch eingeladen, mit dir im Wald spazierenzugehen (ein aussichtsloser Wunsch, der in deinem Hirn aufloderte und sogleich wieder verloderte, fast wie totgeboren). Ich könnte mir vorstellen, daß sie deine Einladung angenommen hätte, da du – so wie sie dich sah – keine Bedrohung für sie darstelltest. Das ist natürlich reine Spekulation, reine Vermutung, kommt aber deiner eigenen entgegen. Und ist gar nicht so abwegig, wenn man bedenkt, daß sie immerhin eine Frau war, ein menschliches Wesen, das schließlich nicht Enthaltsamkeit gelobt hatte, eine junge Frau von Dreißig, die schon über ein Jahr ohne Sex auskommen mußte, wenn nicht länger, und die mit einer Frau zusammenwohnte, die ihrerseits derartige Freuden genoß, wie es schien. Tu doch mal so, als hättest du den Mut gehabt, der dir fehlte: Nimm all deine verschüttete Spontaneität zusammen und stell dir vor, du seiest der junge Steve V., ein späterer Freund: »Komm Iola, wir wollen die beiden Verliebten mal sich selbst überlassen und uns ein wenig im schattigen Hain ergehen.«

— Was wäre denn schon dabeigewesen, wenn die beiden anderen deine Motive durchschaut hätten? Gar nichts wäre dabeigewesen; noch hätten unbedingt ihre Vermutungen das Ergebnis diktiert: ein unschuldiger Spaziergang war alles, was unter Umständen dabei herausgekommen wäre... Aber stell dir mal vor, du hättest dabei ihre Hand genommen. Mehr brauche ich wohl nicht zu sagen. Was hättest du getan, wenn sie deinen Händedruck in gleicher Weise erwidert hätte? Was wäre dann von dir erwartet worden? Oh, heute weißt du es, heute, Jahrzehnte und Generationen später, heute weißt du es natürlich. Was hätte sie mit ihrem flachen Strohhut mit dem Jadeband gemacht, wenn sie ihn von ihren flachsblonden Flechten abgesetzt hätte? Und dein Jackett, das haferfarbene, das früher Larry gehört hatte und jetzt so viel getragen wurde, daß die Falten in der Armbeuge sich schon gar nicht mehr aushängten – Larrys Jackett: wäre es deine improvisierte Lagerstatt geworden? Aber du hast das alles nicht getan, oder?

Nein, habe ich nicht. Ich bin von dem Spaziergang nicht zurückgekehrt als Pendant zu der jungen Lady aus Riga nach ihrem Ritt auf dem Tiger: der Tiger außen, die Lady innen, wie es in dem bekannten Limerick heißt. Ich war nicht in der Lady drinnen und habe mir auch nicht Blätter und Zweige von meinem kaschafarbenen Jackett abgeschüttelt und auch kein bewußt unschuldiges Gesicht gemacht, als hätte ich nur Weinreben und Brombeersträucher in einer Hügellandschaft gesehen. Nein, habe ich nicht.

— Untadeliger Prufrock aus den Slums, der ohne Fehl und Tadel dem äußerlich korrekten tugendhaften Vorbild glich.

Die Ähnlichkeit war jämmerlich; sie war alles, was mir geblieben war, und du weißt es.

— Zugegeben. So bist du auf unfruchtbaren Fäden der Phantasie gestrandet: wünschtest dir das Talent, die Ausstrahlung des einen oder anderen Menschen. Pech für dich: deine Erstarrung war die des Todes.

Allerdings. Wie oft habe ich nicht gedacht, ein stummes Zeichen, ob nun von Stella oder Minnie, die leiseste Andeutung hätte genügt. Genauso habe ich es später mit noch einer anderen Frau gemacht...

— Wir verschwenden unsere Zeit. Du hast die Salami und die Bulkies in den Fluß geschmissen, aber du bist sie nicht endgültig losgeworden: nicht erst nach vielen Tagen, sondern schon nach wenigen Stunden waren sie wieder da. Während des Picknicks — noch ganz zerknirscht von der Ungeheuerlichkeit, gutes Essen wegzuwerfen, vermischt mit einem neuen Gefühl dafür, wie falsch, wie verzerrt deine Vorstellung von guten Umgangsformen war — als ob Höflichkeit keine Natürlichkeit, keinen gesunden Appetit zulasse, Vielfalt und Gewürze vermeide — hast du die Tat gestanden. Und wie gründlich du dann von den anderen ausgeschimpft wurdest — stimmt doch, oder? Von Iola ganz besonders. Sie war ganz verrückt nach jüdischer Salami, sagte sie. Sie liebte das Aroma und die Konsistenz, denn jüdische Salami war so kräftig im Geschmack und so schön fest. Oh, warum hattest du das nur getan!

Ja, warum?

— Wahrscheinlich findest du es ziemlich unfreundlich, wenn ich sage, daß deine Sehnsucht, das Geschehene ungeschehen zu machen, manchmal sehr ermüdend wirkt. Worauf es schließlich hinausläuft, ist doch: Wenn du ein Mann gewesen wärest, hättest du vielleicht mit ihr kopuliert —

Kopuliert? Himmel! Wenn ich ein Mann gewesen wäre, hätte ich sie ordentlich durchgefickt. Ich sage bewußt durchgefickt — wozu habe ich schließlich einen Sprachprozessor? Ich hätte sie tüchtig durchgefickt, auch wenn die Quasare am äußersten Rand des Universums doppelt so stark errötet wären wie ihre extremste Rotverschiebung. Hätte gierig Unzucht mit ihr getrieben — ex tempore und weiß Gott nicht nobel. Weißt du, ›nobel‹ oder ›nicht nobel‹ — das klingt im Jiddischen verwandt mit *knobl*

– und das heißt Knofel, den ich in den Fluß meines Lebens geschleudert habe, zusammen mit all der groben Derbheit, die mein Geburtsrecht war –

– Komm, komm, wir wollen doch nicht gleich in die Luft gehen, wir wollen nicht zu stürmisch sein, uns nicht auf Grobheiten zurückziehen oder über Spitzfindigkeiten stürzen. Ich sage dir: Wärest du ein Mann gewesen, wärest du gar nicht dort gewesen.

Ira war nicht wenig erstaunt über sich und saß mit verschränkten Fingern da und starrte den bauchigen Lampenfuß oben auf seinem Computer an. Der »Bauch« war aus Metall, mit Messing beschichtet, eine Imitation, genauer gesagt, aber erfüllte seinen Zweck: die Lampe beleuchtete seine Tastatur. In der Aufregung seiner Geschichte, in der Aufregung, einen literarischen Abklatsch der Wirklichkeit zu produzieren, bemerkte er, daß er vergessen hatte, seinen kleinen elektronischen Timer einzuschalten, der immer auf 33:33 gestellt war, um ihm zu signalisieren, wann er speichern mußte. Keinen Moment zu früh drückte er die Hartgummiknöpfe, welche die üblichen digitalen Ziffern aufleuchten ließen. »Da ich aber ein Mann ward«, diese Worte des Heiligen Paulus drängten sich ohne Vorankündigung auf, »tat ich ab, was kindisch war.« Fürwahr, das wurde aber auch höchste Zeit.

Ach, was für ein herrlicher Tag! Für Larry die reinste Glückseligkeit. Und wie wehmütig sich Ira auch gefühlt haben mochte, in seiner Erinnerung würde es ebenfalls ein Tag voller Licht und Heiterkeit bleiben. Als die Sirene des Ausflugsdampfers heulte, sammelten sie ihre Sachen zusammen. Sie seufzten und empfanden alle, was Edith aussprach, daß nämlich die Zeit sehr schnell verging, wenn man sie genoß, und während Iola noch anmerkte, das treffe glücklicherweise auch auf Zeiten zu, die man nicht genießen konnte, gingen sie den Hügel hinunter zu der Stelle, wo der Dampfer festgemacht hatte, und an Bord. Als sie sich New York näherten, sahen sie den Fluß wieder breiter werden. Sie kamen auch an dem kleinen Anlegesteg und dem Bootshaus vorbei, wo Ira sich gern der Tage erinnerte, da er mit Billy Green in dessen Kanu gepaddelt hatte.

Als die Fahrt schließlich zu Ende war und der Dampfer wieder an seiner Pier in Manhattan lag, begleiteten Larry und Ira die beiden Frauen per Trolleybus und U-Bahn quer durch die Stadt zu ihrem Apartment am St. Mark's Place. Es war noch hell draußen, und die beiden Jugendlichen wurden hineingebeten. Als sie es sich bequem gemacht hatten, waren sie alle vier einer kleinen Zwischenmahlzeit nicht abgeneigt. Die beiden Frauen servierten Kaffee und getoastetes Rosinenbrot. Rosinenbrot? Brot mit eingebackenen Rosinen, es war kein Kuchen, sondern einfach nur Brot. Und weil es zu warm war, als daß man Sahne auf dem Fenstersims hätte kühlstellen können, und weil keine Dosenmilch vorhanden war, trank Ira zum ersten Mal im Leben seinen Kaffee schwarz. Wie merkwürdig das schmeckte, ohne die heiße Milch, die er zu Hause immer dazubekam, häufig noch mit einer dicken Haut darauf; schwarzer Kaffee war nur etwas für Eingeweihte, aber nicht unangenehm. Und zum ersten Mal im Leben aß er Rosinentoast, mit braunem Zucker und Zimt bestreut.

Es schmeckte ihm. Die letzten Reste des Tageslichts fielen noch auf die weißen Wände von Iolas Wohnungshälfte, ein Licht, das Ediths olivenfarbene Haut und ihr dunkles Haar mit dem schwer zu beschreibenden Kupferschimmer aufleuchten ließ.

Es entspann sich eine Diskussion, ob – wie einige Wissenschaftler behaupteten – Navajo-Gedichte sich reimten, was Edith indigniert abstritt und widerlegte. Sie holte ihre Doktorarbeit aus ihrem Zimmer und las einige Zeilen aus einem Navajo-Gesang vor. »Also – da ist nicht mehr Reim drin als –« Sie unterbrach sich und suchte nach einem passenden Vergleich.

»– als Sinn«, platzte Ira heraus zur allgemeinen und besonders Iolas Erheiterung.

Die kleine Mahlzeit am Spätnachmittag war vorbei, und Iola holte einen Gedichtband von Rudyard Kipling aus dem Regal. Unbeschwert und bescheiden, das schwindende Tageslicht in ihren fest gebundenen blonden Flechten und ihrem blassen, knochigen Gesicht, las sie einige ihrer Lieblingsgedichte vor – und gab zwischendurch amüsante Kommentare ab.

Das Tageslicht verebbte und zog sich langsam aus dem weißen Wohnzimmer zurück, das jetzt warm und golden, geradezu geheiligt wirkte in seiner perfekten Schönheit. Unbeschreiblich schön dieses segensreiche Geschenk ungetrübter Stunden, das Geschenk einer Pause vom eigenen Ich, vom Ich, aber nicht von der Zeit, die den Tag allmählich beendete.

Als der Abend kam, nahmen der Ritter und sein Knappe ihren Abschied. Larry umarmte Edith, sie küßten sich. Die beiden Freunde entboten den beiden Frauen ihren Gruß, machten die Tür hinter sich zu und spazierten die gedämpften Treppen auf die ruhige Straße hinab. Immer noch lag ungebrochen die Dämmerung über dem Ende der Straße, als wollte die rosige Färbung auf dem Steinkrater in der Ferne nie verblassen.

XIII

Als die letzte Woche nahte, die letzte Woche seines Freshman-Jahres, grübelte Ira zunehmend über Larrys Romanze mit Edith nach. Die einst so wunderbare Affäre schien neue Merkmale zu entwickeln: eine gewisse Enge baute sich langsam um sie herum auf. Oder, überlegte Ira, war er es, der zum ersten Mal im Leben eine Fähigkeit zur Kritik an sich entdeckte und diese nun ganz bewußt benutzte? Nicht, daß er das früher vermieden hätte, doch waren seine diesbezüglichen Versuche immer untergegangen und zu planlosen Wanderungen im Labyrinth des Hirns verkommen. Jetzt erkannte er, daß Kritiküben ein planvoller geistiger Vorgang war. Die Fachausdrücke der kritischen Analyse hatte er schon einmal gehört und gelesen: im Englischunterricht und in Philosophie. Konfuses Zeug für ihn. Aber in Ediths Gesellschaft erhellten sich philosophische Denkmodelle und Auffassungen, wie so viele andere Abstraktionen auch, die er bei ihr zu erkennen lernte, und wurden an ihrem Begriffsinhalt und an Beispielen festgemacht. Gedankliche Vorstellungen belebten sich ab jetzt in ihm als etwas scharf Umrissenes, Eigenständiges. In der Kindergeschichte »Little Black Sambo«, die ihn vor langer Zeit so begeistert hatte, verloren die Tiger in einer heißen Verfolgungsjagd – immer im Kreis herum – ihre Identität und verwandelten sich in einen Klumpen Butter. Kritisches Hinterfragen machte natürlich aus der Butter wieder einzelne Tiger, stoppte sie in ihrer Bewegung, erlaubte ein beschauliches Nachdenken über diese amorphe Impression, so daß man Schlußfolgerungen ziehen und zu einem rationalen Urteil kommen konnte. Kritisches Hinterfragen war der Kontemplation ähnlich.

Mit einem neuen Gefühl für Objektivität, einem höheren Verständnis für innere Zusammenhänge bemerkte Ira, daß er analysierte, was hinter Larrys Verhalten steckte. Er versuchte, die Wirkung von Larrys Charakter, die Wirkung von Larrys Wesen auf Edith zu ergründen. Zum Beispiel Larrys tief verwurzelte Neigung, die Geschichten, die er erzählte, soweit auszuschmücken und in die Länge zu ziehen, bis er – wie Ira fand – Edith mehr bedrängte, denn sie zu unterhalten. Tat er das, um sich selbst in Szene zu setzen? Es war noch etwas anderes, was Ira bis jetzt kaum definieren konnte, trotz der wachsenden Aufmerksamkeit, die er der Wirkung von Larrys Verhalten auf Edith schenkte: Larry war kein Suchender. Larry ging seinen Problemen nicht auf den Grund, machte sich keine Gedanken über Traurigkeiten und Verlust. Komisch, das würde jemandem wie Edith doch nicht genügen. Das würde doch niemals den tiefen Verlust der Naivität wieder gutmachen, den Ira schon früher an ihr wahrgenommen – ihre bittere Erkenntnis, daß sie, vom Leben enttäuscht, ihre Verzweiflung würde ertragen müssen. Sie war unlösbaren inneren Konflikten unterworfen und von ihrer Grundstimmung her traurig. Larry war eher optimistisch veranlagt und strotzte nur so vor Wohlbefinden. Hier konnte naturgemäß etwas nicht zusammenpassen. Wie seltsam, daß die Leiden, denen Ira unterworfen war und die er sich fortgesetzt weiterhin selbst zufügte, daß seine Leiden und schonungslos ernüchternden, moralisch verwerflichen Begierden, die ihn seiner unbeschwerten Jugend beraubten, ihn damit wesensmäßig näher an Edith heranrückten, als Larry es war. Was für ein eigenartiges Fazit. War es wohl ernstzunehmen oder doch nur die Quintessenz eines Wunsches?

Auch hatte Ira unauffällig damit begonnen, ein Element ihrer Beziehung und dessen besondere Auswirkungen auf die beiden Liebenden unter die Lupe zu nehmen. Die Art ihrer zukünftigen Beziehung würde dadurch nachhaltig geprägt: Sie hatte Larry angehalten, vernünftig zu sein und zu Hause wohnenzubleiben, obschon sie ihm Hilfe und Unterstützung anbot für den Fall, daß er es nicht tat. Und daß er tatsächlich zu Hause wohnenblieb, schien – selbst nach so kurzer Zeit – schon ein erster Hinweis, daß ihre Temperamente womöglich unvereinbar waren. Denn obwohl Larrys Verwandte den Fortgang von Larrys Affäre deutlich mißbilligten, vergötterten sie ihn doch immer noch. Er war der Jüngste und der Talentierteste in der Familie, war am charmantesten von allen und höchst unterhaltsam. Für konventionelle Scherze und kleine Witzchen, das war Ira als Außenstehendem klar, hatte Edith keinen Sinn. Aber Larrys Verwandte schmeichelten ihm mit Lobhudeleien, überschütteten ihn mit ihrer guten Laune, machten ihn zum Fixstern ihrer Bewunderung; er seinerseits sonnte sich in ihrer uneingeschränkten Wertschätzung. Sein ungewöhnlich gutes Aussehen würde kaum ausreichen, Edith ewig zu binden. (Ira konnte hier Vermutung und Wunsch nicht genau auseinanderhalten.) Und bei der Beobachtung der weiteren Entwicklung durfte man nicht übersehen, daß der Druck, den Larrys Familie gegen eine eheliche Verbindung mit Edith ausübte, in Wirklichkeit genau das Gegenteil von dem bewirken konnte, was man erreichen wollte, daß aber die Zeit, auch wenn Larry selbst die Heirat noch so heftig, noch so feurig wünschte, in ihrem Sinne arbeiten würde.

Ira stellte sich nämlich vor, wie Edith sich in die Bobe verwandelte, seine verstorbene Großmutter, wie sie gebeugt, tatterig und zitterig wurde und Larry, elf Jahre jünger, noch voller Spannkraft war, gutaussehend, energiegeladen, anziehend. Würde es etwa nicht so kommen? Aber angenommen, Edith wäre alt und runzlig, würde der klassische junge Endymion, in den sie so vernarrt war, nicht längst entschwunden sein? Doch, würde er. »Schönheit vergeht«, schrieb Walter de la Mare in der Untermeyer-Anthologie, »Schönheit vergeht, wie immer einmalig und wunderbar sie auch sei«; das traf auf Larry ganz genauso zu. Ja, und was dann? Ein anhaltendes Interesse an Edith mußte ihrer Verbitterung standhalten, ihr ernstes Wesen ertragen, ihre gedankliche Beschäftigung mit Verlust und Einsamkeit, mit dem Altern und dem Sterben. Jede dauerhafte Beziehung zu ihr setzte ein Wesen mit – wie immer erworbenen – Selbstzweifeln voraus, mit Verletzbarkeit und tiefsitzenden Wunden. Larrys Naturell war alles andere als das: er war glücklich und stabil. Er vermittelte immer den Eindruck, auch in der Zukunft werde alles immer so weitergehen, als sei diese nur eine fröhliche Fortsetzung des Heute. Larry war ganz sicher nicht an Kummer gewöhnt, an Skrupel und bleibende Wunden, an Unglück und Entbehrung. *Boy.*

Vor sich die losen Notizblätter, Füllfederhalter, Bleistift und die Schreibunterlage auf dem Tisch mit der Glasplatte, der zu der eleganten Walnußausstattung des Vorderzimmers gehörte. So saß

Ira da und schaute hinüber zu Pops Nippessammlung auf dem Kaminsims über dem gebosselten Metallschutzschirm vor dem Abzug. Die Sammlung bestand aus einem kleinen Dresdner Schäferhund, zwei Schafen und einer pittoresken Schäferin. Die sollten seinen alten Herrn wohl an die alte Heimat erinnern, vermutete Ira. Nostalgisch. Rührend. Ira fragte sich, ob die kleine Gruppe von jemandem wie Edith wohl als geschmackvoll beurteilt würde. Ach, zum Teufel, obgleich er bei solcherart Dingen immer unsicher war, es waren niedliche kleine Dinger, entzückend, unschuldig, farblich ansprechend. Darüber, an der Wand, hingen die beiden Porträts von Pops verstorbenen Eltern. Streng wie zwei Gesichter nur sein konnten, streng und sepiafarben: Grandma mit ihrem *schejtl*, ihrer Perücke, und Grandpa mit Bart und *pejeß*, seinen Schläfenlocken. Mom hatte Ira erzählt, daß sie in dem einen Jahr, wo sie nach seiner Geburt bei ihnen wohnte, tatsächlich so streng mit ihr waren, wie sie aussahen, ohne ein Lächeln und sehr distanziert. Das war noch, ehe Pop genug Geld zusammengespart hatte, um Zwischendeckpassagen nach Amerika für Frau und Kind zu kaufen, damit diese nachkommen konnten. Also hatte Ira sie gekannt, sie mit eigenen Augen gesehen, mit eigenen Ohren sprechen gehört, genau wie sie ihn, aber er erinnerte sich überhaupt nicht mehr an sie – genauso wenig, wie sie sich in ihren Gräbern in Galizien, wo sie begraben lagen, an ihn erinnerten. Anderthalb war er gewesen, als Mom mit ihrem Baby im Arm nach Amerika aufbrach. Zwei strenge Sepiagesichter in Ebenholzrahmen an der Wand – das war alles, was von seinen Großeltern väterlicherseits übriggeblieben war. Mom liebte es, immer wieder zu erzählen, wie der alte Herr, Saul der Schaffer, den alle Welt respektvoll Saul den Aufseher nannte, sich am Abend vor der Abreise seiner Schwiegertochter und seines Enkelsohns nach Amerika auf seinen Spazierstock gelehnt hatte. »Und du hast an dem Abend so hübsch getanzt, mein Kind. Dem alten Mann sind die Tränen gekommen.« Und in letzter Zeit hatte Ira dann immer gern gewitzelt: »Ach, tatsächlich? Ist das etwa der Grund für meine O-Beine?«

Ja, er mußte eine Semesterarbeit schreiben, eine Hausarbeit für *sein* erstes Semester Englische Aufsatzkunde, eine Semesterarbeit für den Dozenten Mr. Dickson, der den Kurs gab. Und wie gewöhnlich widmete sich Ira der Aufgabe in allerletzter Minute. Ira hatte erst zu Beginn seines zweiten Semesters überhaupt in eine Englischklasse hineinrutschen können, und die Teilnahme an einem Englischkurs war schließlich Voraussetzung für einen akademischen Grad wie zum Beispiel den naturwissenschaftlichen oder geisteswissenschaftlichen »Bachelor«. Ein Aufsatzkurs für Anfänger war noch offen gewesen und blieb sogar offen, bis auch er sich seinen Platz hundertprozentig gesichert hatte. An jenem verheerenden ersten Abend im vorigen Herbst, als er gekommen war, um sich einzuschreiben, waren fast alle Freshman-Kurse schon belegt gewesen. Aber in den unterrichtsfreien Zeiten wurden in den meisten Kursen – nur in Biologie leider immer noch nicht – Plätze frei, auf die er und seine Kommilitonen vor dem Ansturm der neuen Erstsemester Zugriff hatten.

Aufsatzkunde 1. Dieser Kurs fand unter der Ägide von Mr. Dickson statt, einem hochgewachsenen, linkischen Typen mit allen Attributen eines Ichabod Crane aus der *Sage von der schläfrigen Schlucht:* emsig wie ein Wissenschaftler, trocken wie ein Wissenschaftler. Mr. Dickson war ungefähr Ende zwanzig und steuerte offenbar auf seine Doktorprüfung zu. Er hatte gelocktes rostrotes Haar und die verdammt komischste Angewohnheit, die man sich denken konnte. Er verzog gern spöttisch sein Gesicht und legte es in knorrige Falten, wobei er sich mit seinem langen Arm über den Kopf ans andere Ohr faßte, um sich dort zu kratzen. Ira brachte in diesem Kurs nicht mehr als ein »C« zustande, wie gewöhnlich. Und morgen, am Montag, war der letzte Termin für die Abgabe der Semesterarbeit, sonst würde sie nicht mehr akzeptiert werden. Die

Bewertung dieser Arbeit würde fünfzig Prozent der Gesamtnote ausmachen. Also... es war wohl besser, sich dranzumachen.

Von draußen hörte man durch die geöffneten Fenster die volle Lautstärke des Frühlings in der 119th Street, ein kräftiges Jubilieren. Balsamluft drang durch die offenen Fenster, füllte die bauchigen Lungen der langen, weißen Spitzengardinen, die man schon bald abnehmen und den Sommer über schonen würde. Straßenkinder unten vor dem Haus schrien die gellende Melodie zum beschaulichen Bordun der City.

Sonntagnachmittag. Alle waren weg. Mom besuchte ihre Schwester Ella Darmer. Sie hatte ihren Meyer D. geheiratet, und mit ihren beiden Kindern wohnten sie nun alle zusammen an der Ecke 116th Street und Fifth Avenue. Pop hatte mal wieder einen »extra jop«, wieder eines von diesen »benkets« in »Kunyilant«. Und... ja, Minnie, die hatte sich mit Lucy Goldberg von gegenüber verabredet und war mit ihr losgezogen. Sie wurde langsam erwachsen und hatte gelegentlich schon mal ein richtiges Rendezvous. Seinetwegen konnte sie soviele Verabredungen haben, wie sie wollte, solange er nur auch noch drankam. Doch, was würde sein, wenn einmal der Richtige auftauchte? Einer, der es ernstmeinte, ihr einen Antrag machte, einen Verlobungsring aus der Tasche zog? Tja, und Stella wuchs schließlich auch heran.

War das nicht das gottverdammt gemeinste Bild, das ein Photograph je geschossen hatte? Nachdenklich schaute Ira auf das Porträt an der Wand, das ihn als traurigen Dreikäsehoch zeigte, drei oder vier Jahre alt. Warum zum Teufel hatte der Kerl das getan – ihn da so hingestellt? Ira konnte es nicht fassen. Nach allem, was er heute wußte, jetzt, da er sich ein Fitzelchen Freud angeeignet hatte, konnte dieses Bild durchaus den Samen zu seiner Fixierung gelegt haben, zu seiner bizarren Fixierung auf Sex und durch Sex; dieses Photo konnte ihn in all das hineingeritten haben, ja, in seine Perversität überhaupt. In seine diversen Perversitäten, solltest du lieber sagen. Mensch, wäre man früher dafür nicht gesteinigt worden? Und vor nicht allzu langer Zeit doch wohl auch noch. Wäre man nicht ... dafür gehängt, geviertelt, von Pferden zerrissen oder in siedendheißes Öl geworfen worden? *Vej is mir.* Und als ob das noch nicht genug wäre – wie alt war Stella jetzt? Ungefähr fünfzehn. Tja, jetzt kannst du getrost zugeben, daß es perverse Ungeheuerlichkeiten sind, jetzt, nachdem du dir mit deiner Sonntagvormittagsperversität dein Mütchen schon gekühlt hast ... war übrigens nicht so doll heute morgen ... und dir Gedanken machen, auf wer weiß wievielen Rotzbeuteln die Ratten da unten, auf dem Grund des Luftschachts, schon herumtrampelten. Aber wenn du dich nicht hättest abkühlen können, wenn du es nicht von ihr gekriegt hättest, dann würdest du doch jetzt rüber zu Tante Mamie gehen. Richtig? Genau. *Hic jacet...*

Ach ja, *hic jack it*... und siehe, eine Erektion ... pfui Teufel.

Denn der gottverdammte Schweinehund hinter dem schwarzen Ungetüm von Kamera hatte ihn auf einen Stuhl gestellt – guck bloß mal – auf einen Stuhl mit leicht gerundeter Rückenlehne mit senkrechten Stäben, an der er sich oben festhielt. Aber in der Mitte, die große breite Zierleiste, die war verkürzt. Sie reichte von der geschwungen Lehne nicht ganz bis auf die Sitzfläche herunter, sondern prangte genau zwischen den Beinen des Kindes, hing dort wie ein lose baumelnder, lang ausgefahrener dicker Wallachpenis beim Wasserlassen. Wie verängstigt und zu Tode erschrocken Ira als Kind immer war, wenn er das Bild ansah. Des Photographen Kamera hatte das entsetzliche Schuldgefühl enthüllt, das nur Ira kannte, nur er, und niemand anders.

Alberne Phobie. Er hatte keine Zeit zu verlieren. Morgen, am Montag, war der letzte Abgabetermin für die Semesterarbeiten. Es sollten Aufsätze zum Thema Bauen und Konstruieren komplizierter Anlagen sein. Es sollte zum Beispiel erläutert werden, wie man ein kompliziertes wissenschaftliches Experiment durchführte oder ein technisches Modell baute. Oder es sollte über die Funktion eines relativ komplizierten Mechanismus berichtet werden. Nichts so Simples wie eine Fahrradreparatur oder ein Reifenwechsel. *No, Sir.* Um den Anforderungen zu genügen, mußte der Text mindestens ein Halbdutzend Seiten lang sein, was wiederum voraussetzte, daß die Erfindung oder der Arbeitsprozeß doch einigermaßen kompliziert war, damit sich die Fähigkeit des Studenten beweisen konnte, ein Thema klar und verständlich sowie übersichtlich gegliedert darzustellen. Ira, ganz in Gedanken versunken, malte Männchen. Spielte gegen sich selbst Schiffchen versenken. Malte ein Profil, eine Seemöwe.

Seine Themenwahl war auf zwei Stoffe zusammengeschrumpft. Aber mit beiden kannte er sich aus. Das erste war der Maschendraht-»Käfig« aus seiner Zeit als Mitglied im Schützenteam an seiner High School. An den erinnerte er sich noch klar und deutlich: an die kleine Zielscheibe, die haargenau der normalgroßen am anderen Ende der Turnhalle entsprach, und an die Nadelanzeige, die mit der echten Visierlinie dieser unechten Waffe korrespondierte. An den Abzugsmechanismus, an alle Vorschriften und Verbote beim richtigen Zielen, an die richtige Atmung, das Spannen des Abzugshahns, die verschiedenen Visiereinrichtungen, die verschiedenen Ledertragriemen... und alles war so warm vermengt mit der Erinnerung an Billy und die Zeiten, da noch ein anderes Leben, eine andere Laufbahn, ein anderes Amerika zu winken schien...

Er suchte die nächste Zeile in dem getippten Manuskript: Nein, zum Teufel damit, wahr oder nicht wahr, er würde es löschen: Mrs. Goldberg, Lucys geschiedene Mutter von gegenüber, die in ihrem gräulichen, ungebleichten Baumwollkittel schon wieder tieftraurig auf ihrem Besen lehnte – das Bild sprach Bände!

Oh, es wäre ihm ein leichtes, noch einmal einen hochzukriegen, wenn nur der Anreiz da war. Immerhin war es heute morgen sehr früh gewesen, sein Sonntagsabschaum – also, war das nun ein Abschäumen oder ein Abschaum? Wenn er nun über die Straße ginge, niemand war hier zu Haus, niemand war dort zu Haus, *nobody homeo, Romeo*. Fragen, ob seine Schwester da wäre. Sagen, er dachte, sie wäre dort. Er wollte sie bitten, etwas für ihn zu tippen. Sagen, sich gedacht zu haben, er könnte doch mal Mrs. Goldberg fragen, die so traurig auf ihrem Besen lehnte. Mal sehen, was sie dann tun – tja, tun oder sagen würde. Leo Dugonicz, sein ungarischer Kumpel, fiel ihm wieder ein und dessen Geschichte von den zwei Tassen Kaffee, stark und schwarz, die ihm die Freundin seiner Mutter servierte und dabei ihre Hand auf seine Schulter legte. Also dann ... er kriegt seine Tasse schwarzen Kaffee, er kriegt sie nicht – also nichts zum Abstauben.

Löschen. Löschen. So ist's gut. »'s ist hier, 's ist hier, 's ist fort!« sagte die Wache in Hamlet und schlug mit der Hellebarde um sich. Gar nicht so dumm. So war nämlich das Leben: 's ist hier, 's ist hier, 's ist fort...

Nun sag bloß, du kennst den Wichser nicht, dessen Spiegelbild dir da aus der dicken Glasplatte auf dem Tisch entgegenblickt. Schau ihn dir an, diesen Trottel, der dich durch seine Nickelbrille unter der niedrigen Halbmondstirn mit der welligen schwarzen Mähne so finster anschaut. Dieser verfluchte Photograph stellte das Kind, das ach so vertraute Kind in der schwarzen Rüstung, so auf, daß ihm ein Zepter zwischen den Beinen hing. Schau dich nur an, der du dich an drei Fronten gleichzeitig aufreibst. Nein, stimmt nicht ganz, die Geschichte mit dem Schützenverein, die war schon gestorben, war eingegangen, wie alle Hoffnungen, die du auf der High School hegtest; diese Episode hatte mit dir nichts mehr zu tun – so wie du heute nichts mehr mit Billy Green zu schaffen hattest.

Die andere Thematik gefiel ihm besser, war unvergleichlich anregender. So lebendig. Und erst kürzlich erlebt, im letzten Sommer. Den ganzen Sommer über. In seinem achtzehnten Lebensjahr. In der starken, brennenden Sonne, in fast ländlicher Gegend, die gerade von der Siedlungsgesellschaft parzelliert wurde. Also, ein bißchen Lust würde er schon haben müssen. Aber warum eigentlich nicht? Er würde sich doch nicht zwingen, über die Straße zu schleichen und an Mrs. Goldbergs Tür zu kopfen und hallo zu sagen! Ausgerechnet bei sie, ihr, ihn. Was war denn nun der richtige grammatikalische Fall? Objekt einer Präpo – er bekam schon Herzklopfen... Nein, das ging nur ihn und sein Blatt Papier etwas an. Immerhin konntest du noch durchfallen, du Idiot. Aber warum? Warum sollte er denn durchfallen? Jetzt handelte es sich doch um etwas, was man baut – oder? Und nicht darum, wie man bei der Freundin der eigenen Schwester zu Hause abschäumt. Oder wie er das Kind Stella, das Cousinchen, mit Finesse und Raffinesse durch Tante Mamies undefinierbaren Haushaltsirrgarten durchfädelt. Nein – also, der Aufsatz sollte davon handeln, wie man etwas baut.

Und das hier würde wohl genehmigt werden: Wie neue Wasserleitungen in Holzneubauten gelegt werden. Na und, was war denn schon dabei? Ganz schön dreist, huh? Originell. Wagemut... soviel du willst, ja. Zwischen dir und dem Papier. Er schob die Schreibunterlage über das Gesicht, das ihn aus der Glasplatte heimtückisch ansah – der Teufel, der ihn da aus dem Tisch angrinste, würde schon noch bekommen, was ihm zustand. Minnie würde es für ihn abtippen – wenn Zeit war. Aber es war keine Zeit. Er hatte noch nicht geschrieben, noch nicht mal angefangen. Was, wenn er es nachher selbst tippte? Ein kleiner Rest von Zehnfingersystem aus dem Unterricht von Mr. Hoffman auf der Junior High war noch vorhanden. Es brauchte ja nicht mit Tinte zu sein; den ersten Entwurf konnte er ebensogut mit Bleistift schreiben. Auf los geht's los. Oben über die Seite schrieb er in schönen großen Druckbuchstaben »Die Eindrücke eines Klempners«.

Und da hielt er schon inne, überdachte seinen Titel noch einmal. Seine Eindrücke? Das war wohl nicht ganz richtig. Die hatte Mr. Dickson nicht von seinen Studenten verlangt. Nicht Eindrücke, sondern einen Arbeitsprozeß, eine Methode, etwas Systematisches und Sachliches. Ansonsten, falls er doch seine Eindrücke beschreiben sollte, pöh –, dann würde eben in der Früh sein Wecker klingeln, und er würde aufstehen und zusammen mit den anderen Pendlern U-Bahn fahren. Aber das war nichts zum Thema »Wie arbeitet ein...«. Ach, leck mich. Irgendwie sollte er doch in der Lage sein, genug von diesem »Wie arbeitet ein...« einzubauen, um auch einen Mr. Dickson zufriedenzustellen, oder? Wie bekommt man die gußeisernen Abflußrohre für die Toilettenspülung bis hinauf aufs Dach? Wie schneidet man Rohre und versieht sie mit einem Gewinde? Wie zieht man verchromte Wasserhähne fest, ohne sie dabei zu beschädigen? Wie bringt man Ventile an, wie lötet man Abflußgelenke mit geschmolzenem Blei, jede Menge »Wie arbeitet ein-Zeug«. Dann war da noch das viele Zubehör, das auch nicht vergessen werden wollte – und wozu es diente: ein Knie, eine Kupplung, eine Rohrmuffe, ein T-Eisen. Und die Werkzeuge des Gewerbes: ein Engländer, eine Gelenkplatte, ein Gelenkplattenschlüssel, ein Schneideisenhalter zum Einspannen der Kluppe beim Gewindeschneiden. Oh, das war ja noch längst nicht alles. Aber er mußte es auf seine Weise schreiben: mit allem Drum und Dran. Mr. Dickson würde das verstehen. Sicher würde er das. Stimmt doch, oder?

Zweifel nagte noch an ihm. Aber wenn er den Arbeitsprozeß nun interessant und farbig darstellte, in Mr. Dickson dieselbe Begeisterung wachriefe, die er empfunden hatte, als er sich seiner Zeit als Klempnergehilfe erinnerte, dann würde Mr. Dickson die leichten Abweichungen vom vorgegebenen Thema doch wohl übersehen, die kleinen Freiheiten, die er sich erlaubte. Sicher würde er das. Hoffentlich.

»Der Wecker klingelt mit verängstigter Intensität«, begann Ira zu schreiben. »Es ist halb sieben. Widerstrebend wache ich auf, stelle den Wecker ab und gähne. Es ist kalt, sogar an einem Sommermorgen, und mein Bett ist sehr warm...«

Die Worte flossen ihm leicht aus der Feder, wenn er so über seine Gefühle und Erfahrungen schrieb. Das Material für sein Thema hatte er parat: er brauchte keine Recherche, kaum sein Gehirn übermäßig zu strapazieren. Er brauchte sich nur das ungefähre Umfeld, die verschiedenen Arbeiten, die Stimmung des Ganzen in Erinnerung zu rufen und dann auf seine Person zu projizieren, nicht nur, um diese Dinge an seinem Beispiel zu verdeutlichen, sondern um an ihnen den Ablauf eines ganz gewöhnlichen Arbeitstages vorzuführen. Er mußte aus dem reichen Angebot wählen, das ihm in den Kopf kam, und mußte entscheiden, welcher Arbeitsbereich dafür am besten geeignet war. Er wählte, was ihm gefiel.

Das war einfach. Er war der strahlende Mittelpunkt, das Zentrum der Wahrnehmung, von dem alles ausging, dem alle und alles zugeordnet waren, jeder und jedes, die Maurer, die Zimmerleute, die Elektriker, die Dachdecker, die Glaser. So machte man das also? Er stützte den Kopf auf und dachte nach. Nein, dies war *seine* Art, darüber zu erzählen. Versuchte er, aus der Sicht eines anderen zu schreiben, die Sache mit den Augen des Steinhauers zu sehen, der die Platten für den Außenkamin legte, oder zum Beispiel des Gipsers, dann konnte er es gleich lassen und mit der Beschreibung der Schießübungen im Käfig der DeWitt Clinton-Turnhalle fortfahren. Die anderen sprachen über Löhne, die vergleichsweise niedrigen Löhne für die hochwertige Arbeit, die sie machten, über bezahlten Urlaub, den sie nicht hatten, über Zuschläge für Überstunden und Samstagsarbeit, die sie auch nicht hatten. Sie sprachen über die hohen Lebenshaltungskosten, die hohen Preise für alles, was sie kaufen mußten – vom Schweinekotelett bis hin zu Arbeitsschuhen. Und sie sprachen über Gewerkschaften – »unions, unions« –, dem sich sogar der italienische Maurer nicht entziehen konnte: *Oonion. No oonion, no good.* Hymie, der sich als gelernter Klempnergeselle ausgegeben hatte, war froh, einen Job gefunden zu haben; und hätte nie einen gefunden, wenn der Bauunternehmer nur gewerkschaftlich organisierte Kräfte angeheuert hätte. Und Ira hätte seinen Job als Klempnergehilfe auch nicht bekommen.

Aber an solchen Themen war Ira nicht interessiert; er hörte noch nicht einmal hin, wenn Meinungen dazu geäußert wurden: Welchen Weg diese Leute nach Hause nahmen, in was für Häusern sie wohnten, was sie jetzt am meisten interessierte, wie sie ihre Freizeit verbrachten – ob mit Angeln in der Upper Bay oder mit einem Kinogang am Samstagabend – oder wie hoch die Gewerkschaftsbeiträge für Dreher waren. Nein, darin lag für ihn kein Reiz, dort war nicht sein Platz. Er war der ewige Zuschauer. Er interessierte sich nur für das, was der Einzelne erlebte, nicht für die Gemeinschaft. Ihn interessierte nur, wie *er* morgens aufstand, wie *er*, während die Sonne langsam aufging, mit der El zur Arbeit fuhr, wie *er* sich inmitten dieser Menge laut gähnender, ewig schimpfender Arbeiter fühlte. Und auf der Arbeit angekommen, interessierte er sich für die flachsigen Bemerkungen, mit denen sie sich gegenseitig hochnahmen, und deren absurde Komik sich nur *ihm* allein mitteilte. Wenn zum Beispiel der Parkettleger fluchte: »Meine gottverdammte Meßlatte hat schon wieder gelogen!« Und er, im Überschwang seiner achtzehn Jahre, dachte beim Schneiden verzinkter Dreiviertelzollrohre, beim Gewindedrehen, während er einzelne verkrustete, grobe Gußeisenrohre aus dem großen Haufen neben dem Neubau zerrte, wo der Lastwagen sie abgeladen hatte: Wie heiß doch das gottverdammte Rohr vom stundenlangen Liegen in der glühenden Sonne war! Wow! Er spürte es direkt auf der Schulter, sofern er nicht ein Tuch darunterlegte. Während er so schrieb, wimmelte es in seinem Kopf von Bildern, so reichlich strömten sie und in so schneller Folge, daß er einzelne Wörter oder Sätze am Rand notieren mußte, damit sie ihm nicht wieder wegrutschten und er sie benutzen konnte, wenn er soweit war. Aber Achtung, möglichst keine Kommasätze! Hieß es nicht, Dickson haßte sie? Nun sie dir das an: fünf handgeschriebene Seiten schon...

Mom kam nach Haus. Sie trug ein dunkles Straßenkostüm, ihre Erscheinung war stattlich und würdevoll, wie immer, wenn sie sich in der Öffentlichkeit bewegte, die Figur in ein Korsett gezwängt, den Silberfuchs über der Schulter. Ob er hungrig sei, fragte sie.

»Nein.«

»Wenn du jetzt etwas essen möchtest, mache ich es dir. Ich gehe nämlich gleich wieder weg.«

»Ach ja?«

»Wir besuchen Babas Grab in New Jersey. Es ist bald ein Jahr her, daß sie starb.«

»Ach so.«

»Ich brate dir schnell etwas Lachs mit Ei.«

»Ich möchte aber keinen Lachs mit Ei. Ich möchte meine Semesterarbeit beenden.«

»Möchtest du etwas anderes?« – »Nein, gar nichts.«

»Ich lasse dir ein paar Bulkies hier, in der Tüte mit dem Roggenbrot. Der Lachs ist im Eisschrank, zwischen zwei Untertassen.« Sie öffnete ihre Handtasche, prüfte, ob sie ihren Schlüssel hatte. »Nur für den Fall, daß du Hunger bekommst.«

»Wer geht denn alles?«

»Wir vier Schwestern. *Aj*, zur Ruhestätte unserer Mutter, die dort in der Erde von New Jersey liegt. Es ist gut, daß wir damals für die Grabstätte alle zusammengelegt haben. Jüdische Gräber werden laufend teurer.« An der Tür blieb sie kurz stehen. »Zum Abendbrot bin ich wieder da. Aber du mußt nicht solange warten. Iß nur, wann du willst.«

»Okay. Geht Mamie auch?«

»Selbstverständlich. Wir alle vier, sagte ich doch. Wir machen –« Mom wollte schönes Englisch sprechen und verhedderte sich wieder ein wenig: »Wir machen eine scheene Ausflug durch das Land, wenn wir hinter dem Fluß sind. Wir werden uns ergötzeten«, sagte sie, wieder auf Englisch. »Derweil unsere Mutter in der Erde modert, werden wir in Moes *katerenke* über diese Erde fahren. Aber so ist das mit den Lebenden und den Toten.«

Eine *katerenke* war eine Drehorgel, und weil Moes Automobil zum Starten eine Kurbel hatte, nannte sie es so. Ihre unvoreingenommene Sicht der Dinge war bewundernswert, besonders ihr Talent, das Makabre ins Komische zu verkehren: eine *katerenke*. Wahrscheinlich ein polnisches oder ein russisches Wort, vom ewig hungrigen Jiddisch verschlungen.

»Also gut, dann gehe ich jetzt«, sagte sie.

»Der Sejde auch?«

»Aber nein!« Sie klang vorwurfsvoll – wegen seiner Ignoranz. »Er ist ein *kojen*. Ein *kojen* auf einem Friedhof? Ein Priester? Es würde ihn entweihen, zwischen Toten zu wandeln. Frag ihn nächstes Mal, wenn du Tante Mamie besuchst.«

»Wie meinst du das – ich soll ihn fragen? Ich kann mir das schon vorstellen: Ein *kojen*, das ist heute der Kohen, gehört zur Priestergilde und stammt von Aaron ab. Hab ich recht?« Und plötzlich funkte es bei ihm. »Wieso ihn fragen, wenn ich zu Mamie gehe?«

»Er ist schon ausgezogen aus seiner alten Wohnung in der 115th Street. Den Sabbat hat er schon bei Mamie verbracht. Ich habe es dir doch erzählt. Dir und Minnie und deinem Vater. Ach –.« Sie machte eine wegwerfende Bewegung mit ihrer großen Hand. »Du hörst nicht richtig zu. Ich habe schon erzählt, daß er umgezogen ist, weil er der Frau nicht traute, die für ihn gekocht hat. Er hat gemeint, sie sei nicht koscher genug. Rein zufällig ist sie aber eine brave Jüdin. Aber er hat auf beiden Augen den grauen Star und kann nichts mehr klar sehen. Darum ist er so mißtrauisch. Bei Mamie weiß er, daß sie ihren Haushalt koscher führt.«

»Aber was wird aus der Wohnung in der 115th Street?«

»Die macht Harry sich zurecht. Ich gehe jetzt.«

»Dann ist der Sejde also jetzt bei ihr?«

»Wo sonst? Besuche ihn. Dann lernst du etwas über die *jidischkajt*.«

»Das fehlt mir gerade noch.«

»Ganz genau. Du weißt weniger von der *jidischkajt* als alle, die schon in geweihter Erde liegen.«

»Ach ja? Na, wie du meinst.«

»*Goodbye,* mein scheener Sohn. Und daß du mir ein Bröckchen ißt.«

Ira sah die schwere, dunkle Figur entschwinden, hörte, wie die Küchentür ins Schloß fiel. Also, Mamie nicht zu Hause. Aber der Sejde würde jetzt dort sein. Und Stella? Ob sie wohl auch zu Hause war, am Sonntag? Nein. Aber vielleicht doch, mit Hannah und einem Schwarm charlestonbegeisterter Verehrer. Würde der Sejde das denn überhaupt zulassen? Junge, was für ein Spießrutenlaufen es jetzt immer sein würde. Und alles wegen so einem dicken, fetten, saftigen Extraritt, während die Tanzmusik aus dem Stromberg-Carlson-Radio nur ganz leise bis zu ihnen drang. Die durfte auch nicht lauter sein, denn sie mußten unbedingt jedes Knarren vom Küchenfußboden über sich hören können. Was für ein Glück, daß er heute morgen schon seinen »peccary«-Druck losgeworden war. Was zum Teufel war ein »peccary«? Eine Art wildes Schwein, ein Nabelschwein – wenn er sich recht erinnerte. Wildes Schwein traf es genau. Nicht koscher. *Oh, pecker, peccary, peccavi.*

Ah, er beugte sich über sein Gekritzel. Man erkritzelt sich eine Welt aus Worten, und im Gegenzug schenkt einem diese Welt das Leben. Man glüht vor Freude, wenn man das Gekritzel zum zweiten Mal liest –

ungefähr wie nach einer schwierigen Geometrieaufgabe. Um diese zu lösen, mußte man erst einmal das Glühen empfinden. Und hinterher, wenn das Glühen abflaute, da fragte man sich dann, was daran überhaupt so schwierig gewesen war. Wie hast du sie denn nun gelöst?

Er stand auf und ging in die Küche, weniger auf der Suche nach etwas Eßbarem, als auf der Suche nach etwas mehr Zeit zum Nachdenken. Als er aber die Tüte mit den Bulkies und dem Laib Brot fand (Mom sagte »corn bread«), dem dunklen schweren Roggenbrot, da schnitt er sich den Knust ab, um darauf herumzukauen. Komisch, das Brot enthielt doch gar kein »corn«, denn das Wort benutzte man heute für Mais. Das Brot war aus Roggenmehl gebacken: »corn« in seiner uralten Bedeutung für Getreide. »Das Getreide war der Orient« – Larry hatte ihn auf die wunderschönen Zeilen von Thomas Traherne in den *Highlights of English Literature* aufmerksam gemacht: »Mich deucht, es steht schon da von Ewigkeit zu Ewigkeit.« Jungejunge, genau wie er, als er das eine Mal an einem Sommertag an einer Straßenecke in West Harlem gestanden hatte, als er sich fühlte, als sei ihm ein güldenes Versprechen gegeben worden. »Mich deucht, es steht schon da von Ewigkeit zu Ewigkeit.« Künstlertum – war das vielleicht das Versprechen dieses seltsam güldenen Augenblicks? Was für ein Gedanke. Edith verehrte den Künstler, sagte sie. Nun aber nicht ablenken lassen. Nicht deinen ... deinen ... ach, verdammt, welcher Fluß war es denn, der dich davontrug wie ein Papierschnipsel auf dem Regenflüßchen – und das Bild war jetzt richtig gewählt: im Rinnstein. Also, es war schon wichtig: Du mußtest in der Lage sein, die Stimmung vom Anfang bis zum Ende durchzuhalten, sie mit festem Griff vor dir herzutragen, noch fester, als du es vor deinem eigenen Spiegelbild tun würdest und – weil die Stimmung so viele Aspekte hatte – dir jeden Aspekt einzeln betrachten und nicht befürchten, die anderen könnten währenddessen ihre Form verlieren.

Immer noch kaute er auf der harten braunen Kruste herum, dem borkigbraunen Schiffchen, dem Einbaum aus Kruste, der braunen Barke längst vergangener Zeiten mit dem grauen, feinporigen Deck, seinem Kornbrot, und ging zurück ins Vorderzimmer, um weiterzuschreiben...

So hat die Bobe denn einst gelebt, und jetzt, Ekklesias, ist die Bobe tot. Und ich beschreibe, wie ich im ersten Viertel des zwanzigsten Jahrhunderts Klempnergehilfe war – ich, der ich praktisch im einundzwanzigsten lebe, obgleich ich dort nicht hingehöre, und das nicht bloß, weil ich nur noch so wenige Jahre zu leben habe.

– Du sprachst einmal davon, einen bestimmten Modus durchzuhalten.

Was ich auch getan habe. Aber du weißt genausogut wie ich, daß mein Lebensmodus ein zerbrochener Spiegel ist, nicht mehr aus einem Guß, ohne Zukunft. Insgesamt nicht mehr glaubwürdig und demnach untauglich, extreme Spannungen auszuhalten. Das Spiegelbild ist eine gute, vernünftige Kopie des Originals, aber auch nicht mehr, was es einmal war.

– Warum unterbrichst du deinen Gedankenfluß, der doch offensichtlich so fest gefügt und gut genährt war? Ich denke, ich kann die Antwort ahnen.

Ja. Aber ich mache das nicht aus purem Eigensinn. Zur Sicherheit, Ekklesias, zur Sicherheit. Meine Frau lud mich zum Tee – Tee und Joghurt; sie sprach die Einladung aus und trug ein blaues Herrenhemd und einen rosa Rock, eine Farbkombination, bei der wir heute morgen beide lachen mußten. Dann kehrte ich hierher zu dir zurück und ging dazu durch den Flur zwischen der Küche und meinem Arbeitszimmerchen. Und da bin ich wieder, Ekklesias, am zweiten Tag des Monats November anno 1985, und schreibe heute noch einmal von dem Klempnergehilfen, der ich im Sommer 1924 war.

– Dennoch: Es ist mir wirklich unmöglich, den Grund für all deine aufdringlichen und völlig irrelevanten Assoziationen zur Gänze zu erfassen, auf die du, wie mir scheint, auch gut verzichten könntest. Du stellst zwar Fragen, willst dich aber nur absichern. Sehr wahrscheinlich sitzt dieser Lüstling von Freshman-Enkelsohn ein Jahr, nachdem seine Großmutter ins Grab gelegt wurde, an seiner Arbeit und lacht sich ins Fäustchen. Während er seine (selektierten) Erlebnisse als Klempnergehilfe dem Papier anvertraut, ist er in Gedanken ganz woanders – woanders ist eine vornehme Umschreibung seiner sündigen Sorge, wie er unter allen Umständen doch noch zu Stella gelangen konnte, um mit der zweitältesten Enkeltochter der verblichenen Bobe auch noch zu bumsen... Ist dir überhaupt klar, was du gemacht hast? Ich meine, was du da angerichtet hast, müßte ich eigentlich sagen.

Bis zu diesem Moment war es das nicht, Ekklesias. Die Sache hat System, nicht wahr? Nun, der Klempnergehilfe hatte seine Begierde schon frühmorgens an seiner Schwester abreagiert und knöpfte sich seine noch nicht bediente Cousine ersten Grades als nächste vor. Nein, das ganze Ding entspringt – das sollte jetzt kein Wortspiel sein – der Erinnerung an einen pikanten Limerick über einen, der zwar tüchtig klempnert, aber kein Klempner ist und auch nicht eines Klempners Sohn. Und an die nur allzu augenfällige, schmuddelige Schlußfolgerung daraus. Hab Geduld mit mir.

Es war Nachmittag, als er fertig wurde; es war ein scheußliches Geschmiere, sogar für ihn selbst fast unlesbar, besonders die letzten beiden Seiten, die er in großer Ungeduld, doch endlich fertig zu werden, nur so hingehauen hatte. Jetzt konnte er sich entspannt zurücklehnen, brauchte keine Angst zu haben, wenn sein innerlich jubelndes Hochgefühl nun langsam abflaute. Er fand, es *mußte* einfach abgetippt werden – und nicht nur, damit man es besser lesen konnte: Er fand, es war auch so gut, daß es verdiente, mit der Maschine geschrieben zu werden. Er war so merkwürdig stolz darauf, so beglückt darüber, meinte, man könne den Aufsatz sonst nicht richtig würdigen; lieber abgetippt, als noch einmal mit Tinte abgeschrieben. Minnie war die einzige, die er um diesen Gefallen bitten konnte, und natürlich würde sie es auch machen. Aber wo war sie? Nicht greifbar. Er hätte es ihr diktieren können. Aber auch dazu würde es wohl zu spät sein, wenn sie nach Hause kam. Mit Tinte müßte eigentlich auch genügen, in seiner besten Handschrift, die allemal lausig war, aber ausreichen mußte. Oder Dickson um einen Tag Fristverlängerung bitten? Vielleicht ein paar Pluspunkte einbüßen, zur Strafe. Den Abzug würde er ja hinnehmen, mein Gott ja, aber trotzdem mußte das Manuskript lesbar sein. Mit der Maschine getippt würde es Dickson vielleicht gnädig stimmen, ein weiterer Grund, es unter allen Umständen abzutippen. Es würde das Lesen erleichtern und ihm vielleicht helfen, damit durchzukommen, daß er sich nicht streng an die Vorschriften gehalten hatte, sich kleine Abweichungen von den rigiden Regeln des »Wie arbeitet ein...« erlaubt hatte. Sein Text hatte einige kleine Seitensprünge unternommen – ganz kleine. Und wenn er nun auch noch den Termin verpaßte – auweia! Tippen sollst du es, tippen. Erst noch ein paar Änderungen machen.

Die Zeit? Zehn vor drei. Er stand auf. Mach es doch selber, verdammt nochmal. Dann geh halt rüber zu Tante Mamie und tipp es dort auf dieser antiken, zentnerschweren, versifften Underwood, die Stella benutzte, wenn sie für ihre Mutter Kündigungen schrieb oder neue Speisekarten, die von den Partnern des Restaurants in Jamaica dann vervielfältigt wurden. Los doch, beweg deinen Arsch. Mach dich auf die Socken. Du kannst es schaffen, bevor es zu spät wird.

Sollte er es mit hineinnehmen, oder sollte er es löschen? Ira prüfte sein maschinegetipptes Manuskript. Wann geschrieben? Wann zu den vertrauten gelben Durchschlagseiten gelegt? Er hob den Blick zu dem dunkelbraunen, grobgewebten Tuch, das M. über der normalen weißen Gardine an der Stange befestigt hatte, damit es die Helligkeit des Sonnenlichts dämpfte, das ihm von draußen über den Monitor hinweg direkt in die Augen schien. Ja, wann war das eigentlich gewesen, wann hatte er das getippte Manuskript verfaßt? Ira verfolgte die Jahre zurück: Offenbar, als er noch in der Lage war, eine mechanische Schreibmaschine zu bedienen, wenn auch recht schwerfällig; als seine inzwischen kraftlos und arthritisch gewordenen Hände und Finger die Tasten der wuchtigen mechanischen Olivetti-Reiseschreibmaschine, die er damals benutzte, noch anschlagen konnten.

Und wann konnte er *das* auch nicht mehr? Ungefähr ... so um 1980 oder '81 herum. Bis M. darauf bestand, er solle sich eine elektronische Olivetti kaufen. (Das war dann aber auch nur eine halbe Sache.) Wie auch immer, 1980 tippte er jedenfalls noch mechanisch, und das war vor fünf Jahren, und er war damals vierundsiebzig Jahre alt. Zum Teufel, was soll's – hätte sein bester Freund in den dreißiger Jahren, der damals fünfzigjährige Frank Green, gesagt. Was war denn schon dabei? Warum das jetzt? Nun, er wollte einfach mal schauen, was für ein Unterschied bestand zwischen dem Ira Stigman von vor fünf Jahren und dem Ira Stigman von heute, was für ein Unterschied im Duktus seiner literarischen Ergüsse. Warum denn nicht? Und die Rolle des Ekklesias mußte man auch einmal beleuchten, ihn belobigen für die Vervollständigung der Gedanken und die Verbesserung des Stils, von der Ira mit Überzeugung sagen konnte, daß er sie gleichfalls in großem Umfang Ekklesias zu verdanken hatte. Der war gewöhnlich gütig, selten sarkastisch, immer bereit zu vergeben. *»Tolle lege«*, hörte der Heilige Augustinus in spiritueller Krise die Kinderstimmen rufen: *»Tolle lege«*, nimm ein Buch zur Hand und lies. Das war lange, bevor es Disketten gab.

Er war wichtig, dieser fünf Jahre alte Text, den Ira nun übertragen wollte, wichtig auch noch aus einem anderen Grund, wo er den Heiligen Augustinus nun schon erwähnt hatte. Der Text war wichtig, weil Ira sich darin einer qualvollen Hemmung entledigt hatte: Er hatte seiner Schwester Einlaß in die Erzählung gewährt, was er in dem Entwurf neben sich auf dem Tisch noch nicht getan hatte. Er hatte sich gezwungen gefühlt, sie einzubeziehen – es war ihm schwergefallen, es hat ihm wehgetan;

nachträglich hatte er es dann doch getan, nicht ganz freiwillig, aber immerhin. Wie anders mußte – vor der Einführung der Schwester – die Ratio der Erzählung gewesen sein – wobei das Wort »Ratio« einiges höflich bemäntelte, wie Ira nur allzu gut wußte. Mit Minnies Eintritt in die Geschichte war alles anders geworden, drastisch anders – wahrheitsgetreu müßte er sogar sagen: schamlos anders, selbstentblößend in Methode, Handhabung und Gestalt der Erzählung. Wie lange es doch gedauert hatte, bis er mit der Wahrheit ins reine kam. Wie lange hatte er sich doch an Ausflüchte geklammert!

»Homer, Virgil, Dante, Milton [begann das Original des maschinegetippten Manuskripts] und mindestens noch eine ganze Reihe weniger bedeutender Barden wandten sich, ehe sie ihre großen Epen begannen, mit der Bitte an die Muse, sie möge dem Poeten die Kraft der Imagination und einen langen dichterischen Atem schenken, damit er seine erhabenen Vorstellungen bis zur erfolgreichen Vollendung nähren konnte. Heute ist Musenanrufung ganz aus der Mode gekommen, wie zum Beispiel Dantes ›O Musa, O alto ingegno‹ oder ›m'aiutate‹. Miltons ›Sing Heavenly Muse‹, Homers ›aeide, thea‹ werden nicht mehr aufgesagt. Wir glauben nicht mehr an die Muse. Dennoch ist es für mich unabdingbar, mich an eine Quelle geistiger Nahrung zu wenden, die mir Kraft gibt, den Bericht über mein ach so häßliches, verpfuschtes, widersprüchliches, verworrenes Leben voranzutreiben. Dante schildert mit der grausigen Lebendigkeit seines Genies in einem Gesang des *Inferno* die schauerliche Verwandlung zwischen Mensch und Schlange, die zwei Aspekte verdammter Seelen versinnbildlichen (deren Sünden ich allerdings vergessen habe). Als die Schlange den Menschen sticht, tauschen die beiden ihre Rollen, tauschen Hülle und Geist, wobei die einstige Schlange jetzt eine menschliche Gestalt annimmt, verfolgt von dem einstigen Menschen, der jetzt zur Schlange wird: Paradigma der Wechselwirkung zwischen einer verderbten Umwelt und dem beeinflußbaren Individuum: *De me fabula narratur.*

Statt einer Muse bediene ich mich für Inspiration und Erneuerung der Lower East Side – obgleich ich mich, Gott ist mein Zeuge, dort auch schon oft reichlich verloren gefühlt habe. Und doch fühlte ich mich dort zu Hause, gestärkt und innerlich stabil durch Richtlinien, von denen ich mir vorstellte, daß sie einfach naturgegeben waren. Ich hatte ein *Zugehörigkeitsgefühl.* Deshalb war auch alles, was ich tat, und sei es noch so böse, dort entstanden, dort gewachsen, paßte ins Bild, und selbst Pops brutale Züchtigungen gehörten dazu. (Es hatte doch nur ein Streich sein sollen, als ich die Milchkelle mit Absicht auf die Stromschiene des Trolleybus fallenließ – obgleich ich der Wahrheit zuliebe zugeben muß, daß mich ein paar *gojische* Lausebengels überhaupt erst auf die Idee gebracht hatten.) Und noch einmal: ich gehörte dorthin. Darum hat auch nichts, was ich getan habe, grob gegen allgemeine Verhaltensnormen verstoßen, obwohl ich mich einiger kleinerer Vergehen schuldig gemacht haben könnte. Übermut und Strafe bedingten einander, und beides harmonierte mit dem Selbstverständnis der Menschen auf der Lower East Side. Ich konnte gar nichts tun, was meine Normalität verdorben hätte, und das Eingebettetsein in Normalität kam einer Absolution gleich – einer Absolution, so stark wie die sich ewig erneuernde Unschuld, die wie ein Lebenselixier in meinen Venen floß und mich für jede Herausforderung wappnete.

Was sind das für Erinnerungsfetzen, die ich da heraufbeschwöre, die ich gesammelt habe, auf daß sie mir einen frischen Impetus verleihen für die lange, wehmütige Reise, die ich vor mir habe? Nun, Ausschnitte, Fundstücke, Überreste: Skizzen und Aufzeichnungen, die ich aus irgendeinem Grunde damals, bei meinem ersten Roman über eine Immigranten-Kindheit auf der Lower East Side entweder übersehen hatte oder nicht unterbringen konnte. Vielleicht liefen sie aber auch – wie es häufig vorkommt – dem Geist meiner damaligen Gesamtkonzeption zuwider, paßten einfach nicht hinein, erwiesen sich als widerspenstig (und hätten dabei vielleicht, wären sie in ihrer Bedeutung gebührend ernstgenommen worden, ein lebendigeres Bild von jener

Kindheit hervorgebracht: lebendig in dem Sinne, daß sein Roman dem Autor eine längere professionelle Laufbahn gesichert hätte, eine Zukunft als Schriftsteller). Jedoch – getreu dem alten Rätselwort von der Kraft, die stets das Böse will und stets das Gute schafft, rettet mich das von früher Übriggebliebene und Aussortierte nun vor unnötigen Wiederholungen.

Wie ich es in Erinnerung habe, saß ich mit meinen kleinen Schulkameraden in der abgedunkelten Aula der Grundschule, die ich besuchte, als wir noch Ecke 9th Street und Avenue D wohnten. Ich war ungefähr sieben Jahre alt, damals 1913 (dem Jahr zwischen der *Titanic*-Katastrophe, und dem Ausbruch des Ersten Weltkriegs). In dem hell erleuchteten Rahmen eines kleinen Kasperle-Theaters, auf der Bühne der Aula, läuft gerade eine Vorstellung. Und während die abgedunkelte Aula vom schrillen Gelächter der versammelten Kinder nur so widerhallt, wenn der Kasper seine laut schreiende Gretel malträtiert – wer hätte sich da schon getraut, herzzerreißend zu schluchzen, wenn nicht ich. Ich brüllte so laut, daß ich aus der Aula entfernt werden mußte. Bis heute weiß ich noch genau, wie eine der Lehrerinnen hinter den Sitzreihen sich zu mir nach vorne beugte und mir freundlich und verständnisvoll ein Zeichen gab, ich sollte aufstehen und zu ihr kommen. ›Er verhaut sie!‹ plärrte ich, als die Lehrerin mich hinausgeleitete. ›Er verhaut sie!‹

Nur ich ganz allein habe es in diesem Licht gesehen, und ich mache mir Gedanken, warum. Ich glaube nicht, daß es reines Mitleid war, das bei mir zu dem ungewöhnlichen Aufschrei geführt hat – ich war damals selbst ein ziemlich rauflustiger kleiner Bursche. Es war wohl so, daß die plastische Darstellung, wie eine Puppe die andere vermöbelt, die oft wahnsinnigen Schläge, die Pop mir verabreichte, zu lebensecht wiedergab. Natürlich habe ich mir auch viele Ungehorsamkeiten zuschulden kommen lassen. Aber Pop, dieser kleine, zutiefst zerquälte Mann, frustriert von seinen eigenen Unzulänglichkeiten, geplagt von der Angst, sich lächerlich zu machen, ganz sicher selbst früher ein zurückgewiesenes Kind, verlor immer seine Selbstbeherrschung, wenn er züchtigte. Er wütete wie ein Berserker, ergriff das erstbeste Foltergerät in Reichweite, ob Schürhaken, Reitpeitsche oder Kleiderbügel. Mom hat übrigens immer behauptet, daß die merkwürdige Delle im kleinen Finger meiner linken Hand von einem Versuch meinerseits stammte, einige wilde Schläge abzuwehren. Und wenn nichts zur Hand war, womit er mich hätte verprügeln können, dann zerrte Pop mich an beiden Ohren vom Boden hoch, wo ich mich vor Schmerzen krümmte, schmiß mich wieder hin und traktierte mich mit Fußtritten. Er selbst war ein verängstigter, reizbarer, labiler schmächtiger Mann. Im ersten Band meiner Erzählung habe ich erzählt, wie ich mich oft vor den hohen Wandspiegel mit dem schwarzen Rahmen stellte, denselben, den wir von der Lower East Side beim Umzug mit in die Wohnung nach Harlem genommen hatten, und die dunkelblauen Striemen auf meinem Rücken bewunderte. Ich bin ganz sicher, daß Mom mich davor bewahrte, zum Krüppel geschlagen zu werden, oder mir sogar das Leben rettete – und das mehr als einmal –, indem sie dazwischenging, handgreiflich wurde und sich körperlich mit Pop anlegte, wofür sie gelegentlich selbst Hiebe einstecken mußte. Darum heulte ich vor Angst und Schrecken, als das Kasperle die Gretel schlug.«

Das hatte er geschrieben, der Ira von vor nur fünf Jahren. Er hätte noch hinzufügen können, daß der Angriff einer Handpuppe gegen eine andere in dem kleinen Theaterfensterchen ihn durchaus an die manchmal gewalttätigen Auseinandersetzungen zwischen Mom und Pop erinnert haben mochte, wenn diese anfingen sich gegenseitig zu schlagen und sich den Inhalt ihrer Kaffeetassen ins Gesicht zu schleudern – während er und seine kleine Schwester Minnie unter dem Tisch kauerten und vor Angst weinten. Der Kasper verdrosch die zeternde Gretel; Pop verprügelte Mom; Pop vermöbelte Ira. Und Ira schluchzte angesichts dieser angstmachenden Vorführung auf dem Puppentheater. Das hatte er geschrieben und es für ein verbindliches Spiegelbild seiner Kindheits-

Dachlukentür hinaus unter die klare Wölbung des Oktoberhimmels. Wir suchten und fanden den Abzug von unserem Küchenherd, der Rauch und Qualm spuckte von dem Holzfeuer, das Pop unten gelegt hatte. Er hatte bei unserem koscheren Schlachter zwei Kalbshaxen gekauft, die kleinen Hufe waren noch dran; und zusammengebunden mit einem Stückchen Draht hängte er die Haxen in den Rauchfang. Dort sollten sie geräuchert werden. Wie lange sie dort hingen, weiß ich nicht mehr (bis die kleinen Hufe abfielen, vermutlich), und auch nicht, wie Mom sie hinterher zubereitete. Die Vorspeise nannte sich auf Jiddisch *peche:* Kalbshaxe in Aspik wäre wohl der englische Ausdruck dafür gewesen, mit einer glibberigen, bernsteinfarbenen, angenehm nach Rauch und Gewürzen schmeckenden Masse, serviert auf geröstetem, altbackenem *challe,* auf dessen einzelnen Scheiben ganze Knoblauchzehen zerdrückt wurden. Das genossen wir alle sehr: *peche,* ein würziger galizianischer Beweis seltener väterlicher Gesellschaft.

Ein andermal – obgleich die Erinnerung fast zu schwach ist, um sie deutlich zu erkennen – sitzen Pop und ich auf dem letzten Balken am Ende des Bootsstegs, der weit über das Ufer des East River bis aufs Wasser hinausragt. Das, worauf wir sitzen, ist in der einen Richtung die Verlängerung der 9th Street sozusagen bis in den Fluß, und in der anderen Richtung kommt man an das Ende der 9th Street, und eine kurze Straße mit Kopfsteinpflaster östlich der Avenue D schließt sich an. Der Tag, ein Hochsommertag, war sengend heiß gewesen, und jetzt, nach dem Abendbrot, als endlich die ersten Schatten der Dämmerung herniederfallen, weht uns eine kühlende Brise vom Fluß entgegen. Natürlich hatten sich einige andere Leute, gerade eingewandert oder schon vor etwas längerer Zeit in der Neuen Welt angekommen, Leute, die alle in der unmittelbaren Nachbarschaft wohnten, ebenfalls dort niedergelassen. Aber ich habe nur Augen für Pop, sehe, daß ich mit ihm zusammen bin, daß ich die ungewöhnliche Freude habe, eine schöne Zeit mit Pop zu verbringen, einen kurzen Augenblick entspannter Liebenswürdigkeit zu genießen: Seite an Seite mit ihm auf den massiven, verwitterten Balken voller Splitter zu sitzen und übers Wasser auf das flach daliegende, dunstige Brooklyn zu schauen, einen Schleppdampfer zu beobachten, der mit hanfgelbem Schnurrbart vorübertuckert, während sein Hinterteil tief im grünen Wasser sitzt und uns wogende Brecher schickt; mit welch finsterem Klang sie gegen die Pfeiler klatschen, unterhalb des Stegs. Von hier konnte man ein paar Straßen stadtauswärts das Gaswerk sehen, die großen Gasometer wie riesige lederbraune Baßtrommeln zu Füßen eines Schornsteins gegen den dunkelnden Abendhimmel. Selten zwar, aber wert, daß man darauf wartete, als sei es ein pyrotechnisches Schauspiel zu unserer Unterhaltung, schoß ein düsterroter Feuerstrahl oben aus dem Schornstein, hinein in des Dämmerungshimmels matt gepudertes Lapislazuli, und lodert, lodert hoch hinauf – ›Guck mal, Pop. Guck bloß mal!‹...«

»Der Mensch denkt, alles ist vergänglich, das Gute und das Böse, das Geliebte und das Verhaßte; mein Vermächtnis und meine Identität, alles muß mit mir vergehen, abgesehen von seichten Vergangenheitsbeschwörungen, den gelegentlichen Destillaten meiner Eloquenz, als Druckerzeugnis konserviert; alles andere muß dran glauben. Und womöglich das Geschriebene auch. Seit Urzeiten, nein, seit das Universum in der Gestalt des *Homo sapiens* sich seiner selbst bewußt geworden ist, war der Tribut für dieses höchste ›Privileg‹ das Wissen um die eigene Sterblichkeit – das war der Preis, mit dem ganzen Spektrum seiner Abschlagszahlungen. Der Aufschrei jedes Menschen war: ›Und wenn ich zu Staub zerfalle, wer wird sich an mich erinnern?‹ Oft habe ich mir den Regen vorgestellt, wie er das Andenken ausschwemmt, den Wind, wie er sein Spielchen damit treibt; die fleißige Made, die eine abstruse Trope verzehrt – die eigentlich eine elegante Formel ist: $E = mc^2$; oder wie glückliche Würmer die Exponentialfunktion fressen: e hoch i mal Pi gleich minus eins...

All diese Erinnerungen lagen knapp siebzig Jahre zurück. In eben jenem Sommer kamen wir scharenweise aus unseren Backsteinhöhlen auf die Straße gelaufen, riefen aufgeregt durcheinander, zeigten nach oben, reckten die Hälse nach der ersten Fliegerstaffel, die wir in unserem Leben sahen, Doppeldecker hoch über unseren Häuserdächern...

Bin ich jetzt fertig? Bin ich durch meine Antaeus-Rückkehr zu meinen Wurzeln auf der East Side jetzt ausreichend gestärkt, um das, was noch vor mir liegt, anzupacken?

Da war noch die Sache mit dem Dreirad. Mom und ihr Bruder Moe spazieren gemeinsam – ich schnurstracks vorneweg – in das Geschäft, wo man ›Rabattmarken‹ gegen Prämiengeschenke eintauschen kann. Mit einer bestimmten Anzahl ›Marken‹, den kleinen Gutscheinen, die Moe durch seine zahlreichen Einkäufe im Süßwarenladen angesammelt hat, und einer kleinen Zuzahlung, wollte Moe ein Dreirad erwerben – für mich! Klar und deutlich meine Erinnerung an den großen Eifer des Kindes, möglichst schnell zu dem Laden mit den Prämiengeschenken zu gelangen – und direkt damit verbunden meine Erinnerung an eine Wunschvorstellung im kindlichen Unterbewußtsein, daß die beiden Erwachsenen, die sich da ihren Weg durch die belebten Straßen bahnen und beim Gehen so liebevoll und freundlich miteinander sprechen, doch Mom und Pop sein möchten. Sie waren aber nicht Mom und Pop, und weil sie es nicht waren, erweckte ihr Erscheinungsbild in ihm die umgekehrte Erkenntnis, daß Mom und Pop sich eigentlich *so wie diese beiden* zueinander verhalten *sollten,* leicht und entspannt und anheimelnd, und daß sie es *nicht* taten. Es war nicht das gestohlene Dreirad, gestohlen noch am Tag des Kaufs, das ihm heute so zu schaffen machte. Es war die beißende Gewißheit, wie sehr er sich nach einer ungetrübten Gemeinschaft seiner Eltern gesehnt hatte, wie sehr er diese vermißte und sich auch später noch einmal dessen bewußt wurde, als Mom mit Onkel Louis abends am Mt. Morris Park spazierenging.

Und dann war da noch der Johnny-auf-dem-Hochsitz, wie wir ihn immer nannten, der Droschkenkutscher mit seinem altmodischen

Einspänner, der von seinem hohen Thron heruntersprang und mit der Peitsche in der Hand hinter einer Horde kleiner Gassenjungen herrannte, die ihn mit Steinen bewarfen: Ein wütender Kutscher, den Zylinderhut auf dem Kopf, die Peitsche in der Hand, jagte hinter den jüdischen Bengels her, die sich durch die 9th Street auf und davonmachten, und überließ den geduldigen Apfelschimmel, der bewegungslos mitten auf der Straße stand, seinem Schicksal... Und mein erstes unmittelbares Zusammentreffen mit einem Automobil. Ja, ich lief vom Kantstein direkt vor ein fahrendes Auto und bin so panisch aus dem Weg gesprungen, daß mir noch tagelang die Rippen wehtaten. Und nie würde ich – bis heute nicht – die amüsierten Gesichter des Chauffeurs und seines Fahrgasts vergessen, als das Fahrzeug vorüberrollte...

Zwei Eier kosteten einen Nickel. Mom schickte mich die vier Stockwerke nach unten, die Eier zu kaufen; ein Ei in jeder Hand, so lief ich dann die vier Treppen wieder hinauf. Mom schickte mich vier Stockwerke nach unten, ein Pfund Honig zu kaufen, bronzefarbenen kristallklaren Honig, abgeschöpft aus einem dicken Holzfäßchen vom Krämer in dem kleinen, unordentlichen Lebensmittelgeschäft auf der gegenüberliegenden Straßenseite. *Honik-lekech* war der jiddische Name des Kuchens, den Mom sich überlegt hatte und nun mit dem Kristallhonig herstellte, *honik-lekech,* ein dunkler, fester Plattenkuchen, nahrhaft genug, um jeden Sabbat aufzupolstern...

Oh, wie unbeschwert und leichtfüßig der, der einmal ich gewesen sein soll, die vier Stockwerke mit den Sandsteinstufen hinuntersprang und ebenso leicht die vier Treppen Sandsteinstufen wieder hinauf.

Ja, und erinnerst du dich, wie Yettie von ihrem Vater verprügelt wurde? Weil Yettie, ein Mädchen von ungefähr zwölf Jahren, ein kleines Kind zwischen ihren Beinen vor und zurück schwang und dabei die Ritze zwischen ihren Beinen durch die Löcher in ihrer Unterhose blitzte?

Ja, ich erinnere mich.«

Leider, leider, liebe Freunde – Ira überflog prüfend die Zeilen des maschinegetippten Manuskripts: der alte Entwurf von 1979 genügte einfach nicht. Oh, verflixt nochmal, die Täuschungsmanöver, die er hatte machen müssen, die Richtigstellungen, die jene jetzt ersetzten, gaben ihm das Gefühl, ein Jongleur zu sein, der eine Reihe von inkongruenten Dingen in der Luft halten muß, eine Orange, eine Bratpfanne und einen Tuschpinsel. Es gab auch noch ein weiteres Element, mit dem man rechnen mußte und das ihn, wie er schon vorher wußte, mit seinen Konsequenzen plagen würde: Ein Abweichen von seinem Manuskript bedeutete ein Abweichen von der Generallinie und verlangte nicht nur nach jeweils geänderten Umständen für die einzelne Episode, sondern auch eine andere Behandlung derselben, kurz, eine allgemeine Neuordnung. Wenn er aber gezwungen war, bei der Neuschöpfung der Episoden allzu weit in Neuland vorzustoßen, wann würde er dann jemals zu dem bequemen Fluß seiner Arbeit zurückkehren können, die doch schon beinahe beendet war? Zu seiner eigentlichen Geschichte! Überhaupt noch jemals? Entmutigend – milde ausgedrückt.

Der Gegenstand, der auf einer Seite des getippten Manuskripts schon tagelang ziemlich unbeachtet herumgelegen hatte, verteidigte jetzt seine Daseinsberechtigung: der Briefbeschwerer (als solchen benutzte er ihn jedenfalls) mit dem Bronzerelief von Townsend Harris, war die Medaille, die das CCNY ihm für »bemerkenswerte Leistungen« verliehen hatte. (Seine bemerkenswerten Leistungen gipfelten während seines gesamten Studiums durchschnittlich in einem C-minus, aber darum ging es jetzt nicht.) Die Medaille erinnerte ihn an das Frühstück, das der damalige Rektor des College und Mitglieder des Englischen Seminars ihm zu Ehren gegeben hatten – und an das, was er ihnen im Laufe seiner Dankesrede erzählt hatte: über den Moment, da er sich gelangweilt anhörte, was Mr. Dickson zur Qualität der Semesterarbeiten zu sagen hatte – und über die plötzliche, verblüffende Wende in den Ereignissen, die sich daraus ergab. Jetzt fiel ihm auf, daß nichts davon in seinem ursprünglichen Manuskript vorkam und daß er es eigentlich mit hineinnehmen sollte. Und warum?

Weil diese Dinge, die er früher als unwichtig abgetan hatte, jetzt, als Folge seiner neuen, befreiten Einstellung zu seinem Schreiben, einen ganz anderen Stellenwert bekommen hatten.

Es war der letzte Tag vor den Ferien. Mr. Dickson hatte alle Semesterarbeiten gelesen und bewertet und war gerade dabei, sie an die einzelnen Studenten auszuteilen. Sie waren überraschend gut ausgefallen, kommentierte Mr. Dickson – und fügte lobend hinzu: einige sogar ganz vorzüglich. Aber eine Arbeit wäre von so ungewöhnlich hoher Qualität, daß er, in seiner Eigenschaft als Fachberater der vierteljährlich erscheinenden Studentenzeitschrift des City College, der Redaktion empfohlen hätte, das Stück in letzter Minute noch in die jüngste Ausgabe von *The Lavender* aufzunehmen. Wer war denn das Genie? Relativ unbeteiligt fing Ira an, diesem Gedanken nachzuhängen, bis er aus irgendeinem Grunde plötzlich aufwachte und geschärfte Aufmerksamkeit ihn jäh beherrschte. War da etwa, konnte da etwas drangewesen sein, an der Begeisterung, die er selbst empfunden hatte, diesem erhebenden Gefühl beim Schreiben, ganz abgesehen von Minnies übertriebenen, von ihm gönnerhaft heruntergespielten Lobeshymnen, nachdem sie so glücklich gewesen war, daß er ihr den Vorzug gewährt und das Manuskript beim Frühstück am nächsten Morgen zu lesen gegeben hatte?

Die Semesterarbeit, die Mr. Dickson zum Abdruck in *The Lavender* empfohlen hatte, trug den Titel »Eindrücke eines Klempners«, und der Verfasser war Ira Stigman.

»Wow!« hatte Ira da gejubelt.

Kommilitonen drehten sich nach dem Empfänger der Auszeichnung um.

»Bist *du* das?« fragte jemand in seiner Nähe mit schmeichelhafter Ungläubigkeit. »Er meint dich damit?« Ein anderer sagte: »Willst du behaupten, *du* hast das geschrieben?«

Ira im Glück grinste: Er hatte den Schlaubergern eins ausgewischt, genau wie er die Kameraden in Mr. Sullivans Unterricht damals an der Nase herumgeführt hatte.

Mr. Dickson äußerte sein Mißfallen über diese Störung von Ruhe und Ordnung im Klassenraum. Mißbilligend verzog er das Gesicht, und damit seine Grimasse nicht unbemerkt unterging, griff er mit einem Arm über seinen herbstlaubbraunen Schädel hinweg und kratzte sich am anderen Ohr. »Es ist Ihnen doch klar, Mr. Stigman, daß Sie sich aus irgendeinem Grunde nicht an meine sehr explizit geäußerten Anweisungen über die Behandlung des Themas gehalten haben, nicht wahr?« – »Ja, Sir.«

»Impressionen über das Thema, ein impressionistischer Artikel war genau *nicht* das, was ich von Ihnen erbeten hatte, sondern eine sachliche Darstellung. Sie sind Naturwissenschaftler?«

»Ja, Sir.«

»Nun, dann werden Sie sich mit der schlechten Zensur wohl abfinden müssen, die Sie für die Arbeit bekommen. Und bedauerlicherweise auch für den ganzen Kurs.«

Aber kein Vorwurf, keine noch so große oder drohende Strafe konnte den innerlich schwellenden Jubel dämpfen, den Ira empfand. Er würde im *Lavender* sein! Er! Ein Niemand! *Wow!* Was für eine Befreiung aus einem Dasein als Unperson! Aus den Stunden, den Tagen und Jahren, in denen er den griesgrämigen Schlemihl, sich selber, ertragen mußte. Und noch schlimmer: den Schlemihl, der ein Verbrecher war. Jetzt Begnadigung. Ein Schimmer von Begnadigung. Ah, warten, bis er es Mom erzählt hätte, der Familie – Moms Busen würde vor Freude beben. Und was Pop wohl sagen würde. Er würde zugeben müssen, daß doch etwas mehr in seinem Sohn steckte als der *kalike*, der er schien. Und Larry? Und Edith und Iola? Die Zeitschrift sollte während der Prüfungswoche erscheinen, aber solange konnte er nicht damit warten, es ihnen zu erzählen! *Wow!* Minnie würde strahlen: mein wunderbarer Bruder!

Ihre Schmeicheleien schamlos ausnutzen, für was immer sie hergaben, klar doch. *Oh, boy!* Und Stella? Die war viel zu blöd, viel zu gefügig, als daß man sie noch extra aufheizen mußte. Bewundern sollte sie ihn, einfach nur bewundern. Und mit unermeßlicher, zynischer Dankbarkeit hinterher auch noch Tante Mamies Belohnung einsacken, den einen Dollar, den sie ihm aufdrängte: »Hier, du bedürftiger Collitch Bhoy. Nimm.« Jesus, war die Welt nicht wunderbar!

Voller Hoffnung blickte er auf das Manuskript neben seinem Arm. Wo war eine Lücke, wo die Möglichkeit für einen Einschub in den langen Prosatext? Oder eine Stelle, wo ein Abschluß und ein Neuanfang vertretbar waren? Eigentlich gab es so recht keine. Dann also ... einfügen, wo es am einfachsten war:

Wenn Ira von seiner Geschichte »EINDRÜCKE EINES KLEMPNERS« erzählte, behandelte er immer das Nachspiel als den Höhepunkt. Und woraus bestand das Nachspiel? Aus seiner schlechten Zensur. Was für ein köstlicher Gegensatz, fand er, daß einerseits seine Semesterarbeit im *Lavender* veröffentlicht, tatsächlich in der literarischen Vierteljahresschrift des College abgedruckt wurde – und das doch wohl wegen literarischer Vorzüge oder wenigstens erzählerischer Qualität –, und daß er andererseits im Unterrichtsfach Englischer Aufsatz 1 diese miserable D-Note bekam. Aus heutiger Sicht schien dieses Nachspiel nicht mehr der Höhepunkt, so lächerlich und paradox die ganze Episode auch gewesen sein mag. Nein. Dies und alles, was er sich erträumte, und was zum größten Teil auch Wirklichkeit wurde, hinterließ heute ein plötzliches Gefühl der Leere.

Der wahre Höhepunkt hatte zwei Aspekte. Zum einen konnte Larry kaum verhehlen, wie gekränkt er war. Er hegte keine Ressentiments, sondern war gekränkt, was sich in seiner Haltung Ira gegenüber ausdrückte. Larry reagierte fast distanziert und steif bei seinen Komplimenten, seinen Glückwünschen. Er war viel zu nett und großmütig, um neidisch oder frustriert zu sein, aber er war gekränkt und zog sich zurück. Sein Verhalten erinnerte Ira an die Zeit in ihrem letzten Jahr auf der High School, als sie gemeinsam den Kurs Sprecherziehung 8 belegt hatten. Damals war Ira für den Rest des Halbjahrs von Mr. Staip vom Unterricht befreit worden – als Belohnung für seinen Vortrag über William E. Henley und dessen Gedicht »Invictus«. Larry schien verwirrt, einesteils wegen Iras unerwartetem Eindringen in Gefilde, die er bislang für seine Domäne gehalten hatte, andernteils und hauptsächlich, weil Ira dafür keine Voraussetzungen mitzubringen schien.

Oh, es war ja so leicht, Ekklesias, leicht und unfair, für einen wie mich, der beladen ist mit Schuld und Selbstverachtung, Larry Gedanken zu unterstellen, die er so vielleicht nie gedacht hat: daß er mich für eine Art Irrlicht aus den Slums gehalten haben muß, das sich einigermaßen tapfer im Reich der Kultur durchschlägt. Und dabei hätte es völlig genügt zu sagen, das wahre Ergebnis hatte zwei Aspekte, und Larrys Reaktion war einer davon.

Der andere Aspekt – pah! Nicht Ediths schmeichelhafte Eile, mit der sie nach der Ausgabe des *Lavender* griff, als der Aufsatz in den letzten Tagen des College-Jahres erschien. Noch die Ungeduld, die Ira an Iola spürte, die sogar noch begieriger als Edith darauf wartete, endlich mit dem Lesen an die Reihe zu kommen. Sie zeigte strahlende Freude und fast emphatischen Stolz angesichts dieses Beweises, daß sie richtig geurteilt hatte; als sei der Aufsatz eine Enthüllung größerer Latenz, die sich unter ihrer stillen Ägide entfalten würde, im Wettbewerb mit Ediths Patenschaft für Larry. Und erst recht nicht Moms errötende Glückseligkeit, nein, auch nicht Pops unverbindliches Hochziehen der Augenbrauen – wahrlich nicht. Der andere Aspekt, demgegenüber alles übrige peripher und extern wirkte, war der Impetus zu einer eigenen inneren Veränderung; die innere Veränderung, die sich in ihm vollzog, war bewirkt worden durch die Veröffentlichung eines Stückchens Literatur, das er geschrieben hatte.

Es zu formulieren war schwierig. Wahrscheinlich gelang es ihm nur schlecht, und vielleicht bestand überhaupt kein Anlaß dazu, aber jetzt endlich wurde ihm folgendes bewußt: Wenn es überhaupt etwas gab, das er in seinem Leben machen konnte, dann gab es nur eines mit der Aussicht auf Erfolg. Wenn es denn Beruf und Zukunft für ihn gab, wenn er denn eine bestimmte Neigung hatte, dann war es ab jetzt nur noch eins: die Kunst des Schreibens, das Handwerk des Schriftstellers. Die Veröffentlichung seines Aufsatzes hatte – wenigstens ihm – etwas ganz deutlich gemacht: Trotz der groben Nachlässigkeit bei der Erfüllung des vorgegebenen Themas, hatte die Arbeit an dem Aufsatz auch ihr Gutes gehabt, denn sie hatte seine Schreiblust geweckt, und er hatte etwas zu Papier gebracht, das immerhin Respekt verdiente. Das Stück legte Zeugnis ab von einer angeborenen Fähigkeit zum Schreiben. Die hohe Ehre, das Gütesiegel der Veröffentlichung war einem Prosastück zuteil geworden, das nicht in Übereinstimmung mit Mr. Dicksons Vorgaben, sondern im Einklang mit seinen inneren Impulsen verfaßt worden war. Was hatten doch die spanischen Seeleute von ihrem Krähennest hoch oben am Mast gerufen, oder die Soldaten in den Wanten auch, die Konquistadoren, als sie den ersten Streifen Land am Horizont entdeckten? »*Albricias! Albricias!*« Erlösung! So auch für Ira. *Albricias* durch die innere Entdeckung.

Zum Sterben verurteilt war von da an die Biologie, der Beruf des Zoologen. Also dorthin hatte er sich all die Jahre vorangetastet? Seit seinem Weggang von der Lower East Side hatte er verärgert und verstört zugesehen, wie die Jahre ihn geformt – oder verformt hatten. Die Zeit hatte ihn zum Schriftsteller verformt, ihn geformt, und er hatte es nicht einmal gemerkt. Das war alles, was die Jahre aus dem, was schon ruiniert war, noch machen, noch herausholen konnten. So schien es. Wenn der Kern des Anstands, seine Selbstachtung, vernichtet war, was hätte wohl in ihm wachsen können, um zu einer positiven, von ihm selbst gutgeheißenen Erfüllung zu gelangen? Allein das Schreiben konnte ihn so rehabilitieren, daß er nicht zu Kreuze kriechen mußte, sondern als der leben konnte, der er war. Jesus. Weil er die zentrale Kraft dessen, was er war, zerstört und irreversibel ausgehöhlt hatte, war das Schreiben alles, was ihm als Daseinsberechtigung für sein Selbst geblieben war. Gott, es war schon seltsam, was man da über sich erfahren mußte. Denn – man mochte Zufälligkeit oder frühe dunkle Einflüsse dafür verantwortlich machen – er fühlte nicht, daß er noch andere Kräfte, andere Tugenden oder Stärken besaß. Die hatte Ira verwirkt, wenn er sie denn je besessen hatte. Er hatte die Wahl gehabt, aber nicht frei wählen können; es war eine Wahl ohne Alternative gewesen, ohne Option. Es war der einzige Weg, der ihm offenstand. Es war Glück, daß er wenigstens diesen gehabt hatte, denn ohne ihn wären ihm nur Verbrechen und Perversion geblieben. Und irgendeine Anstalt hätte einen neuen Patienten aufnehmen müssen.

So wurde das Schreiben für ihn zum Hoffnungsträger für eine berufliche Zukunft; kein echtes Engagement, sondern eine beginnende, noch vernebelte Aspiration. Dennoch, wie dürftig die Aspiration auch war, sie bot der verbogenen Psyche eine Art temporären Zufluchtsort, ein Zwischenlager zu Lebenszeit, bis sich die Gelegenheit zum Ordnen seiner inneren Turbulenzen von selbst ergab.

Der Weg zur Literatur wurde nun das Ziel, das er sich wählte, und gestaltete sich so undurchsichtig und konfus, wie er nur sein konnte – aber nicht, weil Ira materiellen Erfolg anstrebte, was sicherlich auch ein legitimer Anreiz gewesen wäre, oder eine gewisse Professionalität, sondern wegen eben jener blinden Intuition, auf die er immer meinte, sich in seinem Überlebenskampf besser verlassen zu können als auf seinen Intellekt. Und Glück hatte er außerdem, daß da schon ein Weg war, eine stark befahrene Straße in seiner Seele, die er eigentlich in viel jüngeren Jahren als er es schließlich tat, verlassen haben sollte. Daß er es nicht getan hat, stellte sich nun als Segen heraus: Der Weg war gepflastert mit abertausend Mythen und Legenden und den Märchen, die er so innig liebte.

Und dem alten Mann fielen plötzlich Henleys Zeilen aus der High School wieder ein. So klar überspannten sie eine Verwerfungslinie, die weiter klaffte, als die sechzig Jahre, die ihn von seiner Jugend trennten –

And yet the menace of the years
Finds and shall find me unafraid.

Jiddisches Glossar

abi gesunt – solange du nur gesund bist
a bißl nacheß – ein wenig Genugtuung (auch: Vergnügen)
a bruch uf dir – ein Fluch über dich
af majne plejzes – auf meinen Schultern
alje – der Aufstieg (wie zur Kanzel); (auch: Einwanderung nach Palästina)
an alte klafte – eine alte Xanthippe (auch: Hündin)
apikojreß – Häretiker, Gottloser, Ketzer, lit.: Epikureer
asa kop – was für ein Kopf, was hat er bloß für einen Kopf!
asa lebn af dir – so solltest du leben
as m' wajßt nischt – wenn du es nicht weißt
asoj? – ach so?, wirklich?
a wejtik is mir – wehe mir

bar mizwe – Bar-Mizwa, hebr.: Initiationsritus, Einführung der jüdischen Jungen in die jüdische Glaubensgemeinschaft
bißt take meschuge – du bist wahrhaftig verrückt
briderl – Brüderchen
briß – jüdische Zeremonie der Beschneidung des männlichen Säuglings, acht Tage nach der Geburt
broche – Segnung

chad gadjo – Titel eines Liedes, das am Pessach Fest gesungen wird
challe – Weißbrotzopf, der am Sabatt und Feiertagen gegessen wird
chejder – traditioneller hebräischer Unterricht für Jungen bis zur Bar-Mizwa
commojisch – kommerziell

dawenen – beten
dibek – böser Geist, Dämon

doß zejndl – das Zähnchen
dreidel – ein Kreisel mit vier hebräischen Lettern, mit dem man am Chanukkah Fest spielt

er fonfet schojn – jetzt spricht er schon undeutlich, jetzt nuschelt er schon
es hot mir gefelt libe – mir hat die Liebe gefehlt

farbißener hunt – böser, bissiger Hund
farlejgt – verlegt, nicht an seinem Ort befindlich
farschtejßt? – verstehst du?; *ich farschtej* – ich verstehe

ganew – Dieb
ganz geler – ganz gelb, reif; (auch im Sinne von: akkulturiert)
geferleche gemblerke – Spielerin, »schlimmer Finger«
gefilte fisch – traditionelles jüdisches Gericht
geharget solßt du wern – geschlagen, getötet sollst du werden
gej gesunt – auf ein gesundes Wiedersehen, bleib gesund
gelt – Geld
gewald – Verwüstung, Schaden, Chaos; *oj gewald* – Ausdruck höchster Besorgnis, Betroffenheit, auch des Erstaunens
glatt koscher – streng koscher
golem – durch Zauber zum Leben erweckte menschliche Tonfigur (Homunkulus) der jüdischen Sage, »Golem«; auch Ungeheuer, Monster, Dummkopf
gotinju – lieber Gott, ach du lieber Gott
got's nar – Gottesnarr
goj, gojim – Goi, pl. Gojim (jüd. Bezeichnung für Nichtjude)
gojisch – nichtjüdisch
gojischkajt – die nichtjüdische Welt, die Angelegenheiten der Nichtjuden
gojte – nichtjüdische Frau

gornischt – gar nichts, es ist nichts
gut ojg – gutes Auge

haggadah – Haggadah, hebr.: Erzählung, Teil der »mündlichen Lehre« und des rabbinischen Schriftums, traditionelles Vorlesen am Abend des Pessach Festes
Hatikwa – hebr.: »die Hoffnung«, zionistische Hymne, heute Nationalhymne von Israel
hawdule – Hawdalah, hebr.: Gebete am Ende des Sabbats
honik lekech – Honigkuchen
humentaschen – traditionell gebackene Pasteten für das jüdische Freudenfest (Purim) im Februar/März zur Erinnerung an die Rettung der persischen Juden

ich wil nischt, ich ken nischt – ich will das nicht, kann das nicht

jente – widerspenstige Frau oder Klatschbase
jeschiwe – Jeschiwa, jüdische Talmudschule
jidischer kop – »jüdischer Kopf«, intelligenter, raffinierter, listiger Mensch, Schlaukopf
jidischkajt – Judentum, jüdisches Leben und jüdische Kultur
jolt – Dummkopf
Jom Kippur – hebr.: höchster jüdischer Feiertag, Versöhnungsfest

kadesch – »Kaddisch«, hebr.: Totenklage, (auch: der Sohn)
kaddisch'l – der Sohn (der später den Kaddisch für die verstorbenen Eltern sprechen wird)
kalike – Krüppel
katerenke – Handorgel, Handharmonika
kenejne horeh – (möge es geben) kein böses Auge, magst beschützt sein
kinderlech – Kinder

kischke – Magen; auch: gestopfter, gefüllter Magen (ein Gericht)
knobl – Knoblauch
kojen – Kohen, hebr.: jüdischer Priester im alten Palästina
komez-alef, »o«; *komez-bejß*, »bo«; *komez-giml*, »go« – Hebräische Silben, welche das »o« (Komez) mit den Konsonanten alef, bejß, giml verbindet; Art und Weise, den Kindern das Lesen beizubringen
koptßn briderl – armer kleiner Bruder

mizwe – Mitwah, hebr.: gute, gottgefällige Tat, bibl. Gebot
m' macht a leben – ich verdiene meinen Lebensunterhalt
mohel – die Person, die die Beschneidung bei einer *briß*-Zeremonie vornimmt

nafke – Nutte, Hure
nar – Narr, Idiot
nechtiker tog – verlorene Hoffnung, etwas Unmögliches; wörtl. »der Tag des Gestrigen, Vergangenen«
ojch – also, auch
ojßgeschtudirt – zu Ende studiert, studiert, gelehrt

pechah – Kalbshaxe in Aspik
pejeß – Pejeß (pl.), Schläfenlocken der orthodoxen Juden
pischer – Pisser, Bettnässer; unscheinbarer, unbedeutender Mensch
potate kugel – Kartoffelpudding
proßt – einfach, grob, primitiv; *proßter arbejter* – einfacher Arbeiter, Schwerarbeiter

rugelech – Pastete, Kuchen

schabes – Schabbes, Sabbat; *schabes baj nacht* – Schabbesabend (Freitagabend)

schechejune – Segensspruch bei Beginn von Feiertagen oder anderen Festlichkeiten (wörtl.: Er möge uns leben lassen)
schejtl – Scheitel, Perücke
schemewdik – verschämt, schüchtern, scheu
schenkn – schenken, geben
schicker – betrunken, Trunkenbold
schikße – Schikse, nichtjüdisches Mädchen
schiwe – siebentägige Totenwache, »*schiwe* sitzen«
schleper – Schlepper, ein Mensch, der bei seiner Arbeit viel zu tragen und zu schleppen hat; jemand, der beim Gehen die Füße nicht anhebt, schlurft; unordentliche Person
schlimasl – Schlamassel; ein Mensch, der im Schlamassel sitzt
schmaltzik – fettig, schmalzig
schmateß – Lumpen; von alten Frauen getragene Kleidung; Kleider
schmueßn – freundlich miteinander reden; schmusen, kosen
schmuljareß – Dollars
schojn – schon; *schojn farfaln* – schon verloren
schojn genuk – schon genug
schtreml – schwarzer Hut mit breiter Krempe, den orthodoxe Juden besonders in Galizien und Polen trugen
schul – Synagoge
sej hobn gemacht a gutn schidech – sie haben eine gute Partie gemacht, ein gutes Spiel gemacht
ßejchl – Intelligenz, gesunder Menschenverstand
s'iß asoj schwer – es ist so schwer, das ist hart
s'iß gut kalt – es ist ganz schön kalt, ziemlich kalt
s'iß take gold? – ist das wirklich Gold?
sol er gehargert wern – möge er getötet werden
solßt gebentscht wern – mögest du gesegnet werden
solßt schojn nischt elter wern – mögest du nicht älter werden
susim – Münzen (arch., kommt im Liedtext »chad gadjo«, s.o., vor)

take – wirklich, in der Tat; *take emeß* – wirklich wahr
tocheß afn tisch – Arsch auf'n Tisch
tschibege – lautmalerischer Ausdruck für Geplapper, Geschwätz
tschompke – mampfen
tuml – Getümmel, Lärm, Aufregung, Spektakel

wej – Kummer; *wej is mir* – ich habe Kummer

zimeß – Eintopf; Nachtisch, Kompott
zoreß – Sorgen
zu welche klaßeß – in welche Klassen? in welchen Unterricht?

DIE FAMILIE DES IRA STIGMAN

Der Stammbaum von Iras Mutter

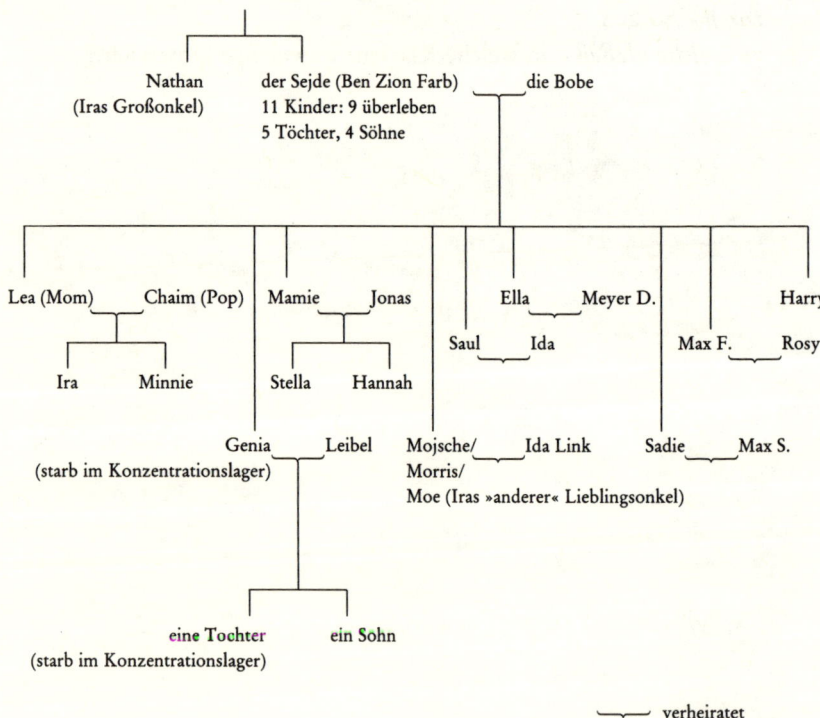

DIE FAMILIE DES IRA STIGMAN

Der Stammbaum von Iras Vater

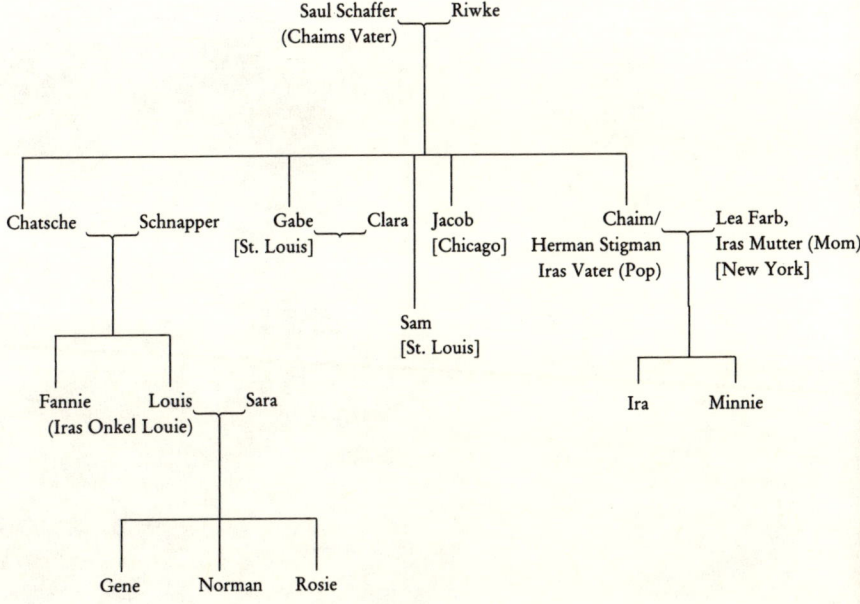